MÉMOIRES D'O

Collection dirigée par Michel Zink et Michel Jarrety

FRANÇOIS DE CHATEAUBRIAND

Mémoires d'outre-tombe

Tome III

NOUVELLE ÉDITION ÉTABLIE,
PRÉSENTÉE ET ANNOTÉE PAR JEAN-CLAUDE BERCHET

GARNIER

Ancien élève de l'École normale supérieure, Jean-Claude Berchet est maître de Conférences à l'Université Paris III-Sorbonne nouvelle. Spécialiste de Chateaubriand, il a édité dans Le Livre de Poche classique *Les Natchez* et procuré une anthologie des *Mémoires d'outre-tombe*.

AVERTISSEMENT

Cette édition des *Mémoires d'outre-tombe* reproduit sous une forme allégée celle qui a paru dans la collection des Classiques Garnier de 1989 à 1998, exception faite de la partie critique proprement dite. Le texte en a été soigneusement revu et corrigé ; la plupart des appendices documentaires, ainsi qu'une partie des notes ont dû être supprimés ; en revanche, les notes subsistantes ont été, le cas échéant, rectifiées ou complétées.

La présente édition se propose de publier les *Mémoires d'outre-tombe* dans leur version définitive, c'est-à-dire sous la forme que Chateaubriand arrêta lui-même à la fin de sa vie, et qui ne fut respectée par aucun éditeur.

On a donc choisi comme texte de base celui de la dernière copie intégrale, la copie notariale de 1847, avec sa division en 42 livres qu'on a répartis en quatre volumes : livres I à XII (tome 1) ; livres XIII à XXIV (tome 2) ; livres XXV à XXXIII (tome 3) ; livres XXXIV à XLII (tome 4). Chacun de ces volumes se trouve donc correspondre à une des anciennes « carrières » ou « parties » des *Mémoires*. On a toutefois retenu le texte du manuscrit de 1848 pour les sept livres où il a été conservé : livres I, II, VII, XX, XXI, XXXIX et XL. Pour les autres, il nous est arrivé de préférer la leçon des éditions originales : ce sont des variantes ponctuelles que nous signalons toujours.

Les notes de Chateaubriand sont appelées par un ou plusieurs astérisques : *, **, etc.

Enfin nous avons placé en tête du premier volume le texte intégral des *Mémoires de ma vie* (dans une version revue sur le manuscrit autographe), et reporté chaque fois en appendice les passages, chapitres ou livres retranchés au cours de la rédaction.

SIGLES ET ABRÉVIATIONS

1. ŒUVRES DE CHATEAUBRIAND

Abencérage	*Les Aventures du dernier Abencérage*, dans *Œuvres*, t. I.
Atala	*Atala, ou les Amours de deux sauvages dans le désert*, dans *Œuvres*, t. I.
Correspondance	*Correspondance générale*, Gallimard, 1977-1986 (5 tomes parus).
Écrits politiques	Chateaubriand, *Grands Écrits politiques*, présentation et notes de Jean-Paul Clément, Imprimerie nationale, 1993, 2 vol.
Essai historique	*Essai historique, politique et moral sur les Révolutions anciennes et modernes considérées dans leur rapport avec la Révolution française*, « Bibliothèque de la Pléiade », 1978.
Études historiques	dans *Œuvres complètes*, Ladvocat, 1831.
Génie	*Génie du Christianisme, ou Beautés de la religion chrétienne*, « Bibliothèque de la Pléiade », 1978.
Histoire de France	*Analyse raisonnée et fragments de l'histoire de France*, dans *Œuvres complètes*, Ladvocat, 1831.
Itinéraire	*Itinéraire de Paris à Jérusalem*, dans *Œuvres*, t. II.
Ladvocat	*Œuvres complètes* de M. le vicomte de Chateaubriand, Ladvocat, 1826-1831, 28 tomes en 31 volumes.
Littérature anglaise	*Essai sur la littérature anglaise, ou Considérations sur le génie des hommes, des*

	temps et des révolutions, Gosselin et Furne, 1836.
Martyrs	*Les Martyrs, ou le Triomphe de la religion chrétienne*, dans *Œuvres*, t. II.
Mélanges littéraires	dans *Œuvres complètes*, Ladvocat, 1826.
Natchez	*Les Natchez*, dans *Œuvres*, t. I.
Œuvres 1 et 2	*Œuvres romanesques et voyages*, « Bibliothèque de la Pléiade », 1969, t. I et II.
Rancé	*Vie de Rancé*, dans *Œuvres*, t. I.
Récamier	Chateaubriand, *Lettres à Mme Récamier*, recueillies et présentées par Maurice Levaillant (...), Flammarion, 1951.
René	dans *Œuvres*, t. I.
Vérone	*Congrès de Vérone. Guerre d'Espagne. Négociations espagnoles*, Paris, Delloye, et Brockhaus, Leipzig, 1838.
Amérique	*Voyage en Amérique,* dans *Œuvres*, t. I.
Italie	*Voyage en Italie*, dans *Œuvres*, t. II.

2. OUVRAGES OU PÉRIODIQUES DE RÉFÉRENCE

Académie	*Dictionnaire de l'Académie* (avec dates des éditions).
Artaud	Artaud de Montor, *Histoire du pape Pie VIII*, Adrien le Clère, 1844.
Bertier	Guillaume de Bertier de Sauvigny, *La Restauration*, 3ᵉ édition revue et corrigée, Flammarion, 1974.
Boigne	*Mémoires* de la comtesse de Boigne, Mercure de France, 1999, 2 vol.
Bulletin	*Bulletin de la Société Chateaubriand* : grand bulletin, 1ʳᵉ série, 1930-1937 ; petit bulletin, 1947-1954 ; grand bulletin, 2ᵉ série, depuis 1957.
Dictionnaire Napoléon	publié sous la direction de Jean Tulard, Fayard, 1987.
Duchemin	M. Duchemin, *Chateaubriand*, Vrin, 1938.
Durry	Marie-Jeanne Durry, *La Vieillesse de Chateaubriand*, Le Divan, 1933, 2 vol.

Féraud	Abbé Féraud, *Dictionnaire critique de la langue française*, Marseille, Jean Mossy, 1787, 4 vol.
Huguet	E. Huguet, *Dictionnaire de la langue française au XVIe siècle*, Champion, puis Didier, 1925-1967.
Levaillant	Maurice Levaillant, *Chateaubriand, Madame Récamier et les Mémoires d'outre-tombe*, Delagrave, 1936.
Marcellus	Comte de Marcellus, *Chateaubriand et son temps*, Michel Lévy, 1859.
Michaud	*Biographie universelle, ancienne et moderne (...) par une société de gens de lettres et de savants*, Paris, L.-G. Michaud, 1811-1828 (52 volumes).
Petitot	*Mémoires pour servir à l'histoire de France* publiés par Paul Petitot, 1re série (50 tomes, 1819-1827) ; 2e série (53 tomes, 1820-1829).
R.H.L.F.	*Revue d'histoire littéraire de la France.*
Sainte-Beuve	Sainte-Beuve, *Chateaubriand et son groupe littéraire sous l'Empire*, nouvelle édition annotée par Maurice Allem, Garnier, 1948, 2 vol.
T.L.F.	*Trésor de la langue française.*
Trévoux	*Dictionnaire* de Trévoux, édition de 1771.
Valéry	*Voyages historiques et littéraires en Italie, ou l'Indicateur italien*, Paris, Le Normant, 1831-1833 (5 vol.).
Villemain	Villemain, *Chateaubriand. Sa vie, ses écrits, son influence littéraire et politique sur son temps*, Michel Lévy, 1858.

MÉMOIRES D'OUTRE-TOMBE

LIVRES XXV à XXXIII

(1815-1830)

NOTICE DES *LIVRES XXV à XXXIII*

Le livre XXIII des *Mémoires* prend fin avec la formation, au soir du 7 juillet 1815, du ministère Talleyrand-
Fouché : « Le vice appuyé sur le bras du crime (...) ». La
seconde Restauration commence mal pour Chateaubriand
qui rapporte ce mot terrible qu'il aurait alors adressé à
Louis XVIII : « Sire, je crois la monarchie finie. » Toutefois, cette prophétie ne se réalisa pas tout de suite. Le
9 juillet, le lendemain de la rentrée du roi à Paris, celui
qui avait occupé à Gand le poste de ministre de l'Intérieur
par intérim est nommé ministre d'État, membre du
Conseil privé, puis, le 17 août, pair de France. Ainsi
débute une carrière politique au sens le plus classique
du terme : Chateaubriand sera parlementaire, diplomate,
ministre ; sans oublier son activité de journaliste ou de
publiciste. Cette carrière se poursuivra jusqu'à la retentis-
sante démission du 7 août 1830, pour refus de serment au
nouveau régime de Juillet : elle aura duré exactement
quinze ans. « Depuis la Restauration jusqu'à aujourd'hui,
ma vie a été politique », peut-on lire dans la « Préface
testamentaire ». Dès cette époque, Chateaubriand avait
résolu de consacrer une partie de ses *Mémoires* non seulement « à (ses) occupations et à (ses) ouvrages sous la
restauration », mais aussi à « une histoire complète de
cette restauration et de sa chute », conformément à son
intention de replacer dans une histoire plus générale les
événements de son existence particulière. De ce vaste
projet ne subsiste plus que la matière des neuf livres réunis dans ce volume : ils sont numérotés de XXV à

XXXIII dans la copie notariale de 1847 (C), comme dans le manuscrit de 1848 (M). Cette fois, ce sont les aléas de la rédaction, puis de la publication, qui sont venus compromettre une architecture à laquelle le mémorialiste aurait souhaité donner des proportions plus imposantes ; si bien que la réalisation ne correspond plus tout à fait à son ambition initiale.

La rédaction de cette partie des *Mémoires* a été tardive. Nous savons en effet que la construction de leur corps central fut la dernière à voir le jour (XIII, 2 ; t. II, p. 30). Pareille entreprise ne pouvait se fonder que sur une documentation très étendue. Or Chateaubriand avait entreposé à Genève, en 1832, la presque totalité de ses archives et ne rentra pas en possession de ses papiers avant la fin du mois de juillet 1836 (voir t. II, p. 15). Il semble qu'il se soit remis au travail quelques semaines plus tard, mais de manière assez irrégulière. Il avait coutume de progresser en ordre dispersé, menant parfois de front plusieurs séquences à la fois. Faute de témoignage précis, il serait donc vain de vouloir reconstituer une chronologie linéaire pour la composition de cette suite de livres qui se poursuivra jusqu'au printemps de 1839. Le récit de la révolution de Juillet, ébauché dès le mois de septembre 1830, fut sans doute le premier à prendre forme. Il fournissait un *terminus ad quem* approprié : « Charles X, en tombant, a fermé ma carrière politique » (XXXIII, 10). La mort du souverain en exil, le 6 novembre 1836, renforça sans doute Chateaubriand dans la conviction qu'une « époque » venait de finir : le mémorialiste pouvait désormais entrer en action.

Nous savons peu de choses de son travail jusqu'au printemps suivant. Le 12 juin 1837, après de graves ennuis de santé, il rédige un testament dans lequel il indique qu'il manque encore dans les *Mémoires* une « partie de (sa) vie sous la Restauration ». Mais une fois remis, au lieu de les reprendre, nous le voyons se lancer dans la rédaction de ce qui deviendra le *Congrès de Vérone*. Il avait de bonnes raisons pour donner à ce projet la priorité sur les *Mémoires*. En effet, au terme du contrat de 1836 (voir préface du t. I, p. 16), la société qui les

avait achetés avait aussi acquis le droit de publier les
œuvres inédites ou à venir du vieil écrivain. Parmi celles-
ci figurait un ouvrage que Chateaubriand avait promis de
livrer en 1840 sur la guerre de 1823 en Espagne. Il devait
comporter quatre volumes qui lui seraient payés vingt
mille francs chacun ; en outre, après cette publication, la
rente annuelle que lui versait ladite société devait passer
de douze à vingt-cinq mille francs. Il avait donc un intérêt
financier à hâter son achèvement. Mais plus pressant
encore était sans doute son souci de pouvoir défendre *de
son vivant* la politique étrangère de la Restauration que,
de 1822 à 1824, il avait contribué à orienter de manière
si décisive. Il voulait prouver qu'en Espagne, comme plus
tard en Grèce ou en Algérie, les Bourbons avaient mené
une politique indépendante et digne de la France, sans
se laisser intimider par quiconque, comme la monarchie
bâtarde de Juillet. Lorsque le livre fut terminé, au mois
de novembre 1837, les mandataires de la société éditrice
constatèrent avec effroi que Chateaubriand avait cité
beaucoup de pièces ultra-confidentielles, mais aussi qu'il
avait multiplié des portraits sans complaisance de personnages qui vivaient encore (parfois même, comme Metternich, encore en fonction). Ce double manque au devoir
de réserve diplomatique promettait bien des ennuis. Aussi
firent-ils demander à Chateaubriand de très importantes
suppressions. Ce dernier finit par accepter de réduire, sur
épreuves, son texte de moitié, et de le limiter ainsi à deux
volumes seulement. Il en résulta pour lui un réel préjudice
financier : non seulement il ne toucha que la moitié de la
somme escomptée, mais les actionnaires, avant même la
sortie du livre le 28 avril 1838, décidèrent de fixer à dix-
huit mille francs, puis à seize mille, les versements prévus
à partir de cette date.

Au moins Chateaubriand ne renonçait-il pas à réutiliser
dans ses propres *Mémoires* posthumes certains fragments
du *Congrès*, qu'ils fussent déjà publiés ou non. Longtemps, il envisagea même la possibilité de reprendre ainsi
de quoi former deux livres continus qui auraient pris
place à la suite de son ambassade en Angleterre. Le 9 août
1841, il écrit encore à Mme Récamier : « Ma seule dis-

traction est de corriger le *Congrès de Vérone* pour le faire entrer dans les *Mémoires*. » Mais il ne subsiste aucune trace de ce nouvel arrangement dans la version définitive qui comporte toujours, entre les livres XXVII et XXVIII, une ellipse de vingt et un mois : pour la combler, le lecteur est invité, au début du livre XXVIII, à se reporter purement et simplement au texte du *Congrès*. En réalité Chateaubriand se contenta de « rapatrier » dans les *Mémoires* des pages discontinues qui, dans le *Congrès de Vérone*, ne concernaient pas directement la période de son ministère, pour les répartir dans les sections encore « ouvertes » de la seconde et de la troisième partie (Empire et Restauration). Ainsi, le récit de la bataille de Waterloo, rédigé en 1835, avait été transporté en 1837 dans le *Congrès*, comme « page à effet » (première partie, XXXI) ; il ne fit que reprendre ensuite sa place naturelle à la fin des *Cent-Jours* (XXIII, 17). Il arrive aussi que Chateaubriand conserve des passages naguère censurés de la publication de 1838. Ainsi le sommaire du chapitre 15 de la seconde partie du *Congrès* mentionne bien la mort de Pie VII, le conclave de 1823, et quelques-uns de ses participants français : mais le texte correspondant a disparu. On en retrouve des traces au livre XXX des *Mémoires* (chap. 9 : « Pie VII ») ainsi que dans le livre sur Mme Récamier (le portrait du duc de Rohan au chap. 16). En définitive, ces réemplois sont demeurés limités aussi bien en nombre qu'en étendue. Ils sont le plus souvent composites, soit qu'un chapitre du *Congrès* (par exemple le chapitre XXXI de la première partie consacré au tsar Alexandre) soit fragmenté entre plusieurs chapitres des *Mémoires*, soit qu'inversement des fragments empruntés à divers chapitres du *Congrès* soient regroupés dans un chapitre unique des *Mémoires* (ainsi le chapitre 7 du livre XX). Dans ce volume, le mémorialiste a repris un fragment isolé sur Alger (XXXI, 6). Sous le titre : « Présomption », il développe des considérations déjà présentes dans le *Congrès* sur les aptitudes des écrivains à traiter les affaires publiques (XXX, 11). Enfin, il transpose un chapitre entier du *Congrès* (seconde partie, XXIV) pour justifier son opposition à Villèle : c'est

devenu, dans les *Mémoires*, le chapitre 17, et la conclusion (provisoire) du livre XXVIII.

La composition de ce qui fut jusqu'en 1846 la « seconde époque » de la troisième partie ne fut donc pas
facile. C'est que pour évoquer sa carrière politique, Chateaubriand avait du mal à choisir entre la citation directe
de « pièces justificatives » et la narration proprement dite.
De nombreuses traces ont subsisté de ces hésitations. En
réalité, dans cette partie centrale des *Mémoires*, certains
passages ont conservé très longtemps une forme mini-
male : quelques lignes de résumé ou de transition. Mais
la comparaison de la copie notariale avec la version définitive nous apporte la preuve que Chateaubriand a travaillé jusqu'à la fin à remplir les « vides » de son texte.
On a déjà pu constater qu'au début du livre XVIII, des
extraits du *Journal* de Julien, cités en alternance avec des
fragments de son propre *Itinéraire*, sont venus « gonfler »
dans O un texte qui, dans C, ne dépasse pas une page.
C'est ainsi que dans certains chapitres du livre XXV, de
nombreuses interpolations tardives ont enrichi le simple
canevas de C. Pour procéder à ces interventions de dernière minute, Chateaubriand avait à sa disposition les
volumes de ses *Œuvres complètes* où, de 1826 à 1828, il
avait rassemblé la majeure partie de ses discours, de ses
articles, de ses brochures. Sans doute ne pouvait-il puiser
trop largement dans ce vivier ; mais inversement, il ne
pouvait ignorer que les *Mémoires* représentaient le seul
moyen de faire passer à la postérité ce qui, dans cette
production éphémère, lui tenait le plus à cœur.

Du reste, il avait dès 1838 mis en réserve pour son
ouvrage posthume des documents de première importance.
Une note du *Congrès de Vérone* (première partie, LII)
indique par exemple : « On trouvera cette pièce tout entière
au récit de mon ambassade de Rome, dans mes *Mémoires.* » C'est le substantiel mémorandum sur la politique
orientale qui constitue le chapitre 13 du livre XXIX. En
revanche, des portraits annoncés dans le *Congrès* (première partie, XII : « Nous avons placé dans nos *Mémoires*
les choses auxquelles le public prend ordinairement un
intérêt de curiosité. On y verra les portraits des personnages

qui se pressèrent à Vérone, la comtesse de Lieven, la princesse Zénaïde Wolkonsky, la comtesse Tolstoï, le prince
Oscar, etc., etc. ») ne subsiste dans la version définitive que
celui de Mme de Lieven (XXVII, 3 ; *infra*, p. 125), qui se
termine par une charge contre Guizot. Pour le récit de ses
ambassades, le mémorialiste dispose de sa correspondance
diplomatique, mais aussi de sa correspondance privée :
lettres à la duchesse de Duras et à Mme Récamier pour Berlin et Londres ; à Mme Récamier seule pour Rome.

Chateaubriand avait en outre consacré à cette dernière
un livre entier, qui devait servir de « prologue » au séjour
romain. À partir de septembre 1838, il travailla vite,
puisque la rédaction de cette « histoire de la Restauration » fut achevée au printemps suivant. Dans ces conditions les indications chronologiques inscrites dans le texte
sont crédibles : « Paris 1839 » (XXV, 1) ; « Me voici
donc écrivant en 1839... » (XXVII, 1) ; « Ce livre de mon
ambassade de Rome, écrit en 1828 et 1829 il y a dix ans »
(XXIX, 1). Il ne manque désormais, dans les *Mémoires*,
que la conclusion.

Ce groupe de livres fut intégré dans la première copie
intégrale des *Mémoires* que Pilorge exécuta en 1840 et qui
sera jusqu'en 1845 le manuscrit de travail de Chateaubriand. Mais cette « seconde époque » de la troisième partie demeure incomplète. Comme les précédentes, elle
aurait dû comprendre douze livres, compte tenu des dispositions prises par le mémorialiste pour y introduire un
arrangement du *Congrès de Vérone*. Celui-ci ne sera jamais
réalisé. Bien plus, lors de la révision de 1846, Chateaubriand se résignera au sacrifice du livre sur Mme Récamier : il ne subsiste plus, dans la version définitive, que
neuf livres. Il en résulte la concordance suivante :

	Troisième partie, seconde époque : m (1845)	Livres XXV à XXXIII C, M, (1847-1848)
I	Années 1815-1820	XXV
II	Ambassade de Berlin	XXVI
III	Ambassade de Londres	XXVII
IV } V }	Congrès de Vérone	(à venir)

VI	Années 1824-1827	XXVIII
VII	Madame Récamier	(supprimé)
VIII	} Ambassade de Rome	XXIX
IX		XXX
X	Ministère Polignac	XXXI
XI	} Révolution de Juillet	XXXII
XII		XXXIII

Cette partie des *Mémoires* conserve donc un caractère inachevé : sur les douze livres prévus, trois manquent au dernier appel. Chateaubriand a néanmoins pris le temps de la revoir dans les dernières années de sa vie. Au cours de cette période, il ne cessa guère de relire son texte pour le corriger ou le compléter. La rédaction avait mis à contribution les ouvrages les plus divers. Ainsi, le chapitre 2 du livre XXIX (itinéraire de Paris à Rome) est une compilation du *Voyage en Italie* de Valéry qui lui avait servi de guide en 1833 pour son voyage à Venise. Celui sur les « visiteurs » de Rome (XXIX, 7) emprunte presque toutes ses informations à un article publié par Ampère en 1835 dans la *Revue des Deux-Mondes*. Un chapitre sur Chamisso (XXVI, 3) est né de la conjonction entre une *Notice* confidentielle de 1839 et un article du même Ampère qui date de 1840. Dans le domaine historique, Chateaubriand ne néglige pas les publications récentes qui lui permettent de contrôler ou de préciser son propre texte. Ainsi, le récit de la révolution de Juillet, daté : « août et septembre 1830 », a encore été revu onze ans plus tard, après la lecture de Louis Blanc, puisque le mémorialiste cite son *Histoire de dix ans* (XXXII, 9, note 5, p. 494 et 15, note 1, p. 514). Il porte même la trace de lectures plus tardives, comme celle de Buchon, responsable de la mention incongrue de la « manufacture de betteraves » des Thermopyles (XXXII, 5, note 7).

Malgré ce souci de révision permanente, et la réussite incontestable de certaines pages, cette partie des *Mémoires* laisse une impression décevante, parce qu'elle est sans doute la moins homogène. Ce montage de textes de provenance diverse, où la régie narrative est affaiblie par le système des citations, est trop discontinu, trop elliptique, trop étranger au « sujet ». Dans cette perspective, le livre sur Mme Récamier représente un cas limite : pour rendre hommage à la femme qu'il aime, Chateaubriand trouve le moyen de céder la parole à Lucien Bonaparte, Mme de Staël, Ballanche, Benjamin Constant, etc. Autre paradoxe : ce livre qui devait prendre place, dans la chronologie des *Mémoires*, à la date de 1828, ramène le lecteur très loin en arrière, sur la scène brillante du premier Empire.

Dans la « Préface testamentaire », Chateaubriand avait accordé un rôle majeur à son action politique : à sa « carrière littéraire » devait correspondre une « carrière politique ». Or la publication anticipée du *Congrès de Vérone*, qui laisse, dans les *Mémoires*, béer une place vide (la période du ministère) a compromis la réalisation de ce programme. C'est plus qu'une erreur stratégique. On dirait qu'une fois enfin parvenu au *lieu* du pouvoir, Chateaubriand se dérobe : il est soudain frappé de mutisme. Pareille censure exigerait une véritable analyse, que nous ne pouvons développer ici, des relations du grand écrivain avec le pouvoir. Mais cette absence constitutive du narrateur révèle pour le moins une impuissance à se représenter comme *acteur* dans une histoire réelle.

C'est, par voie de conséquence, la représentation de la Restauration dans son ensemble qui se déréalise peu à peu sous la plume du mémorialiste. Celui-ci ne cesse de prendre ses distances avec son objet ; il fragmente son tableau ; il multiplie les caricatures ; il révèle sa gêne. Or, au début, Chateaubriand avait cru la partie jouable. Le *Congrès* témoigne encore de cette ardente conviction : la liberté a le droit de regarder la gloire en face, et la monarchie restaurée des Bourbons, malgré ses petitesses ou ses accidents de parcours, a donné à la France le meilleur régime politique de son histoire. On pouvait dès lors concevoir la troisième partie des *Mémoires* comme une défense et illustration de la « Restauration possible ». Chateaubriand aurait pu aborder ainsi de front une carrière politique dans laquelle, loin de se trouver *égaré*, il aurait eu toute sa place, et aurait accompli la vocation du poète à exercer des responsabilités publiques qu'il ne cesse de revendiquer avec les autres romantiques. Pourquoi avoir renoncé à pareille ambition, et préféré se replier sur une position frileuse qui, au début du livre XXV, donne à toute la séquence son ton désenchanté : « Retomber de Bonaparte (...) à ce qui les a suivis, c'est tomber de la réalité dans le néant » ? Il est nécessaire, pour répondre à cette question, de serrer de plus près les dates. Ce qui pouvait encore se concevoir en 1837 va devenir de plus en plus problématique. Il se trouve en effet que, de 1838 à 1839, Chateaubriand achève ses *Mémoires* au moment même où déferle sur la France de Louis-Philippe la grande vague du mythe napoléonien, qui atteindra son apogée en 1840 avec le retour des cendres. C'est du reste à peu près à la même époque que le mémorialiste travaille à sa « vie de Napoléon » (livres XIX-XXIV). La grande ombre du héros national a éclipsé le soleil de la monarchie défunte : « Nous ne lui devions que notre fidélité », dira Chateaubriand. Sans doute est-ce pour cela qu'elle a laissé dans les *Mémoires d'outre-tombe* moins de traces que le parc enneigé de Charlottenbourg, ou le clair de lune printanier sur la campagne romaine.

LIVRE VINGT-CINQUIÈME

(1)

Paris, 1839.

Revu le 22 février 1845.

CHANGEMENT DU MONDE.

Retomber de Bonaparte et de l'Empire à ce qui les a suivis, c'est tomber de la réalité dans le néant, du sommet d'une montagne dans un gouffre. Tout n'est-il pas terminé avec Napoléon ? Aurais-je dû parler d'autre chose ? Quel personnage peut intéresser en dehors de lui ? De qui et de quoi peut-il être question, après un pareil homme ? Dante a eu seul le droit de s'associer aux grands poètes qu'il rencontre dans les régions d'une autre vie. Comment nommer Louis XVIII en place de l'empereur ? Je rougis en pensant qu'il me faut nasillonner à cette heure d'une foule d'infimes créatures dont je fais partie, êtres douteux et nocturnes que nous fûmes d'une scène dont le large soleil avait disparu.

Les bonapartistes eux-mêmes s'étaient racornis. Leurs membres s'étaient repliés et contractés ; l'âme manqua à l'univers nouveau sitôt que Bonaparte retira son souffle ; les objets s'effacèrent dès qu'ils ne furent plus éclairés

de la lumière qui leur avait donné le relief et la couleur.
Au commencement de ces *Mémoires* je n'eus à parler que
de moi : or, il y a toujours une sorte de primauté dans la
solitude individuelle de l'homme ; ensuite je fus environné de miracles : ces miracles soutinrent ma voix ; mais
à cette heure plus de conquête d'Égypte, plus de batailles
de Marengo, d'Austerlitz et d'Iéna, plus de retraite de
Russie, plus d'invasion de la France, de prise de Paris, de
retour de l'île d'Elbe, de bataille de Waterloo, de funérailles de Sainte-Hélène : quoi donc ? des portraits à qui
le génie de Molière pourrait seul donner la gravité du
comique !

En m'exprimant sur notre peu de valeur, j'ai serré de
près ma conscience ; je me suis demandé si je ne m'étais
pas incorporé par calcul à la nullité de ces temps, pour
acquérir le droit de condamner les autres ; persuadé que
j'étais *in petto* que mon nom se lirait au milieu de toutes
ces effaçures[1]. Non : je suis convaincu que nous nous
évanouirons tous : premièrement parce que nous n'avons
pas en nous de quoi vivre ; secondement parce que le
siècle dans lequel nous commençons ou finissons nos
jours n'a pas lui-même de quoi nous faire vivre. Des
générations mutilées, épuisées, dédaigneuses, sans foi,
vouées au néant qu'elles aiment, ne sauraient donner
l'immortalité ; elles n'ont aucune puissance pour créer
une renommée ; quand vous cloueriez votre oreille à leur
bouche vous n'entendriez rien : nul son ne sort du cœur
des morts.

Une chose cependant me frappe : le petit monde dans
lequel j'entre à présent était supérieur au monde qui lui a
succédé en 1830 : nous étions des géants en comparaison
de la société de cirons[2] qui s'est engendrée.

La Restauration offre du moins un point où l'on peut
retrouver de l'importance : après la dignité d'un seul
homme, cet homme passé, renaquit la dignité des
hommes. Si le despotisme a été remplacé par la liberté,

---

1. « Ce qui est effacé, soit par accident, soit à dessein » (Féraud).
2. Insecte aptère qui se développe dans la farine ou le fromage. Jusqu'à
ce que soit inventé le microscope, c'était le plus petit animal visible.

si nous entendons quelque chose à l'indépendance, si nous avons perdu l'habitude de ramper, si les droits de la nature humaine ne sont plus méconnus, c'est à la Restauration que nous en sommes redevables. Aussi me jetai-je dans la mêlée pour, autant que je le pouvais, raviver l'espèce quand l'individu fut fini.

Allons, poursuivons notre tâche ! descendons en gémissant jusqu'à moi et à mes collègues. Vous m'avez vu au milieu de mes songes ; vous allez me voir dans mes réalités : si l'intérêt diminue, si je tombe, lecteur, soyez juste, faites la part de mon sujet[1].

(2)

Années de ma vie 1815, 1816. – Je suis nommé pair de France. – Mon début à la tribune. – Divers discours.

Après la seconde rentrée du Roi et la disparition finale de Bonaparte, le ministère étant aux mains de M. le duc d'Otrante et de M. le prince de Talleyrand, je fus nommé président du collège électoral du département du Loiret[2]. Les élections de 1815 donnèrent au Roi la Chambre *introuvable*. Toutes les voix se portaient sur moi à Orléans, lorsque l'ordonnance qui m'appelait à la Chambre des pairs m'arriva[3]. Ma carrière d'action à

---

1. Le livre XXV couvre une période de plus de cinq ans (juillet 1815-décembre 1820), au cours de laquelle Chateaubriand a déployé une intense activité politique (discours, articles, brochures) et connu de graves difficultés financières ; sans parler de sa liaison avec Juliette Récamier qui commence à partir de 1818. Ce livre est loin de refléter la totalité de ce « vécu ». Il faudra au moins le compléter par le tome III de la *Correspondance générale* (1982).   2. Chateaubriand avait été nommé ministre d'État le 9 juillet 1815, le lendemain du retour de Louis XVIII à Paris. La Chambre des députés ayant été dissoute le 13, il fut désigné le 26 pour présider le Collège électoral du Loiret. 3. Cette ordonnance du 17 août 1815 nommait à la Chambre des pairs quatre-vingt-quatorze personnalités nouvelles : elle fut connue à Orléans le 19.

peine commencée changea subitement de route : qu'eût-elle été si j'eusse été placé dans la Chambre élective ? Il est assez probable que cette carrière aurait abouti, en cas de succès, au ministère de l'intérieur, au lieu de me conduire au ministère des affaires étrangères. Mes habitudes et mes mœurs étaient plus en rapport avec la pairie, et quoique celle-ci me devînt hostile dès le premier moment, à cause de mes opinions libérales, il est toutefois certain que mes doctrines sur la liberté de la presse et contre le vasselage des étrangers donnèrent à la noble Chambre cette popularité dont elle a joui tant qu'elle souffrit mes opinions.

Je reçus en arrivant le seul honneur que mes collègues m'aient jamais fait pendant mes quinze années de résidence au milieu d'eux : je fus nommé l'un des quatre secrétaires pour la session de 1816[1]. Lord Byron n'obtint pas plus de faveur lorsqu'il parut à la Chambre des lords et il s'en éloigna pour toujours ; j'aurais dû rentrer dans mes déserts.

Mon début à la tribune fut un discours sur *l'inamovibilité des juges* ; je louais le principe, mais j'en blâmais l'application immédiate[2]. Dans la révolution de 1830 les hommes de la gauche les plus dévoués à cette révolution voulaient suspendre pour un temps l'inamovibilité.

Le 22 février 1816, le duc de Richelieu nous apporta le testament autographe de la Reine ; je montai à la tribune et je dis :

« Celui qui nous a conservé le testament de Marie-Antoinette[3] avait acheté la terre de Montboissier : juge

---

1. Le 6 novembre 1815. **2.** Prononcé le 19 décembre 1815, ce discours a été recueilli dans Ladvocat, t. XXIII, p. 32-72. Chateaubriand était intervenu une première fois pour demander la suppression ou du moins la modification du huitième article de la loi sur les cris séditieux. C'est à cette occasion qu'il avait lancé ce qui deviendra la devise du *Conservateur* : « Qu'on se hâte de confier le pouvoir à des mains pures. La Charte et les honnêtes gens, et la France sera sauvée ! » **3.** Le député Courtois, chargé de faire un rapport à la Convention le 5 janvier 1795 sur les papiers trouvés chez Robespierre, avait mis le document en lieu sûr. Le texte intégral de ce discours se trouve dans Ladvocat, t. XXIII, p. 109-113.

de Louis XVI, il avait élevé dans cette terre un monument
à la mémoire du défenseur de Louis XVI ; il avait gravé
lui-même sur ce monument une épitaphe en vers français
à la louange de M. de Malesherbes. Cette étonnante
impartialité annonce que tout est déplacé dans le monde
moral. »

Le 12 mars 1816 on agita la question de pensions
ecclésiastiques. « Vous refuseriez », disais-je [1], des « aliments au pauvre vicaire qui consacre aux autels le reste
de ses jours, et vous accorderiez des pensions à Joseph
Lebon, qui fit tomber tant de têtes, à Francis Chabot, qui
demandait pour les émigrés une loi si simple qu'un enfant
pût les mener à la guillotine, à Jacques Roux [2], lequel,
refusant au Temple de recevoir le testament de
Louis XVI, répondit à l'infortuné monarque : Je ne suis
chargé que de te conduire à la mort. »

On avait apporté à la Chambre héréditaire un projet de
loi relatif aux élections ; je me prononçai pour le renouvellement intégral de la Chambre des députés [3] ; ce n'est
qu'en 1824, étant ministre, que je le fis entrer dans la loi.

Ce fut aussi dans ce premier discours sur la loi d'élections, en 1816, que je répondis à un adversaire : « Je ne
relève point ce qu'on a dit de l'Europe attentive à nos
discussions. Quant à moi, messieurs, je dois sans doute
au sang français qui coule dans mes veines cette impatience que j'éprouve quand, pour déterminer mon suf-
frage, on me parle des opinions placées hors ma patrie ;
et si l'Europe civilisée voulait m'imposer la Charte, j'irais
vivre à Constantinople. »

---

1. Le 10 février 1816, Chateaubriand avait déjà défendu une proposition de loi visant à rendre au clergé la propriété de ses forêts non
encore aliénées, qui fut adoptée le 12 février (Ladvocat, t. XXIII, p. 82-
108). Le 12 mars, il récidiva à propos de la résolution « relative aux
pensions ecclésiastiques dont jouissent les prêtres mariés » (Ladvocat,
t. XXIII, p. 114-135). **2.** Le curé Joseph Lebon (1765-1795) et
le capucin François Chabot (1759-1794) avaient été membres de la
Convention. Quant au prédicateur Jacques Roux, il avait appartenu à
la Commune de Paris après le 10 août. **3.** Discours prononcé le
3 avril 1816 (Ladvocat, t. XXIII, p. 136-154). Voir XXVIII, 2, note 1
infra, p. 161.

Le 9 avril 1816, je fis à la Chambre une proposition relative aux puissances barbaresques[1]. La Chambre décida qu'il y avait lieu de s'en occuper. Je songeais déjà à combattre l'esclavage, avant que j'eusse obtenu cette décision favorable de la pairie qui fut la première intervention politique d'une grande puissance en faveur des Grecs : « J'ai vu », disais-je à mes collègues, « les ruines de Carthage ; j'ai rencontré parmi ces ruines les successeurs de ces malheureux chrétiens pour la délivrance desquels saint Louis fit le sacrifice de sa vie. La philosophie pourra prendre sa part de la gloire attachée au succès de ma proposition et se vanter d'avoir obtenu dans un siècle de lumières ce que la religion tenta inutilement dans un siècle de ténèbres. »

J'étais placé dans une assemblée où ma parole, les trois quarts du temps, tournait contre moi. On peut remuer une chambre populaire ; une chambre aristocratique est sourde. Sans tribune, à huis clos devant des vieillards, restes desséchés de la vieille Monarchie, de la Révolution et de l'Empire, ce qui sortait du ton le plus commun paraissait folie. Un jour le premier rang des fauteuils, tout près de la tribune, était rempli de respectables pairs, plus sourds les uns que les autres, la tête penchée en avant et tenant à l'oreille un cornet dont l'embouchure était dirigée vers la tribune. Je les endormis, ce qui est bien naturel. Un d'eux laissa tomber son cornet ; son voisin, réveillé par la chute, voulut ramasser poliment le cornet de son confrère ; il tomba. Le mal fut que je me pris à rire, quoique je parlasse alors pathétiquement sur je ne sais plus quel sujet d'humanité[2].

---

1. Ladvocat, t. XXIII, p. 155-158.   2. Le jugement désabusé que, dans ce paragraphe, Chateaubriand porte *a posteriori* sur son expérience parlementaire doit être nuancé. Certes, le secret des délibérations au palais du Luxembourg ne favorisait guère les effets oratoires ; mais si Chateaubriand fut sans doute un piètre improvisateur, on demeure frappé du nombre de ses interventions et du soin qu'il apporte à la préparation de ses discours, tous remarquables par leur clarté, voire leur technicité. Il suffit du reste de relire sa correspondance pour voir quelle importance il attache à la dignité de pair de France. Le ton des *Mémoires* doit être corrigé par celui, très différent, de la préface qu'il

Les orateurs qui réussissaient dans cette Chambre étaient ceux qui parlaient sans idées, d'un ton égal et monotone, ou qui ne trouvaient de sensibilité que pour s'attendrir sur les pauvres ministres. M. de Lally-Tollendal[1] tonnait en faveur des libertés publiques : il faisait retentir les voûtes de notre solitude de l'éloge de trois ou quatre lords de la chancellerie anglaise, ses aïeux, disait-il. Quand son panégyrique de la liberté de la presse était terminé, arrivait un *mais* fondé sur des *circonstances*, lequel *mais* nous laissait l'honneur sauf, sous l'utile surveillance de la censure.

La Restauration donna un mouvement aux intelligences ; elle délivra la pensée comprimée par Bonaparte : l'esprit, comme une cariatide déchargée de l'architecture qui lui courbait le front, releva la tête. L'Empire avait frappé la France de mutisme ; la liberté restaurée la toucha et lui rendit la parole : il se trouva des talents de tribune qui reprirent les choses où les Mirabeau et les Cazalès[2] les avaient laissées, et la Révolution continua son cours.

(3)

MONARCHIE SELON LA CHARTE.

Mes travaux ne se bornaient pas à la tribune, si nouvelle pour moi. Épouvanté des systèmes que l'on embrassait et de l'ignorance de la France sur les principes du

---

a rédigée, en 1826, pour le recueil des *Opinions et Discours* (voir Ladvocat, t. XXIII).
1. Le marquis de Lally-Tollendal (1751-1830) avait été nommé pair de France en même temps que Chateaubriand dont il avait été le compagnon à Gand. Il soutiendra le libéralisme « ministériel » incarné par le couple Richelieu-Decazes.   **2.** Jacques de Cazalès (1758-1805) avait défendu, à la tribune de la Constituante, les droits de la Couronne contre Barnave et Mirabeau. Une édition de ses *Discours et Opinions* a paru en 1821.

gouvernement représentatif, j'écrivais et je faisais imprimer *La Monarchie selon la Charte*[1].

Cette publication a été une des grandes époques de ma vie politique : elle me fit prendre rang parmi les publicistes ; elle servit à fixer l'opinion sur la nature de notre gouvernement. Les journaux anglais portèrent cet écrit aux nues[2] ; parmi nous, l'abbé Morellet même ne revenait pas de la métamorphose de mon style et de la précision dogmatique des vérités.

La Monarchie selon la Charte est un catéchisme constitutionnel[3] : c'est là que l'on a puisé la plupart des propositions que l'on avance comme nouvelles aujourd'hui. Ainsi ce principe, que *le roi règne et ne gouverne pas*, se trouve tout entier dans les chapitres IV, V, VI et VII sur la prérogative royale.

Les principes constitutionnels étant posés dans la première partie de *La Monarchie selon la Charte*, j'examine dans la seconde les systèmes des trois ministères qui jusqu'alors s'étaient succédé depuis 1814 jusqu'à 1816 ; dans cette partie se rencontrent des prédictions depuis trop vérifiées et des expositions de doctrines alors cachées. On lit ces mots, chapitre XXXVI, deuxième partie[4] : « Il passe pour constant, dans un certain parti, qu'une révolution de la nature de la nôtre ne peut finir que par un changement de dynastie ; d'autres, plus modérés, disent par un changement dans l'ordre de successibilité à la couronne. »

Comme je terminais mon ouvrage, parut l'ordonnance

---

1. Pendant les mois de juillet et août 1816, à la Vallée-aux-Loups. Le texte fut imprimé au début de septembre.　　**2.** Comme le signale Chateaubriand lui-même à sa sœur Marigny le 4 octobre 1816. Une édition ultérieure (Imprimerie des amis du Roi, 1817) comporte une sélection de ces comptes rendus favorables.　　**3.** Dès le 19 septembre 1816, un lecteur écrivait à Chateaubriand : « Grâces soient rendues à votre courageux écrit qui restera comme un modèle de catéchisme politique des peuples civilisés du XIXᵉ siècle » (cité dans *Correspondance*, t. III, p. 368).　　**4.** Soit le chapitre LXXVI de la première édition, qui se présente comme une suite continue de quatre-vingt-douze chapitres. La division du texte en deux parties de quarante et cinquante-deux chapitres date de 1827 (Ladvocat, t. XXV).

du 5 septembre 1816[1] ; cette mesure dispersait le peu de royalistes rassemblés pour reconstruire la monarchie légitime. Je me hâtai d'écrire le *post-scriptum* qui fit faire explosion à la colère de M. le duc de Richelieu et du favori de Louis XVIII, M. Decazes.

Le *post-scriptum* ajouté, je courus chez M. Le Normant, mon libraire[2] ; je trouvai en arrivant des alguazils et un commissaire de police qui instrumentaient. Ils avaient saisi des paquets et apposé des scellés. Je n'avais pas bravé Bonaparte pour être intimidé par M. Decazes : je m'opposai à la saisie ; je déclarai, comme Français libre et comme pair de France, que je ne céderais qu'à la force : la force arriva et je me retirai. Je me rendis le 18 septembre chez MM. Louis-Marthe Mesnier et son collègue, notaires royaux ; je protestai à leur étude et je les requis de consigner ma déclaration du fait de l'arrestation de mon ouvrage, voulant assurer par cette protestation les droits des citoyens français. M. Baude m'a imité en 1830[3].

Je me trouvai engagé ensuite dans une correspondance assez longue avec M. le chancelier, M. le ministre de

---

1. Elle prononçait la dissolution de la Chambre « introuvable » et annonçait de nouvelles élections.   2. Sur cette scène et ses conséquences, voir le dossier de lettres réuni et commenté par Pierre Riberette au tome III de la *Correspondance* (p. 84-94 et p. 362-372). Le *post-scriptum* ajouté à la dernière minute (voir *Écrits politiques*, t. II, p. 460-467) pouvait faire craindre une interdiction du livre ou du moins retarder sa diffusion. Chateaubriand et son éditeur décidèrent donc de servir les libraires (de Paris comme de province) avant de faire déposer à la direction de la Librairie les cinq exemplaires prévus par la loi du 21 octobre 1815 sur la censure préalable. C'était commettre une grave infraction et se mettre dans son tort. Au matin du 18 septembre 1816, sans prévenir le roi ni le duc de Richelieu (qui aurait sans doute préféré éviter le scandale), Decazes chargea un commissaire de police de procéder à la saisie des exemplaires demeurés chez Le Normant. En réalité, Chateaubriand était tombé dans un piège : sous prétexte de défendre la liberté de pensée et la dignité de la Pairie, il avait pu laisser croire qu'il se considérait lui-même comme au-dessus des lois. Pire qu'un crime, c'était une faute.   3. Voir livre XXXII, chap. 2 ; *infra*, p. 466, note 1.

la police[1] et M. le procureur général Bellard[2], jusqu'au 9 novembre, jour que le chancelier m'annonça l'ordonnance rendue en ma faveur par le tribunal de première instance, laquelle me remit en possession de mon ouvrage saisi. Dans une de ses lettres, M. le chancelier me mandait qu'il avait été désolé de voir le mécontentement que le Roi avait exprimé publiquement de mon ouvrage[3]. Ce mécontentement venait des chapitres où je m'élevais contre l'établissement d'un ministre de la police générale dans un pays constitutionnel.

(4)

LOUIS XVIII.

Dans mon récit du voyage de Gand[4], vous avez vu ce que Louis XVIII valait comme fils de Hugues Capet ; dans mon écrit, *Le Roi est mort : vive le Roi !* j'ai dit les qualités réelles de ce prince[5]. Mais l'homme n'est pas un et simple : pourquoi y a-t-il si peu de portraits fidèles ? parce qu'on a fait poser le modèle à telle époque de sa vie ; dix ans après, le portrait ne ressemble plus.

Louis XVIII n'apercevait pas loin les objets devant lui ni autour de lui ; tout lui semblait beau ou laid d'après l'angle de son regard. Atteint de son siècle, il est à craindre que la religion ne fût pour le *Roi très-chrétien* qu'un élixir propre à l'amalgame des drogues de quoi se compose la royauté. L'imagination libertine qu'il avait reçue de son grand-père[6] aurait pu inspirer quelque

---

1. Respectivement Dambray et Decazes.   2. Nicolas-François *Bellart* (1761-1826) a été avocat au barreau de Paris de 1785 à 1815. Élu député de la Seine de 1815 à 1820, il fut aussi, de 1815 à 1826, procureur général auprès de la Cour royale. Ce royaliste ultra avait requis dans un certain nombre de procès politiques, dont celui de Ney. 3. Voir cette lettre du 19 septembre 1819 dans *Correspondance*, t. III, p. 366-367.   4. Voir le chap. 8 du livre XXIII (t. II, p. 649-651). 5. Voir livre XXVIII, chap. 5.   6. Louis XV.

défiance de ses entreprises ; mais il se connaissait, et quand il parlait d'une manière affirmative, il se vantait en se raillant de lui-même. Je lui parlais un jour de la nécessité d'un nouveau mariage pour M. le duc de Bourbon, afin de rappeler la race des Condé à la vie : il approuvait fort cette idée, quoiqu'il ne se souciât guère de ladite résurrection ; mais à ce propos il me parla de M. le comte d'Artois et me dit : « Mon frère pourrait se remarier sans rien changer à la succession au trône, il ne ferait que des cadets ; pour moi, je ne ferais que des aînés : je ne veux point déshériter M. le duc d'Angoulême. » Et il se rengorgea d'un air capable et goguenard ; mais je ne prétendais disputer au Roi aucune puissance.

Egoïste et sans préjugés, Louis XVIII voulait sa tranquillité à tout prix : il soutenait ses ministres tant qu'ils avaient la majorité ; il les renvoyait aussitôt que cette majorité était ébranlée et que son repos pouvait être dérangé ; il ne balançait pas à reculer dès que, pour obtenir la victoire, il eût fallu faire un pas en avant. Sa grandeur était de la patience ; il n'allait pas aux événements, les événements venaient à lui.

Sans être cruel, ce roi n'était pas humain ; les catastrophes tragiques ne l'étonnaient ni ne le touchaient pas : il se contenta de dire au duc de Berry, qui s'excusait d'avoir eu le malheur de troubler par sa mort le sommeil du roi : « J'ai fait ma nuit. » Pourtant cet homme tranquille, lorsqu'il était contrarié, entrait dans d'horribles colères ; enfin ce prince si froid, si insensible, avait des attachements qui ressemblaient à des passions : ainsi se succédèrent dans son intimité le comte d'Avarai[1], M. de Blacas[2], M. Decazes ; madame de Balbi[3], madame du

---

1. Antoine-Louis-François de Bésiade, comte d'Avaray (1759-1811) avait aidé le comte de Provence à quitter la France en 1791 et il était demeuré le fidèle compagnon de son exil. C'était le fils aîné du marquis d'Avaray (1740-1829), beau-frère de Mme de Coislin. **2.** Sur le comte de Blacas, voir XXII, 24 (t. II, p. 608, note 1). **3.** La comtesse de Balbi, née Anne de Caumont-La-Force (1758-1842), avait été la maîtresse en titre du comte de Provence avant 1789 et avait partagé le début de son exil à Coblentz. Elle séjourna ensuite en Angleterre, puis se réinstalla dans le midi de la France à la fin du Consulat.

Cayla[1] : toutes ces personnes aimées étaient des favoris ; malheureusement, elles ont entre leurs mains beaucoup trop de lettres.

Louis XVIII nous apparut dans toute la profondeur des traditions historiques ; il se montra avec le favoritisme des anciennes royautés. Se fait-il dans le cœur des monarques isolés un vide qu'ils remplissent avec le premier objet qu'ils trouvent ? Est-ce sympathie, affinité d'une nature analogue à la leur ? Est-ce une amitié qui leur tombe du ciel pour consoler leurs grandeurs ? Est-ce un penchant pour un esclave qui se donne corps et âme, devant lequel on ne se cache de rien, esclave qui devient un vêtement, un jouet, une idée fixe liée à tous les sentiments, à tous les goûts, à tous les caprices de celui qu'elle a soumis et qu'elle tient sous l'empire d'une fascination invincible ? Plus le favori a été bas et intime, moins on peut le renvoyer, parce qu'il est en possession des secrets qui feraient rougir s'ils étaient divulgués : ce préféré puise une double force dans sa turpitude et dans les faiblesses de son maître.

Quand le favori est par hasard un grand homme, comme l'obsesseur Richelieu ou l'inrenvoyable Mazarin, les nations en le détestant profitent de sa gloire ou de sa puissance ; elles ne font que changer un misérable roi de droit pour un illustre roi de fait.

Revenue à Paris sous la Restauration, elle se vit accorder par Louis XVIII une pension de 12 000 francs.

1. La comtesse du Cayla, née Zoé Talon (1784-1850) avait été élevée sous la Révolution par Mme Campan. C'était encore une blonde appétissante lorsqu'elle rencontra Louis XVIII. Poussée par Monsieur et par la Congrégation, elle contribua au renvoi de Decazes, avant de le remplacer dans la faveur du roi qu'elle rapprocha, dans les dernières années du règne, de son frère et de la droite royaliste.

(5)

M. Decazes.

Aussitôt que M. Decazes fut nommé ministre, les voitures encombrèrent le soir le quai Malaquais, pour déposer dans le salon du parvenu ce qu'il y avait de plus noble dans le faubourg Saint-Germain. Le Français aura beau faire, il ne sera jamais qu'un courtisan, n'importe de qui, pourvu que ce soit un puissant du jour.

Il se forma bientôt en faveur du nouveau favori une coalition formidable de bêtises. Dans la société démocratique, bavardez de libertés, déclarez que vous voyez la marche du genre humain et l'avenir des choses, en ajoutant à vos discours quelques croix d'honneur, et vous êtes sûr de votre place ; dans la société aristocratique, jouez au whist, débitez d'un air grave et profond des lieux communs et des bons mots arrangés d'avance, et la fortune de votre génie est assurée.

Compatriote de Murat[1], mais de Murat sans royaume, M. Decazes[2] nous était venu de la mère de Napoléon. Il était familier, obligeant, jamais insolent ; il me voulait du

---

1. Les environs de Libourne où Decazes a vu le jour et la région de Cahors où est né Murat, ne forment une patrie commune que dans un sens très large. Peut-être faut-il voir dans cette association surprenante une forme de la réserve qu'a souvent manifestée le Breton Chateaubriand envers les gens du Midi.   2. Venu du barreau, Élie Decazes (1780-1860) avait été successivement juge au tribunal de la Seine (1806), secrétaire de Louis Bonaparte (1807), conseiller à la cour de Paris (1811) et secrétaire des commandements de Madame Mère. Lors de la Première Restauration, il se rallia au nouveau régime, et lui demeura fidèle avec éclat durant les Cent-Jours. Ce fut le début de sa fulgurante carrière : préfet de police au mois de juillet 1815, élu député de la Seine le 22 août, il succède à Fouché comme ministre de la Police le 24 septembre, dans le premier ministère Richelieu ; il est ensuite nommé pair de France, avec le titre de comte (septembre 1816), ministre de l'Intérieur le 29 décembre 1818, enfin président du Conseil le 19 novembre 1819. Démissionnaire le 17 février 1820, il fut aussitôt nommé ambassadeur à Londres, et créé duc par Louis XVIII.

bien, je ne sais pourquoi je ne m'en souciai pas : de là vint le commencement de mes disgrâces. Cela devait m'apprendre qu'on ne doit jamais manquer de respect à un favori. Le Roi le combla de bienfaits et de crédit, et le maria dans la suite à une personne très bien née, fille de M. de Saint-Aulaire[1]. Il est vrai que M. Decazes servait trop bien la royauté ; ce fut lui qui déterra le maréchal Ney[2] dans les montagnes d'Auvergne où il s'était caché.

Fidèle aux inspirations de son trône, Louis XVIII disait de M. Decazes : « Je l'élèverai si haut qu'il fera envie aux plus grands seigneurs. » Ce mot, emprunté d'un autre roi, n'était qu'un anachronisme : pour élever les autres il faut être sûr de ne pas descendre ; or, au temps où Louis XVIII était arrivé, qu'était-ce que les monarques ? S'ils pouvaient encore faire la fortune d'un homme, ils ne pouvaient en faire la grandeur ; ils n'étaient plus que les banquiers de leurs favoris.

Madame Princeteau, sœur de M. Decazes, était une agréable, modeste et excellente personne ; le Roi s'en était amouraché en perspective. M. Decazes le père, que je vis dans la salle du trône en habit habillé, l'épée au côté, chapeau sous le bras, n'eut cependant aucun succès.

Enfin, la mort de M. le duc de Berry accrut les inimitiés de part et d'autre et amena la chute du favori. J'ai dit que *les pieds lui glissèrent dans le sang*[3], ce qui ne signifie pas, à Dieu ne plaise ! qu'il fut coupable du meurtre, mais

---

1. Decazes avait épousé en 1805 une fille du comte Muraire, premier président de la Cour de cassation. Devenu veuf au bout de quelques mois, il se remaria, en 1818, avec Egidie de Sainte-Aulaire qui, par sa mère, née Soyecourt, descendait du dernier prince régnant de Nassau-Saarbruck, allié à la famille royale de Danemark, etc. **2.** Du moins avait-il facilité son arrestation le 5 août 1815 dans un château situé à la limite du Lot et du Cantal. Plus tard, lorsqu'il recherchera le soutien du parti libéral, Decazes protestera contre cette accusation. **3.** Chateaubriand avait risqué cette formule dans sa « Lettre de Paris », datée du 3 mars 1820, et qui termine la soixante-quinzième livraison du *Conservateur* : « Ceux qui luttaient encore contre la haine publique, n'ont pu résister à la publique douleur. Nos larmes, nos gémissements, nos sanglots ont étonné un imprudent ministre : les pieds lui ont glissé dans le sang ; il est tombé » (*Le Conservateur*, t. VI, p. 476). Elle suscita de vives protestations.

qu'il tomba dans la mare rouge qui se forma sous le couteau de Louvel[1].

(6)

JE SUIS RAYÉ DE LA LISTE DES MINISTRES D'ÉTAT.
JE VENDS MES LIVRES ET LA VALLÉE.

J'avais résisté à la saisie de *La Monarchie selon la Charte* pour éclairer la royauté abusée et pour soutenir la liberté de la pensée et de la presse ; j'avais embrassé franchement nos institutions et j'y suis resté fidèle.

Ces tracasseries passées, je demeurai saignant des blessures qu'on m'avait faites à l'apparition de ma brochure. Je ne pris pas possession de ma carrière politique sans porter les cicatrices des coups que je reçus en entrant dans cette carrière : je m'y sentais mal, je n'y pouvais respirer.

Peu de temps après, une ordonnance contre-signée Richelieu me raya de la liste des ministres d'État[2], et je fus privé d'une place réputée jusqu'alors inamovible ; elle m'avait été donnée à Gand, et la pension attachée à cette place me fut retirée[3] : la main qui avait pris Fouché me frappa.

J'ai eu l'honneur d'être dépouillé trois fois pour la légitimité : la première, pour avoir suivi les fils de saint Louis dans leur exil ; la seconde, pour avoir écrit en faveur des principes de la monarchie *octroyée* ; la troisième, pour m'être tu sur une loi funeste au moment que je venais de faire triompher nos armes[4] : la campagne d'Espagne avait

---

1. Le meurtrier du duc de Berry (voir chap. 11).   **2.** Cette ordonnance, du 20 septembre 1816, fut publiée dans le *Moniteur* du lendemain. **3.** Une ordonnance du 17 janvier 1816 avait accordé à Chateaubriand comme ministre d'État, membre du Conseil privé, un traitement de 24 000 francs. Réduits à sa pension de pair (qui avait été fixée par une décision royale du 29 décembre 1815 à 15 000 francs, imputables sur les crédits de la Chambre des pairs), ses revenus se trouvaient donc amputés de plus de 60 %.   **4.** Voir livre XXVIII, chap. 1.

rendu des soldats au drapeau blanc, et si j'avais été maintenu au pouvoir, j'aurais reporté nos frontières aux rives du Rhin.

Ma nature me rendit parfaitement insensible à la perte de mes appointements ; j'en fus quitte pour me remettre à pied et pour aller, les jours de pluie, en fiacre à la Chambre des pairs. Dans mon équipage populaire, sous la protection de la canaille qui roulait autour de moi, je rentrai dans les droits des prolétaires dont je fais partie : du haut de mon fiacre je dominai le train des rois.

Je fus obligé de vendre mes livres : M. Merlin les exposa à la criée, à la salle Sylvestre, rue des Bons-Enfants [1]. Je ne gardai qu'un petit Homère grec, à la marge duquel se trouvaient des essais de traductions et des remarques écrites de ma main [2]. Bientôt il me fallut tailler dans le vif ; je demandai à M. le ministre de l'intérieur la permission de mettre en loterie ma maison de campagne : la loterie fut ouverte chez M. Denis [3], notaire.

---

1. La B.N. conserve le seul exemplaire connu du catalogue de cette vente : « *Notice de bons livres provenant de la bibliothèque de M. de Ch**** dont la vente se fera le lundi 28 avril 1817 et jours suivants, six heures de relevée, rue des Bons-Enfants, n° 30, salle du rez-de-chaussée » (Paris, Merlin, 1817). Il a été reproduit par Duchemin, p. 387-432 (398 numéros, près de 1 800 volumes) mais nous ignorons quelle somme Chateaubriand retira de cette vente.   2. Chateaubriand possédait un Homère complet (*Iliade* et *Odyssée*) publié par Wetstein à Amsterdam en 1707, avec la traduction latine en regard du texte grec. Il avait débité ces deux gros volumes in-12 en douze volumes plus maniables, comprenant chacun quatre chants, qu'il avait fait interfolier à la reliure de pages blanches, réservées à son usage. Ont subsisté seulement les trois premiers volumes (*Iliade*, chants I à XII).   3. Charles-Nicolas Denis (1751-1822), notaire à Paris depuis 1780, était bien connu de Chateaubriand. C'est par son entremise que celui-ci avait pu obtenir, le 31 octobre 1807, un prêt destiné à acquérir la Vallée-aux-Loups. Il avait ensuite (1811) négocié, au nom de son illustre client, une sorte de souscription viagère gagée sur la future *Histoire de France*. Il fut chargé de la mise en vente de la Vallée, par voie de loterie, au printemps de 1817. Le billet gagnant devait être « celui portant le numéro qui sortira le premier au tirage de la Loterie royale de France du 15 septembre 1817 ». Rédigé par Chateaubriand, le prospectus fut largement distribué, mais ne rencontra aucun écho. Une fois passée la date limite du 25 août 1817, les rares souscripteurs furent remboursés.

Il y avait quatre-vingt-dix billets à 1 000 frs chaque : les numéros ne furent point pris par les royalistes ; madame la duchesse d'Orléans, douairière, prit trois numéros ; mon ami M. Lainé, ministre de l'intérieur, qui avait contre-signé l'ordonnance du 5 septembre et consenti dans le conseil à ma radiation, prit, sous un faux nom, un quatrième billet. L'argent fut rendu aux souscripteurs ; toutefois, M. Lainé refusa de retirer ses 1 000 frs ; il les laissa au notaire pour les pauvres.

Peu de temps après, ma *Vallée-aux-Loups* fut vendue, comme on vend les meubles des pauvres, sur la place du Châtelet[1]. Je souffris beaucoup de cette vente ; je m'étais attaché à mes arbres, plantés et grandis, pour ainsi dire, dans mes souvenirs. La mise à prix était de 50 000 francs ; elle fut couverte par M. le vicomte de Montmorency[2], qui seul osa mettre une surenchère de cent francs : la *Vallée* lui resta. Il a depuis habité ma retraite : il n'est pas bon de se mêler à ma fortune : cet homme de vertu n'est plus.

---

1. C'est-à-dire par adjudication, à la Chambre des notaires de Paris, le 21 juillet 1818. Étant donné les charges qui pesaient sur la propriété, Chateaubriand ne retira guère plus de 15 000 francs de la vente.
2. Mathieu de Montmorency (1767-1826) avait incarné, à la Constituante, le libéralisme aristocratique. Chassé de France par la Révolution, il avait trouvé refuge en Suisse, auprès de Mme de Staël, dont il restera un ami fidèle ; il fut aussi très lié avec Juliette Récamier. Mais dès la trentaine, ce fut Dieu qui, dans sa vie, occupa la place centrale. Animateur de nombreuses sociétés de bienfaisance, et bientôt grand-maître de la société secrète des Chevaliers de la Foi, le vicomte de Montmorency fut nommé pair de France en 1815. Il incarne alors le type même du « chevalier chrétien » engagé dans la vie moderne. Après avoir été un an ministre des Affaires étrangères (1822), il reçut le titre de duc, puis, le 11 janvier 1826, fut nommé gouverneur du duc de Bordeaux, avant de mourir subitement le 24 mars 1826 (voir livre XXVIII, chap. 11).

(7)

SUITE DE MES DISCOURS EN 1817 ET 1818.

Après la publication de *La Monarchie selon la Charte* et à l'ouverture de la nouvelle session au mois de novembre 1816, je continuai mes combats[1]. Je fis à la Chambre des pairs, dans la séance du 23 de ce mois, une proposition tendant à ce que le Roi fût humblement supplié de faire examiner ce qui s'était passé aux dernières élections[2]. La corruption et la violence du ministère dans ces élections étaient flagrantes.

Dans mon opinion sur le projet de loi relatif aux finances (21 mars 1817), je m'élevai contre le titre XI de ce projet : il s'agissait des forêts de l'État que l'on prétendait affecter à la caisse d'amortissement et dont on voulait vendre ensuite cent cinquante mille hectares. Ces forêts se composaient de trois sortes de propriétés : les anciens domaines de la couronne, quelques commanderies de l'ordre de Malte et le reste des biens de l'Église. Je ne sais pourquoi, même aujourd'hui, je trouve un intérêt triste dans mes paroles ; elles ont quelque ressemblance avec mes *Mémoires*[3] :

« N'en déplaise à ceux qui n'ont administré que dans nos troubles, ce n'est pas le gage matériel, c'est la morale d'un peuple qui fait le crédit public. Les propriétaires nouveaux feront-ils valoir les titres de leur propriété nouvelle ? On leur citera, pour les dépouiller, des héritages de neuf siècles enlevés à leurs anciens possesseurs. Au

---

1. Malgré les indications du titre, ce chapitre est en réalité centré sur la session parlementaire de 1816-1817. Chateaubriand laisse de côté quelques discours et publications importantes qui paraissent alors chez Le Normant : *Mélanges de politique* (décembre 1816) ; *Du système politique suivi par le ministère* (décembre 1817) ; *Remarques sur les affaires du moment* (août 1818). **2.** Cette proposition fut rejetée. Chateaubriand publia aussitôt (9 décembre 1816) son texte, accompagné de pièces justificatives. **3.** La citation suivante est composée de trois extraits du discours en question.

lieu de ces immuables patrimoines où la même famille survivait à la race des chênes, vous aurez des propriétés mobiles où les roseaux auront à peine le temps de naître et de mourir avant qu'elles aient changé de maîtres. Les foyers cesseront d'être les gardiens des mœurs domestiques ; ils perdront leur autorité vénérable ; chemins de passage ouverts à tout venant, ils ne seront plus consacrés par le siège de l'aïeul et par le berceau du nouveau-né.

« Pairs de France, c'est votre cause que je plaide ici et non la mienne : je vous parle pour l'intérêt de vos enfants ; moi je n'aurai rien à démêler avec la postérité ; je n'ai point de fils ; j'ai perdu le champ de mon père, et quelques arbres que j'ai plantés ne seront bientôt plus à moi. »

(8)

RÉUNION PIET.

Par la ressemblance des opinions, alors très vives, il s'était établi une camaraderie entre les minorités des deux Chambres. La France apprenait le gouvernement représentatif : comme j'avais la sottise de le prendre à la lettre et d'en faire, à mon dam, une véritable passion, je soutenais ceux qui l'adoptaient, sans m'embarrasser s'il n'entrait pas dans leur opposition plus de motifs humains que d'amour pur comme celui que j'éprouvais pour la Charte ; non que je fusse un niais, mais j'étais idolâtre de ma dame, et j'aurais traversé les flammes pour l'emporter dans mes bras. Ce fut dans cet accès de constitution que je connus M. de Villèle[1] en 1816. Il était plus calme ;

---

1. Joseph de Villèle (1773-1854), maire de Toulouse et membre de la Chambre des députés de 1815 à 1828, sera successivement : ministre sans portefeuille du 21 décembre 1820 au 27 juillet 1821, ministre des Finances le 14 décembre 1821, enfin président du Conseil du 7 septembre 1822 au 4 janvier 1828. Il avait été créé comte le 17 août 1822 et deviendra pair de France après son retrait du ministère.

il surmontait son ardeur ; il prétendait aussi conquérir la liberté ; mais il en faisait le siège en règle ; il ouvrait méthodiquement la tranchée ; moi, qui voulais enlever d'assaut la place, je grimpais à l'escalade et j'étais souvent renversé dans le fossé.

Je rencontrai pour la première fois M. de Villèle chez madame la duchesse de Lévis. Il devint le chef de l'opposition royaliste dans la Chambre élective, comme je l'étais dans la Chambre héréditaire. Il avait pour ami son collègue M. de Corbière[1]. Celui-ci ne le quittait plus, et l'on disait *Villèle et Corbière*, comme on dit *Oreste et Pylade, Euryale et Nisus*.

Entrer dans de fastidieux détails pour des personnages dont on ne saura pas le nom demain serait d'une vanité idiote. D'obscurs et ennuyeux remuements, qu'on croit d'un intérêt immense et qui n'intéressent personne ; des tripotages passés, qui n'ont déterminé aucun événement majeur, doivent être laissés à ces béats heureux, lesquels se figurent être ou avoir été l'objet de l'attention de la terre.

Il y avait pourtant des moments d'orgueil où mes démêlés avec M. de Villèle me paraissaient être à moi-même les dissensions de Sylla et de Marius, de César et de Pompée. Avec les autres membres de l'opposition, nous allions assez souvent, rue Thérèse, passer la soirée en délibération chez M. Piet[2]. Nous arrivions extrême-

---

1. Pierre Corbière (1766-1853), avocat rennais, avait été membre du conseil des Cinq-Cents en 1797. Son mariage avec la veuve du député Le Chapelier avait ensuite orienté sa carrière sur le plan local. Élu député de Rennes en 1815, il va poursuivre sous la Restauration une carrière parallèle à celle de Villèle : entré dans le second ministère Richelieu en décembre 1820, il reviendra au gouvernement quelques mois plus tard ; ministre de l'Intérieur jusqu'en 1827, il sera nommé peu après pair de France avec le titre de comte, et quittera la scène politique après la révolution de Juillet.   2. Jean-Pierre Piet-Thardiveau (1761-1848) avait été le collègue de Corbière au conseil des Cinq-Cents ; il avait ensuite participé à des conspirations royalistes. Il fut élu député de la Sarthe en août 1815, réélu en 1816, puis de nouveau de 1820 à 1828, après un échec en 1819. Depuis septembre 1815, il réunissait régulièrement chez lui, 8 rue Thérèse, les têtes pensantes du parti ultra.

ment laids, et nous nous asseyions en rond autour d'un salon éclairé d'une lampe qui filait. Dans ce brouillard législatif, nous parlions de la loi présentée, de la motion à faire, du camarade à porter au secrétariat, à la questure, aux diverses commissions. On ramponnait[1] de toutes parts. Nous ne ressemblions pas mal aux assemblées des premiers fidèles, peintes par les ennemis de la foi : nous débitions les plus mauvaises nouvelles ; nous disions que les affaires allaient changer de face, que Rome serait troublée par les divisions, que nos armées seraient défaites.

M. de Villèle écoutait, résumait et ne concluait point : c'était un grand aideur d'affaires ; marin circonspect, il ne mettait jamais en mer pendant la tempête[2], et, s'il entrait avec dextérité dans un port connu, il n'aurait jamais découvert le Nouveau-Monde. Je remarquai souvent, à propos de nos discussions sur la vente des biens du clergé, que les plus chrétiens d'entre nous étaient les plus ardents à défendre les doctrines constitutionnelles. La religion est la source de la liberté : à Rome, le *flamen dialis*[3] ne portait qu'un anneau creux au doigt, parce qu'un anneau plein avait quelque chose d'une chaîne ; dans son vêtement et sur sa tête le pontife de Jupiter ne devait souffrir aucun nœud.

Après la séance, M. de Villèle se retirait accompagné de M. de Corbière. J'étudiais beaucoup d'individus, j'apprenais beaucoup de choses, je m'occupais de beaucoup d'intérêts dans ces réunions : les finances que j'ai toujours sues, l'armée, la justice, l'administration, m'ini-

---

1. Ce verbe, déjà déclaré vieilli par *Trévoux* (au sens de : critiquer, railler, chercher querelle), a connu un regain de faveur dans le dernier tiers du XVIIIᵉ siècle par contagion avec le nom de Ramponeau, le célèbre cabaretier de la Courtille. C'est Louis-Sébastien Mercier qui nous révèle le mécanisme de cette re-création populaire : « On dit *ramponner*, pour dire boire à la guinguette hors de la ville, et un peu plus qu'il ne faut » (*Tableau de Paris*, CXLVII ; édition Jean-Claude Bonnet, Mercure de France, 1994, t. I, p. 356). Quelle que soit la nuance qu'a voulu retenir Chateaubriand, elle évoque une réunion tumultueuse. La phrase a été censurée par les éditeurs de 1848.   2. Villèle avait été officier de marine dans sa jeunesse.   3. Le prêtre de Jupiter qui, dans la hiérarchie sacerdotale de Rome, venait juste après le grand pontife : voir Aulu-Gelle, *Nuits attiques*, X, 15.

tiaient à leurs éléments. Je sortais de ces conférences un peu plus homme d'État et un peu plus persuadé de la pauvreté de toute cette science. Le long de la nuit, dans mon demi-sommeil, j'apercevais les diverses attitudes des têtes chauves, les diverses expressions des figures de ces Solons peu soignés et mal accompagnés de leurs corps : c'était bien vénérable assurément ; mais je préférais l'hirondelle qui me réveillait dans ma jeunesse et les Muses qui remplissaient mes songes : les rayons de l'aurore qui, frappant un cygne, faisaient tomber l'ombre de ces blancs oiseaux sur une vague d'or ; le soleil levant qui m'apparaissait en Syrie dans la tige d'un palmier, comme le nid du phénix, me plaisaient mieux.

(9)

LE CONSERVATEUR.

Je sentais que mes combats de tribune, dans une Chambre fermée, et au milieu d'une assemblée qui m'était peu favorable, restaient inutiles à la victoire et qu'il me fallait avoir une autre arme. La censure étant établie sur les feuilles périodiques quotidiennes, je ne pouvais remplir mon dessein qu'au moyen d'une feuille libre, semi-quotidienne[1], à l'aide de laquelle j'attaquerais à la fois le système des ministres et les opinions de l'extrême gauche exprimées dans la *Minerve* par M. Étienne[2].

---

1. En réalité semi-périodique, c'est-à-dire à date de parution irrégulière, pour ne pas relever de la censure visant les périodiques.   2. Organe du mouvement libéral, la *Minerve française* avait commencé de paraître au mois de février 1818, et comptait parmi ses collaborateurs Benjamin Constant, Jouy, Lacretelle, Tissot. Son rédacteur en chef était Charles-Guillaume Étienne (1777-1845). Auteur dramatique à succès (*Les Deux Gendres*, 1811), ce dernier a poursuivi sous la Restauration une carrière de publiciste dans la *Minerve*, où ses « Lettres sur Paris » connurent un vif succès, puis dans le *Constitutionnel*. Député de la Meuse de 1820 à 1824, puis de nouveau en 1827, il fut, au mois de mars 1830, le principal rédacteur de la fameuse « Adresse des 221 » (voir XXXI, 7,

J'étais à Noisiel, chez madame la duchesse de Lévis, dans l'été de 1818, lorsque mon libraire M. Le Normant me vint voir. Je lui fis part de l'idée qui m'occupait ; il prit feu, s'offrit à courir tous les risques et se chargea de tous les frais. Je parlai à mes amis MM. de Bonald et de Lamennais, je leur demandai s'ils voulaient s'associer à moi : ils y consentirent, et le journal ne tarda pas à paraître sous le nom de *Conservateur*[1].

La révolution opérée par ce journal fut inouïe[2] : en France il changea la majorité dans les Chambres ; à l'étranger il transforma l'esprit des cabinets.

Ainsi les royalistes me durent l'avantage de sortir du néant dans lequel ils étaient tombés auprès des peuples et des rois. Je mis la plume à la main aux plus grandes familles de France. J'affublai en journalistes les Montmorency et les Lévis[3] ; je convoquai l'arrière-ban ; je fis marcher la féodalité au secours de la liberté de la presse. J'avais réuni les hommes les plus éclatants du parti royaliste, MM. de Villèle, de Corbière, de Vitrolles[4], de

---

infra, p. 452). De nouveau député sous la monarchie de Juillet, il sera élevé à la pairie le 7 novembre 1839.   **1.** Avec pour devise : « Le Roi, la Charte et les honnêtes gens. » Du 8 octobre 1818 au 30 mars 1820, se succédèrent soixante-dix-huit livraisons, dont la collection est répartie en six volumes (leur tomaison servant de référence).   **2.** Fixé à trois mille pour les premières livraisons, le tirage du *Conservateur* oscilla entre sept mille et huit mille cinq cents à partir du mois de novembre 1818, puis se stabilisa autour de six mille après le 22 octobre 1819. Ces chiffres témoignent de son succès : il se révéla une très bonne affaire pour les actionnaires comme pour les collaborateurs.   **3.** Montmorency fut membre du comité directeur et actionnaire de la revue avec Vitrolles, le comte de Bruges, le marquis de Talaru et Jules de Polignac (auxquels se joignirent Castelbajac, Chateaubriand et Villèle), mais il ne publia aucun article. De son côté, le duc de Lévis ne signa qu'une brève « Lettre sur Quiberon » (t. IV, p. 345-347).   **4.** Vitrolles avait joué un rôle appréciable au début de la Restauration et pendant les Cent-Jours (voir t. II, p. 554 et 655-656, ainsi que les notes correspondantes). Élu député des Basses-Alpes en 1815 il avait été nommé ministre d'État. Mais très opposé à Decazes après la dissolution du 5 septembre 1816, puis compromis dans la rédaction de la *Note secrète*, il avait été lui aussi déchu de son titre le 25 juillet 1818. C'est alors qu'il lança le *Conservateur*. Agent dévoué de la politique de Monsieur au sein du parti ultra, le baron de

Castelbajac[1], etc. Je ne pouvais m'empêcher de bénir la Providence toutes les fois que j'étendais la robe rouge d'un prince de l'Église sur le *Conservateur* pour lui servir de couverture, et que j'avais le plaisir de lire un article signé en toutes lettres : *le cardinal de La Luzerne*[2]. Mais il arriva qu'après avoir mené mes chevaliers à la croisade constitutionnelle, aussitôt qu'ils eurent conquis le pouvoir par la délivrance de la liberté, aussitôt qu'ils furent devenus princes d'Edesse, d'Antioche, de Damas, ils s'enfermèrent dans leurs nouveaux États avec Léonore d'Aquitaine, et me laissèrent me morfondre au pied de Jérusalem dont les infidèles avaient repris le saint tombeau[3].

Vitrolles se heurta toujours au mauvais vouloir de Villèle. Il lui faudra attendre la chute de ce dernier pour être nommé ambassadeur à Florence (1828-1829), puis pair de France. La révolution de Juillet mettra bientôt fin à sa carrière politique.
    1. Marie-Barthélemy de Castelbajac (1776-1868) avait émigré jusqu'en 1814. Élu député du Gers en août 1815, réélu en octobre 1816, il se révéla un des plus redoutables orateurs de la droite ultra. Decazes réussit à le faire battre (de justesse) en septembre 1817, mais il fut réélu à Toulouse le 13 septembre 1819 et ne cessera de représenter la Haute-Garonne jusqu'à sa nomination à la Chambre des pairs (ordonnance du 5 novembre 1827). Administrateur délégué du *Conservateur*, Castelbajac fut aussi, après Chateaubriand, son collaborateur le plus assidu (41 articles).   2. Ce qui arriva quatre fois : t. I, p. 201-208 et 537 ; t. III, p. 530-535 ; t. V, p. 109-116. César-Guillaume de La Luzerne (1738-1821), frère du ministre de Louis XVI (voir t. I, p. 383), est alors une des figures les plus vénérables du clergé français. Évêque-duc de Langres dès 1770, il fut député aux États généraux, puis membre de la Constituante qu'il lui arriva de présider. Il ne tarda pas à émigrer à Venise où il résida de 1791 à 1800. Démissionnaire de son évêché en 1801, il se consacra à des ouvrages de théologie ou de piété : *Dissertation sur la vérité de la Religion* (1802) ; *Explication des Évangiles* (1807) ; *Dissertation sur la loi naturelle et la Révélation* (1808), etc. Louis XVIII lui restitua dès 1814 son siège épiscopal ainsi que son titre de duc et pair. Il fut enfin élevé à la pourpre cardinalice par Pie VII le 28 juillet 1817.   3. Chateaubriand assimile la croisade du *Conservateur* en faveur du respect de la Charte à celle qui délivra Jérusalem. Sitôt la victoire acquise, les barons chrétiens oublièrent leur idéal commun pour ne plus songer qu'à leurs intérêts particuliers. La démonstration ne va pas sans quelques à-peu-près : Damas, par exemple, ne fut jamais une principauté franque. La reine Éléonore accompagna Louis VII en Terre sainte, mais ce fut pour commettre un adultère avec un jeune Sarrasin, ce qui entraîna sa répudiation.

Ma polémique commença dans le *Conservateur*, et dura depuis 1818 jusqu'en 1820, c'est-à-dire jusqu'au rétablissement de la censure, dont le prétexte fut la mort du duc de Berry. À cette première époque de ma polémique, je culbutai l'ancien ministère et fis entrer M. de Villèle au pouvoir.

Je parlais immédiatement après les Cent-Jours ; je fixais alors l'éducation constitutionnelle des royalistes. Après 1824, quand je repris la plume dans des brochures et dans le *Journal des Débats*, les positions étaient changées. Que m'importaient pourtant ces futiles misères, à moi qui n'ai jamais cru au temps où je vivais, à moi qui appartenais au passé, à moi sans foi dans les rois, sans conviction à l'égard des peuples, à moi qui ne me suis jamais soucié de rien, excepté des songes, à condition encore qu'ils ne durent qu'une nuit !

Le premier article[1] du *Conservateur* peint la position des choses au moment où je descendis dans la lice. Pendant les deux années que dura ce journal, j'eus successivement à traiter des accidents du jour et à examiner des intérêts considérables. J'eus occasion de relever les lâchetés de cette *correspondance privée* que la police de Paris publiait à Londres. Ces *correspondances privées* pouvaient calomnier, mais elles ne pouvaient déshonorer[2] : ce qui est vil n'a pas le pouvoir d'avilir ; l'honneur seul peut infliger le déshonneur. « Calomniateurs anonymes », disais-je, « ayez le courage de dire qui vous êtes ; un peu de honte est bientôt passée ; ajoutez votre nom à vos articles, ce ne sera qu'un mot méprisable de plus[3]. »

Je me moquais quelquefois des ministres et je donnais

---

1. Des « Réflexions sur l'état intérieur de la France », datées du 22 octobre 1818 (*Le Conservateur*, seconde livraison, t. I, p. 113-128).   2. C'étaient de prétendues informations confidentielles sur les ennemis du gouvernement que le ministre de la Police faisait parvenir au *Times* de Londres et que la presse française pouvait ensuite reproduire. Chateaubriand a dénoncé cette « Correspondance privée » dans un article sans titre daté du 15 juin 1819 (*Le Conservateur*, 38ᵉ livraison, t. III, p. 568-576).   3. *Le Conservateur*, t. III, p. 576 (15 juin 1819).

cours à ce penchant ironique que j'ai toujours réprouvé en moi.

Enfin, sous la date du 5 décembre 1818, le *Conservateur* contenait un article sérieux sur la morale des intérêts et sur celle des devoirs [1] : c'est de cet article, qui fit du bruit, qu'est née la phraséologie des *intérêts moraux* et des *intérêts matériels*, mise d'abord en avant par moi, adoptée ensuite par tout le monde. Le voici fort abrégé ; il s'élève au-dessus de la portée d'un journal, et c'est un de mes ouvrages auquel ma raison attache quelque valeur. Il n'a point vieilli, parce que les idées qu'il renferme sont de tous les temps.

(10)

DE LA MORALE DES INTÉRÊTS MATÉRIELS ET DE CELLE DES DEVOIRS.

« Le ministère a inventé une morale nouvelle, la morale des intérêts ; celle des devoirs est abandonnée aux imbéciles. Or, cette morale des intérêts, dont on veut faire la base de notre gouvernement, a plus corrompu le peuple dans l'espace de trois années que la révolution dans un quart de siècle.

« Ce qui fait périr la morale chez les nations, et avec la morale les nations elles-mêmes, ce n'est pas la violence, mais la séduction ; et par séduction j'entends ce que toute fausse doctrine a de flatteur et de spécieux. Les hommes prennent souvent l'erreur pour la vérité, parce que chaque faculté du cœur ou de l'esprit a sa fausse image : la froideur ressemble à la vertu, le raisonner à la raison, le vide à la profondeur, ainsi du reste.

---

1. Cet article a paru dans la dixième livraison du *Conservateur* (5 décembre 1818) sous le titre suivant : « De la morale des intérêts et de celle des devoirs, ou du Système ministériel considéré dans ses effets moraux » (t. I, p. 466-478). Il a été recueilli dans *Écrits politiques*, t. II, p. 535-545.

« Le dix-huitième siècle fut un siècle destructeur ; nous fûmes tous séduits. Nous dénaturâmes la politique, nous nous égarâmes dans de coupables nouveautés en cherchant l'existence sociale dans la corruption de nos mœurs. La révolution vint nous réveiller : en poussant le Français hors de son lit, elle le jeta dans la tombe. Toutefois, le règne de la terreur est peut-être, de toutes les époques de la révolution, celle qui fut le moins dangereuse à la morale, parce qu'aucune conscience n'était forcée : le crime paraissait dans sa franchise. Des orgies au milieu du sang, des scandales qui n'en étaient plus à force d'être horribles ; voilà tout. Les femmes du peuple venaient travailler à leurs ouvrages autour de la machine à meurtre comme à leurs foyers : les échafauds étaient les mœurs publiques et la mort le fond du gouvernement. Rien de plus net que la position de chacun : on ne parlait ni de *spécialité*, ni de positif, ni de *système d'intérêts*. Ce galimatias des petits esprits et des mauvaises consciences était inconnu. On disait à un homme : "Tu es royaliste, noble, riche : meurs" ; et il mourait. Antonelle[1] écrivait qu'on ne trouvait aucune charge contre de tels prisonniers, mais qu'il les avait condamnés comme aristocrates : monstrueuse franchise, qui nonobstant laissait subsister l'ordre moral ; car ce n'est pas de tuer l'innocent comme innocent qui perd la société, c'est de le tuer comme coupable.

« En conséquence, ces temps affreux sont ceux des grands dévouements. Alors les femmes marchèrent héroïquement au supplice ; les pères se livrèrent pour les fils, les fils pour les pères ; des secours inattendus s'introduisaient dans les prisons, et le prêtre que l'on cherchait consolait la victime auprès du bourreau qui ne le reconnaissait pas.

---

1. Le ci-devant marquis Antonelli (1747-1817) venait de mourir en exil. Député des Bouches-du-Rhône à la Législative, ce libertin terroriste avait présidé le jury du Tribunal révolutionnaire lors du procès de la reine, puis annoncé la sentence de mort contre les Girondins. Il participera ensuite à la conjuration babouviste, puis au complot dit de la machine infernale contre Bonaparte.

« La morale sous le *Directoire* eut plutôt à combattre la corruption des mœurs que celle des doctrines ; il y eut débordement. On fut jeté dans les plaisirs comme on avait été entassé dans les prisons ; on forçait le présent à avancer des joies sur l'avenir, dans la crainte de voir renaître le passé. Chacun, n'ayant pas encore eu le temps de se créer un intérieur, vivait dans la rue, sur les promenades, dans les salons publics. Familiarisé avec les échafauds, et déjà à moitié sorti du monde, on trouvait que cela ne valait pas la peine de rentrer chez soi. Il n'était question que d'arts, de bals, de modes ; on changeait de parures et de vêtements aussi facilement qu'on se serait dépouillé de la vie.

« Sous Bonaparte la séduction recommença, mais ce fut une séduction qui portait son remède avec elle : Bonaparte séduisait par un prestige de gloire, et tout ce qui est grand porte en soi un principe de législation. Il concevait qu'il était utile de laisser enseigner la doctrine de tous les peuples, la morale de tous les temps, la religion de toute éternité.

« Je ne serais pas étonné de m'entendre répondre : Fonder la société sur un *devoir*, c'est l'élever sur une fiction ; la placer dans un *intérêt*, c'est l'établir dans une réalité. Or, c'est précisément le *devoir* qui est un fait et l'*intérêt* une fiction. Le *devoir* qui prend source dans la divinité descend dans la famille, où il établit des relations réelles entre le père et les enfants ; de là, passant à la société et se partageant en deux branches, il règle dans l'ordre politique les rapports du roi et du sujet ; il établit dans l'ordre moral, la chaîne des services et des protections, des bienfaits et de la reconnaissance.

« C'est donc un fait très positif que le devoir, puisqu'il donne à la société humaine la seule existence durable qu'elle puisse avoir.

« L'intérêt, au contraire, est une fiction quand il est pris comme on le prend aujourd'hui, dans son sens physique et rigoureux, puisqu'il n'est plus le soir ce qu'il était le matin, puisqu'à chaque instant il change de nature, puisque fondé sur la fortune il en a la mobilité.

« Par la morale des intérêts chaque citoyen est en état d'hostilité avec les lois et le gouvernement, parce que dans la société c'est toujours le grand nombre qui souffre. On ne se bat point pour des idées abstraites d'ordre, de paix, de patrie ; ou si l'on se bat pour elles, c'est qu'on y attache des idées de *sacrifices* : alors on sort de la morale des intérêts pour rentrer dans celle des devoirs : tant il est vrai qu'on ne peut trouver l'existence de la société hors de cette sainte limite !

« Qui remplit ses devoirs s'attire l'estime ; qui cède à ses intérêts est peu estimé. C'était bien du siècle de puiser un principe de gouvernement dans une source de mépris ! Élevez les hommes politiques à ne penser qu'à ce qui les touche, et vous verrez comment ils arrangeront l'État ; vous n'aurez par là que des ministres corrompus et avides, semblables à ces esclaves mutilés qui gouvernaient le Bas-Empire et qui vendaient tout, se souvenant d'avoir eux-mêmes été vendus.

« Remarquez ceci : les intérêts ne sont puissants que lors même qu'ils prospèrent ; le temps est-il rigoureux, ils s'affaiblissent. Les devoirs, au contraire, ne sont jamais si énergiques que quand il en coûte à les remplir. Le temps est-il bon, ils se relâchent. J'aime un principe de gouvernement qui grandit dans le malheur : cela ressemble beaucoup à la vertu.

« Quoi de plus absurde que de crier aux peuples : Ne soyez pas dévoués ! n'ayez pas d'enthousiasme ! ne songez qu'à vos intérêts ! C'est comme si on leur disait : Ne venez pas à notre secours, abandonnez-nous si tel est votre intérêt. Avec cette profonde politique, lorsque l'heure du dévouement arrivera, chacun fermera sa porte, se mettra à la fenêtre et regardera passer la monarchie [1]. »

Tel était cet article sur la morale des intérêts et sur la morale des devoirs.

Le 3 décembre 1819 je remontai à la tribune de la Chambre des pairs : je m'élevai contre les mauvais Français qui pouvaient nous donner pour motif de tranquillité la surveillance des armées européennes. « Avions-nous besoin de tuteurs ? viendrait-on encore nous entretenir de circonstances ? devions-nous encore recevoir, par des

---

1. Voir livre XXVIII, chap. 12, p. 197.

notes diplomatiques, des certificats de bonne conduite ?
et n'aurions-nous fait que changer une garnison de
Cosaques en une garnison d'ambassadeurs ? »

Dès ce temps-là je parlais des étrangers comme j'en ai
parlé depuis dans la guerre d'Espagne ; je songeais à
notre affranchissement à une heure où les libéraux mêmes
me combattaient. Les hommes opposés d'opinion font
bien du bruit pour arriver au silence ! Laissez venir
quelques années, les acteurs descendront de la scène et
les spectateurs ne seront plus là pour blâmer ou pour
applaudir.

(11)

ANNÉE DE MA VIE 1820. – MORT DU DUC DE BERRY.

Je venais de me coucher le 13 février au soir, lorsque
le marquis de Vibraye [1] entra chez moi pour m'apprendre
l'assassinat du duc de Berry. Dans sa précipitation, il ne
me dit pas le lieu où s'était passé l'événement. Je me
levai à la hâte et je montai dans la voiture de M. de
Vibraye. Je fus surpris de voir le cocher prendre la rue
de Richelieu, et plus étonné encore quand il nous arrêta
à l'Opéra [2] : la foule aux abords était immense. Nous
montâmes, au milieu de deux haies de soldats, par la porte
latérale à gauche, et, comme nous étions en habits de
pairs, on nous laissa passer. Nous arrivâmes à une sorte
de petite antichambre : cet espace était encombré de
toutes les personnes du château. Je me faufilai jusqu'à la
porte d'une loge et je me trouvai face à face de M. le duc
d'Orléans. Je fus frappé d'une expression mal déguisée,

---

1. Anne-Victor-Denis Hurault, marquis de Vibraye (1766-1843),
ancien émigré, avait été nommé pair de France le 17 août 1815, en
même temps que Chateaubriand. Colonel de cavalerie, aide de camp
de Monsieur (le père du duc de Berry), il sera promu maréchal de camp
le 1er octobre 1823.   2. Alors situé rue de Richelieu, dans le rec-
tangle aujourd'hui occupé par le square Louvois.

jubilante, dans ses yeux, à travers la contenance contrite qu'il s'imposait ; il voyait de plus près le trône. Mes regards l'embarrassèrent ; il quitta la place et me tourna le dos. On racontait autour de moi les détails du forfait, le nom de l'homme, les conjectures des divers participants à l'arrestation ; on était agité, affairé : les hommes aiment ce qui est spectacle, surtout la mort, quand cette mort est celle d'un grand. À chaque personne qui sortait du laboratoire ensanglanté, on demandait des nouvelles. On entendait le général A. de Girardin[1] raconter qu'ayant été laissé pour mort sur le champ de bataille, il n'en était pas moins revenu de ses blessures : tel espérait et se consolait, tel s'affligeait. Bientôt le recueillement gagna la foule ; le silence se fit ; de l'intérieur de la loge sortit un bruit sourd : je tenais l'oreille appliquée contre la porte ; je distinguai un râlement ; ce bruit cessa : la famille royale venait de recevoir le dernier soupir d'un petit-fils de Louis XIV ! J'entrai immédiatement.

Qu'on se figure une salle de spectacle vide, après la catastrophe d'une tragédie : le rideau levé, l'orchestre désert, les lumières éteintes, les machines immobiles, les décorations fixes et enfumées, les comédiens, les chanteurs, les danseuses, disparus par les trappes et les passages secrets ! La monarchie de saint Louis dans un lieu frappé des foudres de l'Église, parmi les débauches du carnaval, expirait sous le masque.

J'ai donné dans un ouvrage à part[2] la vie et la mort de M. le duc de Berry. Mes réflexions d'alors sont encore vraies aujourd'hui :

---

1. Le comte Alexandre de Girardin (1776-1855), fils du protecteur de Rousseau et père du futur directeur de *La Presse*, avait servi avec distinction dans les armées impériales ; colonel à trente ans, général de brigade à trente-cinq, il avait été nommé général de division pendant la campagne de France. Rallié à la Première Restauration, puis transfuge pendant les Cent-Jours, il conserva néanmoins les bonnes grâces de la famille royale et fut maintenu dans sa charge de premier veneur. Girardin fut aussi inspecteur général de la cavalerie de 1816 à 1823.
2. *Mémoires, lettres et pièces authentiques touchant la vie et la mort de S.A.R. Monseigneur (le) duc de Berry*, Le Normant, 1820. Le texte a été recueilli dans les *Mélanges historiques* (Ladvocat, t. III, p. 1-283).

« Un fils de saint Louis, dernier rejeton de la branche aînée, échappe aux traverses d'un long exil et revient dans sa patrie ; il commence à goûter le bonheur ; il se flatte de se voir renaître, de voir renaître en même temps la monarchie dans les enfants que Dieu lui promet : tout à coup il est frappé au milieu de ses espérances, presque dans les bras de sa femme. Il va mourir, et il n'est pas plein de jours ! Ne pourrait-il pas accuser le ciel, lui demander pourquoi il le traite avec tant de rigueur ? Ah ! qu'il lui eût été pardonnable de se plaindre de sa destinée ! Car, enfin, quel mal faisait-il ? Il vivait familièrement au milieu de nous dans une simplicité parfaite, il se mêlait à nos plaisirs et soulageait nos douleurs ; déjà six de ses parents ont péri ; pourquoi l'égorger encore, le rechercher, lui, innocent, lui si loin du trône, vingt-sept ans après la mort de Louis XVI ? Connaissons mieux le cœur d'un Bourbon ! Ce cœur, tout percé du poignard, n'a pu trouver contre nous un seul murmure : pas un regret de la vie, pas une parole amère n'a été prononcée par ce prince. Époux, fils, père et frère, en proie à toutes les angoisses de l'âme, à toutes les souffrances du corps, il ne cesse de demander la grâce de *l'homme*, qu'il n'appelle pas même son assassin ! Le caractère le plus impétueux devient tout à coup le caractère le plus doux. C'est un homme attaché à l'existence par tous les liens du cœur ; c'est un prince dans la fleur de l'âge ; c'est l'héritier du plus beau royaume de la terre qui expire, et vous diriez que c'est un infortuné qui ne perd rien ici-bas. »

Le meurtrier Louvel était un jeune homme à figure sale et chafouine, comme on en voit des milliers sur le pavé de Paris. Il tenait du roquet ; il avait l'air hargneux et solitaire. Il est probable que Louvel ne faisait partie d'aucune société ; il était d'une secte, non d'un complot ; il appartenait à l'une de ces conjurations d'idées, dont les membres se peuvent quelquefois réunir, mais agissent le plus souvent un à un, d'après leur impulsion individuelle. Son cerveau nourrissait une seule pensée, comme un cœur s'abreuve d'une seule passion. Son action était conséquente à ses principes : il avait voulu tuer la race entière d'un seul coup. Louvel a des admirateurs de même que

Robespierre. Notre société matérielle, complice de toute entreprise matérielle, a détruit vite la chapelle élevée en expiation d'un crime [1]. Nous avons l'horreur du sentiment moral, parce qu'on y voit l'ennemi et l'accusateur : les larmes auraient paru une récrimination ; on avait hâte d'ôter à quelques chrétiens une croix pour pleurer.

Le 18 février 1820, le *Conservateur* paya le tribut de ses regrets à la mémoire de M. le duc de Berry [2]. L'article se terminait par ce vers de Racine :

Si du sang de nos rois quelque goutte échappée [3] !

Hélas ! cette goutte de sang s'écoule sur la terre étrangère !

M. Decazes tomba. La censure arriva, et, malgré l'assassinat du duc de Berry, je votai contre elle : ne voulant pas qu'elle souillât le *Conservateur*, ce journal finit par cette apostrophe au duc de Berry [4] ;

« Prince chrétien ! digne fils de saint Louis ! illustre rejeton de tant de monarques, avant que vous soyez descendu dans votre dernière demeure, recevez notre dernier hommage. Vous aimiez, vous lisiez un ouvrage que la censure va détruire. Vous nous avez dit quelquefois que cet ouvrage sauvait le trône : hélas ! nous n'avons pu sauver vos jours ! Nous allons cesser d'écrire au moment que vous cessez d'exister : nous aurons la douloureuse consolation d'attacher la fin de nos travaux à la fin de votre vie. »

---

1. Dès la fin de 1820, la salle de la rue de Richelieu fut démolie et une chapelle expiatoire élevée à son emplacement grâce à une souscription nationale. Ce monument à la mémoire du prince assassiné fut rasé en 1832 sur ordre de Thiers, en représailles contre les tentatives faites par la duchesse de Berry pour soulever la Vendée. 2. Avec un article signé : « Le vicomte de Chateaubriand » (*Le Conservateur*, 73ᵉ livraison, t. VI, p. 382-384 ; repris dans Ladvocat, t. XXVI, p. 330-332). 3. *Athalie*, vers 144. Cette allusion à la grossesse de la duchesse de Berry est suivie, dans *Le Conservateur*, par une violente attaque contre Decazes. 4. En réalité, ce passage sert de conclusion à un article daté du 3 mars 1820 et inséré dans la soixante-quinzième livraison (t. VI, p. 471-480). Trois autres devaient encore voir le jour (les 9, 21 et 30 mars 1820) avant la suspension définitive de la publication.

(12)

NAISSANCE DU DUC DE BORDEAUX.
LES DAMES DE LA HALLE DE BORDEAUX.

M. le duc de Bordeaux vint au monde le 29 septembre 1820. Le nouveau-né fut nommé *l'enfant de l'Europe*[1] et *l'enfant du miracle*[2], en attendant qu'il devînt l'enfant de l'exil.

Quelque temps avant les couches de la princesse, trois dames de la halle de Bordeaux, au nom de toutes les dames leurs compagnes, firent faire un berceau et me choisirent pour les présenter, elles et leur berceau, à madame la duchesse de Berry. Mesdames Dasté, Duranton, Aniche, m'arrivèrent[3]. Je m'empressai de demander aux gentilshommes de service l'audience d'étiquette. Voilà que M. de Sèze[4] crut qu'un tel hon-

---

1. La formule est de Mgr Macchi, nonce à Paris depuis le mois de janvier 1820, lorsqu'il adressa, au nom du corps diplomatique, ses condoléances à Louis XVIII. **2.** Cette expression commençait à devenir populaire lorsque Lamartine la consacra dans son *Ode sur la naissance du duc de Bordeaux*, écrite à Naples au mois de novembre 1820 et recueillie, à la fin de 1822, dans la neuvième édition des *Méditations* : « Il est né, l'enfant du miracle !/ Héritier du sang d'un martyr,/ Il est né d'un tardif oracle,/ Il est né d'un dernier soupir. » La naissance du duc de Bordeaux, sept mois et quinze jours après la mort de son père, fut interprétée comme un signe de la Providence en faveur de la dynastie, et fut accueillie avec enthousiasme par ses partisans. **3.** En réalité, selon Marcellus (p. 248), Aniche est le prénom de Mme Duranton, figure pittoresque de la société bordelaise déjà rendue célèbre par un article de Jouy publié dans le *Mercure de France* du 8 février 1817. La troisième dame se nommait Rivaille. **4.** Le Bordelais Romain de Sèze (1748-1828) avait été, avec Malesherbes et Tronchet, le défenseur de Louis XVI. Louis XVIII avait récompensé son dévouement en le nommant pair de France (1815), puis premier président de la Cour de cassation (1817), avec le titre de comte. C'est à Gand, pendant les Cent-Jours, que Chateaubriand avait rencontré pour la première fois ce royaliste « historique », devenu académicien en 1816. Leur brouille ne fut pas durable. Lors des obsèques du comte de Sèze le 5 mai 1828, Chateaubriand représentera la Chambre des

neur lui appartenait de droit : il était dit que je ne réussirais jamais à la cour. Je n'étais pas encore réconcilié avec le ministère, et je ne parus pas digne de la charge d'introducteur de mes humbles ambassadrices. Je me tirai de cette grande négociation comme de coutume, en payant leur dépense.

Tout cela devint une affaire d'État ; le cancan passa dans les journaux. Les dames bordelaises en eurent connaissance et m'écrivirent à ce sujet la lettre qui suit :

« Bordeaux, le 24 octobre 1820.

« Monsieur le vicomte,

« Nous vous devons des remercîments pour la bonté que vous avez eue de mettre aux pieds de madame la duchesse de Berry notre joie et nos respects : pour cette fois du moins on ne vous aura pas empêché d'être notre interprète. Nous avons appris avec la plus grande peine l'éclat que M. le comte de Sèze a fait dans les journaux ; et si nous avons gardé le silence, c'est parce que nous avons craint de vous faire de la peine. Cependant, monsieur le vicomte, personne ne peut mieux que vous rendre hommage à la vérité et tirer d'erreur M. de Sèze sur nos véritables intentions pour le choix d'un introducteur chez son Altesse Royale. Nous vous offrons de déclarer dans un journal à votre choix tout ce qui s'est passé ; et comme personne n'avait le droit de nous choisir un guide, que jusqu'au dernier moment, nous nous étions flattées que vous seriez ce guide, ce que nous déclarerons à cet égard ferait nécessairement taire tout le monde.

« Voilà à quoi nous sommes décidées, monsieur le vicomte ; mais nous avons cru qu'il était de notre devoir de ne rien faire sans votre agrément. Comptez que ce serait de grand cœur que nous publierions les bons procédés que vous avez eus pour tout le monde au sujet de

---

pairs et c'est lui qui, à la demande de la famille, prononcera son « Éloge funèbre », le 18 mai 1828. Ce discours, publié peu après sous forme de brochure, ne sera recueilli dans aucune édition des *Œuvres complètes*.

notre présentation. Si nous sommes la cause du mal, nous
voilà prêtes à le réparer.

« Nous sommes et nous serons toujours de vous,

« Monsieur le vicomte,

« Les très humbles et très respectueuses servantes,

« Femmes Dasté, Duranton, Aniche. »

Je répondis à ces généreuses dames qui ressemblaient
si peu aux grandes dames :

« Je vous remercie bien, mes chères dames, de l'offre
que vous me faites de publier dans un journal tout ce qui
s'est passé relativement à M. de Sèze. Vous êtes d'excellentes royalistes, et moi aussi je suis un bon royaliste :
nous devons nous souvenir avant tout que M. de Sèze est
un homme respectable, et qu'il a été le défenseur de notre
roi. Cette belle action n'est point effacée par un petit
mouvement de vanité. Ainsi gardons le silence : il me
suffit de votre bon témoignage auprès de vos amis. Je
vous ai déjà remerciées de vos excellents fruits : madame
de Chateaubriand et moi nous mangeons tous les jours
vos marrons en parlant de vous.

« À présent permettez à votre hôte de vous embrasser.
Ma femme vous dit mille choses, et moi je suis

« Votre serviteur et ami.

« Chateaubriand. »

« Paris, 2 novembre 1820. »

Mais qui pense aujourd'hui à ces futiles débats ? Les
joies et les fêtes du baptême sont loin derrière nous.
Quand Henri naquit le jour de Saint-Michel, ne disait-on
pas que l'archange allait mettre le dragon sous ses pieds ?
Il est à craindre, au contraire, que l'épée flamboyante
n'ait été tirée du fourreau que pour faire sortir l'innocent
du paradis terrestre, et pour en garder contre lui les
portes[1].

---

1. Allusion à la « flamme du glaive fulgurant » que brandissent les
chérubins placés par Dieu devant les portes du Paradis, après qu'Adam
et Ève en ont été chassés (*Genèse*, III, 23-24). Mais la précision « tirée

(13)

Je fais entrer M. de Villèle et M. de Corbière dans leur premier ministère. — Ma lettre au duc de Richelieu. Billet du duc de Richelieu et ma réponse. — Billet de M. de Polignac. — Lettres de M. de Montmorency et de M. Pasquier. — Je suis nommé ambassadeur à Berlin. — Je pars pour cette ambassade.

Cependant, les événements qui se compliquaient ne décidaient rien encore. L'assassinat de M. le duc de Berry avait amené la chute de M. Decazes, qui ne se fit pas sans déchirements[1]. M. le duc de Richelieu ne consentit à affliger son vieux maître que sur une promesse de M. Molé[2] de donner à M. Decazes une mission lointaine. Il partit pour l'ambassade de Londres où je devais le remplacer. Rien n'était fini. M. de Villèle restait à l'écart avec sa fatalité, M. de Corbière[3]. J'offrais de mon côté

du fourreau » renvoie plutôt à un épisode de la Passion (*Jean*, XVIII, 10-11).

1. Decazes avait fini par donner sa démission le 17 février 1820. Le 20, sur les instances de la famille royale, Richelieu accepta de reprendre la présidence du conseil, tandis que le comte Siméon se chargeait de l'Intérieur (le reste du ministère demeurant inchangé). Louis XVIII ne se sépara pas de son favori sans quelques scènes pathétiques. Par une autre ordonnance du 20 février, il lui accorda le titre de duc et le nomma ministre d'État. **2.** Étrange lapsus pour *Pasquier*, alors ministre des Affaires étrangères. Chateaubriand avait connu Molé et Pasquier sous le Consulat, dans le cercle de Mme de Beaumont. De vieilles familles parlementaires, ils poursuivront tous deux une carrière parallèle au service de Napoléon, des Bourbons, puis de la monarchie de Juillet. Sans doute est-ce la raison pour laquelle Chateaubriand continue de les associer dans son esprit. Le comte Molé avait été un éphémère ministre de la Marine dans le premier cabinet Richelieu (12 septembre 1817-28 décembre 1818). **3.** Voir le commentaire inspiré à Corbière par la lecture de ce passage (*Bulletin*, 1992, p. 24) : « M. de Chateaubriand a dit dans ses *Mémoires* que j'étais "la fatalité" de M. de Villèle ; ce mot n'est obligeant ni pour l'un ni pour l'autre. Soit qu'il signifie que j'étais son mauvais génie, dont il ne pouvait éviter l'obsession, ou seulement que je le fatiguais incessamment de mes inutiles conseils, il est également faux. M. de

un grand obstacle. Madame de Montcalm ne cessait de m'engager à la paix : j'y étais très disposé, ne voulant sincèrement que sortir des affaires qui m'envahissaient et pour lesquelles j'avais un souverain mépris. M. de Villèle, quoique plus souple, n'était pas alors facile à manier.

Il y a deux manières de devenir ministre : l'une brusquement et par force, l'autre par longueur de temps et par adresse ; la première n'était point à l'usage de M. de Villèle : le cauteleux exclut l'énergique, mais il est plus sûr et moins exposé à perdre la place qu'il a gagnée. L'essentiel dans cette manière d'arriver est d'agréer maints soufflets et de savoir avaler une quantité de couleuvres : M. de Talleyrand faisait grand usage de ce régime des ambitions de seconde espèce. En général, on parvient aux affaires par ce que l'on a de médiocre, et l'on y reste par ce que l'on a de supérieur. Cette réunion d'éléments antagonistes est la chose la plus rare, et c'est pour cela qu'il y a si peu d'hommes d'État.

M. de Villèle avait précisément le terre à terre des qualités par lesquelles le chemin lui était ouvert : il laissait faire du bruit autour de lui, pour recueillir le fruit de l'épouvante qui s'emparait de la cour. Parfois il prononçait des discours belliqueux, mais où quelques phrases laissaient luire l'espérance d'une nature abordable. Je pensais qu'un homme de son espèce devait commencer par entrer dans les affaires, n'importe comment, et dans une place non trop effrayante. Il me semblait qu'il lui fallait être d'abord ministre sans portefeuille, afin d'obtenir un jour la présidence même du ministère. Cela lui donnerait un renom de modération, il serait vêtu parfaitement à son air ; il deviendrait évident que le chef parlementaire de l'opposition royaliste n'était pas un ambitieux, puisqu'il consentait pour le bien de la paix à se faire si petit. Tout homme qui a été ministre, n'importe à quel titre, le redevient : un premier ministère est l'éche-

---

Villèle n'était pas un homme à subir un joug quelconque, et, de mon côté, je n'ai jamais donné de conseils, pas même à lui, qu'à mon corps défendant. Si cela ne voulait dire autre chose qu'on nous trouvait habituellement ensemble, ce n'était guère la peine de le dire, cela était passé en proverbe parmi nos amis. »

lon du second ; il reste sur l'individu qui a porté l'habit brodé une odeur de portefeuille qui le fait retrouver tôt ou tard par les bureaux.

Madame de Montcalm m'avait dit de la part de son frère qu'il n'y avait plus de ministère vacant ; mais que si mes deux amis voulaient entrer au conseil comme ministres d'État sans portefeuille, le Roi en serait charmé, promettant mieux pour la suite. Elle ajoutait que si je consentais à m'éloigner, je serais envoyé à Berlin. Je lui répondis qu'à cela ne tenait ; que quant à moi j'étais toujours prêt à partir et que j'irais chez le diable, dans le cas que les rois eussent quelque mission à remplir auprès de leur cousin ; mais que je n'acceptais pourtant un exil que si M. de Villèle acceptait son entrée au conseil. J'aurais voulu aussi placer M. Lainé auprès de mes deux amis. Je me chargeai de la triple négociation. J'étais devenu le maître de la France politique par mes propres forces. On ne se doute guère que c'est moi qui ai fait le premier ministère de M. de Villèle et qui ai poussé le maire de Toulouse dans la carrière.

Je trouvai dans le caractère de M. Lainé une obstination invincible. M. de Corbière ne voulait pas une simple entrée au conseil ; je le flattai de l'espoir qu'on y joindrait l'instruction publique. M. de Villèle, ne se prêtant qu'avec répugnance à ce que je désirais, me fit d'abord mille objections ; son bon esprit et son ambition le décidèrent enfin à marcher en avant : tout fut arrangé. Voici les preuves irrécusables de ce que je viens de raconter ; documents fastidieux de ces petits faits justement passés à l'oubli, mais utiles à ma propre histoire :

« 20 décembre, trois heures et demie.

« À M. LE DUC DE RICHELIEU

« J'ai eu l'honneur de passer chez vous, monsieur le duc, pour vous rendre compte de l'état de choses : tout va à merveille. J'ai vu les deux amis : Villèle consent enfin à entrer ministre secrétaire d'État au conseil, sans portefeuille, si Corbière consent à entrer au même titre, avec la direction de l'instruction publique. Corbière, de son côté, veut bien

entrer à ces conditions, moyennant l'approbation de Villèle. Ainsi il n'y a plus de difficultés. Achevez votre
ouvrage, monsieur le duc ; voyez les deux amis ; et quand
vous aurez entendu ce que je vous écris, de leur propre
bouche, vous rendrez à la France la paix intérieure, comme
vous lui avez donné la paix avec les étrangers.

« Permettez-moi de vous soumettre encore une idée :
trouveriez-vous un grand inconvénient à remettre à Villèle la direction vacante par la retraite de M. de Barante [1] ? il serait alors placé dans une position plus égale avec
son ami. Toutefois, il m'a positivement dit qu'il consenti-
rait à entrer au conseil sans portefeuille, si Corbière avait
l'instruction publique. Je ne dis ceci que comme un
moyen de plus de satisfaire complètement les royalistes,
et de vous assurer une majorité immense et inébranlable.

« J'aurai enfin l'honneur de vous faire observer que
c'est demain au soir qu'a lieu chez Piet la grande réunion
royaliste, et qu'il serait bien utile que les deux amis pus-
sent demain au soir dire quelque chose qui calmât toutes
les effervescences et empêchât toutes les divisions.

« Comme je suis, monsieur le duc, hors de tout ce mouvement, vous ne verrez, j'espère, dans mon empressement
que la loyauté d'un homme qui désire le bien de son pays
et vos succès.

« Agréez, je vous prie, monsieur le duc, l'assurance de
ma haute considération.

« CHATEAUBRIAND. »

« Mercredi.
« Je viens d'écrire à MM. de Villèle et de Corbière,

---

1. Prosper de Barante (1782-1866) avait commencé très jeune une
carrière préfectorale qui devait mettre fin à sa liaison avec Mme de
Staël. Il avait continué après 1815 à servir dans la haute administration : directeur général des Contributions directes sous Corvetto (septembre 1815-mai 1816), secrétaire d'État à l'Intérieur sous Lainé (mai
1816-décembre 1818), etc. Proche des doctrinaires, pair de France
depuis 1819, il avait entrepris au mois de juillet 1820 la rédaction de
son *Histoire des ducs de Bourgogne* (1824), qui lui vaudra un fauteuil
académique (1828) et à laquelle Chateaubriand rendra hommage dans
la préface des *Études historiques*.

monsieur, et je les engage à passer ce soir chez moi, car dans une œuvre aussi utile il ne faut pas perdre un moment. Je vous remercie d'avoir fait marcher l'affaire aussi vite ; j'espère que nous arriverons à une heureuse conclusion. Soyez persuadé, monsieur, du plaisir que j'ai à vous avoir cette obligation, et recevez l'assurance de ma haute considération.

« RICHELIEU. »

« Permettez-moi, monsieur le duc, de vous féliciter de l'heureuse issue de cette grande affaire, et de m'applaudir d'y avoir eu quelque part. Il est bien à désirer que les ordonnances paraissent demain : elles feront cesser toutes les oppositions. Sous ce rapport je puis être utile aux deux amis.

« J'ai l'honneur, monsieur le duc, de vous renouveler l'assurance de ma haute considération.

« CHATEAUBRIAND. »

« Vendredi.

« J'ai reçu avec un extrême plaisir le billet que M. le vicomte de Chateaubriand m'a fait l'honneur de m'écrire. Je crois qu'il n'aura pas à se repentir de s'en être rapporté à la bonté du Roi, et s'il me permet d'ajouter, au désir que j'ai de contribuer à ce qui pourra lui être agréable. Je le prie de recevoir l'assurance de ma haute considération.

« RICHELIEU. »

« Ce jeudi.

« Vous savez sans doute, mon noble collègue, que l'affaire a été conclue hier soir à onze heures, et que tout s'est arrangé sur les bases convenues entre vous et le duc de Richelieu. Votre intervention nous a été fort utile : grâces vous soient rendues pour cet acheminement vers un mieux qu'on doit désormais regarder comme probable.

« Tout à vous pour la vie,

« J. DE POLIGNAC [1]. »

---

1. Fils cadet de la favorite de Marie-Antoinette, et donc neveu de Mme de Polastron, Jules de Polignac (1780-1847) avait émigré en Rus-

« Paris, mercredi 20 décembre, onze heures et demie
du soir.

« Je viens de passer chez vous qui étiez retiré, noble
vicomte : j'arrive de chez Villèle qui lui-même est
rentré tard de la conférence que vous lui aviez préparée
et annoncée. Il m'a chargé, comme votre plus proche
voisin, de vous faire savoir ce que Corbière voulait
aussi vous mander de son côté, que l'affaire que vous
avez réellement conduite et ménagée dans la journée
est décidément finie de la manière la plus simple et
la plus abrégée : lui *sans portefeuille*, son ami *avec
l'instruction*. Il paraissait croire qu'on aurait pu attendre
un peu plus, et obtenir d'autres conditions ; mais il ne
convenait pas de dédire un interprète, un négociateur
tel que vous. C'est vous réellement qui leur avez ouvert
l'entrée de cette nouvelle carrière : ils comptent sur
vous pour la leur aplanir. De votre côté, pendant le
peu de temps que nous aurons encore l'avantage de
vous conserver parmi nous [1], parlez à vos amis les plus
vifs dans le sens de seconder ou du moins de ne pas
combattre les projets d'union. Bonsoir. Je vous fais
encore mon compliment de la promptitude avec laquelle
vous menez les négociations. Vous arrangerez ainsi
l'Allemagne pour revenir plus tôt au milieu de vos

---

sie, puis en Angleterre où il avait grandi sous la protection « paternelle » du futur Charles X. En compagnie de son frère Armand, comte
puis duc de Polignac (1771-1847), il avait ensuite conspiré contre
Napoléon et passé de nombreuses années en prison (voir t. II, p. 603).
Nommé pair de France le 17 novembre 1815, ce membre de la Congrégation commença par refuser de prêter serment à la Charte, qu'il jugeait
attentatoire à la dignité de la religion catholique. Il fallut les instances
du Saint-Siège pour qu'il accepte enfin de siéger au Luxembourg.
Pie VII le fit prince romain en 1820. Au mois de juin 1823, Chateaubriand le nommera ambassadeur à Londres, poste qu'il occupera jusqu'en 1829.
1. Chateaubriand avait été pressenti pour le poste de ministre plénipotentiaire à Berlin dans la seconde quinzaine de novembre 1820. Sa
nomination fut annoncée dans le *Moniteur* du 30, et le roi lui accorda,
le 2 décembre, une audience de réconciliation. Mais son acceptation ne
deviendra définitive qu'une fois réglé le sort de ses amis politiques.

amis. Je suis charmé, pour mon compte, de ce qu'il y a de simplifié dans votre position.

« Je vous renouvelle tous mes sentiments.

« M. DE MONTMORENCY. »

« Voici, monsieur, une demande adressée par un garde du corps du roi au roi de Prusse : elle m'est remise et recommandée par un officier supérieur des gardes. Je vous prie donc de l'emporter avec vous et d'en faire usage, si vous croyez, quand vous aurez un peu examiné le terrain à Berlin, qu'elle est de nature à obtenir quelques succès.

« Je saisis avec grand plaisir cette occasion de me féliciter avec vous du *Moniteur* de ce matin[1], et de vous remercier de la part que vous avez eue à cette heureuse issue qui, je l'espère, aura sur les affaires de notre France la plus heureuse influence.

« Veuillez recevoir l'assurance de ma haute considération et de mon sincère attachement.

« PASQUIER[2]. »

Cette suite de billets montre assez que je ne me vante pas ; cela m'ennuierait trop d'être la mouche du coche ;

---

1. Le *Moniteur* du vendredi 22 décembre 1820, annonçant la nomination de Corbière, Villèle et Lainé comme ministres secrétaires d'État sans portefeuille, mais avec entrée au Conseil. **2.** Étienne-Denis Pasquier (1767-1862) est passé sans transition de la haute administration impériale au service des Bourbons. Préfet de police de 1810 à 1814, il participe au ministère Talleyrand-Fouché du 10 juillet 1815 comme ministre de la Justice et ministre de l'Intérieur par intérim : il organise à ce titre les élections qui vont donner la Chambre introuvable de septembre 1815. Il quitte alors le gouvernement, préside la nouvelle Chambre de 1816 avant de reprendre le portefeuille de la Justice au mois de janvier 1817, avec Guizot comme secrétaire général. Démissionnaire, avec le duc de Richelieu, le 28 décembre 1818, il se retrouve, un an plus tard, dans le ministère Decazes (18 novembre 1819) avec le portefeuille des Affaires étrangères qu'il conserva dans le second ministère Richelieu jusqu'au mois de décembre 1821. Nommé pair de France en 1822, il se rangera dans la fraction libérale et gallicane de la haute assemblée qu'il présidait lorsque celle-ci prononça la déchéance de Charles X. Louis-Philippe fera de lui le dernier chancelier de France (1837) et lui accordera le titre de duc en 1844.

le timon ou le nez du cocher ne sont pas des places où j'aie jamais eu l'ambition de m'asseoir : que le coche arrive au haut[1] ou roule au bas, point ne m'en chaut. Accoutumé à vivre caché dans mes propres replis, ou momentanément dans la large vie des siècles, je n'avais aucun goût aux mystères d'antichambre. J'entre mal dans la circulation en pièce de monnaie courante ; pour me sauver, je me retire auprès de Dieu ; une idée fixe qui vient du ciel vous isole et fait tout mourir autour de vous.

---

1. Allusion à la fable « Le Coche et la Mouche » (La Fontaine, *Fables*, VII, 9).

LIVRE VINGT-SIXIÈME

AMBASSADE DE BERLIN

(1)

ANNÉE DE MA VIE 1821[1]. – AMBASSADE DE BERLIN.
ARRIVÉE À BERLIN. – M. ANCILLON. – FAMILLE ROYALE.
FÊTES POUR LE MARIAGE DU GRAND-DUC NICOLAS. SOCIÉTÉ DE
BERLIN. – LE COMTE DE HUMBOLDT. – M. DE CHAMISSO.

Je quittai la France, laissant mes amis en possession
d'une autorité que je leur avais achetée au prix de mon
absence : j'étais un petit Lycurgue[2]. Ce qu'il y avait de
bon, c'est que le premier essai que j'avais fait de ma force
politique me rendait ma liberté ; j'allais jouir au dehors
de cette liberté dans le pouvoir. Au fond de cette position

---

1. La principale source documentaire, pour cette période de la vie
de Chateaubriand réduite à une année (1821), est le tome IV de la
Correspondance générale (Gallimard, 1983).   **2.** Selon Plutarque
(*Lycurgue*, LX-LXI), le législateur de Sparte fit jurer à ses concitoyens
qu'ils observeraient la constitution qu'il avait établie jusqu'à son retour
de Delphes, où il devait aller consulter la Pythie. Mais, au lieu de
revenir, il leur envoya son oracle favorable, puis se laissa mourir de
faim. Un an plus tard, à Londres, à propos du vicomte de Montmorency, son ministre, Chateaubriand disait encore : « Il règne et je
voyage ; je suis un Lycurgue au petit pied » (Marcellus, p. 250-251).

nouvelle à ma personne, j'aperçois je ne sais quels romans confus parmi des réalités : n'y avait-il rien dans les cours ? N'étaient-elles point des solitudes d'une autre sorte ? C'étaient peut-être des Champs-Élysées avec leurs ombres.

Je partis de Paris le 1er janvier 1821 : la Seine était gelée, et pour la première fois je courais sur les chemins avec les conforts de l'argent. Je revenais peu à peu de mon mépris des richesses ; je commençais à sentir qu'il était assez doux de rouler dans une bonne voiture, d'être bien servi, de n'avoir à se mêler de rien, d'être devancé par un énorme chasseur de Varsovie, toujours affamé, et qui, au défaut des czars, aurait à lui seul dévoré la Pologne. Mais je m'habituai vite à mon bonheur ; j'avais le pressentiment qu'il durerait peu, et que je serais bientôt remis à pied comme il était convenable. Avant d'être arrivé à ma destination, il ne me resta du voyage que mon goût primitif pour le voyage même ; goût d'indépendance, – satisfaction d'avoir rompu les attaches de la société.

Vous verrez, lorsque je reviendrai de Prague en 1833, ce que je dis de mes vieux souvenirs du Rhin[1] : je fus obligé, à cause des glaces, de remonter ses rives et de le traverser au-dessus de Mayence. Je ne m'occupai guère de *Moguntia*, de son archevêque, de ses trois ou quatre sièges, et de l'*imprimerie* par qui cependant je régnais[2]. Francfort, cité de Juifs, ne m'arrêta que pour une de leurs affaires : un change de monnaie.

La route fut triste : le grand chemin était neigeux et le givre appendu[3] aux branches des pins. Iéna m'apparut de loin avec les larves de sa double bataille[4]. Je traversai

---

1. Au livre XXXVIII, chap. 4.   **2.** Brève évocation historique de Mayence, depuis son origine latine jusqu'à Gutenberg, son plus célèbre rejeton.   **3.** Voir t. I, p. 401, note 3.   **4.** Sans doute la victoire du 14 octobre 1806 qui ouvrit à Napoléon la route de Berlin, et la défaite des armées françaises, au même endroit, le 19 octobre 1813. Mais le roi de Suède Gustave-Adolphe avait déjà livré une bataille à Iéna le 6 septembre 1631.

Erfurt et Weimar : dans Erfurt, l'empereur manquait[1] ; dans Weimar, habitait Goethe que j'avais tant admiré, et que j'admire beaucoup moins. Le chantre de la matière vivait, et sa vieille poussière se modelait encore autour de son génie. J'aurais pu voir Goethe, et je ne l'ai point vu ; il laisse un vide dans la procession des personnages célèbres qui ont défilé sous mes yeux.

Le tombeau de Luther à Wittemberg ne me tenta point : le protestantisme n'est en religion qu'une hérésie illogique ; en politique, qu'une révolution avortée. Après avoir mangé, en passant l'Elbe, un petit pain noir pétri à la vapeur du tabac, j'aurais eu besoin de boire dans le grand verre de Luther, conservé comme une relique. De là traversant Potsdam et franchissant la Sprée, rivière d'encre sur laquelle se traînent des barques gardées par un chien blanc, j'arrivai à Berlin[2]. Là demeura, comme je l'ai dit, *le faux Julien dans sa fausse Athènes.* Je cherchai en vain le soleil du mont Hymette. J'ai écrit à Berlin le IVe livre de ces *Mémoires* : vous y avez trouvé la description de cette ville, ma course à Potsdam, mes souvenirs du grand Frédéric, de son cheval, de ses levrettes et de Voltaire[3].

Descendu le 11 janvier à l'auberge, j'allai demeurer ensuite *Sous les Tilleuls*, dans l'hôtel qu'avait quitté M. le marquis de Bonnay, et qui appartenait à madame la duchesse de Dino[4] ; j'y fus reçu par MM. Decaux, de Flavigny et de Cussy, secrétaires de la légation[5].

---

1. Pendant la rencontre de Napoléon avec le tsar Alexandre Ier, du 27 septembre au 14 octobre 1808, de brillantes fêtes avaient été données à Erfurt.   **2.** Le jeudi 11 janvier 1821, à huit heures du matin. **3.** Voir t. I, p. 300-302.   **4.** Voir t. I, p. 302, note 1.   **5.** Henri Roger de Cahuzac, comte de Caux, avait dès 1791 émigré avec sa famille, puis servi en Espagne. Il entra au début de la Restauration dans la carrière diplomatique. Après avoir été secrétaire à La Haye, il avait été nommé premier secrétaire à Berlin au mois de septembre 1820. En 1823 Chateaubriand le chargera de mission auprès du gouvernement provisoire espagnol. Il devint ensuite ministre plénipotentiaire à Hanovre, puis donna sa démission après la révolution de Juillet. Le vicomte de Flavigny (1799-1873) était le frère aîné de la future comtesse d'Agoult. Il venait de commencer une carrière diplomatique qu'il poursuivra comme attaché, puis secrétaire, à Copenhague, Madrid, Lisbonne et Londres où il sera le collaborateur du prince de

Le 17 de janvier j'eus l'honneur de présenter au roi les
lettres de récréance de M. le marquis de Bonnay et mes
lettres de créance. Le Roi[1], logé dans une simple maison,
avait pour toute distinction deux sentinelles à sa porte :
entrait qui voulait ; on lui parlait *s'il était chez lui*. Cette
simplicité des princes allemands contribue à rendre moins
sensibles aux petits le nom et les prérogatives des grands.
Frédéric-Guillaume allait chaque jour, à la même heure,
dans une carriole découverte qu'il conduisait lui-même,
casquette en tête, manteau grisâtre sur le dos, fumer son
cigare dans le parc. Je le rencontrais souvent et nous
continuions nos promenades chacun de notre côté. Quand
il rentrait dans Berlin, la sentinelle de la porte de Brandebourg criait à tue-tête ; la garde prenait les armes et sortait ; le roi passait, tout était fini.

Dans la même journée je fis ma cour au prince royal
et aux princes ses frères, jeunes militaires fort gais[2]. Je
vis le grand-duc Nicolas et la grande-duchesse[3], nouvelle-

Polignac. Celui-ci le nommera, en 1829, sous-directeur des Affaires
politiques au ministère des Affaires étrangères. Rallié tardivement à
Louis-Philippe, il deviendra pair de France en 1841 et représentera la
droite monarchiste dans les diverses assemblées de la Seconde République, puis au corps législatif, de 1852 à 1863. Le chevalier de Cussy
(1795-1866), ancien garde du corps, avait été nommé deuxième secrétaire à Berlin en 1816, sous le marquis de Bonnay. Il deviendra en
1823 premier secrétaire à Dresde, avant de poursuivre, jusqu'en 1848,
une carrière consulaire. Il a laissé des *Souvenirs* (Plon, 1909) dans
lesquels il retrace la vie de la société berlinoise lors du séjour de Chateaubriand.
  1. Frédéric-Guillaume III (1770-1840), roi de Prusse depuis le
16 novembre 1797. Il avait épousé au mois de décembre 1793 Louise
de Mecklembourg-Strelitz (1776-1810).   2. Les quatre fils du roi : le
prince royal (1795-1861), devenu roi en 1840 sous le nom de Frédéric-
Guillaume IV ; le prince Guillaume (1797-1888) qui, après avoir été
régent, succédera en 1861 à son frère ; enfin les princes Charles (1801-
1853) et Henri-Albert (1809-1872).   3. La princesse Charlotte de
Prusse (1798-1860), aînée des filles du roi, avait épousé le 13 juillet
1817, le grand-duc Nicolas, frère cadet du tsar Alexandre Ier. Elle avait
reçu à cette occasion le nom de grande-duchesse Alexandra Féodo-
rovna. Le jeune couple séjournait alors à la cour de Berlin : le futur
Nicolas Ier, qui avait rencontré la duchesse de Duras à Paris en 1814,
fit une bonne impression sur Chateaubriand.

ment mariés et auxquels on donnait des fêtes. Je vis aussi
le duc et la duchesse de Cumberland[1], le prince Guillaume[2], frère du roi, le prince Auguste de Prusse, longtemps
notre prisonnier[3] : il avait voulu épouser madame Récamier ; il possédait l'admirable portrait que Gérard avait
fait d'elle et qu'elle avait échangé avec le prince pour le
tableau de Corinne[4].

Je m'étais empressé de chercher M. Ancillon[5]. Nous
nous connaissions mutuellement par nos ouvrages. Je
l'avais rencontré à Paris avec le prince royal son élève ;
il était chargé à Berlin, par intérim, du portefeuille des
affaires étrangères pendant l'absence de M. le comte de
Bernstorff[6]. Sa vie était très touchante ; sa femme avait

---

1. Frédérique de Mecklembourg-Strelitz (1778-1841), sœur cadette
de la reine Louise, et veuve du prince Louis de Prusse, avait épousé le
29 mai 1815 Ernest, duc de Cumberland (1777-1851), quatrième fils
de George III, et frère des rois George IV et Guillaume IV. À la mort
de ce dernier, tandis que sa nièce Victoria de Kent montera sur le trône
de Grande-Bretagne, il deviendra roi de Hanovre.   2. Le prince Fré-
déric-*Guillaume*-Charles (1783-1851), frère puîné du roi, avait épousé
la princesse Marie-Anne de Hesse-Hombourg (1785-1863), dont Chateaubriand évoque, au chapitre 4, le regard triste.   3. Le prince
Auguste de Prusse (1779-1843) était le dernier fils survivant du plus
jeune frère de Frédéric II. Blessé à Auerstaedt le 14 octobre 1806, pris
un peu plus tard à Prenzlow, il fut retenu quelques mois prisonnier en
France (voir livre XXVIII, chap. 19). C'est après sa libération qu'il
avait rencontré Juliette Récamier à Coppet (été 1807) : il lui proposa
le mariage, mais la belle amie de Mme de Staël refusa de divorcer.
4. Le portrait de Mme Récamier par Gérard, exécuté vers 1805, fut
rendu à celle-ci après la mort du prince, et se trouve aujourd'hui au
musée Carnavalet. En revanche, le grand tableau *Corinne au cap
Misène*, exposé au salon de 1822, fut légué par Mme Récamier au
musée de Lyon, sa ville natale (voir livre XXVIII, chap. 19).
5. Jean-Pierre-Frédéric Ancillon (1766-1837) avait commencé par être
pasteur de la paroisse française de Berlin. Historien et philosophe, il
se fit connaître en 1806 par un *Tableau des révolutions du système
politique européen*. Devenu précepteur du prince royal qu'il accompagna, en 1811, à Paris, puis Conseiller intime, il exerça ensuite à plusieurs reprises les fonctions de ministre des Affaires étrangères par
intérim, avant de devenir titulaire du portefeuille en 1831.   6. Le
comte Christian de Bernstorff (1768-1835). Ce diplomate danois avait
représenté son pays au congrès de Vienne, avant de passer au service
de la Prusse. Ministre des Affaires étrangères de 1818 à 1831, il assista

perdu la vue : toutes les portes de la maison étaient ouvertes ; la pauvre aveugle se promenait de chambre en chambre parmi des fleurs, et se reposait au hasard comme un rossignol en cage : elle chantait bien et mourut tôt.

M. Ancillon, de même que beaucoup d'hommes illustres de la Prusse, était d'origine française : ministre protestant, ses opinions avaient d'abord été très libérales ; peu à peu il se refroidit. Quand je le retrouvai à Rome en 1828, il était revenu à la monarchie tempérée et il a rétrogradé jusqu'à la monarchie absolue. Avec un amour éclairé des sentiments généreux, il avait la haine et la peur des révolutionnaires ; c'est cette haine qui l'a poussé vers le despotisme, afin d'y demander abri. Ceux qui vantent encore 1793 et qui en admirent les crimes ne comprendront-ils jamais combien l'horreur dont on est saisi pour ces crimes est un obstacle à l'établissement de la liberté ?

Il y eut une fête à la cour [1], et là commencèrent pour moi des honneurs dont j'étais bien peu digne. Jean Bart avait mis pour aller à Versailles un habit de drap d'or doublé de drap d'argent, ce qui le gênait beaucoup. La grande-duchesse, aujourd'hui l'impératrice de Russie, et la duchesse de Cumberland choisirent mon bras dans une marche polonaise : mes romans du monde commençaient. L'air de la marche était une espèce de pot-pourri composé de plusieurs morceaux parmi lesquels, à ma grande satisfaction, je reconnus la chanson du roi Dagobert : cela m'encouragea et vint au secours de ma timidité. Ces fêtes se répétèrent ; une d'elles surtout eut lieu dans le grand palais du roi. Ne voulant pas en prendre le récit sur mon compte, je le donne tel qu'il est consigné dans le *Morgenblatt* de Berlin par madame la baronne de Hohenhausen :

---

comme tel à tous les congrès de la Sainte-Alliance. Il se trouvait alors à celui de Laybach.

1. Le 17 janvier 1821. Chateaubriand a évoqué cette soirée à plusieurs reprises dans sa correspondance.

« Berlin, le 22 mars 1821.
Morgenblatt (Feuille du matin), n° 70.

« Un des personnages remarquables qui assistaient à cette fête était le vicomte de Chateaubriand, ministre de France, et, quelle que fût la splendeur du spectacle qui se développait à leurs yeux, les belles Berlinoises avaient encore des regards pour l'auteur d'*Atala*, ce superbe et mélancolique roman où l'amour le plus ardent succombe dans le combat contre la religion. La mort d'Atala et l'heure du bonheur de Chactas, pendant un orage dans les antiques forêts de l'Amérique, dépeint avec les couleurs de Milton, resteront à jamais gravées dans la mémoire de tous les lecteurs de ce roman. M. de Chateaubriand écrivit *Atala* dans sa jeunesse péniblement éprouvée par l'exil de sa patrie : de là cette profonde mélancolie et cette passion brûlante qui respirent dans l'ouvrage entier. À présent, cet homme d'État consommé a voué uniquement sa plume à la politique. Son dernier ouvrage, *la Vie et la Mort du duc de Berry*, est tout à fait écrit dans le ton qu'employaient les panégyristes de Louis XIV.

« M. de Chateaubriand est d'une taille assez petite, et pourtant élancée. Son visage ovale a une expression de piété et de mélancolie. Il a les cheveux et les yeux noirs : ceux-ci brillent du feu de son esprit qui se prononce dans ses traits [1]. »

Mais j'ai les cheveux blancs ; j'ai plus d'un siècle, en outre, je suis mort : pardonnez donc à madame la baronne de Hohenhausen de m'avoir croqué dans mon bon temps, bien qu'elle m'octroie déjà des années. Le portrait est d'ailleurs fort joli ; mais je dois à ma sincérité de dire qu'il n'est pas ressemblant.

---

1. Chateaubriand ne se reconnaissait guère dans ce portrait qui le faisait sourire. Selon Marcellus, il prétendait avoir les yeux bleus, sans doute très foncés. Sur son aspect physique voir VI, 1 (t. I, p. 425, note 1).

(2)

MINISTRES ET AMBASSADEURS. — HISTORIQUE DE LA COUR
ET DE LA SOCIÉTÉ.

L'hôtel Sous les Tilleuls, *Unter den Linden*, était beaucoup trop grand pour moi, froid et délabré : je n'en occupais qu'une petite partie.

Parmi mes collègues, ministres et ambassadeurs, le seul remarquable était M. d'Alopeus[1]. J'ai depuis rencontré sa femme et sa fille à Rome auprès de la grande-duchesse Hélène[2] : si celle-ci eût été à Berlin au lieu de la grande-duchesse Nicolas, sa belle-sœur, j'aurais été plus heureux.

M. d'Alopeus, mon collègue, avait la douce manie de se croire adoré. Il était persécuté par les passions qu'il inspirait : « Ma foi, disait-il, je ne sais ce que j'ai ; partout où je vais, les femmes me suivent. Madame d'Alopeus s'est attachée obstinément à moi. » Il eût été excellent saint-simonien. La société privée, comme la société publique, a son allure : dans la première, ce sont toujours des attachements formés et rompus, des affaires de famille, des morts, des naissances, des chagrins et des plaisirs particuliers ; le tout varié d'apparences selon les siècles. Dans l'autre, ce sont toujours des changements de ministres, des batailles perdues ou gagnées, des négociations avec les cours, des rois qui s'en vont, ou des royaumes qui tombent.

Sous Frédéric II, électeur de Brandebourg[3], surnommé *Dent de Fer* ; sous Joachim II, empoisonné par le Juif Lippold ; sous Jean Sigismond, qui réunit à son électorat

---

1. Ancien ami de Mme Récamier, et ambassadeur de Russie à Berlin où il demeura jusqu'à sa mort, le 13 juin 1831. Sa fille Alexandrine épousera un fils du comte de la Ferronnays, alors ambassadeur à Saint-Pétersbourg.   **2.** Sur la grande-duchesse Hélène, voir livre XXX, chap. 7 (*infra*, p. 392, note 1).   **3.** Ce paragraphe est composé, ainsi que le suivant, de *biographèmes* pittoresques, tous empruntés à la *Biographie Michaud*, articles « Brandebourg » (t. V, 1812, p. 488-490) et « Frédéric » (t. XV, p. 567-597).

le duché de Prusse ; sous Georges-Guillaume, l'*Irrésolu*, qui, perdant ses forteresses, laissait Gustave-Adolphe s'entretenir avec les dames de sa cour et disait : « Que faire ? ils ont des canons » ; sous le Grand-Électeur, qui ne rencontra dans ses États que des monceaux de cendres lesquels empêchaient l'herbe de croître, qui donna une audience à l'ambassadeur tartare dont l'interprète avait un nez de bois et les oreilles coupées ; sous son fils, premier roi de Prusse, qui, réveillé en sursaut par sa femme, prit la fièvre de peur et en mourut ; sous tous ces règnes, les divers mémoires ne laissent voir que la répétition des mêmes aventures dans la société privée.

Frédéric-Guillaume Ier, père du grand Frédéric, homme dur et bizarre, fut élevé par madame de Rocoules, la réfugiée[1] : il aima une jeune femme qui ne put l'adoucir ; son salon fut une tabagie. Il nomma le bouffon Gundling président de l'Académie royale de Berlin ; il fit enfermer son fils dans la citadelle de Custrin, et Quatt eut la tête tranchée devant le jeune prince ; c'était la vie privée de ce temps. Le grand Frédéric, monté sur le trône, eut une intrigue avec une danseuse italienne, la Barbarini, seule femme dont il s'approcha jamais[2] : il se contenta de jouer de la flûte la première nuit de ses noces sous la fenêtre de la princesse Élisabeth de Brunswick lorsqu'il l'épousa. Frédéric avait le goût de la musique et la manie des vers. Les intrigues et les épigrammes des deux poètes, Frédéric et Voltaire, troublèrent madame de Pompadour, l'abbé de

---

1. Frédéric-Guillaume Ier (1688-*1713*-1740) : « Sa première éducation fut confiée à Mme de Rocoules [...] réfugiée à Berlin pour cause de religion » ; « Sa mère fit les plus grands efforts pour adoucir son caractère ; mais elle ne put y réussir ; et l'amour même qu'on tâcha d'inspirer au prince pour une jeune personne intéressante ne put avoir aucun ascendant sur la rudesse de ses manières » ; « Une espèce de bouffon, appelé Gundling, fut nommé président... » ; « Une tabagie devint la retraite favorite du roi ». Sur ses démêlés avec le prince royal, la citadelle de Custrin, la décapitation de Katt sous les yeux de son ami, voir *Michaud*, t. XV, p. 596-597.   2. Là encore, référence à *Michaud*, t. XV, p. 569 : « Il éprouva pendant toute sa vie un éloignement fort extraordinaire pour le commerce des femmes » (avec une note sur la Barbarini).

Bernis et Louis XV. La margrave de Baireuth[1] était mêlée dans tout cela avec de l'amour, comme en pouvait avoir un poète. Des cercles littéraires chez le roi, puis des chiens sur des fauteuils malpropres ; puis des concerts devant des statues d'Antinoüs ; puis de grands dîners ; puis beaucoup de philosophie ; puis la liberté de la presse et des coups de bâton ; puis enfin un homard ou un pâté d'anguille qui mit fin aux jours d'un vieux grand homme[2], lequel voulait vivre : voilà de quoi s'occupa la société privée de ce temps de lettres et de batailles. – Et, nonobstant, Frédéric a renouvelé l'Allemagne, établi un contre-poids à l'Autriche, et changé tous les rapports et tous les intérêts politiques de la Germanie.

Dans les nouveaux règnes[3] nous trouvons le Palais de marbre, madame Rietz avec son fils, Alexandre, comte de La Marche[4], la baronne de Stolzenberg, maîtresse du margrave Schwed, autrefois comédienne, le prince Henri et ses amis suspects[5], mademoiselle Voss[6], rivale de madame Rietz, une intrigue de bal masqué entre un jeune

---

1. La princesse Sophie-Wilhelmine de Prusse (1709-1758), sœur de Frédéric II, et margrave de Bayreuth. Ses *Mémoires* sur la cour de Berlin, publiés en 1810, avaient été traduits en français dès 1820.   **2.** Frédéric II. Ces « révélations » sur les causes de la mort du roi de Prusse figurent dans les « lettres de Mirabeau sur Berlin » (voir note suivante) : lettre V pour le homard et lettre XIV pour le pâté (*Œuvres* de Mirabeau, Paris, Lecointe-Didier, 1835, t. VIII, p. 246 et 264).   **3.** Toutes les allusions contenues dans ce paragraphe renvoient « à ce noble tripot appelé la *cour de Berlin* » que, selon Mirabeau, fut le début du règne de Frédéric-Guillaume II. Chateaubriand les emprunte au recueil de lettres de Mirabeau intitulé : *Histoire secrète de la cour de Berlin* (1789). Ce fut sa lecture favorite au cours de son séjour à Berlin.   **4.** Mme Rietz, fille du musicien Enke, et maîtresse du prince royal qui, une fois monté sur le trône, lui avait donné pour mari son valet de chambre, avant de la faire comtesse de Lichtenau. Ils avaient eu un fils auquel le roi était très attaché ; voir la lettre XXI : « Samedi passé, il écrivit au fils qu'il a eu de cette femme, avec cette suscription : *À mon fils Alexandre, comte de la Marche.* » Sur la « baronne » de Stolzenberg, voir la suite de la lettre XXI.   **5.** Le prince Henri de Prusse (1726-1802), ami des « philosophes ».   **6.** Sur Mlle de Voss, voir les lettres XLIII, XLVIII, LV, LXI et LXV. Dans cette dernière, Mirabeau ironise sur la « nouvelle Jeanne », prête à se dévouer au bien public, c'est-à-dire à son royal amant : « Il a été décidé que la victime de la patrie serait portée à Postdam et immolée à Sans-Souci. »

Français et la femme d'un général prussien[1], enfin madame de F..., dont on peut lire l'aventure dans l'*Histoire secrète de la cour de Berlin*[2] ; qui sait tous ces noms ? qui se rappellera les nôtres ? Aujourd'hui, dans la capitale de la Prusse, c'est à peine si des octogénaires ont conservé la mémoire de cette génération passée.

(3)

GUILLAUME DE HUMBOLDT. – ADALBERT DE CHAMISSO.

La société à Berlin me convenait par ses habitudes : entre cinq et six heures on *allait en soirée* ; tout était fini à neuf, et je me couchais tout juste comme si je n'eusse pas été ambassadeur. Le sommeil dévore l'existence, c'est ce qu'il y a de bon : « Les heures sont longues, et la vie est courte », dit Fénelon. M. Guillaume de Humboldt[3], frère de mon

---

1. En réalité, selon Mirabeau (lettre XXII), entre « un jeune étranger au service de la France » et une grande-duchesse de Russie, épouse du futur tsar Paul Iᵉʳ.　　**2.** Sur « Mme de F..., la fameuse tribade », voir les lettres XLVII à XLIX.　　**3.** Charles-Guillaume, baron de Humboldt (1767-1835), commença par occuper divers postes diplomatiques à Madrid, à Rome (où il fut, en 1803, le collègue de Chateaubriand), à Vienne et à Londres. On le retrouve dans la délégation prussienne au congrès de Châtillon (1814), puis au congrès de Vienne, où Talleyrand signale sa « fureur » anti-française. Il représenta encore son pays à Aix-la-Chapelle (1818), puis fut chargé de rédiger un projet de constitution qui entraîna sa disgrâce pour libéralisme. Sur le plan politique, il ne dissimulait pas les nombreuses réserves qu'il nourrissait envers Chateaubriand. Dans une lettre du 30 janvier 1821 à la duchesse de Duras, ce dernier souligne cette incompréhension : « J'ai vu le frère de M. de Humboldt ; on prétend que lui et sa famille ne me sont point favorables. J'en suis fâché. Le frère est un homme très distingué. (...) il me prend apparemment pour une mâchoire : ma destinée politique est singulière : parmi les royalistes, les défenseurs, je suis un chartiste, un libéral, un partisan de la liberté de la presse ! Parmi les libéraux étrangers, je suis un ultra ! Vraisemblablement j'ai raison. » Ce linguiste exceptionnel, ami de Schiller, correspondant de Goethe, consacra le reste de sa vie à la philologie et à la philosophie du langage.

illustre ami le baron Alexandre[1], était à Berlin : je l'avais
connu ministre à Rome ; suspect au gouvernement à
cause de ses opinions, il menait une vie retirée ; pour tuer
le temps, il apprenait toutes les langues et même tous les
patois de la terre. Il retrouvait les peuples, habitants
anciens d'un sol, par les dénominations géographiques du
pays. Une de ses filles parlait indifféremment le grec
ancien ou le grec moderne ; si l'on fût tombé sur un bon
jour, on aurait pu deviser à table en sanscrit.

Adalbert de Chamisso[2] demeurait au Jardin-des-
Plantes, à quelque distance de Berlin[3]. Je le visitai dans
cette solitude où les plantes gelaient en serre. Il était
grand, d'une figure assez agréable. Je me sentais un attrait
pour cet exilé voyageur comme moi[4] : il avait vu ces

---

1. Alexandre de Humboldt (1769-1859), voyageur, naturaliste et
écrivain avec lequel les Chateaubriand avaient noué des relations amicales à partir de 1808. C'est en effet à Paris qu'il publia des *Tableaux
de la nature, ou Considérations sur les déserts, sur la physionomie des
végétaux et sur les cataractes de l'Orénoque* (F. Schoell, 1808), puis
son monumental *Voyage aux régions équinoxiales du nouveau continent fait en 1799-1804* (F. Schoell, 1814-1825, 3 vol. in-fol°). Chateaubriand avait consacré des pages très élogieuses à ce dernier ouvrage
dans le *Conservateur* (66ᵉ livraison, décembre 1819, t. VI, p. 32-35),
reprises dans Ladvocat, t. XXI (1826), p. 405-412.   2. Louis-
Charles, devenu *Adelbert* de Chamisso de Boncourt (1781-1838), avait
émigré à Berlin où le reste de sa famille dès 1790. Devenu officier
prussien, il avait séjourné en France de 1807 à 1811, puis regagné sa
nouvelle patrie en passant par Coppet, où il avait noué une amitié
durable avec Auguste de Staël. Son *Histoire merveilleuse de Peter
Schlemihl* (1814 ; tr. fr. chez Ladvocat, 1822) lui avait déjà valu une
certaine notoriété littéraire lorsqu'il participa, de 1815 à 1818, au
voyage de Kotzebue autour du monde. Il poursuivra désormais une
double carrière de naturaliste et de poète. Sur son audience en France
à cette époque, voir René-Marc Pille, *Chamisso vu de France (1805-
1840)*, Éditions du CNRS, 1993.   3. À Schoeneberg, où Chateaubriand avait souhaité rendre à Chamisso une visite que celui-ci était
venu lui faire, au mois de février 1821, sans doute sur les instances
du chevalier de Cussy.   4. De toute évidence, le mémorialiste se
représente Chamisso comme une sorte de double poétique de lui-même.
Ce parallèle aurait sans doute déplu au principal intéressé qui envoya
dès le 1ᵉʳ mars 1821 à sa sœur Lise un compte rendu bougon de cette
visite (*Bulletin*, 1963, p. 30) qui témoigne des préventions de Chamisso
envers Chateaubriand. Elles sont de nature politique : admirateur de

mers du pôle où je m'étais flatté de pénétrer. Émigré comme moi[1], il avait été élevé à Berlin en qualité de page. Adalbert, parcourant la Suisse, s'arrêta un moment à Coppet. Il se trouva dans une partie sur le lac, où il pensa périr. Il écrivait ce jour-là même : « Je vois bien qu'il faut chercher mon salut sur les grandes mers[2]. »

M. de Chamisso avait été nommé par M. de Fontanes professeur à Napoléonville[3], puis professeur de grec à Strasbourg ; il repoussa l'offre par ces nobles paroles : « La première condition pour travailler à l'instruction de la jeunesse est l'indépendance : bien que j'admire le génie de Bonaparte, il ne peut me convenir. » Il refusa de même les avantages que lui offrait la Restauration : « Je n'ai rien fait pour les Bourbons, disait-il, et je ne puis recevoir le prix des services et du sang de mes pères. Dans ce siècle chaque homme doit pourvoir à son existence. » On conserve dans la famille de M. de Chamisso ce billet écrit au Temple, de la main de Louis XVI : « Je recommande M. de Chamisso, un de mes fidèles serviteurs, à mes frères. » Le roi martyr avait caché ce petit billet dans son sein pour le faire remettre à son premier page, Chamisso, oncle d'Adalbert[4].

L'ouvrage le plus touchant peut-être de cet enfant des muses, caché sous les armes étrangères et adopté des bardes de la Germanie, ce sont ces vers qu'il fit d'abord

---

Mme de Staël, ancien commensal du marquis de Bonnay, le « Béranger allemand » juge avec sévérité ce qu'il suppose être le porte-parole des ultras.
1. Après la mort de Chamisso (21 août 1838), son frère aîné, demeuré en France, rédigea une *Notice* nécrologique qu'il fit imprimer à Brest en 1839. C'est à cette brochure, que lui communiqua sans doute Jean-Jacques Ampère, ami du poète disparu, que Chateaubriand emprunte les informations qui suivent. **2.** Voir *Notice*, p. 16. **3.** Chateaubriand reproduit la confusion faite par la *Notice* entre Napoléonville, éphémère nom de Pontivy, dans le Morbihan, et Napoléon-Vendée, depuis La Roche-sur-Yon, où Chamisso enseigna quelques mois (1810-1811) et où il reçut un accueil sympathique de Prosper de Barante, nouveau préfet du département et ancien familier de Coppet. **4.** En réalité son frère aîné, Hippolyte de Chamisso (1769-1841), royaliste convaincu et rédacteur de la *Notice*.

en allemand et qu'il traduisit en vers français, sur le château de Boncourt, sa demeure paternelle[1] :

> *Je rêve encore à mon jeune âge*
> *Sous le poids de mes cheveux blancs ;*
> *Tu me poursuis, fidèle image,*
> *Et renais sous la faux du Temps.*

> *Du sein d'une mer de verdure*
> *S'élève ce noble château,*
> *Je reconnais et sa toiture,*
> *Et ses tours avec ses créneaux ;*

> *Ces lions de nos armoiries*
> *Ont encor leurs regards d'amour,*
> *Je vous souris, gardes chéries ;*
> *Et je m'élance dans la cour.*

> *Voilà le sphinx à la fontaine,*
> *Voilà le figuier verdoyant ;*
> *Là s'épanouit l'ombre vaine*
> *Des premiers songes de l'enfant.*

> *De mon aïeul, dans la chapelle,*
> *Je cherche et revois le tombeau ;*
> *Voilà la colonne à laquelle*
> *Pendent ses armes en faisceau.*

> *Ce marbre que le soleil dore,*
> *Et ces caractères pieux,*
> *Non, je ne puis les lire encore,*
> *Un voile humide est sur mes yeux.*

> *Fidèle château de mes pères,*
> *Je te retrouve tout en moi !*

---

1. *Das Schloss Boncourt*, le plus célèbre des poèmes de Chamisso, date de 1827. Chateaubriand cite la version française de la *Notice*, à laquelle il apporte de minimes retouches.

Tu n'es plus, superbe naguères,
La charrue a passé sur toi !...

Sol que je chéris, sois fertile,
Je te bénis d'un cœur serein ;
Bénis, quel qu'il soit, l'homme utile
Dont le soc sillonne ton sein.

Chamisso bénit le laboureur qui laboure le sillon dont il a été dépouillé ; son âme devait habiter les régions où planait mon ami Joubert. Je regrette Combourg[1], mais avec moins de résignation, bien qu'il ne soit pas sorti de ma famille. Embarqué sur le vaisseau armé par le comte de Romanzoff[2], M. de Chamisso découvrit, avec le capitaine Kotzebue[3], le détroit à l'est du détroit de Behring, et donna son nom à l'une des îles d'où Cook avait entrevu la côte de l'Amérique. Il retrouva au Kamtschatka le portrait de madame Récamier sur porcelaine[4], et le petit conte *Peter Schlemihl*, traduit en hollandais. Le héros d'Adalbert, Peter Schlemihl, avait vendu son ombre au diable : j'aurais mieux aimé lui vendre mon corps.

---

1. M. Pille a sans doute raison de voir dans la métathèse Boncourt/Combourg une des raisons du parallèle développé par Chateaubriand dans ce passage.   2. Nom germanisé de N. Petrovitch Roumiantsev (1754-1826), signataire comme ministre des Affaires étrangères du traité de Tilsitt, puis chancelier de Russie jusqu'en 1812. Après sa disgrâce politique, il se tourna vers le mécénat.   3. Otto de Kotzebue (1787-1846), officier de marine russe, explorateur et géographe, fils du dramaturge assassiné par Sand. C'est en 1816 qu'il découvrit, au nord-est du détroit de Behring, la baie qui porte aujourd'hui son nom, et dans laquelle se trouve une île qui porte celui de Chamisso. Chateaubriand consacre quelques pages de la préface de son *Voyage en Amérique* à ces expéditions arctiques (*Œuvres*, 1, p. 650-655).   4. Allusion à un passage du *Voyage autour du monde* (Weimar, 1821) que cite Ampère dans un article sur Chamisso publié dans la *Revue des Deux-Mondes* (t. XXII, 1840, p. 663) : « Je vis pour la première fois un portrait que j'ai souvent retrouvé depuis sur des vaisseaux américains, et que leur commerce a répandu sur les côtes et dans les îles du Pacifique, le portrait de Mme Récamier, cette aimable amie de Mme de Staël, auprès de laquelle j'avais eu le bonheur de vivre longtemps. Il était peint sur verre par une main chinoise assez délicate. » Preuve supplémentaire de la rédaction tardive de ce chapitre.

Je me souviens de Chamisso comme du souffle insensible qui faisait légèrement fléchir la tige des brandes que je traversai en retournant à Berlin.

(4)

D'après un règlement de Frédéric II, les princes et princesses du sang à Berlin ne voient pas le corps diplomatique ; mais, grâce au carnaval, au mariage du duc de Cumberland avec la princesse Frédérique de Prusse, sœur de la feue reine, grâce encore à une certaine inflexion d'étiquette que l'on se permettait, disait-on, à cause de ma personne, j'avais l'occasion de me trouver plus souvent que mes collègues avec la famille royale. Comme je visitais de fois à autre *le grand palais*, j'y rencontrais la princesse Guillaume : elle se plaisait à me conduire dans les appartements. Je n'ai jamais vu un regard plus triste que le sien ; dans les salons inhabités derrière le château, sur la Sprée, elle me montrait une chambre hantée à certains jours par une dame blanche, et, en se serrant contre moi avec une certaine frayeur, elle avait l'air de cette dame blanche. De son côté, la duchesse de Cumberland me racontait qu'elle et sa sœur la reine de Prusse, toutes deux encore très jeunes, avaient entendu leur mère qui venait de mourir leur parler sous ses rideaux fermés.

Le roi, en présence duquel je tombais en sortant de mes visites de curieux, me menait à ses oratoires : il m'en faisait remarquer les crucifix et les tableaux, et rapportait à moi l'honneur de ces innovations, parce qu'ayant lu, me disait-il, dans le *Génie du Christianisme*, que les protestants avaient trop dépouillé leur culte, il avait trouvé juste ma remarque : il n'était pas encore arrivé à l'excès de son fanatisme luthérien.

Le soir à l'Opéra j'avais une loge auprès de la loge royale, placée en face du théâtre. Je causais avec les princesses ; le roi sortait dans les entr'actes ; je le rencontrais dans le corridor, il regardait si personne n'était autour de nous et si l'on ne pouvait nous entendre ; il m'avouait alors tout bas sa détestation de Rossini et son amour pour Gluck. Il s'étendait en lamentations sur la décadence de l'art et surtout sur ces gargarismes de notes destructeurs du chant dramatique : il me confiait qu'il n'osait dire cela qu'à moi, à cause des personnes qui l'environnaient. Voyait-il venir quelqu'un, il se hâtait de rentrer dans sa loge.

Je vis jouer la *Jeanne d'Arc* de Schiller[1] : la cathédrale de Reims était parfaitement imitée. Le roi, sérieusement religieux, ne supportait qu'avec peine sur le théâtre la représentation du culte catholique. M. Spontini, l'auteur de la *Vestale*, avait la direction de l'Opéra[2]. Madame Spontini, fille de M. Érard[3], était agréable, mais elle semblait expier la volubilité du langage des femmes par la lenteur qu'elle mettait à parler : chaque mot divisé en syllabes expirait sur ses lèvres ; si elle avait voulu vous dire : *Je vous aime*, l'amour d'un Français aurait pu s'envoler entre le commencement et la fin de ces trois mots. Elle ne pouvait pas finir mon nom, et elle n'arrivait pas au bout sans une certaine grâce.

Une réunion publique musicale avait lieu deux ou trois

---

1. *Die Jungfrau von Orleans*, le drame de Schiller, représenté au grand théâtre de Berlin avec Mme Stick dans le rôle titre. Chateaubriand raconte cette soirée du 9 avril 1821 dans une lettre envoyée le lendemain à la duchesse de Duras : « C'est un mélodrame, mais un mélodrame superbe. Quand j'ai vu la cathédrale de Reims et que j'ai entendu le chant religieux, au moment de la consécration de Charles VII, j'ai pleuré sans comprendre un mot de ce qu'on disait. [...] Schiller chante Jeanne, Voltaire la déshonore. » Le décor de cette scène du couronnement avait été conçu par Karl-Friedrich Schinkel (1781-1841).   2. Le compositeur italien Gaspare Spontini (1774-1851), devenu célèbre à Paris avec *La Vestale* (1807), et *Fernand Cortez* (1809), avait pris à partir de 1810 la direction de la salle des Italiens. Il avait été nommé en 1820 directeur de l'opéra de Berlin, et animera la vie musicale de la capitale prussienne jusqu'en 1840.   3. Jean-Baptiste Érard (1752-1831), le célèbre luthier et facteur parisien, rénovateur du piano-forte, inventeur de la harpe à double mouvement (1810), etc. Spontini avait épousé sa fille Céleste.

fois la semaine. Le soir, en revenant de leur ouvrage, de petites ouvrières, leur panier au bras, des garçons ouvriers portant les instruments de leurs métiers, se pressaient pêle-mêle dans une salle ; on leur donnait en entrant un feuillet noté, et ils se joignaient au chœur général avec une précision étonnante. C'était quelque chose de surprenant que ces deux ou trois cents voix confondues. Le morceau fini, chacun reprenait le chemin de sa demeure. Nous sommes bien loin de ce sentiment de l'harmonie, moyen puissant de civilisation ; il a introduit dans la chaumière des paysans de l'Allemagne une éducation qui manque à nos hommes rustiques : partout où il y a un piano, il n'y a plus de grossièreté.

(5)

MES PREMIÈRES DÉPÊCHES. — M. DE BONNAY.

Vers le 13 de janvier, j'ouvris le cours de mes dépêches avec le ministre des affaires étrangères. Mon esprit se plie facilement à ce genre de travail : pourquoi pas ? Dante, Arioste et Milton n'ont-ils pas aussi bien réussi en politique qu'en poésie ? Je ne suis sans doute ni Dante, ni Arioste, ni Milton ; l'Europe et la France ont vu néanmoins par le *Congrès de Vérone* ce que je pourrais faire.

Mon prédécesseur à Berlin[1] me traitait en 1816 comme il traitait M. de Lameth dans ses petits vers au commence-

---

1. Le marquis de Bonnay (1750-1825), ancien garde du corps et courtisan à bons mots, avant de devenir membre de la Constituante, avait au cours de son émigration rempli certaines missions diplomatiques pour le compte de Louis XVIII. Nommé pair de France et ambassadeur à Copenhague au début de la Restauration, il avait été envoyé à Berlin de 1816 à 1820. Ami du duc de Richelieu, il avait approuvé les mesures prises contre les ultras sous son ministère.

ment de la révolution[1]. Quand on est si aimable, il ne faut pas laisser derrière soi de registres, ni avoir la rectitude d'un commis quand on n'a pas la capacité d'un diplomate. Il arrive, dans les temps où nous vivons, qu'un coup de vent envoie dans votre place celui contre lequel vous vous étiez élevé ; et comme le devoir d'un ambassadeur est d'abord de connaître les archives de l'ambassade, voilà qu'il tombe sur les notes où il est arrangé de main de maître. Que voulez-vous ? ces esprits profonds, qui travaillaient au succès de la bonne cause, ne pouvaient pas penser à tout.

EXTRAITS DE REGISTRES DE M. DE BONNAY.

N° 64   « 22 novembre 1816.

« Les paroles que le Roi a adressées au bureau nouvellement formé de la Chambre des pairs ont été connues et approuvées de toute l'Europe. On m'a demandé s'il était possible que des hommes dévoués au Roi, que des personnes attachées à sa personne et occupant des places dans sa maison, ou dans celles de nos princes, eussent pu en effet donner leurs suffrages pour porter M. de Chateaubriand à la secrétairerie[2]. Ma réponse a été que le scrutin était secret, personne ne pouvait connaître les votes particuliers. "Ah ! s'est écrié un homme principal, si le Roi pouvait en être assuré, j'espère que l'accès des Tuileries serait aussitôt fermé à ces serviteurs infidèles." J'ai cru que je ne devais rien répondre, et je n'ai rien répondu.

---

1. Le comte Charles de Lameth (1757-1832), alors membre de la Constituante, avait effectué au mois de mars 1790, au nom du comité de surveillance, une perquisition nocturne au couvent des Annonciades de Pontoise, qu'il soupçonnait de cacher le garde des Sceaux Barentin. Pour ridiculiser cette expédition, le marquis de Bonnay avait composé un poème burlesque, dans le goût du *Lutrin*, intitulé : « La Prise des Annonciades ». On retrouvera Lameth parmi les 221 de mars 1830 (voir livre XXXI, chap. 7). Son frère Alexandre de Lameth (1760-1829), ancien adversaire de Mirabeau, devenu préfet de Napoléon, fut aussi député libéral sous la Restauration (voir t. II, p. 689).   2. Voir livre XXV, chap. 2.

« 15 octobre 1816.

« Il en sera de même, monsieur le duc, de la mesure du 5 et de celle du 20 septembre[1] : l'une et l'autre ne trouvent en Europe que des approbateurs. Mais ce qui étonne, c'est de voir que de très purs et très dignes royalistes continuent de se passionner pour M. de Chateaubriand, malgré la publication d'un livre qui établit en principe que le Roi de France, en vertu de la Charte, n'est plus qu'un être moral, essentiellement nul et sans volonté propre. Si tout autre que lui avait avancé une pareille maxime, les mêmes hommes, non sans apparence de raison, l'auraient qualifié de jacobin. »

Me voilà bien remis à ma place. C'est du reste une bonne leçon ; cela rabat notre orgueil, en nous apprenant ce que nous deviendrons après nous.

Par les dépêches de M. de Bonnay et par celles de quelques autres ambassadeurs appartenant à l'ancien régime, il m'a paru que ces dépêches traitaient moins des affaires diplomatiques que des anecdotes relatives à des personnages de la société et de la cour : elles se réduisaient à un journal louangeur de Dangeau ou satirique de Tallemant[2]. Aussi Louis XVIII et Charles X aimaient-ils beaucoup mieux les lettres amusantes de mes collègues que ma correspondance sérieuse. J'aurais pu rire et me moquer comme mes devanciers ; mais le temps où les aventures scandaleuses et les petites intrigues se liaient aux affaires était passé. Quel bien aurait-il résulté pour mon pays du portrait de M. Hardenberg[3], beau vieillard

---

1. Ordonnances prononçant la dissolution de la Chambre introuvable et enlevant à Chateaubriand son titre de ministre d'État. 2. Les *Historiettes* de Tallemant des Réaux (1619-1690) et le *Journal* du marquis de Dangeau (1638-1720), qui fut le modèle de Saint-Simon. 3. Charles-Auguste, baron, puis prince de Hardenberg (1750-1822). Ce juriste hanovrien, entré au service de la Prusse en 1791, avait été le négociateur du traité de Bâle (5 avril 1795). Il fut ministre des Affaires étrangères de 1804 à 1806, mais c'est comme chancelier qu'à partir de 1810, il joua un rôle de premier plan dans le relèvement de la Prusse, puis au congrès de Vienne. Malgré son âge, le prince de Hardenberg avait encore des frasques de jeune homme, entre une troisième femme (ancienne actrice) et une maîtresse qui lui

blanc comme un cygne, sourd comme un pot, allant à Rome sans permission, s'amusant de trop de choses, croyant à toutes sortes de rêveries, livré en dernier lieu au magnétisme entre les mains du docteur Koreff[1] que je rencontrais à cheval trottant dans les lieux écartés entre le diable, la médecine et les muses ?

Ce mépris pour une correspondance frivole me fait dire à M. Pasquier dans ma lettre du 13 février 1821, n° 13 :

« Je ne vous ai point parlé, monsieur le baron, selon l'usage, des réceptions, des bals, des spectacles, etc. ; je ne vous ai point fait de petits portraits et d'inutiles satires ; j'ai tâché de faire sortir la diplomatie du commérage. Le règne du commun reviendra lorsque le temps extraordinaire sera passé : aujourd'hui il ne faut peindre que ce qui doit vivre et n'attaquer que ce qui menace. »

---

menaient la vie dure. Après le congrès de Troppau, il était allé passer plusieurs semaines à Rome pour se changer les idées, ce qui avait indisposé son souverain.

1. David-Ferdinand Koreff (1783-1851). Cet israélite de Breslau, arrivé à Berlin en 1803, avait poursuivi un cursus de médecine, étudié le magnétisme, et subi la durable influence de la philosophie idéaliste. De 1804 à 1811, il séjourna en France, où il se lia avec Mme de Custine, qu'il accompagna dans ses voyages en Suisse et en Italie. Il fit sans doute par son intermédiaire la connaissance de Chateaubriand qui par la suite ne lui ménagea pas sa protection. De retour en Prusse, Koreff participa au renouveau nationaliste de 1812-1813, puis, de 1814 à 1822, fut attaché à la chancellerie comme secrétaire du prince de Hardenberg. Mais dans le même temps, il poursuivait ses recherches scientifiques et donnait des cours de physiologie à la faculté de médecine. Expulsé de Prusse en 1822, il se réinstalla dans la capitale française : médecin mondain, guérisseur magique, voyageur cultivé, philosophe illuminé, bienfaiteur des pauvres, le docteur Koreff sera une figure originale du Paris romantique.

(6)

LE PARC. – LA DUCHESSE DE CUMBERLAND.

Berlin m'a laissé un souvenir durable, parce que la nature des récréations que j'y trouvai me reporta au temps de mon enfance et de ma jeunesse ; seulement, des princesses très réelles remplissaient le rôle de ma Sylphide. De vieux corbeaux, mes éternels amis, venaient se percher sur les tilleuls devant ma fenêtre ; je leur jetais à manger : avec une adresse inimaginable, quand ils avaient saisi un morceau de pain trop gros, ils le rejetaient pour en saisir un plus petit ; de manière qu'ils pouvaient en prendre un autre un peu plus gros, et ainsi de suite jusqu'au morceau capital qui, à la pointe de leur bec, le tenait ouvert, sans qu'aucune des couches croissantes de la nourriture pût tomber. Le repas fait, l'oiseau chantait à sa manière : *cantus cornicum ut saecla vetusta*[1]. J'errais dans les espaces déserts de Berlin glacé ; mais je n'entendais pas sortir de ses murs, comme des vieilles murailles de Rome, de belles voix de jeunes filles. Au lieu de capucins à barbe blanche traînant leurs sandales parmi des fleurs, je rencontrais des soldats qui roulaient des boules de neige.

Un jour, au détour de la muraille d'enceinte, Hyacinthe[2] et moi nous nous trouvâmes nez à nez avec un vent

---

1. Chateaubriand se réfère ici à un passage du *Natura rerum* de Lucrèce (vers 1083-1085) sur les origines du langage : *Et partim mutant cum temporibus una/ Raucisonos cantus, cornicum ut saecla vetusta/ Corvorumque greges...* « Certains (oiseaux) modifient même, selon les variations du temps, les accents de leur voix rauque : ainsi les corneilles qui vivent longtemps et les bandes de corbeaux... » Mais le mémorialiste rattache *cantus* à *cornicum*, et interprète à contresens *saecla* pour suggérer quelque chose comme : le chant des corneilles (est) comme (la voix) des siècles passés.   **2.** Hyacinthe Pilorge (1795-1861), secrétaire et homme de confiance de Chateaubriand pendant plus de vingt-cinq ans. Ce Breton de Fougères, dont le père avait été domestique chez Mmes de Marigny et de Farcy, était entré à son service vers 1816. Il sera congédié en août 1843, après une indélica-

d'est si perçant que nous fûmes obligés de courir dans la campagne pour regagner la ville à moitié morts. Nous franchîmes des terrains enclos, et tous les chiens de garde nous sautaient aux jambes en nous poursuivant. Le thermomètre descendit ce jour-là à 22 degrés au-dessous de glace. Un ou deux factionnaires, à Potsdam, furent gelés.

De l'autre côté du parc était une ancienne faisanderie abandonnée – les princes de Prusse ne chassent point. Je passais un petit pont de bois sur un canal de la Sprée, et je me trouvais parmi les colonnes de sapin qui faisaient le portique de la faisanderie. Un renard, en me rappelant ceux du mail de Combourg, sortait par un trou pratiqué dans le mur de la réserve, venait me demander de mes nouvelles et se retirait dans son taillis.

Ce qu'on nomme le parc, à Berlin, est un bois de chênes, de bouleaux, de hêtres, de tilleuls et de blancs de Hollande[1]. Il est situé à la porte de Charlottenbourg et traversé par la grande route qui mène à cette résidence royale. À droite du parc est un Champ-de-Mars ; à gauche des guinguettes.

Dans l'intérieur du parc, qui n'était pas alors percé d'allées régulières, on rencontrait des prairies, des endroits sauvages et des bancs de hêtre sur lesquels la Jeune Allemagne avait naguère gravé, avec un couteau, des cœurs percés de poignards : sous ces cœurs poignardés on lisait le nom de *Sand*[2]. Des bandes de corbeaux, habitant les arbres aux approches du printemps, commencèrent à ramager. La nature vivante se ranimait avant la nature végétale, et des grenouilles toutes noires étaient dévorées par des canards, dans les eaux çà et là dégelées : ces rossignols-là *ouvraient le printemps dans*

_____

tesse dont nous ne savons rien. Ce gros rouquin, sans élégance mais assez porté sur les femmes, fut très apprécié de son patron pour son efficacité et sa discrétion.

1. Variété de peupliers.   **2.** Charles-Louis Sand (1795-1819), étudiant allemand condamné à mort pour avoir poignardé, le 23 mars 1819, le poète Auguste de Kotzebue (1761-1819). Son nom servira de drapeau à la nouvelle Allemagne des peuples contre celle de la Sainte-Alliance.

les bois[1] de Berlin. Cependant, le parc n'était pas sans
quelques jolis animaux ; des écureuils circulaient sur les
branches ou se jouaient à terre, en se faisant un pavillon
de leur queue. Quand j'approchais de la fête, les acteurs
remontaient le tronc des chênes, s'arrêtaient dans une
fourche et grognaient en me voyant passer au-dessous
d'eux. Peu de promeneurs fréquentaient la futaie dont le
sol inégal était bordé et coupé de canaux. Quelquefois je
rencontrais un vieil officier goutteux qui me disait, tout
réchauffé et tout réjoui, en me parlant du pâle rayon de
soleil sous lequel je grelottais : « Ça pique ! » De temps
en temps je trouvais le duc de Cumberland, à cheval et
presque aveugle, arrêté devant un blanc de Hollande
contre lequel il était venu se cogner le nez. Quelques voitures attelées de six chevaux passaient : elles portaient ou
l'ambassadrice d'Autriche, ou la princesse de Radzivill[2]
et sa fille, âgée de quinze ans, charmante comme une de
ces nues à figure de vierge qui entourent la lune d'Ossian.
La duchesse de Cumberland faisait presque tous les jours
la même promenade que moi : tantôt elle revenait de
secourir dans une chaumière une pauvre femme de Spandau, tantôt elle s'arrêtait et me disait gracieusement
qu'elle avait voulu me rencontrer ; aimable fille des
trônes descendue de son char comme la déesse de la nuit
pour errer dans les forêts ! Je la voyais aussi chez elle ;
elle me répétait qu'elle me voulait confier son fils, ce
petit *Georges*[3] devenu le prince que sa cousine Victoria
aurait, dit-on, désiré placer à ses côtés sur le trône de
l'Angleterre.

La princesse Frédérique a traîné depuis ses jours aux
bords de la Tamise, dans ces jardins de Kew qui me virent
jadis errer entre mes deux acolytes, l'illusion et la misère.

---

1. Allusion approximative à une lettre de Mme de Sévigné qui écrivait le 29 avril 1671 : « Je vins ici où je trouvai tout le triomphe du
mois de mai. Le rossignol, le coucou, la fauvette/ *Dans nos forêts ont
ouvert le printemps.* »   2. La princesse Frédérique-*Louise*-Dorothée
de Prusse (1770-1836), nièce de Frédéric II et sœur du prince Auguste,
avait épousé en 1796 un jeune aristocrate polonais, le prince Antoine
Radzivill.   3. Né en 1819, il devait succéder à son père sur le trône
de Hanovre en 1851, sous le nom de George V.

Après mon départ de Berlin, elle m'a honoré d'une correspondance ; elle y peint d'heure en heure la vie d'un habitant de ces bruyères où passa Voltaire, où mourut Frédéric, où se cacha ce Mirabeau qui devait commencer la révolution dont je fus la victime. L'attention est captivée en apercevant les anneaux par qui se touchent tant d'hommes inconnus les uns aux autres.

Voici quelques extraits de la correspondance qu'ouvre avec moi madame la duchesse de Cumberland :

« 19 avril, jeudi.

« Ce matin[1], à mon réveil, on m'a remis le *dernier* témoignage de votre souvenir ; plus tard j'ai passé devant votre maison, j'y ai vu des fenêtres ouvertes comme de coutume, tout était à la même place, excepté vous ! Je ne puis vous dire ce que cela m'a fait éprouver ! Je ne sais plus maintenant où vous trouver ; chaque instant vous éloigne davantage ; le seul point fixe est le 26ᵉ, jour où vous comptez arriver, et le souvenir que je vous conserve.

« Dieu veuille que vous trouviez tout changé pour le mieux et pour vous et pour le bien général ! Accoutumée aux sacrifices, je saurai encore porter celui de ne plus vous revoir, si c'est pour votre bonheur et celui de la France. »

« 22.

« Depuis *jeudi* j'ai passé devant votre maison tous les jours pour aller à l'église ; j'y ai bien prié pour vous. Vos fenêtres sont constamment ouvertes, cela me touche : qui est-ce qui a pour vous cette attention à suivre vos goûts et vos ordres, malgré votre absence ? Il me prend l'idée, quelquefois, que vous n'êtes pas parti ; que des affaires vous arrêtent, ou que vous avez voulu écarter les *importuns* pour en finir à votre aise. Ne croyez pas que cela soit un reproche : il n'y a que ce moyen ; mais si cela est, veuillez me le confier. »

---

1. C'est en effet le 19 avril que Chateaubriand quitta Berlin. Il avait obtenu un congé pour assister au baptême du duc de Bordeaux. Il ne devait plus jamais retourner en Prusse.

« 23.

« Il fait aujourd'hui une chaleur si prodigieuse, même à l'église, que je ne puis faire ma promenade à l'heure ordinaire : cela m'est bien égal *à présent*. Le cher petit bois n'a plus de charme pour moi, tout le monde m'y ennuie ! Ce changement subit du froid au chaud est commun dans le nord ; les habitants ne tiennent pas, par leur modération de caractère et de sentiments, du climat. »

« 24.

« La nature est bien embellie ; toutes les feuilles ont poussé depuis votre départ : j'aurais voulu qu'elles fussent venues deux jours plus tôt, pour que vous ayez pu emporter dans votre souvenir une image plus riante de votre séjour ici. »

« Berlin, 12 mai 1821.

« Dieu merci, voilà enfin une lettre de vous ! Je savais bien que vous ne pouviez m'écrire plus tôt ; mais, malgré tous les calculs que faisait ma raison, trois semaines ou pour mieux dire vingt-trois jours sont bien longs pour l'amitié dans la privation, et rester sans nouvelles ressemble au plus triste exil : il me restait pourtant le souvenir et l'espérance. »

« Le 15 mai.

« Ce n'est pas de mon étrier, comme le Grand Turc, mais toujours de mon lit, que je vous écris ; mais cette retraite m'a donné tout le temps de réfléchir au nouveau régime que vous voulez faire tenir à Henri V. J'en suis très contente ; le lion rôti ne pourra que lui faire grand bien ; je vous conseille seulement de le faire commencer par le cœur. Il faudra faire manger de l'agneau à l'autre de vos élèves (Georges) pour qu'il ne fasse pas trop le diable à quatre. Il faut absolument que ce plan d'éducation se réalise et que Georges et Henri V deviennent bons amis et bons alliés. »

Madame la duchesse de Cumberland continua de m'écrire des eaux d'Ems, ensuite des eaux de Schwalbach, et après de Berlin, où elle revint le 22 septembre de l'année 1821. Elle me mandait d'Ems : « Le couronnement en Angleterre se fera sans moi ; je suis peinée que le roi ait fixé, pour se faire couronner, le jour le plus triste de ma vie [1] ; celui auquel j'ai vu mourir cette sœur adorée (la reine de Prusse). La mort de Bonaparte m'a aussi fait penser aux souffrances qu'il lui a causées. »

« De Berlin, le 22 septembre.

« J'ai déjà revu ces grandes allées solitaires. Que je vous serai redevable, si vous m'envoyez comme vous me le promettez les vers que vous avez faits pour Charlottenbourg [2] ! J'ai aussi repris le chemin de la maison dans le bois où vous eûtes la bonté de m'aider à secourir la pauvre femme de Spandau ; que vous êtes bon de vous souvenir de ce nom ! Tout me rappelle des temps heureux. Il n'est pas nouveau de regretter le bonheur.

« Au moment où j'allais expédier cette lettre, j'apprends que le roi [3] a été détenu en mer par des tempêtes, et probablement repoussé sur les côtes de l'Irlande ; il n'était pas arrivé à Londres le 14 ; mais vous serez instruit de son retour plus tôt que nous.

« La pauvre princesse Guillaume a reçu aujourd'hui la triste nouvelle de la mort de sa mère, la landgrave douairière de Hesse-Hombourg [4]. Vous voyez comme je vous parle de tout ce qui concerne notre famille ; veuille le ciel que vous ayez de meilleures nouvelles à me donner ! »

Ne semblerait-il pas que la sœur de la belle reine de Prusse me parle de *notre famille* comme si elle avait la bonté de m'entretenir de mon aïeule, de ma tante et de mes obscurs parents de Plancouët ? La famille royale de France m'a-t-elle jamais honoré d'un sourire pareil à celui de cette famille royale étrangère, qui pourtant me

---

1. Le beau-frère de la duchesse de Cumberland, George IV, fut couronné à Westminster le 19 juillet 1821. Sa sœur la reine Louise était morte onze ans plus tôt, le 19 juillet 1810. La mort de Napoléon, le 5 mai 1821, à Sainte-Hélène, ne fut pas connue en Europe avant le début du mois de juillet.   2. Voir chap. 9.   3. George IV.
4. Voir p. 69, note 2.

connaissait à peine et ne me devait rien ? Je supprime plusieurs autres lettres affectueuses : elles ont quelque chose de souffrant et de contenu, de résigné et de noble, de familier et d'élevé ; elles servent de contrepoids à ce que j'ai dit de trop sévère peut-être sur les races souveraines. Mille ans en arrière, et la princesse Frédérique étant fille de Charlemagne eût reporté la nuit Eginhard sur ses épaules, afin qu'il ne laissât sur la neige aucune trace[1].

Je viens de relire ce livre en 1840 : je ne puis m'empêcher d'être frappé de ce continuel roman de ma vie. Que de destinées manquées ! Si j'étais retourné en Angleterre avec le petit Georges, l'héritier possible de cette couronne[2], j'aurais vu s'évanouir le nouveau songe qui aurait pu me faire changer de patrie, de même que si je n'eusse pas été marié je serais resté une première fois dans la patrie de Shakespeare et de Milton. Le jeune duc de Cumberland, qui a perdu la vue, n'a point épousé sa cousine la reine d'Angleterre. La duchesse de Cumberland est devenue reine de Hanovre : où est-elle ? est-elle heureuse ? où suis-je ? où est mon Roi ? Grâce à Dieu, dans quelques jours je n'aurai plus à promener mes regards sur ma vie passée, ni à me faire ces questions. Mais il m'est impossible de ne pas prier le ciel de répandre ses faveurs sur les dernières années de la princesse Frédérique[3].

---

1. Allusion à la légende du page Eginhard, aimé par Emma fille de Charlemagne. Gaillard avait raconté cette anecdote dans son *Histoire de Charlemagne* (1782), livre 1er, chap. 6. Le livre avait été réédité en 1819. Cette « histoire du temps passé » a inspiré à Vigny un poème intitulé « La Neige » (1822), recueilli dans les *Poèmes antiques et modernes* (1826). 2. Au cas où sa cousine Victoria, fille du duc de Kent, aurait disparu. Mais ce fut elle qui, en 1837, succéda à Guillaume IV. 3. Voir la note de Chateaubriand au chapitre 10.

(7)

Je n'avais été envoyé à Berlin qu'avec le rameau de la paix, et parce que ma présence jetait le trouble dans l'administration[1] ; mais, connaissant les inconstances de la fortune et sentant que mon rôle politique n'était pas fini, je surveillais les événements : je ne voulais pas abandonner mes amis. Je m'aperçus bientôt que la réconciliation entre le parti royaliste et le parti ministériel n'avait pas été sincère ; des défiances et des préjugés restaient ; on ne faisait pas ce qu'on m'avait promis : on commençait à m'attaquer. L'entrée au conseil de MM. de Villèle et Corbière avait excité la jalousie de l'extrême droite ; elle ne marchait plus sous la bannière du premier, et celui-ci, dont l'ambition était impatiente, commençait à se fatiguer. Nous échangeâmes quelques lettres. M. de Villèle regrettait d'être entré au conseil : il se trompait, la preuve que j'avais vu juste, c'est qu'un an ne s'était pas écoulé qu'il devint ministre des finances, et que M. de Corbière eut l'intérieur[2].

Je m'expliquai aussi avec M. le baron Pasquier ; je lui mandais, le 10 février 1821 :

« J'apprends de Paris, monsieur le baron, par le courrier arrivé ce matin 9 février, qu'on a trouvé mauvais que j'eusse écrit de Mayence au prince de Hardenberg, ou même que je lui eusse envoyé un courrier. Je n'ai point écrit à M. de Hardenberg et encore moins lui ai-je envoyé un courrier. Je désire, monsieur le baron, que l'on m'évite des tracasseries. Quand mes services ne seront plus agréables, on ne peut me faire un plus grand plaisir que de me le dire tout rondement. Je n'ai ni sollicité ni désiré la mission dont on m'a chargé ; ce n'est ni par goût ni par choix que j'ai accepté un honorable exil, mais pour le bien de la paix. Si les royalistes se sont ralliés au minis-

---

1. À cause de ses incessantes sollicitations en faveur de ses amis ultras revenus en force à la Chambre lors des élections de novembre 1820.   **2.** Lors du remaniement ministériel du 14 décembre 1821 qui suivit la seconde démission du duc de Richelieu.

tère, le ministère n'ignore pas que j'ai eu le bonheur de contribuer à cette réunion. J'aurais quelque droit de me plaindre. Qu'a-t-on fait pour les royalistes depuis mon départ ? Je ne cesse d'écrire pour eux : m'écoute-t-on ? Monsieur le baron, j'ai, grâce à Dieu, autre chose à faire dans la vie qu'à assister à des bals. Mon pays me réclame, ma femme malade a besoin de mes soins, mes amis redemandent leur guide. Je suis au-dessus ou au-dessous d'une ambassade et même d'un ministère d'État. Vous ne manquerez pas d'hommes plus habiles que moi pour conduire les affaires diplomatiques ; ainsi il serait inutile de chercher des prétextes pour me faire des chicanes. J'entendrai à demi-mot ; et vous me trouverez disposé à rentrer dans mon obscurité. »

Tout cela était sincère : cette facilité à tout planter là, et à ne regretter rien, m'eût été une grande force, eussé-je eu quelque ambition.

SUITE DE MES DÉPÊCHES.

Ma correspondance diplomatique avec M. Pasquier allait son train : continuant de m'occuper de l'affaire de Naples [1], je disais :

N° 15.   « 20 février 1821.

« L'Autriche rend un service aux monarchies en détruisant l'édifice jacobin des Deux-Siciles ; mais elle perdrait ces mêmes monarchies, si le résultat d'une expédition

---

1. Une insurrection militaire, soutenue par le mouvement carbonariste, avait éclaté à Naples, sous la direction du général Pepe, au début de juillet 1820. Le roi Ferdinand Iᵉʳ (1759-1825), qui régnait sur les Deux-Siciles depuis 1799, avait été obligé de proclamer une constitution. Il avait néanmoins réussi à quitter Naples le 13 décembre et un congrès réuni à Laybach au début de 1821 avait chargé Metternich de régler cette affaire. Les Autrichiens occupèrent Naples le 23 mars, mais le roi Ferdinand, réfugié à Florence, ne se décida pas à regagner sa capitale avant le 15 mai. Chateaubriand avait en vain demandé à être envoyé à Laybach : il aurait souhaité une participation plus active de la France au règlement de cette crise.

salutaire et obligée était la conquête d'une province ou l'oppression d'un peuple. Il faut affranchir Naples de l'indépendance démagogique, et y établir la liberté monarchique ; y briser des fers, et non pas y porter des chaînes. Mais l'Autriche ne veut pas de constitution à Naples : qu'y mettra-t-elle ? des hommes ? où sont-ils ? Il suffira d'un curé libéral[1] et de deux cents soldats pour recommencer.

« C'est après l'occupation volontaire ou forcée que vous devez vous interposer pour faire établir à Naples un gouvernement constitutionnel où toutes les libertés sociales soient respectées. »

J'avais toujours conservé en France une prépondérance d'opinion qui m'obligeait à porter mes regards sur l'intérieur. J'osai soumettre ce plan à mon ministre[2] :

« Adopter franchement le gouvernement constitutionnel.

« Présenter le renouvellement septennal[3], sans prétendre conserver une partie de la Chambre actuelle, ce qui serait suspect, ni garder le tout, ce qui est dangereux.

« Renoncer aux lois d'exception[4], source d'arbitraire, sujet éternel de querelles et de calomnies.

« Affranchir les communes du despotisme ministériel. »

Dans ma dépêche du 3 mars, n° 18, je revenais sur l'Espagne[5] ; je disais :

---

1. Allusion au *Padre* Mennichini, un des instigateurs de la révolution napolitaine.   2. Il figure en réalité dans la dépêche suivante, n° 16, elle aussi datée du 20 février.   3. La Charte (article 37) avait fixé à cinq ans la durée du mandat parlementaire, mais prévu un renouvellement annuel par cinquième. La droite proposait un allongement du mandat, sans renouvellement partiel.   4. Dans les semaines qui avaient suivi la mort du duc de Berry, les Chambres avaient voté une loi de sûreté générale et une loi sur la presse qui restreignaient les libertés publiques.   5. Le 1er janvier 1820, un soulèvement militaire avait éclaté à Cadix. Cette insurrection avait obligé le roi Ferdinand VII à rétablir la constitution votée par les Cortès de 1812 (mars 1820).

« Il serait possible que l'Espagne changeât promptement sa monarchie en république : sa constitution doit
porter son fruit. Le roi ou fuira ou sera massacré ou déposé ; il n'est pas homme assez fort pour s'emparer de la
révolution. Il est possible encore que cette même Espagne
subsistât pendant quelque temps dans l'état populaire, si
elle se formait en républiques fédératives, agrégation à
laquelle elle est plus propre que tout autre pays par la
diversité de ses royaumes, de ses mœurs, de ses lois et
même de son langage. »

L'affaire de Naples revient encore trois ou quatre fois.
Je fais observer (6 mars, n° 19) :

« Que la légitimité n'a pu jeter de profondes racines
dans un État qui a changé si souvent de maîtres, et dont
les habitudes ont été bouleversées par tant de révolutions.
Les affections n'ont pas eu le temps de naître, les mœurs
de recevoir l'empreinte uniforme des siècles et des institutions. Il y a dans la nation napolitaine beaucoup
d'hommes corrompus ou sauvages qui n'ont aucun rapport entre eux, et qui ne sont attachés à la couronne que
par de faibles liens : la royauté, pour être respectée, est
trop près du lazzarone et trop loin du Calabrais. Pour
établir la liberté démocratique, les Français eurent trop de
vertus militaires ; les Napolitains n'en auront pas assez. »

Enfin, je dis quelques mots du Portugal et de l'Espagne
encore.

Le bruit se répandait que Jean VI s'était embarqué à
Rio-Janeiro pour Lisbonne [1]. C'était un jeu de la fortune
digne de notre temps qu'un roi de Portugal allant chercher
auprès d'une révolution en Europe un abri contre une
révolution en Amérique, et passant au pied du rocher où

---

[1]. En 1807, le régent du Portugal, Jean de Bragance (1767-1826),
avait trouvé refuge, avec toute la famille royale, à Rio de Janeiro.
Devenu roi en 1816, sous le nom de Jean VI, il ne regagna Lisbonne
qu'en avril 1821 : ce fut pour se voir obligé de sanctionner une constitution libérale. Pendant ce temps, le Brésil proclamait son indépendance, ne laissant à son « empereur » qu'une souveraineté nominale.

était retenu le conquérant qui le contraignit autrefois de se réfugier dans le Nouveau-Monde.

« Tout est à craindre de l'Espagne, disais-je (17 mars, n° 21) ; la révolution de la Péninsule parcourra ses périodes, à moins qu'il ne se lève un bras capable de l'arrêter ; mais ce bras, où est-il ? c'est toujours là la question. »

Le bras, j'ai eu le bonheur de le trouver en 1823 ; c'est celui de la France.

Je retrouve avec plaisir, dans ce passage de ma dépêche du 10 avril, n° 26, ma jalouse antipathie contre les alliés et ma préoccupation pour la dignité de la France ; je disais à propos du Piémont :

« Je ne crains nullement la prolongation des troubles du Piémont [1] dans ses résultats immédiats ; mais elle peut produire un mal éloigné en motivant l'intervention militaire de l'Autriche et de la Russie. L'armée russe est toujours en mouvement et n'a point reçu de contre-ordre.

« Voyez si dans ce cas il ne serait pas de la dignité et de la sûreté de la France de faire occuper la Savoie par vingt-cinq mille hommes, tout le temps que la Russie et l'Autriche occuperaient le Piémont. Je suis persuadé que cet acte de vigueur et de haute politique, en flattant l'amour-propre français, serait par cela seul très populaire et ferait un honneur infini aux ministres. Dix mille hommes de la garde royale et un choix fait sur le reste de nos troupes vous composeraient facilement une armée de vingt-cinq mille soldats excellents et fidèles : la cocarde blanche sera assurée lorsqu'elle aura revu l'ennemi.

---

1. À partir du 10 mars 1821, diverses garnisons piémontaises (Alexandrie, Turin, Pignerol, Ivrea) avaient pris les armes pour exiger une constitution. Dès le 13 mars, le roi Victor-Emmanuel Ier (voir t. II, p. 125, note 3) avait abdiqué en faveur de son frère Charles-Félix, alors à Modène. Celui-ci désigna le prince de Carignan Charles-Albert (1798-1849) pour exercer la régence ; mais ce dernier se hâta de proclamer une constitution analogue à celle des Cortès. La réaction de Metternich fut immédiate : une intervention éclair des troupes autrichiennes stationnées en Lombardie qui écrasèrent les Piémontais à Novare le 21 mars 1821, firent leur entrée à Turin le 10 avril et rétablirent sur son trône Charles-Félix, qui régnera de 1821 à 1831.

« Je sais, monsieur le baron, que nous devons éviter de blesser l'amour-propre français et que la domination des Russes et des Autrichiens en Italie peut soulever notre orgueil militaire ; mais nous avons un moyen facile de le contenter, c'est d'occuper nous-mêmes la Savoie. Les royalistes seront charmés et les libéraux ne pourraient qu'applaudir en nous voyant prendre une attitude digne de notre force. Nous aurions à la fois le bonheur d'écraser une révolution démagogique et l'honneur de rétablir la prépondérance de nos armes. Ce serait mal connaître l'esprit français que de craindre de rassembler vingt-cinq mille hommes pour marcher en pays étranger, et pour tenir rang avec les Russes et les Autrichiens, comme puissance militaire. Je répondrais de l'événement sur ma tête. Nous avons pu rester neutres dans l'affaire de Naples : pouvons-nous l'être pour notre sûreté et pour notre gloire dans les troubles du Piémont ? »

Ici se découvre tout mon système : j'étais Français ; j'avais une politique assurée bien avant la guerre d'Espagne, et j'entrevoyais la responsabilité que mes succès mêmes, si j'en obtenais, feraient peser sur ma tête.

Tout ce que je rappelle ici ne peut sans doute intéresser personne ; mais tel est l'inconvénient des *Mémoires* : lorsqu'ils n'ont point de faits historiques à raconter, ils ne vous entretiennent que de la personne de l'auteur et vous en assomment. Laissons là ces ombres oubliées ! J'aime mieux rappeler que Mirabeau inconnu remplissait à Berlin en 1786 une mission ignorée*, et qu'il fut obligé de dresser un pigeon pour annoncer au roi de France le dernier soupir du terrible Frédéric[1].

« Je fus dans quelque perplexité », dit Mirabeau. « Il était sûr que les portes de la ville seraient fermées ; il était même possible que les ponts de l'île de Potsdam fussent levés aussitôt l'événement, et dans ce dernier cas on pouvait être aussi longtemps incertain que le nouveau Roi le voudrait. Dans la première supposition, comment

---

* Il donnait des conseils hardis qu'on n'écoutait pas à Versailles.

1. *Histoire secrète*, lettre XXIV (17 août 1786) : Chateaubriand pratique des coupures dans le passage cité.

faire partir un courrier ? nul moyen d'escalader les remparts ou les palissades, sans s'exposer à une affaire ; les
sentinelles faisant une chaîne de quarante en quarante pas
derrière la palissade, de soixante en soixante derrière la
muraille, que faire ? Si j'eusse été ministre, la certitude
des symptômes mortels m'aurait décidé à expédier avant
la mort, car que fait de plus le mot *mort* ? Dans ma position le devais-je ? Quoi qu'il en fût, le plus important
était de servir. J'avais de grandes raisons de me méfier
de l'activité de notre légation. Que fais-je ? J'envoie sur
un cheval vif et vigoureux un homme sûr à quatre milles
de Berlin, dans une ferme, du pigeonnier de laquelle je
possédais depuis quelques jours deux paires de pigeons,
dont le retour avait été essayé, en sorte qu'à moins que
les ponts de l'île de Potsdam ne fussent levés, j'étais sûr
de mon fait.

« J'ai donc trouvé que nous n'étions pas assez riches
pour jeter cent louis par la fenêtre ; j'ai renoncé à toutes
mes belles avances qui m'avaient coûté quelque méditation, quelque activité, quelques louis, et j'ai lâché mes
pigeons avec des *revenez*. Ai-je bien fait ? ai-je mal fait ?
je l'ignore ; mais je n'avais pas mission expresse, et l'on
sait quelquefois mauvais gré de la surérogation[1]. »

(8)

MÉMOIRE COMMENCÉ SUR L'ALLEMAGNE.

On enjoignait aux ambassadeurs d'écrire, pendant leur
séjour à l'étranger, un *mémoire* sur l'état des peuples et
des gouvernements auprès desquels ils étaient accrédités.
Cette suite de mémoires pouvait être utile à l'histoire.
Aujourd'hui on fait les mêmes injonctions, mais presque

---

1. Action de faire plus que son devoir ; bonne œuvre accomplie en
sus de ce qui est exigé par la loi.

aucun agent diplomatique ne s'y soumet. J'ai été trop peu de temps dans mes ambassades pour mettre à fin[1] de longues études ; néanmoins, je les ai ébauchées ; ma patience au travail n'a pas entièrement été stérile. Je trouve cette esquisse commencée de mes recherches sur l'Allemagne[2] :

« Après la chute de Napoléon, l'introduction des gouvernements représentatifs dans la confédération germanique a réveillé en Allemagne ces premières idées d'innovation que la révolution y avait d'abord fait naître. Elles y ont fermenté quelque temps avec une grande violence : on avait appelé la jeunesse à la défense de la patrie par une promesse de liberté ; cette promesse avait été avidement reçue par des écoliers qui trouvaient dans leurs maîtres le penchant que les sciences ont eu dans ce siècle à seconder les théories libérales. Sous le ciel de la Germanie, cet amour de la liberté devint une espèce de fanatisme sombre et mystérieux qui se propagea par des associations secrètes. Sand vint effrayer l'Europe. Cet homme, au reste, qui révélait une secte puissante, n'était qu'un enthousiaste vulgaire ; il se trompa et prit pour un esprit transcendant un esprit commun : son crime s'alla perdre sur un écrivain dont le génie ne pouvait aspirer à l'empire, et n'avait pas assez du conquérant et du roi pour mériter un coup de poignard.

« Une espèce de tribunal d'inquisition politique et la suppression de la liberté de la presse ont arrêté ce mouvement des esprits ; mais il ne faut pas croire qu'ils en aient brisé le ressort. L'Allemagne comme l'Italie désire aujourd'hui l'unité politique, et avec cette idée qui restera dormante plus ou moins de temps, selon les événements et les hommes, on pourra toujours, en la réveillant, être sûr de remuer les peuples germaniques. Les princes ou les ministres qui pourront paraître dans les rangs de la Confédération des États allemands hâteront ou retarderont la révolution dans ce pays, mais ils n'empêcheront point

---

1. Voir livre IV, chap. 8 (t. I, p. 326, note 1).　　**2.** Chateaubriand évoque à plusieurs reprises ce travail dans sa correspondance berlinoise ; mais il ne fut jamais achevé.

la race humaine de se développer : chaque siècle a sa race. Aujourd'hui il n'y a plus personne en Allemagne, ni même en Europe : on est passé des géants aux nains, et tombé de l'immense dans l'étroit et le borné. La Bavière, par les bureaux qu'a formés M. de Montgelas[1], pousse encore aux idées nouvelles, quoiqu'elle ait reculé dans la carrière, tandis que le landgraviat de Hesse n'admettait pas même qu'il y eût une révolution en Europe[2]. Le prince qui vient de mourir voulait que ses soldats, naguère soldats de Jérôme Bonaparte, portassent de la poudre et des queues ; il prenait les vieilles modes pour les vieilles mœurs, oubliant qu'on peut copier les premières, mais qu'on ne rétablit jamais les secondes. »

(9)

CHARLOTTENBOURG.

À Berlin et dans le Nord, les monuments sont des forteresses ; leur seul aspect serre le cœur. Qu'on retrouve ces places dans des pays habités et fertiles, elles font naître l'idée d'une légitime défense ; les femmes et les enfants, assis ou jouant à quelque distance des sentinelles, contrastent assez agréablement ; mais une forteresse sur des bruyères, dans un désert, rappelle seulement des colères humaines : contre qui sont-ils élevés, ces remparts, si ce n'est contre la pauvreté et l'indépendance ? Il faut être moi pour trouver un plaisir à rôder au pied de ces bastions, à entendre le vent siffler dans ces tranchées, à voir ces parapets élevés en prévision d'ennemis qui peut-être n'apparaîtront jamais. Ces labyrinthes militaires, ces

---

1. Maximilien-Joseph Garnerin, baron, puis comte de Montgelas fut, de 1799 à 1814, le principal ministre du royaume de Bavière, qu'il modernisa sur le modèle français.   2. Le landgraviat-électorat de Hesse-Cassel avait servi à constituer le royaume de Wesphalie au profit de Jérôme Bonaparte. Il fut reconstitué comme État en 1814, jusqu'à son annexion par la Prusse en 1866.

canons muets en face les uns des autres sur des angles
saillants et gazonnés, ces vedettes de pierre où l'on
n'aperçoit personne et d'où aucun œil ne vous regarde,
sont d'une incroyable morosité[1]. Si, dans la double solitude de la nature et de la guerre, vous rencontrez une
pâquerette abritée sous le redan d'un glacis, cette aménité
de Flore vous soulage. Lorsque, dans les châteaux de
l'Italie, j'apercevais des chèvres appendues aux ruines, et
la chevrière assise sous un pin à parasol ; quand, sur les
murs du moyen âge dont Jérusalem est entourée, mes
regards plongeaient dans la vallée de Cédron sur quelques
femmes arabes qui gravissaient des escarpements parmi
des cailloux ; le spectacle était triste sans doute, mais
l'histoire était là et le silence du présent ne laissait que
mieux entendre le bruit du passé.

J'avais demandé un congé à l'occasion du baptême du
duc de Bordeaux. Ce congé m'étant accordé, je me prépa-
rais à partir : Voltaire, dans une lettre à sa nièce[2], dit
qu'il voit couler la Sprée, que la Sprée se jette dans
l'Elbe, l'Elbe dans la mer, et que la mer reçoit la Seine ;
il descendait ainsi vers Paris. Avant de quitter Berlin, j'allai faire une dernière visite à Charlottenbourg : ce n'était
ni Windsor, ni Aranjuez, ni Caserte, ni Fontainebleau : la
villa appuyée sur un hameau, est environnée d'un parc
anglais de peu d'étendue et d'où l'on découvre au dehors
des friches. La reine de Prusse jouit ici d'une paix que la
mémoire de Bonaparte ne pourra plus troubler. Quel bruit
l'exterminateur[3] fit jadis dans cet asile du silence, quand
il y surgit avec ses fanfares et ses légions ensanglantées
à Iéna ! C'est de Berlin, après avoir effacé de la carte le
royaume de Frédéric-le-Grand, qu'il dénonça le blocus
continental et prépara dans son esprit la campagne de
Moscou ; ses paroles avaient déjà porté la mort au cœur
d'une princesse accomplie : elle dort maintenant à Charlottenbourg, dans un caveau monumental ; une statue,

---

1. Aspect morne et triste. Ce latinisme (de *morositas* : humeur cha-
grine) se généralise dans la littérature du XIXe siècle (Lamartine, Flau-
bert, Verlaine).   2. Adressée de Berlin, le 26 décembre 1750, à
madame Denis.   3. Ange qui frappe au nom de Dieu, pour exécuter
sa vengeance.

beau portrait de marbre, la représente[1]. Je fis sur le tombeau des vers que me demandait la duchesse de Cumberland[2] :

LE VOYAGEUR
Sous les hauts pins qui protègent ces sources,
Gardien, dis-moi quel est ce monument nouveau ?

LE GARDIEN
Un jour il deviendra le terme de tes courses :
Ô voyageur ! c'est un tombeau.

LE VOYAGEUR
Qui repose en ces lieux ?

LE GARDIEN
Un objet plein de charmes.

LE VOYAGEUR
Qu'on aima ?

LE GARDIEN
Qui fut adoré.

LE VOYAGEUR
Ouvre-moi.

LE GARDIEN
Si tu crains les larmes,
N'entre pas.

LE VOYAGEUR
J'ai souvent pleuré.
De la Grèce ou de l'Italie
On a ravi ce marbre à la pompe des morts ;

---

1. Situé dans le parc du château, le mausolée qu'avaient érigé Heinrich Gentz et Schinkel pour la reine Louise ressemblait à un temple dorique, précédé par un portique de grès. Au monument de la défunte, dû au ciseau de Rauch, viendra se joindre, en 1841, celui de Frédéric-Guillaume III.   2. Ces vers ont été recueillis dans *Mélanges et Poésies* (Ladvocat, t. XXII, 1828, p. 356-358).

Quel tombeau l'a cédé pour enchanter ces bords ?
    Est-ce Antigone ou Cornélie ?

LE GARDIEN

La beauté dont l'image excite tes transports
    Parmi nos bois passa sa vie.

LE VOYAGEUR

Qui pour elle, à ces murs de marbre revêtus,
Suspendit tour à tour ces couronnes fanées ?

LE GARDIEN

    Les beaux enfants dont ses vertus
    Ici-bas furent couronnées.

LE VOYAGEUR

On vient.

LE GARDIEN

    C'est un époux : il porte ici ses pas
Pour nourrir en secret un souvenir funeste.

LE VOYAGEUR

Il a donc tout perdu ?

LE GARDIEN

    Non : un trône lui reste.

LE VOYAGEUR

Un trône ne console pas.

(10)

Paris, 1839

Intervalle entre l'ambassade de Berlin et l'ambassade de Londres. – Baptême de M. le duc de Bordeaux. Lettre à M. Pasquier. – Lettre de M. de Bernstorff. Lettre de M. Ancillon. – Dernière lettre de madame la duchesse de Cumberland.

J'arrivai à Paris à l'époque des fêtes du baptême de M. le duc de Bordeaux[1]. Le berceau du petit-fils de Louis XIV dont j'avais eu l'honneur de payer le port a disparu comme celui du roi de Rome, quoique ce dernier berceau fût attaché au fer d'une pique afin d'être lancé jusqu'à l'autre bord du fleuve[2] où nous tomberons tous. Dans un temps différent de celui-ci, le forfait de Louvel eût assuré le sceptre à Henri V ; mais le crime n'est plus un droit que pour l'homme qui le commet.

Après le baptême de M. le duc de Bordeaux, on me réintégra enfin dans mon ministère d'État[3] : M. de Richelieu me l'avait ôté, M. de Richelieu me le rendit[4] ; la réparation ne me fut pas plus agréable que le tort ne m'avait blessé.

Tandis que je me flattais d'aller revoir mes corbeaux, les cartes se brouillèrent : M. de Villèle se retira[5]. Fidèle

---

1. Le jeudi 16 avril. Le baptême du duc de Bordeaux fut célébré à Notre-Dame le mardi 1er mai 1821. **2.** Allusion à un passage de Virgile (*Énéide*, XI, vers 547-563) : le guerrier Metabus, obligé de traverser à la nage un fleuve en crue, attache le berceau de sa fille Camille à une pique qu'il lance sur la rive opposée, pour la rejoindre ensuite sain et sauf. **3.** En le recevant le dimanche 29 avril. Louis XVIII lui avait annoncé lui-même la nouvelle. Par ordonnance du 30 avril 1821, Chateaubriand était nommé de nouveau ministre d'État, et chevalier de la Légion d'honneur. **4.** Chateaubriand inverse ironiquement la formule de *Job*, I, 21 : « Dieu me l'avait donné, Dieu me l'a ôté ; que son saint nom soit béni. » **5.** En compagnie de Corbière, le 27 juillet 1821. Le 7 juillet, les députés avaient refusé de prolonger la censure au-delà des trois premiers mois de la session

à mon amitié et à mes principes politiques, je crus devoir rentrer dans la retraite avec lui. J'écrivis à M. Pasquier :

« Paris, ce 30 juillet 1821.

« Monsieur le baron,

« Lorsque vous voulûtes bien m'inviter à passer chez vous, le 14 de ce mois, ce fut pour me déclarer que ma présence était nécessaire à Berlin. J'eus l'honneur de vous répondre que MM. de Corbière et de Villèle paraissant se retirer du ministère, mon devoir était de les suivre. Dans la pratique du gouvernement représentatif, l'usage est que les hommes de la même opinion partagent la même fortune. Ce que l'usage veut, monsieur le baron, l'honneur me le commande, puisqu'il s'agit, non d'une faveur, mais d'une disgrâce. En conséquence, je viens vous réitérer par écrit l'offre que je vous ai faite verbalement de ma démission de ministre plénipotentiaire à la cour de Berlin ; j'espère, monsieur le baron, que vous voudrez bien la mettre aux pieds du roi. Je supplie Sa Majesté d'en agréer les motifs, et de croire à ma profonde et respectueuse reconnaissance pour les bontés dont elle avait daigné m'honorer.

« J'ai l'honneur d'être, etc.,

« Chateaubriand. »

J'annonçai à M. le comte de Bernstorff l'événement qui interrompait nos relations diplomatiques ; il me répondit :

« Monsieur le vicomte,

« Bien que depuis longtemps je dusse m'attendre à l'avis que vous avez bien voulu me donner, je n'en suis pas moins péniblement affecté. Je connais et je respecte les motifs qui, dans cette circonstance délicate, ont déterminé vos résolutions ; mais, en ajoutant de nouveaux titres à ceux qui vous ont valu dans ce pays une estime universelle, ils augmentent aussi les regrets qu'on y

---

suivante, comme le proposait le duc de Richelieu, conformément au vœu du roi. Villèle et Corbière avaient été forcés de choisir entre la solidarité ministérielle et celle qu'ils devaient à leur parti.

éprouve par la certitude d'une perte longtemps redoutée et à jamais irréparable. Ces sentiments sont vivement partagés par le roi et la famille royale, et je n'attends que le moment de votre rappel pour vous le dire d'une manière officielle.

« Conservez-moi, je vous prie, souvenir et bienveillance, et agréez la nouvelle expression de mon inviolable dévouement et de la haute considération avec laquelle j'ai l'honneur d'être, etc., etc.

« BERNSTORFF. »

« Berlin, le 25 août 1821. »

Je m'étais empressé d'exprimer mon amitié et mes regrets à M. Ancillon[1] : sa très belle réponse (mon éloge à part) mérite d'être consignée ici[2] :

« Berlin, le 22 septembre 1821.

« Vous êtes donc, monsieur et illustre ami, irrévocablement perdu pour nous ? Je prévoyais ce malheur, et cependant il m'a affecté, comme s'il avait été inattendu. Nous méritions de vous conserver et de vous posséder, parce que nous avions du moins le faible mérite de sentir, de reconnaître, d'admirer toute votre supériorité. Vous dire que le roi, les princes, la cour et la ville vous regrettent, c'est faire leur éloge plus que le vôtre ; vous dire que je me réjouis de ces regrets, que j'en suis fier pour ma patrie, et que je les partage vivement, ce serait rester fort au-dessous de la vérité, et vous donner une bien faible idée de ce que j'éprouve. Permettez-moi de croire que vous me connaissez assez pour lire dans mon cœur. Si ce cœur vous accuse, mon esprit non seulement vous absout, mais rend encore hommage à votre noble démarche et aux principes qui vous l'ont dictée. Vous deviez à la France une grande leçon et un bel exemple ; vous lui avez

---

1. Dans une lettre du 11 août 1821.   2. Le texte définitif des *Mémoires* ne donne que la première partie de cette lettre. On trouvera le texte intégral, établi à partir de la lettre autographe, dans *Correspondance*, t. IV, p. 367-368.

donné l'un et l'autre en refusant de servir un ministère qui ne sait pas juger sa situation, ou qui n'a pas le courage d'esprit nécessaire pour en sortir. Dans une monarchie représentative, les ministres et ceux qu'ils emploient dans les premières places doivent former un tout homogène, et dont toutes les parties soient solidaires les unes des autres. Là, moins que partout ailleurs, on doit se séparer de ses amis ; on se soutient et l'on monte avec eux, on descend et tombe de même. Vous avez prouvé à la France la vérité de cette maxime, en vous retirant avec messieurs de Villèle et Corbière. Vous lui avez appris en même temps que la fortune n'entre pas en considération quand il s'agit des principes ; et, certes, quand les vôtres n'auraient pas pour eux la raison, la conscience et l'expérience de tous les siècles, il suffirait des sacrifices qu'ils dictent à un homme tel que vous pour établir en leur faveur une présomption puissante aux yeux de tous ceux qui se connaissent en dignité.

« J'attends avec impatience le résultat des prochaines élections pour tirer l'horoscope de la France. Elles décideront de son avenir.

« Adieu, mon illustre ami ; faites quelquefois tomber des hauteurs que vous habitez quelques gouttes de rosée sur un cœur qui ne cessera de vous admirer et de vous aimer que lorsqu'il cessera de battre.

« ANCILLON. »

Attentif au bien de la France, sans plus m'occuper de moi ni de mes amis, je remis à cette époque la note suivante à Monsieur[1] :

---

1. Ce qui suit, jusqu'à la fin de la note, est une interpolation tardive. En réalité, comme Pierre Riberette a su le démontrer de manière convaincante (*Bulletin*, 1983, p. 29-31), la note en question date du 26 février 1828. Elle se rapporte à la difficile gestation du ministère Martignac et fut alors adressée à Portalis, ministre de la Justice, pour être mise sous les yeux de Charles X. En effet, la nomination de Royer-Collard à la présidence de la Chambre des députés date du 5 février 1828.

NOTE.

« Si le Roi me faisait l'honneur de me consulter, voici ce que je proposerais pour le bien de son service et le repos de la France.

« Le centre gauche de la Chambre élective a satisfaction dans la nomination de M. Royer-Collard ; pourtant je croirais la paix plus assurée si l'on introduisait dans le conseil un homme de mérite pris dans cette opinion et choisi parmi les membres de la Chambre des pairs ou de la Chambre des députés.

« Placer encore dans le conseil un député du côté droit indépendant ;

« Achever de distribuer les directions dans cet esprit.

« Quant aux choses :

« Présenter dans un temps opportun une loi complète sur la liberté de la presse, dans laquelle loi la poursuite en tendance et la censure facultative seraient abolies ; préparer une loi communale ; compléter la loi sur la septennalité, en portant l'âge éligible à trente ans ; en un mot marcher la Charte à la main, défendre courageusement la religion contre l'impiété, mais la mettre en même temps à l'abri du fanatisme et des imprudences d'un zèle qui lui font beaucoup de mal.

« Quant aux affaires du dehors, trois choses doivent guider les ministres du Roi : l'honneur, l'indépendance et l'intérêt de la France.

« La France nouvelle est toute royaliste ; elle peut devenir toute révolutionnaire : que l'on suive les institutions, et je répondrais sur ma tête d'un avenir de plusieurs siècles ; que l'on viole ou que l'on tourmente ces institutions, et je ne répondrais pas d'un avenir de quelques mois.

« Moi et mes amis nous sommes prêts à appuyer de tout notre pouvoir une administration formée d'après les bases ci-dessus indiquées.

« CHATEAUBRIAND. »

Une voix où la femme dominait la princesse vint donner une consolation à ce qui n'était que le déplaisir d'une vie variant sans cesse. L'écriture de madame la duchesse de Cumberland était si altérée que j'eus quelque peine à la reconnaître. La lettre portait la date du 28 septembre 1821 : c'est la dernière que j'aie reçue de cette main royale*. Hélas ! les autres nobles amies qui dans ces temps me soutenaient à Paris ont quitté cette terre ! Resterai-je donc avec une telle obstination ici-bas, qu'aucune des personnes auxquelles je suis attaché ne puisse me survivre ? Heureux ceux sur qui l'âge fait l'effet du vin, et qui perdent la mémoire quand ils sont rassasiés de jours[1] !

(11)

M. DE VILLÈLE, MINISTRE DES FINANCES. – JE SUIS NOMMÉ
À L'AMBASSADE DE LONDRES.

Les démissions de MM. de Villèle et de Corbière ne tardèrent pas à produire la dissolution du cabinet et à faire rentrer mes amis au conseil, comme je l'avais prévu[2] ; M. le vicomte de Montmorency fut nommé ministre des affaires étrangères, M. de Villèle, ministre des finances, M. de Corbière ministre de l'intérieur. J'avais eu trop de part aux derniers mouvements politiques et j'exerçais une trop grande influence sur l'opinion pour qu'on me pût laisser de côté. Il fut résolu que je remplacerais M. le duc Decazes à l'ambassade de Londres[3] : Louis XVIII

---

* La princesse Frédérique, reine de Hanovre, vient de succomber après une longue maladie : la mort se trouve toujours dans la *Note* au bout de mon texte ! (Note de Paris, juillet 1841.)

---

1. Expression fréquente, dans la Bible, pour désigner la longévité des patriarches : Abraham (*Genèse*, XXV, 8) ; Isaac (*Genèse*, XXV, 29) ; etc. **2.** Après des élections favorables à la droite, la Chambre des députés avait voté, le 26 novembre 1821, une adresse de défiance envers le ministère. Le duc de Richelieu finit par donner sa démission le 12 décembre et le nouveau cabinet fut constitué dès le 14 : il avait été préparé au pavillon de Marsan, et c'est Mme du Cayla qui se chargea de le faire accepter par le roi. **3.** Ordonnance du 9 janvier 1822.

consentait toujours à m'éloigner. Je l'allai remercier ; il me parla de son favori avec une constance d'attachement rare chez les rois ; il me *pria* d'effacer dans la tête de George IV les préventions que ce prince avait conçues contre M. Decazes, d'oublier moi-même les divisions qui avaient existé entre moi et l'ancien ministre de la police. Ce monarque, à qui tant de malheurs n'avaient pu arracher une larme, était ému de quelques souffrances dont pouvait avoir été affligé l'homme qu'il avait honoré de son amitié.

Ma nomination réveilla mes souvenirs : Charlotte revint à ma pensée ; ma jeunesse, mon émigration, m'apparurent avec leurs peines et leurs joies. La faiblesse humaine me faisait aussi un plaisir de reparaître connu et puissant là où j'avais été ignoré et faible. Madame de Chateaubriand, craignant la mer, n'osa passer le détroit et je partis seul. Les secrétaires de l'ambassade m'avaient devancé [1].

---

1. Voir livre VI, chap. 1. Chateaubriand quitta Paris le 1er avril 1822.

LIVRE VINGT-SEPTIÈME

Revu en décembre 1846

(1)

Année 1822. – Premières dépêches de Londres.

C'est à Londres, en 1822, que j'ai écrit de suite la plus longue partie de ces *Mémoires*, renfermant mon voyage en Amérique, mon retour en France, mon mariage, mon passage à Paris, mon émigration en Allemagne avec mon frère, ma résidence et mes malheurs en Angleterre depuis 1793 jusqu'à 1800. Là se trouve la peinture de la vieille Angleterre, et comme je retraçais tout cela lors de mon ambassade (1822), les changements survenus dans les mœurs et dans les personnages de 1793 à la fin du siècle me frappaient ; j'étais naturellement amené à comparer ce que je voyais en 1822, à ce que j'avais vu pendant les sept années de mon exil d'outre-Manche.

Ainsi ont été relatées par anticipation des choses que j'aurais à placer maintenant sous la propre date de ma mission diplomatique. Le prologue du Livre VIe vous a parlé de mon émotion, des sentiments que me rappela la vue de ces lieux chers à ma mémoire ; mais peut-être n'avez-vous pas lu ce livre ? Vous avez bien fait. Il me suffit maintenant de vous avertir de l'endroit où sont comblées les lacunes qui vont exister dans le récit actuel de mon ambassade de Londres. Me voici donc, en écrivant en 1839, parmi les morts de 1822 et les morts qui les précédèrent en 1793 [1].

À Londres, au mois d'avril 1822, j'étais à cinquante lieues de madame Sutton [2]. Je me promenais dans le parc de Kensington avec mes impressions récentes et l'ancien passé de mes jeunes années : confusion de temps qui produit en moi une confusion de souvenirs ; la vie qui se consume mêle, comme l'incendie de Corinthe [3], l'airain fondu des statues des Muses et de l'Amour, des trépieds et des tombeaux.

Les vacances parlementaires continuaient quand je descendis à mon hôtel, Portland Place. Le sous-secrétaire d'État, M. Planta [4], me proposa, de la part du marquis de Londonderry [5], d'aller dîner à North-Cray, campagne du noble lord. Cette *villa* [6], avec un gros arbre devant les fenêtres du côté du jardin, avait vue sur quelques prairies ; un peu de bois taillis sur des collines distinguaient ce site des sites ordinaires de l'Angleterre. Lady London-

---

1. Le tome V de la *Correspondance* (Gallimard, 1986) est le complément naturel de ce livre : ses dépêches diplomatiques, ses lettres presque quotidiennes à Mme Récamier et à la duchesse de Duras, permettent de se faire une idée assez précise du séjour et des activités de Chateaubriand à Londres.   **2.** Voir livre X, chap. 11.   **3.** Celui qui se déclara lors de la prise de la ville par Mummius, en 145 avant Jésus-Christ. Ayant fondu ensemble des éléments hétéroclites, il avait produit un alliage nouveau.   **4.** Joseph Planta (1787-1847), ancien secrétaire de Canning, devenu depuis le congrès de Vienne le collaborateur de Castlereagh.   **5.** Robert Stewart (1769-1822) porta pendant presque toute sa carrière le titre de vicomte Castlereagh, avant de devenir à la mort de son père (1821) marquis de Londonderry. Comme ministre de la Guerre (juillet 1805-février 1806, mai 1807-septembre 1809), il avait contribué au succès de Wellington en Espagne. Ensuite, comme ministre des Affaires étrangères dans le cabinet présidé par Lord Liverpool, il avait, à partir de 1812, animé la coalition des alliés contre Napoléon, puis soutenu la politique des congrès de la Sainte-Alliance : elle devait dans son esprit assurer la stabilité du continent, et laisser le champ libre à la Grande-Bretagne dans le reste du monde. **6.** Dans le Kent, à une vingtaine de kilomètres de Londres : une « véritable maison de curé » selon Mme de Boigne (t. I, p. 400).

derry[1] était très à la mode en qualité de marquise et de femme du premier ministre.

Ma dépêche du 12 avril, n° 4, raconte ma première entrevue avec lord Londonderry ; elle touche aux affaires dont je devais m'occuper.

« Londres, le 12 avril 1822.

« Monsieur le vicomte[2],

« Je suis allé avant-hier, mercredi 10 courant, à *North-Cray*. Je vais avoir l'honneur de vous rendre compte de ma conversation avec le marquis de Londonderry. Elle a duré une heure et demie avant dîner, et nous l'avons reprise après, mais moins à notre aise, parce que nous n'étions plus tête à tête.

« Lord Londonderry s'est d'abord informé des nouvelles de la santé du Roi, avec une insistance qui décelait visiblement un intérêt politique ; rassuré par moi sur ce point, il a passé au ministère : "Il s'affermit", m'a-t-il dit. J'ai répondu : "Il n'a jamais été ébranlé, et comme il appartient à une opinion, il restera le maître tant que cette opinion dominera dans les Chambres." Cela nous a amenés à parler des élections : il m'a semblé frappé de ce que je lui disais sur l'avantage d'une session d'été pour rétablir l'ordre dans l'année financière ; il n'avait pas bien compris jusqu'alors l'état de la question.

« La guerre entre la Russie et la Turquie[3] est ensuite devenue le sujet de l'entretien. Lord Londonderry, en me

---

1. Lady Emilie Anne, fille de John Hobart, comte de Buckinghamshire, avait épousé Robert Stewart en 1794. Selon Marcellus (p. 260), sa bonté égalait son embonpoint qui rivalisait avec celui de la vicomtesse de Montmorency, son homologue française. Voir le portrait qu'en trace Mme de Boigne (t. I, p. 399-401).   2. Le vicomte de Montmorency (voir *supra*, p. 37, note 2), ministre des Affaires étrangères depuis le 14 décembre 1821.   3. Le soulèvement des chrétiens du Péloponèse et des principautés roumaines, au mois de mars 1821, et la réaction brutale de la Porte, avaient provoqué une brusque tension entre la Russie et la Turquie, qui se traduisit par la rupture de leurs relations diplomatiques en août. Metternich déploya une intense activité pour éviter la guerre et empêcher une éventuelle alliance franco-russe qui aurait pu y conduire. Au mois de février 1822, on craignit une offensive russe dans les Balkans, mais les discussions se poursuivirent. Le sultan

parlant de soldats et d'armes, m'a paru être dans l'opinion de notre ancien ministère sur le danger qu'il y aurait pour nous à réunir de grands corps de troupe[1] ; j'ai repoussé cette idée, j'ai soutenu qu'en menant le soldat français au combat, il n'y avait rien à craindre ; qu'il ne sera jamais infidèle à la vue du drapeau de l'ennemi ; que notre armée vient d'être augmentée ; qu'elle serait triplée demain, si cela était nécessaire, sans le moindre inconvénient ; qu'à la vérité quelques sous-officiers pourraient crier *Vive la Charte !* dans une garnison, mais que nos grenadiers crieraient toujours *Vive le Roi !* sur le champ de bataille.

« Je ne sais si cette grande politique a fait oublier à lord Londonderry la traite des nègres ; il ne m'en a pas dit un mot. Changeant de sujet, il m'a parlé du message par lequel le président des États-Unis[2] engage le congrès à reconnaître l'indépendance des colonies espagnoles. "Les intérêts commerciaux, lui ai-je dit, en pourront tirer quelque avantage, mais je doute que les intérêts politiques y trouvent le même profit : il y a déjà assez d'idées républicaines dans le monde. Augmenter la masse de ces idées, c'est compromettre de plus en plus le sort des monarchies en Europe." Lord Londonderry a abondé dans mon sens, et il m'a dit ces mots remarquables : *"Quant à nous* (les Anglais), *nous ne sommes nullement disposés à reconnaître ces gouvernements révolutionnaires."* Était-il sincère ?

« J'ai dû, monsieur le vicomte, vous rappeler textuellement une conversation importante. Toutefois, nous ne devons pas nous dissimuler que l'Angleterre reconnaîtra tôt ou tard l'indépendance des colonies espagnoles ; l'opi-

---

se déclara bientôt prêt à évacuer les principautés roumaines et le conflit fut, pour un temps, désamorcé.
    1. Le ministère Richelieu avait décidé, le 17 octobre 1821, sur la suggestion de Pasquier, de rassembler en Provence une masse de manœuvre de dix à vingt mille hommes pour le cas où il deviendrait nécessaire de constituer un corps expéditionnaire en Méditerranée orientale. Les préparatifs étaient en cours.   2. James Monroe (1758-1831), président des États-Unis depuis 1817. Son nom demeure attaché à la déclaration de 1823 proscrivant toute intervention européenne dans les affaires américaines.

nion publique et le mouvement de son commerce l'y forceront. Elle a déjà fait, depuis trois ans, des frais considérables pour établir secrètement des relations avec les provinces insurgées au midi et au nord de l'isthme de Panama.

« En résumé, monsieur le vicomte, j'ai trouvé dans M. le marquis de Londonderry un homme d'esprit, d'une franchise peut-être un peu douteuse ; un homme encore imbu du vieux système ministériel ; un homme accoutumé à une diplomatie soumise, et surpris, sans en être blessé, d'un langage plus digne de la France ; un homme enfin qui ne pouvait se défendre d'une sorte d'étonnement en causant avec un de ces royalistes que, depuis sept ans, on lui représentait comme des fous ou des imbéciles.

« J'ai l'honneur, etc. »

À ces affaires générales étaient mêlées, comme dans toutes les ambassades, des transactions particulières. J'eus à m'occuper des requêtes de M. le duc de Fitz-James, du procès du navire l'*Eliza-Ann*, des déprédations des pêcheurs de Jersey sur les bancs d'huîtres de Granville [1], etc., etc. Je regrettais d'être obligé de consacrer une petite case de ma cervelle aux dossiers des réclamants. Quand on fouille dans sa mémoire, il est dur de rencontrer MM. Usquin, Coppinger, Deliège et Piffre. Mais, dans quelques années, serons-nous plus connus que ces messieurs ? Un certain M. Bonnet étant mort en Amérique, tous les Bonnet de France m'écrivirent pour réclamer sa succession ; ces bourreaux m'écrivent encore ! Il serait temps toutefois de me laisser tranquille. J'ai beau leur répondre que le petit accident de la chute du trône étant survenu, je ne m'occupe plus de ce monde : ils tiennent bon et veulent hériter coûte que coûte.

Quant à l'Orient, il fut question de rappeler les divers ambassadeurs de Constantinople. Je prévis que l'Angle-

---

1. Chateaubriand est loin de citer ici toutes les affaires de chancellerie qu'il a eu à régler au cours de son ambassade, et que mentionne en détail sa correspondance. Les pêcheurs de Jersey, par exemple, occupèrent beaucoup de son temps. Mais la plupart des noms ici énumérés nous sont inconnus, et seul Marcellus nous a transmis, de son côté, celui de M. Bonnet.

terre ne suivrait pas le mouvement de l'alliance continentale, je l'annonçai à M. de Montmorency. La rupture qu'on avait crainte entre la Russie et la Porte n'arriva pas : la modération d'Alexandre retarda l'événement. Je fis à ce propos une grande dépense d'allées et venues, de sagacité et de raisonnement ; j'écrivis maintes dépêches qui sont allées moisir dans nos archives avec le rendu compte d'événements non advenus. J'avais du moins l'avantage sur mes collègues de ne mettre aucune importance à mes travaux ; je les voyais sans souci s'engloutir dans l'oubli avec toutes les idées perdues des hommes.

Le Parlement reprit ses séances le 17 avril ; le Roi revint le 18, et je lui fus présenté le 19. Je rendis compte de cette présentation dans ma dépêche du 19 ; elle se terminait ainsi :

« Sa Majesté Britannique, par sa conversation serrée et variée, ne m'a pas laissé le maître de lui dire une chose dont le Roi m'avait spécialement chargé ; mais l'occasion favorable et prochaine d'une nouvelle audience va se présenter. »

(2)

CONVERSATION AVEC GEORGE IV SUR M. DECAZES.
NOBLESSE DE NOTRE DIPLOMATIE SOUS LA LÉGITIMITÉ.
SÉANCE DU PARLEMENT[1].

Cette *chose* dont le Roi m'avait spécialement chargé auprès de George IV[2] était relative à M. le duc Decazes. Plus tard je remplis mes ordres[3] : je dis à George IV

---

1. On est frappé par la discontinuité de ce chapitre, composé de trois séquences sans aucun lien entre elles, la première étant même la suite du chapitre qui précède.   2. George IV (1762-1830), fils aîné de George III, avait, à partir de 1812, exercé la régence au nom de son père tombé dans la démence. Il lui avait succédé en 1820.   3. Cette occasion fut offerte par le dîner officiel donné le 23 mai au prince et à la princesse de Danemark. George IV aurait dit alors des « choses

que Louis XVIII était affligé de la froideur avec laquelle
l'ambassadeur de Sa Majesté Très Chrétienne avait été
reçu. George IV me répondit :

« Écoutez, monsieur de Chateaubriand, je vous
l'avouerai : la mission de M. Decazes ne me plaisait pas ;
c'était agir envers moi un peu cavalièrement. Mon amitié
pour le Roi de France m'a seule fait supporter un favori
qui n'a d'autre mérite que celui de l'attachement de son
maître. Louis XVIII a beaucoup compté sur ma bonne
volonté, et il a eu raison ; mais je n'ai pu pousser l'indulgence jusqu'à traiter M. Decazes avec une distinction
dont l'Angleterre aurait été blessée. Cependant, dites à
votre Roi que je suis touché de ce qu'il vous a chargé de
me représenter, et que je serai toujours heureux de lui
témoigner mon attachement véritable[1]. »

Enhardi par ces paroles, j'exposai à George IV tout ce
qui me vint à l'esprit en faveur de M. Decazes. Il me
répondit, moitié en anglais, moitié en français : « *À merveille ! you are a true gentleman.* » De retour à Paris, je
rendis compte à Louis XVIII de cette conversation : il me
parut reconnaissant. George IV m'avait parlé comme un
prince bien élevé, mais comme un esprit léger ; il était
sans amertume parce qu'il pensait à autre chose. Il ne
fallait cependant pas se jouer à lui qu'avec mesure[2]. Un
de ses compagnons de table[3] avait parié qu'il prierait
George IV de tirer le cordon de la sonnette et que
George IV obéirait. En effet, George IV tira le cordon
et dit au *gentleman* de service : « Mettez monsieur à la
porte. »

L'idée de rendre de la force et de l'éclat à nos armes
me dominait toujours. J'écrivais à M. de Montmorency,

singulières » sur Decazes (voir *Correspondance*, t. V, p. 119 et la note
suivante). **1.** Selon Marcellus, le roi se serait montré beaucoup plus direct :
« Dans sa réponse, (il) se mit à son aise, et prononça lestement un
terme de dédain tiré des bas-fonds de la langue française. » Chateaubriand se serait étonné « moins du mot exprimé que de voir le roi en
comprendre si bien la signification » (p. 262). **2.** *Sic.* Contamina-
tion, dans la transcription, de deux constructions incompatibles, qui a
échappé à la vigilance du réviseur de 1848. **3.** Le célèbre Brummel.

le 13 avril[1] : « Il m'est venu une idée, monsieur le vicomte, que je soumets à votre jugement : trouveriez-vous mauvais qu'en forme de conversation, en causant avec le prince Esterhazy[2], je lui fisse entendre que si l'Autriche avait besoin de retirer une partie de ses troupes, nous pourrions les remplacer dans le Piémont ? Quelques bruits répandus sur un prétendu rassemblement de nos troupes dans le Dauphiné m'offriraient un texte favorable. J'avais proposé à l'ancien ministère de mettre garnison en Savoie, lors de la révolte du mois de juin 1821 (voyez une de mes dépêches de Berlin). Il rejeta cette mesure, et je pense qu'il fit en cela une faute capitale. Je persiste à croire que la présence de quelques troupes françaises en Italie produirait un grand effet sur l'opinion, et que le gouvernement du Roi en retirerait beaucoup de gloire. »

Les preuves surabondent de la noblesse de notre diplomatie pendant la Restauration. Qu'importe aux partis ? N'ai-je pas lu encore ce matin, dans un journal de gauche, que l'*Alliance* nous avait forcés d'être ses gendarmes et de faire la guerre à l'Espagne, quand le *Congrès de Vérone* est là, quand les documents diplomatiques montrent d'une manière irrécusable que toute l'Europe, à l'exception de la Russie, ne voulait pas de cette guerre ; que non seulement elle ne la voulait pas, mais que l'Angleterre la repoussait ouvertement, et que l'Autriche nous contrariait en secret par les mesures les moins nobles ? Cela n'empêchera pas de mentir de nouveau demain ; on ne se donnera pas même la peine d'examiner la question, de lire ce dont on parle *sciemment* sans l'avoir lu ! Tout mensonge répété devient une vérité : on ne saurait avoir trop de mépris pour les opinions humaines.

Lord J. Russel[3] fit, le 25 d'avril, à la Chambre des

---

1. En réalité dans sa dépêche n° 15, du 23 avril.   2. Le prince Paul Esterhazy de Galantha (1786-1866) fera une longue carrière dans la diplomatie autrichienne. Après avoir été très jeune ambassadeur à Dresde (1810-1813), puis à Rome (1814), il fut ambassadeur à Londres pendant vingt-sept ans (1815-1842). Il avait noué avec George IV des relations personnelles étroites.   3. Lord John Russel (1791-1871), entré à la Chambre des communes dès 1813, était vite devenu un des

communes, une motion sur l'état de la représentation nationale dans le Parlement : M. Canning la combattit. Celui-ci
proposa à son tour un bill pour rapporter une partie de l'acte
qui prive les pairs catholiques de leur droit de voter et de siéger à la Chambre. J'assistai à ces séances [1] sur le sac de laine
où le speaker [2] m'avait fait asseoir. M. Canning assistait en
1822 à la séance de la Chambre des pairs qui rejeta son bill ;
il fut blessé d'une phrase du vieux chancelier [3] ; celui-ci, parlant de l'auteur du bill, s'écria avec dédain : « On assure qu'il
part pour les Indes [4] : ah ! qu'il aille, *ce beau gentleman (this
fine gentleman)* ! qu'il aille ! bon voyage ! » M. Canning me
dit en sortant : « Je le retrouverai. »

Lord Holland [5] discourut très bien, sans rappeler toutefois M. Fox. Il tournait sur lui-même, en sorte qu'il présentait souvent le dos à l'assemblée et qu'il adressait ses
phrases à la muraille. On criait : « *Hear ! hear* [6] ! » On
n'était point choqué de cette originalité.

En Angleterre chacun s'exprime comme il peut ; l'avocasserie [7] est inconnue ; rien ne se ressemble ni dans la

---

orateurs les plus écoutés du parti *whig*. Sa motion fut repoussée à une
forte majorité. Le *Reform Bill* ne sera voté qu'en 1830, grâce à la
ténacité de Lord Grey.
1. Dans sa dépêche n° 15 du 23 avril, Chateaubriand écrivait : « Je
compte assister à ces séances où seront traitées les deux questions principales de la session. » Mais il fut empêché le 25 ; il assista néanmoins à la
séance du 30 avril (Marcellus, p. 263), dont il envoya le compte rendu
dans sa dépêche du 3 mai 1822.   **2.** Il y a là une confusion ou une
incongruité. Le coussin de laine, symbole de la puissance commerciale
de la vieille Angleterre, garnissait la banquette du chancelier qui présidait
les délibérations de la Chambre des Lords. Sans doute est-ce au cours de
la visite du Parlement que le *speaker* des Communes fit asseoir Chateaubriand à cette place.   **3.** Lord Eldon (1751-1838), chancelier de 1801
à 1827, présidait à ce titre les séances de la Chambre haute. C'était un
tory opposé à toute émancipation des catholiques.   **4.** Sur ce départ
annoncé, voir t. I, p. 633, note 2.   **5.** Sur le neveu de Fox, voir t. I,
p. 720, note 9.   **6.** Littéralement : « Écoutez-le ! » C'est une manière
de manifester son approbation, comme « Bravo ! ».   **7.** Manières ou
procédés du barreau. On trouve *avocasserie* dans la *Néologie* de Mercier,
mais *Académie* 1835 le donne comme familier. Dans un texte contemporain de Saint-Simon (*Catéchisme politique des industriels*, 1824), le mot
désigne, comme ici, la transposition dans le domaine politique, du mode
de raisonnement des avocats.

voix ni dans la déclamation des orateurs. On écoute avec patience ; on ne se choque pas quand le parleur n'a aucune facilité ; qu'il bredouille, qu'il ânonne, qu'il cherche ses mots, on trouve qu'il a fait *a fine speech* s'il a dit quelques phrases de bon sens. Cette variété d'hommes restés tels que la nature les a faits finit par être agréable ; elle rompt la monotonie. Il est vrai qu'il n'y a qu'un petit nombre de lords et de membres de la Chambre des communes à se lever. Nous, toujours placés sur un théâtre, nous pérorons et gesticulons en sérieuses marion-nettes. Ce m'était une étude utile que ce passage de la secrète et silencieuse monarchie de Berlin à la publique et bruyante monarchie de Londres : on pouvait retirer quelque instruction du contraste de deux peuples aux deux extrémités de l'échelle.

(3)

Société anglaise.

L'arrivée du Roi, la rentrée du Parlement, l'ouverture de la saison des fêtes, mêlaient les devoirs, les affaires et les plaisirs ; on ne pouvait rencontrer les ministres qu'à la cour, au bal ou au Parlement. Pour célébrer l'anniver-saire de la naissance[1] de Sa Majesté, je dînais chez lord Londonderry, je dînais sur la galère du lord-maire, qui remontait jusqu'à Richmond : j'aime mieux le Bucentaure en miniature à l'arsenal de Venise, ne portant plus que le souvenir des doges et un nom virgilien[2]. Jadis émigré, maigre et demi-nu, je m'étais amusé, sans être Scipion[3], à jeter des pierres dans l'eau, le long de cette rive que rasait la barque dodue et bien fourrée du *Lord Mayor*.

---

1. George IV était né le 12 août 1762. Mais on célébrait son anniver-saire le jour de sa fête (23 avril).   **2.** Voir livre XXXIX, chap. 8.   **3.** Allusion à un passage du *De oratore* (II, 22) où Cicéron évoque le plaisir que prenaient Scipion et Lelius à « redevenir enfants » en ramassant des cailloux et des coquillages au bord de la mer.

Je dînais aussi dans l'est de la ville chez M. Rothschild de Londres [1], de la branche cadette de Salomon : où ne dînais-je pas ? Le roast-beef égalait la prestance de la tour de Londres ; les poissons étaient si longs qu'on n'en voyait pas la queue ; des dames, que je n'ai aperçues que là, chantaient comme Abigaïl [2]. J'avalai le tokai non loin des lieux qui me virent sabler l'eau à pleine cruche et quasi mourir de faim ; couché au fond de ma moelleuse voiture, sur de petits matelas de soie, j'apercevais ce Westminster dans lequel j'avais passé une nuit enfermé, et autour duquel je m'étais promené tout crotté avec Hingant et Fontanes. Mon hôtel, qui me coûtait 30 000 francs de loyer, était en regard du grenier qu'habita mon cousin de la Bouëtardais, lorsque, en robe rouge, il jouait de la guitare sur un grabat emprunté, auquel j'avais donné asile auprès du mien [3].

Il ne s'agissait plus de ces sauteries d'émigrés où nous dansions au son du violon d'un conseiller du parlement de Bretagne ; c'était Almack's dirigé par Colinet [4] qui faisait mes délices ; bal public sous le patronage des plus grandes dames du West-end. Là se rencontraient les vieux et les jeunes dandys. Parmi les vieux brillait le vainqueur de Waterloo, qui promenait sa gloire comme un piège à femmes tendu à travers les quadrilles ; à la tête des jeunes se distinguait lord Clamwilliam [5], fils, disait-on, du duc de Richelieu. Il faisait des choses admirables : il courait

---

1. Le frère de James de Rothschild (1792-1868), qui dirigeait la succursale parisienne de la célèbre banque israélite. Celui-ci se trouvait alors à Londres pour négocier un emprunt russe. Il avait apporté quelques jours plus tôt à Chateaubriand des informations au sujet des négociations austro-russes en cours. Le festin en question se déroula le 6 mai 1822.   2. Femme juive qui subjugua le roi David par la beauté de sa voix, et qu'il épousa (premier livre de *Samuel*, XXV).   3. Voir livre X, chap. 4 à 7 (t. I, p. 634-648).   4. *Cf.* Marcellus, p. 121 : « Collinet, dont M. de Chateaubriand aimait le flageolet et les grimaces, avait, presque seul, avec les kanguroos, le don de mettre notre ambassadeur en gaieté. » Voir VI, 1 et XII, 5.   5. Richard Francis Meade, Lord *Clanwilliam* de Tipperary (1795-1879). Ce pair irlandais avait été le secrétaire particulier de Lord Castlereagh. Devenu sous-secrétaire d'État aux Affaires étrangères, il avait une brillante réputation de dandy.

à cheval à Richmond et revenait à Almack's après être tombé deux fois. Il avait une certaine façon de parler à la manière d'Alcibiade[1], qui ravissait. Les modes des mots, les affectations de langage et de prononciation changeant dans la haute société de Londres presque à chaque session parlementaire, un honnête homme est tout ébahi de ne plus savoir l'anglais, qu'il croyait savoir six mois auparavant. En 1822 le fashionable devait offrir au premier coup d'œil un homme malheureux et malade ; il devait avoir quelque chose de négligé dans sa personne, les ongles longs, la barbe non pas entière, non pas rasée, mais grandie un moment par surprise, par oubli, pendant les préoccupations du désespoir ; mèche de cheveux au vent, regard profond, sublime, égaré et fatal ; lèvres contractées en dédain de l'espèce humaine ; cœur ennuyé, byronien, noyé dans le dégoût et le mystère de l'être.

Aujourd'hui ce n'est plus cela : le *dandy* doit avoir un air conquérant, léger, insolent ; il doit soigner sa toilette, porter des moustaches ou une barbe taillée en rond comme la fraise de la reine Élisabeth, ou comme le disque radieux du soleil ; il décèle la fière indépendance de son caractère en gardant son chapeau sur la tête, en se roulant sur les sofas, en allongeant ses bottes au nez des ladies assises en admiration sur des chaises devant lui ; il monte à cheval avec une canne qu'il porte comme un cierge, indifférent au cheval qui est entre ses jambes par hasard. Il faut que sa santé soit parfaite, et son âme toujours au comble de cinq ou six félicités. Quelques dandys radicaux, les plus avancés vers l'avenir, ont une pipe.

Mais sans doute, toutes ces choses sont changées dans le temps même que je mets à les décrire. On dit que le dandy de cette heure ne doit plus savoir s'il existe, si le monde est là, s'il y a des femmes, et s'il doit saluer son prochain. N'est-il pas curieux de retrouver l'original du dandy sous Henri III : « Ces beaux mignons », dit l'auteur

---

1. Allusion à Plutarque, *Alcibiade*, II : « On dit qu'il avait la langue un peu grasse, ce qui ne lui était pas malséant, mais donnait à son parler une grâce naïve et attrayante. »

de l'*Isle des Hermaphrodites*[1], « portoient les cheveux
longuets, frisés et refrisés, remontans par-dessus leurs
petits bonnets de velours, comme font les femmes, et
leurs fraises de chemises de toile d'atour empesées et
longues de demi-pied, de façon que voir leurs têtes dessus
leurs fraises, il sembloit que ce fust le chef de saint Jean
en un plat. »

Ils partent pour se rendre dans la chambre de Henri III,
« branlant tellement le corps, la tête et les jambes, que je
croyais à tout propos qu'ils dussent tomber de leur long...
Ils trouvoient cette façon-là de marcher plus belle que pas
une autre. »

Tous les Anglais sont fous par nature ou par ton.

Lord Clamwilliam a passé vite : je l'ai retrouvé à Vérone ; il est devenu après moi ministre d'Angleterre à Berlin[2]. Nous avons suivi un moment la même route,
quoique nous ne marchions pas du même pas.

Rien ne réussissait, à Londres, comme l'insolence,
témoin d'Orsay[3], frère de la duchesse de Guiche : il
s'était mis à galoper dans Hyde-Park, à sauter des barrières, à jouer, à côtoyer sans façon des dandys : il avait
un succès sans égal, et, pour y mettre le comble, il finit
par enlever une famille entière, père, mère et enfants[4].

---

1. Pamphlet de Thomas Artus contre la cour de Henri III, dont la
première édition imprimée a paru vers 1605. Mais si la seconde citation
est bien extraite de ce texte, la première est empruntée au *Journal* de
l'Estoile (Petitot, t. XLV, p. 138-139). Chateaubriand avait déjà cité
ces passages, cette fois avec les références exactes, dans son *Histoire
de France* (Ladvocat, t. V *ter*, p. 377-378).   **2.** De 1823 à 1827.
3. Alfred de Grimaud, comte d'Orsay (1801-1852), a été la principale
incarnation française du dandysme romantique. Dans le texte original,
Chateaubriand orthographie *Dorset*, de même qu'il écrit *Grey* au lieu de
Gray, *Granville* au lieu de Grenville, etc. Marcellus (p. 267) lui reproche
cette négligence et rappelle, à cette occasion, un de ses propos : « Je ne
sache rien qui soit plus désobligeant pour un homme du monde que de
mal prononcer et surtout de mal écrire son nom. »   **4.** Selon Jacques-
Alain de Sédouy (*Un diplomate insolite*, Perrin, 1992, p. 103), il avait
établi des relations singulières avec Lord et Lady Blessington : amant de
la femme, et peut-être du mari, qui lui fit épouser en 1827 sa fille Harriet
(née de son premier mariage) et lui légua toute sa fortune. D'Orsay ne
tarda pas du reste à divorcer pour entretenir avec la seconde Lady Blessington, devenue veuve en 1829, une durable liaison.

Les ladies les plus à la mode me plaisaient peu ; il y en avait une charmante cependant, lady Gwidir ; elle ressemblait par le ton et les manières à une Française. Lady Jersey se maintenait encore en beauté. Je rencontrais chez elle l'opposition. Lady Conyngham [1] appartenait à l'opposition, et le roi lui-même gardait un secret penchant pour ses anciens amis. Parmi les patronnesses d'Almack's, on remarquait l'ambassadrice de Russie.

La comtesse de Lieven [2] avait eu des histoires assez ridicules avec madame d'Osmond [3] et George IV. Comme elle était hardie et passait pour être bien en cour, elle était devenue extrêmement fashionable. On lui croyait de l'esprit, parce qu'on supposait que son mari n'en avait pas ; ce qui n'était pas vrai : M. de Lieven était fort supérieur à madame. Madame de Lieven, au visage aigu et mésavenant, est une femme commune, fatigante, aride, qui n'a qu'un seul genre de conversation, la politique vulgaire ; du reste, elle ne sait rien, et elle cache la disette de ses idées sous l'abondance de ses paroles. Quand elle se trouve avec des gens de mérite, sa stérilité se tait ; elle revêt sa nullité d'un air supérieur d'ennui, comme si elle avait le droit d'être ennuyée ; tombée par l'effet du temps, et ne pouvant s'empêcher de se mêler de quelque chose,

---

1. Lady Conyngham, maîtresse en titre de George IV, avait dépassé la cinquantaine. Assez corpulente, sans esprit ni beauté, elle exerçait toutefois sur son royal amant une telle influence que le corps diplomatique jugeait indispensable de la courtiser.   2. Dorothée de Benkendorf (1784-1857), née à Riga, capitale de la Livonie dont son père était le gouverneur, avait épousé le comte Christophe de Lieven, brillant officier en faveur auprès de Paul Ier, et devenu diplomate à partir de 1810. Après avoir représenté la Russie à Berlin, il fut nommé ambassadeur à Londres où il resta de 1812 à 1834. La comtesse de Lieven, devenue princesse en 1826, a suscité des réactions diverses. Marcellus considère par exemple le portrait de Chateaubriand comme « un tissu de malice et de rancunes ». Ce fut sans aucun doute une femme remarquable. Mais la sécheresse de son esprit, son ambition politique, sa prétention à mener les hommes par de petites intrigues ne pouvaient qu'indisposer Chateaubriand.   3. Les *Mémoires* de la comtesse de Boigne ne nous apprennent rien sur ces « histoires » auxquelles aurait été mêlée sa mère. On sait néanmoins qu'après avoir allumé par un intense manège de séduction le roi George IV, la comtesse de Lieven avait fini par repousser ses avances insistantes.

la douairière des congrès est venue de Vérone donner à
Paris, avec la permission de MM. les magistrats de
Pétersbourg, une représentation des puérilités diplomatiques d'autrefois. Elle entretient des correspondances privées, et elle a paru très forte en mariages manqués. Nos
novices se sont précipités dans ses salons pour apprendre
le beau monde et l'art des secrets ; ils lui confient les
leurs, qui, répandus par madame de Lieven, se changent
en sourds cancans. Les ministres, et ceux qui aspirent à
le devenir, sont tout fiers d'être protégés par une dame
qui a eu l'honneur de voir M. de Metternich aux heures
où le grand homme, pour se délasser du poids des
affaires, s'amuse à effiloquer de la soie [1]. Le ridicule
attendait à Paris madame de Lieven. Un doctrinaire grave
est tombé aux pieds d'Omphale : « Amour, tu perdis
Troie [2]. »

La journée de Londres était ainsi distribuée : à dix
heures du matin [3], on courait à une partie fine, consistant
dans un premier déjeuner à la campagne ; on revenait
déjeuner à Londres ; on changeait de toilette pour la promenade de Bond-Street ou de Hyde-Park ; on se rhabillait
pour dîner à sept heures et demie ; on se rhabillait pour
l'Opéra ; à minuit, on se rhabillait pour une soirée ou
pour un raout ! Quelle vie enchantée ! J'aurais préféré
cent fois les galères. Le suprême bon ton était de ne pouvoir pénétrer dans les petits salons d'un bal privé, de rester dans l'escalier obstrué par la foule, et de se trouver

---

1. Pour : effilocher ; défaire un tissu fil à fil. C'est une allusion à
Hercule et à Omphale. La comtesse de Lieven avait rencontré Metternich à Aix-la-Chapelle en 1818 ; et chaque congrès européen devenait
pour les anciens amants une occasion de se retrouver.   2. Citation
malicieuse des « Deux Coqs » de La Fontaine (*Fables*, VII, 14, vers 3).
Le « grave doctrinaire » est Guizot, demeuré veuf, et dont la princesse
de Lieven fut, après la mort de son mari (1839), la fidèle Égérie.
3. J'adopte ici la correction proposée par Marcellus, p. 270. Celui-ci
évoque la mode de ces « déjeuners dansants », où « la bonne compagnie se réunissait nombreuse à la campagne pour jouir gaiement des
verts ombrages et de la verdure des villas ». Il confirme aussi le peu
de goût de Chateaubriand pour « cette façon de contempler la nature ».

nez à nez avec le duc de Somerset[1] ; béatitude où je suis
arrivé une fois. Les Anglais de la nouvelle race sont infiniment plus frivoles que nous ; la tête leur tourne pour un
show : si le bourreau de Paris se rendait à Londres, il
ferait courir l'Angleterre. Le maréchal Soult n'a-t-il pas
enthousiasmé les ladies[2], comme Blücher, de qui elles
baisaient la moustache ? Notre maréchal, qui n'est ni
Antipater, ni Antigonus, ni Seleucus, ni Antiochus, ni
Ptolémée, ni aucun des capitaines-rois d'Alexandre, est
un soldat distingué, lequel a pillé l'Espagne en se faisant
battre, et auprès de qui des capucins ont rédimé[3] leur vie
pour des tableaux. Mais il est vrai qu'il a publié, au mois
de mars 1814, une furieuse proclamation contre Bonaparte, lequel il recevait en triomphe quelques jours
après[4] : il a fait depuis ses pâques à Saint-Thomas-
d'Aquin. On montre pour un shilling, à Londres, sa vieille
paire de bottes.

Toute renommée vient vite au bord de la Tamise et
s'en va de même. En 1822 je trouvai cette grande ville
plongée dans les souvenirs de Bonaparte ; on était passé
du dénigrement pour *Nic*[5] à un enthousiasme bête. Les
mémoires de Bonaparte pullulaient ; son buste ornait
toutes les cheminées ; ses gravures brillaient sur toutes
les fenêtres des marchands d'images ; sa statue colossale,

---

1. Un des titres les plus anciens de la noblesse anglaise, alors porté
par Édouard Saint-Maur, *onzième* duc de Somerset (1775-1855).
2. Le maréchal Soult avait été choisi par Louis-Philippe pour le représenter au couronnement de la reine Victoria, le 20 juin 1838. À cette
occasion, la population de Londres lui fit un accueil enthousiaste ; il
fut le *lion* de toutes les fêtes. C'est le souvenir encore frais de ces
événements qui inspire au mémorialiste ce portrait acéré.   **3.** Racheté (latinisme). Sur les exactions de Soult, qui avait ainsi constitué
la première grande collection française de peinture espagnole, voir t. II,
p. 529.   **4.** Voir tome II, p. 623, pour le texte de la proclamation ;
et p. 631, 655 et 671 pour les revirements ultérieurs du maréchal.
5. Surnom que les Anglais avaient donné à Napoléon, non pas, comme
le croit Chateaubriand (t. II, p. 327), par abréviation de Nicolas, mais
par référence au nom populaire du diable (*Old Nick*), destiné à faire
peur aux petits enfants.

par Canova, décorait l'escalier du duc de Wellington [1].
N'aurait-on pu consacrer un autre sanctuaire à Mars
enchaîné ? Cette déification semble plutôt l'œuvre de la
vanité d'un concierge que de l'honneur d'un guerrier.
– Général, vous n'avez point vaincu Napoléon à Waterloo, vous avez seulement faussé le dernier anneau d'un
destin déjà brisé.

(4)

SUITE DES DÉPÊCHES.

Après ma présentation officielle à George IV, je le vis
plusieurs fois. La reconnaissance des colonies espagnoles
par l'Angleterre était à peu près décidée, du moins les
vaisseaux de ces États indépendants paraissaient devoir
être reçus sous leur pavillon dans les ports de l'empire
britannique. Ma dépêche du 7 mai rend compte d'une
conversation que j'avais eue avec lord Londonderry, et
des idées de ce ministre. Cette dépêche, importante pour
les affaires d'alors, serait presque sans intérêt pour le lecteur d'aujourd'hui. Deux choses étaient à distinguer dans
la position des colonies espagnoles relativement à l'Angleterre et à la France : les intérêts commerciaux et les
intérêts politiques. J'entre dans les détails de ces intérêts.
« Plus je vois le marquis de Londonderry », disais-je à
M. de Montmorency, « plus je lui trouve de finesse. C'est
un homme plein de ressources, qui ne dit jamais que ce
qu'il veut dire ; on serait quelquefois tenté de le croire
bonhomme. Il a dans la voix, le rire, le regard, quelque
chose de M. Pozzo di Borgo. Ce n'est pas précisément la
confiance qu'il inspire. »

---

1. Exécutée vers 1810, cette représentation héroïque de Napoléon
fut exposée au Louvre jusqu'au 1er avril 1816. Elle fut alors acquise
par le prince régent pour être offerte à Wellington. La statue se trouve
toujours à Apsley House, sa résidence, devenue le Wellington Museum.

La dépêche finit ainsi : « Si l'Europe est obligée de reconnaître les gouvernements de fait en Amérique, toute sa politique doit tendre à faire naître des monarchies dans le nouveau monde, au lieu de ces républiques révolutionnaires qui nous enverront leurs principes avec les produits de leur sol.[1]

« En lisant cette dépêche, monsieur le vicomte, vous éprouverez sans doute comme moi un mouvement de satisfaction. C'est avoir déjà fait un grand pas en politique que d'avoir forcé l'Angleterre à vouloir s'associer avec nous dans des intérêts sur lesquels elle n'eût pas daigné nous consulter il y a six mois. Je me félicite en bon Français de tout ce qui tend à replacer notre patrie à ce haut rang qu'elle doit occuper parmi les nations étrangères. »

Cette lettre était la base de toutes mes idées et de toutes les négociations sur les affaires coloniales dont je m'occupai pendant la guerre d'Espagne, près d'un an avant que cette guerre éclatât.

(5)

REPRISE DES TRAVAUX PARLEMENTAIRES. – BAL POUR LES IRLANDAIS. – DUEL DU DUC DE BEDFORD ET DU DUC DE BUCKINGHAM. – DÎNER À ROYAL-LODGE. – LA MARQUISE DE CONYNGHAM ET SON SECRET.

Le 17 de mai j'allai à Covent-Garden, dans la loge du duc d'York[1]. Le Roi parut. Ce prince, jadis détesté, fut salué par des acclamations telles qu'il n'en aurait pas autrefois reçu de semblables des moines, habitants de cet ancien couvent. Le 26, le duc d'York vint dîner à l'ambassade[2] : George IV était fort tenté de me faire le même

---

1. Le second fils de George III (1763-1827), qui avait épousé la princesse Frédérique de Prusse.   **2.** Chateaubriand avait espéré jusqu'au dernier moment la présence du roi à son grand dîner du dimanche 26 mai.

honneur ; mais il craignait les jalousies diplomatiques de mes collègues.

Le vicomte de Montmorency refusa d'entrer en négociations sur les colonies espagnoles avec le cabinet de Saint-James. J'appris, le 19 mai, la mort presque subite de M. le duc de Richelieu[1]. Cet honnête homme avait supporté patiemment sa première retraite du ministère ; mais les affaires venant à lui manquer trop longtemps, il défaillit parce qu'il n'avait pas une double vie pour remplacer celle qu'il avait perdue. Le grand nom de Richelieu n'a été transmis jusqu'à nous que par des femmes.

Les révolutions continuaient en Amérique. Je mandais à M. de Montmorency :

N° 26.   « Londres, 28 mai 1822.

« Le Pérou vient d'adopter une constitution monarchique. La politique européenne devrait mettre tous ses soins à obtenir un pareil résultat pour les colonies qui se déclarent indépendantes. Les États-Unis craignent singulièrement l'établissement d'un empire au Mexique. Si le nouveau monde tout entier est jamais républicain, les monarchies de l'ancien monde périront. »

On parlait beaucoup de la détresse des paysans irlandais, et l'on dansait afin de les consoler. Un grand bal paré à l'Opéra[2] occupait les âmes sensibles. Le roi, m'ayant rencontré dans un corridor, me demanda ce que je faisais là, et, me prenant par le bras, il me conduisit dans sa loge.

Le parterre anglais était, dans mes jours d'exil, turbulent et grossier ; des matelots buvaient de la bière au parterre, mangeaient des oranges, apostrophaient les loges. Je me trouvais un soir auprès d'un matelot entré ivre dans la salle ; il me demanda où il était ; je lui dis : « À Covent-Garden. – *Pretty garden, indeed !* » (Joli jardin, vraiment !) s'écria-t-il, saisi, comme les dieux d'Homère, d'un rire inextinguible.

_____

1. Survenue à Paris le 17 mai (voir Boigne, t. II, p. 57-61).   2. Le jeudi 30 mai.

Invité dernièrement à une soirée chez lord Lansdowne[1], Sa Seigneurie m'a présenté à une dame sévère, âgée
de soixante-treize ans : elle était habillée de crêpe, portait
un voile noir comme un diadème sur ses cheveux blancs,
et ressemblait à une reine abdiquée. Elle me salua d'un
ton solennel et de trois phrases estropiées du *Génie du
Christianisme* ; puis elle me dit avec non moins de solen-
nité : « Je suis mistress Siddons. » Si elle m'avait dit :
« Je suis lady Macbeth », je l'aurais cru[2]. Je l'avais vue
autrefois sur le théâtre dans toute la force de son talent.
Il suffit de vivre pour retrouver ces débris d'un siècle
jetés par les flots du temps sur le rivage d'un autre siècle.

Mes visiteurs français à Londres furent M. le duc et ma-
dame la duchesse de Guiche[3] dont je vous parlerai à Prague ;
M. le marquis de Custine[4], dont j'avais vu l'enfance à
Fervaques ; et madame la vicomtesse de Noailles[5],

---

1. Henry Petty Fitz-Maurice (1780-1863), fils de Lord Shelburne et
troisième marquis de Lansdowne, membre éminent du parti
whig.   **2.** Mrs Siddons, née Sarah Kemble (1755-1831), avait été
une inoubliable interprète du rôle de Lady Macbeth.   **3.** Agénor de
Gramont, duc de Guiche (1787-1854), avait grandi en Angleterre où sa
famille avait émigré au début de la Révolution. Après avoir servi en
Espagne sous les ordres de Wellington, il était devenu premier écuyer
du duc d'Angoulême, qu'il accompagnera lors de la campagne de 1823.
Après la révolution de Juillet, il suivra le prince dans son exil, à Edim-
bourg, puis à Prague, mais il reviendra en France à la fin de 1833 et
prendra le titre de duc de Gramont à la mort de son père (28 août
1836). C'était le beau-frère du comte d'Orsay, et Chateaubriand les
avait présentés ensemble au roi George IV le 12 juin 1822.
4. Astolphe de Custine (voir t. II, p. 82, note 3) avait épousé le 16 mai
1821 Léontine de Saint-Simon de Courtomer, qui venait, le 19 juin, de
lui donner un fils. Il avait décidé de consacrer son été à un long voyage
en Angleterre et en Écosse en compagnie de son ami Saint-Barbe. Il
arrivera à Londres le 29 juillet, « laissant à Paris sa femme et son
nouveau-né », dit Chateaubriand qui lui fera bon accueil et transmettra
de ses nouvelles à sa mère.   **5.** La fille de Natalie de Noailles, Léontine (1791-1851), avait épousé, le 15 avril 1809, son cousin le vicomte
Alfred de Noailles, né en 1766, et qui fut tué au passage de la Bérésina
le 28 novembre 1812. « Mme Alfred » arriva en Angleterre au milieu
du mois de juin 1822, en compagnie de son père le duc de Mouchy,
pour un assez long séjour. Elle avait en effet quatorze ans lorsque
Chateaubriand avait commencé à fréquenter Méréville : voir t. II,
p. 219, note 2.

aussi agréable, spirituelle et gracieuse que si elle eût encore erré à quatorze ans dans les beaux jardins de Méréville.

On était fatigué de fêtes ; les ambassadeurs aspiraient à s'en aller en congé : le prince Esterhazy se préparait à partir pour Vienne ; il espérait être appelé au congrès, car on parlait déjà d'un congrès. M. Rothschild retournait en France après avoir terminé avec son frère l'emprunt russe de 23 millions de roubles. Le duc de Bedford s'était battu avec l'immense duc de Buckingham, au fond d'un trou, dans Hyde-Park [1] ; une chanson injurieuse contre le roi de France, envoyée de Paris et imprimée dans les gazettes de Londres, amusait la canaille radicale anglaise qui riait sans savoir de quoi [2].

Je partis le 6 de juin pour Royal-Lodge [3], où le Roi était allé. Il m'avait invité à dîner et à coucher.

Je revis George IV le 12, le 13 et le 14, au lever, au drawing-room et au bal de Sa Majesté [4]. Le 24, je donnai une fête au prince et à la princesse de Danemark [5] ; le duc d'York s'y était invité.

C'eût été une chose importante jadis que la bienveillance avec laquelle me traitait la marquise de Conyngham : elle m'apprit que l'idée du voyage de S.M.B. au continent n'était pas tout à fait abandonnée. Je gardai religieusement ce grand secret dans mon sein. Que de dépêches importantes sur cette parole d'une favorite au

---

1. Ce duel au pistolet se déroula le 2 mai 1822 ; il se termina sans une égratignure. 2. Allusion à une chanson satirique que publia le *Morning Chronicle* du 12 avril 1822. Le journal récidiva dans son numéro du 20 avril. Mais dans une dépêche du 23, Chateaubriand déconseilla au gouvernement français de se lancer dans des poursuites judiciaires. 3. Ce « cottage orné » avait été élevé dans le parc de Windsor pour servir de résidence à des hôtes de marque. Le récit détaillé du bref séjour qu'y fit Chateaubriand a disparu de la version définitive des *Mémoires* (voir Appendice I, 1, p. 571-574). 4. Dans sa dépêche du 14 juin, Chateaubriand donne à son ministre quelques détails supplémentaires. Le *drawing-room* désigne une réception à la cour. 5. Le prince royal Christian-Frédéric (1786-1848) se trouvait alors à Londres en compagnie de sa seconde femme, la princesse Caroline-Amélie, née Holstein-Augustenbourg (1796-1881). Cousin du roi de Danemark Frédéric VI, il devait lui succéder en 1839.

temps de mesdames de Verneuil, de Maintenon, des Ursins, de Pompadour ! Du reste, je me serais échauffé mal à propos pour obtenir quelques renseignements de la cour de Londres : en vain vous parlez, on ne vous écoute pas.

(6)

PORTRAITS DES MINISTRES.

Lord Londonderry surtout était impassible : il embarrassait à la fois par sa sincérité de ministre et sa retenue d'homme. Il expliquait franchement de l'air le plus glacé sa *politique* et gardait un silence profond sur les faits. Il avait l'air indifférent à ce qu'il disait comme à ce qu'il ne disait pas ; on ne savait ce qu'on devait croire de ce qu'il montrait ou de ce qu'il cachait. Il n'aurait pas bougé quand vous lui auriez *lâché un saucisson*[1] *dans l'oreille*, comme dit Saint-Simon.

Lord Londonderry avait un genre d'éloquence irlandaise qui souvent excitait l'hilarité de la Chambre des lords et la gaîté du public ; ses *blunders*[2] étaient célèbres, mais il arrivait aussi quelquefois à des traits d'éloquence qui transportaient la foule, comme ses paroles à propos de la bataille de Waterloo : je les ai rappelées[3].

Lord Harrowby[4] était président du conseil ; il parlait avec propriété, lucidité et connaissance des faits. On trou-

---

1. Long rouleau de toile goudronnée, rempli de poudre et attaché à une fusée. **2.** Bévues. **3.** Voir t. II, p. 682. **4.** Dudley Rider, comte de Harrowby (1762-1847), avait commencé sa carrière politique à la Chambre des communes dès 1784, avant de faire son entrée à la Chambre des Lords à la mort de son père (1803). Il fut pendant quelques mois ministre des Affaires étrangères dans le second cabinet Pitt, puis, de 1812 à 1827, présida le Conseil privé. Il avait rencontré pour la première fois Chateaubriand à Paris au mois de novembre 1814 chez Mme de Staël, avec laquelle il avait noué des relations amicales depuis le passage de cette dernière à Londres en 1813.

verait inconvenant à Londres qu'un président des ministres s'exprimât avec prolixité et faconde. C'était d'ailleurs un parfait gentleman pour le ton. Un jour, aux Pâquis, à Genève[1], on m'annonça un Anglais : lord Harrowby entra ; je ne le reconnus qu'avec peine : il avait perdu son ancien roi ; le mien était exilé. C'est la dernière fois que l'Angleterre de mes grandeurs m'est apparue.

J'ai mentionné M. Peel[2] et lord Westmoreland[3] dans le *Congrès de Vérone*.

Je ne sais si lord Bathurst[4] descendait et s'il était petit-fils de ce comte Bathurst dont Sterne écrivait : « Ce seigneur est un prodige ; à 80 ans il a l'esprit et la vivacité d'un homme de 30, une disposition à se laisser charmer et le pouvoir de plaire au-delà de tout ce que je connais. » Lord Bathurst, le ministre dont je vous entretiens, était instruit et poli ; il gardait la tradition des anciennes manières françaises et de la bonne compagnie. Il avait trois ou quatre filles qui couraient, ou plutôt qui volaient comme des hirondelles de mer, le long des flots, blanches, allongées et légères. Que sont-elles devenues ? Sont-elles tombées dans le Tibre avec la jeune Anglaise de leur nom[5] ?

Lord Liverpool[6] n'était pas, comme lord Londonderry, le principal ministre ; mais c'était le ministre le plus influent et le plus respecté. Il jouissait de cette réputation d'homme religieux et d'homme de bien, si puissante pour celui qui la possède ; on vient à cet homme avec la confiance que l'on a pour un père ; nulle action ne paraît

---

1. Au cours du séjour qu'y firent les Chateaubriand en 1831.   2. Sir Robert Peel (1788-1850), alors jeune ministre de l'Intérieur et futur premier ministre (1841-1848).   3. John Fane, comte de Westmoreland (1759-1841), fut Lord du Sceau privé de 1798 à 1806, puis de 1807 à 1827.   4. Lord Bathurst (1762-1834), ministre de la Guerre et des Colonies depuis 1809. C'est lui qui sera intérimaire des Affaires étrangères à la mort de Londonderry. La citation de Sterne est empruntée à ses *Lettres à Eliza*, alias Mrs. Daniel Draper. Dans celle-ci, de mars 1767, Sterne évoque son ami Lord Allen Bathurst (1684-1775).   5. Allusion à une noyade tragique qui défraya la chronique romaine : voir livre XXIX, chap. 14 (*infra*, p. 318).   6. Lord Liverpool (voir t. I, p. 426, note 3) a été premier ministre de 1812 à 1827. Mais il est alors un peu éclipsé par le ministre des Affaires étrangères.

bonne si elle n'est approuvée de ce personnage saint, investi d'une autorité très supérieure à celle des talents. Lord Liverpool était fils de Charles Jenkinson, baron de Hawkesbury, comte de Liverpool, favori de lord Bute[1]. Presque tous les hommes d'État anglais ont commencé par la carrière littéraire, par des pièces de vers plus ou moins bons, et par des articles, en général excellents, insérés dans les revues. Il reste un portrait de ce premier comte de Liverpool lorsqu'il était secrétaire particulier de lord Bute ; sa famille en est fort affligée : cette vanité, puérile en tous temps, l'est sans doute encore beaucoup plus aujourd'hui ; mais n'oublions pas que nos plus ardents révolutionnaires puisèrent leur haine de la société dans des disgrâces de nature ou dans des infériorités sociales.

Il est possible que lord Liverpool, enclin aux réformes, et à qui M. Canning a dû son dernier ministère, fût influencé, malgré la rigidité de ses principes religieux, par quelque déplaisance de souvenirs. À l'époque où j'ai connu lord Liverpool, il était presque arrivé à l'illumination puritaine. Habituellement il demeurait seul avec une vieille sœur, à quelques lieues de Londres. Il parlait peu ; son visage était mélancolique ; il penchait souvent l'oreille, et il avait l'air d'écouter quelque chose de triste : on eût dit qu'il entendait tomber ses dernières années, comme les gouttes d'une pluie d'hiver sur le pavé. Du reste, il n'avait aucune passion, et il vivait selon Dieu.

M. Croker[2], membre de l'Amirauté, célèbre comme orateur et comme écrivain, appartenait à l'école de

---

1. John Stuart, comte de Bute (1713-1792), premier ministre de George III.   2. John Wilson Croker (1780-1857) fut membre du Parlement et secrétaire de l'Amirauté. En dehors de son action proprement politique au service des Tories, ce polémiste redouté, proche de Wellington ou de Peel, joua aussi un rôle de premier plan dans la vie intellectuelle de la Grande-Bretagne. Historien de la Révolution française, il fut aussi, avec Walter Scott et Southey, le fondateur de la *Quarterly Review* (1809), à laquelle il donna plus de deux cent cinquante articles. C'est lui qui, dans le numéro de janvier 1830, anglicisa le terme de *conservateur* qu'il avait sans doute emprunté à Chateaubriand, dont il traduisit, par ailleurs, *La Monarchie selon la Charte*.

M. Pitt, ainsi que M. Canning ; mais il était plus détrompé que celui-ci. Il occupait à White-Hall un de ces appartements sombres d'où Charles Ier était sorti par une fenêtre pour aller de plain-pied à l'échafaud. On est étonné quand on entre à Londres dans les habitations où siègent les directeurs de ces établissements dont le poids se fait sentir au bout de la terre. Quelques hommes en redingote noire devant une table nue, voilà tout ce que vous rencontrez : ce sont pourtant là les directeurs de la marine anglaise, ou les membres de cette compagnie de marchands, successeurs des empereurs du Mogol, lesquels comptent aux Indes deux cents millions de sujets.

M. Croker vint, il y a deux ans, me visiter à l'infirmerie de Marie-Thérèse. Il m'a fait remarquer la similitude de nos opinions et de nos destinées [1]. Des événements nous séparent du monde ; la politique fait des solitaires, comme la religion fait des anachorètes. Quand l'homme habite le désert, il trouve en lui quelque lointaine image de l'être infini qui, vivant seul dans l'immensité, voit s'accomplir les révolutions des mondes.

(7)

SUITE DE MES DÉPÊCHES.

Dans le courant des mois de juin et de juillet, les affaires d'Espagne commencèrent à occuper sérieusement

---

1. Le Chateaubriand des dernières années considère un peu Croker comme son double anglais. De même qu'il a démissionné de la Chambre des pairs pour rester fidèle à ses convictions, Croker a refusé de siéger à la Chambre des communes après le vote du *Reform Bill*. Mais si Chateaubriand « estimait singulièrement le talent et le caractère de M. Croker », ce dernier lui reprochait ses complaisances libérales (Marcellus, p. 278-279).

le cabinet de Londres[1]. Lord Londonderry et la plupart des ambassadeurs montraient en parlant de ces affaires une inquiétude et presque une peur risible. Le ministère craignait qu'en cas de rupture nous ne l'emportassions sur les Espagnols ; les ministres des autres puissances tremblaient que nous ne fussions battus ; ils voyaient toujours notre armée prenant la cocarde tricolore.

Dans ma dépêche du 28 juin, n° 35, les dispositions de l'Angleterre sont fidèlement exprimées :

N° 35.   « Londres, ce 28 juin 1822.

« Monsieur le vicomte,

« Il m'a été plus facile de vous dire ce que pense lord Londonderry, relativement à l'Espagne, qu'il ne me sera aisé de pénétrer le secret des instructions données à Sir W. A'Court[2] ; cependant je ne négligerai rien pour me procurer les renseignements que vous demandez par votre dernière dépêche, n° 18. Si j'ai bien jugé de la politique du cabinet anglais et du caractère de lord Londonderry, je suis persuadé que Sir W. A'Court n'a presque rien emporté d'écrit. On lui aura recommandé verbalement d'observer les partis sans se mêler de leurs querelles. Le cabinet de Saint-James n'aime point les Cortès, mais il méprise Ferdinand. Il ne fera certainement rien pour les

---

1. Lors de son retour en Espagne, Ferdinand VII avait aboli, par le décret de Valence (4 mars 1814), la constitution proclamée à Cadix par les Cortès le 19 mars 1812. Mais au début de 1820, une insurrection militaire, partie de certaines garnisons de province, avait imposé son rétablissement. Depuis régnait dans le pays une effervescence chronique. En 1822, les élections donnèrent la majorité au parti constitutionnel, mais les partisans de la monarchie absolue refusèrent de reconnaître leur défaite. À la fin de la session, des troubles éclatèrent à Madrid qui se terminèrent par la prise du pouvoir par la gauche. Au cours des mois qui suivirent, le roi fut retenu comme otage dans la capitale, tandis que de nombreuses provinces entraient en dissidence. Les autres pays européens enregistraient avec appréhension la dégradation de la situation politique en Espagne. 2. Sir William A'Court (1779-1860) a été un diplomate de carrière : envoyé extraordinaire en Espagne en 1822, il fut ensuite ambassadeur au Portugal (1824), puis en Russie (1828-1832).

royalistes. D'ailleurs, il suffirait que notre influence s'exerçât sur une opinion pour que l'influence anglaise appuyât l'opinion contraire. Notre prospérité renaissante inspire une vive jalousie. Il y a bien ici, parmi les hommes d'État, une certaine crainte vague des passions révolutionnaires qui travaillent l'Espagne ; mais cette crainte se tait devant les intérêts particuliers : de telle sorte que si d'un côté la Grande-Bretagne pouvait exclure nos marchandises de la Péninsule, et que de l'autre elle pût reconnaître l'indépendance des colonies espagnoles, elle prendrait facilement son parti sur les événements, et se consolerait des malheurs qui pourraient accabler de nouveau les monarchies continentales. Le même principe qui empêche l'Angleterre de retirer son ambassadeur de Constantinople lui fait envoyer un ambassadeur à Madrid : elle se sépare des destinées communes et n'est attentive qu'au parti qu'elle pourra tirer des révolutions des empires.

« J'ai l'honneur, etc. »

Revenant dans ma dépêche du 16 juillet, n° 40, sur les nouvelles d'Espagne, je dis à M. de Montmorency :

N° 40.   « Londres, ce 16 juillet 1822.

« Monsieur le vicomte,
« Les journaux anglais, d'après les journaux français, donnent ce matin des nouvelles de Madrid jusqu'au 8 inclusivement. Je n'ai jamais espéré mieux du roi d'Espagne, et n'ai point été surpris. Si ce malheureux prince doit périr, le genre de la catastrophe n'est pas indifférent au reste du monde ; le poignard n'abattrait que le monarque, l'échafaud pourrait tuer la monarchie. C'est déjà beaucoup trop que le jugement de Charles Ier et que celui de Louis XVI ; le ciel nous préserve d'un troisième jugement qui semblerait établir par l'autorité des crimes une espèce de droit des peuples et un corps de jurisprudence contre les rois ! On peut maintenant s'attendre à tout : une déclaration de guerre de la part du gouvernement espagnol est au nombre des chances que le gouvernement français a dû prévoir. Dans tous les cas, nous

serons bientôt obligés d'en finir avec le cordon sanitaire [1], car, une fois le mois de septembre passé, et la peste ne reparaissant pas à Barcelone, ce serait une véritable dérision que de parler encore d'un *cordon sanitaire* ; il faudrait donc avouer tout franchement une *armée*, et dire la raison qui nous oblige à maintenir cette armée. Cela n'équivaudra-t-il pas à une déclaration de guerre aux Cortès ? D'un autre côté, dissoudrons-nous le cordon sanitaire ? Cet acte de faiblesse compromettrait la sûreté de la France, avilirait le ministère, et ranimerait parmi nous les espérances de la faction révolutionnaire.

« J'ai l'honneur d'être, etc., etc., etc. »

(8)

Pourparler sur le congrès de Vérone. – Lettre à M. de Montmorency ; sa réponse qui me laisse entrevoir un refus. – Lettre de M. de Villèle plus favorable. J'écris à madame de Duras. – Billet de M. de Villèle à madame de Duras.

Depuis le Congrès de Vienne et d'Aix-la-Chapelle, les princes de l'Europe avaient la tête tournée de congrès : c'était là qu'on s'amusait et qu'on se partageait quelques peuples. À peine le Congrès commencé à Laybach et continué à Troppau [2] était-il fini, qu'on songea à en convoquer un autre à Vienne, à Ferrare ou à Vérone ; les affaires d'Espagne offraient l'occasion d'en hâter le moment. Chaque cour avait déjà désigné son ambassadeur.

Je voyais à Londres tout le monde se préparer à partir

---

1. En octobre 1821, une épidémie de fièvre jaune avait éclaté à Barcelone. La France y envoya des médecins et des religieuses hospitalières ; mais elle disposa en même temps des troupes le long de la frontière du Roussillon, sous prétexte de prévenir la contagion. Ce « cordon sanitaire » fut dénoncé comme une démonstration de force par le parti libéral espagnol. **2.** Hiver 1820-1821.

pour Vérone : comme ma tête était remplie des affaires
d'Espagne, et comme je rêvais un plan pour l'honneur de
la France, je croyais pouvoir être de quelque utilité au
nouveau Congrès en me faisant connaître sous un rapport
auquel on ne songeait pas[1]. J'avais écrit dès le 24 mai à
M. de Montmorency[2] ; mais je ne trouvai aucune faveur.
La longue réponse du ministre est évasive, embarrassée,
entortillée ; un éloignement marqué pour moi s'y déguise
mal sous la bienveillance ; elle finit par ce paragraphe :

« Puisque je suis en train de confidences, noble
vicomte, je veux vous dire ce que je ne voudrais pas insérer dans une dépêche officielle, mais ce que m'ont inspiré
quelques observations personnelles, et quelques avis aussi
de personnes qui connaissent bien le terrain sur lequel
vous êtes placé. N'avez-vous pas pensé le premier qu'il
faut soigner, vis-à-vis du ministère anglais, certains effets
de la jalousie et de l'humeur qu'il est toujours prêt à
concevoir sur les marques directes de faveur auprès du
Roi, et de *crédit* dans la *société* ? Vous me direz s'il ne
vous est pas arrivé d'en remarquer quelques traces. »

Par qui les plaintes de mon *crédit* auprès du roi et dans
la *société* (c'est-à-dire, je suppose, auprès de la marquise
de Conyngham) étaient-elles arrivées au vicomte de
Montmorency ? Je l'ignore.

Prévoyant, par cette dépêche privée, que ma partie était
perdue du côté du ministre des affaires étrangères, je
m'adressai à M. de Villèle, alors mon ami, et qui n'incli-
nait pas beaucoup vers son collègue[3]. Dans sa lettre du
5 mai 1822, il me répondit d'abord un mot favorable.

---

1. Aussi avait-il préparé le terrain avant même de quitter Paris. À
Mme Récamier avait été confié le soin de neutraliser les réticences du
vicomte de Montmorency, tandis que Mme de Duras se chargerait de
maintenir la pression sur Villèle. Dans la pensée de Chateaubriand, sa
participation à un éventuel congrès devait apporter la preuve de ses
aptitudes ministérielles. Déjà, il consacre une grande partie de ses
dépêches de Londres à la question espagnole (y compris celle des colonies américaines).   **2.** C'est en réalité le 11 juin que Chateaubriand
avait ouvertement déclaré ses intentions à Montmorency. La réponse
de celui-ci ne nous est connue que par les *Mémoires*.   **3.** Dès le
2 avril, au moment de quitter Paris, Chateaubriand écrivait à Villèle :
« Pensez à moi et à mon *congrès*. » La réponse de celui-ci, datée du

« Paris, le 5 mai 1822.

« Je vous remercie », me dit-il, « de tout ce que vous faites pour nous à Londres ; la détermination de cette cour au sujet des colonies espagnoles ne peut influer sur la nôtre ; la position est bien différente ; nous devons éviter par-dessus tout d'être empêchés, par une guerre avec l'Espagne, d'agir ailleurs comme nous le devrons, si les affaires de l'Orient amenaient de nouvelles combinaisons politiques en Europe.

« Nous ne laisserons pas déshonorer le gouvernement français par le défaut de participation aux événements qui peuvent résulter de la situation actuelle du monde ; d'autres pourront y intervenir avec plus d'avantages, aucuns avec plus de courage et de loyauté.

« On se méprend fort, je crois, et sur les moyens réels de notre pays, et sur le pouvoir que peut encore exercer le gouvernement du Roi dans les formes qu'il s'est prescrites ; elles offrent plus de ressources qu'on ne paraît le croire, et j'espère qu'à l'occasion nous saurons le montrer.

« Vous nous seconderez, mon cher, dans ces grandes circonstances si elles se présentent. Nous le savons et nous y comptons ; l'honneur sera pour tous, et ce n'est pas de ce partage dont il s'agit en ce moment, il se fera selon les services rendus ; rivalisons tous de zèle à qui en rendra de plus signalés.

« Je ne sais en vérité si ceci tournera à un congrès ; mais, en tout cas, je n'oublierai pas ce que vous m'avez dit.

« JH. DE VILLÈLE. »

Sur ce premier mot de bonne entente, je fis presser le ministre des finances par madame la duchesse de Duras ; elle m'avait déjà prêté l'appui de son amitié contre l'oubli

---

5 mai, fut aimable, mais évasive. Aussi Chateaubriand devait-il revenir à la charge de manière pressante le 17 mai (voir *Correspondance*, t. V, p. 107-108).

de la cour en 1814. Elle reçut bientôt ce billet de M. de Villèle [1] :

« Tout ce que nous dirions est dit ; tout ce qu'il est dans mon cœur et dans mon opinion de faire pour le bien public et pour mon ami est fait et sera fait, soyez-en certaine. Je n'ai besoin ni d'être prêché, ni d'être converti, je vous le répète ; j'agis de conviction et de sentiment.

« Recevez, madame, l'hommage de mon affectueux respect. »

(9)

MORT DE LORD LONDONDERRY.

Ma dernière dépêche, en date du 9 août, annonçait à M. de Montmorency que lord Londonderry partirait du 15 au 20 pour Vienne. Le brusque et grand démenti aux projets des mortels me fut donné ; je croyais n'avoir à entretenir le conseil du Roi Très Chrétien que des affaires humaines, et j'eus à lui rendre compte des affaires de Dieu :

« Londres, 12 août 1822, à 4 heures de l'après-midi.

« *Dépêche transmise à Paris par le télégraphe de Calais.*

« Le marquis de Londonderry est mort subitement ce matin 12, à neuf heures du matin, dans sa maison de campagne à North-Cray [2]. »

---

1. Marcellus confirme que ce fut bien Villèle, « et lui seul », qui « renversa tous les obstacles » pour faire envoyer Chateaubriand à Vérone : le lieu du congrès fut choisi au mois de juillet 1822.
2. Texte un peu abrégé de la dépêche n° 48, « envoyée par courrier extraordinaire ».

N° 49.   « Londres, 13 août 1822.

« Monsieur le vicomte,

« Si le temps n'a pas mis obstacle à ma dépêche télégraphique, et s'il n'est point arrivé d'accident à mon courrier extraordinaire, expédié hier à quatre heures, j'espère que vous avez reçu le premier sur le continent la nouvelle de la mort subite de lord Londonderry.

« Cette mort a été extrêmement tragique. Le noble marquis était à Londres vendredi ; il sentit sa tête un peu embarrassée ; il se fit saigner entre les épaules. Après quoi il partit pour North-Cray, où la marquise de Londonderry était établie depuis un mois. La fièvre se déclara le samedi 10 et le dimanche 11 ; mais elle parut céder dans la nuit du dimanche au lundi, et, lundi matin 12, le malade semblait si bien, que sa femme qui le gardait, crut pouvoir le quitter un moment. Lord Londonderry, dont la tête était égarée, se trouvant seul, se leva, passa dans un cabinet, saisit un rasoir, et du premier coup se coupa la jugulaire. Il tomba baigné dans son sang aux pieds d'un médecin qui venait à son secours.

« On cache autant qu'on le peut cet accident déplorable, mais il est parvenu défiguré à la connaissance du public et a donné naissance à des bruits de toute espèce.

« Pourquoi lord Londonderry aurait-il attenté à ses jours ? Il n'avait ni passions ni malheurs ; il était plus que jamais affermi dans sa place. Il se préparait à partir jeudi prochain. Il se faisait une partie de plaisir d'un voyage d'affaires. Il devait être de retour le 15 octobre pour des chasses arrangées d'avance et auxquelles il m'avait invité. La Providence en a ordonné autrement, et lord Londonderry a suivi le duc de Richelieu. »

Voici quelques détails qui ne sont point entrés dans mes dépêches.

À son retour de Londres, George IV me raconta que lord Londonderry était allé lui porter le projet d'instruction qu'il avait rédigé pour lui-même et qu'il devait suivre au Congrès. George IV prit le manuscrit pour mieux en peser les termes, et commença à le lire à haute voix. Il s'aperçut que lord Londonderry ne l'écoutait pas, et qu'il promenait ses yeux sur le plafond du cabinet : « Qu'avez-vous donc, mylord ? » dit le roi. – « Sire », répondit le marquis, « c'est cet insupportable John (un jockey) qui est à la porte ; il ne veut pas s'en aller, quoique je ne cesse de le lui ordonner. » Le roi, étonné, ferma le manuscrit et dit : « Vous êtes malade, mylord : retournez chez vous ; faites-vous saigner. » Lord Londonderry sortit et alla acheter le canif avec lequel il se coupa la gorge.

Le 13 août, je continuai mes dires à M. de Montmorency.

« On a envoyé des courriers de toutes parts, aux eaux, aux bains de mer, dans les châteaux, pour chercher les ministres absents. Au moment où l'accident est arrivé, aucun d'eux n'était à Londres. On les attend aujourd'hui ou demain ; ils tiendront un conseil, mais ils ne pourront rien décider, car, en dernier résultat, c'est le roi qui leur nommera un collègue, et le roi est à Édimbourg. Il est probable que Sa Majesté britannique ne se pressera pas de faire un choix au milieu des fêtes. La mort du marquis de Londonderry est funeste à l'Angleterre : il n'était pas aimé, mais il était craint ; les radicaux le détestaient, mais ils avaient peur de lui. Singulièrement brave, il imposait à l'opposition qui n'osait pas trop l'insulter à la tribune et dans les journaux. Son imperturbable sang-froid, son indifférence profonde pour les hommes et pour les choses, son instinct de despotisme et son mépris secret pour les libertés constitutionnelles, en faisaient un ministre propre à lutter avec succès contre les penchants du siècle. Ses défauts devenaient des qualités à une époque où l'exagération et la démocratie menacent le monde.

« J'ai l'honneur, etc. »

« Londres, le 15 août 1822.

« Monsieur le vicomte,
« Les renseignements ultérieurs ont confirmé ce que j'ai eu l'honneur de vous dire sur la mort du marquis de Londonderry, dans ma dépêche ordinaire d'avant-hier, n° 49. Seulement, l'instrument fatal avec lequel l'infor-

tuné ministre s'est coupé la veine jugulaire est un canif, et non pas un rasoir comme je vous l'avais mandé. Le rapport du *coroner*, que vous lirez dans les journaux, vous instruira de tout. Cette enquête, faite sur le cadavre du premier ministre de la Grande-Bretagne, comme sur le corps d'un meurtrier, ajoute encore quelque chose de plus affreux à cet événement.

« Vous savez sans doute à présent, monsieur le vicomte, que lord Londonderry avait donné des preuves d'aliénation mentale quelques jours avant son suicide, et que le roi même s'en était aperçu. Une petite circonstance à laquelle je n'avais pas fait attention, mais qui m'est revenue en mémoire depuis la catastrophe, mérite d'être racontée. J'étais allé voir le marquis de Londonderry, il y a douze ou quinze jours. Contre son usage et les usages du pays, il me reçut avec familiarité dans son cabinet de toilette. Il allait se raser, et il me fit en riant d'un rire à demi sardonique l'éloge des rasoirs anglais. Je le complimentai sur la clôture prochaine de la session. Oui, dit-il, il faut que cela finisse ou que je finisse[1].

« J'ai l'honneur, etc. »

Tout ce que les radicaux d'Angleterre et les libéraux de France ont raconté de la mort de lord Londonderry, à savoir : qu'il s'était tué par désespoir politique, sentant que les principes opposés aux siens allaient triompher, est une pure fable inventée par l'imagination des uns, l'esprit de parti et la niaiserie des autres. Lord Londonderry n'était pas un homme à se repentir d'avoir péché contre l'humanité, dont il ne se souciait guère, ni envers les lumières du siècle, pour lesquelles il avait un profond mépris : la folie était entrée par les femmes dans la famille Castlereagh[2].

---

1. La suite de la dépêche originale comporte un jugement politique sur le défunt (*Correspondance*, t. V, p. 245-246).   2. En réalité, Castlereagh avait été la victime de maîtres chanteurs qui avaient réussi à le surprendre dans une situation compromettante avec un jeune travesti. Il vivait depuis dans la hantise de révélations éventuelles. Sur ces entrefaites éclata une affaire de mœurs où se trouvaient mis en cause un évêque et un grenadier de la garde, et qui acheva de lui faire perdre la

Il fut décidé que le duc de Wellington, accompagné de lord Clamwilliam, prendrait la place de lord Londonderry au Congrès. Les instructions officielles se réduisaient à ceci : oublier entièrement l'Italie, ne se mêler en rien des affaires d'Espagne, négocier pour celles de l'Orient en maintenant la paix sans accroître l'influence de la Russie. Les chances étaient toujours pour M. Canning, et le portefeuille des affaires étrangères était confié par *intérim* à lord Bathurst, ministre des colonies.

J'assistai aux funérailles de lord Londonderry, à Westminster, le 20 août. Le duc de Wellington paraissait ému ; lord Liverpool était obligé de se couvrir le visage de son chapeau pour cacher ses larmes. On entendit au dehors quelques cris d'insulte et de joie lorsque le corps entra dans l'église : Colbert et Louis XIV furent-ils plus respectés ? Les vivants ne peuvent rien apprendre aux morts ; les morts, au contraire, instruisent les vivants.

(10)

Nouvelle lettre de M. de Montmorency. — Voyage à Hartwell. — Billet de M. de Villèle m'annonçant ma nomination au congrès.

LETTRE DE M. DE MONTMORENCY.

« Paris, ce 17 août.

« Quoiqu'il n'y ait pas de dépêches bien importantes à confier à votre fidèle Hyacinthe [1], je veux cependant le faire repartir, noble vicomte, d'après votre propre désir et

---

raison. Sur cette ténébreuse affaire, voir Jean Duhamel, « Le secret du marquis de Londonderry », *Revue de Paris*, août 1963, p. 83-90.

1. Voir *supra*, p. 86, note 2. Chateaubriand avait envoyé son secrétaire à Paris pour sonder les intentions du gouvernement. Mais Pilorge était revenu à Londres le 21 août sans rapporter de réponse décisive.

celui qu'il m'a exprimé, de la part de madame de Chateaubriand, de le voir promptement retourner auprès de vous. J'en profiterai pour vous adresser quelques mots plus confidentiels sur la profonde impression que nous avons reçue, comme à Londres, de cette terrible mort du marquis de Londonderry, et aussi, par la même occasion, sur une affaire à laquelle vous semblez mettre un intérêt bien exagéré et bien exclusif. Le conseil du Roi en a profité et a fixé à ces jours-ci, immédiatement après la clôture qui a eu lieu ce matin même, la discussion des directions principales à arrêter, des instructions à donner, de même des personnes à choisir : la première question est de savoir si elles seront une ou plusieurs. Vous avez exprimé quelque part, ce me semble, de l'étonnement que l'on pût songer à...[1], non pas à vous préférer à lui, vous savez très bien qu'il ne peut pas être sur la même ligne pour nous. Si, après le plus mûr examen, nous ne croyions pas possible de mettre à profit la bonne volonté que vous nous avez montrée très franchement à cet égard, il faudrait sans doute pour nous déterminer de graves motifs que je vous communiquerais avec la même franchise : l'ajournement est plutôt favorable à votre désir, en ce sens qu'il serait tout à fait inconvenable, et pour vous et pour nous, que vous quittassiez Londres d'ici à quelques semaines et avant la décision ministérielle qui ne laisse pas d'occuper tous les cabinets. Cela frappe tellement tout le monde que quelques amis me disaient l'autre jour : Si M. de Chateaubriand était venu tout de suite à Paris, il aurait été assez contrariant pour lui d'être obligé de repartir pour Londres. Nous attendons donc cette nomination importante au retour d'Édimbourg. Le chevalier Stuart[2] disait hier que sûrement le duc de Wellington irait au Congrès ; c'est ce qu'il nous importe de savoir le plus tôt possible. M. Hyde de Neuville est arrivé hier bien por-

---

1. Allusion au marquis de Caraman (voir *infra*, p. 164).   **2.** Sir Charles Stuart, ambassadeur de Grande-Bretagne (voir *infra*, p. 520, note 4).

tant[1]. J'ai été charmé de le voir. Je vous renouvelle, noble vicomte, tous mes inviolables sentiments.

« Montmorency. »

Cette nouvelle lettre de M. de Montmorency, mêlée de quelques phrases ironiques, me confirma pleinement qu'il ne voulait pas de moi au Congrès[2].

Je donnai un dîner le jour de la Saint-Louis en l'honneur de Louis XVIII, et j'allai voir Hartwell en mémoire de l'exil de ce roi[3] ; je remplissais un devoir plutôt que je ne jouissais d'un plaisir. Les infortunes royales sont maintenant si communes qu'on ne s'intéresse guère aux lieux que n'ont point habités le génie ou la vertu. Je ne vis dans le triste petit parc d'Hartwell que la fille de Louis XVI.

Enfin, je reçus tout à coup de M. de Villèle ce billet inattendu qui faisait mentir mes prévisions et mettait fin à mes incertitudes :

« 27 août 1822.

« Mon cher Chateaubriand, il vient d'être arrêté qu'aussitôt que les convenances relatives au retour du Roi à Londres vous le permettront, vous serez autorisé à vous rendre à Paris, pour de là pousser jusqu'à Vienne ou jusqu'à Vérone comme un des trois plénipotentiaires chargés de représenter la France au Congrès. Les deux autres seront MM. de Caraman et de La Ferronnays ; ce qui n'empêche pas M. le vicomte de Montmorency de partir après-demain pour Vienne, afin d'y assister aux confé-

_____

1. Le baron Hyde de Neuville (voir t. II, p. 698, note 1) avait été nommé, en octobre 1820, ambassadeur au Brésil, auprès du roi du Portugal Jean VI. Il venait de regagner Paris, et se fera élire peu après député de la Nièvre, avant de repartir pour Lisbonne où il jouera un rôle contesté.   2. Cette lettre exaspéra Chateaubriand qui accepta la proposition que lui fit alors Marcellus de se rendre à son tour à Paris, pour annoncer la nomination du duc de Wellington comme plénipotentiaire anglais au congrès, et faire une ultime tentative auprès des ministres.   3. Le château de Hartwell, situé à une soixantaine de kilomètres de Londres, dans le comté de Buckingham, avait été la résidence de Louis XVIII de 1809 à 1814. Chateaubriand écrivit une relation de ce pèlerinage qu'il envoya au roi le 1er septembre (*Correspondance*, t. V, p. 277-279).

rences qui pourront avoir lieu dans cette ville avant le Congrès. Il devra revenir à Paris lors du départ des souverains pour Vérone.

« Ceci pour vous seul. Je suis heureux que cette affaire ait pris la tournure que vous désiriez ; de cœur tout à vous. »

D'après ce billet, je me préparai à partir.

(11)

Fin de la vieille Angleterre. – Charlotte. Réflexions. – Je quitte Londres.

Cette foudre qui tombe sans cesse à mes pieds me suivait partout. Avec lord Londonderry expira la vieille Angleterre, jusqu'alors se débattant au milieu des innovations croissantes. Survint M. Canning[1] : l'amour-propre l'emporta jusqu'à parler à la tribune la langue du propagandiste. Après lui parut le duc de Wellington, conservateur qui venait démolir : quand l'arrêt des sociétés est prononcé, la main qui devait élever ne sait qu'abattre. Lord Gray[2], O'Connell[3], tous ces ouvriers en ruines, travaillèrent successivement à la chute des vieilles institutions. Réforme parlementaire, émancipation de l'Irlande,

---

1. La nomination de Canning (voir t. I, p. 633, note 2) au ministère des Affaires étrangères ne fut rendue officielle que le 16 septembre 1822, après le départ de Chateaubriand. Canning conservera son poste jusqu'au mois de février 1827 : il succède alors à Lord Liverpool comme premier ministre, avant de mourir, le 8 août de la même année.   2. Après le ministère *tory* de Wellington (janvier 1828-1830), c'est un libéral modéré, Lord Grey (1764-1845), qui sera premier ministre jusqu'en 1834. Son nom demeure attaché à la réforme électorale de 1832, qu'il parviendra à faire voter avec le soutien du roi.   3. Daniel O'Connell (1775-1847), avocat, tribun hors de pair et *leader* charismatique des catholiques irlandais. Il lui fallut attendre 1830 pour être admis à la Chambre des communes, où il ne cessa de défendre les droits de ses compatriotes.

toutes choses excellentes en soi, devinrent, par l'insalu-
brité des temps, des causes de destruction. La peur accrut
les maux ; si l'on ne s'était pas si fort effrayé des
menaces, on eût pu résister avec un certain succès.

Qu'avait besoin l'Angleterre de consentir à nos derniers troubles ? Renfermée dans son île et dans ses inimitiés nationales, elle était à l'abri. Qu'avait besoin le
cabinet de Saint-James de redouter la séparation de l'Irlande ? L'Irlande n'est que la chaloupe de l'Angleterre :
coupez la corde, et la chaloupe, séparée du grand navire,
ira se perdre au milieu des flots. Lord Liverpool avait lui-
même de tristes pressentiments. Je dînais un jour chez
lui : après le repas nous causâmes à une fenêtre qui s'ouvrait sur la Tamise ; on apercevait en aval de la rivière
une partie de la cité dont le brouillard et la fumée élargis-
saient la masse. Je faisais à mon hôte l'éloge de la solidité
de cette monarchie anglaise pondérée par le balancement
égal de la liberté et du pouvoir. Le vénérable lord, levant
et allongeant le bras, me montra de la main la cité et me
dit : « Qu'y a-t-il de solide avec ces villes énormes ? Une
insurrection sérieuse à Londres, et tout est perdu. »

Il me semble que j'achève une course en Angleterre,
comme celle que je fis autrefois sur les débris d'Athènes,
de Jérusalem, de Memphis et de Carthage. En appelant
devant moi les siècles d'Albion, en passant de renommée
en renommée, en les voyant s'abîmer tour à tour,
j'éprouve une espèce de douloureux vertige. Que sont
devenus ces jours éclatants et tumultueux où vécurent
Shakespeare et Milton, Henri VIII et Élisabeth, Cromwell
et Guillaume, Pitt et Burke ? Tout cela est fini ; supério-
rités et médiocrités, haines et amours, félicités et misères,
oppresseurs et opprimés, bourreaux et victimes, rois et
peuples, tout dort dans le même silence et la même poussière. Quel néant sommes-nous donc, s'il en est ainsi de
la partie la plus vivante de l'espèce humaine, du génie
qui reste comme une ombre des vieux temps dans les
générations présentes, mais qui ne vit plus par lui-même,
et qui ignore s'il a jamais été !

Combien de fois l'Angleterre dans l'espace de
quelques cents ans, a-t-elle été détruite ! À travers

combien de révolutions n'a-t-elle point passé pour arriver au bord d'une révolution plus grande, plus profonde et qui enveloppera la postérité ! J'ai vu ces fameux parlements britanniques dans toute leur puissance : que deviendront-ils ? J'ai vu l'Angleterre dans ses anciennes mœurs et dans son ancienne prospérité : partout la petite église solitaire avec sa tour, le cimetière de campagne de Gray, partout des chemins étroits et sablés, des vallons remplis de vaches, des bruyères marbrées de moutons, des parcs, des châteaux, des villes : peu de grands bois, peu d'oiseaux, le vent de la mer. Ce n'étaient pas ces champs de l'Andalousie où je trouvais les vieux chrétiens et les jeunes amours parmi les débris voluptueux du palais des Mores au milieu des aloès et des palmiers.

> *Quid dignum memorare tuis, Hispania, terris*
> *Vox humana valet ?*

« Quelle voix humaine, ô Espagne ! est digne de remémorer tes rivages [1] ? »

Ce n'était pas là cette Campagne romaine dont le charme irrésistible me rappelle sans cesse ; ces flots et ce soleil n'étaient pas ceux qui baignent et éclairent le promontoire sur lequel Platon enseignait ses disciples [2], ce Sunium où j'entendis chanter le grillon demandant en vain à Minerve le foyer des prêtres de son temple [3] ; mais enfin, telle qu'elle était, cette Angleterre, entourée de ses navires, couverte de ses troupeaux et professant le culte de ses grands hommes, était charmante et redoutable.

Aujourd'hui ses vallées sont obscurcies par les fumées des forges et des usines, ses chemins changés en ornières de fer ; et sur ces chemins, au lieu de Milton et de Shakespeare, se meuvent des chaudières errantes. Déjà les pépinières de la science, Oxford et Cambridge, prennent un

---

1. Citation de Claudien, *Éloge de Serena*, vers 50. Derrière cette nièce de Théodose, née sur les bords du Tage, se profile le souvenir de Natalie de Noailles et du rendez-vous de Grenade.   **2.** Scène imaginaire du *Voyage du jeune Anacharsis*, que la gravure avait rendue populaire.   **3.** *Cf. Itinéraire*, p. 910. Longtemps attribué à Minerve-Suniade, le temple semble avoir été, en réalité, consacré à Neptune.

air désert : leurs collèges et leurs chapelles gothiques, demi-abandonnés, affligent les regards ; dans leurs cloîtres auprès des pierres sépulcrales du moyen âge, reposent oubliées les annales de marbre des anciens peuples de la Grèce ; ruines qui gardent des ruines.

À ces monuments autour desquels commençait à se former le vide, je laissais la partie des jours printaniers que j'avais retrouvée ; je me séparais une seconde fois de ma jeunesse, au même bord où je l'avais abandonnée autrefois : Charlotte avait tout à coup réapparu comme cet astre, la joie des ombres, qui, retardé par le cours des mois, se lèverait au milieu de la nuit. Si vous n'êtes pas trop las, cherchez au Livre X^e de ces *Mémoires* l'effet que produisit sur moi en 1822 la vision subite de cette femme[1]. Lorsqu'elle m'avait remarqué autrefois, je ne connaissais point ces autres Anglaises dont la troupe venait de m'environner à l'heure de mon renom et de ma puissance : leurs hommages ont eu la légèreté de ma fortune. Aujourd'hui, après seize nouvelles années évanouies depuis mon ambassade de Londres, après tant de nouvelles destructions, mes regards se reportent sur la fille du pays de Desdémone et de Juliette : elle ne compte plus dans ma mémoire que du jour où sa présence inattendue ralluma le flambeau de mes souvenirs. Nouvel Épiménide[2], réveillé après un long sommeil, j'attache mes regards sur un phare d'autant plus radieux que les autres sont éteints sur le rivage ; un seul excepté brillera longtemps après moi[3].

Je n'ai point achevé tout ce qui concerne Charlotte dans les livres précédents de ces *Mémoires* : elle vint avec une partie de sa famille me voir en France, lorsque j'étais ministre en 1823. Par une de ces misères inexplicables de l'homme, préoccupé que j'étais d'une guerre d'où dépendait le sort de la monarchie française, quelque chose sans doute aura manqué à ma voix, puisque Charlotte, retour-

---

1. Voir t. I, p. 667-670.   2. Législateur crétois qui, selon la légende, aurait dormi cinquante ans dans une caverne : au réveil, il trouva le monde changé. *Cf.* la pièce de Flins mentionnée au livre IX (t. I, p. 552-553).   3. Juliette Récamier : un hommage analogue figure au chap. 9 du livre X (t. I, p. 663).

nant en Angleterre, me laissa une lettre dans laquelle elle se montre blessée de la froideur de ma réception[1]. Je n'ai osé ni lui écrire ni lui renvoyer des fragments littéraires qu'elle m'avait rendus et que j'avais promis de lui remettre augmentés. S'il était vrai qu'elle eût une raison véritable de se plaindre, je jetterais au feu ce que j'ai raconté de mon premier séjour outre-mer.

Souvent il m'est venu en pensée d'aller éclaircir mes doutes ; mais pourrais-je retourner en Angleterre, moi qui suis assez faible pour n'oser visiter le rocher paternel sur lequel j'ai marqué ma tombe ? J'ai peur maintenant des sensations : le temps, en m'enlevant mes jeunes années, m'a rendu semblable à ces soldats dont les membres sont restés sur le champ de bataille ; mon sang, ayant un chemin moins long à parcourir, se précipite dans mon cœur avec une affluence si rapide que ce vieil organe de mes plaisirs et de mes douleurs palpite comme prêt à se briser. Le désir de brûler ce qui regarde Charlotte, bien qu'elle soit traitée avec un respect religieux, se mêle chez moi à l'envie de détruire ces *Mémoires* : s'ils m'appartenaient encore, ou si je pouvais les racheter, je succomberais à la tentation. J'ai un tel dégoût de tout, un tel mépris pour le présent et pour l'avenir immédiat, une si ferme persuasion que les hommes désormais, pris ensemble comme public (et cela pour plusieurs siècles), seront pitoyables, que je rougis d'user mes derniers moments au récit des choses passées, à la peinture d'un monde fini dont on ne comprendra plus le langage et le nom.

L'homme est aussi trompé par la réussite de ses vœux que par leur désappointement ; j'avais désiré, contre mon instinct naturel, aller au Congrès ; profitant d'une prévention à M. de Villèle, je l'avais amené à forcer la main de M. de Montmorency. Eh bien ! mon vrai penchant n'était pas pour ce que j'avais obtenu ; j'aurais eu sans doute quelque dépit si l'on m'eût contraint de rester en Angle-

---

1. Après le retour de Chateaubriand à Paris, ses relations avec Charlotte se poursuivirent en effet, de manière épisodique, jusqu'à une dernière lettre datée du 14 juin 1825 où celle-ci lui adresse un dernier adieu, non sans exprimer une discrète amertume.

terre ; mais bientôt l'idée d'aller voir madame Sutton, de faire le voyage des trois royaumes, l'eût emporté sur le mouvement d'une ambition postiche qui n'adhère point à ma nature. Dieu en ordonna autrement et je partis pour Vérone : de là le changement de ma vie, de là mon ministère, la guerre d'Espagne, mon triomphe, ma chute, bientôt suivie de celle de la monarchie.

Un des deux beaux enfants pour lesquels Charlotte m'avait prié de m'intéresser en 1822 vient de venir me voir à Paris ; c'est aujourd'hui le capitaine Sutton ; il est marié à une jeune femme charmante, et il m'a appris que sa mère, très malade, a passé dernièrement un hiver à Londres.

Je m'embarquai à Douvres le 8 de septembre 1822, dans le même port d'où, vingt-deux ans auparavant, M. *Lassagne*, le Neuchâtelois, avait fait voile. De ce premier départ au moment où je tiens la plume, trente-neuf années sont accomplies. Lorsqu'on regarde ou qu'on écoute sa vie passée, on croit voir sur une mer déserte la trace d'un vaisseau qui a disparu ; on croit entendre les glas d'une cloche dont on n'aperçoit point la vieille tour.

LIVRE VINGT-HUITIÈME

ANNÉES 1824, 1825, 1826 ET 1827

Revu en décembre 1846.

(1)

DÉLIVRANCE DU ROI D'ESPAGNE. — MA DESTITUTION.

Ici vient se placer dans l'ordre des dates le *Congrès de Vérone* que j'ai publié en deux volumes à part[1]. Si on avait par hasard envie de le relire, on peut le trouver partout. Ma guerre d'Espagne, le grand événement politique de ma vie, était une gigantesque entreprise. La légitimité allait pour la première fois brûler de la poudre sous le drapeau blanc, tirer son premier coup de canon après ces coups de canon de l'Empire qu'entendra la dernière postérité. Enjamber d'un pas les Espagnes, réussir sur le même sol où naguère les armées de l'homme fastique[2] avaient eu des revers, faire en six mois ce qu'il n'avait

---

1. *Congrès de Vérone. Guerre d'Espagne. Négociations. Colonies espagnoles*, Paris, Delloye et Leipsig, Brockhaus et Avenrius, 1838. Sur les circonstances de cette publication anticipée, voir la notice de ce volume, p. 4-5.   2. Voir *infra*, p. 546.

pu faire en sept ans, qui aurait pu prétendre à ce prodige ?
C'est pourtant ce que j'ai fait ; mais par combien de malédictions ma tête a été frappée à la table de jeu où la Restauration m'avait assis ! J'avais devant moi une France
ennemie des Bourbons et deux grands ministres étrangers,
le prince de Metternich et M. Canning. Il ne se passait
pas de jour que je ne reçusse des lettres qui m'annonçaient une catastrophe, car la guerre avec l'Espagne
n'était pas du tout populaire, ni en France, ni en Europe.
En effet, quelque temps après mes succès dans la Péninsule, ma chute ne tarda pas à arriver.

Dans notre ardeur après la dépêche télégraphique qui
annonçait la délivrance du roi d'Espagne[1], nous autres
ministres nous courûmes au château. Là j'eus un pressentiment de ma chute : je reçus sur la tête un seau d'eau
froide qui me fit rentrer dans l'humilité de mes habitudes.
Le Roi et Monsieur ne nous aperçurent point. Madame la
duchesse d'Angoulême, éperdue du triomphe de son mari,
ne distinguait personne. Cette victime immortelle écrivit
sur la délivrance de Ferdinand une lettre terminée par
cette exclamation sublime dans la bouche de la fille de
Louis XVI : « Il est donc prouvé qu'on peut sauver un
roi malheureux ! »

Le dimanche, je retournai avant le conseil faire ma cour
à la famille royale ; l'auguste princesse dit à chacun de
mes collègues un mot obligeant : elle ne m'adressa pas
une parole. Je ne méritais pas sans doute un tel honneur.
Le silence de l'orpheline du Temple ne peut jamais être
ingrat : le Ciel a droit aux adorations de la terre et ne doit
rien à personne.

Je traînai ensuite jusqu'à la Pentecôte ; pourtant mes
amis n'étaient pas sans inquiétude ; ils me disaient souvent : « Vous serez renvoyé demain. – Tout à l'heure si
l'on veut, répondais-je[2]. » Le jour de la Pentecôte, 6 juin

___

1. Elle est datée de « Port Sainte-Marie, 1ᵉʳ octobre 1823 ».
2. Chateaubriand garde le silence sur les raisons de cette disgrâce : il
avait refusé de défendre, à la tribune de la Chambre des pairs, un projet
de conversion des rentes proposé par Villèle, mais auquel il était hostile. Le texte fut rejeté au Luxembourg, le jeudi 3 juin, par cent vingt
voix contre cent cinq, après une intervention de Mgr de Quélen, arche-

1824, j'étais arrivé dans les premiers salons de Monsieur[1] : un huissier vint me dire qu'on me demandait. C'était Hyacinthe, mon secrétaire. Il m'annonça en me voyant que je n'étais plus ministre. J'ouvris le paquet qu'il me présentait ; j'y trouvai ce billet de M. de Villèle :

« Monsieur le vicomte,

« J'obéis aux ordres du Roi en transmettant de suite à Votre Excellence une ordonnance que Sa Majesté vient de rendre.

« Le sieur comte de Villèle, président de notre conseil des ministres, est chargé par intérim du portefeuille des affaires étrangères, en remplacement du sieur vicomte de Chateaubriand. »

Cette ordonnance était écrite de la main de M. de Rainneville[2], assez bon pour en être encore embarrassé devant moi. Eh ! mon Dieu ! est-ce que je connais M. de Rainneville ? Est-ce que j'ai jamais songé à lui ? Je le rencontre assez souvent. S'est-il jamais aperçu que je savais que l'ordonnance qui m'avait rayé de la liste des ministres était écrite de sa main ?

Et pourtant qu'avais-je fait ? Où étaient mes intrigues et mon ambition ? Avais-je désiré la place de M. de Villèle en allant seul et caché me promener au fond du bois de Boulogne ? Ce fut cette vie étrange qui me perdit. J'avais la simplicité de rester tel que le ciel m'avait fait, et, parce que je n'avais envie de rien, on crut que je voulais tout. Aujourd'hui, je conçois très bien que ma vie à part était une grande faute. Comment ! vous ne voulez rien être ! Allez-vous-en ! Nous ne voulons pas qu'un

---

vêque de Paris qui décida du vote contre. Villèle préféra néanmoins rendre son collègue des Affaires étrangères responsable de ce rejet alors que celui-ci avait voté pour, par solidarité ministérielle. Ce fut en réalité Louis XVIII qui, exaspéré par cette « trahison », aurait exigé le renvoi de Chateaubriand.

1. Selon le témoignage de Ferdinand de Bertier, un familier du prince, dans ses *Souvenirs* (Tallandier, 1993, p. 168-171), le frère du roi désapprouva la forme brutale prise par ce renvoi.   2. Le vicomte de Raineville (1798-1864), alors secrétaire général du ministère des Finances et collaborateur de Villèle.

homme méprise ce que nous adorons, et qu'il se croie en droit d'insulter à la médiocrité de notre vie.

Les embarras de la richesse et les inconvénients de la misère me suivirent dans mon logement de la rue de l'Université[1] : le jour de mon congé, j'avais au ministère un immense dîner prié ; il me fallut envoyer des excuses aux convives, et faire replier dans ma petite cuisine à deux maîtres trois grands services préparés pour quarante personnes. Montmirel[2] et ses aides se mirent à l'ouvrage, et, nichant casseroles, lèchefrites et bassines dans tous les coins, il mit son chef-d'œuvre réchauffé à l'abri. Un vieil ami[3] vint partager mon premier repas de matelot mis à terre. La ville et la cour accoururent, car il n'y eut qu'un cri sur l'outrecuidance de mon renvoi après le service que je venais de rendre ; on était persuadé que ma disgrâce serait de courte durée ; on se donnait l'air de l'indépendance en consolant un malheur de quelques jours, au bout desquels on rappellerait fructueusement à l'infortuné revenu en puissance qu'on ne l'avait point abandonné.

On se trompait ; on en fut pour les frais de courage : on avait compté sur ma platitude, sur mes pleurnicheries, sur mon ambition de chien couchant, sur mon empressement à me déclarer moi-même coupable, à faire le pied de grue auprès de ceux qui m'avaient chassé : c'était mal me connaître. Je me retirai sans réclamer même le traitement qui m'était dû, sans recevoir ni une faveur ni une

---

1. Au début de 1822, les Chateaubriand avaient pris, au n° 18, un « modeste logement » destiné à leur servir de domicile privé, et où ils demeurèrent jusqu'en octobre 1824. Mais, au cours de cette période, Chateaubriand résida principalement au ministère des Affaires étrangères, installé depuis 1821 (et jusqu'en 1853) dans un bel hôtel du XVIIIe siècle qui ouvrait au n° 24 de la rue des Capucines. Avec son jardin et ses dépendances, il occupait à peu près le triangle aujourd'hui formé par la rue des Capucines, le boulevard et la rue Volney.   **2.** Le cuisinier que Chateaubriand avait engagé pour son ambassade de Londres demeura à son service lorsqu'il fut ministre. Il passe pour avoir inventé ce qu'on appelle encore aujourd'hui soit le « Chateaubriand » (du nom de son maître), soit le « Châteaubriant » (du nom de sa ville natale).   **3.** Clausel de Coussergues.

obole de la cour[1] ; je fermai ma porte à quiconque m'avait trahi ; je refusai la foule condoléante et je pris les armes. Alors tout se dispersa ; le blâme universel éclata, et ma partie, qui d'abord avait semblé belle aux salons et aux antichambres, parut effroyable.

Après mon renvoi, n'eussé-je pas mieux fait de me taire ? La brutalité du procédé ne m'avait-elle pas fait revenir le public ? M. de Villèle a répété que la lettre de destitution avait été retardée ; par ce hasard, elle avait eu le malheur de ne m'être rendue qu'au château ; peut-être en fut-il ainsi ; mais, quand on joue, on doit calculer les chances de la partie ; on doit surtout ne pas écrire à un ami de quelque valeur une lettre telle qu'on rougirait d'en adresser une semblable au valet coupable qu'on jetterait sur le pavé, sans convenances et sans remords. L'irritation du parti Villèle était d'autant plus grande contre moi, qu'il voulait s'approprier mon ouvrage, et que j'avais montré de l'entente dans des matières qu'on m'avait supposé ignorer.

Sans doute, avec du silence et de la modération (comme on disait), j'aurais été loué de la race en adoration perpétuelle du portefeuille ; en faisant pénitence de mon innocence, j'aurais préparé ma rentrée au conseil. C'eût été mieux dans l'ordre commun ; mais c'était me prendre pour l'homme que point ne suis ; c'était me supposer le désir de ressaisir le timon de l'État, l'envie de faire mon chemin ; désir et envie qui dans cent mille ans ne m'arriveraient pas.

L'idée que j'avais du gouvernement représentatif me conduisit à entrer dans l'opposition ; l'opposition systé-

---

1. Citons encore le témoignage de F. de Bertier (*Souvenirs*, p. 171) : « Pendant son court passage au ministère [...], trop peu rétribué à mon avis, il avait contracté soixante mille francs de dettes pour faire convenablement les honneurs de la France aux étrangers et au corps diplomatique. En entrant au ministère, il avait renoncé au traitement de vingt mille francs qu'il recevait en qualité de ministre d'État. À sa sortie [...], il crut pouvoir réclamer le rétablissement de cet émolument. M. de Villèle [...] répondit que le traitement ne serait accordé que si M. de Chateaubriand le sollicitait de lui, en lui adressant la demande, basse condition que M. de Chateaubriand ne pouvait accepter. »

matique me semble la seule propre à ce gouvernement ;
l'opposition surnommée de *conscience* est impuissante.
La conscience peut arbitrer un fait *moral*, elle ne juge
point d'un fait *intellectuel*. Force est de se ranger sous un
chef, appréciateur des bonnes et des mauvaises lois. N'en
est-il ainsi, alors tel député prend sa bêtise pour sa
conscience et la met dans l'urne. L'opposition dite de
conscience consiste à flotter entre les partis, à ronger son
frein, à voter même, selon l'occurrence, pour le ministère,
à se faire magnanime en enrageant ; opposition d'imbécil-
lités mutines chez les soldats, de capitulations ambitieuses parmi les chefs. Tant que l'Angleterre a été saine,
elle n'a jamais eu qu'une opposition systématique : on
entrait et l'on sortait avec ses amis ; en quittant le portefeuille on se plaçait sur le banc des attaquants. Comme
on était censé s'être retiré pour n'avoir pas voulu accepter
un système, ce système étant resté près de la couronne
devait être nécessairement combattu. Or, les hommes ne
représentent que des principes, l'opposition systématique
ne voulait emporter que les *principes*, lorsqu'elle livrait
l'assaut aux *hommes*.

(2)

L'OPPOSITION ME SUIT.

Ma chute fit grand bruit : ceux qui se montraient les
plus satisfaits en blâmaient la forme. J'ai appris depuis
que M. de Villèle hésita ; M. de Corbière décida la question : « S'il rentre par une porte au conseil », dut-il dire,
« je sors par l'autre [1]. » On me laissa sortir : il était tout
simple qu'on me préférât M. de Corbière. Je ne lui en

---

1. Dans une note (avril 1850) de ses *Souvenirs* inédits (*Bulletin*,
p. 27-28), Corbière a démenti avoir tenu un aussi « étrange propos »,
que, de leur côté, les *Mémoires* de Villèle attribuent au baron de
Damas, ministre de la Guerre. Corbière revendique en revanche sa part
de responsabilité dans la disgrâce de Chateaubriand.

veux pas : je l'importunais, il m'a fait chasser : il a bien fait.

Le lendemain de mon renvoi et les jours suivants, on lut dans le *Journal des Débats* ces paroles si honorables pour MM. Bertin :

« C'est pour la seconde fois que M. de Chateaubriand subit l'épreuve d'une destitution solennelle.

« Il fut destitué en 1816, comme ministre d'État, pour avoir attaqué, dans son immortel ouvrage de *la Monarchie selon la Charte*, la fameuse ordonnance du 5 septembre, qui prononçait la dissolution de la Chambre introuvable de 1815. MM. de Villèle et Corbière étaient alors de simples députés, chefs de l'opposition royaliste, et c'est pour avoir embrassé leur défense que M. de Chateaubriand devint la victime de la colère ministérielle.

« En 1824, M. de Chateaubriand est encore destitué, et c'est par MM. de Villèle et Corbière, devenus ministres, qu'il est sacrifié. Chose singulière ! en 1816, il fut puni d'avoir parlé ; en 1824, on le punit de s'être tu ; son crime est d'avoir gardé le silence dans la discussion sur la loi des rentes. Toutes les disgrâces ne sont pas des malheurs ; l'opinion publique, juge suprême, nous apprendra dans quelle classe il faut placer celle de M. de Chateaubriand ; elle nous apprendra aussi à qui l'ordonnance de ce jour aura été le plus fatale, ou du vainqueur ou du vaincu.

« Qui nous eût dit, à l'ouverture de la session, que nous gâterions ainsi tous les résultats de l'entreprise d'Espagne ? Que nous fallait-il cette année ? Rien que la loi sur la septennalité (mais la loi complète) et le budget[1]. Les affaires de l'Espagne, de l'Orient et des Amériques, conduites comme elles l'étaient, prudemment et en silence, seraient éclaircies ; le plus bel avenir était devant

---

1. La Chambre des députés avait été dissoute le 24 décembre 1823. Les élections générales qui avaient suivi, les 26 février et 6 mars 1824, avaient entraîné la déconfiture du parti libéral. La « Chambre retrouvée », selon le mot de Louis XVIII, se hâta de voter une nouvelle loi électorale qui supprimait le renouvellement annuel par cinquième (article 37 de la Charte) et prolongeait à sept ans la durée du mandat parlementaire.

nous ; on a voulu cueillir un fruit vert ; il n'est pas tombé, et on a cru remédier à de la précipitation par de la violence.

« La colère et l'envie sont de mauvais conseillers ; ce n'est pas avec les passions et en marchant par saccades que l'on conduit les États.

« *P.-S.* La loi sur la septennalité a passé, ce soir, à la Chambre des députés. On peut dire que les doctrines de M. de Chateaubriand triomphent après sa sortie du ministère. Cette loi, qu'il avait conçue depuis longtemps, comme complément de nos institutions, marquera à jamais, avec la guerre d'Espagne, son passage dans les affaires. On regrette bien vivement que M. de Corbière ait enlevé la parole, samedi, à celui qui était alors son illustre collègue[1]. La Chambre des pairs aurait au moins entendu le chant du cygne.

« Quant à nous, c'est avec le plus vif regret que nous rentrons dans une carrière de combats, dont nous espérions être à jamais sortis par l'union des royalistes ; mais l'honneur, la fidélité politique, le bien de la France, ne nous ont pas permis d'hésiter sur le parti que nous devions prendre[2]. »

Le signal de la réaction fut ainsi donné. M. de Villèle n'en fut pas d'abord trop alarmé ; il ignorait la force des opinions. Plusieurs années furent nécessaires pour l'abattre, mais enfin il tomba.

---

1. Au terme du débat, le samedi 5 juin, Chateaubriand avait été empêché de parler par une manœuvre de Corbière : s'il était favorable au projet de septennalité, il le jugeait insuffisant (voir *infra*, p. 166, note 1).　　2. Parmi les témoignages de sympathie alors reçus par Chateaubriand, une ode de Victor Hugo, dont le manuscrit est daté du 7 juin 1824, et qui sera recueillie dans *Odes et Ballades* (novembre 1826).

(3)

Derniers billets diplomatiques.

Je reçus du président du conseil une lettre qui réglait tout, et qui prouvait, à ma grande simplicité, que je n'avais rien pris de ce qui rend un homme respecté et respectable :

« Paris, 16 juin 1824.

« Monsieur le vicomte,

« Je me suis empressé de soumettre à Sa Majesté l'ordonnance par laquelle il vous est accordé décharge pleine et entière des sommes que vous avez reçues du trésor royal, pour dépenses secrètes, pendant tout le temps de votre ministère.

« Le Roi a approuvé toutes les dispositions de cette ordonnance que j'ai l'honneur de vous transmettre ci-jointe en original.

« Agréez, monsieur le vicomte, etc. »

Mes amis et moi, nous expédiâmes une prompte correspondance :

M. DE CHATEAUBRIAND À M. DE TALARU [1].

« Paris, 9 juin 1824.

« Je ne suis plus ministre, mon cher ami ; on prétend que vous l'êtes. Quand je vous obtins l'ambassade de Madrid, je dis à plusieurs personnes qui s'en souviennent encore : "Je viens de nommer mon successeur." Je désire avoir été prophète. C'est M. de Villèle qui a le portefeuille par intérim.

« CHATEAUBRIAND. »

---

1. Le marquis de Talaru (1769-1850), membre de la Chambre des pairs depuis 1815, avait été nommé ambassadeur à Madrid en 1823.

M. DE CHATEAUBRIAND À M. DE RAYNEVAL [1].

« Paris, le 16 juin 1824.

« J'ai fini, monsieur ; j'espère que vous en avez encore pour longtemps. J'ai tâché que vous n'eussiez pas à vous plaindre de moi.

« Il est possible que je me retire à Neuchâtel, en Suisse ; si cela arrive, demandez pour moi d'avance à Sa Majesté prussienne sa protection et ses bontés ; offrez mon hommage au comte de Bernstorff, mes amitiés à M. Ancillon, et mes compliments à tous vos secrétaires. Vous, monsieur, je vous prie de croire à mon dévouement et à mon attachement très sincère.

« CHATEAUBRIAND. »

M. DE CHATEAUBRIAND À M. DE CARAMAN [2].

« Paris, 22 juin 1824.

« J'ai reçu, monsieur le marquis, vos lettres du 11 de ce mois. D'autres que moi vous apprendront la route que vous aurez à suivre désormais ; si elle est conforme à ce que vous avez entendu, elle vous mènera loin. Il est probable que ma destitution fera grand plaisir à M. de Metternich pendant une quinzaine de jours.

« Recevez, monsieur le marquis, mes adieux et la nouvelle assurance de mon dévouement et de ma haute considération.

« CHATEAUBRIAND. »

---

1. Le comte de Rayneval (1778-1836) fut un diplomate de carrière. Secrétaire général du ministère en 1816, puis sous-secrétaire d'État dans le second ministère Richelieu (1820-1821), il avait succédé à Chateaubriand comme ambassadeur à Berlin. 2. Victor-Louis-Charles Riquet de Caraman (1762-1839) avait, dans sa jeunesse, séjourné en Allemagne et visité la Turquie, la Russie et la Suède. Émigré, il se lia avec le duc de Richelieu, et se chargea de plusieurs missions pour le compte de Louis XVIII. Envoyé comme ministre de France à Berlin en 1814, il fut élevé à la pairie en août 1815 avec le titre de marquis. Richelieu le nomma peu après ambassadeur à Vienne où il resta jusqu'en 1828. Alors remplacé par le duc de Laval, il reçut en compensation le titre de duc.

M. DE CHATEAUBRIAND À M. HYDE DE NEUVILLE [1].

« Paris, le 22 juin 1824.

« Vous aurez sans doute appris ma destitution. Il ne me reste qu'à vous dire combien j'étais heureux d'avoir avec vous des relations que l'on vient de briser. Continuez, monsieur et ancien ami, à rendre des services à votre pays, mais ne comptez pas trop sur la reconnaissance, et ne croyez pas que vos succès soient une raison pour vous maintenir au poste où vous faites tant d'honneur.

« Je vous souhaite, monsieur, tout le bonheur que vous méritez, et je vous embrasse.

« *P.-S.* Je reçois à l'instant votre lettre du 5 de ce mois, où vous m'appreniez l'arrivée de M. de Mérona. Je vous remercie de votre bonne amitié ; soyez sûr que je n'ai cherché que cela dans vos lettres.

« CHATEAUBRIAND. »

M. DE CHATEAUBRIAND À M. LE COMTE DE SERRE [2].

« Paris, le 23 juin 1824,

« Ma destitution vous aura prouvé, monsieur le comte, mon impuissance à vous servir ; il ne me reste qu'à faire

---

1. Ambassadeur à Lisbonne depuis le mois de juillet 1823, le baron Hyde de Neuville se fera le défenseur de la légitimité de Jean VI contre les tentatives de prise du pouvoir de son fils dom Miguel. Il alla jusqu'à proposer au roi de faire intervenir les troupes françaises qui se trouvaient en Espagne : c'est alors que Canning exigea son rappel (décembre 1824).   **2.** Le comte Hercule de Serre (1776-1824), ancien officier émigré, ancien magistrat, avait été en 1814 nommé premier président de la cour royale de Colmar, puis élu député du Haut-Rhin en août 1815. Ce doctrinaire modéré avait présidé la Chambre des députés, avant de devenir garde des Sceaux dans le ministère Decazes, puis dans le second ministère Richelieu (1819-1821). À ce titre, il fit voter une loi assez libérale sur le régime de la presse, ainsi que la loi électorale dite du « double vote » (1820). Ayant refusé de conserver son portefeuille dans le ministère Villèle, il avait été nommé ambassadeur à Naples, le 10 janvier 1822, malgré une santé fragile.

des souhaits pour vous voir où vos talents vous appellent. Je me retire, heureux d'avoir contribué à rendre à la France son indépendance militaire et politique, et d'avoir introduit la septennalité dans son système électoral ; elle n'est pas telle que je l'aurais voulue ; le changement d'âge en était une conséquence nécessaire[1] ; mais enfin le principe est posé ; le temps fera le reste, si toutefois il ne défait pas. J'ose me flatter, monsieur le comte, que vous n'avez pas eu à vous plaindre de nos relations ; et moi je me féliciterai toujours d'avoir rencontré dans les affaires un homme de votre mérite.

« Recevez, avec mes adieux, etc.

« CHATEAUBRIAND. »

M. DE CHATEAUBRIAND À M. DE LA FERRONNAYS[2].

« Paris, le 16 juin 1824.

« Si par hasard vous étiez encore à Saint-Pétersbourg, monsieur le comte, je ne veux pas terminer notre correspondance sans vous dire toute l'estime et toute l'amitié que vous m'avez inspirées : portez-vous bien ; soyez plus heureux que moi, et croyez que vous me retrouverez dans toutes les circonstances de la vie. J'écris un mot à l'empereur.

« CHATEAUBRIAND. »

---

1. Chateaubriand aurait souhaité que la mesure fût accompagnée du rétablissement de la disposition prise au mois de juillet 1815 (et annulée en septembre 1816) qui fixait à vingt-cinq ans la condition requise pour être éligible (au lieu des quarante exigés par la Charte).
2. Pierre-Louis-Auguste Ferron, comte de La Ferronays (1777-1842), né comme Chateaubriand à Saint-Malo, avait comme lui participé à la campagne de 1792, puis émigré en Angleterre, où il fut attaché, comme aide de camp, à la personne du duc de Berry. Il avait alors épousé Charlotte-Albertine de Montsoreau. De retour en France, nommé maréchal de camp (1814) et pair (août 1815), promu premier gentilhomme du duc de Berry, il se sépara de lui pour une histoire assez ridicule (voir Boigne, t. I, p. 453-455). Il fut alors nommé ministre à Copenhague (1817), puis ambassadeur à Saint-Pétersbourg (1819). Il acceptera, en 1828, le portefeuille des Affaires étrangères dans le ministère Martignac.

La réponse à cet adieu m'arriva dans les premiers jours d'août. M. de La Ferronnays avait consenti aux fonctions d'ambassadeur sous mon ministère ; plus tard je devins à mon tour ambassadeur sous le ministère de M. de La Ferronnays : ni l'un ni l'autre n'avons cru monter ou descendre. Compatriotes et amis, nous nous sommes rendu mutuellement justice. M. de La Ferronnays a supporté les plus rudes épreuves sans se plaindre ; il est resté fidèle à ses souffrances et à sa noble pauvreté. Après ma chute, il a agi pour moi à Pétersbourg comme j'aurais agi pour lui : un honnête homme est toujours sûr d'être compris d'un honnête homme. Je suis heureux de produire ce touchant témoignage du courage, de la loyauté et de l'élévation d'âme de M. de La Ferronnays. Au moment où je reçus ce billet, il me fut une compensation très supérieure aux faveurs capricieuses et banales de la fortune. Ici seulement, pour la première fois, je crois devoir violer le secret honorable que me recommandait l'amitié.

M. DE LA FERRONNAYS À M. DE CHATEAUBRIAND.

« Saint-Pétersbourg, le 4 juillet 1824.

« Le courrier russe arrivé avant-hier m'a remis votre petite lettre du 16 ; elle devient pour moi une des plus précieuses de toutes celles que j'ai eu le bonheur de recevoir de vous ; je la conserve comme un titre dont je m'honore, et j'ai la ferme espérance et l'intime conviction que bientôt je pourrai vous le présenter dans des circonstances moins tristes. J'imiterai, monsieur le vicomte, l'exemple que vous me donnez, et ne me permettrai aucune réflexion sur l'événement qui vient de rompre d'une manière si brusque et si peu attendue les rapports que le service établissait entre vous et moi ; la nature même de ces rapports, la confiance dont vous m'honoriez, enfin des considérations bien plus graves, puisqu'elles ne sont pas exclusivement personnelles, vous expliqueront assez les motifs et toute l'étendue de mes regrets. Ce qui vient de se passer reste encore pour moi entièrement inexplicable ; j'en ignore absolument les causes, mais j'en vois les effets ; ils étaient si faciles, si naturels à prévoir, que je suis étonné que l'on ait si peu craint de les braver. Je connais trop cependant la noblesse des sentiments qui vous animent, et la pureté de votre patriotisme, pour n'être pas bien sûr que vous approuverez la conduite que j'ai cru devoir suivre dans cette circonstance ; elle m'était commandée par mon devoir, par mon amour pour mon pays, et même par l'intérêt de votre gloire ; et vous êtes trop Français pour accepter, dans la situation où vous vous trouvez, la protection et l'appui des étrangers. Vous avez pour jamais acquis la confiance et l'estime de l'Europe ; mais c'est la France que vous servez, c'est à elle seule que vous appartenez ; elle peut être injuste ; mais ni vous ni vos véritables amis ne souffriront jamais que l'on rende votre cause moins pure et moins belle en confiant sa défense à des voix étrangères. J'ai donc fait taire toute espèce de sentiments et de considérations particulières devant l'intérêt général ; j'ai prévenu des démarches dont le premier effet devait être de susciter parmi nous des divisions dangereuses, et de porter atteinte à la dignité du trône. C'est le dernier service que j'aie rendu ici avant mon départ ; vous seul, monsieur le vicomte, en aurez la connaissance ; la confidence vous en était due, et je connais trop la noblesse de votre caractère pour n'être pas bien sûr que vous me garderez le secret, et que vous trouverez ma conduite, dans cette circonstance, conforme aux sentiments que vous avez le droit d'exiger de ceux que vous honorez de votre estime et de votre amitié.

« Adieu, monsieur le vicomte : si les rapports que j'ai eu le bonheur d'avoir avec vous ont pu vous donner une idée juste de mon caractère, vous devez savoir que ce ne sont point les changements de situation qui peuvent influencer mes sentiments, et vous ne douterez jamais de l'attachement et du dévouement de celui qui, dans les circonstances actuelles, s'estime le plus heureux des hommes d'être placé par l'opinion au nombre de vos amis. »

« LA FERRONNAYS. »

« MM. de Fontenay et de Pontcarré[1] sentent vivement le prix du souvenir que vous voulez bien leur conserver : témoins, ainsi que moi, de l'accroissement de considération que la France avait acquis depuis votre entrée au ministère, il est tout simple qu'ils partagent mes sentiments et mes regrets. »

(4)

NEUCHÂTEL EN SUISSE.

Je commençai le combat de ma nouvelle opposition immédiatement après ma chute ; mais il fut interrompu par la mort de Louis XVIII, et il ne reprit vivement qu'après le sacre de Charles X. Au mois de juillet, je rejoignis à Neuchâtel madame de Chateaubriand qui était allée m'y attendre[2]. Elle avait loué une cabane au bord du lac. La chaîne des Alpes se déroulait nord et sud à une grande distance devant nous ; nous étions adossés contre le Jura dont les flancs noircis de pins montaient à pic sur nos têtes. Le lac était désert ; une galerie de bois me servait de promenoir. Je me souvenais de milord Maréchal[3]. Quand je montais au sommet du Jura, j'apercevais le lac de Bienne aux brises et aux flots de qui J.-J. Rousseau

---

1. Premier et deuxième secrétaires à Pétersbourg. Le vicomte de Fontenay (1784-1855), après avoir été secrétaire à Florence et Naples (où il fut en 1820, le « maître en diplomatie » de Lamartine, et se fit apprécier lors des troubles révolutionnaires), avait été nommé premier secrétaire à Saint-Pétersbourg au mois de juin 1823. De 1827 à 1850, il représentera la France au Wurtemberg.   **2.** À la fin du mois de juillet 1824, Mme de Chateaubriand décida brusquement de fuir la capitale (et son mari) pour aller se fixer à Neuchâtel, où elle séjourna sans interruption du 1er août au 22 octobre. C'est pour obtenir son retour que Chateaubriand fut obligé de se rendre en Suisse.   **3.** George Keith, dixième comte de Marischal (1693-1778), appelé par Rousseau « Mylord Maréchal » (*Confessions*, livre XII), était gouverneur de la principauté de Neuchâtel, au nom du roi de Prusse, lorsque le philosophe genevois se réfugia dans le Val-de-Travers, à Môtiers (1762).

doit une de ses plus heureuses inspirations[1]. Madame de Chateaubriand alla visiter Fribourg et une maison de campagne que l'on nous avait dit charmante, et qu'elle trouva glacée, quoiqu'elle fût surnommée la *Petite Provence*. Un maigre chat noir, demi-sauvage, qui pêchait de petits poissons en plongeant sa patte dans un grand seau rempli de l'eau du lac, était toute ma distraction. Une vieille femme tranquille, qui tricotait toujours, faisait, sans bouger de sa chaise, notre festin dans une huguenote[2]. Je n'avais pas perdu l'habitude du repas du rat des champs.

Neuchâtel avait eu ses beaux jours ; il avait appartenu à la duchesse de Longueville ; J.-J. Rousseau s'était promené en habit d'Arménien sur ses monts, et madame de Charrière, si délicatement observée par M. de Sainte-Beuve[3], en avait décrit la société dans les *Lettres neuchâteloises* : mais *Juliane*, mademoiselle de *La Prise, Henri Meyer*[4], n'étaient plus là ; je n'y voyais que le pauvre Fauche-Borel, de l'ancienne émigration : il se jeta bientôt après par sa fenêtre[5]. Les jardins peignés de M. Pourtalès[6] ne me charmaient pas plus qu'un rocher anglais élevé de main d'homme dans une vigne voisine en regard du Jura[7]. Berthier, dernier prince de Neuchâtel, de par Bonaparte, était oublié malgré son petit Simplon du Val de Travers[8], et quoiqu'il se fût brisé le crâne de la même façon que Fauche-Borel[9].

---

1. Dans la Cinquième Promenade des *Rêveries*.　　**2.** Petit fourneau en terre capable de supporter une marmite.　　**3.** Son article sur Mme de Charrière (recueilli ensuite dans *Portraits de femmes*, 1844) venait de paraître dans la *Revue des Deux-Mondes* du 15 mars 1839 lorsque ces lignes furent sans doute écrites.　　**4.** Personnages des *Lettres neuchâteloises*, le premier roman de Mme de Charrière (1784).　　**5.** Louis Fauche-Borel (1762-1829), imprimeur à Neuchâtel, fut, sous la Révolution et jusqu'en 1814, un agent actif et dévoué des Bourbons. Revenu dans sa patrie en 1815, il fut bien mal récompensé de ses services et termina sa vie dans la misère avant de se suicider.　　**6.** Le comte Louis de Pourtalès (1773-1848), alors gouverneur de Neuchâtel, et fils de millionnaire.　　**7.** Ces informations sont extraites du *Guide du voyageur en Suisse* de Richard (1824).　　**8.** Le maréchal Berthier avait été créé prince souverain de Neuchâtel le 31 mars 1806. Parmi les réalisations de son administration, figure cette route de la Tourne, dans le Val-de-Travers, que Chateaubriand compare, non sans ironie, à la grande entreprise du Simplon.　　**9.** Le 1er juin 1815, à Bamberg : dans un accès de

(5)

MORT DE LOUIS XVIII. – SACRE DE CHARLES X.

La maladie du Roi me rappela à Paris [1]. Le roi mourut le 16 septembre, quatre mois à peine après ma destitution. Ma brochure [2] ayant pour titre : *Le Roi est mort : vive le Roi !* dans laquelle je saluais le nouveau souverain, opéra pour Charles X ce que ma brochure *De Bonaparte et des Bourbons* avait opéré pour Louis XVIII. J'allai chercher madame de Chateaubriand à Neuchâtel, et nous vînmes à Paris loger rue du Regard [3]. Charles X popularisa l'ouverture de son règne par l'abolition de la censure [4] ; le sacre eut lieu au printemps de 1825. *« Jà commençoient les abeilles à bourdonner, les oiseaux à rossignoler et les agneaux à sauteler [5]. »*

---

démence, il se précipita sur le pavé tandis qu'un régiment russe défilait sous le balcon de son palais.

1. Il y avait longtemps que la santé de Louis XVIII inspirait des inquiétudes. Le 10 août 1824, le roi avait quitté Saint-Cloud et regagné les Tuileries, où il participa encore à la célébration de la Saint-Louis, le 25. Il ne devait plus sortir. Le 12 septembre, un bulletin officiel annonça le début de son agonie ; les théâtres furent fermés, des prières publiques ordonnées dans toutes les églises : puis on attendit la mort qui survint dans la nuit du 15 au 16 septembre, à quatre heures du matin.   **2.** Cette brochure de trente-sept pages, recueillie dans les *Mélanges historiques* (Ladvocat, t. III, 1827, p. 285-307), ne fut mise en vente que le samedi 18 septembre. Le corps du roi fut transporté le 23 à Saint-Denis, où il demeura exposé un mois, avant son inhumation définitive.   **3.** Reparti le dimanche 3 octobre, Chateaubriand arriva le matin du 8 à Neuchâtel, mais regagnera Paris pour assister à la cérémonie des funérailles de Louis XVIII à Saint-Denis, le 23 octobre. Mme de Chateaubriand ne tarda pas à le rejoindre. Ils purent ainsi emménager début novembre dans leur nouvel appartement, au premier étage du bel hôtel de Beaune, 7 rue du Regard (la façade sur le jardin donne aujourd'hui sur le boulevard Raspail), qu'ils occuperont jusqu'au mois de mai 1826.   **4.** En prévision de la mort du roi, Villèle avait rétabli la censure préalable, le 15 août. La mesure fut rapportée le 30 septembre 1824.   **5.** *Daphnis et Chloé* (tr. Amyot), livre I, chap. 9.

Je trouve parmi mes papiers les pages suivantes écrites
à Reims :

                                        « Reims, 26 mai 1825.

« Le Roi arrive après-demain : il sera sacré dimanche 29 ;
je lui verrai mettre sur la tête une couronne à laquelle
personne ne pensait en 1814 quand j'élevai la voix. J'ai
contribué à lui ouvrir les portes de la France ; je lui ai
donné des défenseurs, en conduisant à bien l'affaire d'Espagne ; j'ai fait adopter la Charte, et j'ai su retrouver une
armée, les deux seules choses avec lesquelles le roi puisse
régner au dedans et au dehors : quel rôle m'est réservé
au sacre ? celui d'un proscrit. Je viens recevoir dans la
foule un cordon prodigué[1], que je ne tiens pas même de
Charles X. Les gens que j'ai servis et placés me tournent
le dos. Le Roi tiendra mes mains dans les siennes ; il me
verra à ses pieds sans être ému, quand je prêterai mon
serment, comme il me voit sans intérêt recommencer
mes misères. Cela me fait-il quelque chose ? Non. Délivré
de l'obligation d'aller aux Tuileries, l'indépendance
compense tout pour moi.

« J'écris cette page de mes *Mémoires* dans la chambre
où je suis oublié au milieu du bruit[2]. J'ai visité ce matin
Saint-Rémi et la cathédrale décorée de papier peint. Je
n'aurai eu une idée claire de ce dernier édifice que par
les décorations de la *Jeanne d'Arc* de Schiller, jouée
devant moi à Berlin : des machines d'opéra m'ont fait
voir au bord de la Sprée ce que des machines d'opéra
me cachent au bord de la Vesle : du reste, j'ai pris mon
divertissement parmi les vieilles races, depuis Clovis avec
ses Francs et son pigeon[3] descendu du ciel, jusqu'à
Charles VII, avec Jeanne d'Arc.

---

1. Le cordon bleu de chevalier du Saint-Esprit lui avait été décerné
de mauvaise grâce par Louis XVIII le 8 janvier 1824. Parmi les réci-
piendaires, le président de la Chambre Ravez, ministériel assez fidèle
pour qu'un ultra comme Salaberry puisse qualifier sa nouvelle distinction de « cordon de sonnette ».   2. Il avait été logé par les services
de la Maison du roi chez Madame Hotte de Chaumont, rue de la Cou-
ture (aujourd'hui place Drouet).   3. Ce pigeon de la légende transpose

> *Je suis venu de mon pays*
> *Pas plus haut qu'une botte,*
> *Avecque mi, avecque mi,*
> *Avecque ma marmotte.*

« Un petit sou, monsieur, s'il vous plaît !

« Voilà ce que m'a chanté, au retour de ma course, un petit Savoyard arrivé tout juste à Reims. "Et qu'es-tu venu faire ici ? lui ai-je dit. – Je suis venu au sacre, monsieur. – Avec ta marmotte ? – Oui, monsieur, *avecque mi, avecque mi, avecque ma marmotte*, m'a-t-il répondu en dansant et en tournant. – Eh bien ! c'est comme moi, mon garçon."

« Cela n'était pas exact : j'étais venu au sacre sans marmotte, et une marmotte est une grande ressource : je n'avais dans mon coffret que quelque vieille songerie qui ne m'aurait pas fait donner un petit sou par le passant pour la voir grimper autour d'un bâton.

« Louis XVII et Louis XVIII n'ont point été sacrés ; le sacre de Charles X vient immédiatement après celui de Louis XVI. Charles X assista au couronnement de son frère ; il représentait le duc de Normandie, Guillaume le Conquérant. Sous quels heureux auspices Louis XVI ne montait-il pas au trône ? Comme il était populaire en succédant à Louis XV ! Et pourtant, qu'est-il devenu ? Le sacre actuel sera la représentation d'un sacre, non un sacre : nous verrons le maréchal Moncey [1], acteur au sacre

---

le récit évangélique du baptême du Christ, sur lequel le Saint-Esprit serait descendu « comme une colombe ».

1. Ancien soldat de la Révolution, Adrien Jannot de Moncey (1754-1842), duc de Conegliano, avait été un des premiers à être promu maréchal de France, le 19 mai 1804, et il avait assisté à ce titre au sacre de Napoléon. Dernier défenseur de Paris le 30 mars 1814, il avait été maintenu par Louis XVIII comme inspecteur général de la Gendarmerie et été nommé pair de France. Mais il fut ensuite destitué pour avoir continué de siéger au Luxembourg pendant les Cent-Jours, puis disgracié pour avoir refusé de présider le conseil de guerre chargé de juger Ney. Néanmoins, il retrouva son titre dès 1819 et occupa, de 1820 à 1830, des fonctions importantes, après avoir remporté en 1823 ses dernières victoires en Espagne (prise de Barcelone et de Tarragone). C'est comme doyen des maréchaux qu'il officia au sacre de Charles X.

de Napoléon, ce maréchal qui jadis célébra dans son armée la mort du tyran Louis XVI, nous le verrons brandir l'épée royale à Reims, en qualité de comte de Flandre ou de duc d'Aquitaine. À qui cette parade pourrait-elle faire illusion ? Je n'aurais voulu aujourd'hui aucune pompe : le Roi à cheval, l'église nue, ornée seulement de ses vieilles voûtes et de ses vieux tombeaux ; les deux Chambres présentes, le serment de fidélité à la Charte prononcé à haute voix sur l'Évangile. C'était ici le renouvellement de la monarchie ; on la pouvait recommencer avec la liberté et la religion : malheureusement on aimait peu la liberté ; encore si l'on avait eu du moins le goût de la gloire !

> *Ah ! que diront là-bas, sous les tombes poudreuses,*
> *De tant de vaillants rois les ombres généreuses ?*
> *Que diront Pharamond, Clodion et Clovis,*
> *Nos Pépins, nos Martels, nos Charles, nos Louis,*
> *Qui, de leur propre sang, à tous périls de guerre*
> *Ont acquis à leurs fils une si belle terre*[1] *?*

« Enfin le sacre nouveau, où le pape est venu oindre un homme aussi grand que le chef de la seconde race, n'a-t-il pas, en changeant les têtes, détruit l'effet de l'antique cérémonie de notre histoire ? Le peuple a été amené à penser qu'un rite pieux ne dédiait personne au trône, ou rendait indifférent le choix du front auquel s'appliquait l'huile sainte. Les figurants à Notre-Dame de Paris, jouant pareillement dans la cathédrale de Reims, ne seront plus que les personnages obligés d'une scène devenue vulgaire : l'avantage demeurera à Napoléon qui envoie ses comparses à Charles X. La figure de l'Empereur domine tout désormais. Elle apparaît au fond des événements et des idées : les feuillets des bas temps où nous sommes arrivés se recroquevillent aux regards de ses aigles. »

---

1. Ronsard, *Discours des misères de ce temps* (1562), avec une modification du texte original au second vers : *ombres* pour *âmes*.

« Reims, samedi, veille du sacre.

« J'ai vu entrer le Roi [1] ; j'ai vu passer les carrosses dorés du monarque qui naguère n'avait pas une monture ; j'ai vu rouler ces voitures pleines de courtisans qui n'ont pas su défendre leur maître. Cette tourbe est allée à l'église chanter le *Te Deum*, et moi je suis allé voir une ruine romaine et me promener seul dans un bois d'ormeaux appelé *le bois d'Amour*. J'entendais de loin la jubilation des cloches, je regardais les tours de la cathédrale, témoins séculaires de cette cérémonie toujours la même et pourtant si diverse par l'histoire, les temps, les idées, les mœurs, les usages et les coutumes. La monarchie a péri, et la cathédrale a pendant quelques années été changée en écurie. Charles X, qui la revoit aujourd'hui, se souvient-il qu'il a vu Louis XVI recevoir l'onction aux mêmes lieux où il va la recevoir à son tour ? Croira-t-il qu'un sacre mette à l'abri du malheur ? Il n'y a plus de main assez vertueuse pour guérir les écrouelles, plus de sainte ampoule assez salutaire pour rendre les rois inviolables. »

(6)

RÉCEPTION DES CHEVALIERS DES ORDRES.

J'écrivis à la hâte ce qu'on vient de lire sur les pages demi-blanches d'une brochure, ayant pour titre : *Le Sacre ; par Barnage de Reims, avocat* [2] et sur une lettre imprimée du grand référendaire, M. de Sémonville [3],

---

1. C'est le samedi 28 mai après midi que Charles X fit sa « Joyeuse Entrée » dans la ville de Reims. Elle se termina par la célébration des vêpres à la cathédrale, suivie par un *Te Deum* solennel. 2. Il a été impossible de retrouver la trace de cette brochure. 3. Charles-Louis Huguet, marquis de Sémonville (1759-1839), ancien conseiller au Parlement de Paris et diplomate. Nommé sénateur en 1805, il exerça, de 1814 à 1834, les fonctions de grand référendaire de la Chambre des pairs, qui consistaient à officialiser tous les actes qui émanaient de la Chambre haute.

disant : « Le grand référendaire a l'honneur d'informer sa seigneurie, monsieur le vicomte de Chateaubriand, que des places dans le sanctuaire de la cathédrale de Reims sont destinées et réservées pour ceux de MM. les pairs qui voudront assister le lendemain du sacre et couronnement de Sa Majesté à la cérémonie de la réception du chef et souverain grand maître des ordres du Saint-Esprit et de Saint-Michel et de la réception de MM. les chevaliers et commandeurs. »

Charles X avait eu pourtant l'intention de me réconcilier. L'archevêque de Paris lui parlant à Reims des hommes dans l'opposition, le Roi avait dit : « Ceux qui ne veulent pas de moi, je les laisse. » L'archevêque reprit : « Mais, sire, M. de Chateaubriand ? – Oh ! celui-là, je le regrette. » L'archevêque demanda au Roi s'il me le pouvait dire : le Roi hésita, fit deux ou trois tours dans la chambre et répondit : « Eh bien ! oui, dites-le lui », et l'archevêque oublia de m'en parler.

À la cérémonie des chevaliers des ordres, je me trouvai à genoux aux pieds du Roi, dans le moment que M. de Villèle prêtait son serment. J'échangeai deux ou trois mots de politesse avec mon compagnon de chevalerie, à propos de quelque plume détachée de mon chapeau. Nous quittâmes les genoux du prince et tout fut fini. Le Roi, ayant eu de la peine à ôter ses gants pour prendre mes mains entre les siennes, m'avait dit en riant : « Chat ganté ne prend point de souris. » On avait cru qu'il m'avait parlé longtemps, et le bruit de ma faveur renaissante s'était répandu. Il est probable que Charles X, s'imaginant que l'archevêque m'avait entretenu de sa bonne volonté, attendait de moi un mot de remercîment et qu'il fut choqué de mon silence.

Ainsi, j'ai assisté au dernier sacre des successeurs de Clovis ; je l'avais déterminé par les pages où j'avais sollicité ce sacre, et dépeint dans ma brochure *Le Roi est mort : vive le Roi !* Ce n'est pas que j'eusse la moindre foi à la cérémonie ; mais comme tout manquait à la légitimité, il fallait pour la soutenir user de tout, vaille que vaille. Je rappelais cette définition d'Adalbéron[1] : « Le

---

1. Archevêque de Reims qui sacra Hugues Capet.

couronnement d'un roi de France est un intérêt public, non une affaire particulière : *publica sunt haec negotia, non privata* » ; je citais l'admirable prière réservée pour le sacre : « Dieu, qui par tes vertus conseilles tes peuples, donne à celui-ci, ton serviteur, l'esprit de ta sapience ! Qu'en ces jours naisse à tous équité et justice : aux amis secours, aux ennemis obstacle, aux affligés consolation, aux élevés correction, aux riches enseignement, aux indigents pitié, aux pèlerins hospitalité, aux pauvres sujets paix et sûreté en la patrie ! Qu'il apprenne (le roi) à se commander soi-même, à modérément gouverner un chacun selon son état, afin, ô Seigneur ! qu'il puisse donner à tout le peuple exemple de vie à toi agréable. »

Avant d'avoir rapporté dans ma brochure, *Le Roi est mort : vive le Roi !* cette prière conservée par Du Tillet[1], je m'étais écrié : « Supplions humblement Charles X d'imiter ses aïeux : trente-deux souverains de la troisième race ont reçu l'onction royale. »

Tous mes devoirs étant remplis, je quittai Reims et je pus dire comme Jeanne d'Arc : « Ma mission est finie. »

(7)

JE RÉUNIS AUTOUR DE MOI MES ANCIENS ADVERSAIRES.
MON PUBLIC EST CHANGÉ.

Paris avait vu ses dernières fêtes[2] : l'époque d'indulgence, de réconciliation, de faveur, était passée : la triste vérité restait seule devant nous.

Lorsque, en 1820, la censure mit fin au *Conserva-*

---

1. Dans son ouvrage posthume intitulé : *Recueil des rois de France, leur couronne et maison* (1618). Chateaubriand cite à maintes reprises Jean du Tillet, érudit parisien du XVIᵉ siècle, dans les *Études historiques*.
2. Au retour de Reims, Charles X fit, le 6 juin 1825, une entrée solennelle dans la capitale, où les fêtes se succédèrent jusqu'à la fin du mois.

teur, je ne m'attendais guère à recommencer sept ans après la même polémique sous une autre forme et par le moyen d'une autre presse. Les hommes qui combattaient avec moi dans le *Conservateur* réclamaient comme moi la liberté de penser et d'écrire ; ils étaient dans l'opposition comme moi, dans la disgrâce comme moi, et ils se disaient mes amis. Arrivés au pouvoir en 1820, encore plus par mes travaux que par les leurs, ils se tournèrent contre la liberté de la presse : de persécutés, ils devinrent persécuteurs ; ils cessèrent d'être et de se dire mes amis ; ils soutinrent que la licence de la presse n'avait commencé que le 6 de juin 1824, jour de mon renvoi du ministère ; leur mémoire était courte : s'ils avaient relu les opinions qu'ils prononcèrent, les articles qu'ils écrivirent contre un autre ministère et pour la liberté de la presse, ils auraient été obligés de convenir qu'ils étaient au moins en 1818 et 1819 les sous-chefs de la licence.

D'un autre côté, mes anciens adversaires se rapprochèrent de moi. J'essayai de rattacher les partisans de l'indépendance à la royauté légitime, avec plus de fruit que je ne ralliai à la Charte les serviteurs du trône et de l'autel. Mon public avait changé. J'étais obligé d'avertir le gouvernement des dangers de l'absolutisme, après l'avoir prémuni contre l'entraînement populaire. Accoutumé à respecter mes lecteurs, je ne leur livrais pas une ligne que je ne l'eusse écrite avec tout le soin dont j'étais capable : tel de ces opuscules d'un jour m'a coûté plus de peine, proportion gardée, que les plus longs ouvrages sortis de ma plume. Ma vie était incroyablement remplie. L'honneur et mon pays me rappelèrent sur le champ de bataille. J'étais arrivé à l'âge où les hommes ont besoin de repos ; mais si j'avais jugé de mes années par la haine toujours croissante que m'inspiraient l'oppression et la bassesse, j'aurais pu me croire rajeuni.

Je réunis autour de moi une société d'écrivains pour donner de l'ensemble à mes combats. Il y avait parmi eux des pairs, des députés, des magistrats, de jeunes auteurs commençant leur carrière. Arrivèrent chez moi MM. de

Montalivet[1], Salvandy[2], Duvergier de Hauranne[3], bien d'autres qui furent mes écoliers et qui débitent aujourd'hui, comme choses nouvelles sur la monarchie représentative, des choses que je leur ai apprises et qui sont à toutes les pages de mes écrits. M. de Montalivet est devenu ministre de l'intérieur et favori de Philippe ; les hommes qui aiment à suivre les variations d'une destinée trouveront ce billet assez curieux :

« Monsieur le vicomte,

« J'ai l'honneur de vous envoyer le relevé des erreurs que j'avais trouvées dans le tableau de jugement en Cour royale qui vous a été communiqué. Je les ai vérifiées encore, et je crois pouvoir répondre de l'exactitude de la liste ci-jointe.

« Daignez, monsieur le vicomte, agréer l'hommage du profond respect avec lequel j'ai l'honneur d'être,

« Votre bien dévoué collègue et sincère admirateur,

« Montalivet. »

Cela n'a pas empêché mon *respectueux collègue et sincère admirateur*, M. le comte de Montalivet, en son temps

---

1. Le comte de Montalivet (1801-1880) avait hérité de la pairie après la mort de son père, ancien ministre de Napoléon, le 22 janvier 1823, suivie de celle de son frère aîné, le 12 octobre 1823. Mais il ne pourra siéger avant 1826, date de ses vingt-cinq ans. Défenseur des idées libérales (avec en 1827 une brochure intitulée : « Un jeune pair de France aux Français de son âge »), il jouera un rôle actif lors de la révolution de Juillet, puis sera nommé ministre de l'Intérieur le 3 novembre 1830. Il sera plus tard intendant de la liste civile (1839-1848).   2. Le comte de Salvandy (1795-1856), ancien protégé de Richelieu et de Bertin, avait commencé par soutenir Decazes. Expulsé du conseil d'État par le ministre Peyronnet, il participa, comme rédacteur au *Journal des débats*, à la campagne de ce journal contre Villèle. Il parvenait à pasticher la « manière » de Chateaubriand au point de tromper le public, ce qui agaçait parfois le grand écrivain. La monarchie de Juillet consacra le succès de Salvandy comme champion du parti conservateur : il fut député de la Sarthe après 1830, ambassadeur, académicien (1835), enfin ministre de l'Instruction publique (1837-1839 et 1845-1848).   3. Prosper Duvergier de Hauranne (1798-1881), alors rédacteur au *Globe*, sera député sans interruption de 1830 à 1849. Il se consacrera ensuite à une monumentale *Histoire du gouvernement parlementaire en France*.

si grand partisan de la liberté de la presse, de m'avoir fait entrer comme fauteur de cette liberté dans la geôle de M. Gisquet[1].

De ma nouvelle polémique qui dura cinq ans, mais qui finit par triompher, un abrégé fera connaître la force des idées contre les faits appuyés même du pouvoir. Je fus renversé le 6 juin 1824 ; le 21 j'étais descendu dans l'arène[2], j'y restai jusqu'au 18 décembre 1826 : j'y entrai seul, dépouillé et nu, et j'en sortis victorieux. C'est de l'histoire que je fais ici en faisant l'extrait des arguments que j'employai.

(8)

EXTRAIT DE MA POLÉMIQUE[3] APRÈS MA CHUTE.

« Nous avons eu le courage et l'honneur de faire une guerre dangereuse en présence de la liberté de la presse, et c'était la première fois que ce noble spectacle était donné à la monarchie. Nous nous sommes vite repentis de notre loyauté. Nous avions bravé les journaux lorsqu'ils ne pouvaient nuire qu'au succès de nos soldats et de nos capitaines ; il a fallu les asservir lorsqu'ils ont osé parler des commis et des ministres.

« Si ceux qui administrent l'État semblent complètement ignorer le génie de la France dans les choses sérieuses, ils n'y sont pas moins étrangers dans ces choses de grâces et d'ornements qui se mêlent, pour l'embellir, à la vie des nations civilisées.

« Les largesses que le gouvernement légitime répand

---

1. Voir livre XXXV, chapitres 4 à 7.   **2.** Avec un article intitulé : « Des journaux » (Ladvocat, t. XXVI, p. 342-343).   **3.** Ce mot est emprunté au titre du volume des *Œuvres complètes* dans lequel Chateaubriand a rassemblé ses articles du *Conservateur* et du *Journal des débats* : Ladvocat, t. XXVI, 1827 (11ᵉ livraison). Ce chapitre est constitué par des extraits discontinus de deux articles publiés dans le *Journal des Débats* en juin et en juillet 1824.

sur les arts surpassent les secours que leur accordait le gouvernement usurpateur ; mais comment sont-elles départies ? Voués à l'oubli par nature et par goût, les dispensateurs de ces largesses paraissent avoir de l'antipathie pour la renommée ; leur obscurité est si invincible, qu'en approchant des lumières ils les font pâlir ; on dirait qu'ils versent l'argent sur les arts pour les éteindre, comme sur nos libertés pour les étouffer.

« Encore si la machine étroite dans laquelle on met la France à la gêne ressemblait à ces modèles achevés que l'on examine à la loupe dans le cabinet des amateurs, la délicatesse de cette curiosité pourrait intéresser un moment, mais point : c'est une petite chose mal faite[1]. »

« Nous avons dit que le système suivi aujourd'hui par l'administration blesse le génie de la France : nous allons essayer de prouver qu'il méconnaît également l'esprit de nos institutions[2].

« La monarchie s'est rétablie sans efforts en France, parce qu'elle est forte de toute notre histoire, parce que la couronne est portée par une famille qui a presque vu naître la nation, qui l'a formée, civilisée, qui lui a donné toutes ses libertés, qui l'a rendue immortelle ; mais le temps a réduit cette monarchie à ce qu'elle a de réel. L'âge des fictions est passé en politique ; on ne peut plus avoir un gouvernement d'adoration, de culte et de mystère : chacun connaît ses droits ; rien n'est possible hors des limites de la raison ; et jusqu'à la faveur, dernière illusion des monarchies absolues, tout est pesé, tout est apprécié aujourd'hui.

« Ne nous y trompons pas ; une nouvelle ère commence pour les nations ; sera-t-elle heureuse ? La Providence le sait. Quant à nous, il ne nous est donné que de nous préparer aux événements de l'avenir. Ne nous

---

1. Les quatre paragraphes qui précèdent se trouvent dans un article du 28 juin 1824 intitulé : « Du procès de la *Quotidienne* » (Ladvocat, t. XXVI, p. 345, 350-351, 353).   **2.** Ainsi débute le long article du 5 juillet 1824 intitulé : « De la rédaction actuelle des lois », auquel Chateaubriand emprunte les extraits qui suivent. Mais il les dispose dans un ordre différent du texte original.

figurons pas que nous puissions rétrograder : il n'y a de salut pour nous que dans la Charte.

« La monarchie constitutionnelle n'est point née parmi nous d'un système écrit, bien qu'elle ait un Code imprimé ; elle est fille du temps et des événements, comme l'ancienne monarchie de nos pères.

« Pourquoi la liberté ne se maintiendrait-elle pas dans l'édifice élevé par le despotisme et où il a laissé des traces ? La victoire, pour ainsi dire encore parée des trois couleurs, s'est réfugiée dans la tente du duc d'Angoulême ; la légitimité habite le Louvre, bien qu'on y voie encore des aigles.

« Dans une monarchie constitutionnelle, on respecte les libertés publiques ; on les considère comme la sauvegarde du monarque, du peuple et des lois.

« Nous entendons autrement le gouvernement représentatif. On forme une compagnie (on dit même deux compagnies rivales, car il faut de la concurrence) pour corrompre des journaux à prix d'argent. On ne craint pas de soutenir des procès scandaleux contre des propriétaires qui n'ont pas voulu se vendre ; on voudrait les forcer à subir le mépris par arrêt des tribunaux. Les hommes d'honneur répugnant au métier, on enrôle, pour soutenir un ministère royaliste, des libellistes qui ont poursuivi la famille royale de leurs calomnies. On recrute tout ce qui a servi dans l'ancienne police et dans l'antichambre impériale ; comme chez nos voisins, lorsqu'on veut se procurer des matelots, on fait la presse dans les tavernes et les lieux suspects. Ces chiourmes d'écrivains libres sont embarquées dans cinq ou six journaux achetés, et ce qu'ils disent s'appelle l'*opinion publique* chez les ministres. »

Voilà, très en abrégé, et peut-être encore trop longuement, un *specimen* de ma polémique dans mes brochures et dans le *Journal des Débats* : on y retrouve tous les principes que l'on proclame aujourd'hui.

(9)

Lorsqu'on me chassa du ministère, on ne me rendit point ma pension de ministre d'État ; je ne la réclamai point ; mais M. de Villèle, sur une observation du Roi, s'avisa de me faire expédier un nouveau brevet de cette pension par M. de Peyronnet[1]. Je la refusai. Ou j'avais droit à mon ancienne pension, ou je n'y avais pas droit : dans le premier cas, je n'avais pas besoin d'un nouveau brevet ; dans le second, je ne voulais pas devenir le pensionnaire du président du conseil[2].

Les Hellènes secouèrent le joug : il se forma à Paris un comité grec dont je fis partie[3]. Le comité s'assemblait chez M. Ternaux[4], place des Victoires. Les sociétaires

---

1. Pierre-Denis Peyronnet (1778-1854), ancien magistrat, procureur général et député du Cher depuis 1820. Ce royaliste bordelais a remplacé le comte de Serre à la Justice dans le cabinet du 14 décembre 1821. Comme garde des Sceaux, il présentera les lois les plus impopulaires du ministère Villèle. Élevé à la pairie en 1828, avec le titre de comte, il deviendra un an plus tard ministre de l'Intérieur dans le cabinet du prince de Polignac.   2. Voir *supra*, p. 159, note 1. 3. C'est au mois de mars 1821 que les Grecs, soutenus par la Russie, avaient déclenché une insurrection contre le gouvernement de Constantinople, avant de proclamer leur indépendance, le 13 janvier 1822, à Épidaure. La terrible réaction des Ottomans (les *Massacres de Chio* furent présentés au Salon de 1824) et la reconquête de la Morée par Ibrahim Pacha, au printemps 1825, suscitèrent un mouvement européen de solidarité avec les insurgés. À Paris, une « Société philanthropique en faveur des Grecs », ou Comité grec, se chargea de coordonner les soutiens.   4. Sur Guillaume-Louis Ternaux (1763-1833), voir : Louis-Marie Lomüller, *Ternaux, créateur de la première intégration universelle*, 1978. Il avait en effet constitué un groupe couvrant toutes les étapes de la production, puis de la commercialisation des tissus de laine. Député de Paris de 1818 à 1822 puis de 1827 à 1831, il avait reçu le titre de baron par ordonnance royale du 17 novembre 1819.

arrivaient successivement au lieu des délibérations. M. le général Sébastiani[1] déclarait, lorsqu'il était assis, que c'était une *grosse affaire* ; il la rendait longue : cela déplaisait à notre positif président, M. Ternaux, qui voulait bien faire un schall pour Aspasie, mais qui n'aurait pas perdu son temps avec elle[2]. Les dépêches de M. Fabvier[3] faisaient souffrir le comité ; il nous grognait[4] fort ; il nous rendait responsables de ce qui n'allait pas selon ses vues, nous qui n'avions pas gagné la bataille de Marathon. Je me dévouai à la liberté de la Grèce : il me semblait remplir un devoir filial envers une mère. J'écrivis une *Note* ; je m'adressai aux successeurs de l'empereur de Russie[5], comme je m'étais adressé à lui-même à Vérone. La *Note* a été imprimée et puis réimprimée à la tête de l'*Itinéraire*[6].

Je travaillais dans le même sens à la Chambre des pairs, pour mettre en mouvement un corps politique[7]. Ce billet

---

1. Voir *infra*, chap. 13, note 1.   **2.** Ternaux avait acclimaté en France des chèvres du Tibet qui lui permettaient de concurrencer les châles de cachemire qui faisaient alors la fortune des Indes anglaises. **3.** Mis en disponibilité en 1815, le colonel Fabvier (voir t. II, p. 494, note 2) avait conspiré dans la Charbonnerie de 1820, puis quitté la France pour se mettre au service de la cause grecque (1823). Après avoir secouru les Athéniens assiégés, il participa, en 1828, à la campagne de Morée. Le régime de Juillet le nomma général, commandant militaire de Paris, et pair de France.   **4.** Il nous « engueulait » : emploi populaire du verbe grogner dans une construction transitive. **5.** Alexandre Ier étant mort le 1er décembre 1825, son frère le grand-duc Constantin (1779-1831) aurait dû lui succéder. Mais celui-ci renonça au trône en faveur de leur frère cadet Nicolas (1796-1855). Le troisième fils de Paul Ier fut donc intronisé, sous le nom de Nicolas Ier, le 24 décembre 1825. Chateaubriand avait rencontré le nouveau tsar à Berlin en 1821 (voir *supra*, p. 68, note 3).   **6.** Cette *Note sur la Grèce* a eu trois éditions successives. La première, parue chez Le Normant au mois de juillet 1825, est une brochure de quarante-huit pages. Elle passa, dans la seconde édition (décembre 1825) à cent vingt pages. La troisième, enfin, qui date de 1826, comporte cent trente pages. Chateaubriand la réimprima peu après, en tête de son *Itinéraire* (Ladvocat, t. VIII, 1826).   **7.** À la séance du 13 mars 1826, Chateaubriand avait pris la parole pour défendre avec succès un amendement au projet de loi relatif à la répression des délits commis dans les Échelles du Levant. Cette *Opinion* fut recueillie à la suite de la *Note sur la Grèce* au tome VIII de Ladvocat.

de M. Molé fait voir les obstacles que je rencontrais et les moyens détournés que j'étais obligé de prendre :

« Vous nous trouverez tous demain à l'ouverture, prêts à voler sur vos traces. Je vais écrire à Lainé si je ne le trouve pas. Il ne faut lui laisser prévoir que des phrases sur les Grecs ; mais prenez garde qu'on ne vous oppose les limites de tout amendement, et que, le règlement à la main, on ne vous repousse. Peut-être on vous dira de déposer votre proposition sur le bureau : vous pourriez le faire alors subsidiairement, et après avoir dit tout ce que vous avez à dire. Pasquier vient d'être assez malade, et je crains qu'il ne soit pas encore sur pied demain. Quant au scrutin, nous l'aurons. Ce qui vaut mieux que tout cela, c'est l'arrangement que vous avez fait avec vos libraires. Il est beau de retrouver par son talent tout ce que l'injustice et l'ingratitude des hommes nous avaient ôté.

« À vous pour la vie,

« MOLÉ. »

La Grèce est devenue libre du joug de l'islamisme ; mais, au lieu d'une république fédérative, comme je le désirais, une monarchie bavaroise s'est établie à Athènes[1]. Or, comme les rois n'ont pas de mémoire, moi qui avais quelque peu servi la cause des Argiens, je n'ai plus entendu parler d'eux que dans Homère. La Grèce délivrée ne m'a pas dit : « Je vous remercie[2]. » Elle ignore mon nom autant et plus qu'au jour où je pleurais sur ses débris en traversant ses déserts.

L'Hellénie non encore royale avait été plus reconnaissante. Parmi quelques enfants que le comité faisait élever se trouvait le jeune Canaris : son père, digne des marins

---

1. Après une période de luttes intestines (assassinat du président Capodistria, le 9 octobre 1831, à Nauplie), c'est en effet un régime monarchique qui fut établi en Grèce au profit du prince Othon de Bavière, qui sera remplacé, trente ans plus tard, par un prince de Danemark élu, à dix-neuf ans, roi des Hellènes sous le nom de George Ier.
2. Chateaubriand attendra jusqu'en 1843 pour que le roi Othon daigne lui conférer les insignes de Grand-Croix du Sauveur ; et c'est en 1884 seulement que les Athéniens décidèrent de donner son nom à une rue de leur ville.

de Mycale[1], lui écrivit un billet que l'enfant traduisit en français sur le papier blanc qui restait au bas du billet. L'enfant m'a remis ce double texte[2] ; je l'ai conservé comme la récompense du comité grec :

« Mon cher enfant,

« Aucun des Grecs n'a eu le même bonheur que toi : celui d'être choisi par la société bienfaisante qui s'intéresse à nous pour apprendre les devoirs de l'homme. Moi, je t'ai fait naître ; mais ces personnes recommandables te donneront une éducation qui rend véritablement homme. Sois bien docile aux conseils de ces nouveaux pères, si tu veux faire la consolation des derniers moments de celui qui t'a donné le jour. Porte-toi bien.

« Ton père,

« C. CANARIS.

« De Napoli de Romanie, le 5 septembre 1825. »

La Grèce républicaine avait témoigné ses regrets particuliers lorsque je sortis du ministère. Madame Récamier m'avait écrit de Naples le 29 octobre 1824 :

« Je reçois une lettre de la Grèce qui a fait un long détour avant de m'arriver. J'y trouve quelques lignes sur vous que je veux vous faire connaître ; les voici :

"L'ordonnance du 6 juin nous est parvenue, elle a produit sur nos chefs la plus vive sensation. Leurs espérances les plus fondées étant dans la générosité de la France, ils se demandent avec inquiétude ce que présage l'éloignement d'un homme dont le caractère leur promettait un appui."

« Ou je me trompe ou cet hommage doit vous plaire. Je joins ici la lettre : la première page ne concernait que moi. »

On lira bientôt la vie de madame Récamier : on saura s'il m'était doux de recevoir un souvenir de la patrie des Muses par une femme qui l'eût embellie.

---

1. C'est face au mont Mycale, dans le détroit de Samos, que la flotte grecque remporta, en 479 avant notre ère, une victoire décisive sur les Perses. **2.** Chateaubriand a cité cette lettre pour la première fois le 7 décembre 1825, dans le *Journal des débats*, avant de la recueillir dans Ladvocat, t. XXVI, sous le titre : « Lettres de deux Grecs ».

Quant au billet de M. Molé donné plus haut, il fait allusion au marché que j'avais conclu relativement à la publication de mes *Œuvres complètes*. Cet arrangement aurait dû, en effet, assurer la paix de ma vie ; il a néanmoins tourné mal pour moi[1], bien qu'il ait été heureux pour les éditeurs auxquels M. Ladvocat, après sa faillite, a laissé mes Œuvres. En fait de Plutus ou de Pluton (les mythologistes les confondent), je suis comme Alceste, *je vois toujours la barque fatale*[2] ; ainsi que William Pitt, et c'est mon excuse, je suis un panier percé ; mais je ne fais pas moi-même le trou au panier.

À la fin de la Préface générale de mes Œuvres, 1826, 1er volume[3], j'apostrophe ainsi la France :

« Ô France ! *mon cher pays et mon premier amour*[4], un de vos fils, au bout de sa carrière, rassemble sous vos

---

1. Il y avait des mois que Chateaubriand préparait une édition de ses *Œuvres complètes*, au milieu des soucis de toutes sortes (voir ses lettres à la comtesse de Castellane, alors en Italie) lorsqu'à la fin du mois de mars 1826, les négociations aboutirent enfin, avec Ladvocat. Chateaubriand cédait, pour la somme énorme de 550 000 francs, la propriété de ses œuvres : vingt-huit tomes de prévus (dont un de table), répartis en trente et un volumes, avec de nombreuses œuvres inédites. Le contrat prévoyait le versement de 40 000 francs à la signature, puis de 110 000 francs le 15 avril suivant. Le reste devait être échelonné jusqu'à la fin de la publication, à raison de 15 000 francs par livraison, de la quatrième jusqu'à la seizième, le solde étant versé à la fin. Mais dès le 24 février 1827, devant les difficultés financières de son éditeur, Chateaubriand accepta de réduire ses prétentions à 350 000 francs, et le 26 novembre 1828, Ladvocat céda ses droits à Pourrat et Delandine pour seulement 10 000 francs. Il est difficile de savoir ce que Chateaubriand a réellement touché dans cette affaire. Ce qui est sûr, c'est que le 15 avril 1826, les 150 000 francs prévus lui avaient été versés ; et que, de juin à décembre 1826, treize livraisons parurent qui devaient lui avoir rapporté 150 000 francs supplémentaires. C'est à partir de 1827 et de la seizième livraison que Ladvocat fut sans doute incapable de remplir ses engagements : soit une perte de 200 000 francs environ.   2. « Je vois déjà la rame et la barque fatale ;/ J'entends le vieux nocher sur la rive infernale. » Ainsi Racine traduit-il Euripide (*Alceste*, vers 252-253) dans la préface de son *Iphigénie*. Grâce à la confusion supposée entre Plutus et Pluton, Chateaubriand transforme en présage de ruine ce qui, dans le passage cité, est une vision anticipée de la mort.   3. Voir t. I, p. 755.   4. Apostrophe de Sabine dans *Horace*, I, 1 : « Albe, mon cher pays et mon premier amour ! »

yeux les titres qu'il peut avoir à votre bienveillance. S'il ne peut plus rien pour vous, vous pouvez tout pour lui, en déclarant que son attachement à votre religion, à votre roi, à vos libertés, vous fut agréable. Illustre et belle patrie, je n'aurais désiré un peu de gloire que pour augmenter la tienne. »

(10)

SÉJOUR À LAUSANNE [1].

Madame de Chateaubriand, étant malade, fit un voyage dans le midi de la France, ne s'en trouva pas bien, revint à Lyon, où le docteur Prunelle la condamna. Je l'allai rejoindre [2] ; je la conduisis à Lausanne, où elle fit mentir M. Prunelle. Je demeurai à Lausanne tour à tour chez M. de Sivry et chez madame de Cottens [3], femme affec-

---

1. Après un hiver très éprouvant, Mme de Chateaubriand avait quitté Paris au début du mois de mars 1826, pour aller prendre le soleil à La Seyne, près de Toulon. Son mari avait alors imaginé de se retirer avec elle à Lausanne pour une durée indéterminée : au moins pourrait-il, dans la solitude, achever la rédaction des parties manquantes de ses *Œuvres complètes*. La signature du contrat Ladvocat ne suffit pas à remettre en cause ce projet : Chateaubriand avait résilié le bail de son appartement de la rue du Regard pour le 15 avril, et préparé deux caisses de livres et de papiers qui lui permettraient de travailler en Suisse. Mais, lorsqu'il retrouva sa femme à Lyon début mai, celle-ci avait changé ses dispositions. Elle était prête, désormais, à se réinstaller avec lui à Paris, cette fois dans une petite maison attenante à leur infirmerie qu'ils pourraient aménager à leur usage. Dans ces conditions, le séjour à Lausanne, commencé le 10 mai, devenait une simple villégiature. Le 16 juillet, Mme de Chateaubriand était de retour à Paris, rejointe le 30 par son mari.   2. Comme toujours, Chateaubriand fut bien accueilli à Lyon, où il arriva le 4 mai.   3. Mme de Cottens lui céda, pour quatre mois, un appartement situé au deuxième étage de sa maison de la rue de Bourg, dont le propriétaire était M. de Charrière de Sévery ou Sivry, neveu de Mme de Charrière. Laure de Cottens (1788-1867), amie de Mme Récamier, sera une correspondante fidèle de Chateaubriand de 1826 à 1836.

tueuse, spirituelle et infortunée. Je vis madame de Montolieu[1] ; elle demeurait retirée sur une haute colline ; elle
mourait dans les illusions du roman, comme madame de
Genlis, sa contemporaine. Gibbon[2] avait composé à ma
porte son *Histoire de l'Empire romain* : « C'est au milieu
des débris du Capitole », écrit-il à Lausanne, le 27 juin
1787, « que j'ai formé le projet d'un ouvrage qui a occupé
et amusé près de vingt années de ma vie. » Madame de
Staël avait paru avec madame Récamier à Lausanne[3].
Toute l'émigration, tout un monde fini s'était arrêté
quelques moments dans cette cité riante et triste, espèce
de fausse ville de Grenade. Madame de Duras en a retracé
le souvenir dans ses *Mémoires*[4] et ce billet m'y vint
apprendre la nouvelle perte à laquelle j'étais condamné :

« Bex, 13 juillet 1826.

« C'en est fait, monsieur, votre amie[5] n'existe plus,
elle a rendu son âme à Dieu, sans agonie, ce matin à onze

---

1. Jeanne Polier de Bottens, baronne de Montolieu (1751-1832), fut
une romancière prolifique, connue pour ses nombreuses traductions ou
adaptations : par exemple celle du *Robinson Suisse* de Wyss (1813 et
1824).   **2.** Édouard Gibbon (1737-1794) a vécu à Lausanne de 1783
à sa mort. Dans la citation suivante, Chateaubriand amalgame des fragments de ses *Mémoires* très éloignés dans le temps. Le premier évoque
la conception de son *Histoire*, à Rome, « le 15 octobre 1764, assis et
rêvant au milieu des ruines du Capitole » ; le second retrace au
contraire les circonstances de leur achèvement, vingt-trois ans plus
tard, à Lausanne : « Ce jour, ou plutôt cette nuit, arriva le 27 juin
1787 ; ce fut entre onze heures et minuit que j'écrivis la dernière ligne
de ma dernière page dans un pavillon de mon jardin » (tr. Guizot).   **3.** Mme de Staël avait loué une maison à Ouchy en août
1807.   **4.** Chateaubriand a sans doute pu lire ces *Mémoires*,
demeurés inachevés, et inédits. Leur existence est attestée par une lettre
adressée le 15 mai 1825 par Mme de Duras à Rosalie de Constant
(dans Pailhès, *La Duchesse de Duras*, p. 462).   **5.** Mme de Custine
venait de traverser de pénibles épreuves. Le 7 juillet 1823, elle avait
perdu sa belle-fille. Au mois de novembre 1824, un scandale avait
compromis la réputation de son fils Astolphe. Enfin, le 2 janvier 1826,
son unique petit-fils, Euguerrand, né le 19 juin 1822, avait à son tour
disparu. Venue se soigner sur les bords du Léman au printemps de
1826, elle avait pris pension dans un hôtel de Bex où elle mourut le
13 juillet.

heures moins un quart. Elle s'était encore promenée en voiture hier au soir. Rien n'annonçait une fin aussi prochaine ; que dis-je, nous ne pensions pas que sa maladie dût se terminer ainsi. M. de Custine, à qui la douleur ne permet pas de vous écrire lui-même, avait encore été hier matin sur une des montagnes qui environnent Bex, pour faire venir tous les matins du lait des montagnes pour la chère malade.

« Je suis trop accablé de douleur pour pouvoir entrer dans de plus longs détails. Nous nous disposons pour retourner en France avec les restes précieux de la meilleure des mères et des amies. Enguerrand reposera entre ses deux mères.

« Nous passerons par Lausanne, où M. de Custine ira vous chercher aussitôt notre arrivée.

« Recevez, monsieur, l'assurance de l'attachement respectueux avec lequel je suis, etc. »

« BERSTŒCHER. »

Cherchez plus haut et plus bas[1] ce que j'ai eu le bonheur et le malheur de rappeler relativement à la mémoire de madame de Custine.

Les *Lettres écrites de Lausanne*[2], ouvrage de madame de Charrière, rendent bien la scène que j'avais chaque jour sous les yeux, et les sentiments de grandeur qu'elle inspire : « Je me repose seule, dit la mère de Cécile, vis-à-vis d'une fenêtre ouverte qui donne sur le lac. Je vous remercie, montagnes, neige, soleil, de tout le plaisir que vous me faites. Je vous remercie, auteur de tout ce que je vois, d'avoir voulu que ces choses fussent si agréables à voir. Beautés frappantes et aimables de la nature ! tous les jours mes yeux vous admirent, tous les jours vous vous faites sentir à mon cœur. »

Je commençai, à Lausanne, les *Remarques* sur le premier ouvrage de ma vie, l'*Essai sur les révolutions anciennes et modernes*. Je voyais de mes fenêtres les rochers de Meillerie :

« Rousseau, écrivais-je dans une de ces *Remarques*,

---

1. Voir t. II, p. 82-83 et t. IV, p. 245 et 382. **2.** C'est le sous-titre de *Caliste* (1785).

n'est décidément au-dessus des auteurs de son temps que dans une soixantaine de lettres de *la Nouvelle Héloïse*, dans quelques pages de ses *Rêveries* et de ses *Confessions*. Là, placé dans la véritable nature de son talent, il arrive à une éloquence de passion inconnue avant lui. Voltaire et Montesquieu ont trouvé des modèles de style dans les écrivains du siècle de Louis XIV ; Rousseau, et même un peu Buffon, dans un autre genre, ont créé une langue qui fut ignorée du grand siècle[1]. »

(11)

RETOUR À PARIS. – LES JÉSUITES.
LETTRE DE M. DE MONTLOSIER ET MA RÉPONSE.

De retour à Paris, ma vie se trouva occupée entre mon établissement, rue d'Enfer[2], mes combats renouvelés à la Chambre des pairs et dans mes brochures contre les différents projets de lois contraires aux libertés publiques ; entre mes discours et mes écrits en faveur des Grecs, et mon travail pour mes *Œuvres complètes*. L'empereur de Russie mourut[3], et avec lui la seule amitié royale qui me restât. Le duc de Montmorency était devenu gouverneur du duc de Bordeaux. Il ne jouit pas longtemps de ce pesant honneur : il expira le vendredi saint 1826[4], dans l'église de Saint-Thomas-d'Aquin, à l'heure où Jésus expira sur la croix[5] ; il alla à Dieu avec le dernier soupir du Christ.

L'attaque était commencée contre les jésuites ; on entendit les déclamations banales et usées contre cet ordre

---

1. *Essai historique*, p. 126.   **2.** Sur cette installation (août 1826), voir livre XXXVI, chap. 1.   **3.** Voir *supra*, p. 184, note 5.   **4.** Le 24 mars 1826. Le 9 février précédent, Mathieu de Montmorency avait été reçu sous la Coupole et Chateaubriand, au cours de la séance, avait lu un fragment de son *Histoire de France*.   **5.** À la *neuvième heure* du jour (*Matthieu*, XXVII, 46-50 ; *Marc*, XV, 34-37 ; *Luc*, XXIII, 44-46), c'est-à-dire à trois heures après midi.

célèbre, dans lequel, il faut en convenir, règne quelque
chose d'inquiétant, car un mystérieux nuage couvre toujours les affaires des jésuites.

À propos des jésuites, je reçus cette lettre de M. de
Montlosier[1], et je lui fis la réponse qu'on lira après cette
lettre.

> *Ne derelinquas amicum antiquum,*
> *Novus enim non erit similis illi.* (ECCLES.)[2]

« Mon cher ami, ces paroles ne sont pas seulement
d'une haute antiquité, elles ne sont pas seulement d'une
haute sagesse ; pour le chrétien, elles sont sacrées. J'invoque auprès de vous tout ce qu'elles ont d'autorité.
Jamais entre les anciens amis, jamais entre les bons
citoyens, le rapprochement n'a été plus nécessaire. *Serrer
ses rangs,* serrer entre nous tous les liens, exciter avec
émulation tous nos vœux, tous nos efforts, tous nos sentiments, est un devoir commandé par l'état éminemment
déplorable du roi et de la patrie. En vous adressant ces
paroles, je n'ignore pas qu'elles seront reçues par un cœur
que l'ingratitude et l'injustice ont navré ; et cependant je
vous les adresse encore avec confiance, certain que je suis
qu'elles se feront jour à travers toutes les nuées. En ce
point délicat, je ne sais, mon cher ami, si vous serez
content de moi ; mais, au milieu de vos tribulations, si

---

1. Revenu en France sous le Consulat, Montlosier, que Chateaubriand avait connu à Londres (voir t. I, p. 682, et notes correspondantes), vivait retiré dans son domaine auvergnat de Randanne. Il y
avait élaboré un gros ouvrage, *De la monarchie française depuis son
établissement jusqu'à nos jours* (1814), qui faisait de lui un théoricien
de la réaction royaliste. Mais, imbu de la tradition gallicane, Montlosier
ne cessa, au cours de la Restauration, de dénoncer le cléricalisme du
parti-prêtre, ainsi que les tendances ultra-montaines des jésuites. Par
ses articles du *Drapeau blanc* (octobre 1825), puis dans son *Mémoire
à consulter sur un système religieux tendant à renverser la religion, la
société et le trône* (février 1826), il ne contribua pas peu à propager le
mythe de la congrégation et du pouvoir occulte des « hommes noirs »,
repris *ad nauseam* par toute la gauche libérale.   2. « Ne va pas abandonner un vieil ami ; car le nouveau ne le vaudra pas » (*Ecclésiastique,*
IX, 10).

par hasard j'ai entendu vous accuser, je ne me suis point occupé à vous défendre : je n'ai pas même écouté. Je me suis dit en moi-même : Et quand cela serait ? Je ne sais si Alcibiade n'eut pas un peu trop d'humeur quand il mit hors de sa propre maison le rhéteur qui ne put lui montrer les ouvrages d'Homère[1]. Je ne sais si Annibal n'eut pas un peu trop de violence quand il jeta hors de son siège le sénateur qui parlait contre son avis. Si j'étais admis à dire ma façon de penser sur Achille, peut-être ne l'approuve-rais-je pas de s'être séparé de l'armée des Grecs pour je ne sais quelle petite fille qui lui fut enlevée[2]. Après cela, il suffit de prononcer les noms d'Alcibiade, d'Annibal et d'Achille, pour que toute contention soit finie, il en est de même aujourd'hui de l'*iracundus, inexorabilis*[3] Cha-teaubriand. Quand on a prononcé son nom, tout est fini. Avec ce nom, quand je me dis moi-même : *il se plaint*, je sens s'émouvoir ma tendresse ; quand je me dis : *la France lui doit*, je me sens pénétré de respect. Oui, mon ami, *la France vous doit*. Il faut qu'elle vous doive encore davantage ; elle a recouvré de vous l'amour de la religion de ses pères : il faut lui conserver ce bienfait ; et pour cela, il faut la préserver de l'erreur de ses prêtres, préser-ver ces prêtres eux-mêmes de la pente funeste où ils se sont placés.

« Mon cher ami, vous et moi, n'avons cessé depuis de longues années de combattre. C'est de la prépondérance ecclésiastique se disant religieuse qu'il nous reste à pré-server le Roi et l'État. Dans les anciennes situations, le mal avec ses racines était au-dedans de nous ; on pouvait le circonvenir et s'en rendre maître. Aujourd'hui les rameaux qui nous couvrent au-dedans ont leurs racines au-dehors. Des doctrines couvertes du sang de Louis XVI et de Charles Ier ont consenti à laisser leur place à des doctrines teintes du sang d'Henri IV et d'Henri III. Ni vous ni moi ne supporterons sûrement cet état de choses ; c'est pour m'unir à vous, c'est pour recevoir de vous une

---

1. Plutarque, *Alcibiade*, X.   **2.** Briséis (voir *Iliade*, chant 1). **3.** « Irascible, inexorable » : épithètes appliqués par Horace à Achille dans son *Art poétique*, vers 121-122.

approbation qui m'encourage, c'est pour vous offrir comme soldat mon cœur et mes armes, que je vous écris.

« C'est dans ces sentiments d'admiration pour vous et d'un véritable dévouement que je vous implore avec tendresse et aussi avec respect.

                                    « Comte de Montlosier. »
« Randanne, 28 novembre 1825. »

À M. DE MONTLOSIER.

                              « Paris, ce 3 décembre 1825.

« Votre lettre, mon cher et vieil ami, est très sérieuse, et pourtant elle m'a fait rire pour ce qui me regarde. Alcibiade, Annibal, Achille ! Ce n'est pas sérieusement que vous me dites tout cela. Quant à la petite fille du fils de Pélée, si c'est mon portefeuille dont il s'agit, je vous proteste que je n'ai pas aimé l'infidèle trois jours, et que je ne l'ai pas regrettée un quart d'heure. Mon ressentiment, c'est une autre affaire. M. de Villèle, que j'aimais sincèrement, cordialement, a non seulement manqué aux devoirs de l'amitié, aux marques publiques d'attachement que je lui ai données, aux sacrifices que j'avais faits pour lui, mais encore aux plus simples procédés.

« Le Roi n'avait plus besoin de mes services, rien de plus naturel que de m'éloigner de ses conseils ; mais la manière est tout pour un galant homme, et comme je n'avais pas volé la montre du Roi sur sa cheminée, je ne devais pas être *chassé* comme je l'ai été. J'avais fait seul la guerre d'Espagne et maintenu l'Europe en paix pendant cette période dangereuse ; j'avais par ce seul fait donné une armée à la légitimité, et, de tous les ministres de la Restauration, j'ai été seul jeté hors de ma place sans aucune marque de souvenir de la couronne, comme si j'avais trahi le prince et la patrie. M. de Villèle a cru que j'accepterais ce traitement, il s'est trompé. J'ai été sincère, je resterai ennemi irréconciliable. Je suis malheureusement né : les blessures qu'on me fait ne se ferment jamais.

« Mais en voilà trop sur moi : parlons de quelque chose plus important. J'ai peur de ne pas m'entendre avec vous sur des objets graves, et j'en serais désolé ! Je veux la Charte, toute la Charte, les libertés publiques dans toute leur étendue. Les voulez-vous ?

« Je veux la religion comme vous ; je hais comme vous la congrégation et ces associations d'hypocrites qui transforment mes domestiques en espions, et qui ne cherchent à l'autel que le pouvoir. Mais je pense que le clergé, débarrassé de ces plantes parasites, peut très bien entrer dans un régime constitutionnel, et devenir même le soutien de nos institutions nouvelles. Ne voulez-vous pas trop le séparer de l'ordre politique ? Ici je vous donne une preuve de mon extrême impartialité. Le clergé, qui, j'ose le dire, me doit tant, ne m'aime point, ne m'a jamais défendu ni rendu aucun service. Mais qu'importe ? Il s'agit d'être juste et de voir ce qui convient à la religion et à la monarchie.

« Je n'ai pas, mon vieil ami, douté de votre courage ; vous ferez, j'en suis convaincu, tout ce qui vous paraîtra utile, et votre talent vous garantit le triomphe. J'attends vos nouvelles communications, et j'embrasse de tout mon cœur mon fidèle compagnon d'exil.

« CHATEAUBRIAND. »

(12)

SUITE DE MA POLÉMIQUE.

Je repris ma polémique. J'avais chaque jour des escarmouches et des affaires d'avant-garde avec les soldats de la domesticité ministérielle ; ils ne se servaient pas toujours d'une belle épée. Dans les deux premiers siècles de Rome, on punissait les cavaliers qui allaient mal à la charge, soit qu'ils fussent trop gros ou pas assez braves, en les condamnant à subir une saignée : je me chargeais du châtiment.

« L'univers change autour de nous, disais-je : de nouveaux peuples paraissent sur la scène du monde ; d'anciens peuples ressuscitent au milieu des ruines ; des découvertes étonnantes annoncent une révolution prochaine dans les arts de la paix et de la guerre : religion, politique, mœurs, tout prend un autre caractère. Nous apercevons-nous de ce mouvement ? Marchons-nous avec la société ? Suivons-nous le cours du temps ? Nous préparons-nous à garder notre rang dans la civilisation transformée ou croissante ? Non : les hommes qui nous conduisent sont aussi étrangers à l'état des choses de l'Europe que s'ils appartenaient à ces peuples dernièrement découverts dans l'intérieur de l'Afrique. Que savent-ils donc ? La bourse ! et encore ils la savent mal. Sommes-nous condamnés à porter le poids de l'obscurité pour nous punir d'avoir subi le joug de la gloire [1] ? »

La transaction relative à Saint-Domingue me fournit l'occasion de développer quelques points de notre droit public, auquel personne ne songeait [2].

Arrivé à de hautes considérations et annonçant la transformation du monde [3], je répondais à des opposants qui m'avaient dit : « Quoi ! nous pourrions être *républicains*

---

1. Conclusion du long article publié dans le *Journal des débats* du 8 août 1825 sur la « conversion des rentes » (Ladvocat, t. XXVI, p. 411). À la ligne précédente, le texte original porte : « le poids de la médiocrité ». **2.** Article du 14 août 1825 : « De la mission de M. de Mackau » (Ladvocat, t. XXVI, p. 412-426). La France ne pouvait songer à reconquérir par les armes la partie de Saint-Domingue qui lui avait appartenu au XVIIIe siècle, et qui avait acquis une indépendance de fait depuis la révolte des esclaves. Villèle avait donc engagé des négociations secrètes avec Haïti, qui aboutirent en 1825. Le roi de France reconnaissait par une ordonnance la liberté de ses anciens « sujets ». Ces derniers promettaient de verser en contrepartie une somme de 150 millions pour indemniser les colons et accordaient des conditions avantageuses au commerce français. Chateaubriand soulignait, dans son article, que seule une loi, votée par les Chambres, pouvait aliéner une portion du territoire national : nous cédions nos droits, de manière illégale, contre de simples promesses (voir M. Boiteux, *Revue d'histoire diplomatique*, janvier-mars 1957). **3.** Dans son article du 24 octobre 1825 sur « le discours d'adieu du président des États-Unis au général La Fayette ». Les citations qui suivent proviennent de la conclusion (Ladvocat, t. XXVI, p. 490-492 et 493).

un jour ? radotage ! Qui est-ce qui rêve aujourd'hui la
république ? etc., etc. »

« Attaché à l'ordre monarchique par raison, répliquais-
je, je regarde la monarchie constitutionnelle comme le
meilleur gouvernement possible à cette époque de la
société.

« Mais si l'on veut tout réduire aux intérêts personnels,
si l'on suppose que pour moi-même je croirais avoir tout
à craindre dans un état républicain, on est dans l'erreur.

« Me traiterait-il plus mal que ne m'a traité la monarchie ? Deux ou trois fois dépouillé pour elle ou par elle,
l'Empire, qui aurait tout fait pour moi si je l'avais voulu,
m'a-t-il plus rudement renié ? J'ai en horreur la servitude ; la liberté plaît à mon indépendance naturelle ; je préfère cette liberté dans l'ordre monarchique, mais je la
conçois dans l'ordre populaire. Qui a moins à craindre de
l'avenir que moi ? J'ai ce qu'aucune révolution ne peut
me ravir : sans place, sans honneurs, sans fortune, tout
gouvernement qui ne serait pas assez stupide pour dédaigner l'opinion serait obligé de me compter pour quelque
chose. Les gouvernements populaires surtout se compo-
sent des existences individuelles, et se font une valeur
générale des valeurs particulières de chaque citoyen. Je
serai toujours sûr de l'estime publique, parce que je ne
ferai jamais rien pour la perdre, et je trouverais peut-être
plus de justice parmi mes ennemis que chez mes prétendus amis.

« Ainsi de compte fait, je serais sans frayeur des républiques, comme sans antipathie contre leur liberté : je ne
suis pas roi ; je n'attends point de couronne ; ce n'est pas
ma cause que je plaide.

« J'ai dit sous un autre ministère et à propos de ce
ministère : qu'un matin on se mettrait à la fenêtre pour
voir passer la monarchie [1].

« Je dis aux ministres actuels : "En continuant de marcher comme vous marchez, toute la révolution pourrait se
réduire, dans un temps donné, *à une nouvelle édition de*

---

1. Reprise de la formule employée dès 1818 dans le *Conservateur*
à propos de la morale des intérêts (voir XXV, 10, p. 49).

*la Charte dans laquelle on se contenterait de changer
seulement deux ou trois mots." »*

J'ai souligné ces dernières phrases pour arrêter les yeux
du lecteur sur cette frappante prédiction. Aujourd'hui
même que les opinions s'en vont à vau de route, que
chaque homme dit à tort et à travers ce qui lui passe
dans la cervelle, ces idées républicaines exprimées par un
royaliste pendant la Restauration sont encore hardies. En
fait d'avenir, les prétendus esprits progressifs n'ont l'initiative sur rien.

(13)

LETTRE DU GÉNÉRAL SÉBASTIANI[1].

Mes derniers articles ranimèrent jusqu'à M. de La
Fayette qui, pour tout compliment, me fit passer une
feuille de laurier. L'effet de mes opinions, à la grande
surprise de ceux qui n'y avaient pas cru, se fit sentir
depuis les libraires qui vinrent en députation chez moi,
jusqu'aux hommes parlementaires les moins rapprochés

---

1. Horace-François Sébastiani (1772-1851) avait poursuivi, jusqu'en
1814, une double carrière militaire et diplomatique. C'est ainsi que, du
13 au 18 septembre 1806, Chateaubriand avait été son hôte à Constantinople où il était alors ambassadeur. Général de division et commandant
la cavalerie de la garde impériale à la veille de la première Restauration,
il prêta serment à Louis XVIII, mais se rallia de nouveau à Napoléon
au mois de mars 1815. Député de Vervins dans la Chambre éphémère
des Cent-Jours, il fut, avec La Fayette, membre de la commission chargée de négocier avec les alliés après Waterloo. Mis ensuite en disponibilité, il est élu dès 1819, député de la Corse puis de nouveau à Vervins,
où il succède au général Foy. Il sera jusqu'en 1830 un opposant modéré
(il avait épousé la petite-fille du maréchal de Coigny, puis était devenu,
par son second mariage avec Mlle de Gramont, le beau-frère du duc
de Guiche), puis sera un des notables du régime de Juillet : pair de
France, ministre des Affaires étrangères (août 1830-octobre 1832) ;
ambassadeur à Rome, à Naples (1er avril 1834), à Londres, où il remplaça Talleyrand (1835-1840), enfin maréchal de France.

d'abord de ma politique. La lettre donnée ci-dessous, en preuve de ce que j'avance, cause une sorte d'étonnement par la signature. Il ne faut faire attention qu'à la signification de cette lettre, au changement survenu dans les idées et dans la position de celui qui l'écrit et de celui qui la reçoit : quant au libellé, je suis *Bossuet* et *Montesquieu*, cela va sans dire ; nous autres auteurs, c'est notre pain quotidien, de même que les ministres sont toujours Sully et Colbert.

« Monsieur le vicomte,

« Permettez que je m'associe à l'admiration universelle : j'éprouve depuis trop longtemps ce sentiment pour résister au besoin de vous l'exprimer.

« Vous réunissez la hauteur de Bossuet à la profondeur de Montesquieu : vous avez retrouvé leur plume et leur génie. Vos articles sont de grands enseignements pour tous les hommes d'État.

« Dans le nouveau genre de guerre que vous avez créé, vous rappelez la main puissante de celui qui, dans d'autres combats, a aussi rempli le monde de sa gloire. Puissent vos succès être plus durables : ils intéressent la patrie et l'humanité.

« Tous ceux qui, comme moi, professent les principes de la monarchie constitutionnelle, sont fiers de trouver en vous leur plus noble interprète.

« Agréez, monsieur le vicomte, une nouvelle assurance de ma haute considération,

« Horace Sébastiani. »

« Dimanche, 30 octobre. »

Ainsi tombaient à mes pieds amis, ennemis, adversaires, au moment de la victoire. Tous les pusillanimes et les ambitieux qui m'avaient cru perdu commençaient à me voir sortir radieux des tourbillons de poussière de la lice : c'était ma seconde guerre d'Espagne ; je triomphais de tous les partis intérieurs comme j'avais triomphé au dehors des ennemis de la France. Il m'avait fallu payer de ma personne, de même qu'avec mes dépêches j'avais paralysé et rendu vaines les dépêches de M. de Metternich et de M. Canning.

(14)

Le général Foy[1] et le député Manuel[2] moururent et enlevèrent à l'opposition de gauche ses premiers orateurs. M. de Serre[3] et Camille Jordan descendirent également dans la tombe. Jusque dans le fauteuil de l'Académie, je fus obligé de défendre la liberté de la presse contre les larmoyantes supplications de M. de Lally-Tollendal[4]. La

---

1. Le général Maximilien Foy (1775-1825) avait de nouveau reçu un commandement, au début de 1819, sous le ministère de Gouvion Saint-Cyr. Quelques mois plus tard, il fut élu député, et réélu en 1824, avant de mourir le 28 novembre 1825. 2. Manuel (voir t. II, p. 685 et note 1) avait été élu député de la Vendée en octobre 1818. Improvisateur redouté de la gauche libérale, membre actif de la Charbonnerie, il avait protesté vivement contre la politique espagnole de Chateaubriand, allant même jusqu'à comparer notre intervention en faveur de Ferdinand VII à celle des Austro-Prussiens de 1792 en faveur de Louis XVI. Ces propos, tenus lors de la séance du 27 février 1823, soulevèrent un tollé dans la majorité qui vota son exclusion : il fut expulsé de la Chambre, *manu militari*, le 3 mars 1823. Manuel ne fut pas réélu. Il passa dans la retraite les dernières années de sa vie et ne tarda pas à mourir, chez son ami le banquier Laffitte, au château de Maisons, le 22 août 1827. Ses funérailles au Père-Lachaise, le 24 août, donnèrent lieu à une imposante manifestation populaire. 3. Le comte de Serre mourut le 21 juillet 1824, à Castellamare, près de Naples. Camille Jordan, lui, avait disparu le 19 mai 1821. Homme politique et publiciste lyonnais, ami de Ballanche et de Mme Récamier, Camille Jordan (1771-1821) était un proche de la famille libérale (Mme de Staël, Constant). 4. Dans leur séance du 16 janvier 1827,

loi sur la police de la presse, que l'on appela la *loi de justice et d'amour*, dut principalement sa chute à mes attaques. Mon opinion sur le projet de cette loi est un travail historiquement curieux[1] ; j'en reçus des compliments parmi lesquels deux noms sont singuliers à rappeler.

« Monsieur le vicomte,

« Je suis sensible aux remercîments que vous voulez bien m'adresser. Vous appelez obligeance ce que je regardais comme une dette, et j'ai été heureux de la payer à l'éloquent écrivain. Tous les vrais amis des lettres s'associent à votre triomphe et doivent se regarder comme solidaires de votre succès. De loin comme de près, j'y contribuerai de tout mon pouvoir, s'il est possible que vous ayez besoin d'efforts aussi faibles que les miens.

« Dans un siècle éclairé comme le nôtre, le génie est la seule puissance qui soit au-dessus des coups de la disgrâce ; c'est à vous, monsieur, qu'il appartenait d'en fournir la preuve vivante à ceux qui s'en réjouissent comme à ceux qui ont eu le malheur de s'en affliger.

« J'ai l'honneur d'être, avec la considération la plus distinguée, votre, etc., etc. »

« Étienne. »

« Paris, ce 5 avril 1827. »

« J'ai bien tardé, Monsieur, à vous rendre grâce de votre admirable discours. Une fluxion sur les yeux, des travaux pour la Chambre, et plus encore les épouvan-

---

les académiciens avaient décidé, malgré les objections de Lally-Tollendal, de présenter au roi une « Supplique » en faveur de la liberté de la presse qu'une majorité de membres jugeait menacée par un projet de loi sur la censure déposé par le garde des Sceaux Peyronnet le 29 décembre précédent. Chateaubriand avait été un des rédacteurs de ce texte. Mais Charles X ayant refusé de recevoir la délégation de la Compagnie, il ne fut même pas publié.

1. *Opinion sur le projet de loi relatif à la police de la presse*, Ladvocat, 1827. Cette brochure de cent quatre pages fut recueillie dans le volume des *Œuvres complètes* intitulé : *De la presse*, augmentée de la préface de la seconde édition, qui porte la date du 7 mai 1827 (Ladvocat, t. XXVII, 1828, p. 127-234).

tables séances de cette Chambre, me serviront d'excuse.
Vous savez d'ailleurs combien mon esprit et mon âme
s'associent à tout ce que vous dites et sympathisent avec
tout le bien que vous essayez de faire à notre malheureux
pays. Je suis heureux de réunir mes faibles efforts à votre
puissante influence, et le délire d'un ministère qui tourmente la France et voudrait la dégrader, tout en m'inquiétant sur ses résultats prochains, me donne l'assurance
consolante qu'un tel état de choses ne peut se prolonger.
Vous aurez puissamment contribué à y mettre un terme,
et si je mérite un jour qu'on place mon nom bien après
le vôtre dans la lutte qu'il faut soutenir contre tant de
folie et de crime, je m'estimerai bien récompensé.

« Agréez, Monsieur, l'hommage d'une admiration sincère, d'une estime profonde et de la plus haute considération. »

« BENJAMIN CONSTANT. »

« Paris, ce 21 mai 1827. »

C'est au moment dont je parle que j'arrivai au plus
haut point de mon importance politique. Par la guerre
d'Espagne j'avais dominé l'Europe ; mais une opposition
violente me combattait en France : après ma chute, je
devins à l'intérieur le dominateur avoué de l'opinion.
Ceux qui m'avaient accusé d'avoir commis une faute irréparable en reprenant la plume étaient obligés de reconnaître que je m'étais formé un empire plus puissant que
le premier. La jeune France était passée tout entière de
mon côté et ne m'a jamais quitté depuis. Dans plusieurs
classes industrielles, les ouvriers étaient à mes ordres, et
je ne pouvais plus faire un pas dans les rues sans être
entouré. D'où me venait cette popularité ? de ce que
j'avais connu le véritable esprit de la France. J'étais parti
pour le combat avec un seul journal, et j'étais devenu le
maître de tous les autres. Mon audace me venait de mon
indifférence : comme il m'aurait été parfaitement égal
d'échouer, j'allais au succès sans m'embarrasser de la
chute. Il ne m'est resté que cette satisfaction de moi-
même, car que fait aujourd'hui à personne une popularité
passée et qui s'est justement effacée du souvenir de tous ?

La fête du Roi étant survenue, j'en profitai pour faire éclater une loyauté que mes opinions libérales n'ont jamais altérée. Je fis paraître cet article [1] :

« Encore une trêve du roi !

« Paix aujourd'hui aux ministres !

« Gloire, honneur, longue félicité et longue vie à Charles X ! c'est la Saint-Charles !

« C'est à nous surtout, vieux compagnon d'exil de notre monarque, qu'il faut demander l'histoire de Charles X.

« Vous autres, Français, qui n'avez point été forcés de quitter votre patrie, vous qui n'avez reçu un Français de plus que pour vous soustraire au despotisme impérial et au joug de l'étranger, habitants de la grande et bonne ville, vous n'avez vu que le prince heureux : quand vous vous pressiez autour de lui, le 12 d'avril 1814 ; que vous touchiez en pleurant d'attendrissement des mains sacrées, quand vous retrouviez sur un front ennobli par l'âge et le malheur toutes les grâces de la jeunesse, comme on voit la beauté à travers un voile, vous n'aperceviez que la vertu triomphante, et vous conduisiez le fils des rois à la couche royale de ses pères.

« Mais nous, nous l'avons vu dormir sur la terre, comme nous sans asile, comme nous proscrit et dépouillé. Eh bien, cette bonté qui vous charme était la même ; il portait le malheur comme il porte aujourd'hui la couronne, sans trouver le fardeau trop pesant, avec cette bénignité chrétienne qui tempérait l'éclat de son influence, comme elle adoucit l'éclat de sa prospérité.

« Les bienfaits de Charles X s'accroissent de tous les bienfaits dont nous ont comblés ses aïeux : la fête d'un roi très-chrétien est pour les Français la fête de la reconnaissance : livrons-nous donc aux transports de gratitude qu'elle doit nous inspirer. Ne laissons pénétrer dans notre

---

1. Dans le *Journal des Débats* du 3 novembre 1827, veille de la Saint-Charles (Ladvocat, t. XXVI, p. 501-505). Chateaubriand ne cite ici que des extraits de son article qui, par sa date, anticipe sur les événements qui vont suivre.

âme rien qui puisse un moment rendre notre joie moins pure ! Malheur aux hommes... ! Nous allions violer la trêve ! Vive le Roi ! »

Mes yeux se sont remplis de larmes en copiant cette page de ma polémique, et je n'ai plus le courage d'en continuer les extraits. Oh ! mon Roi ! vous que j'avais vu sur la terre étrangère, je vous ai revu sur cette même terre où vous alliez mourir ! Quand je combattais avec tant d'ardeur pour vous arracher à des mains qui commençaient à vous perdre, jugez, par les paroles que je viens de transcrire, si j'étais votre ennemi, ou bien le plus tendre et le plus sincère de vos serviteurs ! Hélas ! je vous parle et vous ne m'entendez plus.

Le projet de loi sur la police de la presse ayant été retiré, Paris illumina [1]. Je fus frappé de cette manifestation publique, pronostic mauvais pour la monarchie : l'opposition avait passé dans le peuple, et le peuple, par son caractère, transforme l'opposition en révolution.

La haine contre M. de Villèle allait croissant ; les royalistes, comme au temps du *Conservateur*, étaient redevenus derrière moi, constitutionnels : M. Michaud [2] m'écrivait :

« Mon honorable maître,

« J'ai fait imprimer hier l'annonce de votre ouvrage sur la censure ; mais l'article, composé de deux lignes, a été rayé par MM. les censeurs. M. Capefigue [3] vous expli-

---

1. Adoptée par la Chambre des députés le 12 mars 1827 par deux cent trente-trois voix contre cent trente-quatre, la loi se heurta, devant les pairs, à une hostilité telle que Peyronnet fut obligé de la retirer le 17 avril. Les démonstrations de joie populaire se transformèrent, le 18 et le 19, en manifestations de haine contre les ministres et les jésuites.	2. Chateaubriand connaissait Michaud de longue date (voir t. II, p. 141, note 1). Le nom de ce royaliste savoyard, académicien depuis 1813, député de l'Ain en 1815, demeure attaché à une monumentale *Histoire des Croisades* (1808-1822) et à la première *Biographie universelle* (1811-1828, en collaboration avec son frère). Il fut sous la Restauration le directeur de *La Quotidienne* qui ne sera pas toujours tendre pour Chateaubriand.	3. Jean-Baptiste Capefigue (1802-1872), alors rédacteur à *La Quotidienne*, plus tard historien prolifique.

quera pourquoi nous n'avons pas mis de blancs ou de noirs.

« Si Dieu ne vient à notre secours, tout est perdu ; la royauté est comme la malheureuse Jérusalem entre les mains des Turcs, à peine ses enfants peuvent-ils en approcher ; à quelle cause nous sommes-nous donc sacrifiés ! »

« Michaud. »

(15)

Irritation de M. de Villèle. – Charles X veut passer la revue de la garde nationale au Champ-de-Mars. Je lui écris : ma lettre.

L'opposition avait enfin donné de l'irascibilité au tempérament froid de M. de Villèle, et rendu despotique l'esprit malfaisant de M. de Corbière. Celui-ci avait destitué le duc de Liancourt de dix-sept places gratuites[1]. Le duc de Liancourt n'était pas un saint, mais on trouvait en lui un homme bienfaisant, à qui la philanthropie avait décerné le titre de vénérable ; par le bénéfice du temps, de vieux révolutionnaires ne marchent plus qu'avec une épithète comme les dieux d'Homère : c'est toujours le respectable M. tel, c'est toujours l'inflexible citoyen tel, qui, comme Achille, n'a jamais mangé de *bouillie* (a-chy-

---

1. François de La Rochefoucauld, duc de Liancourt (1747-1827), avait été, avant la Révolution, le type même du grand seigneur éclairé : officier général, disciple des physiocrates (il avait été le premier à utiliser sur ses terres de Normandie la méthode des fourrages artificiels), membre de la Constituante. De retour en France, sous le Consulat, il ne cessa plus de se consacrer à des œuvres « philanthropiques » : propagation de la vaccine, enseignement mutuel, épargne. Membre du conseil général des Hôpitaux, il présidait plusieurs associations de bienfaisance, au sein desquelles il déployait une inlassable activité. Destitué en 1823 de plusieurs de ces fonctions, il était devenu un des membres les plus populaires de la Chambre des pairs.

los) [1]. À l'occasion du scandale arrivé au convoi de M. de Liancourt [2], M. de Sémonville nous dit, à la Chambre des pairs : « Soyez tranquilles, messieurs, cela n'arrivera plus ; je vous conduirai moi-même au cimetière. »

Le Roi, au mois d'avril 1827, voulut passer la revue de la garde nationale au Champ-de-Mars. Deux jours avant cette fatale revue, poussé par mon zèle et ne demandant qu'à mettre bas les armes, j'adressai à Charles X une lettre qui lui fut remise par M. de Blacas [3] et dont il m'accusa réception par ce billet :

« Je n'ai pas perdu un instant, monsieur le vicomte, pour remettre au Roi la lettre que vous m'avez fait l'honneur de m'adresser pour Sa Majesté ; et si elle daigne me charger d'une réponse, je ne mettrai pas moins d'empressement à vous la faire parvenir.

« Recevez, monsieur le vicomte, mes compliments les plus sincères. »

« Blacas d'Aulps. »

« Ce 27 avril 1827, à 1 heure après midi. »

AU ROI.

« Sire,

« Permettez à un sujet fidèle, que les moments d'agitation retrouveront toujours au pied du trône, de confier à Votre Majesté quelques réflexions qu'il croit utiles à la gloire de la couronne comme au bonheur et à la sûreté du Roi.

« Sire, il n'est que trop vrai, il y a péril dans l'État ;

---

1. Étymologie burlesque.   **2.** Le duc de Liancourt avait fondé, à Châlons-sur-Marne, une école des arts et métiers dont il était le bienfaiteur. Lors de ses obsèques, au mois de mars 1827, une altercation éclata entre les élèves et la troupe pour savoir qui devait porter le cercueil. Dans la rixe qui suivit, « la bière tomba et, dit-on, se brisa », ainsi que les insignes de la pairie qui la recouvraient : voir Boigne, t. II, p. 118.   **3.** Alors de service comme premier gentilhomme de la Chambre, charge qu'il occupait depuis 1823, en remplacement du duc de Richelieu.

mais il est également certain que ce péril n'est rien si on ne contrarie pas les principes mêmes du gouvernement.

« Un grand secret, Sire, a été révélé : vos ministres ont eu le malheur d'apprendre à la France que ce peuple que l'on disait ne plus *exister* était tout vivant encore. Paris, pendant deux fois vingt-quatre heures, a échappé à l'autorité. Les mêmes scènes se répètent dans toute la France : les factions n'oublieront pas cet essai.

« Mais les rassemblements populaires, si dangereux dans les monarchies absolues, parce qu'ils sont en présence du souverain même, sont peu de chose dans la monarchie représentative, parce qu'ils ne sont en contact qu'avec des ministres ou des lois. Entre le monarque et les sujets se trouve une barrière qui arrête tout : les deux Chambres et les institutions publiques. En dehors de ces mouvements, le Roi voit toujours son autorité et sa personne sacrée à l'abri.

« Mais, Sire, il y a une condition indispensable à la sûreté générale, c'est d'agir dans l'esprit des institutions : une résistance de votre conseil à cet esprit rendrait les mouvements populaires aussi dangereux dans la monarchie représentative qu'ils le sont dans la monarchie absolue.

« De la théorie je passe à l'application :

« Votre Majesté va paraître à la revue : elle y sera accueillie comme elle le doit ; mais il est possible qu'elle entende au milieu des cris de *vive le Roi !* d'autres cris qui lui feront connaître l'opinion publique sur ses ministres.

« De plus, Sire, il est faux qu'il y ait à présent, comme on le dit, une faction républicaine ; mais il est vrai qu'il y a des partisans d'une monarchie illégitime : or, ceux-ci sont trop habiles pour ne pas profiter de l'occasion et ne pas mêler leurs voix le 29 à celle de la France pour donner le change.

« Que fera le Roi ? cédera-t-il ses ministres aux acclamations populaires ? ce serait tuer le pouvoir. Le Roi gardera-t-il ses ministres ? ces ministres feront retomber sur la tête de leur auguste maître toute l'impopularité qui les poursuit. Je sais bien que le Roi aurait le courage de se charger d'une douleur personnelle pour éviter un mal à la monarchie ; mais on peut, par le moyen le plus simple, éviter ces calamités ; permettez-moi, Sire, de vous le dire : on le peut en se renfermant dans l'esprit de nos institutions : les ministres ont perdu la majorité dans la Chambre des pairs et dans la nation : la conséquence naturelle de cette position critique est leur retraite. Comment, avec le sentiment de leur devoir, pourraient-ils s'obstiner, en restant au pouvoir, à compromettre la couronne ? En mettant leur démission aux pieds de Votre Majesté, ils calmeront tout, ils finiront tout : ce n'est plus le Roi qui cède, ce sont les ministres qui se retirent d'après tous les usages et tous les principes du gouvernement représentatif. Le Roi pourra reprendre ensuite parmi eux ceux qu'il jugera à propos de conserver : il y en a deux que l'opinion honore, M. le duc de Doudeauville[1] et M. le comte de Chabrol[2].

« La revue perdrait ainsi ses inconvénients et ne serait plus qu'un triomphe sans mélange. La session s'achèvera en paix au milieu des bénédictions répandues sur la tête de mon Roi.

« Sire, pour avoir osé vous écrire cette lettre, il faut que je sois bien persuadé de la nécessité de prendre une résolution ; il faut qu'un devoir bien impérieux m'ait poussé. Les ministres sont mes ennemis ; je suis le leur ; je leur pardonne comme chrétien ; mais je ne leur pardonnerai jamais comme homme : dans cette position, je n'aurais jamais parlé au Roi de leur retraite s'il n'y allait du salut de la monarchie.

« Je suis, etc. »

« CHATEAUBRIAND. »

---

1. Ambroise de La Rochefoucauld, duc de Doudeauville (1765-1841), avait vécu, depuis le retour de son émigration, dans sa terre de Montmirail. Devenu pair de France en 1815, il fut nommé directeur des Postes (1822), puis, en 1824, ministre de la Maison du roi.
2. Christophe-André-Jean Chabrol de Crouzol (1771-1836) avait commencé par appartenir au Conseil d'État, avant de se voir nommé, au mois de juillet 1814, préfet du Rhône, fonctions qu'il exerça de nouveau de 1815 à 1818. Devenu ensuite député du Puy-de-Dôme (1820), puis pair de France (décembre 1823), il avait été nommé ministre de la Marine en août 1824. Il fera encore partie du ministère Polignac jusqu'à sa démission, le 18 mai 1830.

(16)

L<small>A REVUE</small>. – L<small>ICENCIEMENT DE LA GARDE NATIONALE</small>. – L<small>A</small>
C<small>HAMBRE ÉLECTIVE EST DISSOUTE</small>. – L<small>A NOUVELLE</small> C<small>HAMBRE</small>.
R<small>EFUS DE CONCOURS</small>. – C<small>HUTE DU MINISTÈRE</small> V<small>ILLÈLE</small>.
J<small>E CONTRIBUE À FORMER LE NOUVEAU MINISTÈRE ET J'ACCEPTE</small>
L'<small>AMBASSADE DE</small> R<small>OME</small>.

Madame la Dauphine et madame la duchesse de Berry
furent insultées en se rendant à la revue[1] ; le Roi fut généralement bien accueilli ; mais une ou deux compagnies de
la 6e légion crièrent : « À bas les ministres ! à bas les
jésuites ! » Charles X offensé répliqua : « Je suis venu ici
pour recevoir des hommages, non des leçons. » Il avait
souvent à la bouche de nobles paroles que ne soutenait
pas toujours la vigueur de l'action : son esprit était hardi,
son caractère timide. Charles X en rentrant au château,
dit au maréchal Oudinot : « L'effet total a été satisfaisant.
S'il y a quelques brouillons, la masse de la garde nationale est bonne : témoignez-lui ma satisfaction. »

M. de Villèle arriva. Des légions à leur retour avaient
passé devant l'hôtel des finances et crié : « À bas Villèle ! »
Le ministre, irrité par toutes les attaques précédentes,
n'était plus à l'abri des mouvements d'une froide colère ;
il proposa au conseil de licencier la garde nationale. Il fut
appuyé de MM. de Corbière, de Peyronnet, de Damas[2] et

---

1. Cette revue du 29 avril 1827 était la première que passait le roi
depuis son accession au trône. Le récit de Chateaubriand concorde avec
les autres témoignages contemporains (voir, par exemple, Boigne, t. II,
p. 118-119).   2. Ange-Hyacinthe-Maxence, baron de Damas (1785-
1862), entré dès 1795 à la prestigieuse école des Cadets de Saint-
Pétersbourg, avait poursuivi au service de la Russie une carrière militaire qui le mena jusqu'au grade de général (1814). Nommé lieutenant-
général en août 1815, et placé à la tête de la région militaire de Marseille, il remporta quelque succès en Catalogne au début de 1823. Il
est ensuite nommé pair de France (9 octobre 1823), puis ministre de la
Guerre (19 octobre). Il remplacera Chateaubriand au ministère des
Affaires étrangères au mois de juin 1824. Le 23 avril 1828, Charles X
le désignera pour être le gouverneur du duc de Bordeaux auprès duquel,

de Clermont-Tonnerre[1], combattu par M. de Chabrol, l'évêque d'Hermopolis[2] et le duc de Doudeauville. Une ordonnance du Roi prononça le licenciement, coup le plus funeste porté à la monarchie avant le dernier coup des journées de Juillet : si à ce moment la garde nationale ne se fût pas trouvée dissoute, les barricades n'auraient pas eu lieu. M. le duc de Doudeauville donna sa démission ; il écrivit au Roi une lettre motivée dans laquelle il annonçait l'avenir, que tout le monde, au reste, prévoyait.

Le gouvernement commençait à craindre ; les journaux redoublaient d'audace, et on leur opposait, par habitude, un projet de censure ; on parlait en même temps d'un ministère La Bourdonnaye, où aurait figuré M. de Polignac. J'avais eu le malheur de faire nommer M. de Polignac ambassadeur à Londres, malgré ce qu'avait pu me dire M. de Villèle : en cette occasion il vit mieux et plus loin que moi. En entrant au ministère, je m'étais empressé de faire quelque chose d'agréable à Monsieur. Le président du conseil était parvenu à réconcilier les deux frères, dans la prévision d'un changement prochain de règne : cela lui réussit ; moi, en m'avisant une fois dans ma vie

---

à Holyrood puis à Prague, il restera jusqu'en 1833. Il consacrera le reste de sa vie à gérer ses domaines de Dordogne.
    1. Aimé-Marie-Gaspard, marquis puis duc de Clermont-Tonnerre (1779-1865), fut élève de Polytechnique, officier artilleur, enfin aide de camp de Joseph Bonaparte à Naples, puis à Madrid, avant de quitter le service pour se marier (1811). Pair de France dès le début de la Restauration, il avait été nommé ministre de la Marine le 14 décembre 1821, puis il avait remplacé le baron de Damas à la Guerre au mois de juillet 1824.   **2.** Denis Frayssinous (1765-1841) avait exercé son ministère, sous la Révolution, dans son Rouergue natal, avant de revenir à Paris enseigner la théologie au séminaire de Saint-Sulpice. Il se rendit célèbre, sous le Premier Empire, par ses « catéchismes raisonnés », cycles de conférences destinées à la formation religieuse des gens du monde qui eurent beaucoup de succès. Devenu vicaire général de Paris (mai 1819), puis premier aumônier du roi, il fut à ce titre consacré évêque *in partibus* d'Hermopolis. Au mois de juin 1822, il fut nommé grand maître de l'Université, puis, en août 1824, se vit confier un ministère unifié des Affaires ecclésiastiques et de l'Instruction publique, poste qu'il conserva jusqu'en février 1828. Installé à Rome après 1830, Mgr Frayssinous fut appelé à Prague en 1833 pour être le précepteur du duc de Bordeaux.

de vouloir être fin, je fus bête. Si M. de Polignac n'eût pas été ambassadeur, il ne serait pas devenu maître des affaires étrangères.

M. de Villèle, obsédé d'un côté par l'opposition royaliste libérale, importuné de l'autre par les exigences des évêques, trompé par les préfets consultés, qui étaient eux-mêmes trompés[1], résolut de dissoudre la Chambre élective, malgré les trois cents qui lui restaient fidèles. Le rétablissement de la censure précéda la dissolution. J'attaquai plus vivement que jamais[2] ; les oppositions s'unirent ; les élections des petits collèges furent toutes contre le ministère ; à Paris la gauche triompha ; sept collèges nommèrent M. Royer-Collard, et les deux collèges où se présenta M. de Peyronnet, ministre, le rejetèrent. Paris illumina de nouveau : il y eut des scènes sanglantes ; des barricades se formèrent, et les troupes envoyées pour rétablir l'ordre furent obligées de faire feu : ainsi se préparaient les dernières et fatales journées. Sur ces entrefaites, on reçut la nouvelle du combat de Navarin[3], succès dont je pouvais revendiquer ma part. Les grands malheurs de la Restauration ont été annoncés par des victoires ; elles avaient de la peine à se détacher des héritiers de Louis-le-Grand.

La Chambre des pairs jouissait de la faveur publique par sa résistance aux lois oppressives ; mais elle ne savait pas se défendre elle-même : elle se laissa gorger de four-

---

1. Selon Villèle lui-même (cité par Nettement, *Histoire de la Restauration*, t. VII, p. 551 et 554), les préfets auraient au contraire, de juillet à septembre 1827, mis en garde le gouvernement contre le risque de procéder à des élections générales.   2. La censure avait été rétablie par ordonnance le 24 juin, deux jours après la clôture de la session parlementaire. Une semaine plus tard, Chateaubriand publia *Du rétablissement de la censure* (Ladvocat, t. XXVII, p. 69-126) ; la brochure porte la date du 30 juin avec un post-scriptum du 1er juillet. C'est quelques mois plus tard que la dissolution fut prononcée (ordonnance du 5 novembre 1827). Les électeurs étaient convoqués pour les 17 et 24 novembre. Sur le déroulement de ces élections voir Bertier, p. 392-395.   3. Il avait eu lieu le 20 octobre 1827.

nées[1] contre lesquelles je fus presque le seul à réclamer.
Je lui prédis que ces nominations vicieraient son principe
et lui feraient perdre à la longue toute force dans l'opinion : me suis-je trompé ? Ces fournées, dans le but de
rompre une majorité, ont non seulement détruit l'aristocratie en France, mais elles sont devenues le moyen dont
on se servira contre l'aristocratie anglaise ; celle-ci sera
étouffée sous une nombreuse fabrication de toges, et
finira par perdre son hérédité, comme la pairie dénaturée
l'a perdue en France.

La nouvelle Chambre arrivée prononça son fameux
refus de concours : M. de Villèle, réduit à l'extrémité,
songea à renvoyer une partie de ses collègues et négocia
avec MM. Laffitte et Casimir Périer[2]. Les deux chefs de
l'opposition de gauche prêtèrent l'oreille : la mèche fut
éventée ; M. Laffitte n'osa franchir le pas ; l'heure du
président sonna, et le portefeuille tomba de ses mains[3].
J'avais rugi en me retirant des affaires ; M. de Villèle se
coucha : il eut la velléité de rester à la Chambre des députés ; parti qu'il aurait dû prendre, mais il n'avait ni une

---

1. Une première fournée de cinquante-neuf pairs avait été faite par
Decazes en 1819 pour « recentrer » la majorité de la Chambre haute.
Une seconde fut décidée, en sens inverse, le 5 novembre 1827 : parmi
les soixante-seize nouveaux pairs, on dénombrait quarante députés et
cinq archevêques. La pairie achèvera de se « dénaturer » sous la monarchie de Juillet, lorsqu'elle perdra son caractère héréditaire.   **2.** Ils
avaient été élus à Paris dès le 17 novembre, ainsi que Benjamin
Constant, Royer-Collard, le baron Ternaux, le baron Louis et le baron
de Schonen. Jacques Laffitte (1767-1844) avait pris la direction de la
banque Perregaux en 1804 et profité des guerres impériales pour réaliser une immense fortune. Président de la chambre de commerce de
Paris, gouverneur de la Banque de France de 1814 à 1819, il fut
constamment réélu député de 1816 à 1830. Ce banquier épris de faste
et non dépourvu de générosité, fut le pilier et le bailleur de fonds du
parti libéral. Il sera pendant quelques mois président du Conseil au
début du règne de Louis-Philippe, qu'il avait contribué à élever au
trône. Casimir Périer (1777-1832) avait fondé à Paris, sous le Consulat,
une prospère maison de banque et de commerce. Élu pour la première
fois député le 20 septembre 1817 par le collège électoral de la Seine,
il sera sans cesse réélu par la suite. Il mena une vigoureuse opposition
contre Villèle, mais se rallia au ministère Martignac.   **3.** Villèle
donna sa démission le 2 décembre 1827.

connaissance assez profonde du gouvernement représentatif, ni une autorité assez grande sur l'opinion extérieure, pour jouer un pareil rôle : les nouveaux ministres exigèrent son bannissement à la Chambre des pairs et il l'accepta. Consulté sur quelques remplaçants pour le cabinet, j'invitai à prendre M. Casimir Périer et le général Sébastiani : mes paroles furent perdues.

M. de Chabrol, chargé de composer le nouveau ministère, me mit en tête de sa liste ; j'en fus rayé avec indignation par Charles X. M. Portalis[1], le plus misérable caractère qui fût oncques, fédéré pendant les Cent-Jours, rampant aux pieds de la légitimité dont il parla comme aurait rougi de parler le plus ardent royaliste, aujourd'hui prodiguant sa banale adulation à Philippe, reçut les sceaux. À la guerre, M. de Caux[2] remplaça M. de Clermont-Tonnerre. M. le comte Roy, l'habile artisan de son immense fortune, fut chargé des finances[3]. Le comte de La Ferronnays, mon ami, eut le portefeuille des affaires étrangères. M. de Martignac[4] entra au ministère de l'inté-

---

1. Joseph-Marie Portalis (1778-1858) avait commencé de faire une carrière de juriste au Conseil d'État, puis dans la magistrature. Pair de France en 1819. Après la chute de Martignac, il sera nommé, le 8 août 1829, président de la Cour de cassation, charge qu'il conserva jusqu'au mois de décembre 1852. Chateaubriand ne pouvait oublier que le comte Portalis avait été, en 1810, directeur de la Librairie, et ses relations avec lui, lors de son ambassade romaine, ne seront pas toujours faciles. **2.** Louis-Victor de Blancquetot, vicomte de Caux (1775-1845), ancien officier du génie, conseiller d'État depuis 1817 et député du Nord, avait pris, en 1823, la direction du personnel au ministère de la Guerre, où il se révéla un bon administrateur. C'est une ordonnance du 17 janvier 1828 qui lui donna enfin le titre de ministre de la Guerre. **3.** Le comte Antoine Roy (1764-1847), ancien avocat au parlement de Paris. Administrateur des biens du duc de Bouillon, il les avait rachetés en 1798 moyennant une rente viagère de 300 000 francs par an. Le décès inopiné du duc, quelques mois plus tard, fit de lui un des plus gros propriétaires fonciers de France. Il fut, sous la Restauration, ministre des Finances à trois reprises : en 1818, du 19 novembre 1819 au 14 décembre 1821, enfin du 4 janvier 1828 au 8 août 1829. Député depuis 1815, il sera élevé à la pairie en 1822. **4.** Jean-Baptiste Gage, vicomte de Martignac (1776-1832), avocat bordelais, magistrat, député depuis 1821. Voir un portrait plus développé au chap. 1 du livre XXXI.

rieur ; le Roi ne tarda pas à le détester. Charles X suivait plutôt ses goûts que ses principes : s'il repoussait M. de Martignac à cause de son penchant aux plaisirs, il aimait MM. de Corbière et de Villèle qui n'allaient pas à la messe.

M. de Chabrol et l'évêque d'Hermopolis restèrent provisoirement au ministère. L'évêque, avant de se retirer, me vint voir ; il me demanda si je le voulais remplacer à l'instruction publique : « Prenez M. Royer-Collard, lui dis-je, je n'ai nulle envie d'être ministre ; mais si le Roi me voulait absolument rappeler au conseil, je n'y rentrerais que par le ministère des affaires étrangères, en réparation de l'affront que j'y ai reçu. Or, je ne puis avoir aucune prétention sur ce portefeuille, si bien placé entre les mains de mon noble ami. »

Après la mort de M. Mathieu de Montmorency, M. de Rivière [1] était devenu gouverneur du duc de Bordeaux ; il travaillait dès lors au renversement de M. de Villèle, car la partie dévote de la cour s'était ameutée contre le ministre des finances. M. de Rivière me donna rendez-vous rue de Taranne, chez M. de Marcellus [2], pour me faire inutilement la même proposition que me fit plus tard l'abbé Frayssinous. M. de Rivière mourut, et M. le baron de Damas lui succéda auprès de M. le duc de Bordeaux. Il s'agissait donc toujours de la succession de M. de Cha-

---

1. Charles-François de Riffardeau, marquis puis duc de Rivière (1763-1828), avait été pendant la révolution un intrépide agent de liaison entre les princes exilés et les maquis vendéens. Condamné à mort lors du procès de Cadoudal (1804), il fut gracié par Napoléon mais fut interné longtemps au fort de Joux. Il joua un rôle actif dans le soulèvement de la Provence à la fin des Cent-Jours. Il fut nommé pair de France en 1815, puis ambassadeur à Constantinople (1816-1820). C'est auprès de lui que le vicomte de Marcellus débuta dans la carrière diplomatique, où il se fit remarquer par son acquisition de la Vénus de Milo, que son ambassadeur offrit au roi en 1822. Devenu à son retour capitaine des Gardes du corps de Monsieur, puis du roi Charles X, Rivière reçut le titre de duc le 30 mai 1825, avant de devenir, au mois de mars 1826, gouverneur du duc de Bordeaux.   2. Selon ce dernier (p. 309-310), une première entrevue avait eu lieu un an plus tôt pour une négociation analogue qui avait alors échoué.

brol et de M. l'évêque d'Hermopolis. L'abbé Feutrier[1], évêque de Beauvais, fut installé au ministère des cultes, que l'on détacha de l'instruction publique, laquelle tomba à M. de Vatimesnil[2]. Restait le ministère de la marine : on me l'offrit ; je ne l'acceptai point. M. le comte Roy me pria de lui indiquer quelqu'un qui me fût agréable et que je choisirais dans la couleur de mon opinion. Je désignai M. Hyde de Neuville. Il fallait en outre trouver le précepteur de M. le duc de Bordeaux ; M. le comte Roy m'en parla : M. de Chéverus[3] se présenta tout d'abord à ma pensée. Le ministre des finances courut chez Charles X ; le Roi lui dit : « Soit : Hyde à la marine ; mais pourquoi Chateaubriand ne prend-il lui-même ce ministère ? Quant à M. de Chéverus, le choix serait excellent ; je suis fâché de n'y avoir pas pensé ; deux heures plus tôt, la chose était faite : dites-le bien à Chateaubriand, mais M. Tharin[4] est nommé. »

---

1. Jean-François Feutrier (1785-1830), rattaché à la Grande Aumônerie sous le cardinal Fesch, était devenu au début de la Restauration curé de la Madeleine, puis vicaire général de Paris. Il fut nommé évêque de Beauvais au mois de janvier 1825, puis élevé à la pairie avec le titre de comte. Sa nomination au ministère des Affaires ecclésiastiques date du 4 mars 1828. Bel exemple de carrière rapide sous la protection de la Congrégation.   2. Antoine Lefebvre de Vatimesnil (1789-1860) avait poursuivi, après 1815, une assez brillante carrière au parquet de la Seine, où il avait été remarqué pour ses réquisitoires sans concession. Il avait aussi été secrétaire général du ministère de la Justice, avant de faire son entrée au Conseil d'État (1824). Sa participation au ministère Martignac, à partir de janvier 1828, le fit évoluer vers un certain libéralisme : il sera député de Valenciennes de juin 1830 à 1834, puis membre de la Législative, sous la Seconde République (1849-1851).   3. Jean-Louis Lefébure de Chéverus (1768-1838) avait émigré peu après son ordination (le 18 décembre 1790) pour aller évangéliser les Indiens : il sera le fondateur du diocèse catholique de Boston, et son premier évêque. Louis XVIII le rappela en France, où il fut successivement évêque de Montauban (1823), puis archevêque de Bordeaux (1826). Charles X nomma Mgr de Chéverus pair de France, avec le titre de comte, le 5 novembre 1826. Grégoire XVI lui accordera le chapeau de cardinal le 9 mars 1836, peu avant sa mort.   4. Claude-Marie Tharin (1787-1843), ancien supérieur du séminaire de Saint-Sulpice, évêque de Strasbourg depuis 1823. Sa désignation comme précepteur du duc de Bordeaux fut interprétée comme un succès des jésuites.

M. Roy me vint apprendre le succès de sa négociation ; il ajouta : « Le roi désire que vous acceptiez une ambassade ; si vous le voulez, vous irez à Rome. » Ce mot de Rome eut sur moi un effet magique ; j'éprouvai la tentation à laquelle les anachorètes étaient exposés dans le désert. Charles X, en prenant à la marine l'ami que je lui avais désigné, faisait les premières avances ; je ne pouvais plus me refuser à ce qu'il attendait de moi : je consentis donc encore à m'éloigner. Du moins, cette fois, l'exil me plaisait : *Pontificum veneranda sedes, sacrum solium*[1]. Je me sentis saisi du désir de fixer mes jours, de l'envie de disparaître (même par calcul de renommée) dans la ville des funérailles, au moment de mon triomphe politique. Je n'aurais plus élevé la voix, sinon comme l'oiseau fatidique de Pline[2], pour dire chaque matin *Ave* au Capitole et à l'aurore. Il se peut qu'il fût utile à mon pays de se trouver débarrassé de moi : par le poids dont je me sens, je devine le fardeau que je dois être pour les autres. Les esprits de quelque puissance qui se rongent et se retournent sur eux-mêmes sont fatigants. Dante met aux enfers des âmes torturées sur une couche de feu[3].

M. le duc de Laval[4], que j'allais remplacer à Rome, fut nommé à l'ambassade de Vienne.

---

1. « Siège vénérable des Pontifes, trône sacré » (hymne liturgique).   2. Un corbeau né dans le temple des Dioscures et élevé par un cordonnier, dont nous parle Pline (*Histoire naturelle*, X, p. 121-122) : « Habitué de bonne heure à parler, ce jeune corbeau s'envolait tous les matins sur la tribune et, tourné vers le Forum, il saluait par leur nom Tibère, puis Germanicus et Drusus, ensuite le peuple romain qui passait par là ; après quoi il retournait à la boutique du cordonnier » (tr. Saint-Denis, Les Belles-Lettres, 1981).   3. Chateaubriand vise sans doute les sépultures des Hérésiarques (*Enfer*, chant IX, 118 *sq.*).
4. Adrien de Montmorency, duc de Laval (1768-1837), avait émigré au début de la Révolution, puis, revenu en France en 1801, il avait participé à des conspirations royalistes. Ce familier de Mme de Staël et de Mme Récamier fera sous la Restauration une carrière diplomatique : il fut successivement ambassadeur à Madrid, à Rome (1822-1828), à Vienne (1828-1829), enfin à Londres où il alla remplacer le prince de Polignac (septembre 1829), après avoir refusé le portefeuille des Affaires étrangères. Chateaubriand fut nommé à Rome le 2 juin 1828 ; le duc de Laval à Vienne le 11 juin.

(17)

EXAMEN D'UN REPROCHE.

Avant de changer de sujet, je demande la permission de revenir sur mes pas et de me soulager d'un fardeau. Je ne suis pas entré sans souffrir dans le détail de mon long différend avec M. de Villèle. On m'a accusé d'avoir contribué à la chute de la monarchie légitime ; il me convient d'examiner ce reproche.

Les événements arrivés sous le ministère dont j'ai fait partie ont une importance qui le lie à la fortune commune de la France : il n'y a pas un Français dont le sort n'ait été atteint du bien que je puis avoir fait, du mal que j'ai subi. Par des affinités bizarres et inexplicables, par des rapports secrets qui entrelacent quelquefois de hautes destinées à des destinées vulgaires, les Bourbons ont prospéré tant qu'ils ont daigné m'écouter, quoique je sois loin de croire, avec le poète, que *mon éloquence a fait l'aumône à la royauté*[1]. Sitôt qu'on a cru devoir briser le roseau qui croissait au pied du trône, la couronne a penché, et bientôt elle est tombée : souvent, en arrachant un brin d'herbe on fait crouler une grande ruine.

Ces faits incontestables, on les expliquera comme on voudra ; s'ils donnent à ma carrière politique une valeur relative qu'elle n'a pas d'elle-même, je n'en tirerai point vanité, je ne ressens point une mauvaise joie du hasard qui mêle mon nom d'un jour aux événements des siècles. Quelle qu'ait été la variété des accidents de ma course aventureuse, où que les noms et les faits m'aient promené, le dernier horizon du tableau est toujours menaçant et triste.

---

1. Allusion à un vers de Béranger :
« Son éloquence à ces rois fit l'aumône »,
extrait de la chanson qu'il dédia, au mois de septembre 1831, « À M. de Chateaubriand ». Voir XXXIV, 10.

... Juga cœpta moveri
Silvarum, visaeque canes ululare per umbram[1].

Mais si la scène a changé d'une manière générale, je ne dois, dit-on, accuser que moi-même : pour venger ce qui m'a semblé une injure, j'ai tout divisé, et cette division a produit en dernier résultat le renversement du trône. Voyons.

M. de Villèle a déclaré qu'on ne pouvait gouverner ni avec moi ni sans moi. Avec moi, c'était une erreur ; sans moi, à l'heure où M. de Villèle disait cela, il disait vrai, car les opinions les plus diverses me composaient une majorité.

M. le président du conseil ne m'a jamais connu. Je lui étais sincèrement attaché ; je l'avais fait entrer dans son premier ministère, ainsi que le prouvent le billet de remerciement de M. le duc de Richelieu et les autres billets que j'ai cités[2]. J'avais donné ma démission de plénipotentiaire à Berlin, lorsque M. de Villèle s'était retiré. On lui persuada qu'à sa seconde rentrée dans les affaires, je désirais sa place. Je n'avais point ce désir. Je ne suis point de la race intrépide, sourde à la voix du dévouement et de la raison. La vérité est que je n'ai aucune ambition ; c'est précisément la passion qui me manque, parce que j'en ai une autre qui me domine. Lorsque je priais M. de Villèle de porter au Roi quelque dépêche importante, pour m'éviter la peine d'aller au château, afin de me laisser le loisir de visiter une chapelle gothique dans la rue Saint-Julien-le-Pauvre, il aurait été bien rassuré contre mon ambition, s'il eût mieux jugé de ma candeur puérile ou de la hauteur de mes dédains.

Rien ne m'agréait dans la vie positive, hormis peut-être le ministère des affaires étrangères. Je n'étais pas insensible à l'idée que la patrie me devrait, dans l'intérieur la liberté, à l'extérieur l'indépendance. Loin de cher-

---

1. Allusion au moment où Énée se prépare à descendre dans les Enfers : « Les bois se mirent à agiter leur cime ; on croyait entendre hurler des chiennes dans les ténèbres » (*Énéide*, VI, vers 256-257). **2.** Au chap. 13 du livre XXV.

cher à renverser M. de Villèle, j'avais dit au Roi : « Sire, M. de Villèle est un président plein de lumières ; Votre Majesté doit éternellement le garder à la tête de ses conseils. »

M. de Villèle ne le remarqua pas : mon esprit pouvait tendre à la domination, mais il était soumis à mon caractère ; je trouvais plaisir dans mon obéissance, parce qu'elle me débarrassait de ma volonté. Mon défaut capital est l'ennui, le dégoût de tout, le doute perpétuel. S'il se fût rencontré un prince qui, me comprenant, m'eût retenu de force au travail, il avait peut-être quelque parti à tirer de moi ; mais le ciel fait rarement naître ensemble l'homme qui veut et l'homme qui peut. En fin de compte, est-il aujourd'hui une chose pour laquelle on voulût se donner la peine de sortir de son lit ? On s'endort au bruit des royaumes tombés pendant la nuit, et que l'on balaye chaque matin devant sa porte.

D'ailleurs, depuis que M. de Villèle s'était séparé de moi, la politique s'était dérangée ; l'ultracisme contre lequel la sagesse du président du conseil luttait encore l'avait débordé. La contrariété qu'il éprouvait de la part des opinions intérieures et du mouvement des opinions extérieures le rendait irritable : de là la presse entravée, la garde nationale de Paris cassée, etc. Devais-je laisser périr la monarchie, afin d'acquérir le renom d'une modération hypocrite aux aguets ? Je crus très sincèrement remplir un devoir en combattant à la tête de l'opposition, trop attentif au péril que je voyais d'un côté, pas assez frappé du danger contraire. Lorsque M. de Villèle fut renversé, on me consulta sur la nomination d'un autre ministère. Si l'on eût pris, comme je le proposais, M. Casimir Périer, le général Sébastiani, et M. Royer-Collard, les choses auraient pu se soutenir. Je ne voulus point accepter le département de la marine, et je le fis donner à mon ami Hyde de Neuville ; je refusai également deux fois l'instruction publique ; jamais je ne serais rentré au conseil sans être le maître. J'allai à Rome chercher parmi les ruines mon autre moi-même, car il y a dans ma personne deux êtres distincts, et qui n'ont aucune communication l'un avec l'autre.

J'en ferai pourtant loyalement l'aveu, l'excès du ressentiment ne me justifie pas selon la règle et le mot vénérable de vertu, mais ma vie entière me sert d'excuse.

Officier au régiment de Navarre, j'étais revenu des forêts de l'Amérique pour me rendre auprès de la légitimité fugitive, pour combattre dans ses rangs contre mes propres lumières, le tout sans conviction, par le seul devoir du soldat. Je restai huit ans sur le sol étranger, accablé de toutes les misères.

Ce large tribut payé, je rentrai en France en 1800. Bonaparte me rechercha et me plaça ; à la mort du duc d'Enghien, je me dévouai de nouveau à la mémoire des Bourbons. Mes paroles sur le tombeau de Mesdames à Trieste[1] ranimèrent la colère du dispensateur des empires ; il menaça de me faire sabrer sur les marches des Tuileries. La brochure *De Bonaparte et des Bourbons* valut à Louis XVIII, de son aveu même, autant que cent mille hommes.

À l'aide de la popularité dont je jouissais alors, la France anticonstitutionnelle comprit les institutions de la royauté légitime. Durant les Cent-Jours, la monarchie me vit auprès d'elle dans son second exil. Enfin, par la guerre d'Espagne, j'avais contribué à étouffer les conspirations, à réunir les opinions sous la même cocarde, et à rendre à notre canon sa portée. On sait le reste de mes projets : reculer nos frontières, donner dans le nouveau monde des couronnes nouvelles à la famille de saint Louis.

Cette longue persévérance dans les mêmes sentiments méritait peut-être quelques égards. Sensible à l'affront, il m'était impossible de mettre aussi de côté ce que je pouvais valoir, d'oublier tout à fait que j'étais le restaurateur de la religion, l'auteur du *Génie du Christianisme*.

Mon agitation croissait nécessairement encore à la pensée qu'une mesquine querelle faisait manquer à notre patrie une occasion de grandeur qu'elle ne retrouverait plus. Si l'on m'avait dit : « Vos plans seront suivis ; on exécutera sans vous ce que vous aviez entrepris », j'aurais tout oublié pour la France. Malheureusement j'avais la

---

1. Voir la citation complète au livre XXXIX, chap. 11.

croyance qu'on n'adopterait pas mes idées ; l'événement l'a prouvé.

J'étais dans l'erreur peut-être, mais j'étais persuadé que M. le comte de Villèle ne comprenait pas la société qu'il conduisait ; je suis convaincu que les solides qualités de cet habile ministre étaient inadéquates à l'heure de son ministère : il était venu trop tôt sous la Restauration. Les opérations de finances, les associations commerciales, le mouvement industriel, les canaux, les bateaux à vapeur, les chemins de fer, les grandes routes, une société matérielle qui n'a de passion que pour la paix, qui ne rêve que le confort de la vie, qui ne veut faire de l'avenir qu'un perpétuel aujourd'hui, dans cet ordre de choses, M. de Villèle eût été roi. M. de Villèle a voulu un temps qui ne pouvait être à lui, et, par honneur, il ne veut pas d'un temps qui lui appartient[1]. Sous la Restauration, toutes les facultés de l'âme étaient vivantes ; tous les partis rêvaient de réalités ou de chimères ; tous, avançant ou reculant, se heurtaient en tumulte ; personne ne prétendait rester où il était ; la légitimité constitutionnelle ne paraissait à aucun esprit ému le dernier mot de la république ou de la monarchie. On sentait sous ses pieds remuer dans la terre des armées ou des révolutions qui venaient s'offrir pour des destinées extraordinaires. M. de Villèle était éclairé sur ce mouvement ; il voyait croître les ailes qui, poussant à la nation, l'allaient rendre à son élément, à l'air, à l'espace, immense et légère qu'elle est. M. de Villèle voulait retenir cette nation sur le sol, l'attacher en bas, mais il n'en eut jamais la force. Je voulais, moi, occuper les Français à la gloire, les attacher en haut, essayer de les mener à la réalité par des songes : c'est ce qu'ils aiment.

Il serait mieux d'être plus humble, plus prosterné, plus chrétien. Malheureusement, je suis sujet à faillir ; je n'ai point la perfection évangélique ; si un homme me donnait un soufflet, je ne tendrais pas l'autre joue[2].

---

1. C'est-à-dire que par fidélité à la branche aînée, Villèle a refusé de servir le régime de Juillet, que Chateaubriand juge plus consubstantiel à sa nature.   2. Malgré le commandement de Jésus : *Matthieu*, V, 39 ; repris par *Luc*, VI, 29.

Eussé-je deviné le résultat, certes je me serais abstenu ; la majorité qui vota la phrase sur le refus de concours[1], ne l'eût pas votée si elle eût prévu la conséquence de son vote. Personne ne désirait sérieusement une catastrophe, excepté quelques hommes à part. Il n'y a eu d'abord qu'une émeute, et la légitimité seule l'a transformée en révolution : le moment venu, elle a manqué de l'intelligence, de la prudence, de la résolution qui la pouvaient encore sauver. Après tout, c'est une monarchie tombée ; il en tombera bien d'autres : je ne lui devais que ma fidélité ; elle l'aura à jamais.

Dévoué aux premières adversités de la monarchie, je me suis consacré à ses dernières infortunes : le malheur me trouvera toujours pour second. J'ai tout renvoyé, places, pensions, honneurs ; et, afin de n'avoir rien à demander à personne, j'ai mis en gage mon cercueil[2]. Juges austères et rigides, vertueux et infaillibles royalistes, qui avez mêlé un serment à vos richesses, comme vous mêlez le sel aux viandes de votre festin pour les conserver, ayez un peu d'indulgence à l'égard de mes amertumes passées, je les expie aujourd'hui à ma manière, qui n'est pas la vôtre. Croyez-vous qu'à l'heure du soir, à cette heure où l'homme de peine se repose, il ne sente pas le poids de la vie, quand ce poids lui est rejeté sur les bras[3] ? Et cependant, j'ai pu ne pas porter le fardeau, j'ai vu Philippe dans son palais, du 1er au 6 août 1830, et je le raconterai en son lieu ; il n'a tenu qu'à moi d'écouter des paroles généreuses.

Plus tard si j'avais pu me repentir d'avoir bien fait, il m'était encore possible de revenir sur le premier mouvement de ma conscience. M. Benjamin Constant, homme

---

1. Sur cette « Adresse des 221 », voir XXXI, 7 ; *infra*, p. 452. 2. Allusion au contrat de 1836 pour la vente des *Mémoires*. 3. Réminiscence évangélique (*Matthieu*, XX, 1-16), dont une nouvelle fois Chateaubriand récuse la leçon. Dans la parabole de la vigne, les ouvriers qui ont « porté le poids du jour et de la chaleur » se plaignent, le soir venu, de se voir traiter comme « ceux de la onzième heure ». Le Christ leur rétorque que « les derniers seront les premiers, les premiers seront les derniers ».

si puissant alors, m'écrivait le 20 septembre[1] : « J'aimerais bien mieux vous écrire sur vous que sur moi, la chose aurait plus d'importance. Je voudrais pouvoir vous parler de la perte que vous faites essuyer à la France entière en vous retirant de ses destinées, vous qui avez exercé sur elle une influence si noble et si salutaire ! Mais il y aurait indiscrétion à traiter ainsi des questions personnelles, et je dois, en gémissant comme tous les Français, respecter vos scrupules. »

Mes devoirs ne me semblant point encore consommés, j'ai défendu la veuve et l'orphelin[2], j'ai subi les procès et la prison que Bonaparte, même dans ses plus grandes colères, m'avait épargnés. Je me présente entre ma démission à la mort du duc d'Enghien et mon cri pour l'enfant dépouillé ; je me présente appuyé sur un prince fusillé et sur un prince banni ; ils soutiennent mes vieux bras entrelacés à leurs bras débiles : royalistes, êtes-vous aussi bien accompagnés ?

Mais plus j'ai garrotté ma vie par les liens du dévouement et de l'honneur, plus j'ai échangé la liberté de mes actions contre l'indépendance de ma pensée ; cette pensée est rentrée dans sa nature. Maintenant, en dehors de tout, j'apprécie les gouvernements ce qu'ils valent. Peut-on croire aux rois de l'avenir ? faut-il croire aux peuples du présent ? L'homme sage et inconsolé de ce siècle sans conviction ne rencontre un misérable repos que dans l'athéisme politique. Que les jeunes générations se bercent d'espérances : avant de toucher au but, elles attendront de longues années ; les âges vont au nivellement général, mais ils ne hâtent point leur marche à l'appel de nos désirs : le temps est une sorte d'éternité appropriée aux choses mortelles ; il compte pour rien les races et leurs douleurs dans les œuvres qu'il accomplit.

Il résulte de ce qu'on vient de lire, que si l'on avait fait ce que j'avais conseillé ; que si d'étroites envies n'avaient préféré leur satisfaction à l'intérêt de la France ; que si le

---

1. Le 20 septembre 1830, moins de trois mois avant sa mort.
2. Allusion à son action ultérieure au service de la duchesse de Berry et de son fils le comte de Chambord.

pouvoir avait mieux apprécié les capacités relatives, que si les cabinets étrangers avaient jugé, comme Alexandre, que le salut de la monarchie était dans des institutions libérales ; que si ces cabinets n'avaient point entretenu l'autorité rétablie dans la défiance du principe de la Charte, la légitimité occuperait encore le trône. Ah ! ce qui est passé est passé ! on a beau retourner en arrière, se remettre à la place que l'on a quittée, on ne retrouve rien de ce qu'on y avait laissé : hommes, idées, circonstances, tout s'est évanoui[1].

(18)

MADAME DE STAËL. — SON PREMIER VOYAGE EN ALLEMAGNE.
MADAME RÉCAMIER À PARIS.

Revenons encore sur des temps écoulés[2].

Une lettre publiée dans le *Mercure*[3] avait frappé Mme de Staël. Je vous ai dit que Mme Bacciochi, à la prière de M. de Fontanes, avait sollicité et obtenu ma radiation de la liste des émigrés dont Mme de Staël s'était occupée. J'allai remercier Mme de Staël, et ce fut chez elle que je vis pour la première fois Mme Récamier[4], si

---

1. Réminiscence de Bossuet : « On voudrait retourner en arrière ; tout est tombé, tout est évanoui, tout est effacé » (dernières lignes de la *Méditation sur la brièveté de la vie*, 1648). **2.** Dans un souci de cohérence et pour demeurer fidèle au protocole établi au début de cette édition, nous reproduisons le texte du livre XXVIII tel qu'il figure dans la copie de 1847 et le manuscrit de 1848 : Chateaubriand lui avait rattaché quatre chapitres prélevés dans le livre consacré à Mme Récamier qu'il avait, à cette date, renoncé à publier. On trouvera, bien entendu, la version intégrale, et originale, de ce livre à la fin du volume (appendice I, 2, p. 578-665), avec une histoire de ses avatars. On observera simplement ici que dans cette ultime version, réduite à quatre chapitres, Mme de Staël occupe au moins autant de place que Mme Récamier. **3.** La « Lettre au citoyen Fontanes » sur la seconde édition de *La Littérature*, publiée dans le *Mercure* du 22 décembre 1800 (voir t. II, p. 42, note 2). **4.** *Cf.* la version que donne le livre Récamier, *infra*, p. 579.

haut placée par sa renommée et sa beauté. Mme Récamier avait contracté, avec cette femme illustre, une amitié qui devint de jour en jour plus intime : « Cette amitié se fortifia, dit Benjamin Constant, d'un sentiment profond qu'elles éprouvaient toutes deux : l'amour filial. »

Mme de Staël, menacée de l'exil, tenta de s'établir à Maffliers, campagne à dix lieues de Paris. Elle accepta la proposition que lui fit Mme Récamier, revenue d'Angleterre, de passer quelques jours à Saint-Brice avec elle, ensuite elle retourna dans son premier asile. Elle rend compte de ce qui lui arriva alors, dans les *Dix années d'exil*[1].

Mme de Staël, qui avait fait le projet de retourner à Coppet, fut contrainte de partir pour son premier voyage d'Allemagne. Ce fut alors qu'elle m'écrivit sur la mort de Mme de Beaumont, la lettre que j'ai citée dans mon premier voyage de Rome[2].

Mme Récamier réunissait chez elle à Paris tout ce qu'il y avait de plus distingué dans les partis opprimés. Bonaparte ne pouvait souffrir aucun succès, même celui d'une femme. Il disait : « Depuis quand le conseil se tient-il chez Mme Récamier ? » Bernadotte, devenu depuis prince royal de Suède, était très séduisant, dit Benjamin Constant, « à la première vue, mais ce qui met un obstacle à toute combinaison de plan avec lui, c'est une habitude de haranguer qui lui reste de son éducation révolutionnaire ».

On ne pouvait opposer à Napoléon qu'un seul nom, c'était celui de Moreau, mais Moreau avait lui-même ses propres vertus.

Lorsque Moreau se trouva impliqué dans le procès de Pichegru et de Georges Cadoudal, Mme Récamier demeura persuadée qu'il n'était pas plus entré dans le complot des généraux qui eut lieu alors contre Napoléon, qu'il n'avait voulu entrer dans les projets de Bernadotte.

---

1. Première partie, chapitres 11 et 12. Maffliers, près de Beaumont-sur-Oise, se trouve en réalité à cinq lieues de Paris, mais Chateaubriand cite le texte de Mme de Staël.   2. Voir livre XV, chap. 6 ; t. II, p. 153-155. Mme de Staël a quitté Paris le 25 octobre 1803.

La nuit qui précéda la sentence rendue dans ce procès, tout Paris était sur pied, des flots de peuple se portaient au Palais de Justice. Georges ne voulut point de grâce. Il répondit à ceux qui voulaient la demander : « Me promettez-vous une plus belle occasion de mourir ? »

Moreau condamné à la déportation[1] se mit en route pour Cadix d'où il devait passer en Amérique. Mme Moreau alla le rejoindre. Mme Récamier était auprès d'elle au moment de son départ. Elle la vit embrasser son fils dans son berceau, et la vit revenir sur ses pas pour l'embrasser encore : elle la conduisit à sa voiture et reçut son dernier adieu.

Le général Moreau écrivit de Cadix cette lettre à sa généreuse amie :

« Chiclana (près Cadix), le 12 octobre 1804.

« Madame, vous apprendrez sans doute avec quelque plaisir des nouvelles de deux fugitifs auxquels vous avez témoigné tant d'intérêt. Après avoir essuyé des fatigues de tous genres, sur terre et sur mer, nous espérions nous reposer à Cadix, quand la fièvre jaune, qu'on peut en quelque sorte comparer aux maux que nous venions d'éprouver, est venue nous assiéger dans cette ville.

« Quoique les couches de mon épouse nous aient forcés d'y rester plus d'un mois pendant la maladie, nous avons été assez heureux pour nous préserver de la contagion : un seul de nos gens en a été atteint.

« Enfin nous sommes à Chiclane, très joli village à quelques lieues de Cadix, jouissant d'une bonne santé, et mon épouse en pleine convalescence après m'avoir donné une fille très bien portante.

« Persuadée que vous prendrez autant d'intérêt à cet événement qu'à tout ce qui nous est arrivé, elle me charge de vous en faire part et de la rappeler à votre souvenir.

« Je ne vous parle pas du genre de vie que nous menons, il est excessivement ennuyeux et monotone ;

---

1. Au mois de juin 1804.

mais au moins nous respirons en liberté, quoique dans le pays de l'Inquisition.

« Je vous prie, Madame, de recevoir l'assurance de mon respectueux attachement et de me croire pour toujours.

« Votre très humble et très obéissant serviteur,
« Vr. MOREAU. »

Cette lettre est datée de Chiclane, lieu qui sembla promettre avec de la gloire, un règne assuré à Monseigneur le duc d'Angoulême[1] : et pourtant il n'a fait que paraître sur ce bord aussi fatalement que Moreau, qu'on a cru dévoué aux Bourbons : Moreau, au fond de l'âme, était dévoué à la liberté. Lorsqu'il eut le malheur de se joindre à la coalition, il s'agissait uniquement à ses yeux de combattre le despotisme de Bonaparte. Louis XVIII disait à M. de Montmorency qui déplorait la mort de Moreau comme une grande perte pour la couronne : « Pas si grande : Moreau était républicain. »

Ce général ne repassa en Europe que pour être frappé du boulet[2] sur lequel son nom avait été gravé par le doigt de Dieu.

Moreau me rappelle un autre illustre capitaine, Masséna : celui-ci allait à l'armée d'Italie ; il demanda à Mme Récamier un ruban blanc de sa parure. Un jour elle reçut ce billet de la main de Masséna :

« Le charmant ruban donné par Mme Récamier a été porté par le général Masséna aux batailles et au blocus de Gênes : il n'a jamais quitté le général, et lui a constamment favorisé la victoire. »

Les antiques mœurs percent à travers les mœurs nouvelles dont elles font la base. La galanterie du chevalier noble se retrouvait dans le soldat plébéien ; le souvenir des Tournois et des Croisades était caché dans ces faits

---

1. C'est à Chiclana que le prince avait installé son quartier général lors du siège de Cadix, au mois de septembre 1823.   2. Moreau fut tué par un boulet français au cours de la bataille de Dresde, le 26 août 1813.

d'armes par qui la France moderne a couronné ses vieilles victoires.

(19)

RETOUR DE MADAME DE STAËL. — MADAME RÉCAMIER
À COPPET. — LE PRINCE AUGUSTE DE PRUSSE.

En ce temps-là, une faillite dans la fortune de M. Récamier entraîna celle de sa femme[1]. Mme de Staël en fut bientôt instruite à Coppet ; elle écrivit sur-le-champ à Mme Récamier une lettre toute admirable et souvent citée. Ses amis lui restèrent « et cette fois, a dit M. Ballanche[2], la fortune se retira seule ».

Mme de Staël attira son amie à Coppet[3]. Le prince Auguste de Prusse, fait prisonnier à la bataille d'Eylau[4], se rendant en Italie, passa par Genève : il devint éperdument amoureux de Mme Récamier. La vie intime et particulière appartenant à chaque homme, continuait son cours sous la vie générale, l'ensanglantement des batailles et la transformation des Empires : le riche à son réveil aperçoit ses lambris dorés, le pauvre ses solives enfumées[5] ; pour les éclairer il n'y a qu'un même rayon de soleil.

Le prince Auguste, croyant que Mme Récamier pourrait consentir au divorce, lui proposa de l'épouser.

---

1. Le banquier déposa son bilan au mois de février 1806, et la faillite fut prononcée début novembre. La lettre de Mme de Staël date du 17 novembre 1806.　　2. Dans sa *Notice* manuscrite sur Mme Récamier.　　3. Au mois de juillet 1807.　　4. Non pas à Eylau, mais quelques mois plus tôt, à Prenzlow, lors de la capitulation du prince de Hohenlohe, le 28 octobre 1806. Interné à Soissons, puis autorisé à se rendre à Paris, il commença par faire la cour à Mme de Custine. Libéré au mois de juillet, le prince Auguste de Prusse songeait à se rendre en Italie : il fit halte à Coppet, et ne poursuivit pas sa route.　　5. Allusion à Horace (*Odes*, I, 4, vers 13-14) : « *Pallida mors aequo pulsat pede pauperum* tabernas / *Regumque* turris.* » Malherbe avait déjà repris ce passage dans la *Consolation à M. Du Périer*, mais, en remplaçant la Mort par le soleil, Chateaubriand le détourne de son sens initial.

Il reste un monument de cette passion dans le tableau de *Corinne* que le prince obtint de Gérard[1] ; il en fit présent à Mme Récamier comme un immortel souvenir du sentiment qu'elle lui avait inspiré et de la glorieuse amitié qui unissait *Corinne* et *Juliette*.

L'été se passa en fêtes : le monde était bouleversé, mais il arrive que le retentissement des catastrophes publiques en se mêlant aux joies de la jeunesse, en redouble le charme ; on se livre d'autant plus vivement aux plaisirs, qu'on se sent près de les perdre.

Mme de Genlis a fait un roman[2] sur cet attachement du Prince Auguste. Je la trouvai un jour dans l'ardeur de la composition. Elle demeurait à l'Arsenal au milieu de livres poudreux, dans un appartement obscur. Elle n'attendait personne ; elle était vêtue d'une robe noire ; ses cheveux blancs offusquaient son visage ; elle tenait une harpe entre ses genoux et sa tête était abattue sur sa poitrine. Appendue aux cordes de l'instrument, elle promenait deux mains pâles et amaigries sur l'un et l'autre côté du réseau sonore dont elle tirait des sons affaiblis, semblables aux voix lointaines et indéfinissables de la mort. Que chantait l'antique Sibylle ? Elle chantait Mme Récamier.

Elle l'avait d'abord haïe, mais dans la suite elle avait été vaincue par la beauté et le malheur.

Mme de Staël, dans la force de sa vie, aimait Mme Récamier. Mme de Genlis dans sa décrépitude retrouvait pour elle les accents de la jeunesse. Je vivais alors inconnu moi qui depuis ai perdu tout, moi dont les amis ont disparu, moi qui n'entends plus que les vagissements de quelques âmes sur l'autre rive ; j'irai bientôt retrouver ces prédécesseurs qui m'appellent. Les choses qui me sont échappées me tueraient si je ne touchais à

---

1. Ce tableau (voir p. 69, note 4) orna jusqu'à sa mort le salon de Mme Récamier, où Chateaubriand pouvait le contempler à chacune de ses visites rue de Sèvres.   2. *Athénaïs, ou le Château de Coppet en 1807*, Paris, Didot, 1832. C'est à la fin de 1816 que Mme de Genlis avait noué des relations cordiales avec Mme Récamier. La nièce de celle-ci a raconté dans un fragment de ses *Mémoires* (Levaillant, *Deux livres*, p. 247-248) la visite de Chateaubriand à la « vieille Sibylle ».

ma tombe ; mais si près de l'oubli éternel, vérités et songes sont également vains ; au bout de la vie tout est jours perdus.

(20)

SECOND VOYAGE DE MADAME DE STAËL. — LETTRE DE
MADAME DE STAËL À BONAPARTE. — CHÂTEAU DE CHAUMONT.

Mme de Staël partit une seconde fois pour l'Allemagne[1]. Les lettres qu'elle écrivit à Mme Récamier sont charmantes[2] ; il n'y a rien dans les ouvrages imprimés de Mme de Staël qui approche du naturel, de l'éloquence de ces lettres où l'imagination prête son expression aux sentiments. La vertu de l'amitié de Mme Récamier devait être grande, puisqu'elle sut faire produire à une femme de génie, ce qu'il y avait de caché et de non révélé encore dans son talent. On devine au surplus dans l'accent triste de Mme de Staël un déplaisir secret dont la beauté devait être naturellement la confidente ; elle qui ne pouvait jamais recevoir de pareilles blessures.

Mme de Staël rentrée en France vint au printemps de 1810 habiter le château de Chaumont sur les bords de la Loire, à quarante lieues de Paris, distance déterminée pour le rayon de son bannissement.

Mme Récamier rejoignit Mme de Staël à Chaumont. Celle-ci surveillait l'impression de son ouvrage sur l'Allemagne ; lorsqu'il fut près de paraître, elle l'envoya à Bonaparte, avec cette lettre :

« Sire,
Je prends la liberté de présenter à Votre Majesté mon ouvrage sur l'Allemagne. Si elle daigne le lire il me

---

1. Ce deuxième voyage, entrepris au mois de décembre 1807, dura jusqu'au mois de juillet 1808. 2. Quelques passages de ces lettres sont cités au chapitre 9 du livre original (voir *infra*, p. 609-610).

semble qu'elle y trouvera la preuve d'un esprit capable de quelques réflexions et que le temps a mûri. Sire, il y a douze ans que je n'ai vu Votre Majesté et que je suis exilée[1]. Douze ans de malheurs modifient tous les caractères, et le destin enseigne la résignation à ceux qui souffrent. Prête à m'embarquer, je supplie Votre Majesté de m'accorder une demi-heure d'entretien. Je crois avoir des choses à lui dire qui pourront l'intéresser, et c'est à ce titre que je la supplie de m'accorder la faveur de lui parler avant mon départ. Je me permettrai une seule chose dans cette lettre : c'est l'explication des motifs qui me forcent à quitter le continent, si je n'obtiens pas de Votre Majesté la permission de vivre dans une campagne assez près de Paris, pour que mes enfants y puissent demeurer. La disgrâce de Votre Majesté jette dans les personnes qui en sont l'objet une telle défaveur en Europe que je ne puis faire un pas sans en rencontrer les effets. Les uns craignent de se compromettre en me voyant, les autres se croient des Romains en triomphant de cette crainte. Les plus simples rapports de la société deviennent des services qu'une âme fière ne peut supporter. Parmi mes amis, il en est qui se sont associés à mon sort avec une admirable générosité ; mais j'ai vu les sentiments les plus intimes se briser contre la nécessité de vivre avec moi dans la solitude, et j'ai passé ma vie depuis huit ans entre la crainte de ne pas obtenir des sacrifices et la douleur d'en être l'objet. Il est peut-être ridicule d'entrer ainsi dans le détail de ses impressions avec le souverain du monde ; mais ce qui vous a donné le monde, Sire, c'est un souverain génie. Et en fait d'observation sur le cœur humain, Votre Majesté comprend depuis les plus vastes ressorts jusqu'aux plus délicats. Mes fils n'ont point de carrière, ma fille a treize ans ; dans peu d'années il faudra l'établir : il y aurait de l'égoïsme à la forcer de vivre dans les insipides séjours où je suis condamnée. Il faudrait

---

1. Mme de Staël avait rencontré pour la première fois le général Bonaparte le 6 décembre 1797 et le reverra de temps en temps jusqu'au début de 1800. Après la publication de *Delphine* (décembre 1802) elle sera interdite de séjour à Paris, interdiction étendue à un rayon de quarante lieues le 15 octobre 1803.

donc aussi me séparer d'elle ! Cette vie n'est pas tolérable
et je n'y sais aucun remède sur le continent. Quelle ville
puis-je choisir où la disgrâce de Votre Majesté ne mette
pas un obstacle invincible à l'établissement de mes
enfants, comme à mon repos personnel ? Votre Majesté
ne sait peut-être pas elle-même la peur que les exilés font
à la plupart des autorités de tous les pays et j'aurais dans
ce genre des choses à lui raconter qui dépassent sûrement
ce qu'elle aurait ordonné. On a dit à Votre Majesté que
je regrettais Paris à cause du Musée et de Talma : c'est
une agréable plaisanterie sur l'exil, c'est-à-dire sur le
malheur que Cicéron et Bolingbroke[1] ont déclaré le plus
insupportable de tous ; mais quand j'aimerais les chefs-
d'œuvre des arts que la France doit aux conquêtes de
Votre Majesté, quand j'aimerais ces belles tragédies
images de l'héroïsme, serait-ce à vous, Sire, à m'en blâmer ? Le bonheur de chaque individu ne se compose-t-il
pas de la nature de ses facultés, et si le ciel m'a donné
du talent, n'ai-je pas l'imagination qui rend les jouissances des arts et de l'esprit nécessaires ? Tant de gens
demandent à Votre Majesté des avantages réels de toute
espèce ! pourquoi rougirais-je de lui demander l'amitié,
la poésie, la musique, les tableaux, toute cette existence
idéale dont je puis jouir sans m'écarter de la soumission
que je dois au Monarque de la France ? »

Cette lettre inconnue[2] méritait d'être conservée.
Mme de Staël ne fut pas plus écoutée que moi lorsque je
me vis obligé de m'adresser aussi à Bonaparte pour lui
demander la vie de mon cousin Armand. Alexandre et
César auraient été touchés de cette lettre d'un ton si élevé,
écrite par une femme si renommée ; mais la confiance du
mérite qui se juge et s'égalise à la domination suprême,
cette sorte de familiarité de l'intelligence qui se place au

---

1. Henry Saint-John, comte de Bolingbroke (1678-1751), ministre
favori de la reine Anne, fut proscrit par le Parlement après la mort de
la souveraine. Il se réfugia en France de 1714 à 1723.   2. C'est en
effet grâce à Chateaubriand que nous connaissons le texte de cette lettre
magnifique, dont Ballanche avait conservé une copie. Mme Récamier
accepta de la transmettre à la reine Hortense pour être remise à son
destinataire (septembre 1810).

niveau du maître de l'Europe, pour traiter avec lui de couronne à couronne, ne parurent à Bonaparte que l'arrogance de l'amour-propre : il se croyait bravé par tout ce qui avait quelque grandeur indépendante ; la bassesse lui semblait fidélité, la fierté révolte ; il ignorait que le vrai talent ne reconnaît des Napoléons que dans leur génie, qu'il a ses entrées dans les palais comme dans les temples parce qu'il est immortel.

(21)

MADAME RÉCAMIER ET M. DE MONTMORENCY SONT EXILÉS.
MADAME RÉCAMIER À CHÂLONS.

Mme de Staël fut renvoyée à Coppet ; Mme Récamier s'empressa de nouveau de se rendre auprès d'elle[1] ; M. Mathieu de Montmorency lui resta également dévoué ; l'un et l'autre en furent punis ; on leur infligea la peine même qu'ils étaient allés consoler. Les quarante lieues de distance de Paris furent maintenues.

Mme Récamier se retira à Châlons-sur-Marne, décidée dans son choix par le voisinage de Montmirail qu'habitaient MM. de La Rochefoucauld-Doudeauville[2]. Mille détails de l'oppression de Bonaparte se sont perdus dans la tyrannie générale : les persécutés redoutaient la visite de leurs amis, crainte de les compromettre ; leurs amis n'osaient les chercher, crainte de leur attirer quelque accroissement de rigueur. Le malheureux devenu un pestiféré séquestré du genre humain, demeurait en quarantaine dans la haine du despote. Bien reçu tant qu'on

---

1. C'est seulement quelques mois plus tard, en août 1811, que Mme Récamier se rendit à Coppet où elle ne passa guère plus de quarante-huit heures. Début septembre, sur le chemin du retour, à Dijon, elle rencontra son mari venu lui signifier la décision impériale, prise le 30 août, qui lui interdisait à son tour de se rapprocher de Paris.
2. Le duc de Doudeauville et son fils, Sosthènes de La Rochefoucauld qui avait épousé la fille unique du vicomte de Montmorency.

ignorait votre indépendance d'opinion, sitôt qu'elle était connue, tout se retirait ; il ne restait autour de vous que des autorités épiant vos liaisons, vos sentiments, vos correspondances, vos démarches. Tels étaient ces temps de liberté et de bonheur.

Mme de Staël écrivait à Mme Récamier qu'elle ne désirait pas la voir à Coppet dans l'appréhension du mal qu'elle pourrait lui apporter ; mais elle ne disait pas tout : elle était mariée secrètement à M. Rocca[1], d'où résultait une complication d'embarras dont la police impériale profitait. Mme Récamier s'étonnait à bon droit de l'obstination que mettait Mme de Staël à lui interdire l'entrée de Coppet. Blessée de la résistance de son amie pour laquelle elle s'était déjà sacrifiée, elle n'en persistait pas moins, dans sa résolution de partager les dangers de Coppet[2].

Une année entière s'écoula dans cette anxiété. Les lettres de Mme de Staël révèlent les souffrances de cette époque, où les talents étaient menacés à chaque instant d'être jetés dans un cachot, où l'on aspirait à la fuite comme à la délivrance : quand la liberté a disparu, il reste un pays, mais il n'y a plus de patrie[3].

---

1. Le Genevois Jean-Albert (dit John) Rocca et Mme de Staël avaient échangé une promesse de mariage dès le printemps de 1811, mais leur union ne fut célébrée, dans la plus stricte intimité, que le 10 octobre 1816, à Coppet.   2. Voir le chapitre 11 du livre original (appendice I, 2, p. 614 sq.).   3. Cette formule frappante remonte à La Bruyère (*Caractères*, X, 4). Déjà reprise par Chateaubriand dans son *Itinéraire* (p. 794) pour stigmatiser le despotisme oriental, elle apporte au livre XXVIII une brutale conclusion.

LIVRE VINGT-NEUVIÈME

AMBASSADE DE ROME

(1)

Trois espèces de matériaux.

Ce que je viens d'écrire en 1839 de Mme de Staël et de Mme Récamier rejoint le livre de mon ambassade à Rome écrit en 1828 et 1829, il y a dix ans. J'ai introduit le lecteur dans un *petit canton détourné*[1] de l'empire, tandis que cet empire accomplissait son mouvement universel ; je me trouve maintenant conduit à mon ambassade de Rome. Pour ce livre, les matériaux ont abondé. Ils sont de trois sortes :

Les premiers contiennent l'histoire de mes sentiments intimes et de ma vie privée racontée dans les lettres adressées à madame Récamier.

Les seconds exposent ma vie publique ; ce sont mes dépêches.

Les troisièmes sont un mélange de détails historiques

---

1. Allusion au fragment des *Pensées* de Pascal intitulé « Disproportion de l'homme » : « Que l'homme étant revenu à soi, considère ce qu'il est au prix de ce qui est ; qu'il se regarde comme égaré dans ce canton détourné de la nature », etc.

sur les papes, sur l'ancienne société de Rome, sur les changements arrivés de siècles en siècles dans cette société, etc.

Parmi ces investigations se trouvent des pensées et des *descriptions*, fruit de mes promenades. Tout cela a été écrit dans l'espace de sept mois, temps de la durée de mon ambassade au milieu des fêtes ou des occupations sérieuses*. Néanmoins, ma santé était altérée : je ne pouvais lever les yeux sans éprouver des éblouissements ; pour admirer le ciel, j'étais obligé de le placer autour de moi, en montant au haut d'un palais ou d'une colline. Mais je guéris la lassitude du corps par l'application de l'esprit : l'exercice de ma pensée renouvelle mes forces physiques ; ce qui tuerait un autre homme me fait vivre.

Au revu de tout cela, une chose m'a frappé : à mon arrivée dans la ville éternelle, je sens une certaine déplaisance, et je crois un moment que tout est changé ; peu à peu la fièvre des ruines me gagne, et je finis, comme mille autres voyageurs, par adorer ce qui m'avait laissé froid d'abord. La nostalgie est le regret du pays natal : aux rives du Tibre on a aussi le *mal du pays*, mais il produit un effet opposé à son effet accoutumé : on est saisi de l'amour des solitudes et du dégoût de la patrie. J'avais déjà éprouvé ce *mal* lors de mon premier séjour, et j'ai pu dire :

> *Agnosco veteris vestigia flammae*[1].

Vous savez qu'à la formation du ministère Martignac le seul nom de l'Italie avait fait disparaître le reste de mes répugnances ; mais je ne suis jamais sûr de mes dispositions en matière de joie : je ne fus pas plus tôt parti avec madame de Chateaubriand que ma tristesse naturelle me rejoignit en chemin. Vous allez vous en convaincre par mon journal de route.

---

* En relisant ces manuscrits, j'ai seulement ajouté quelques passages d'ouvrages publiés postérieurement à la date de mon ambassade de Rome.

---

1. « Je reconnais les vestiges de mon ancienne flamme » (Didon, dans *Énéide*, IV, 23).

(2)

JOURNAL DE ROUTE.

« Lausanne, 22 septembre 1828.

« J'ai quitté Paris le 16 de ce mois ; j'ai passé le 17 à Villeneuve-sur-Yonne[1] ; que de souvenirs ! Joubert a disparu ; le château abandonné de Passy[2] a changé de maître ; il m'a été dit : « Soyez la cigale des nuits. *Esto cicada noctium*[3] ».

« Arona, 25 septembre.

« Arrivé à Lausanne le 22, j'ai suivi la route par laquelle ont disparu deux autres femmes qui m'avaient voulu du bien et qui, dans l'ordre de la nature, me devaient survivre : l'une, madame la marquise de Custine, est venue mourir à Bex[4], l'autre, madame la duchesse de Duras, il n'y a pas encore un an, courait au Simplon, fuyant devant la mort qui l'atteignit à Nice[5].

Noble Clara, digne et constante amie,
Ton souvenir ne vit plus en ces lieux ;

---

1. Les dates de ce prétendu journal de route ne correspondent pas toujours avec celles des lettres à Mme Récamier. Chateaubriand et sa femme ont quitté Paris le dimanche matin 14 septembre, ont couché à Fontainebleau, puis, le lendemain soir, à Villeneuve. Par Dijon et Pontarlier, ils ont ensuite gagné Lausanne, où ils sont arrivés le 20 pour *repartir* le 24. Lorsque Chateaubriand voyage seul, il va beaucoup plus vite.   **2.** C'est au château de Passy, non loin de Villeneuve, que M. et Mme de Sérilly avaient recueilli, sous la Terreur, leur cousine Pauline de Beaumont (voir t. II, p. 50).   **3.** Chateaubriand emprunte cette expression à une lettre de saint Jérôme (XXII, 18) : appliquée à la prière cette image signifie que celle-ci ne doit pas cesser, et qu'elle est plus intense dans le silence de la nuit. Mais le veilleur nocturne auquel se compare ici le mémorialiste est aussi celui qui conserve la mémoire des disparus.   **4.** Sur cette mort, survenue le 13 juillet 1826, voir XXVIII, 10.   **5.** Le 16 janvier 1828.

De ce tombeau l'on détourne les yeux :
Ton nom s'efface et le monde t'oublie[1] !

« Le dernier billet que j'ai reçu de madame de Duras fait sentir l'amertume de cette dernière goutte de la vie qu'il nous faudra tous épuiser :

"Nice, 14 novembre 1827.

"Je vous ai envoyé un *asclepias carnata* : c'est un laurier grimpant de pleine terre qui ne craint pas le froid et qui a une fleur rouge comme le camélia, qui sent excellent ; mettez-le sous les fenêtres de la bibliothèque du Bénédictin[2].

"Je vous dirai un mot de mes nouvelles : c'est toujours la même chose ; je languis sur mon canapé toute la journée, c'est-à-dire tout le temps où je ne suis pas en voiture ou à marcher dehors ; ce que je ne puis faire au-delà d'une demi-heure. Je rêve au passé ; ma vie a été si agitée, si variée, que je ne puis dire que j'éprouve un violent ennui : si je pouvais seulement coudre ou faire de la tapisserie, je ne me trouverais pas malheureuse. Ma vie présente est si éloignée de ma vie passée, qu'il me semble que je lis des mémoires, ou que je regarde un spectacle."

« Ainsi, je suis rentré dans l'Italie privé de mes appuis comme j'en sortis il y a vingt-cinq ans. Mais à cette première époque je pouvais réparer mes pertes, aujourd'hui qui voudrait s'associer à quelques vieux jours ? Personne ne se soucie d'habiter une ruine.

« Au village même du Simplon, j'ai vu le premier sourire d'une heureuse aurore. Les rochers, dont la base s'étendait noircie à mes pieds, resplendissaient de rose au

---

1. Vers de Parny (« *Charmante Emma*, digne et constante amie... ») que Chateaubriand avait cités une première fois dans un article sur Young (*Mercure de France* du 15 germinal an X/5 avril 1802), et qu'il adapte au destin posthume de *Claire* de Kersaint : en effet le duc de Duras se remaria peu de temps après la mort de sa femme (février 1829).   **2.** Ce surnom désigne Chateaubriand lui-même.

haut de la montagne, frappés des rayons du soleil. Pour sortir des ténèbres, il suffit de s'élever vers le ciel.

« Si l'Italie avait déjà perdu pour moi de son éclat lors de mon voyage à Vérone en 1822, dans cette année 1828 elle m'a paru encore plus décolorée ; j'ai mesuré les progrès du temps. Appuyé sur le balcon de l'auberge à Arona[1], je regardais les rivages du lac Majeur, peints de l'or du couchant et bordés de flots d'azur. Rien n'était doux comme ce paysage que le château bordait de ses créneaux. Ce spectacle ne me portait ni plaisir ni sentiment. Les années printanières marient à ce qu'elles voient leurs espérances ; un jeune homme va errant avec ce qu'il aime, ou avec les souvenirs du bonheur absent. S'il n'a aucun lien, il en cherche ; il se flatte à chaque pas de trouver quelque chose ; des pensées de félicité le suivent : cette disposition de son âme se réfléchit sur les objets.

« Au surplus, je m'aperçois moins du rapetissé de la société actuelle lorsque je me trouve seul. Laissé à la solitude dans laquelle Bonaparte a laissé le monde, j'entends à peine les générations débiles qui passent et vagissent au bord du désert. »

« Bologne, 28 septembre 1828.

« À Milan, en moins d'un quart d'heure, j'ai compté dix-sept bossus passant sous la fenêtre de mon auberge. La schlague allemande a déformé la jeune Italie.

« J'ai vu dans son sépulcre saint Charles Borromée dont je venais de toucher la crèche à Arona[2]. Il comptait deux cent quarante-quatre années de mort. Il n'était pas beau.

« À Borgo San Donnino, madame de Chateaubriand est accourue dans ma chambre au milieu de la nuit ; elle avait vu tomber ses robes et son chapeau de paille des chaises où ils étaient suspendus. Elle en avait conclu que nous

---

1. Le soir du samedi 27 septembre 1828. Chateaubriand arriva le lendemain matin à Milan.   **2.** Saint Charles Borromée, né en 1538 à Arona, mort à Milan en 1584. Ses restes sont conservés dans la crypte du dôme de Milan.

étions dans une auberge hantée des esprits ou habitée par des voleurs. Je n'avais éprouvé aucune commotion dans mon lit : il était pourtant vrai qu'un tremblement de terre s'était fait sentir dans l'Apennin : ce qui renverse les cités peut faire tomber les vêtements d'une femme. C'est ce que j'ai dit à madame de Chateaubriand ; je lui ai dit aussi que j'avais traversé sans accident, en Espagne, dans la Vega du Xenil, un village culbuté la veille par une secousse souterraine[1]. Ces hautes consolations n'ont pas eu le moindre succès, et nous nous sommes empressés de quitter cette caverne d'assassins.

« La suite de ma course m'a montré partout la fuite des hommes et l'inconstance des fortunes. À Parme, j'ai trouvé le portrait de la veuve de Napoléon ; cette fille des Césars est maintenant la femme du comte de Neipperg ; cette mère du fils du conquérant a donné des frères à ce fils[2] ; elle fait garantir les dettes qu'elle entasse par un petit Bourbon qui demeure à Lucques, et qui doit, s'il y a lieu, hériter du duché de Parme[3].

« Bologne me semble moins désert qu'à l'époque de mon premier voyage. J'y ai été reçu avec les honneurs dont on assomme les ambassadeurs[4]. J'ai visité un beau

---

1. *Cf. Rancé*, p. 1035 : « Il arriva à Comminges [...] après un tremblement de terre : ce fut de même que j'arrivai à Grenade en rêvant de chimères, après le bouleversement de la Vega. »   2. Marie-Louise de Habsbourg (1791-1847), ancienne impératrice des Français, devenue en 1815 duchesse de Parme et Plaisance. Comme presque tous ses contemporains, Chateaubriand exprime un jugement sévère sur Marie-Louise qui, en 1815, avait vingt-quatre ans. Elle avait eu trois enfants du comte Neipperg, qu'elle épousa après le décès de Napoléon, et auprès duquel elle mena une existence paisible pour la plus grande satisfaction de ses sujets italiens. Après la mort de Neipperg (1829), elle se remaria secrètement avec le comte de Bombelles, son maître des cérémonies (1834).   3. Charles-Louis de Bourbon, duc de Lucques depuis 1824, devait hériter des duchés de Parme et Plaisance à la mort de Marie-Louise en 1847. Mais il ne tarda pas à être chassé par une insurrection et abdiqua en faveur de son fils, le 14 mars 1849. Celui-ci, qui régna sous le nom de Charles III, avait épousé la princesse Louise, sœur du comte de Chambord. Il fut assassiné le 27 mars 1854.   4. Le 11 août 1828, le nonce à Paris avait informé le Saint-Siège de la prochaine arrivée des Chateaubriand et demandé qu'on leur réserve le meilleur accueil. Le cardinal-légat de Bologne (Albani) avait

cimetière : je n'oublie jamais les morts ; c'est notre famille.

« Je n'avais jamais si bien admiré les Carrache qu'à la nouvelle galerie de Bologne. J'ai cru voir la sainte Cécile de Raphaël pour la première fois, tant elle était plus divine qu'au Louvre, sous notre ciel barbouillé de suie[1]. »

                                        « Ravenne, 1er octobre 1828.

« Dans la Romagne, pays que je ne connaissais pas, une multitude de villes, avec leurs maisons enduites d'une chaux de marbre, sont perchées sur le haut de diverses petites montagnes comme des compagnies de pigeons blancs. Chacune de ces villes offre quelques chefs-d'œuvre des arts modernes ou quelques monuments de l'Antiquité. Ce canton de l'Italie renferme toute l'histoire romaine ; il faudrait le parcourir Tite-Live, Tacite et Suétone à la main[2].

« J'ai traversé Imola, évêché de Pie VII, et Faenza. À Forli je me suis détourné de ma route pour visiter à Ravenne le tombeau de Dante. En approchant du monument, j'ai été saisi de ce frisson d'admiration que donne une grande renommée, quand le maître de cette renommée a été malheureux. Alfieri, qui avait sur le front *il pallor della morte e la speranza*[3] se prosterna sur ce marbre et lui adressa son sonnet : *O gran Padre Ali-*

---

aussitôt pris toutes les dispositions (en matière de douanes, de relais de postes, de logement, etc.) pour faciliter leur voyage.
1. Cédé à la France par le traité de Tolentino, le tableau avait été restitué en 1815.   **2.** Le réel compagnon de route de Chateaubriand est le guide attitré du voyageur romantique en Italie : Antoine Valéry, *Voyages historiques et littéraires en Italie pendant les années 1826, 1827, 1828, ou l'Indicateur italien*, Le Normant, 1831-1833 (5 volumes). Le tome III, utilisé dans ce chapitre, date de 1832. C'est donc *a posteriori* que le mémorialiste lui emprunte des expressions et presque toutes les citations suivantes.   **3.** « La pâleur de la mort, et aussi son espérance » (Foscolo, *Sepolcri*, vers 195).

ghier ![1] Devant le tombeau je m'appliquais ce vers du Purgatoire[2] :

.... *Frate,*
Lo mondo è cieco, e tu vien ben da lui.
.... Frère,
Le monde est aveugle, et tu viens bien de lui.

« Béatrice m'apparaissait ; je la voyais telle qu'elle était lorsqu'elle inspirait à son poète le désir *de soupirer et de mourir de pleurs*[3] :

Di sospirare, e di morir di pianto.

« "Ô ma pieuse chanson[4], dit le père des muses modernes, va pleurant à présent ! va retrouver les femmes et les jeunes filles à qui tes sœurs avaient accoutumé de porter la joie ! Et toi, qui es fille de la tristesse, va-t-en, inconsolée, demeurer avec Béatrice."

« Et pourtant le créateur d'un nouveau monde de poésie oublia Béatrice quand elle eut quitté la terre ; il ne la retrouva, pour l'adorer dans son génie, que quand il fut détrompé. Béatrice lui en fait le reproche, lorsqu'elle se prépare à montrer le ciel à son amant : "Je l'ai soutenu (Dante), dit-elle aux puissances du paradis, je l'ai soutenu quelque temps par mon visage et mes yeux d'enfant ; mais quand je fus sur le seuil de mon second âge et que je changeai de vie, il me quitta et se donna à d'autres[5]."

« Dante refusa de rentrer dans sa patrie au prix d'un pardon. Il répondit à l'un de ses parents : "Si pour retourner à Florence il n'est d'autre chemin que celui qui m'est ouvert, je n'y retournerai point. Je puis partout contempler les astres et le soleil[6]". Dante dénia ses jours aux Florentins, et Ravenne leur a dénié ses cendres, alors

---

1. Alfieri, *Rime*, I, 24. Le sonnet qui commence ainsi est daté : « *Tra Imola e Faenza, 31 maggio 1783* ». **2.** Dante, *Purgatoire*, XVI, 65-66. **3.** *Vita nuova*, XXXI, vers 39. **4.** *Ibidem*, vers 71-76. C'est la chanson qui commence par : « *Gli occhi dolenti...* » **5.** *Purgatoire*, XXX, 126-127. **6.** Cette épître latine « à un ami florentin » date des années 1315-1317.

même que Michel-Ange, génie ressuscité du poète, se promettait de décorer à Florence le monument funèbre de celui qui avait appris *come l'uom s'eterna*[1].

« Le peintre du *Jugement dernier*, le sculpteur de *Moïse*, l'architecte de la *Coupole de Saint-Pierre*, l'ingénieur du *vieux bastion de Florence*, le poète des *Sonnets adressés à Dante*, se joignit à ses compatriotes et appuya de ces mots la requête qu'ils présentèrent à Léon X : *Io Michel Agnolo, scultore, il medesimo a Vostra Santità supplico, offerendomi al divin poeta fare la sepoltura sua condecente e in loco onorevole in questa città*[2].

« Michel-Ange, dont le ciseau fut trompé dans son espérance, eut recours à son crayon pour élever à cet autre lui-même un autre mausolée. Il dessina les principaux sujets de la *Divina Commedia* sur les marges d'un exemplaire in-folio des œuvres du grand poète ; un navire, qui portait de Livourne à Civita-Vecchia ce double monument, fit naufrage.

« Je m'en revenais tout ému et ressentant quelque chose de cette commotion mêlée d'une terreur divine que j'éprouvai à Jérusalem, lorsque mon *cicerone* m'a proposé de me conduire à la maison de lord Byron. Eh ! que me faisaient Childe-Harold et la signora Guiccioli[3] en présence de Dante et de Béatrice ! Le malheur et les siècles manquent encore à Childe-Harold ; qu'il attende l'avenir. Byron a été mal inspiré dans sa prophétie de Dante[4].

« J'ai retrouvé Constantinople à Saint-Vital et à Saint-Apollinaire. Honorius et sa poule[5] ne m'importaient guè-

---

1. « Comment l'homme se rend éternel » (Dante, *Enfer*, XV, 85).   **2.** « Moi, Michel-Ange, sculpteur, j'adresse la même requête à Votre Sainteté, offrant de faire au divin poète un tombeau digne de lui, dans un lieu de cette ville qui lui fasse honneur. » Cette lettre date de 1519.   **3.** Voir XII, 4 (t. 1, p. 731, note 2).   **4.** Dans *The Profecy of Dante* (1820), Byron place dans la bouche du poète italien une condamnation du pouvoir pontifical en Romagne et de la présence étrangère en Lombardie. Il exhorte les Italiens à réaliser leur unité. **5.** Anecdote rapportée par Procope (*Guerre des Vandales*, I, 2) et rappelée dans les *Études historiques* (Ladvocat, t. V, p. 264) : « Honorius élevait une poule appelée Rome, et Alaric prenait la cité de Romulus. »

re ; j'aime mieux Placidie et ses aventures [1], dont le souvenir me revenait dans la basilique de Saint-Jean-Baptiste [2] ; c'est le roman chez les barbares. Théodoric reste grand, bien qu'il ait fait mourir Boèce [3]. Ces Goths étaient d'une race supérieure ; Amalasonte, bannie dans une île du lac de Bolsène, s'efforça, avec son ministre Cassiodore, de conserver ce qui restait de la civilisation romaine [4]. Les Exarques [5] apportèrent à Ravenne la décadence de leur empire. Ravenne fut lombarde sous Astolphe ; les Carlovingiens la rendirent à Rome. Elle devint sujette de son archevêque, puis elle se changea de république en tyrannie, finalement, après avoir été guelfe ou gibeline ; après avoir fait partie des États vénitiens, elle est retournée à l'Église sous le pape Jules II, et ne vit plus aujourd'hui que par le nom de Dante.

« Cette ville, que Rome enfanta dans son âge avancé, eut dès sa naissance quelque chose de la vieillesse de sa mère. À tout prendre, je vivrais bien ici ; j'aimerais à aller à la colonne des Français, élevée en mémoire de la

---

1. Sur Placidia, fille de Théodose née à Constantinople, prise lors du siège de Rome par Alaric, devenue belle-sœur de celui-ci et reine des Goths, puis de nouveau esclave, enfin, comme mère de Valentinien, impératrice régente, voir aussi les *Études historiques* (Ladvocat, t. V, p. 290-302). **2.** Il est difficile de savoir quel monument de Ravenne Chateaubriand désigne par ce nom atypique : peut-être le baptistère des Ariens, dont la coupole représente le baptême du Christ. Il ne semble pas avoir vu le mausolée de Galla Placidia. **3.** Théodoric, roi des Goths (493-526), converti au christianisme, a laissé son empreinte dans le paysage monumental de Ravenne, où il multiplia les fondations. Le philosophe Boèce (470-525) avait été chargé de le haranguer lors de son entrée dans Rome. Le roi goth lui confia des charges importantes mais, victime de dénonciations, Boèce fut emprisonné, puis mis à mort avec cruauté. Il est connu pour sa *Consolation philosophique*. **4.** Fille de Théodoric, Amalasonte aidée par son ministre Cassiodore a poursuivi la romanisation des Goths de Ravenne. Après sa mort (535), la ville ne tardera pas à être reconquise par les Byzantins. Alors Cassiodore (vers 468-562) se retira dans un monastère de Calabre où il consacra les dernières années de sa vie à une étude approfondie des lettres antiques. **5.** C'est-à-dire les gouverneurs ou vice-rois de la ville, lorsque celle-ci fut devenue capitale de province byzantine (584-751).

bataille de Ravenne[1]. Là se trouvèrent le cardinal de Médicis (Léon X) et Arioste, Bayard et Lautrec, frère de la comtesse de Chateaubriand. Là fut tué à l'âge de vingt-quatre ans le beau Gaston de Foix : "Nonobstant toute l'artillerie tirée par les Espagnols, les François marchoient toujours, dit *le Loyal serviteur*[2] ; depuis que Dieu créa ciel et terre, ne fut un plus cruel ne plus dur assaut entre François et Espagnols. Ils se reposoient les uns devant les autres pour reprendre leur haleine ; puis, baissant la vue, ils recommençoient de plus belle en criant : France et Espagne !" Il ne resta de tant de guerriers que quelques chevaliers, qui alors affranchis de la gloire endossèrent le froc.

« On voyait aussi dans quelque chaumière une jeune fille qui, en tournant son fuseau, embarrassait ses doigts délicats dans du chanvre ; elle n'avait pas l'habitude d'une pareille vie : c'était une Trivulce. Quand à travers sa porte entre-bâillée elle voyait deux lames se rejoindre dans l'étendue des flots, elle sentait sa tristesse s'accroître : cette femme avait été aimée d'un grand roi. Elle continuait d'aller tristement, par un chemin isolé, de sa chaumière à une église abandonnée et de cette église à sa chaumière.

« L'antique forêt que je traversais était composée de pins esseulés ; ils ressemblaient à des mâts de galères engravées dans le sable. Le soleil était près de se coucher lorsque je quittai Ravenne ; j'entendis le son lointain d'une cloche qui tintait : elle appelait les fidèles à la prière. »

---

1. Élevé en 1557 sur la rive droite du Montone, au sud-ouest de la ville, ce monument commémore la terrible bataille livrée le 11 avril 1512 par Gaston de Foix, neveu de Louis XII et gouverneur de Milan, contre les troupes espagnoles et pontificales.　2. *La Très joyeuse, plaisante et récréative Histoire, composée par le Loyal serviteur, des faiz, gestes, triomphes et prouesses du bon chevalier sans peour et sans reprouche, le gentil seigneur de Bayart*. Cette biographie de Bayard par son secrétaire Jacques de Mailles date de 1527. Elle fut reprise dans la collection Petitot, 1re série, en 1820 (2e tirage 1827). Pour le passage cité, voir t. XVI, chap. 54, p. 42 et 43.

« Ancône, 3 et 4 octobre.

« Revenu à Forli, je l'ai quitté de nouveau sans avoir vu sur ses remparts croulants l'endroit d'où la duchesse Catherine Sforze déclara à ses ennemis, prêts à égorger son fils unique, qu'elle pouvait encore être mère[1]. Pie VII, né à Césène, fut moine dans l'admirable couvent de la *Madona del Monte*.

« Je traversai près de Savignano la ravine d'un petit torrent : quand on me dit que j'avais passé le Rubicon, il me sembla qu'un voile se levait et que j'apercevais la terre du temps de César. Mon Rubicon, à moi, c'est la vie : depuis longtemps j'en ai franchi le premier bord.

« À Rimini, je n'ai rencontré ni Françoise, ni l'autre ombre sa compagne, *qui au vent semblaient si légères*[2] :

E pajon si al vento esser leggieri

« Rimini, Pesaro, Fano, Sinigaglia, m'ont amené à Ancône sur des ponts et sur des chemins laissés par les Augustes. Dans Ancône on célèbre aujourd'hui la fête du pape ; j'en entends la musique à l'arc triomphal de Trajan : double souveraineté de la ville éternelle. »

« Lorette, 5 et 6 octobre.

« Nous sommes venus coucher à Lorette. Le territoire offre un *spécimen* parfaitement conservé de la *colonie romaine*. Les paysans fermiers de *Notre-Dame* sont dans l'aisance et paraissent heureux ; les paysannes, belles et gaies, portent une fleur dans leur chevelure. Le prélat-gouverneur nous a donné l'hospitalité[3]. Du haut des clochers et du sommet de quelques éminences de la ville, on a des perspectives riantes sur les campagnes, sur Ancône

---

1. Anecdote rapportée par Valéry (t. III, p. 257) à propos du siège de Forli par César Borgia (1500). **2.** Dante, *Enfer*, V, 75. Ce sont les ombres légendaires de Paolo (da Malatesta) et de Francesca (da Rimini). **3.** Sur proposition des autorités locales, le cardinal Bernetti avait accepté que les Chateaubriand soient logés au palais apostolique.

et sur la mer. Le soir nous avons eu une tempête. Je me plaisais à voir *la valentia muralis* et la fumeterre des chèvres s'incliner au vent sur les vieux murs. Je me promenais sous les galeries à double étage, élevées d'après les dessins de Bramante. Ces pavés seront battus des pluies de l'automne, ces brins d'herbe frémiront au souffle de l'Adriatique longtemps après que j'aurai passé.

« À minuit j'étais retiré dans un lit de huit pieds carrés, consacré par Bonaparte ; une veilleuse éclairait à peine la nuit de ma chambre ; tout à coup une petite porte s'ouvre, et je vois entrer mystérieusement un homme menant avec lui une femme voilée. Je me soulève sur le coude et le regarde ; il s'approche de mon lit et se hâte, en se courbant jusqu'à terre, de me faire mille excuses de troubler ainsi le repos de M. l'ambassadeur : mais il est veuf ; il est un pauvre intendant ; il désir marier sa *ragazza*, ici présente : malheureusement il lui manque quelque chose pour la dot. Il relève le voile de l'orpheline : elle était pâle, très-jolie, et tenait les yeux baissés avec une modestie convenable. Ce père de famille avait l'air de vouloir s'en aller et laisser la fiancée m'achever son histoire. Dans ce pressant danger, je ne demandai point à l'obligeant infortuné, comme demanda le bon chevalier à la mère de la jeune fille de Grenoble, si elle était vierge [1] ; tout ébouriffé, je pris quelques pièces d'or sur la table près de mon lit ; je les donnai, pour faire honneur au roi mon maître, à la *zitella, dont les yeux n'étaient pas enflés à force d'avoir pleuré*. Elle me baisa la main avec une reconnaissance infinie. Je ne prononçai pas un mot, et retombant sur mon immense couche, comme si je voulais dormir, la vision de saint Antoine disparut. Je remerciai mon patron saint François dont c'était la fête ; je restai dans les ténèbres moitié riant, moitié regrettant, et dans une admiration profonde de mes vertus.

« C'était pourtant ainsi que je semais l'or [2], que j'étais ambassadeur, hébergé en toute pompe chez le gouverneur

---

1. Cette « grande courtoisie » de Bayard est rapportée par le *Loyal Serviteur* (Petitot, 1re série, t. XVI, p. 61-63).   **2.** Comme le voulait la devise de sa famille : voir tome I, p. 175 et 182.

de Lorette, dans cette même ville où le Tasse était logé dans un mauvais bouge et où, faute d'un peu d'argent, il ne pouvait continuer sa route. Il paya sa dette à Notre-Dame de Lorette par sa *canzone* :

Ecco fra le tempeste e i fieri venti [1].

« Madame de Chateaubriand fit amende honorable de ma passagère fortune, en montant à genoux les degrés de la santa Chiesa. Après ma victoire de la nuit, j'aurais eu plus de droit que le roi de Saxe de déposer mon habit de noces au trésor de Lorette [2] ; mais je ne me pardonnerai jamais, à moi chétif enfant des muses, d'avoir été si puissant et si heureux, là où le chantre de la Jérusalem avait été si faible et si misérable ! Torquato, ne me prends pas dans ce moment extraordinaire de mes inconstantes prospérités ; la richesse n'est pas mon habitude ; vois-moi dans mon passage à Namur, dans mon grenier à Londres, dans mon infirmerie à Paris, afin de me trouver avec toi quelque lointaine ressemblance.

« Je n'ai point, comme Montaigne, laissé mon portrait en argent à Notre-Dame de Lorette, ni celui de ma fille, *Leonora Montana, filia unica* [3] ; je n'ai jamais désiré me survivre : mais pourtant une fille, et qui porterait le nom de Léonore !

« Spoleto.

« Après avoir quitté Lorette, passé Macerata, laissé Tolentino qui marque un pas de Bonaparte et rappelle un traité [4], j'ai gravi les derniers redans de l'Apennin. Le plateau de la montagne est humide et cultivé comme une houblonnière. À gauche étaient les mers de la Grèce, à

---

1. « Me voici au milieu des tempêtes et des vents déchaînés » : ainsi commence le cantique « à la bienheureuse Vierge de Lorette » qui remonte au XVIe siècle.   2. Le roi Frédéric-Auguste Ier de Saxe avait laissé cette offrande au mois de juillet 1828, comme le signale Valéry.   3. « Léonore de Montaigne, (notre) fille unique. »   4. Le traité de Tolentino, qui a mis fin à la première campagne de Bonaparte en Italie, date du 19 février 1797.

droite celles de l'Ibérie ; je pouvais être pressé du souffle des brises que j'avais respirées à Athènes et à Grenade. Nous sommes descendus vers l'Ombrie en circulant dans les volutes des gorges exfoliées[1] où sont suspendus dans des bouquets de bois les descendants de ces montagnards qui fournirent des soldats à Rome après la bataille de Trasimène.

« Foligno possédait une Vierge de Raphaël[2] qui est aujourd'hui au Vatican. *Vene*, dans une position charmante, est à la source du Clitumne. Le Poussin a reproduit ce site chaud et suave ; Byron l'a froidement chanté[3].

« Spoleto a donné le jour au pape actuel. Selon mon courrier Giorgini[4], Léon XII a placé dans cette ville les galériens pour honorer sa patrie. Spoleto osa résister à Annibal. Elle montre plusieurs ouvrages de Lippi l'ancien, qui, nourri dans le cloître, esclave en Barbarie, espèce de Cervantès chez les peintres, mourut à soixante ans passés du poison que lui donnèrent les parents de Lucrèce, séduite par lui, croyait-on[5].

« Civita Castellana.

« À Monte-Luco, le comte Potoski s'ensevelit dans des laures charmantes[6] ; mais les pensées de Rome ne l'y

---

1. Latinisme (du bas latin *exfoliare*) : dépouillé de ses feuilles.   **2.** Ce tableau célèbre, exécuté vers 1512 à Rome, avait été transporté à Paris en 1797, puis restitué en 1815 : il fut alors déposé à la Pinacothèque vaticane.   **3.** Ce site ombragé, proche de la via Flaminia, à treize kilomètres au nord de Spolète, a inspiré peintres et poètes. C'est Valéry (t. IV, p. 312) qui évoque Poussin. Pour Byron, voir *Childe-Harold*, chant IV, stances 66-68.   **4.** Sur ce personnage, voir Marcellus, p. 331.   **5.** Fra Filippo Lippi (1406-1469), né à Prato, mena une vie aventureuse de moine artiste et libertin jusqu'au jour où il séduisit la blonde Lucrezia Buti qu'une fois relevé de ses vœux, il fut autorisé à épouser. Ce fut le modèle de ses Vierges et la mère de son fils Filippino. Toute la famille est ainsi représentée dans les fresques absidiales du dôme de Spolète, qui renferme aussi le tombeau du peintre.   **6.** Ce personnage, signalé par Valéry (t. IV, p. 309), est le comte Ignace Potocki (1738-1794). Staroste de Kaniow, il participa de manière active à la confédération de Bar, puis fut obligé de quitter la Pologne en 1772. Il séjourna successivement à Munich, à Strasbourg (1776), à Dresde, et à Paris (1781). Un an plus tard, il

suivirent-elles point ? Ne se croyait-il pas transporté au milieu des *chœurs des jeunes filles ?* Et moi aussi, comme saint Jérôme, "j'ai passé, dans mon temps, le jour et la nuit à pousser des cris, à frapper ma poitrine jusqu'au moment où Dieu me renvoyait la paix". Je regrette de ne plus être ce que j'ai été, *plango me non esse quod fuerim* [1].

« Après avoir dépassé les ermitages de Monte-Luco, nous avons commencé à contourner la Somma. J'avais déjà suivi ce chemin dans mon premier voyage de Florence à Rome par Pérouse, en accompagnant une femme mourante [2]...

« À la nature de la lumière et à une sorte de vivacité du paysage, je me serais cru sur une des croupes des Alleghanis, n'était qu'un haut aqueduc, surmonté d'un pont étroit, me rappelait un ouvrage de Rome auquel les ducs lombards de Spoleto avaient mis la main : les Américains n'en sont pas encore à ces monuments qui viennent après la liberté. J'ai monté la Somma à pied, près des bœufs du Clitumne qui traînaient madame l'ambassadrice à son triomphe [3]. Une jeune chevrière maigre, légère et gentille comme sa bique, me suivait, avec son petit frère, dans ces opulentes campagnes, en me demandant la *carità* : je la lui ai faite en mémoire de madame de Beaumont dont ces lieux ne se souviennent plus.

---

divorça pour se retirer à Monte-Luco, où il vécut plusieurs années à cultiver le jardin de la petite maison qu'on lui avait attribuée. Il regagna la Pologne en 1792 pour entrer dans les ordres.
1. Ce paragraphe se réfère à une lettre de saint Jérôme à Eustochie (saint Jérôme, *Lettres*, XXII, 7).　　**2.** Mme de Beaumont, en octobre 1803 (voir t. II, p. 136-137).　　**3.** Allusion à un passage des *Géorgiques*, vers 145-147 : *Hinc albi, Clitumne, greges (...)/ Romanos ad templa deum duxere triumphos*. Déjà dans sa *Lettre sur la campagne romaine*, Chateaubriand avait évoqué « ces attelages de grands bœufs aux cornes énormes, couchés [...] parmi les débris du Forum, et sous les arcs où ils passaient autrefois pour conduire le triomphateur romain » (*Œuvres*, 2, p. 1482). C'est une malice envers Mme de Chateaubriand, demeurée dans la voiture : on avait alors coutume de placer, en avant des chevaux de poste, une paire de bœufs pour gravir les pentes un peu fortes !

Alas ! regardless of their doom,
The little victims play !
No sense have they of ills to come.
Nor care beyond to-day.

"Hélas ! sans souci de leur destinée, folâtrent les petites victimes ! Elles n'ont ni prévision des maux à venir, ni soin d'outre-journée[1]."

« J'ai retrouvé Terni et ses cascades. Une campagne plantée d'oliviers m'a conduit à Narni ; puis, en passant par Otricoli, nous sommes venus nous arrêter à la triste Civita Castellana. Je voudrais bien aller à *Santa-Maria di Falleri* pour voir une ville qui n'a plus que la peau, son enceinte : à l'intérieur elle était vide : *misère humaine à Dieu ramène*. Laissons passer mes grandeurs et je reviendrai chercher la ville des Falisques[2]. Du tombeau de Néron[3], je vais montrer bientôt à ma femme la croix de Saint-Pierre qui domine la ville des Césars. »

(3)

LETTRES À MADAME RÉCAMIER.

Vous venez de parcourir mon journal de route, vous allez lire mes lettres à madame Récamier, entremêlées, comme je l'ai annoncé, de pages historiques.

Parallèlement vous trouverez mes dépêches. Ici paraîtront distinctement les deux hommes qui existent en moi.

---

1. Citation de Gray provenant du même article que celle de Parny (voir *supra*, p. 238, note 1).   **2.** C'est en réalité Civita Castellana qui occupe le site de la capitale des anciens Falisques. Santa-Maria di Falleri est une église du XIIe siècle, qui se trouve dans les ruines de la ville *romaine* de Faléries, à quelques kilomètres au nord-ouest : celle-ci a en effet conservé une grande partie de son enceinte antique.   **3.** La tradition populaire donnait ce nom *(tomba di Nerone)* à un sarcophage antique situé sur la rive droite du Tibre, non loin de la via Flaminia, à environ sept kilomètres au nord de la piazza del Popolo.

À MADAME RÉCAMIER.

« Rome, ce 11 octobre 1828.

« J'ai traversé cette belle contrée, rempli de votre souvenir ; il me consolait, sans pourtant m'ôter la tristesse de tous les autres souvenirs que je rencontrais à chaque pas. J'ai revu cette mer Adriatique que j'avais traversée il y a plus de vingt ans, dans quelle disposition d'âme ! À Terni, je m'étais arrêté avec une pauvre expirante. Enfin, je suis entré dans Rome[1]. Ses monuments, après ceux d'Athènes, comme je le craignais, m'ont paru moins parfaits. Ma mémoire des lieux, étonnante et cruelle à la fois, ne m'avait pas laissé oublier une seule pierre.

« Je n'ai vu personne encore, excepté le secrétaire d'État, le cardinal Bernetti[2]. Pour avoir à qui parler, je suis allé chercher Guérin[3], hier au coucher du soleil : il a paru charmé de ma visite. Nous avons ouvert une

---

1. Le 9 octobre 1828. Le comte de Blacas avait, en 1819, installé notre ambassade sur le Corso, dans le palais Simonetti (aujourd'hui Banco di Roma), qu'avait ensuite habité le duc de Laval. Dans la suite de sa lettre du 11 octobre. Chateaubriand déplore la mauvaise distribution de ce « logement de garçon », qu'il trouve « assez ridiculement ordonné ».   2. Tommaso Bernetti (1779-1852) avait commencé en 1815 une carrière administrative dans les services de la Curie, et avait été gouverneur de Rome de 1820 à 1826. Il fut ensuite envoyé comme légat extraordinaire en Russie pour le couronnement de Nicolas Ier (septembre-octobre 1826) et séjourna quelques semaines à Paris sur le chemin du retour. Bernetti avait été créé cardinal au consistoire du 2 octobre 1826 et recevra le chapeau le 25 juin 1827. Le 17 juin 1828, il avait succédé à la tête de la secrétairerie d'État au vieux cardinal Della Somaglia, démissionnaire. Après son élection, Pie VIII le nomma légat de Bologne, à la place du cardinal Albani. Mais il redeviendra secrétaire d'État en 1831, au début du pontificat de Grégoire XVI. 3. Pierre-Narcisse Guérin (1774-1833) avait connu son premier succès avec son tableau de *Phèdre et Hippolyte* (salon de 1802). Il avait ensuite séjourné à Rome, de 1803 à 1805. Peut-être faut-il faire remonter à cette époque les relations cordiales que le peintre entretiendra avec Chateaubriand, dont il a laissé un beau portrait. Guérin retourna à Rome pour diriger, de 1822 à 1828, la villa Médicis et c'est là qu'il reviendra mourir, en 1833, après un bref séjour à Paris. Il est inhumé à la Trinité-des-Monts et son monument, exécuté par Lemoyne, se trouve à Saint-Louis-des-Français.

fenêtre sur Rome et admiré l'horizon. C'est la seule chose qui soit restée, pour moi, telle que je l'ai vue : mes yeux ou les objets ont changé ; peut-être les uns et les autres [1]. »

(4)

Léon XII et les cardinaux.

Les premiers moments de mon séjour à Rome furent employés à des visites officielles. Sa Sainteté me reçut en audience privée ; les audiences publiques ne sont plus d'usage et coûtent trop cher. Léon XII [2], prince d'une grande taille et d'un air à la fois serein et triste, est vêtu d'une simple soutane blanche ; il n'a aucun faste et se tient dans un cabinet pauvre, presque sans meubles. Il ne mange presque pas ; il vit, avec son chat, d'un peu de *polenta*. Il se sait très malade et se voit dépérir avec une résignation qui tient de la joie chrétienne : il mettrait volontiers, comme Benoît XIV, son cercueil sous son lit. Arrivé à la porte des appartements du pape, un abbé me

---

1. Les expressions de la lettre originale sont plus fortes : « J'ai parcouru, seul et à pieds, cette grande ville délabrée [...]. Le pauvre Guérin, qui déteste Rome, était si ravi de me trouver dans les mêmes dispositions que lui, qu'il en pleurait presque. » 2. Annibale della Genga (1760-1829), qui régna sous le nom de Léon XII, est né à Spolète, dans une famille de petite noblesse. Entré dans les services de la Curie dès 1790, bientôt nommé archevêque *in partibus* de Tyr, il fut longtemps nonce en Allemagne (1794-1807), puis se retira dans son abbaye de Monticelli durant la captivité de Pie VII. Au mois de mai 1814, il fut envoyé à Paris comme nonce extraordinaire auprès de Louis XVIII et des souverains alliés, sans pouvoir obtenir la remise en cause des articles organiques du concordat de 1802, ni des compensations pour la cession du comtat Venaissin. Revenu à Rome, il est élevé à la pourpre le 8 mars 1816, nommé cardinal-vicaire de la ville en 1820, enfin élu pape le 28 septembre 1823. Son court pontificat fut centré sur le jubilé de 1825, dont Léon XII voulut faire le symbole de la restauration de la vocation spirituelle du Saint-Siège, après la tourmente révolutionnaire. À cet égard, il manifesta une grande sympathie pour les idées du premier Lamennais.

conduit par des corridors noirs jusqu'au refuge ou au
sanctuaire de Sa Sainteté. Elle ne se donne pas le temps
de s'habiller, de peur de me faire attendre ; elle se lève,
vient au-devant de moi, ne me permet jamais de mettre
un genou en terre pour baiser le bas de sa robe au lieu de
sa mule, et me conduit par la main jusqu'au siège placé
à droite de son indigent fauteuil. Assis, nous causons.

Le lundi je me rends à sept heures du matin chez le
secrétaire d'État, Bernetti, homme d'affaires et de plaisir.
Il est lié avec la princesse Doria ; il connaît le siècle et
n'a accepté le chapeau de cardinal qu'à son corps défendant. Il a refusé d'entrer dans l'Église, n'est sous-diacre
qu'à brevet, et se pourrait marier demain en rendant son
chapeau. Il croit à des révolutions et il va jusqu'à penser
que, si sa vie est longue, il a des chances de voir la chute
temporelle de la papauté.

Les cardinaux sont partagés en trois *factions* [1] :

La première se compose de ceux qui cherchent à marcher avec le temps et parmi lesquels se rangent Benvenuti
et Opizzoni. Benvenuti [2] s'est rendu célèbre par l'extirpa-
tion du brigandage et sa mission à Ravenne après le cardi-

---

1. Cette analyse témoigne de la vision superficielle qu'avait Chateaubriand des problèmes qui se posaient alors à une Église romaine
engagée depuis 1815 dans une profonde mutation. En réalité parmi les
membres du Sacré-Collège, la ligne de partage passe plutôt entre les
politiques qui, formés à des pratiques de gestion administratives ou
diplomatiques, veulent gouverner le Saint-Siège comme un État ordinaire, et ceux qu'on appelle les *zelanti* : ces derniers se méfient davantage des compromissions séculières, se réclament de la primauté du
spirituel, et voudraient rendre au Siège apostolique sa spécificité religieuse et missionnaire. Ce sont les premiers qui sont les hommes du
passé.   2. Antonio Benvenuti (1765-1838), ancien diplomate et collaborateur du cardinal Consalvi, avait exercé, à partir de 1814, des
fonctions administratives à la Curie, puis lutté avec succès, à Forli et
à Ravenne, contre le brigandage et le carbonarisme. Promu cardinal
in petto le 2 octobre 1826 (mais publié seulement au consistoire du
15 décembre 1828), il fera figure de *papabile* au conclave de 1829. Il
sera ensuite envoyé comme cardinal-légat à Bologne, où il devra faire
face au soulèvement de 1831.

nal Rivarola[1] ; Opizzoni[2], archevêque de Bologne, s'est concilié les diverses opinions dans cette ville industrielle et littéraire difficile à gouverner.

La seconde *faction* se forme des *zelanti*, qui tentent de rétrograder : un de leurs chefs est le cardinal Odescalchi[3].

Enfin la troisième *faction* comprend les immobiles, vieillards qui ne veulent ou ne peuvent aller ni en avant ni en arrière : parmi ces vieux on trouve le cardinal Vidoni[4], espèce de gendarme du traité de Tolentino : gros et grand, visage allumé, calotte de travers. Quand on lui dit qu'il a des chances à la papauté, il répond : *Lo santo Spirito sarebbe dunque ubriaco*[5] *!* Il plante des arbres à Ponte-Mole[6], où Constantin fit le monde chrétien. Je vois ces arbres lorsque je sors de Rome par la porte du Peuple pour rentrer par la porte Angélique. Du plus loin qu'il m'aperçoit le cardinal me crie : *Ah ! ah ! signor ambasciadore di Francia !* puis il s'emporte contre les planteurs de ses pins. Il ne suit point l'étiquette cardinaliste ; il se

---

1. Agostino Rivarola (1758-1842), issu du patriciat de Gênes, avait contribué à la restauration du pouvoir temporel en 1815. Promu cardinal le 1er octobre 1817, il se rangea du côté *zelante* au conclave de 1823. Nommé en 1824 légat extraordinaire en Romagne, il mena contre les sociétés secrètes une lutte sans merci, qui se termina par un spectaculaire procès (juillet-août 1825). Il échappa peu après à une tentative de meurtre qui se solda de nouveau par des condamnations à mort, le 26 avril 1826 : la sentence fut exécutée à Ravenne le 13 mai, avec exposition des cinq cadavres sur la place publique. Depuis, le cardinal Rivarola avait été nommé préfet de la congrégation des Eaux. 2. Carlo Oppizoni (1769-1855), originaire de Milan, fut archevêque de Bologne de 1802 jusqu'à sa mort. Il avait été promu cardinal le 26 mars 1804.   3. Carlo Odescalchi (1786-1841) appartenait à la grande aristocratie romaine, aussi bien par son père, le prince Baldassare (1748-1810) que par sa mère, née Caterina Giustiniani (1760-1813). Promu cardinal le 10 mars 1823, il avait été nommé, le 15 février 1828, préfet de la Congrégation des évêques et des réguliers. C'était le seul membre du Sacré-Collège, avec le cardinal Albani, dont la famille avait déjà donné un pape (Innocent XI).   4. Pietro Vidoni (1759-1830), originaire de Crémone, avait été promu cardinal le 8 mars 1816, après une longue carrière administrative à la Curie.   5. « Le Saint-Esprit aurait donc bu ! »   6. Plus connu sous le nom de pont Milvius : c'est là qu'en 312 Constantin livra bataille contre Maxence ; sa victoire fut le prélude à la reconnaissance du christianisme (édit de Milan, 313).

fait accompagner par un seul laquais dans une voiture à
sa guise : on lui pardonne tout, en l'appelant *madama
Vidoni**.

(5)

LES AMBASSADEURS.

Mes collègues d'ambassade sont le comte Lutzow[1],
ambassadeur d'Autriche, homme poli : sa femme chante
bien, toujours le même air, et parle toujours de ses *petits
enfants* ; le savant baron Bunsen[2], ministre de Prusse et
ami de l'historien Niebuhr[3] (je négocie auprès de lui la
résiliation en ma faveur du bail de son palais sur le Capitole) ; le ministre de Russie, prince Gagarin, exilé dans
les grandeurs passées de Rome, pour des amours éva-

---

* Quand j'ai quitté Rome il a acheté ma calèche et m'a fait l'honneur d'y mourir, en allant à Ponte-Mole. (Note de Paris, 1836.)

---

1. Le comte de Lützow avait été ambassadeur à Constantinople, puis
à Turin alors que Chateaubriand était ministre des Affaires étrangères. Il
se trouvait à Rome depuis le printemps 1827 et il observa son homologue
français sans complaisance, comme le prouvent ses dépêches à Metternich. **2.** Christian-Karl Josias, baron de Bunsen (1791-1860), disciple de Niebuhr, ministre de Prusse à Rome depuis 1824. Il réunissait
alors dans son salon du palais Cafarelli le petit groupe des Hyperboréens
où ses compatriotes (Stackelberg, Panofka, Kestner) se mêlaient à des
étrangers (par exemple le Français Victor Le Clerc). C'est là qu'il orga-
nisa un Institut archéologique international, à partir de 1829, qui publiera
des *Annales* régulières. Dans la préface des *Études historiques*, Chateaubriand le remercie de lui avoir fourni un « excellent extrait des *Niebelun-
gen* », qu'il cite à la fin du livre. Il ajoute : « Plus heureux que moi, il
foule encore ces ruines où j'espérais rendre à la terre, image pour image,
mon argile en échange de quelque statue exhumée. » Diplomate, archéologue, historien des religions, Bunsen quittera Rome en 1838, après avoir
publié son premier grand ouvrage : *Die Basiliken des Christlichen Rom*
(1837). **3.** Le « grand historien » Barthold Niebuhr (1774-1831)
avait été le prédécesseur de Bunsen à Rome de 1816 à 1823. Sa monumentale *Histoire romaine* avait commencé de paraître en 1811.

nouies[1] : s'il fut préféré par la belle madame Narischkine, un moment habitante de mon ancien ermitage d'Aulnay, il y aurait donc un charme dans la mauvaise humeur ; on domine plus par ses défauts que par ses qualités.

M. de Labrador[2], ambassadeur d'Espagne, homme fidèle, parle peu, se promène seul, pense beaucoup, ou ne pense point, ce que je ne sais démêler.

Le vieux comte Fuscaldo représente Naples comme l'hiver représente le printemps. Il a une grande pancarte de carton sur laquelle il étudie avec des lunettes, non les champs de roses de Pæstum, mais les noms des étrangers suspects dont il ne doit pas viser les passeports. J'envie son palais (Farnèse), admirable structure inachevée, que Michel-Ange couronna[3], que peignit Annibal Carrache aidé d'Augustin son frère, et sous le portique duquel s'abrite le sarcophage de Cecilia Metella, qui n'a rien perdu au changement de mausolée. Fuscaldo, en loques d'esprit et de corps, a, dit-on, une maîtresse.

Le comte de Celles, ambassadeur du roi des Pays-Bas, avait épousé mademoiselle de Valence, aujourd'hui morte : il en a eu deux filles, qui, par conséquent, sont petites-filles de madame de Genlis[4]. M. de Celles est resté préfet, parce qu'il l'a été[5] ; caractère mêlé du

---

1. Le prince Gagarin avait été « exilé » à Rome après avoir été le rival heureux du tsar Alexandre Ier auprès de la belle Mme Narischkine.   2. Le marquis de Labrador (1775-1850) avait déjà représenté Charles IV auprès de Pie VII. Il avait ensuite suivi les souverains espagnols dans leur exil en France, de 1808 à 1814, puis participé au congrès de Vérone. Après la restauration de Ferdinand VII, il fut ambassadeur à Naples, puis à Rome. Il a laissé un volume de souvenirs : *Mélanges sur la vie privée et publique du marquis de Labrador écrits par lui-même* (Paris, Imprimerie de E. Thunot, 1849).   3. Après la mort de Sangallo (1546), Michel-Ange fut chargé de poursuivre la construction du palais Farnèse. Ce fut lui qui dessina la corniche qui *couronne* en effet la façade, ainsi que le blason qui figure au-dessus du balcon central.   4. C'est Mme de Celles qui était la petite-fille de Mme de Genlis. Ses filles, Pulchérie et Antonine, étaient des admiratrices de Chateaubriand. La seconde, qui avait alors seize ans, a laissé un pittoresque journal romain.   5. Le comte de Celles avait poursuivi, sous Napoléon, une carrière préfectorale qui avait culminé à Amsterdam (1811). Entré ensuite au service des Pays-Bas, il avait été envoyé à Rome par le roi Guillaume Ier pour négocier un nouveau concordat.

loquace, du tyranneau, du recruteur et de l'intendant, qu'on ne perd jamais. Si vous rencontrez un homme qui, au lieu d'arpents, de toises et de pieds, vous parle d'*hectares*, de *mètres* et de *décimètres*, vous avez mis la main sur un préfet.

M. de Funchal, ambassadeur demi-avoué[1] du Portugal, est ragotin[2], agité, grimacier, vert comme un singe du Brésil, et jaune comme une orange de Lisbonne ; il chante pourtant sa négresse, ce nouveau Camoëns ! Grand amateur de musique, il tient à sa solde une espèce de Paganini, en attendant la restauration de son roi.

Par-ci, par-là, j'ai entrevu de petits finauds de ministres de divers petits États, tout scandalisés du bon marché que je fais de mon ambassade : leur importance boutonnée, gourmée, silencieuse, marche les jambes serrées et à pas étroits : elle a l'air prête à crever de secrets, qu'elle ignore.

(6)

LES ANCIENS ARTISTES ET LES ARTISTES NOUVEAUX.

Ambassadeur en Angleterre dans l'année 1822, je recherchai les lieux et les hommes que j'avais jadis connus à Londres en 1793 ; ambassadeur auprès du Saint-Siège en 1828, je me suis hâté de parcourir les palais et les ruines, de redemander les personnes que j'avais vues à Rome en 1803 ; des palais et des ruines, j'en ai retrouvé beaucoup ; des personnes, peu.

Le palais Lancelotti, autrefois loué au cardinal Fesch,

---

1. À la mort de Jean VI, au mois de mars 1826, son fils dom Pedro, demeuré au Brésil, avait renoncé à la couronne du Portugal en faveur de sa fille doña Maria (alors âgée de sept ans), qui devait, le moment venu, épouser son jeune oncle dom Miguel. Mais en 1828, ce dernier se proclama roi (il ne sera dépossédé du trône qu'en 1834). Dans ces conditions la position de Funchal devenait délicate.   2. Ragotin est un personnage grotesque du *Roman comique* de Scarron.

est maintenant occupé par ses vrais maîtres, le prince Lancelotti et la princesse Lancelotti, fille du prince Massimo. La maison où demeura madame de Beaumont, à la place d'Espagne, a disparu. Quant à madame de Beaumont, elle est demeurée dans son dernier asile, et j'ai prié avec le pape Léon XII à sa tombe.

Canova a pris également congé du monde[1]. Je le visitai deux fois dans son atelier en 1803 ; il me reçut le maillet à la main. Il me montra de l'air le plus naïf et le plus doux son énorme statue de Bonaparte et son Hercule lançant Lycas dans les flots : il tenait à vous convaincre qu'il pouvait arriver à l'énergie de la forme ; mais alors même son ciseau se refusait à fouiller profondément l'anatomie ; la nymphe restait malgré lui dans les chairs, et l'Hébé se retrouvait sous les rides de ses vieillards. J'ai rencontré sur ma route le premier sculpteur de mon temps ; il est tombé de son échafaud[2], comme Goujon de l'échafaud du Louvre ; la mort est toujours là pour continuer la Saint-Barthélemy éternelle, et nous abattre avec ses flèches.

Mais qui vit encore, à ma grande joie, c'est mon vieux Boguet[3], le doyen des peintres français à Rome. Deux fois il a essayé de quitter ses campagnes aimées ; il est allé jusqu'à Gênes ; le cœur lui a failli et il est revenu à ses foyers adoptifs. Je l'ai choyé à l'ambassade, ainsi que son fils[4] pour lequel il a la tendresse d'une mère. J'ai recommencé avec lui nos anciennes excursions ; je ne m'aperçois de sa vieillesse qu'à la lenteur de ses pas ; j'éprouve une sorte d'attendrissement en contrefaisant le jeune, et en mesurant mes enjambées sur les siennes.

---

1. Le 13 octobre 1822, à soixante-quinze ans.   2. De son échafaudage. Selon une tradition, le sculpteur calviniste Jean Goujon aurait été tué le jour de la Saint-Barthélemy alors qu'il travaillait à la décoration du nouveau Louvre.   3. Nicolas-Didier Boguet (1755-1839), installé à Rome depuis 1783, peignait, pour une clientèle aristocratique internationale, des « paysages composés » dans la tradition française : voir M.-M. Aubrun, « Boguet, un émule du Lorrain », *Gazette des Beaux-Arts*, juin 1974, p. 319-336. Son monument funéraire, érigé en 1840 à Saint-Louis-des-Français, est, lui aussi, dû au ciseau de Lemoyne.   4. Après la mort de sa mère, lorsqu'il avait trois ans (1805), *Didino* fut élevé par son père et ne le quitta jamais. Devenu à son tour peintre, il continua de vivre en Italie.

Nous n'avons plus ni l'un ni l'autre longtemps à voir couler le Tibre.

Les grands artistes, à leur grande époque, menaient une tout autre vie que celle qu'ils mènent aujourd'hui : attachés aux voûtes du Vatican, aux parois de Saint-Pierre, aux murs de la Farnésine, ils travaillaient à leurs chefs-d'œuvre suspendus avec eux dans les airs. Raphaël marchait environné de ses élèves, escorté des cardinaux et des princes, comme un sénateur de l'ancienne Rome suivi et devancé de ses clients. Charles-Quint posa trois fois devant le Titien. Il ramassait son pinceau et lui cédait la droite à la promenade, de même que François Ier assistait Léonard de Vinci sur son lit de mort. Titien alla en triomphe à Rome ; l'immense Buonarotti l'y reçut : à quatre-vingt-dix-neuf ans, Titien tenait encore d'une main ferme, à Venise, son pinceau d'un siècle, vainqueur des siècles.

Le grand-duc de Toscane fit déterrer secrètement Michel-Ange, mort à Rome après avoir posé, à quatre-vingt-huit ans, le faîte de la coupole de Saint-Pierre. Florence, par des obsèques magnifiques, expia sur les cendres de son grand peintre l'abandon où elle avait laissé la poussière de Dante, son grand poète.

Vélasquez visita deux fois l'Italie, et l'Italie se leva deux fois pour le saluer : le précurseur de Murillo reprit le chemin des Espagnes chargé des fruits de cette Hespérie ausonienne, qui s'étaient détachés sous sa main : il emporta un tableau de chacun des douze peintres les plus célèbres de cette époque.

Ces fameux artistes passaient leurs jours dans des aventures et des fêtes ; ils défendaient les villes et les châteaux ; ils élevaient des églises, des palais et des remparts ; ils donnaient et recevaient de grands coups d'épée, séduisaient des femmes, se réfugiaient dans les cloîtres, étaient absous par les papes et sauvés par les princes. Dans une orgie que Benvenuto Cellini a racontée, on voit figurer les noms d'un Michel-Ange [1] et de Jules Romain.

---

1. Non pas le grand Buonarotti, mais un obscur homonyme, sculpteur à Sienne : voir les *Mémoires* de Benvenuto Cellini, tr. fr. par T. de Saint-Marcel, Le Normant, 1822, p. 62-67.

Aujourd'hui la scène est bien changée ; les artistes à Rome vivent pauvres et retirés. Peut-être y a-t-il dans cette vie une poésie qui vaut la première. Une association de peintres allemands[1] a entrepris de faire remonter la peinture au Pérugin, pour lui rendre son inspiration chrétienne. Ces jeunes néophytes de saint Luc prétendent que Raphaël, dans sa seconde manière, est devenu païen, et que son talent a dégénéré. Soit ; soyons païens comme les vierges raphaéliques ; que notre talent dégénère et s'affaiblisse comme dans le tableau de *la Transfiguration* ! Cette erreur honorable de la nouvelle école sacrée n'en est pas moins une erreur ; il s'ensuivrait que la roideur et le mal dessiné des formes seraient la preuve de la vision intuitive, tandis que cette expression de foi, remarquable dans les ouvrages des peintres qui précèdent la Renaissance, ne vient point de ce que les personnages sont posés carrément et immobiles comme des sphinx, mais de ce que le peintre *croyait* comme son siècle. C'est sa pensée, non sa peinture, qui est religieuse ; chose si vraie, que l'école espagnole est éminemment *pieuse* dans ses expressions, bien qu'elle ait les grâces et les mouvements de la peinture depuis la Renaissance. D'où vient cela ? de ce que *les Espagnols sont chrétiens*.

Je vais voir travailler séparément les artistes : l'élève sculpteur demeure dans quelque grotte, sous les chênes verts de la villa Médicis, où il achève son enfant de marbre qui fait boire un serpent dans une coquille. Le peintre habite quelque maison délabrée dans un lieu désert ; je le trouve seul, prenant à travers sa fenêtre ouverte quelque vue de la campagne romaine. *La Bri-*

---

1. C'est à partir de 1809 que de jeunes peintres venus de Vienne, regroupés sous le nom de Confraternité de Saint-Luc, avaient occupé le couvent de Saint-Isidore, sur le Pincio, avec pour ambition de renouer avec la tradition des anciens maîtres du Moyen Âge. Après la mort de son ami Franz Pforr, c'est Friedrich Overbeck (1789-1869) qui deviendra la cheville ouvrière du groupe, bientôt appelé les Nazaréens (à cause de leur longue chevelure). Ils avaient perdu dès 1820 leur membre peut-être le plus doué : Peter Cornelius (1783-1867), réinstallé à Munich jusqu'en 1840, et qui exercera une grande influence sur la peinture romantique allemande.

gande de M. Schnetz[1] est devenue la mère qui demande
à une madone la guérison de son fils. Léopold Robert[2],
revenu de Naples, a passé ces jours derniers par Rome,
emportant avec lui les scènes enchantées de ce beau climat, qu'il n'a fait que coller sur sa toile.

Guérin est retiré, comme une colombe malade, au haut
d'un pavillon de la villa Médicis. Il écoute, la tête sous
son aile, le bruit du vent du Tibre ; quand il se réveille,
il dessine à la plume la mort de Priam[3].

Horace Vernet[4] s'efforce de changer sa manière ; y
réussira-t-il ? Le serpent qu'il enlace à son cou, le costume qu'il affecte, le cigare qu'il fume, les masques et
les fleurets dont il est entouré, rappellent trop le bivouac.
Qui a jamais entendu parler de mon ami M. Quecq,

---

1. Jean-Victor Schnetz (1787-1870) arriva en Italie en 1817, après
avoir fréquenté les ateliers de David, de Gros et de Gérard. Il se fit
assez vite une spécialité des scènes populaires italiennes, comme la
Femme de brigand en fuite avec son fils ou la *Femme de brigand
endormie*. Malgré un double échec au prix de Rome, Schnetz reviendra
diriger la villa Médicis de 1841 à 1847.   **2.** Léopold Robert (1794-
1835) rivalisa, dans les scènes de genre, avec son ami Schnetz. Son
œuvre abonde en *pifferari*, jeunes filles de Sorrente ou de Procida,
bergers ou pêcheurs de préférence napolitains, etc. Mais il réalisa aussi,
sur le thème des saisons, des compositions plus ambitieuses : il avait
exposé au salon de 1827 son *Retour de la fête de la Madone*, puis
entrepris en 1829 une *Arrivée des moissonneurs dans les marais Pon-
tins* que Chateaubriand a pu voir au salon de 1831. Léopold Robert
devait se donner la mort le 20 mars 1835 à Venise, où il était installé
depuis 1832.   **3.** Ce sont des études pour son dernier tableau,
demeuré inachevé, sur le thème de la *Dernière Nuit de Troie*, dont on a
conservé une esquisse (Angers, musée des Beaux-Arts).   **4.** Horace
Vernet (1789-1863) a poursuivi, malgré son bonapartisme affiché, une
belle carrière sous la Restauration. Sa *Course de chevaux libres*, peinte
à Rome en 1820, lors de son premier séjour italien, avait été achetée
4 000 francs par le duc de Blacas. Au printemps de 1822, il avait été
reçu à Londres par Chateaubriand en compagnie de son père Carle. Et,
malgré le scandale, quelques mois plus tard, du salon de 1822 où il
avait exposé des œuvres au symbolisme politique trop clair (la *Bataille
de Jemmapes*, la *Barrière de Clichy*), il était assez vite rentré en grâce,
recevant dès 1827 des commandes pour la décoration du musée égyp-
tien du Louvre. Très en faveur auprès des Orléans, il sera nommé en
1828 directeur de la villa Médicis, où son atelier deviendra un lieu à
la mode jusqu'à son retour à Paris en 1833.

successeur de Jules III dans le casin[1] de Michel-Ange, de Vignole et Thadée Zuccari ? et pourtant il a peint pas trop mal, dans son nymphée en décret, la mort de Vitellius. Les parterres en friche sont hantés par un animal futé que s'occupe à chasser M. Quecq : c'est un renard, arrière-petit-fils de Goupil-Renart, premier du nom et neveu d'Ysengrin-le-Loup[2].

Pinelli[3], entre deux ivresses, m'a promis douze scènes de danses, de jeux et de voleurs. C'est dommage qu'il laisse mourir de faim son grand chien couché à sa porte. – Thorwaldsen[4] et Camuccini[5] sont les deux princes des pauvres artistes de Rome.

---

1. Le « casin » de Jules III, ou *Vigna del Papa Giulio*, est aujourd'hui connu sous le nom de villa Giulia. Elle fut construite à partir de 1551 par Vignole, peut-être sur des plans de Michel-Ange. Le nymphée central est dû à Bartolomeo Ammannati, et c'est Taddeo Zuccari (1529-1566) qui a décoré le portique en hémicycle de la première cour : ses fresques reproduisent, sur la voûte, une tonnelle de feuillage. La villa hébergeait alors des artistes, à qui le gouvernement pontifical pouvait attribuer un logement ou un atelier. Le peintre Jacques-Édouard Quecq (1796-1873) avait, lui aussi, exposé au salon de 1827, où il avait obtenu une médaille de deuxième classe.   2. Personnages du *Roman de Renart* que venait de rééditer D.-M. Méon (1826).   3. Bartolomeo Pinelli (1781-1835) a gravé plusieurs recueils de planches sur les costumes ou les mœurs de Rome. Dans ses illustrations pour le *Meo Patacca* de Giuseppe Bernieri (1823), il venait de créer un type de fier-à-bras populaire qui aura beaucoup de succès. Le peintre du Trastevere, alors au sommet de sa gloire, avait des ivresses célèbres dans les auberges du quartier. Il existe un portrait de lui, exécuté à la plume vers 1829, qui porte la légende manuscrite suivante : « *Uomo che se frega di tutto.* » Baudelaire, qui juge avec sévérité son art de « *croqueur* de scènes pittoresques », considère qu'il a réalisé, pour ainsi dire, le poncif du mode de vie « artiste ».   4. Le sculpteur danois Berthel Thorwaldsen (1769-1844), émule nordique de Canova, vivait à Rome depuis 1796. Il menait une existence fastueuse dans sa maison de la via Sistina, où il avait réuni une belle collection de peintures et de marbres antiques. Il travaillait alors au tombeau de Pie VII, dans la basilique Saint-Pierre.   5. Vincenzo Camuccini (1771-1844) a été, après Pompeo Batoni, le plus en vue des peintres néoclassiques romains. Il avait dû sa réputation à de grandes toiles historiques : *La Mort de César*, la *Virginie romaine*, etc. Il exerçait aussi des fonctions administratives (inspecteur général des musées, conservateur des collections du Vatican) qui faisaient de lui un personnage officiel.

Quelquefois ces artistes dispersés se réunissent, ils vont ensemble à pied à Subiaco. Chemin faisant, ils barbouillent sur les murs de l'auberge de Tivoli des grotesques. Peut-être un jour reconnaîtra-t-on quelque Michel-Ange au charbonné qu'il aura tracé sur un ouvrage de Raphaël.

Je voudrais être né artiste ; la solitude, l'indépendance, le soleil parmi des ruines et des chefs-d'œuvre, me conviendraient. Je n'ai aucun besoin ; un morceau de pain, une cruche de *l'Aqua Felice*[1], me suffiraient. Ma vie a été misérablement accrochée aux buissons de ma route ; heureux si j'avais été l'oiseau libre qui chante et fait son nid dans ces buissons !

Nicolas Poussin acheta, de la dot de sa femme, une maison sur le monte Pincio, en face d'un autre casino qui avait appartenu à Claude Gelée, dit le Lorrain.

Mon autre compatriote Claude mourut aussi sur les genoux de la reine du monde. Si Poussin reproduit la campagne de Rome lors même que la scène de ses paysages est placée ailleurs, le Lorrain reproduit les ciels de Rome lors même qu'il peint des vaisseaux et un soleil couchant sur la mer.

Que n'ai-je été le contemporain de certaines créatures privilégiées pour lesquelles je me sens de l'attrait dans les siècles divers ! Mais il m'eût fallu ressusciter trop souvent. Le Poussin et Claude le Lorrain ont passé au Capitole ; des rois y sont venus et ne les valaient pas. De Brosses y rencontra le prétendant d'Angleterre[2] ; j'y trouvai en 1803 le roi de Sardaigne abdiqué, et aujourd'hui, en 1828, j'y vois le frère de Napoléon, roi de Westphalie. Rome déchue offre un asile aux puissances tombées ; ses ruines sont un lieu de franchise pour la gloire persécutée et les talents malheureux.

---

1. Fontaine de Rome, érigée en 1587 par Domenico Fontana près des thermes de Dioclétien, et alimentée par un aqueduc provenant des monts Albains. Elle doit son nom au pape qui la fit construire : *Felice* Peretti, qui régna sous le nom de Sixte-Quint.   2. Jacques-Édouard Stuart (1688-1766), fils de Jacques II, passa la plus grande partie de sa vie à Rome, où il se faisait appeler le « chevalier de Saint-Georges ». Mais le gouvernement pontifical ne cessa de traiter Jacques III avec tous les égards dus à un souverain.

(7)

ANCIENNE SOCIÉTÉ ROMAINE.

Si j'avais peint la société de Rome il y a un quart de
siècle, de même que j'ai peint la campagne romaine, je
serais obligé de retoucher mon portrait ; il ne serait plus
ressemblant. Chaque génération est de trente-trois années,
la vie du Christ (le Christ est le type de tout)[1] ; chaque
génération dans notre monde occidental varie sa forme.
L'homme est placé dans un tableau dont le cadre ne
change point, mais dont les personnages sont mobiles.
Rabelais était dans cette ville en 1536 avec le cardinal
du Bellay ; il faisait l'office de maître d'hôtel de Son
Éminence ; *il tranchait et présentait.*

Rabelais, changé en frère *Jean des Entommeures*, n'est
pas de l'avis de Montaigne, qui n'a presque point ouï de
cloches à Rome et *beaucoup moins que dans un village
de France*[2], Rabelais, au contraire, en entend beaucoup
dans *l'isle Sonnante* (Rome) *doutant que ce fust Dodone
avec ses chaudrons.*

Quarante-quatre ans après Rabelais, Montaigne trouva
les bords du Tibre plantés, et il remarque que le 16 mars
il y avait des roses et des artichauts à Rome. Les églises
étaient nues, sans statues de saints, sans tableaux, moins
ornées et moins belles que les églises de France. Montaigne était accoutumé à la *vastité sombre de nos cathé-*

---

1. Ce chiffre traditionnel est calculé à partir de *Luc*, III, 23 : « Jésus
lors de ses débuts avait environ trente ans. » On considère aujourd'hui
que lorsqu'il est mort (sans doute le vendredi 7 avril 30 de notre ère),
il avait environ trente-six ans. Sur le Christ comme exemple de toute
vie, voir en particulier la première épître de saint Pierre, II, 21 : « Le
Christ a souffert pour vous, vous laissant un modèle pour que vous
suiviez ses traces », etc.   **2.** Chateaubriand se réfère ici à *Panta-
gruel*, V, 1 et au *Journal de voyage en Italie* de Montaigne que du
reste il ne cite pas toujours littéralement. Ainsi, dans ce passage, Montaigne se contente de dire : il y a « moins [de cloches] à Rome que
dans le moindre village de France ».

drales gothiques[1] ; il parle plusieurs fois de Saint-Pierre sans le décrire, insensible ou indifférent qu'il paraît être aux arts. En présence de tant de chefs-d'œuvre, aucun nom ne s'offre au souvenir de Montaigne ; sa mémoire ne lui parle ni de Raphaël, ni de Michel-Ange, mort il n'y avait pas encore seize ans.

Au reste les idées sur les arts, sur l'influence philosophique des génies qui les ont agrandis ou protégés, n'étaient point encore nées. Le temps fait pour les hommes ce que l'espace fait pour les monuments ; on ne juge bien des uns et des autres qu'à distance et au point de la perspective ; trop près on ne les voit pas, trop loin on ne les voit plus.

L'auteur des *Essais* ne cherchait dans Rome que la Rome antique : « Les bastimens de cette Rome bastarde, dit-il, qu'on voit à cette heure, attachant à ces masures, quoiqu'ils aient de quoi ravir en admiration nos siècles présens, me font ressouvenir des nids que les moineaux et les corneilles vont suspendant en France aux voûtes et parois des églises que les huguenots viennent d'y démolir. »

Quelle idée Montaigne se faisait-il donc de l'ancienne Rome, s'il regardait Saint-Pierre comme un nid de moineaux suspendu aux parois du Colysée ?

Le nouveau citoyen romain par bulle authentique de l'an 1581 depuis J.-C.[2] avait remarqué que les Romaines ne portaient point de *loup* ou de masque comme les Françaises ; elles paraissaient en public couvertes de perles et de pierreries, mais leur *ceinture était trop lâche* et elles ressemblaient à des *femmes enceintes*. Les hommes étaient habillés de noir, « et bien qu'ils fussent ducs, comtes et marquis, ils *avaient l'apparence un peu vile* ».

N'est-il pas singulier que saint Jérôme remarque la démarche des Romaines qui les fait ressembler à des

---

1. *Essais*, II, 12. Chateaubriand a déjà cité cette expression au chap. 5 du livre X (t. I, p. 641).   2. Dans son *Journal*, Montaigne la date ainsi : « an de la fondation de Rome 2331 ». Mais la bulle authentique qu'il cite dans les *Essais* (III, fin du chap. 9) et qui lui octroie le droit de « bourgeoisie romaine » porte la date du 13 mars 1581.

femmes enceintes : *solutis genibus fractus incessus*[1], « à pas brisés, les genoux fléchissants » ?

Presque tous les jours, lorsque je sors par la porte Angélique, je vois une chétive maison assez près du Tibre, avec une enseigne française enfumée représentant un ours[2] : c'est là que Michel, seigneur de Montaigne, débarqua en arrivant à Rome, non loin de l'hôpital qui servit d'asile à ce pauvre fou, homme *formé à l'antique et pure poésie* que Montaigne avait visité dans sa *loge* à Ferrare, et qui lui avait causé encore *plus de dépit que de compassion*[3].

Ce fut un événement mémorable, lorsque le XVIIe siècle députa son plus grand poète protestant et son plus sérieux génie[4] pour visiter, en 1638, la grande Rome catholique. Adossée à la croix, tenant dans ses mains les deux Testaments, ayant derrière elle les générations coupables sorties d'Éden, et devant elle les générations rachetées descendues du jardin des Olives, elle disait à l'hérétique né d'hier : « Que veux-tu à ta vieille mère ? »

Leonora, la Romaine, enchanta Milton[5]. A-t-on jamais

---

1. Saint Jérôme, *Lettres*, XXII, 13 (édition Jean Labourt, Paris, Les Belles Lettres, t. I, 1949, p. 123, qui traduit : « Le rythme incertain des genoux rend langoureuse leur démarche »). En réalité, dans cette lettre à Eustochie sur la virginité il est moins question de femmes enceintes que de jeunes filles qui ont (déjà) un maintien de courtisanes. **2.** Cette maison du XVe siècle existe encore au coin de la via dell'Orso et de la via Monte Brianzo. **3.** *Essais*, II, 12. Montaigne évoque dans ce passage la visite qu'il rendit au Tasse le 16 novembre 1580, alors que venait de paraître la première édition de la *Jérusalem délivrée*. **4.** Milton. La suite évoque le double versant du temps chrétien : à celui de la Chute, inauguré par le péché originel (le *Paradis perdu*) succède celui du salut, inauguré par le sacrifice du Rédempteur (le *Paradis reconquis*). **5.** Il félicita cette Léonora, qu'il avait entendue chanter chez le cardinal Barberini, par des vers latins que Chateaubriand cite dans *Littérature anglaise*. Dans un article de 1835, mentionné à la fin du chapitre, Ampère écrit à son tour : « [Milton] ne nous a guère laissé de son séjour à Rome que des vers galants écrits en latin [...] et adressés à une cantatrice nommée Léonora : *Ad Leonoram Romae canentem* » (« Portraits de Rome à différents âges », dans *La Grèce, Rome et Dante, études littéraires*, Paris, Didier, 1848, p. 163). Elle se produisit ensuite à la cour de France, où la reine « faisait chanter souvent la *signora* Léonor, *una virtuosa*, qui avait la voix belle » (*Mémoires* de Mme de Motteville, Petitot, 2e série, t. XXXVII).

remarqué que Leonora se retrouve dans les *Mémoires* de madame de Motteville, aux concerts du cardinal Mazarin ?

L'ordre des dates amène l'abbé Arnauld[1] à Rome après Milton. Cet abbé, qui avait porté les armes, raconte une anecdote curieuse par le nom d'un des personnages, en même temps qu'elle fait revoir les mœurs des courtisanes. Le *héros de la fable*, le duc de Guise, petit-fils du Balafré, allant en quête de son aventure de Naples, passa par Rome en 1647 : il y connut la Nina Barcarola. Maison-Blanche, secrétaire de M. Deshayes, ambassadeur à Constantinople, s'avisa de vouloir être le rival du duc de Guise. Mal lui en prit : on substitua (c'était la nuit dans une chambre sans lumière) une hideuse vieille à Nina. « Si les ris furent grands d'un côté, la confusion le fut de l'autre autant qu'on se le peut imaginer », dit Arnauld. « L'Adonis, s'étant démêlé avec peine des embrassements de sa déesse, s'enfuit tout nu de cette maison comme s'il eût eu le diable à ses trousses[2]. »

Le cardinal de Retz n'apprend rien sur les mœurs romaines. J'aime mieux le *petit* Coulanges[3] et ses deux voyages en 1656 et 1689 : il célèbre ces *vignes* et ces *jardins* dont les noms sont un charme.

Dans la promenade à la *Porta Pia* je retrouve presque toutes les personnes nommées par Coulanges : les personnes ? non ! leurs petits-fils et petites-filles.

Madame de Sévigné reçoit les vers de Coulanges ; elle lui répond du château des Rochers dans ma pauvre Bretagne, à dix lieues de Combourg : « Quelle triste date auprès de la vôtre, mon aimable cousin ! Elle convient à une solitaire comme moi, et celle de Rome à celui dont

---

1. Voir t. I, p. 610, note 4.   2. Arnauld, *Mémoires*, Petitot, 2ᵉ série, t. XXXIV, p. 255. Le duc Henri II de Guise avait été appelé à prendre la tête des Napolitains révoltés après la mort de Masaniello. 3. C'est ainsi que Mme de Sévigné appelle son cousin, le marquis de Coulanges (1633-1716) qui, lors de son second séjour à Rome, comme secrétaire du duc de Chaulnes (1689-1691), fut témoin des conclaves qui élirent les papes Alexandre VIII et Innocent XII. Il a laissé un recueil de *Chansons* (1698) et des *Mémoires* posthumes publiés en 1820 par Monmerqué.

l'étoile est errante. Que la fortune vous a traité douce-
ment, comme vous dites, quoiqu'elle vous ait fait querelle[1] ! ! ! »

Entre le premier voyage de Coulanges à Rome, en
1656, et son second voyage, en 1689, il s'était écoulé
trente-trois ans ; je n'en compte que vingt-cinq perdus
depuis mon premier voyage à Rome, en 1803, et mon
second voyage en 1828. Si j'avais connu madame de
Sévigné, je l'aurais guérie du chagrin de vieillir.

Spon, Misson, Dumont, Addison[2] suivent successivement Coulanges. Spon avec Wheler, son compagnon,
m'ont guidé sur les débris d'Athènes.

Il est curieux de lire dans Dumont comment les chefs-
d'œuvre que nous admirons étaient disposés à l'époque
de son voyage en 1690 ; on voyait au Belvédère les
fleuves du Nil et du Tibre, l'Antinoüs, la Cléopâtre, le
Laocoon et le torse supposé d'Hercule. Dumont place
dans le jardin du Vatican *les paons de bronze qui étaient
sur le tombeau de Scipion l'Africain.*

Addison voyage en *scholar*, sa course se résume en
citations classiques empreintes de souvenirs anglais[3] ; en
passant à Paris il avait offert ses poésies latines à
M. Boileau.

---

1. Lettre du 8 janvier 1690. Mme de Sévigné y remercie son cousin
des vers qu'il lui a envoyés de Rome, en reprenant certaines de ses
expressions : Coulanges parlait de son « étoile errante » et écrivait :
« Fortune, tu me fais querelle ! », etc.   **2.** Le *Voyage* de Spon et
Wheler date de 1678 ; le *Nouveau Voyage en Italie* de François-
Maximilien Misson (La Haye, 1691) sera maintes fois réimprimé au
XVIIIe siècle, et servira de guide à des générations de voyageurs : « Le
vieux Misson seul me parut avoir du naturel », écrit encore Stendhal
dans son journal (1er septembre 1811). Jean Dumont a publié ses
Voyages en France, en Italie, en Allemagne, à Malte et en Turquie en
1699 et Addison ses *Remarks on Several Parts of Italy* en 1705.
3. Ampère avait aussi remarqué : « Rome est pour lui un commentaire
perpétuel de la littérature latine, et rien de plus. Sous ce rapport il est
le type et le père de tous les touristes *scholars* » (p. 163). C'est au
cours de son séjour en Italie qu'Addison avait composé sa tragédie de
Caton (voir t. I, p. 659, note 2).

Le père Labat[1] suit l'auteur de *Caton* : c'est un singulier homme que ce moine parisien de l'ordre des Frères Prêcheurs. Missionnaire aux Antilles, flibustier, habile mathématicien, architecte et militaire, brave artilleur pointant le canon comme un grenadier, critique savant et ayant remis les Dieppois en possession de leur découverte primitive en Afrique, il avait l'esprit enclin à la raillerie et le caractère à la liberté. Je ne sache aucun voyageur qui donne des notions plus exactes et plus claires sur le gouvernement pontifical. Labat court les rues, va aux processions, se mêle de tout et se moque à peu près de tout.

Le frère prêcheur raconte qu'on lui a donné chez les capucins, à Cadix, des draps de lit tout neufs depuis dix ans, et qu'il a vu un saint Joseph habillé à l'espagnole, épée au côté, chapeau sous le bras, cheveux poudrés et lunettes sur le nez. À Rome, il assiste à une messe : « Jamais, dit-il, je n'ai tant vu de musiciens mutilés ensemble et une symphonie si nombreuse. Les connaisseurs disaient qu'il n'y avait rien de si beau. Je disais la même chose pour faire croire que je m'y connaissais ; mais si je n'avais pas eu l'honneur d'être du cortège de l'officiant, j'aurais quitté la cérémonie qui dura au moins trois bonnes heures, qui m'en parurent bien six. »

Plus je descends vers le temps où j'écris, plus les usages de Rome deviennent semblables aux usages d'aujourd'hui.

Du temps de de Brosses les Romaines portaient de faux cheveux ; la coutume venait de loin : Properce demande à sa *vie*[2] pourquoi elle se plaît à orner ses cheveux :

Quid juvat ornato procedere, vita, capillo !

Les Gauloises, nos mères, fournissaient la chevelure des Séverine, des Pisca, des Faustine, des Sabine. Velléda

---

1. Le dominicain Jean-Baptiste Labat (1663-1738) fut missionnaire dans les Antilles et leur consacra un célèbre ouvrage. De 1709 à 1712, il séjourna en Italie ; il écrivit à Rome des *Voyages en Espagne et en Italie* qui parurent en 1730. **2.** À la femme qu'il aime. Le vers cité est tiré des *Élégies* (1, 2) : « Quel plaisir trouves-tu, ô ma vie, à te promener avec des ornements dans les cheveux ? »

dit à Eudore en parlant de ses cheveux : « C'est mon diadème et je l'ai gardé pour toi[1]. » Une chevelure n'était pas la plus grande conquête des Romains ; mais elle en était une des plus durables : on retire souvent des tombeaux de femmes cette parure entière qui a résisté aux ciseaux des filles de la nuit et l'on cherche en vain le front élégant qu'elle couronna. Les tresses parfumées, objet de l'idolâtrie de la plus volage des passions, ont survécu à des empires ; la mort, qui brise toutes les chaînes, n'a pu rompre ce léger réseau[2].

Aujourd'hui les Italiennes portent leurs propres cheveux, que les femmes du peuple nattent avec une grâce coquette.

Le magistrat voyageur de Brosses[3] a, dans ses portraits et dans ses écrits, un faux air de Voltaire avec lequel il eut une dispute comique à propos d'un champ[4]. De Brosses causa plusieurs fois au bord du lit d'une princesse Borghèse. En 1803, j'ai vu dans le palais Borghèse une autre princesse qui brillait de tout l'éclat de son frère : Pauline Bonaparte n'est plus !

Si elle eût vécu aux jours de Raphaël, il l'aurait représentée sous la forme d'un de ces amours qui s'appuient sur le dos des lions à la Farnésine, et la même langueur eût emporté le peintre et le modèle[5]. Que de fleurs ont

---

1. *Martyrs*, livre X, et dix-neuvième remarque (*Œuvres*, 2, p. 267 et 602). *Cf.* t. I, p. 328.   **2.** À propos du musée antique du Vatican, Chateaubriand avait déjà noté dans le *Voyage en Italie*, p. 1453 : « Si quelque chose emporte l'idée de la fragilité, ce sont les cheveux d'une jeune femme, qui furent peut-être l'objet de l'idolâtrie de la plus volage des passions, et pourtant ils ont survécu à l'Empire romain. La mort... » Ce souvenir de décembre 1803 se retrouve au chap. 3 du livre XXXIX.   **3.** Le séjour en Italie du président de Brosses date de 1739-1740. La première édition de ses *Lettres familières* de 1799. Mais Chateaubriand utilise probablement celle que venait de procurer Romain Colomb, le cousin de Stendhal, établie « pour la première fois sur les manuscrits originaux » (Paris, Levavasseur, 1836).   **4.** Sur ces âpres négociations à propos de la seigneurie de Tourney que Voltaire avait voulu acheter, en 1759, au président de Brosses, voir Sainte-Beuve, *Causeries du lundi* (8 novembre 1852). Chateaubriand avait pu prendre connaissance des « pièces du procès » dans Théodore Foisset, *Correspondance de Voltaire et du président de Brosses* (1836). **5.** C'est le thème des excès du plaisir qui est commun à la princesse et au peintre. Vasari leur attribue la mort de Raphaël. Pauline Bonaparte,

déjà passé dans ces steppes où j'ai fait errer Jérôme, Augustin, Eudore et Cymodocée !

De Brosses représente les Anglais à la place d'Espagne à peu près comme nous les voyons aujourd'hui, vivant ensemble, faisant grand bruit, regardant les pauvres humains du haut en bas, et s'en retournant dans leur taudis rougeâtre à Londres, sans avoir jeté à peine un coup d'œil sur le Colysée. De Brosses obtint l'honneur de faire sa cour à Jacques III[1] ;

« Des deux fils du prétendant, dit-il, l'aîné est âgé d'environ vingt ans, l'autre de quinze. J'entends dire à ceux qui les connaissent à fond que l'aîné[2] vaut beaucoup mieux et qu'il est plus chéri dans son intérieur ; qu'il a de la bonté de cœur et un grand courage ; qu'il sent vivement sa situation, et que, s'il n'en sort pas un jour, ce ne sera pas faute d'intrépidité. On m'a raconté qu'ayant été mené tout jeune au siège de Gaëte, lors de la conquête du royaume de Naples par les Espagnols, dans la traversée son chapeau vint à tomber à la mer. On voulut le ramasser : "Non, dit-il, ce n'est pas la peine ; il faudra bien que j'aille le chercher un jour moi-même." »

De Brosses croit que si le Prince de Galles tente quelque chose, il ne réussira pas, et il en donne les raisons. Revenu à Rome après ses vaillantes apertises[3], Charles-Édouard, qui portait le nom de comte d'Albany, perdit son père ; il épousa la princesse de Stolberg-Gœdern[4], et s'établit en Toscane. Est-il vrai qu'il visita secrètement Londres en 1752 et 1761, comme Hume le raconte, qu'il assista au couronnement de George III, et

---

princesse Borghese, était morte à la villa Strozzi près de Florence, le 9 juin 1825, puis avait été inhumée peu après à Sainte-Marie Majeure.

1. Voir note 2, p. 264.   **2.** Charles-Édouard Stuart (1720-1788), qui portera le titre de Prétendant après la mort de son père.   **3.** *Apertises* : prouesses, preuves de sa valeur. Allusion à la courageuse expédition qui se termina par la défaite de Culloden (1745).   **4.** Caroline de Stolberg-Goedern (1753-1824) avait épousé le Prétendant en 1772 ; mais elle se sépara de lui dès 1780. Elle aura plus tard, à Florence, une liaison durable avec Alfieri, qu'elle épousera secrètement.

qu'il dit à quelqu'un qui l'avait reconnu dans la foule :
« L'homme qui est l'objet de toute cette pompe est celui
que j'envie le moins » ?

L'union du prétendant ne fut pas heureuse ; la comtesse
d'Albany se sépara de lui et fixa son séjour à Rome : ce
fut là qu'un autre voyageur, Bonstetten[1], la rencontra ; le
gentilhomme bernois, dans sa vieillesse, me faisait
entendre à Genève qu'il avait des lettres de la première
jeunesse de la comtesse d'Albany.

Alfieri vit à Florence la femme du prétendant et il
l'aima pour la vie : « Douze ans après, dit-il, au moment
où j'écris toutes ces pauvretés, à cet âge déplorable où il
n'y a plus d'illusions, je sens que je l'aime tous les jours
davantage, à mesure que le temps détruit le seul charme
qu'elle ne doit pas à elle-même, l'éclat de sa passagère
beauté. Mon cœur s'élève, devient meilleur et s'adoucit
par elle, et j'oserais dire la même chose du sien, que je
soutiens et fortifie[2]. »

J'ai connu madame d'Albany à Florence ; l'âge avait
apparemment produit chez elle un effet opposé à celui
qu'il produit ordinairement : le temps ennoblit le visage
et, comme il est de race antique, il imprime quelque chose
de sa race sur le front qu'il a marqué : la comtesse d'Albany, d'une taille épaisse, d'un visage sans expression,
avait l'air commun. Si les femmes des tableaux de
Rubens vieillissaient, elles ressembleraient à madame
d'Albany à l'âge où je l'ai rencontrée. Je suis fâché que
ce cœur, *fortifié* et *soutenu* par Alfieri, ait eu besoin d'un
autre appui[3]. Je rappellerai ici un passage de ma lettre sur
Rome à M. de Fontanes :

« Savez-vous que je n'ai vu qu'une seule fois le comte
Alfieri dans ma vie, et devineriez-vous comment ? Je l'ai

---

1. Charles-Victor de Bonstetten (1745-1832), patricien bernois,
voyageur cosmopolite et familier du groupe de Coppet, avait en effet
séjourné à Rome en 1774. Il y retournera en 1802-1803, pour réunir la
documentation de son *Voyage* dans le Latium, avant de se fixer à
Genève. C'est là que Chateaubriand le rencontra en 1831, quelques
mois avant sa mort. **2.** *Vie*, IV, 5. **3.** Après la mort du poète
(1803), elle partagea la vie du peintre montpelliérain François-Xavier
Fabre (1766-1837), dont elle fit son légataire universel.

vu mettre en bière : on me dit qu'il n'était presque pas changé ; sa physionomie me parut noble et grave ; la mort y ajoutait sans doute une nouvelle sévérité ; le cercueil étant un peu trop court, on inclina la tête du mort sur sa poitrine, ce qui lui fit faire un mouvement formidable. »

Rien n'est triste comme de relire vers la fin de ses jours ce que l'on a écrit dans sa jeunesse : tout ce qui était au présent se trouve au passé.

J'aperçus un moment, en 1803, à Rome, le cardinal d'York, cet Henri IX, dernier des Stuarts[1], âgé de soixante-dix-neuf ans. Il avait eu la faiblesse d'accepter une pension de George III ; la veuve de Charles Ier en avait en vain sollicité une de Cromwell. Ainsi, la race des Stuarts a mis cent dix-neuf ans à s'éteindre, après avoir perdu le trône qu'elle n'a jamais retrouvé. Trois prétendants se sont transmis dans l'exil l'ombre d'une couronne : ils avaient de l'intelligence et du courage ; que leur a-t-il manqué ? la main de Dieu.

Au surplus, les Stuarts se consolèrent à la vue de Rome ; ils n'étaient qu'un léger accident de plus dans ces vastes décombres, une petite colonne brisée, élevée au milieu d'une grande voirie de ruines. Leur race, en disparaissant du monde, eut encore cet autre réconfort : elle vit tomber la vieille Europe, la fatalité attachée aux Stuarts entraîna avec eux dans la poussière les autres rois, parmi lesquels se trouvait Louis XVI, dont l'aïeul avait refusé un asile au descendant de Charles Ier, et Charles X est mort dans l'exil à l'âge du cardinal d'York ! et son fils et son petit-fils sont errants sur la terre[2] !

Le voyage de Lalande en Italie[3], en 1765 et 1766, est encore ce qu'il y a de mieux et de plus exact sur la Rome des arts et sur la Rome antique. « J'aime à lire les historiens et les poètes, dit-il, mais on ne saurait les lire avec plus de plaisir qu'en foulant la terre qui les portait, en se

---

1. Le second fils de Jacques III, Henry Stuart (1725-1807), évêque de Frascati et cardinal, sera, de 1788 à sa mort, le dernier survivant de la dynastie.   2. Ces lignes prolongent la conclusion des *Quatre Stuarts* (Ladvocat, t. XXII, 1828).   3. Ces huit volumes publiés en 1769 seront longtemps le guide le plus détaillé de la péninsule.

promenant sur les collines qu'ils décrivent, en voyant couler les fleuves qu'ils ont chantés. » Ce n'est pas trop mal pour un astronome qui mangeait des araignées.

Duclos[1], à peu près aussi décharné que Lalande, fait cette remarque fine : « Les pièces de théâtre des différents peuples sont une image assez vraie de leurs mœurs. L'arlequin, valet et personnage principal des comédies italiennes, est toujours représenté avec un grand désir de manger, ce qui part d'un besoin habituel. Nos valets de comédie sont communément ivrognes, ce qui peut supposer crapule, mais non pas misère. »

L'admiration déclamatoire de Dupaty[2] n'offre pas de compensation pour l'aridité de Duclos et de Lalande, elle fait pourtant sentir la présence de Rome ; on s'aperçoit par un reflet que l'éloquence du style descriptif est née sous le souffle de Rousseau, *spiraculum vitae*[3]. Dupaty touche à cette nouvelle école qui bientôt allait substituer le sentimental, l'obscur et le maniéré, au vrai, à la clarté et au naturel de Voltaire. Cependant, à travers son jargon affecté, Dupaty observe avec justesse : il explique la patience du peuple de Rome par la vieillesse de ses souverains successifs. « Un pape, dit-il, est toujours pour lui un roi qui se meurt[4]. »

À la villa Borghèse, Dupaty voit approcher la nuit : « Il ne reste qu'un rayon du jour qui meurt sur le front d'une Vénus[5]. » Les poètes de maintenant diraient-ils mieux ? Il prend congé de Tivoli : « Adieu, vallon ! je suis un étranger ; je n'habite point votre belle Italie. Je ne vous reverrai jamais ; mais peut-être mes enfants ou quelques-uns de

---

1. Le Breton Duclos (voir t. I, p. 262, note 3) avait voyagé en Italie peu après Lalande, mais son *Voyage en Italie* ne verra le jour qu'en 1791.   **2.** Les *Lettres sur l'Italie* du président Dupaty (Paris, De Senne, 1788) ont déjà un accent lamartinien. Sur la carrière de ce magistrat bordelais, voir : William Doyle, « Dupaty (1746-1788) : a career in the Late Enlightenment », *Studies on Voltaire*, CCXXX, 1985, p. 1-125.   **3.** Genèse, II, 7 : « *Inspiravit in faciem ejus spiraculum vitae et factus est homo in animám viventem.* » Ce souffle vital désigne aussi cette « inspiration créatrice » qui donne vie au langage. **4.** *Lettres sur l'Italie en 1785*, t. II, p. 100.   **5.** *Ibidem*, p. 131 : « Il ne reste qu'un rayon de jour sur le sommet de cet obélisque ; il meurt sur le front de cette Vénus. »

mes enfants viendront vous visiter un jour : soyez-leur aussi charmant que vous l'avez été à leur père[1]. » *Quelques-uns des enfants* de l'érudit et du poète ont visité Rome, et ils auraient pu voir le dernier rayon du jour mourir sur le front de la *Venus genitrix* de Dupaty[2].

À peine Dupaty avait quitté l'Italie que Goethe vint le remplacer[3]. Le président au Parlement de Bordeaux entendit-il jamais parler de Goethe ? Et néanmoins le nom de Goethe vit sur cette terre où celui de Dupaty s'est évanoui. Ce n'est pas que j'aime le puissant génie de l'Allemagne ; j'ai peu de sympathie pour le poète de la matière : je sens Schiller, j'entends Goethe. Qu'il y ait de grandes beautés dans l'enthousiasme que Goethe éprouve à Rome pour Jupiter, d'excellents critiques le jugent ainsi, mais je préfère le Dieu de la Croix au Dieu de l'Olympe[4]. Je cherche en vain l'auteur de *Werther* le long des rives du Tibre ; je ne le retrouve que dans cette phrase : « Ma vie actuelle est comme un rêve de jeunesse ; nous verrons si je suis destiné à le goûter ou à reconnaître que celui-ci est vain comme tant d'autres l'ont été[5]. »

Quand l'aigle de Napoléon laissa Rome échapper de ses serres, elle retomba dans le sein de ses paisibles pas-

---

1. Là encore, Chateaubriand condense le texte de Dupaty : « Adieu vallon, adieu cascade, adieu rochers pendants, adieu fleurs sauvages, adieu arbuste, adieu mousse : en vain vous voulez me retenir ; je suis un étranger... », etc. 2. Charles Dupaty (1771-1825), fils aîné du précédent, a été un sculpteur de talent. Il avait séjourné lui aussi à Rome, comme pensionnaire de notre Académie. 3. Il a séjourné à Rome du 1er novembre 1786 au 21 février 1787, puis du 6 juin 1787 à la mi-avril 1788. 4. Allusion à Ampère qui, après avoir cité la septième *Élégie romaine*, oppose Chateaubriand à Goethe : « Il est impossible de se faire plus complètement païen [...] Dans cette manière toute sensuelle de prendre Rome, on conçoit que la Rome chrétienne tenait peu de place » (*op. cit.*, p. 175-176). 5. C'est encore à Ampère que Chateaubriand est redevable de cette citation, qui correspond au début de la lettre du 5 juillet 1787, et sur laquelle le jeune critique avait attiré son attention par sa manière de la présenter : « Dans un passage seulement de sa correspondance perce la défiance du bonheur qu'il avait déjà tant de fois éprouvé passager : [citation traduite]. Ce sentiment de mélancolie si naturel au bonheur, ne fait que traverser le sien, et il continue à le savourer sans mélange et sans inquiétude » (*ibidem*, p. 178).

teurs : alors Byron parut aux murs croulants des Césars ;
il jeta son imagination désolée sur tant de ruines, comme
un manteau de deuil. Rome ! tu avais un nom, il t'en
donna un autre ; ce nom te restera : il t'appela « *la Niobé
des nations* privée de ses enfants et de ses couronnes,
sans voix pour dire ses infortunes, portant dans ses mains
une urne vide dont la poussière est depuis longtemps dispersée[1] ».

Après ce dernier orage de poésie, Byron ne tarda pas
de mourir. J'aurais pu voir Byron à Genève, et je ne l'ai
point vu ; j'aurais pu voir Goethe à Weimar, et je ne l'ai
point vu ; mais j'ai vu tomber madame de Staël qui,
dédaignant de vivre au-delà de sa jeunesse, passa rapidement au Capitole avec Corinne : noms impérissables,
illustres cendres, qui se sont associés au nom et aux
cendres de la ville éternelle*.

(8)

MŒURS ACTUELLES DE ROME.

Ainsi ont marché les changements de mœurs et de personnages, de siècle en siècle, en Italie ; mais la grande
transformation a surtout été opérée par notre double occupation de Rome.

La République *romaine*, établie sous l'influence du
Directoire, si ridicule qu'elle ait été avec ses deux *consuls*
et ses *licteurs* (méchants *facchini*[2] pris parmi la populace),

---

* J'invite à lire dans la *Revue des Deux-Mondes*, 1er et 15 juillet
1835, deux articles de M. J.-J. Ampère, intitulés *Portraits de Rome à
différents âges*. Ces curieux documents compléteront un tableau dont
on ne voit ici qu'une esquisse. (Note de Paris, 1837.)

---

1. *Childe Harold*, IV, 79.   **2.** Le *facchino* est un homme de peine,
porteur ou débardeur. C'est le sens que « faquin » a conservé jusqu'au
xviie siècle en français.

n'a pas laissé que d'innover heureusement dans les lois civiles : c'est des préfectures, imaginées par cette République *romaine*, que Bonaparte a emprunté l'institution de ses préfets.

Nous avons porté à Rome le germe d'une administration qui n'existait pas ; Rome, devenue le chef-lieu du département du Tibre, fut supérieurement réglée. Le système hypothécaire lui vient de nous. La suppression des couvents, la vente des biens ecclésiastiques sanctionnées par Pie VI, ont affaibli la foi dans la permanence de la consécration des choses religieuses. Ce fameux *index*, qui fait encore un peu de bruit de ce côté-ci des Alpes, n'en fait aucun à Rome : pour quelques bajocchi [1] on obtient la permission de lire, en sûreté de conscience, l'ouvrage défendu. L'*index* est au nombre de ces usages qui restent comme des témoins des anciens temps au milieu des temps nouveaux. Dans les républiques de Rome et d'Athènes, les titres de *Roi*, les noms des grandes familles tenant à la monarchie, n'étaient-ils pas respectueusement conservés ? Il n'y a que les Français qui se fâchent sottement contre leurs tombeaux et leurs annales, qui abattent les croix, dévastent les églises, en rancune du clergé de l'an de grâce 1000 ou 1100. Rien de plus puéril ou de plus bête que ces outrages de réminiscence ; rien qui porterait davantage à croire que nous ne sommes capables de quoi que ce soit de sérieux, que les vrais principes de la liberté nous demeureront à jamais inconnus. Loin de mépriser le passé, nous devrions, comme le font tous les peuples, le traiter en vieillard vénérable qui raconte à nos foyers ce qu'il a vu : quel mal nous peut-il faire ? Il nous instruit et nous amuse par ses écrits, ses idées, son langage, ses manières, ses habits d'autrefois ; mais il est sans force, et ses mains sont débiles et tremblantes. Aurions-nous peur de ce contemporain de nos pères, qui serait déjà avec eux dans la tombe s'il pouvait mourir, et qui n'a d'autorité que celle de leur poussière ?

Les Français en traversant Rome y ont laissé leurs prin-

---

1. Pour quelques *sous* : le *bajocco* est une ancienne pièce de monnaie de la Rome pontificale.

cipes : c'est ce qui arrive toujours quand la conquête est accomplie par un peuple plus avancé en civilisation que le peuple qui subit cette conquête, témoin les Grecs en Asie sous Alexandre, témoin les Français en Europe sous Napoléon. Bonaparte, en enlevant les fils à leurs mères, en forçant la noblesse italienne à quitter ses palais et à porter les armes, hâtait la transformation de l'esprit national.

Quant à la physionomie de la société romaine, les jours de concert et de bal on pourrait se croire à Paris : même toilette, même ton, mêmes usages. L'Altieri, la Palestrina, la Zagarola, la Del Drago, la Lante, la Lozzano [1], etc., ne seraient pas étrangères dans les salons du faubourg Saint-Germain : pourtant quelques-unes de ces femmes ont un certain air effrayé qui, je crois, est du climat. La charmante Falconieri, par exemple, se tient toujours auprès d'une porte, prête à s'enfuir sur le mont Marius, si on la regarde : la villa Mellini est à elle ; un roman placé dans ce casin abandonné, sous des cyprès à la vue de la mer, aurait son prix.

Mais, quels que soient les changements de mœurs et de personnages de siècle en siècle en Italie, on y remarque une habitude de grandeur, dont nous autres, mesquins barbares, n'approchons pas. Il reste encore à Rome du sang romain et des traditions des maîtres du monde. Lorsqu'on voit des étrangers entassés dans de petites maisons nouvelles à la porte du Peuple, ou gîtés dans des palais qu'ils ont divisés en cases et percés de cheminées, on croirait voir des rats gratter au pied des monuments d'Apollodore [2] et de Michel-Ange, et faisant, à force de ronger, des trous dans les pyramides.

Aujourd'hui les nobles romains ruinés par la révolution, se renferment dans leurs palais, vivent avec parcimonie et sont devenus leurs propres gens d'affaires. Quand on a le bonheur (ce qui est fort rare) d'être admis chez

---

1. Grandes dames de la noblesse romaine, dont Chateaubriand cite le nom en le faisant précéder par un article selon le vieil usage italien. Au souvenir de ses attachés, qui avaient mission de porter ses bouquets, ses hommages les plus empressés furent destinés à la princesse del Drago.   **2.** Architecte favori de Trajan.

eux le soir, on traverse de vastes salles sans meubles, à peine éclairées, le long desquelles des statues antiques blanchissent dans l'épaisseur de l'ombre, comme des fantômes ou des morts exhumés. Au bout de ces salles, le laquais déguenillé qui vous mène vous introduit dans une espèce de gynécée : autour d'une table sont assises trois ou quatre vieilles ou jeunes femmes mal tenues, qui travaillent à la lueur d'une lampe à de petits ouvrages en échangeant quelques paroles avec un père, un frère, un mari à demi couchés obscurément en retraite, sur des fauteuils déchirés. Il y a pourtant je ne sais quoi de beau, de souverain, qui tient de la haute race, dans cette assemblée retranchée derrière des chefs-d'œuvre et que vous avez prise d'abord pour un sabbat. L'espèce des sigisbées est finie, quoiqu'il y ait encore des abbés porte-schalls et porte-chaufferettes ; par-ci, par-là, un cardinal s'établit encore à demeure chez une femme comme un canapé.

Le népotisme et le scandale des pontifes ne sont plus possibles, comme les rois ne peuvent plus avoir de maîtresses en titre et en honneurs. À présent que la politique et les aventures tragiques d'amour ont cessé de remplir la vie des grandes dames romaines, à quoi passent-elles leur temps dans l'intérieur de leur ménage ? Il serait curieux de pénétrer au fond de ces mœurs nouvelles : si je reste à Rome, je m'en occuperai.

(9)

LES LIEUX ET LE PAYSAGE.

Je visitai Tivoli le 10 décembre 1803 : à cette époque je disais dans une narration qui fut imprimée alors [1] : « Ce lieu est propre à la réflexion et à la rêverie ; je remonte dans ma vie passée ; je sens le poids du présent, je

---

1. Non pas « alors », mais dans le *Voyage en Italie*, publié au mois de décembre 1827 (Ladvocat, t. VII) : voir *Œuvres* II, p. 1439.

cherche à pénétrer mon avenir : où serai-je, que ferai-je et que serai-je *dans vingt ans d'ici ?* »

Vingt ans ! cela me semblait un siècle ; je croyais bien habiter ma tombe avant que ce siècle fût écoulé. Et ce n'est pas moi qui ai passé, c'est le maître du monde et son empire qui ont fui !

Presque tous les voyageurs anciens et modernes n'ont vu dans la campagne romaine que ce qu'ils appellent *son horreur et sa nudité*. Montaigne lui-même, à qui certes l'imagination ne manquait pas, dit : « Nous avions loin sur notre main gauche l'Apennin, le prospect du pays malplaisant, bossé, plein de profondes fendasses... le terri-toire nud, sans arbres, une bonne partie stérile. »

Le protestant Milton porte sur la campagne de Rome un regard aussi sec et aussi raide que sa foi. Lalande et le président de Brosses sont aussi aveugles que Milton.

On ne retrouve guère que dans le *Voyage sur la scène des six derniers livres de l'Énéide*, de M. de Bonstetten, publié à Genève en 1804, un an après ma lettre à M. de Fontanes (imprimée dans le *Mercure* vers la fin de l'an-née 1803)[1], quelques sentiments vrais de cette admirable solitude, encore sont-ils mêlés d'objurgations : « Quel plaisir de lire Virgile sous le ciel d'Énée, et pour ainsi dire en présence des dieux d'Homère ! » dit M. Bonstet-ten ; « quelle solitude profonde dans ces déserts, où l'on ne voit que la mer, des bois ruinés, des champs, de grandes prairies, et pas un habitant ! Je ne voyais dans une vaste étendue de pays qu'une seule maison, et cette maison était près de moi, sur le sommet de la colline. J'y vais, elle était sans porte ; je monte un escalier, j'entre dans une espèce de chambre, un oiseau de proie y avait son nid...

« Je fus quelque temps à une fenêtre de cette maison abandonnée. Je voyais à mes pieds cette côte, au temps

---

1. Le livre de Bonstetten fut publié à Genève à la fin de 1804 (an XIII) ; tandis que la *Lettre* à Fontanes avait paru quelques mois plus tôt dans le *Mercure* du 12 ventôse an XII/3 mars 1804.

de Pline si riche et si magnifique, maintenant sans cultiva-
teurs [1]. »

Depuis ma description de la campagne romaine, on a
passé du dénigrement à l'enthousiasme. Les voyageurs
anglais et français qui m'ont suivi ont marqué tous leurs
pas de la Storta [2] à Rome par des extases. M. de Tournon,
dans ses *Études statistiques* [3], entre dans la voie d'admiration que j'ai eu le bonheur d'ouvrir : « La campagne
romaine, dit-il, développe à chaque pas plus distinctement
la sérieuse beauté de ses immenses lignes, de ses plans
nombreux, et son bel encadrement de montagnes. Sa
monotone grandeur frappe et élève la pensée. »

Je n'ai point à mentionner M. Simond, dont le voyage
semble une gageure, et qui s'est amusé à regarder Rome
à l'envers [4]. Je me trouvais à Genève lorsqu'il mourut
presque subitement. Fermier, il venait de couper ses foins
et de recueillir joyeusement ses premiers grains, et il est
allé rejoindre son herbe fauchée et ses moissons abattues.

Nous avons quelques lettres des grands paysagistes ;
Poussin et Claude Lorrain ne disent pas un mot de la
campagne romaine. Mais si leur plume se tait, leur pinceau parle [5] ; l'*agro romano* était une source mystérieuse

---

1. Édition de Michel Dentan, Lausanne, Bibliothèque romande,
1971, p. 210-211.   2. Dernier relais de poste avant Rome, pour les
voyageurs venus de Florence.   3. Le comte de Tournon (1778-1833)
avait commencé à Rome, de 1809 à 1814, une carrière préfectorale qui
devait se poursuivre, sous la Restauration, dans la Gironde, puis dans
le Rhône. Nommé pair de France en 1824, il publia ensuite des *Études
statistiques sur Rome et sur la partie occidentale des États romains*
(1831).   4. On doit au Suisse Louis Simond un *Voyage en Italie et
en Sicile* (Paris, Sautelet, 1828) dans lequel il se joue, avec une fausse
bonhomie, des réputations les plus établies. Dans son article de 1835,
Ampère le trouve « naïf et divertissant » ; tandis que, dans les *Promenades dans Rome* (1829), Stendhal proclame son « admiration pour
M. Simond, de Genève, qui plaisante le *Jugement dernier* de Michel-
Ange ».   5. Idée que développe Ampère, à propos du seul Poussin :
« Ce qui est peut-être encore plus singulier, c'est de voir le Poussin
passer quarante ans à Rome, occupé sans cesse à contempler cette physionomie des ruines et de la campagne romaine, et dans sa correspondance ne pas faire une seule allusion à ce que son pinceau se plaisait
tant à reproduire. Le peintre seul a conquis et rendu Rome, l'homme
n'en parle point et ne semble pas y penser. »

de beautés, dans laquelle ils puisaient, en la cachant par une sorte d'avarice de génie, et comme par la crainte que le vulgaire ne la profanât. Chose singulière, ce sont des yeux français qui ont le mieux vu la lumière de l'Italie.

J'ai relu ma lettre à M. de Fontanes sur Rome, écrite il y a vingt-cinq ans, et j'avoue que je l'ai trouvée d'une telle exactitude qu'il me serait impossible d'y retrancher ou d'y ajouter un mot. Une compagnie étrangère est venue cet hiver (1829) proposer le défrichement de la campagne romaine ; ah ! messieurs, grâce de vos cottages et de vos jardins anglais sur le Janicule ! si jamais ils devaient enlaidir les friches où le soc de Cincinnatus s'est brisé, sur lesquelles toutes les herbes penchent au souffle des siècles, je fuirais Rome pour n'y remettre les pieds de ma vie. Allez traîner ailleurs vos charrues perfectionnées ; ici la terre ne pousse et ne doit pousser que des tombeaux. Les cardinaux ont fermé l'oreille aux calculs des bandes noires accourues pour démolir les débris de Tusculum qu'elles prenaient pour des châteaux d'aristocrates : elles auraient fait de la chaux avec le marbre des sarcophages de Paul-Émile, comme elles ont fait des gargouilles avec le plomb des cercueils de nos pères. Le sacré collège tient au passé ; de plus il a été prouvé, à la grande confusion des économistes, que la campagne romaine donnait au propriétaire 5 pour cent en pâturages et qu'elle ne rapporterait que un et demi en blé. Ce n'est point par paresse, mais par un intérêt positif, que le cultivateur des plaines accorde la préférence à la *pastorizia* sur *li maggesi*[1]. Le revenu d'un hectare dans le territoire romain est presque égal au revenu de la même mesure dans un des meilleurs départements de la France : pour se convaincre de cela, il suffit de lire l'ouvrage de monsignor Nicolaï[2].

---

1. Au pâturage (élevage des moutons) sur la culture.   **2.** Nicola Maria Nicolaï avait publié en 1803 des *Memorie, leggi ed osservazioni sulle campagne e sull'annona di Roma*, qui faisaient encore autorité.

(10)

Lettre à M. Villemain.

Je vous ai dit que j'avais éprouvé d'abord de l'ennui au début de mon second voyage à Rome et que je finis par me reprendre aux ruines et au soleil : j'étais encore sous l'influence de ma première impression lorsque, le 3 novembre 1828, je répondis à M. Villemain[1] :

« Votre lettre, monsieur, est venue bien à propos dans ma solitude de Rome : elle a suspendu en moi le mal du pays que j'ai fort. Ce mal n'est autre chose que mes années qui m'ôtent les yeux pour voir comme je voyais autrefois ; mon débris n'est pas assez grand pour se consoler avec celui de Rome. Quand je me promène seul à présent au milieu de tous ces décombres des siècles, ils ne me servent plus que d'échelle pour mesurer le temps : je remonte dans le passé, je vois ce que j'ai perdu et le bout de ce court avenir que j'ai devant moi ; je compte toutes les joies qui pourraient me rester, je n'en trouve aucune ; je m'efforce d'admirer ce que j'admirais, et je n'admire plus. Je rentre chez moi pour subir mes honneurs accablé du *sirocco* ou percé par la *tramontane*. Voilà toute ma vie, à un tombeau près que je n'ai pas encore eu le courage de visiter[2]. On s'occupe beaucoup de monuments croulants ; on les appuie ; on les dégage de leurs plantes et de leurs fleurs ; les femmes que j'avais laissées jeunes sont devenues vieilles, et les ruines se sont rajeunies : que voulez-vous qu'on fasse ici ?

---

1. François Villemain (1790-1870), professeur à la Sorbonne, académicien depuis 1821, avait été sanctionné pour avoir protesté contre le projet de loi Peyronnet sur la presse (voir XXVIII, 14, note 4, p. 200). Le ministère Martignac lui avait permis de reprendre ses cours, alors très suivis. Selon Marcellus (p. 337). Chateaubriand parlait toujours de lui « avec un grand intérêt et presque avec sentiment ».   **2.** Celui de Pauline de Beaumont (voir t. II, p. 148, note 1), à Saint-Louis-des-Français, que Chateaubriand se préparait à voir le lendemain 4 novembre 1828, pour la première fois.

« Aussi je vous assure, monsieur, que je n'aspire qu'à rentrer dans ma rue d'Enfer pour ne plus en sortir. J'ai rempli envers mon pays et mes amis tous mes engagements. Quand vous serez dans le conseil d'État avec M. Bertin de Vaux[1], je n'aurai plus rien à demander, car vos talents vous auront bientôt porté plus haut. Ma retraite a contribué un peu, j'espère, à la cessation d'une opposition redoutable ; les libertés publiques sont acquises à jamais à la France. Mon sacrifice doit maintenant finir avec mon rôle. Je ne demande rien que de retourner à mon *Infirmerie*. Je n'ai qu'à me louer de ce pays : j'y ai été reçu à merveille ; j'ai trouvé un gouvernement plein de tolérance et fort instruit des affaires hors de l'Italie, mais enfin rien ne me plaît plus que l'idée de disparaître entièrement de la scène du monde : il est bon de se faire précéder dans la tombe du silence que l'on y trouvera.

« Je vous remercie d'avoir bien voulu me parler de vos travaux. Vous ferez un ouvrage digne de vous et qui augmentera votre renommée[2]. Si vous aviez quelques recherches à faire ici, soyez assez bon pour me les indiquer : une fouille au Vatican pourrait vous fournir des trésors. Hélas ! je n'ai que trop vu ce pauvre M. Thierry ! je vous assure que je suis poursuivi par son souvenir[3] ; si jeune, si plein de l'amour de son travail, et s'en aller ! et, comme il arrive toujours au vrai mérite, son esprit s'améliorait et la raison prenait chez lui la place du sys-

---

1. Louis-François Bertin (1771-1842), dit Bertin de *Vaux*, pour le distinguer de son frère aîné, copropriétaire et collaborateur du *Journal des Débats*, avait été agent de change et banquier avant de se lancer dans la politique sous la Restauration. Il fut, de 1815 à 1817, collaborateur de Decazes comme secrétaire général du ministère de la Police, puis se rapprocha du *Conservateur*. Élu député de Seine-et-Oise en 1820, nommé conseiller d'État en 1824, il démissionna presque aussitôt, après le renvoi de Chateaubriand. Il avait été réélu au mois de novembre 1827. De son côté, Villemain avait été révoqué du poste de maître des requêtes qu'il occupait depuis 1818. Chateaubriand obtiendra leur réintégration dans le cours du mois de novembre 1828 (voir *Récamier*, p. 217-218). **2.** Une *Histoire de Grégoire VII*, qui ne verra le jour qu'en 1873. **3.** Augustin Thierry (1795-1856), une des grandes figures de la nouvelle école historique, était devenu à peu près aveugle et paralysé des jambes.

tème [1] ; j'espère encore un miracle. J'ai écrit pour lui ; on ne m'a pas même répondu. J'ai été plus heureux pour vous, et une lettre de M. de Martignac me fait enfin espérer que justice, bien que tardive et incomplète, vous sera faite. Je ne vis plus, monsieur, que pour mes amis ; vous me permettrez de vous mettre au nombre de ceux qui me restent. Je demeure, monsieur, avec autant de sincérité que d'admiration, votre plus dévoué serviteur*. »

« CHATEAUBRIAND. »

(11)

À MADAME RÉCAMIER.

« Rome, samedi 8 novembre 1828.

« M. de La Ferronnays m'apprend la reddition de Varna [2] que je savais. Je crois vous avoir dit autrefois que toute la question me semblait dans la chute de cette place, et que le Grand Turc ne songerait à la paix que quand les Russes auraient fait ce qu'ils n'avaient pas fait dans leurs

---

* Grâce à Dieu, M. Thierry est revenu à la vie et il a repris avec des forces nouvelles ses beaux et importants travaux ; il travaille dans la nuit, mais comme la chrysalide : « La nymphe s'enferme avec joie/ Dans ce tombeau d'or et de soie/ Qui la dérobe à tous les yeux », etc. [3]

---

1. A. Thierry avait développé, dans *La Conquête de l'Angleterre par les Normands* (1825), une théorie un peu systématique de la constitution de la nation anglaise grâce à la fusion progressive des indigènes spoliés et des envahisseurs.   2. Le 11 octobre 1828. La progression des troupes russes se poursuivra jusqu'au mois de septembre 1829, aussi bien en Arménie que dans les provinces balkaniques.   3. Ces vers sont empruntés à une ode de Le Brun-Pindare « À Monsieur de Buffon, sur ses détracteurs » (*Almanach des Muses*, 1788, p. 243, vers 95-97 ; *Œuvres*, 1811, t. I, p. 7, vers 65-67). Chateaubriand donne une version différente du troisième vers qui dans le texte original est libellé ainsi : « Qui la voile aux profanes yeux »...

guerres précédentes. Nos journaux ont été bien misérablement turcs dans ces derniers temps. Comment ont-ils pu
jamais oublier la noble cause de la Grèce et tomber en
admiration devant des barbares qui répandent sur la patrie
des grands hommes et la plus belle partie de l'Europe
l'esclavage et la peste ? Voilà comme nous sommes, nous
autres Français ; un peu de mécontentement personnel
nous fait oublier nos principes et les sentiments les plus
généreux. Les Turcs battus me feront peut-être quelque
pitié ; les Turcs vainqueurs me feraient horreur.

« Voilà mon ami M. de La Ferronnays resté au pouvoir [1].
Je me flatte que ma détermination de le suivre a éloigné les
concurrents à son portefeuille. Mais enfin il faudra que je
sorte d'ici ; je n'aspire plus qu'à rentrer dans ma solitude et
à quitter la carrière politique. J'ai soif d'indépendance pour
mes dernières années. Les générations nouvelles sont élevées, elles trouveront établies les libertés publiques pour
lesquelles j'ai tant combattu ; qu'elles s'emparent donc,
mais qu'elles ne mésusent pas de mon héritage, et que
j'aille mourir en paix auprès de vous.

« Je suis allé avant-hier me promener à la villa Panfi-
li [2] : la belle solitude ! »

« Rome, ce samedi 15 novembre.

« Il y a eu un premier bal chez Torlonia [3]. J'y ai rencontré tous les Anglais de la terre. Je me croyais encore

---

1. Le ministre des Affaires étrangères ayant été obligé de prendre
un congé de plusieurs semaines pour raisons de santé, le bruit avait
couru de sa démission.   2. Construite au XVIIᵉ siècle pour le prince
Camille Pamphili, et devenue la propriété de la famille Doria, elle se
dresse derrière le Janicule dans un vaste parc alors célèbre pour la
beauté de ses pins.   3. Giovanni Torlonia (1755-1829), de famille
auvergnate émigrée en Italie, avait débuté dans la vie comme brocan-
teur, puis amassé une grosse fortune comme fournisseur des armées
lors des interventions françaises des années 1796-1800. Devenu banquier, mécène et philanthrope, créé duc de Bracciano et prince romain
par Pie VII, il avait fini par être adopté par la haute société romaine.
Sur le personnage et ses fêtes brillantes, voir Stendhal, *Promenades
dans Rome* (dans *Voyages en Italie*, « Bibliothèque de la Pléiade »,
1973, p. 721-724).

ambassadeur à Londres. Les Anglaises ont l'air de figurantes engagées pour danser l'hiver à Paris, à Milan, à Rome, à Naples, et qui retournent à Londres après leur engagement expiré au printemps. Les sautillements sur les ruines du Capitole, les mœurs uniformes que la *grande* société porte partout, sont des choses bien étranges : si j'avais encore la ressource de me sauver dans les déserts de Rome !

« Ce qu'il y a de vraiment déplorable ici, ce qui jure avec la nature des lieux, c'est cette multitude d'insipides Anglaises et de frivoles dandys qui, se tenant enchaînés par les bras comme des chauves-souris par les ailes, promènent leur bizarrerie, leur ennui, leur insolence dans vos fêtes, et s'établissent chez vous comme à l'auberge. Cette Grande-Bretagne vagabonde et déhanchée, dans les solennités publiques, saute sur vos places et boxe avec vous pour vous en chasser : tout le jour elle avale à la hâte les tableaux et les ruines, et vient avaler, en vous faisant beaucoup d'honneur, les gâteaux et les glaces de vos soirées. Je ne sais pas comment un ambassadeur peut souffrir ces hôtes grossiers et ne les fait pas consigner à sa porte. »

(12)

EXPLICATION SUR LE *MÉMOIRE* QU'ON VA LIRE.

J'ai parlé dans le *Congrès de Vérone* de l'existence de mon *Mémoire* sur l'Orient [1]. Quand je l'envoyai de Rome en 1828 à M. le comte de La Ferronnays, alors ministre des Affaires étrangères, le monde n'était pas ce qu'il est ; en France, la légitimité existait ; en Russie, la Pologne n'avait pas péri ; l'Espagne était encore bourbonienne ; l'Angleterre n'avait pas encore l'honneur de nous proté-

---

1. *Vérone*, première partie, LII. Au bas du passage cité, une note de 1838 précise : « On trouvera cette pièce entière au récit de mon ambassade de Rome, dans mes *Mémoires*. »

ger. Beaucoup de choses ont donc vieilli dans ce *Mémoire* : aujourd'hui ma politique extérieure, sous plusieurs rapports, ne serait plus la même ; douze années ont changé les relations diplomatiques, mais le fond des vérités est demeuré. J'ai inséré ce *Mémoire* en entier, pour venger une fois de plus la Restauration des reproches absurdes qu'on s'obstine à lui adresser malgré l'évidence des faits. La Restauration, aussitôt qu'elle choisit ses ministres parmi ses amis, ne cessa de s'occuper de l'indépendance et de l'honneur de la France : elle s'éleva contre les traités de Vienne, elle réclama des frontières protectrices, non pour la gloriole de s'étendre jusqu'au bord du Rhin, mais pour chercher sa sûreté ; elle a ri lorsqu'on lui parlait de l'équilibre de l'Europe, équilibre si injustement rompu envers elle : c'est pourquoi elle désira d'abord se couvrir au midi, puisqu'il avait plu de la désarmer au nord. À Navarin elle retrouva une marine et la liberté de la Grèce ; la question d'Orient ne la prit point au dépourvu.

J'ai gardé trois opinions sur l'Orient depuis l'époque où j'écrivis ce *Mémoire* :

1° Si la Turquie d'Europe doit être dépecée, nous devons avoir un lot dans ce morcellement par un agrandissement de territoire sur nos frontières et par la possession de quelque point militaire dans l'Archipel. Comparer le partage de la Turquie au partage de la Pologne est une absurdité.

2° Considérer la Turquie telle qu'elle était au règne de François Ier, comme une puissance utile à notre politique, c'est retrancher trois siècles de l'histoire.

3° Prétendre civiliser la Turquie en lui donnant des bateaux à vapeur et des chemins de fer, en disciplinant ses armées, en lui apprenant à manœuvrer ses flottes, ce n'est pas étendre la civilisation en Orient, c'est introduire la barbarie en Occident : des Ibrahim[1] futurs pourront

---

1. Allusion à Ibrahim Pacha, fils aîné de Mehemet Ali, qui, dans les années 1825-1827, avait réprimé avec efficacité, au nom du sultan, la première insurrection grecque. Ses victoires ultérieures en Orient, cette fois contre les Ottomans, ne pouvaient que renforcer les craintes de Chateaubriand : voir t. II, p. 280, note 2.

amener l'avenir au temps de Charles Martel, ou au temps du siège de Vienne, quand l'Europe fut sauvée par cette héroïque Pologne sur laquelle pèse l'ingratitude des rois.

Je dois remarquer que j'ai été le seul, avec Benjamin Constant [1], à signaler l'imprévoyance des gouvernements chrétiens : un peuple dont l'ordre social est fondé sur l'esclavage et la polygamie est un peuple qu'il faut renvoyer aux steppes des Mongols.

En dernier résultat, la Turquie d'Europe, devenue vassale de la Russie en vertu du traité d'Unkiar Skelessi [2], n'existe plus : si la question doit se décider immédiatement, ce dont je doute, il serait peut-être mieux qu'un empire indépendant eût son siège à Constantinople et fît un tout de la Grèce. Cela est-il possible ? je l'ignore. Quant à Méhémet-Ali, fermier et douanier impitoyable, l'Égypte, dans l'intérêt de la France, est mieux gardée par lui qu'elle ne le serait par les Anglais.

Mais je m'évertue à démontrer l'honneur de la Restauration ; eh ! qui s'inquiète de ce qu'elle a fait, surtout qui s'en inquiétera dans quelques années ? Autant vaudrait m'échauffer pour les intérêts de Tyr et d'Ecbatane : ce monde passé n'est plus et ne sera plus. Après Alexandre, commença le pouvoir romain ; après César, le christianisme changea le monde ; après Charlemagne, la nuit féodale engendra une nouvelle société ; après Napoléon, néant : on ne voit venir ni empire, ni religion, ni barbares. La civilisation est montée à son plus haut point, mais civilisation matérielle, inféconde, qui ne peut rien produire, car on ne saurait donner la vie que par la morale ; on n'arrive à la création des peuples que par les routes du ciel : les chemins de fer nous conduiront seulement avec plus de rapidité à l'abîme.

Voilà les prolégomènes qui me semblaient nécessaires

---

1. Allusion à son *Appel aux nations chrétiennes en faveur des Grecs* (septembre 1825).   **2.** Par ce traité, signé le 8 juin 1833, à la suite de la première intervention égyptienne en Syrie, Nicolas Ier obtenait pour la Russie, en échange de sa médiation, un traitement de faveur dans les détroits.

à l'intelligence du *Mémoire* qui suit et qui se trouve également aux Affaires étrangères [1].

(13)

Mémoire.

LETTRE A M. LE COMTE DE LA FERRONNAYS.

« Rome, ce 30 novembre 1828.

« Dans votre lettre particulière du 10 novembre, mon noble ami, vous me disiez :

« *Je vous adresse un court résumé de notre situation politique, et vous serez assez aimable pour me faire connaître en retour vos idées, toujours si bonnes à connaître en pareille matière.* »

« Votre amitié, noble comte, me juge avec trop d'indulgence ; je ne crois pas du tout vous éclairer en vous envoyant le mémoire ci-joint : je ne fais que vous obéir. »

MÉMOIRE.

PREMIÈRE PARTIE.

« À la distance où je suis du théâtre des événements et dans l'ignorance presque totale où je me trouve de l'état des négociations, je ne puis guère raisonner convenablement. Néanmoins, comme j'ai depuis longtemps un système arrêté sur la politique intérieure de la France, comme j'ai pour ainsi dire été le premier à réclamer

---

1. Ce mémoire semble bien avoir été envoyé, mais il a disparu des archives du ministère des Affaires étrangères.

l'émancipation de la Grèce, je soumets volontiers, noble comte, mes idées à vos lumières.

« Il n'était point encore question du traité du 6 juillet[1] lorsque je publiai ma *Note sur la Grèce*. Cette *Note* renfermait le germe du traité ; je proposais aux cinq grandes puissances de l'Europe d'adresser une dépêche collective au Divan pour lui demander impérativement la cessation de toute hostilité entre la Porte et les Hellènes. Dans le cas d'un refus, les cinq puissances auraient déclaré qu'elles reconnaissaient l'indépendance du gouvernement grec, et qu'elles recevraient les agents diplomatiques de ce gouvernement.

« Cette *Note* fut lue dans les divers cabinets. La place que j'avais occupée comme ministre des affaires étrangères donnait quelque importance à mon opinion : ce qu'il y a de singulier, c'est que le prince de Metternich se montra moins opposé à l'esprit de ma *Note* que M. Canning.

« Le dernier, avec lequel j'avais eu des liaisons assez intimes, était plus orateur que grand politique, plus homme de talent qu'homme d'État. Il avait en général une certaine jalousie des succès et surtout de ceux de la France. Quand l'opposition parlementaire blessait ou exaltait son amour-propre, il se précipitait dans de fausses démarches, se répandait en sarcasmes ou en vanteries. C'est ainsi qu'après la guerre d'Espagne il rejeta la demande d'intervention que j'avais arrachée avec tant de peine au cabinet de Madrid, pour l'arrangement des affaires d'outre-mer : la raison secrète en était qu'il n'avait pas fait lui-même cette demande, et il ne voulait pas voir que même dans son système (si toutefois il en avait un), l'Angleterre représentée dans un congrès général ne serait nullement liée par les actes de ce congrès et resterait toujours libre d'agir séparément. C'est encore ainsi que lui, M. Canning, fit passer des troupes en Portu-

---

1. Par ce traité signé à Londres le 6 juillet 1827, la Russie, la Grande-Bretagne et la France faisaient front commun pour obliger la Turquie à négocier avec les insurgés grecs. Mais le principal objectif de Londres et de Paris était de prévenir une guerre russo-turque qui leur aurait imposé une prise de position difficile.

gal, non pour défendre une charte dont il était le premier à se moquer, mais parce que l'opposition lui reprochait la présence de nos soldats en Espagne, et qu'il voulait pouvoir dire au Parlement que l'armée anglaise occupait Lisbonne comme l'armée française occupait Cadix. Enfin, c'est ainsi qu'il a signé le traité du 6 juillet contre son opinion particulière, contre l'opinion de son propre pays, défavorable à la cause des Grecs. S'il accéda à ce traité, ce fut uniquement parce qu'il eut peur de nous voir prendre avec la Russie l'initiative de la question et recueillir seuls la gloire d'une résolution généreuse. Ce ministre, qui après tout laissera une grande renommée, crut aussi gêner les mouvements de la Russie par ce traité même ; cependant il était clair que le texte de l'acte n'enchaînait point l'empereur Nicolas, ne l'obligeait point à renoncer à une guerre particulière avec la Turquie.

« Le traité du 6 de juillet est une pièce informe, brochée à la hâte, où rien n'est prévu et qui fourmille de dispositions contradictoires.

« Dans ma *Note sur la Grèce*, je supposais l'adhésion des cinq grandes puissances ; l'Autriche et la Prusse s'étant unies à l'écart, leur neutralité les laisse libres, selon les événements, de se déclarer pour ou contre l'une des parties belligérantes.

« Il ne s'agit plus de revenir sur le passé, il faut prendre les choses telles qu'elles sont. Tout ce à quoi les gouvernements sont obligés, c'est à tirer le meilleur parti des faits lorsqu'ils sont accomplis. Examinons donc ces faits.

« Nous occupons la Morée, les places de cette péninsule sont tombées entre nos mains[1]. Voilà pour ce qui nous concerne.

« Varna est pris[2], Varna devient un avant-poste placé à soixante-dix heures de marche de Constantinople. Les Dardanelles sont bloquées ; les Russes s'emparent pendant l'hiver de Silistrie et de quelques autres forteresses ;

---

1. Le 28 août 1828, un corps expéditionnaire français de quinze mille hommes, placés sous la direction du général Maison, avait débarqué à Coron et occupé la totalité du Péloponèse. Selon le ministre de la Marine, Hyde de Neuville, Charles X était désormais résolu à « délivrer la Grèce ».   2. Voir *supra*, p. 286, note 2.

de nombreuses recrues arriveront. Aux premiers jours du printemps, tout s'ébranlera pour une campagne décisive ; en Asie le général Paskewitsch a envahi trois pachaliks, il commande les sources de l'Euphrate et menace la route d'Erzeroum. Voilà pour ce qui concerne la Russie.

« L'empereur Nicolas eût-il mieux fait d'entreprendre une campagne d'hiver en Europe ? Je le pense, s'il en avait la possibilité. En marchant sur Constantinople, il aurait tranché le nœud gordien, il aurait mis fin à toutes les intrigues diplomatiques ; on se range du côté des succès ; le moyen d'avoir des alliés, c'est de vaincre.

« Quant à la Turquie, il m'est démontré qu'elle nous eût déclaré la guerre si les Russes eussent échoué devant Varna. Aura-t-elle le bon sens aujourd'hui d'entamer des négociations avec l'Angleterre et la France pour se débarrasser au moins de l'une et de l'autre ? L'Autriche lui conseillerait volontiers ce parti ; mais il est bien difficile de prévoir quelle sera la conduite d'une race d'hommes qui n'ont point les idées européennes. À la fois rusés comme des esclaves et orgueilleux comme des tyrans, la colère n'est jamais chez eux tempérée que par la peur. Le sultan Mahmoud II, sous quelques rapports, paraît un prince supérieur aux derniers sultans ; il a surtout le courage politique[1] ; mais a-t-il le courage personnel ? Il se contente de passer des revues dans les faubourgs de sa capitale, et se fait supplier par les grands de n'aller pas même jusqu'à Andrinople. La populace de Constantinople serait mieux contenue par les triomphes que par la présence de son maître.

« Admettons toutefois que le Divan consente à des pourparlers sur les bases du traité du 6 juillet. La négociation sera très épineuse ; quand il n'y aurait à régler que les limites de la Grèce, c'est à n'en pas finir. Où ces limites seront-elles posées sur le continent ? Combien d'îles seront-elles rendues à la liberté ? Samos, qui a si vaillamment défendu son indépendance, sera-t-elle aban-

---

1. Mahmoud II, né en 1785, régna de 1809 à 1839. La brutale élimination des janissaires (1826) avait prouvé sa détermination politique. À partir de 1831, il engagera son empire dans la voie des réformes.

donnée ? Allons plus loin, supposons les conférences établies : paralyseront-elles les armées de l'empereur Nicolas ? Tandis que les plénipotentiaires des Turcs et des trois puissances alliées négocieront dans l'Archipel, chaque pas des troupes envahissantes dans la Bulgarie changera l'état de la question. Si les Russes étaient repoussés, les Turcs rompraient les conférences ; si les Russes arrivaient aux portes de Constantinople, il s'agirait bien de l'indépendance de la Morée ! Les Hellènes n'auraient besoin ni de protecteurs ni de négociateurs.

« Ainsi donc, amener le Divan à s'occuper du traité du 6 juillet, c'est reculer la difficulté, et non la résoudre. La coïncidence de l'émancipation de la Grèce et de la signature de la paix entre les Turcs et les Russes est, à mon avis, nécessaire pour faire sortir les cabinets de l'Europe de l'embarras où ils se trouvent.

« Quelles conditions l'empereur Nicolas mettra-t-il à la paix ?

« Dans son manifeste, il déclare qu'il renonce à des conquêtes, mais il parle d'indemnités pour les frais de la guerre ; cela est vague et peut mener loin.

« Le cabinet de Saint-Pétersbourg, prétendant régulariser les traités d'Akerman et d'Yassy[1], demandera-t-il : 1° l'indépendance complète des deux principautés ; 2° la liberté du commerce dans la mer Noire, tant pour la nation russe que pour les autres nations ; 3° le remboursement des sommes dépensées dans la dernière campagne ?

« D'innombrables difficultés se présentent à la conclusion d'une paix sur ces bases.

« Si la Russie veut donner aux principautés des souverains de son choix, l'Autriche regardera la Moldavie et la Valachie comme deux provinces russes, et s'opposera à cette transaction politique.

« La Moldavie et la Valachie passeront-elles sous la domination d'un prince indépendant de toute grande puis-

---

1. Le traité de Jassi (1792) avait fixé au Dniestr la frontière entre la Russie et la Turquie, et confirmé la liberté de navigation sur la mer Noire. La Convention signée à Ackerman (octobre 1826) obligeait le sultan à reconnaître la prépondérance russe dans les provinces roumaines, conformément au traité de Bucarest (1812).

sance, ou d'un prince installé sous le protectorat de plusieurs souverains ?

« Dans ce cas, Nicolas préférerait des hospodars nommés par Mahmoud, car les principautés, ne cessant pas d'être turques, demeureraient vulnérables aux armes de la Russie.

« La liberté du commerce de la mer Noire, l'ouverture de cette mer à toutes les flottes de l'Europe et de l'Amérique, ébranleraient la puissance de la Porte dans ses fondements. Octroyer le passage des vaisseaux de guerre sous Constantinople, c'est, par rapport à la géographie de l'empire ottoman, comme si l'on reconnaissait le droit à des armées étrangères de traverser en tout temps la France le long des murs de Paris.

« Enfin, où la Turquie prendrait-elle de l'argent pour payer les frais de la campagne ? Le prétendu trésor des sultans est une vieille fable. Les provinces conquises au-delà du Caucase pourraient être, il est vrai, cédées comme hypothèque de la somme demandée : des deux armées russes, l'une, en Europe, me semble être chargée des intérêts de l'honneur de Nicolas ; l'autre, en Asie, de ses intérêts pécuniaires. Mais si Nicolas ne se croyait pas lié par les déclarations de son manifeste, l'Angleterre verrait-elle d'un œil indifférent le soldat moscovite s'avancer sur la route de l'Inde ? N'a-t-elle pas déjà été alarmée, lorsqu'en 1827, il a fait un pas de plus dans l'empire persan ?

« Si la double difficulté qui naît et de la mise à exécution du travail, et de la pertinence des conditions d'une paix entre la Turquie et la Russie ; si cette double difficulté rendait inutiles les efforts tentés pour vaincre tant d'obstacles ; si une seconde campagne s'ouvrait au printemps, les puissances de l'Europe prendraient-elles parti dans la querelle ? Quel serait le rôle que devrait jouer la France ? C'est ce que je vais examiner dans la seconde partie de cette *Note*. »

SECONDE PARTIE.

« L'Autriche et l'Angleterre ont des intérêts communs, elles sont naturellement alliées pour leur politique extérieure, quelles que soient d'ailleurs les différentes formes de leurs gouvernements et les maximes opposées de leur politique intérieure. Toutes deux sont ennemies et jalouses de la Russie, toutes deux désirent arrêter les progrès de cette puissance ; elles s'uniront peut-être dans un cas extrême ; mais elles sentent que si la Russie ne se laisse pas imposer, elle peut braver cette union plus formidable en apparence qu'en réalité.

« L'Autriche n'a rien à demander à l'Angleterre ; celle-ci à son tour n'est bonne à l'Autriche que pour lui fournir de l'argent. Or, l'Angleterre, écrasée sous le poids de sa dette, n'a plus d'argent à prêter à personne. Abandonnée à ses propres ressources, l'Autriche ne saurait, dans l'état actuel de ses finances, mettre en mouvement de nombreuses armées, surtout étant obligée de surveiller l'Italie et de se tenir en garde sur les frontières de la Pologne et de la Prusse. La position actuelle des troupes russes leur permettrait d'entrer plus vite à Vienne qu'à Constantinople.

« Que peuvent les Anglais contre la Russie ? Fermer la Baltique, ne plus acheter le chanvre et les bois sur les marchés du Nord, détruire la flotte de l'amiral Heyden [1] dans la Méditerranée, jeter quelques ingénieurs et quelques soldats dans Constantinople, porter dans cette capitale des provisions de bouche et des munitions de guerre, pénétrer dans la mer Noire, bloquer les ports de la Crimée, priver les troupes russes en campagne de l'assistance de leurs flottes commerçantes et militaires ?

« Supposons tout cela accompli (ce qui d'abord ne se peut faire sans des dépenses considérables, lesquelles n'auraient ni dédommagement ni garantie), resterait toujours à Nicolas son immense armée de terre. Une attaque de l'Autriche et de l'Angleterre contre la Croix en faveur

---

1. Le comte Heyden commandait une escadre russe stationnée en Méditerranée orientale.

du Croissant augmenterait en Russie la popularité d'une guerre déjà nationale et religieuse. Des guerres de cette nature se font sans argent, ce sont celles qui précipitent, par la force de l'opinion, les nations les unes sur les autres. Que les papas commencent à évangéliser à Saint-Pétersbourg, comme les ulémas mahométisent à Constantinople, ils ne trouveront que trop de soldats ; ils auraient plus de chances de succès que leurs adversaires dans cet appel aux passions et aux croyances des hommes. Les invasions qui descendent du nord au midi sont bien plus rapides et bien plus irrésistibles que celles qui gravissent du midi au nord : la pente des populations les incline à s'écouler vers les beaux climats.

« La Prusse demeurerait-elle spectatrice indifférente de cette grande lutte, si l'Autriche et l'Angleterre se déclaraient pour la Turquie ? Il n'y a pas lieu de le croire.

« Il existe sans doute dans le cabinet de Berlin un parti qui hait et qui craint le cabinet de Saint-Pétersbourg ; mais ce parti, qui d'ailleurs commence à vieillir, trouve pour obstacle le parti anti-autrichien et surtout des affections domestiques.

« Les liens de famille, faibles ordinairement entre les souverains, sont très forts dans la famille de Prusse : le roi Frédéric-Guillaume III aime tendrement sa fille, l'impératrice actuelle de Russie [1], et il se plaît à penser que son petit-fils montera sur le trône de Pierre le Grand ; les princes Frédéric, Guillaume, Charles, Henri-Albert, sont aussi très attachés à leur sœur Alexandra ; le prince royal héréditaire [2] ne faisait pas de difficulté de déclarer dernièrement à Rome qu'il était *turcophage*.

« En décomposant ainsi les intérêts, on s'aperçoit que la France est dans une admirable position politique : elle peut devenir l'arbitre de ce grand débat ; elle peut à son gré garder la neutralité ou se déclarer pour un parti, selon le temps et les circonstances. Si elle était jamais obligée

---

1. La princesse Charlotte de Prusse, femme de Nicolas Ier, était devenue l'impératrice Alexandra de Russie après la montée de ce dernier sur le trône. **2.** Sur la famille royale de Prusse, voir XXVI, 1. Le prince royal Frédéric, né en 1795, régna de 1840 à 1861 sous le nom de Frédéric-Guillaume IV. Son frère Guillaume lui succédera.

d'en venir à cette extrémité, si ses conseils n'étaient pas
écoutés, si la noblesse et la modération de sa conduite ne
lui obtenaient pas la paix qu'elle désire pour elle et pour
les autres ; dans la nécessité où elle se trouverait de
prendre les armes, tous ses intérêts la porteraient du côté
de la Russie.

« Qu'une alliance se forme entre l'Autriche et l'Angleterre contre la Russie, quel fruit la France recueillerait-
elle de son adhésion à cette alliance ?

« L'Angleterre prêterait-elle des vaisseaux à la
France ?

« La France est encore, après l'Angleterre, la première
puissance maritime de l'Europe ; elle a plus de vaisseaux
qu'il ne lui en faut pour détruire, s'il le fallait, les forces
navales de la Russie.

« L'Angleterre nous fournirait-elle des subsides ?

« L'Angleterre n'a point d'argent ; la France en a plus
qu'elle, et les Français n'ont pas besoin d'être à la solde
du Parlement britannique.

« L'Angleterre nous assisterait-elle de soldats et
d'armes ?

« Les armes ne manquent point à la France, encore
moins les soldats.

« L'Angleterre nous assurerait-elle un accroissement
de territoire insulaire ou continental ?

« Où prendrons-nous cet accroissement, si nous faisons, au profit du Grand Turc, la guerre à la Russie ?
Essayerons-nous des descentes sur les côtes de la mer
Baltique, de la mer Noire et du détroit de Behring ?
Aurions-nous une autre espérance ? Penserions-nous à
nous attacher à l'Angleterre afin qu'elle accourût à notre
secours si jamais nos affaires intérieures venaient à se
brouiller ?

« Dieu nous garde d'une telle prévision et d'une intervention étrangère dans nos affaires domestiques ! L'Angleterre, d'ailleurs, a toujours fait bon marché des rois et
de la liberté des peuples ; elle est toujours prête à sacrifier
sans remords monarchie ou république à ses intérêts particuliers. Naguère encore, elle proclamait l'indépendance
des colonies espagnoles, en même temps qu'elle refusait

de reconnaître celle de la Grèce ; elle envoyait ses flottes appuyer les insurgés du Mexique, et faisait arrêter dans la Tamise quelques chétifs bateaux à vapeur destinés pour les Hellènes ; elle admettait la légitimité des droits de Mahmoud, et niait celle des droits de Ferdinand ; vouée tour à tour au despotisme ou à la démocratie selon le vent qui amenait dans ses ports les vaisseaux des marchands de la cité.

« Enfin, en nous associant aux projets guerriers de l'Angleterre et de l'Autriche contre la Russie, où irions-nous chercher notre ancien adversaire d'Austerlitz ? il n'est point sur nos frontières. Ferions-nous donc partir à nos frais cent mille hommes bien équipés, pour secourir Vienne ou Constantinople ? Aurions-nous une armée à Athènes pour protéger les Grecs contre les Turcs, et une armée à Andrinople pour protéger les Turcs contre les Russes ? Nous mitraillerions les Osmanlis en Morée, et nous les embrasserions aux Dardanelles ? Ce qui manque de sens commun dans les affaires humaines ne réussit pas.

« Admettons néanmoins, en dépit de toute vraisemblance, que nos efforts fussent couronnés d'un plein succès dans cette triple alliance contre nature, supposons que la Prusse demeurât neutre pendant tout ce démêlé, ainsi que les Pays-Bas, et que, libres de porter nos forces au-dehors, nous ne fussions pas obligés de nous battre à soixante lieues de Paris : eh bien ! quel profit retirerions-nous de notre croisade pour la délivrance du tombeau de Mahomet ? Chevaliers des Turcs nous reviendrions du Levant avec une pelisse d'honneur ; nous aurions la gloire d'avoir sacrifié un milliard et deux cent mille hommes pour calmer les terreurs de l'Autriche, pour satisfaire aux jalousies de l'Angleterre, pour conserver dans la plus belle partie du monde la peste et la barbarie attachées à l'empire ottoman. L'Autriche aurait peut-être augmenté ses États du côté de la Valachie et de la Moldavie, et l'Angleterre aurait peut-être obtenu de la Porte quelques privilèges commerciaux, privilèges pour nous d'un faible intérêt si nous y participions, puisque nous n'avons ni le même nombre de navires marchands que les Anglais, ni les mêmes ouvrages manufacturés à répandre dans le Levant. Nous serions complètement dupes de cette triple alliance qui pourrait manquer son but, et qui, si elle l'atteignait, ne l'atteindrait qu'à nos dépens.

« Mais si l'Angleterre n'a aucun moyen direct de nous être utile, ne saurait-elle du moins agir sur le cabinet de Vienne, engager l'Autriche, en compensation des sacrifices que nous ferions pour elle, à nous laisser reprendre les anciens départements situés sur la rive gauche du Rhin ?

« Non : l'Autriche et l'Angleterre s'opposeront toujours à une pareille concession ; la Russie seule peut nous la faire, comme nous le verrons ci-après. L'Autriche nous déteste et s'épouvante de nous, encore plus qu'elle ne hait et ne redoute la Russie ; mal pour mal, elle aimerait mieux que cette dernière puissance s'étendît du côté de la Bulgarie que la France du côté de la Bavière.

« Mais l'indépendance de l'Europe serait menacée si les czars faisaient de Constantinople la capitale de leur empire ?

« Il faut expliquer ce que l'on entend par l'indépendance de l'Europe : veut-on dire que, tout équilibre étant rompu, la Russie, après avoir fait la conquête de la Turquie européenne, s'emparerait de l'Autriche, soumettrait l'Allemagne et la Prusse, et finirait par asservir la France ?

« Et d'abord, tout empire qui s'étend sans mesure perd de sa force ; presque toujours il se divise ; on verrait bientôt deux ou trois Russies ennemies les unes des autres.

« Ensuite l'équilibre de l'Europe existe-t-il pour la France depuis les derniers traités ?

« L'Angleterre a conservé presque toutes les conquêtes qu'elle a faites dans les colonies de trois parties du monde pendant la guerre de la Révolution ; en Europe elle a acquis Malte et les îles Ioniennes ; il n'y a pas jusqu'à son électorat de Hanovre qu'elle n'ait enflé en royaume et agrandi de quelques seigneuries.

« L'Autriche a augmenté ses possessions d'un tiers de la Pologne et des rognures de la Bavière, d'une partie de la Dalmatie et de l'Italie. Elle n'a plus, il est vrai, les

Pays-Bas ; mais cette province n'a point été dévolue à la France, et elle est devenue contre nous une auxiliaire redoutable de l'Angleterre et de la Prusse.

« La Prusse s'est agrandie du duché ou palatinat de Posen, d'un fragment de la Saxe et des principaux cercles du Rhin ; son poste avancé est sur notre propre territoire, à dix journées de marche de notre capitale.

« La Russie a recouvré la Finlande et s'est établie sur les bords de la Vistule.

« Et nous, qu'avons-nous gagné dans tous ces partages ? Nous avons été dépouillés de nos colonies ; notre vieux sol même n'a pas été respecté. Landau détaché de la France, Huningue rasé, laissent une brèche de plus de cinquante lieues dans nos frontières ; le petit État de Sardaigne n'a pas rougi de se revêtir de quelques lambeaux volés à l'empire de Napoléon et au royaume de Louis le Grand.

« Dans cette position, quel intérêt avons-nous à rassurer l'Autriche et l'Angleterre contre les victoires de la Russie ? Quand celle-ci s'étendrait vers l'Orient et alarmerait le cabinet de Vienne, en serions-nous en danger ? Nous a-t-on assez ménagés, pour que nous soyons si sensibles aux inquiétudes de nos ennemis ? L'Angleterre et l'Autriche ont toujours été et seront toujours les adversaires naturels de la France ; nous les verrions demain s'allier de grand cœur à la Russie, s'il s'agissait de nous combattre et de nous dépouiller.

« N'oublions pas que, tandis que nous prendrions les armes pour le prétendu salut de l'Europe, mise en péril par l'ambition supposée de Nicolas, il arriverait probablement que l'Autriche, moins chevaleresque et plus rapace, écouterait les propositions du cabinet de Pétersbourg : un revirement brusque de politique lui coûte peu. Du consentement de la Russie, elle se saisirait de la Bosnie et de la Servie, nous laissant la satisfaction de nous évertuer pour Mahmoud.

« La France est déjà dans une demi-hostilité avec les Turcs ; elle seule a déjà dépensé plusieurs millions et exposé vingt mille soldats dans la cause de la Grèce ; l'Angleterre ne perdrait que quelques paroles en trahissant les principes du traité du 6 de juillet ; la France y perdrait honneur, hommes et argent : notre expédition ne serait plus qu'une vraie cacade politique.

« Mais, si nous ne nous unissons pas à l'Autriche et à l'Angleterre, l'empereur Nicolas ira donc à Constantinople ? l'équilibre de l'Europe sera donc rompu ?

« Laissons, pour le répéter encore une fois, ces frayeurs feintes ou vraies à l'Angleterre et à l'Autriche. Que la première craigne de voir la Russie s'emparer de la traite du Levant et devenir puissance maritime, cela nous importe peu. Est-il donc si nécessaire que la Grande-Bretagne reste en possession du monopole des mers, que nous répandions le sang français pour conserver le sceptre de l'océan aux destructeurs de nos colonies, de nos flottes et de notre commerce ? Faut-il que la race légitime mette en mouvement des armées, afin de protéger la maison qui s'unit à l'illégitimité et qui réserve peut-être pour des temps de discorde les moyens qu'elle croit avoir de troubler la France ? Bel équilibre pour nous que celui de l'Europe, lorsque toutes les puissances, comme je l'ai déjà montré, ont augmenté leurs masses et diminué d'un commun accord le poids de la France ! Qu'elles rentrent comme nous dans leurs anciennes limites ; puis nous volerons au secours de leur indépendance, si cette indépendance est menacée. Elles ne se firent aucun scrupule de se joindre à la Russie, pour nous démembrer et pour s'incorporer le fruit de nos victoires ; qu'elles souffrent donc aujourd'hui que nous resserrions les liens formés entre nous et cette même Russie pour reprendre des limites convenables et rétablir la véritable balance de l'Europe !

« Au surplus, si l'empereur Nicolas voulait et pouvait aller signer la paix à Constantinople, la destruction de l'empire ottoman serait-elle la conséquence rigoureuse de ce fait ? La paix a été signée les armes à la main à Vienne, à Berlin, à Paris ; presque toutes les capitales de l'Europe dans ces derniers temps ont été prises : l'Autriche, la Bavière, la Prusse, la France, l'Espagne ont-elles péri ? Deux fois les Cosaques et les Pandours sont venus camper dans la cour du Louvre ; le royaume de Henri IV a été occupé militairement pendant trois années, et nous serions tout émus de voir les Cosaques au sérail, et nous aurions pour l'honneur de la barbarie cette susceptibilité que nous n'avons pas eue pour l'honneur de la civilisation et pour notre propre patrie ! Que l'orgueil de la Porte soit humilié, et peut-être alors l'obligera-t-on à reconnaître quelques-uns de ces droits de l'humanité qu'elle outrage.

« On voit maintenant où je vais, et la conséquence que je m'apprête à tirer de tout ce qui précède. Voici cette conséquence :

« Si les puissances belligérantes ne peuvent arriver à un arrangement pendant l'hiver ; si le reste de l'Europe croit devoir au printemps se mêler de la querelle ; si des alliances diverses sont proposées ; si la France est absolument obligée de choisir entre ces alliances ; si les événements la forcent de sortir de sa neutralité ; tous ses intérêts doivent la décider à s'unir de préférence à la Russie ; combinaison d'autant plus sûre qu'il serait facile, par l'offre de certains avantages, d'y faire entrer la Prusse.

« Il y a sympathie entre la Russie et la France ; la dernière a presque civilisé la première dans les classes élevées de la société ; elle lui a donné sa langue et ses mœurs. Placées aux deux extrémités de l'Europe, la France et la Russie ne se touchent point par leurs frontières ; elles n'ont point de champ de bataille où elles puissent se rencontrer ; elles n'ont aucune rivalité de commerce, et les ennemis naturels de la Russie (les Anglais et les Autrichiens) sont aussi les ennemis naturels de la France. En temps de paix, que le cabinet des Tuileries reste l'allié du cabinet de Saint-Pétersbourg, et rien ne peut bouger en Europe. En temps de guerre, l'union des deux cabinets dictera des lois au monde.

« J'ai fait voir assez que l'alliance de la France avec l'Angleterre et l'Autriche contre la Russie est une alliance de dupe, où nous ne trouverions que la perte de notre sang et de nos trésors. L'alliance de la Russie, au contraire, nous mettrait à même d'obtenir des établissements dans l'Archipel et de reculer nos frontières jusqu'aux bords du Rhin. Nous pouvons tenir ce langage à Nicolas :

« Vos ennemis nous sollicitent ; nous préférons la paix à la guerre, nous désirons garder la neutralité. Mais enfin si vous ne pouvez vider vos différends avec la Porte que par les armes, si vous voulez aller à Constantinople, entrez avec les puissances chrétiennes dans un partage équitable de la Turquie européenne. Celles de ces puissances qui ne sont pas placées de manière à s'agrandir du côté de l'Orient recevront ailleurs des dédommagements. Nous, nous voulons avoir la ligne du Rhin, depuis Strasbourg jusqu'à Cologne. Telles sont nos justes prétentions. La Russie a un intérêt (votre frère Alexandre l'a dit) à ce que la France soit forte. Si vous consentez à cet arrangement et que les autres puissances s'y refusent, nous ne souffrirons pas qu'elles interviennent dans votre démêlé avec la Turquie. Si elles vous attaquent malgré nos remontrances, nous les combattrons avec vous, toujours aux mêmes conditions que nous venons d'exprimer. »

« Voilà ce qu'on peut dire à Nicolas. Jamais l'Autriche, jamais l'Angleterre ne nous donneront la limite du Rhin pour prix de notre alliance avec elles : or, c'est pourtant là-bas que tôt ou tard la France doit placer ses frontières, tant pour son honneur que pour sa sûreté.

« Une guerre avec l'Autriche et avec l'Angleterre a des espérances nombreuses de succès et peu de chances de revers. Il est d'abord des moyens de paralyser la Prusse, de la déterminer même à s'unir à nous et à la Russie ; ce cas arrivé, les Pays-Bas ne peuvent se déclarer ennemis. Dans la disposition actuelle des esprits, quarante mille Français défendant les Alpes soulèveraient toute l'Italie.

« Quant aux hostilités avec l'Angleterre, si elles devaient jamais commencer, il faudrait ou jeter vingt-cinq mille hommes de plus en Morée ou en rappeler promptement nos troupes et notre flotte. Renoncez aux escadres, dispersez vos vaisseaux un à un sur toutes les mers ; ordonnez de couler bas toutes les prises après en avoir retiré les équipages, multipliez les lettres de marque dans les ports de quatre parties du monde, et bientôt la Grande-Bretagne, forcée par les banqueroutes et les cris de son commerce, sollicitera le rétablissement de la paix. Ne l'avons-nous pas vue capituler en 1814 devant la marine des États-Unis, qui ne se compose pourtant aujourd'hui que de neuf frégates et de onze vaisseaux ?

« Considérée sous le double rapport des intérêts géné-raux de la société et de nos intérêts particuliers, la guerre de la Russie contre la Porte ne doit nous donner aucun ombrage. En principe de grande civilisation, l'espèce humaine ne peut que gagner à la destruction de l'empire ottoman : mieux vaut mille fois pour les peuples la domi-nation de la Croix à Constantinople que celle du Crois-sant. Tous les éléments de la morale et de la société politique sont au fond du christianisme, tous les germes de la destruction sociale sont dans la religion de Maho-met. On dit que le sultan actuel a fait des pas vers la civilisation : est-ce parce qu'il a essayé, à l'aide de quelques renégats français, de quelques officiers anglais et autrichiens, de soumettre ses hordes fanatiques à des exercices réguliers ? Et depuis quand l'apprentissage machinal des armes est-il la civilisation ? C'est une faute énorme, c'est presque un crime d'avoir initié les Turcs dans la science de notre tactique : il faut baptiser les sol-dats qu'on discipline, à moins qu'on ne veuille élever à dessein des destructions de la société.

« L'imprévoyance est grande : l'Autriche, qui s'ap-plaudit de l'organisation des armées ottomanes, serait la première à porter la peine de sa joie : si les Turcs battaient les Russes, à plus forte raison seraient-ils capables de se mesurer avec les impériaux leurs voisins ; Vienne cette fois n'échapperait pas au grand vizir. Le reste de l'Eu-rope, qui croit n'avoir rien à craindre de la Porte, serait-il plus en sûreté ? Des hommes à passions et à courte vue veulent que la Turquie soit une puissance militaire régulière, qu'elle entre dans le droit commun de paix et de guerre des nations civilisées, le tout pour maintenir je ne sais quelle balance, dont le mot vide de sens dispense ces hommes d'avoir une idée : quelles seraient les consé-quences de ces volontés réalisées ? Quand il plairait au sultan, sous un prétexte quelconque, d'attaquer un gou-vernement chrétien, une flotte constantinoploise bien manœuvrée, augmentée de la flotte du pacha d'Égypte et du contingent maritime des puissances barbaresques, déclarerait les côtes de l'Espagne ou de l'Italie en état de blocus, débarquerait cinquante mille hommes à Carthagène ou à Naples. Vous ne voulez pas planter la Croix sur Sainte-Sophie : continuez de discipliner des hordes de Turcs, d'Albanais, de Nègres et d'Arabes, et avant vingt ans peut-être le Croissant brillera sur le dôme de Saint-Pierre. Appellerez-vous alors l'Europe à une croisade contre des infidèles armés de la peste, de l'esclavage et du Coran ? il sera trop tard.

« Les intérêts généraux de la société trouveraient donc leur compte au succès des armées de l'empereur Nicolas.

« Quant aux intérêts particuliers de la France, j'ai suffisamment prouvé qu'ils existaient dans une alliance avec la Russie et qu'ils pouvaient être singulièrement favorisés par la guerre même que cette puissance soutient aujourd'hui en Orient. »

« Je me résume :

« 1° La Turquie consentît-elle à traiter sur les bases du traité du 6 de juillet, rien ne serait encore décidé, la paix n'étant pas faite entre la Turquie et la Russie ; les chances de la guerre dans les défilés du Balkan changeraient à chaque instant les données et la position des plénipotentiaires occupés de l'émancipation de la Grèce.

« 2° Les conditions probables de la paix entre l'empereur Nicolas et le sultan Mahmoud sont sujettes aux plus grandes objections.

« 3° La Russie peut braver l'union de l'Angleterre et de l'Autriche, union plus formidable en apparence qu'en réalité.

« 4° Il est probable que la Prusse se réunirait plutôt à l'empereur Nicolas, gendre de Frédéric-Guillaume III, qu'aux ennemis de l'Empereur.

« 5° La France aurait tout à perdre et rien à gagner en s'alliant avec l'Angleterre et l'Autriche contre la Russie.

« 6° L'indépendance de l'Europe ne serait point menacée par les conquêtes des Russes en Orient. C'est une chose passablement absurde, c'est ne tenir compte d'aucun obstacle, que de faire accourir les Russes du Bosphore pour imposer leur joug à l'Allemagne et à la France : tout empire s'affaiblit en s'étendant. Quant à l'équilibre des forces, il y a longtemps qu'il est rompu pour la France ; – elle a perdu ses colonies, elle est resserrée dans ses anciennes limites, tandis que l'Angleterre, la Prusse, la Russie et l'Autriche se sont prodigieusement agrandies.

« 7° Si la France était obligée de sortir de sa neutralité, de prendre les armes pour un parti ou pour un autre, les intérêts généraux de la civilisation, comme les intérêts particuliers de notre patrie, doivent nous faire entrer de préférence dans l'alliance russe. Par elle nous pourrions obtenir le cours du Rhin pour frontières et des colonies dans l'Archipel, avantages que ne nous accorderont jamais les cabinets de Saint-James et de Vienne.

« Tel est le résumé de cette _Note_. Je n'ai pu raisonner qu'hypothétiquement ; j'ignore ce que l'Angleterre, l'Autriche et la Russie proposent ou ont proposé au moment même où j'écris ; il y a peut-être un renseignement, une dépêche qui réduisent à des généralités inutiles les vérités exposées ici : c'est l'inconvénient des distances et de la politique conjecturale. Il reste néanmoins certain que la position de la France est forte ; que le gouvernement est à même de tirer le plus grand parti des événements s'il se rend bien compte de ce qu'il veut, s'il ne se laisse intimider par personne, si, à la fermeté du langage, il joint la vigueur de l'action. Nous avons un roi vénéré, un héritier du trône qui accroîtrait sur les bords du Rhin avec trois cent mille hommes la gloire qu'il a recueillie en Espagne ; notre expédition de Morée nous fait jouer un rôle plein d'honneur ; nos institutions politiques sont excellentes, nos finances sont dans un état de prospérité sans exemple en Europe : avec cela on peut marcher tête levée. Quel pays que celui qui possède le génie, le courage, les bras et l'argent !

« Au surplus, je ne prétends pas avoir tout dit, tout prévu ; je n'ai point la présomption de donner mon système comme le meilleur ; je sais qu'il y a dans les affaires humaines quelque chose de mystérieux, d'insaisissable. S'il est vrai qu'on puisse annoncer assez bien les derniers et généraux résultats d'une révolution, il est également vrai qu'on se trompe dans les détails, que les événements particuliers se modifient souvent d'une manière inattendue, et qu'en voyant le but, on y arrive par les chemins dont on ne soupçonnait pas même l'existence. Il est certain, par exemple, que les Turcs seront chassés de l'Europe ; mais quand et comment ? La guerre actuelle délivrera-t-elle le monde civilisé de ce fléau ? Les obstacles que j'ai signalés à la paix sont-ils insurmontables ? Oui, si l'on s'en tient aux raisonnements analogues ; non, si l'on fait entrer dans ses calculs des circonstances étrangères à celles qui ont occasionné la prise d'armes.

« Presque rien aujourd'hui ne ressemble à ce qui a été : hors la religion et la morale, la plupart des vérités sont changées, sinon dans leur essence, du moins dans leurs rapports avec les choses et les hommes. D'Ossat reste encore comme un négociateur habile. Grotius comme un publiciste de génie, Puffendorf comme un esprit judicieux ; mais on ne saurait appliquer à nos temps les règles de leur diplomatie, ni revenir pour le droit politique de l'Europe au traité de Westphalie. Les peuples se mêlent actuellement de leurs affaires, conduites autrefois par les seuls gouvernements. Ces peuples ne sentent plus les choses comme ils les sentaient jadis ; ils ne sont plus affectés des mêmes événements ; ils ne voient plus les objets sous le même point de vue ; la raison chez eux a fait des progrès aux dépens de l'imagination ; le positif l'emporte sur l'exaltation et sur les déterminations passionnées ; une certaine raison règne partout. Sur la plupart des trônes, et dans la majorité des cabinets de l'Europe, sont assis des hommes las de révolutions, rassasiés de guerre, et antipathiques à tout esprit d'aventures : voilà des motifs d'espérance pour des arrangements pacifiques. Il peut exister aussi chez les nations des embarras intérieurs qui les disposeraient à des mesures conciliatrices.

« La mort de l'impératrice douairière de Russie[1] peut développer des semences de troubles qui n'étaient pas parfaitement étouffées[2]. Cette princesse se mêlait peu de la politique extérieure, mais elle était un lien entre ses fils ; elle a passé pour avoir exercé une grande influence

---

1. Marie Feodorowna, née princesse de Wurtemberg, et veuve de Paul Ier, venait de mourir le 4 novembre 1828.   **2.** Allusion au complot des « décembristes » qui avait éclaté au mois de décembre 1825 : les mutins avaient été exécutés le 13 janvier 1826.

sur les transactions qui ont donné la couronne à l'empereur Nicolas. Toutefois, il faut avouer que si Nicolas recommençait à craindre, ce serait pour lui un motif de plus de pousser ses soldats hors du sol natal et de chercher sa sûreté dans la victoire.

« L'Angleterre, indépendamment de sa dette qui gêne ses mouvements, est embarrassée dans les affaires d'Irlande : que l'émancipation des catholiques passe ou ne passe pas dans le Parlement, ce sera un événement immense. La santé du roi George est chancelante, celle de son successeur immédiat n'est pas meilleure ; si l'accident prévu arrivait bientôt, il y aurait convocation d'un nouveau Parlement, peut-être changement de ministres, et les hommes capables sont rares aujourd'hui en Angleterre ; une longue régence pourrait peut-être venir. Dans cette position précaire et critique, il est probable que l'Angleterre désire sincèrement la paix, et qu'elle craint de se précipiter dans les chances d'une grande guerre, au milieu de laquelle elle se trouverait surprise par des catastrophes intérieures.

« Enfin nous-mêmes, malgré nos prospérités réelles et indisputables, bien que nous puissions nous montrer avec éclat sur un champ de bataille, si nous y sommes appelés, sommes-nous tout à fait prêts à y paraître ? Nos places fortes sont-elles réparées ? Avons-nous le matériel nécessaire pour une nombreuse armée ? Cette armée est-elle même au complet du pied de paix ? Si nous étions réveillés brusquement par une déclaration de guerre de l'Angleterre, de la Prusse et des Pays-Bas, pourrions-nous nous opposer efficacement à une troisième invasion ? Les guerres de Napoléon ont divulgué un fatal secret : c'est qu'on peut arriver en quelques journées de marche à Paris après une affaire heureuse ; c'est que Paris ne se défend pas ; c'est que ce même Paris est beaucoup trop près de la frontière. La capitale de la France ne sera à l'abri que quand nous posséderons la rive gauche du Rhin. Nous pouvons donc avoir besoin d'un temps quelconque pour nous préparer.

« Ajoutons à tout cela que les vices et les vertus des princes, leur force et leur faiblesse morale, leur caractère, leurs passions, leurs habitudes mêmes, sont des causes d'actes et de faits rebelles aux calculs, et qui ne rentrent dans aucune formule politique : la plus misérable influence détermine quelquefois le plus grand événement dans un sens contraire à la vraisemblance des choses ; un esclave peut faire signer à Constantinople une paix que toute l'Europe, conjurée ou à genoux, n'obtiendrait pas.

« Que si donc quelqu'une de ces raisons placées hors de la prévoyance humaine amenait, durant cet hiver, des demandes de négociations, faudrait-il les repousser si elles n'étaient pas d'accord avec les principes de cette *Note* ? Non sans doute : gagner du temps est un grand art quand on n'est pas prêt. On peut savoir ce qu'il y aurait de mieux, et se contenter de ce qu'il y a de moins mauvais ; les vérités politiques, surtout, sont relatives ; l'absolu, en matière d'État, a de graves inconvénients. Il serait heureux pour l'espèce humaine que les Turcs fussent jetés dans le Bosphore, mais nous ne sommes pas chargés de l'expédition et l'heure du mahométisme n'est peut-être pas sonnée : la haine même doit être éclairée pour ne pas faire de sottises. Rien ne doit donc empêcher la France d'entrer dans des négociations, en ayant soin de les rapprocher le plus possible de l'esprit dans lequel cette *Note* est rédigée. C'est aux hommes qui tiennent le timon des empires à les gouverner selon les vents, en évitant les écueils.

« Certes, si le puissant souverain du Nord consentait à réduire les conditions de la paix à l'exécution du traité d'Akerman et à l'émancipation de la Grèce, il serait possible de faire entendre raison à la Porte ; mais quelle probabilité y a-t-il que la Russie se renferme dans des conditions qu'elle aurait pu obtenir sans tirer un coup de canon ? Comment abandonnerait-elle des prétentions si hautement et si publiquement exprimées ? Un seul moyen, s'il en est un, se présenterait : proposer un congrès général où l'empereur Nicolas céderait ou aurait l'air de céder au vœu de l'Europe chrétienne. Un moyen de succès auprès des hommes, c'est de sauver leur amour-propre, de leur fournir une raison de dégager leur parole et de sortir d'un mauvais pas avec honneur.

« Le plus grand obstacle à ce projet d'un congrès viendrait du succès inattendu des armes ottomanes pendant l'hiver. Que, par la rigueur de la saison, le défaut de vivres, par l'insuffisance des troupes ou par toute autre cause, les Russes soient obligés d'abandonner le siège de Silistrie ; que Varna (ce qui cependant n'est guère probable) retombe entre les mains des Turcs, l'empereur Nicolas se trouverait dans une position qui ne lui permettrait plus d'entendre à aucune proposition, sous peine de descendre au dernier rang des monarques ; alors la guerre se continuerait, et nous rentrerions dans les éventualités que cette *Note* a déduites. Que la Russie perde son rang comme puissance militaire, que la Turquie la remplace dans cette qualité, l'Europe n'aurait fait que changer de péril. Or, le danger qui nous viendrait par le cimeterre de Mahmoud serait d'une espèce bien plus formidable que celui dont nous menacerait l'épée de l'empereur Nicolas. Si la fortune assied par hasard un prince remarquable sur le trône des sultans, il ne peut vivre assez longtemps pour changer les lois et les mœurs, en eût-il d'ailleurs le dessein. Mahmoud mourra : à qui laissera-t-il l'empire avec ses soldats fanatiques disciplinés, avec ses ulémas ayant entre leurs mains, par l'initiation à la tactique moderne, un nouveau moyen de conquête pour le Coran ?

« Tandis que, épouvantée enfin de ces faux calculs, l'Autriche serait obligée de se garder sur des frontières où les janissaires ne lui laissaient rien à craindre, une nouvelle insurrection militaire, résultat possible de l'humiliation des armes de Nicolas, éclaterait peut-être à Pétersbourg, se communiquerait de proche en proche, mettrait le feu au nord de l'Allemagne. Voilà ce que n'aperçoivent pas des hommes qui en sont restés, pour la politique, aux frayeurs vulgaires comme aux lieux communs. De petites dépêches, de petites intrigues, sont les barrières que l'Autriche prétend opposer à un mouvement qui menace tout. Si la France et l'Angleterre prenaient un parti digne d'elles, si elles notifiaient à la Porte que, dans le cas où le sultan fermerait l'oreille à toute proposition de paix, il les trouvera sur le champ de bataille au printemps, cette résolution aurait bientôt mis fin aux anxiétés de l'Europe. »

L'existence de ce *Mémoire*, ayant transpiré dans le

monde diplomatique, m'attira une considération que je ne rejetais pas, mais que je n'ambitionnais point. Je ne vois pas trop ce qui pouvait surprendre les *positifs* : ma guerre d'Espagne était une chose *très positive*. Le travail incessant de la révolution générale qui s'opère dans la vieille société, en amenant parmi nous la chute de la légitimité, a dérangé des calculs subordonnés à la permanence des faits tels qu'ils existaient en 1828.

Voulez-vous vous convaincre de l'énorme différence de mérite et de gloire entre un grand écrivain et un grand politique ? Mes travaux de diplomate ont été sanctionnés par ce qui est reconnu l'habileté suprême, c'est-à-dire par le *succès*. Quiconque pourtant lira jamais ce *Mémoire* le sautera sans doute à pieds joints, et j'en ferais autant à la place des lecteurs. Eh bien, supposez qu'au lieu de ce petit chef-d'œuvre de chancellerie, on trouvât dans cet écrit quelque épisode à la façon d'Homère ou de Virgile, le ciel m'eût-il accordé leur génie, pensez-vous qu'on fût tenté de sauter les amours de Didon à Carthage ou les larmes de Priam dans la tente d'Achille ?

(14)

À MADAME RÉCAMIER.

« Mercredi, Rome, ce 10 décembre [1] 1828.

« Je suis allé à l'Académie tibérine [2] dont j'ai l'honneur d'être membre. J'ai entendu des discours fort spirituels et de très beaux vers. Que d'intelligence perdue ! Ce soir

---

1. Les lignes qui suivent sont en réalité extraites de la lettre du mardi 9 décembre, jour où Chateaubriand devait donner, au palais Simonetti, sa première grande réception officielle.   2. Cette académie est une des sociétés littéraires de Rome qui avaient souhaité recevoir Chateaubriand parmi ses membres. Il avait honoré de sa présence la séance solennelle du 8 décembre : voir le compte rendu dans J.-M. Gautier, « Chateaubriand et la presse romaine », *Revue de littérature comparée*, avril-juin 1957, p. 256.

j'ai mon grand *ricevimento*[1] ; j'en suis consterné en vous écrivant. »

« 11 décembre.

« Le grand *ricevimento* s'est passé à merveille. Madame de Ch... est ravie, parce que nous avons eu tous les cardinaux de la terre. Toute l'Europe, à Rome, était là avec Rome. Puisque je suis condamné pour quelques jours à ce métier, j'aime mieux le faire aussi bien qu'un autre ambassadeur. Les ennemis n'aiment aucune espèce de succès, même les plus misérables, et c'est les punir que de réussir dans un genre où ils se croient eux-mêmes sans égal. Samedi prochain je me transforme en chanoine de Saint-Jean de Latran[2], et dimanche je donne à dîner à mes confrères. Une réunion plus de mon goût est celle qui a lieu aujourd'hui[3] : je dîne chez M. Guérin avec tous les artistes, et nous allons arrêter *votre* monument pour le Poussin[4]. Un jeune élève plein de talent, M. Desprez, fera le bas-relief pris d'un tableau du grand peintre[5] et M. Lemoyne[6] fera le buste. Il ne faut ici que des mains françaises.

---

1. Comme le souligne le *Courrier français* du 25 décembre 1828, dans une « Lettre de Rome », « le Ricevimento est le jour de gloire des ambassadeurs. C'est celui où, à leur arrivée, ils donnent audience aux grands et à la noblesse de Rome ». Sur cette soirée, voir les témoignages réunis par Gautier (article cité).   2. Depuis Henri IV, le roi de France appartenait de droit au chapitre de la cathédrale de Rome. C'est ainsi qu'il était représenté chaque année dans sa stalle par notre ambassadeur, lors de la messe votive célébrée pour la France le 13 décembre.   3. À la villa Médicis.   4. C'est en effet Mme Récamier qui avait encouragé Chateaubriand à faire élever à San Lorenzo in Lucina, église où Poussin aurait été inhumé, un monument commémoratif, qui sera terminé en 1831 (voir *Album Chateaubriand*, Gallimard, 1988, p. 254).   5. Louis Desprez (1799-1870) avait obtenu le grand prix de Rome en 1826. Il exécutera une transposition des *Bergers d'Arcadie*.   6. Paul Lemoyne, de son vrai nom Lemoine Saint-Paul (1789-1873), fixé à Rome depuis 1825, travaillait dans le style néo-classique de Canova. Saint-Louis-des-Français renferme encore un certain nombre de ses œuvres « funéraires ». Chateaubriand aura par la suite du mal à lui régler ses honoraires (voir *Bulletin*, 1974, p. 53-54).

« Pour compléter mon histoire de Rome, madame de Castries[1] est arrivée. C'est encore une de ces petites filles que j'ai fait sauter sur mes genoux comme Césarine[2] (madame de Barante). Cette pauvre femme est bien changée ; ses yeux se sont remplis de larmes quand je lui ai rappelé son enfance à Lormois. Il me semble que l'enchantement n'est plus chez la voyageuse. Quel isolement ! et pour qui ? Voyez-vous, ce qu'il y a de mieux, c'est d'aller vous retrouver le plus tôt possible. Si mon *Moïse* descendait bien de la montagne[3], je lui emprunterais un de ses rayons, pour paraître à vos yeux tout brillant et tout rajeuni. »

« Samedi, 13.

« Mon dîner à l'Académie s'est passé à merveille. Les jeunes gens étaient satisfaits : un ambassadeur dînait *chez eux* pour la première fois. Je leur ai annoncé le monument

---

1. Claire de Maillé, fille du duc de Maillé et de Mlle de Fitz-James, avait épousé en 1816 (elle avait alors vingt ans) le marquis de Castries, qui ne lui apporta pas le bonheur. Dès 1822, elle noua une liaison avec le prince Victor de Metternich, fils aîné du chancelier autrichien, dont elle avait eu un fils en 1827. Elle se trouvait alors en Italie avec son amant qui devait mourir quelques plus tard de tuberculose. Balzac, qui fréquenta le salon de Mme de Castries au début de la monarchie de Juillet, la choisira pour modèle de la duchesse de Langeais. 2. Césarine d'Houdetot (1794-1877) avait été élevée au Marais par Mme de la Briche, belle-sœur de sa grand-mère (voir t. II, p. 87). Ce fut Mathieu Molé, devenu en 1798 le gendre de Mme de la Briche, qui introduisit Chateaubriand dans cette société, au début du Consulat. La première visite de Chateaubriand au Marais remonte au mois de septembre 1801 : Césarine avait sept ans. 3. Cette allusion biblique (*Exode*, XXXIV, 29-30) au prophète hébreu reparaissant devant le peuple porteur des Tables de la Loi, et reflétant sur son visage les rayons de la gloire divine, vise bien entendu la pièce de Chateaubriand qui porte son nom, et que le comité de lecture du Théâtre-Français avait fini par accepter. Avant de quitter Paris, Chateaubriand avait confié à Mme Récamier le soin de hâter la représentation de sa tragédie, et sa correspondance avec elle témoigne que c'est alors la « grande affaire » de sa vie. Moins enthousiastes, parce que plus lucides que lui, ses amis parisiens réussiront à le convaincre, quelques semaines plus tard, de renoncer à ce projet.

au Poussin : c'était comme si j'honorais déjà leurs cendres. »

À LA MÊME.

« Jeudi, 18 décembre 1828.

« Au lieu de perdre mon temps et le vôtre à vous raconter les faits et gestes de ma vie, j'aime mieux vous les envoyer tout consignés dans le journal de Rome. Voilà encore douze mois qui achèvent de tomber sur ma tête. Quand me reposerai-je ? Quand cesserai-je de perdre sur les grands chemins les jours qui m'étaient prêtés pour en faire un meilleur usage ? J'ai dépensé sans regarder tant que j'ai été riche ; je croyais le trésor inépuisable. Maintenant, en voyant combien il est diminué et combien peu de temps il me reste à mettre à vos pieds, il me prend un serrement de cœur. Mais n'y a-t-il pas une longue existence après celle de la terre ? Pauvre et humble chrétien, je tremble devant le *Jugement dernier*[1] de Michel-Ange ; je ne sais où j'irai, mais partout où vous ne serez pas je serai bien malheureux. Je vous ai cent fois mandé mes projets et mon avenir. Ruines, santé, perte de toute illusion, tout me dit : "Va-t'en, retire-toi, finis." Je ne retrouve au bout de ma journée que vous. Vous avez désiré que je marquasse mon passage à Rome, c'est fait : le tombeau du Poussin restera. Il portera cette inscription : *F.-A. de Ch. à Nicolas Poussin, pour la gloire des arts et l'honneur de la France.* Qu'ai-je maintenant à faire ici ? Rien, surtout après avoir souscrit pour la somme de cent ducats[2] au monument de l'homme que vous aimez le plus, dites-vous, *après moi* : le Tasse. »

---

1. La fresque de la chapelle Sixtine, inspirée par le discours eschatologique du Christ (*Matthieu*, XXIV, 29-51 et XXV, 31-46).   2. Le 22 décembre 1828, Chateaubriand adressa au comte Lozzano Argo une souscription de 1 000 francs pour ce monument, geste dont la presse romaine se fit le flatteur écho.

« Rome, le samedi 3 janvier 1829.

« Je recommence mes souhaits de bonne année : que le ciel vous accorde santé et longue vie ! Ne m'oubliez pas : j'ai espérance, car vous vous souvenez bien de M. de Montmorency et de madame de Staël, vous avez la mémoire aussi bonne que le cœur. Je disais hier à madame Salvage[1] que je ne connaissais rien dans le monde d'aussi beau et de meilleur que vous.

« J'ai passé hier une heure avec le pape[2]. Nous avons parlé de tout et des sujets les plus hauts et les plus graves. C'est un homme très distingué et très éclairé, et un prince plein de dignité. Il ne manquait aux aventures de ma vie politique que d'être en relation avec un souverain pontife ; cela complète ma carrière.

« Voulez-vous savoir exactement ce que je fais ? Je me lève à cinq heures et demie, je déjeune à sept heures ; à huit heures je reviens dans mon cabinet ; je vous écris ou je fais quelques affaires quand il y en a (les détails pour les établissements français et pour les pauvres français sont assez grands) ; à midi je vais errer deux ou trois heures parmi des ruines, ou à Saint-Pierre, ou au Vatican. Quelquefois je fais une visite obligée avant ou après la promenade ; à cinq heures je rentre ; je m'habille pour la soirée ; je dîne à six heures ; à sept heures et demie je vais à une soirée avec madame de Ch... ou je reçois quelques personnes chez moi. Vers onze heures je me couche, ou bien je retourne encore dans la campagne malgré les voleurs et la *malaria* : qu'y fais-je ? Rien ; j'écoute le silence, et je regarde passer mon ombre de portique en portique, le long des aqueducs éclairés par la lune.

« Les Romains sont si accoutumés à ma vie *métho-*

---

1. Mme Salvage de Faverolles, née Louise Dumorey, avait eu pour père un vieil ami de M. Récamier, qui avait été consul de France à Ancône avant de mourir en 1826. Elle avait noué, de son côté, des relations amicales avec Mme Récamier lors du second séjour de celle-ci en Italie (1824-1825). Après un séjour à Paris, elle venait de regagner Rome où, séparée de son mari, elle avait fixé sa résidence ; mais elle avait promis à son amie de lui envoyer des nouvelles de Chateaubriand : des extraits de cette correspondance ont été publiés par Madeleine Cottin (*RHLF*, janvier-mars 1959, p. 13-38). 2. Voir chapitre 15.

dique, que je leur sers à compter les heures. Qu'ils se dépêchent ; j'aurai bientôt achevé le tour du cadran. »

À MADAME RÉCAMIER.

« Rome, Jeudi 8 janvier 1829.

« Je suis bien malheureux ; du plus beau temps du monde nous sommes passés à la pluie, de sorte que je ne puis plus faire mes promenades. C'était pourtant là le seul bon moment de ma journée. J'allais pensant à vous dans ces campagnes désertes ; elles lisaient dans mes sentiments l'avenir et le passé, car autrefois je faisais aussi les mêmes promenades. Je vais une ou deux fois la semaine à l'endroit où l'Anglaise s'est noyée : qui se souvient aujourd'hui de cette pauvre jeune femme, miss Bathurst[1] ? ses compatriotes galopent le long du fleuve sans penser à elle. Le Tibre, qui a vu bien d'autres choses, ne s'en embarrasse pas du tout. D'ailleurs, ses flots se sont renouvelés : ils sont aussi pâles et aussi tranquilles que quand ils ont passé sur cette créature pleine d'espérance, de beauté, et de vie.

« Me voilà guindé bien haut sans m'en être aperçu. Pardonnez à un pauvre lièvre retenu et mouillé dans son gîte. Il faut que je vous raconte une petite historiette de mon dernier *mardi*. Il y avait à l'ambassade une foule immense : je me tenais le dos appuyé contre une table de marbre, saluant les personnes qui entraient et qui sortaient. Une Anglaise, que je ne connaissais ni de nom ni de visage, s'est approchée de moi, m'a regardé entre les deux yeux, et m'a dit avec cet accent que vous savez : "Monsieur de Chateaubriand, vous êtes bien malheu-

---

1. La fille de Benjamin Bathurst, ancien ambassadeur à Vienne et disparu dans des conditions mystérieuses en 1809, se noya dans le Tibre, en amont du Ponte Molle, au mois de mars 1824, en présence de tous ses amis. C'était, à dix-sept ans, une des jeunes filles les plus en vue de la société romaine. Sur cette « fatale cavalcade du Tibre », voir un article paru dans *Le Globe* du 30 janvier 1828, peut-être de Stendhal, recueilli à la suite des *Promenades dans Rome* (*Voyages en Italie*, édition citée, p. 1261-1263).

reux !" Étonné de l'apostrophe et de cette manière d'entrer en conversation, je lui ai demandé ce qu'elle voulait dire. Elle m'a répondu : "Je veux dire que je vous plains." En disant cela elle a accroché le bras d'une autre Anglaise, s'est perdue dans la foule, et je ne l'ai pas revue du reste de la soirée. Cette bizarre étrangère n'était ni jeune ni jolie ; je lui sais gré pourtant de ses paroles mystérieuses.

« Vos journaux continuent à rabâcher de moi. Je ne sais quelle mouche les pique. Je devais me croire oublié autant que je le désire.

« J'écris à M. Thierry par le courrier. Il est à Hyères, bien malade. Pas un mot de réponse de M. de La Bouillerie [1]. »

À M. A. THIERRY.

« Rome, ce 8 janvier 1829.

« J'ai été bien touché, monsieur, de recevoir la nouvelle édition de vos *Lettres* [2] avec un mot qui prouve que vous avez pensé à moi. Si ce mot était de votre main, j'espérerais pour mon pays que vos yeux se rouvriraient aux études dont votre talent tire un si merveilleux parti. Je lis, ou plutôt relis avec avidité cet ouvrage trop court. Je fais des cornes à toutes les pages, afin de mieux rappeler les passages dont je veux m'appuyer. Je vous citerai beaucoup, monsieur, dans le travail que je prépare depuis tant d'années sur les deux premières races. Je mettrai à l'abri mes idées et mes recherches derrière votre haute autorité ; j'adopterai souvent votre réforme des noms ; enfin j'aurai le bonheur d'être presque toujours de votre

---

1. François Roullet, baron de la Bouillerie (1764-1833), ancien député de la Sarthe, pair de France et intendant général de la Maison du roi. Chateaubriand lui avait demandé de faire augmenter la pension que, sur la prière de Villemain, Charles X avait accordée à Augustin Thierry. Celui-ci était venu se reposer dans le Midi. 2. *Lettres sur l'histoire de France*, seconde édition augmentée, Paris, Sautelet, 1828. La première édition avait paru chez le même éditeur en 1827.

avis, en m'écartant, bien malgré moi sans doute, du système proposé par M. Guizot ; mais je ne puis, avec cet ingénieux écrivain, renverser les monuments les plus authentiques, faire de tous les Francs des *nobles* et des *hommes libres*, et de tous les Romains-Gaulois des *esclaves des Francs*[1]. La loi salique et la loi ripuaire ont une foule d'articles fondés sur la différence des conditions entre les Francs ; "*Si quis ingenuus* ingenuum *ripuarium extra solum vendiderit*[2], etc., etc."

« Vous savez, monsieur, que je vous désirais vivement à Rome. Nous nous serions assis sur des ruines ; là vous m'auriez enseigné l'histoire ; vieux disciple, j'aurais écouté mon jeune maître avec le seul regret de n'avoir plus devant moi assez d'années pour profiter de ses leçons :

Tel est le sort de l'homme : il s'instruit avec l'âge.
Mais que sert d'être sage,
Quand le terme est si près ?

« Ces vers sont d'une ode inédite faite par un homme qui n'est plus, par mon bon et ancien ami Fontanes[3]. Ainsi, monsieur, tout m'avertit, parmi les débris de Rome, de ce que j'ai perdu, du peu de temps qui me reste, et de la brièveté de ces espérances qui me semblaient si longues autrefois : *Spem longam*[4].

« Croyez, monsieur, que personne ne vous admire et ne vous est plus dévoué que votre serviteur. »

---

1. Sur ce débat, voir la préface des *Études historiques*.   2. « Si un homme libre vend un ripuaire *libre* hors de son territoire... » 3. « Sur mon anniversaire » (*Œuvres* de Fontanes, Paris, Hachette, 1839, t. I, p. 84-85).   4. Voir t. I, p. 172, note 1.

(15)

DÉPÊCHE À M. LE COMTE DE LA FERRONNAYS.

« Rome, ce 12 janvier 1829.

« Monsieur le comte,

« J'ai vu le pape le 2 de ce mois[1] ; il a bien voulu me retenir tête à tête pendant une heure et demie.

« Je dois vous rendre compte de la conversation que j'ai eue avec Sa Sainteté.

« Il a d'abord été question de la France. Le pape a commencé par l'éloge le plus sincère du roi. "Dans aucun temps, m'a-t-il dit, la famille royale de France n'a offert un ensemble aussi complet de qualités et de vertus. Voilà le calme rétabli parmi le clergé : les évêques ont fait leur soumission[2]."

---

1. Voir chap. 4, p. 253, note 2. On notera le caractère tardif de cette première audience officielle donnée par Léon XII.   **2.** Les évêques de France avaient le privilège de pouvoir créer, en dehors du contrôle universitaire, des « petits séminaires » censés accueillir des jeunes garçons destinés au sacerdoce. Ils avaient profité de ce droit pour laisser se rouvrir, sous la direction des jésuites, de véritables collèges qui recevaient des élèves de la meilleure société. La gauche libérale exerça sur le ministère une vive pression pour qu'il obtienne du roi la signature, le 16 juin 1828, de deux ordonnances : la première réintégrait dans le droit commun ces collèges « ecclésiastiques » et interdisait toute activité, dans leur enceinte, à des membres de congrégations non autorisées ; par la seconde, les petits séminaires se voyaient imposer des obligations nouvelles : limitation à vingt mille du nombre global des élèves, interdiction de recevoir des externes, contrôle de la nomination des professeurs : le gouvernement promettait, en compensation, de consacrer une somme de 1 200 000 francs à la création de huit cents bourses pour les élèves de famille pauvre. Ces dispositions avaient suscité une levée de boucliers dans le clergé français : soixante-dix évêques, encouragés par Mgr de Quélen, archevêque de Paris, avaient signé un mémoire dénonçant des mesures attentatoires à la liberté religieuse et se terminant par la formule suivante : « Ils (les signataires) se contentent de dire, avec respect, comme les apôtres : *non possumus* » (voir note suivante). Le désir personnel qu'avait Charles X de ne pas

« – Cette soumission, ai-je répondu, est due en partie aux lumières et à la modération de Votre Sainteté. »

« – J'ai conseillé, a répliqué le pape, de faire ce qui me semblait raisonnable. Le spirituel n'était point compromis par les ordonnances ; les évêques auraient peut-être mieux fait de ne pas écrire leur première lettre ; mais après avoir dit *non possumus* [1], il leur était difficile de reculer. Ils ont tâché de montrer le moins de contradiction possible entre leurs actions et leur langage au moment de leur adhésion : il faut le leur pardonner. Ce sont des hommes pieux, très attachés au roi et à la monarchie ; ils ont leur faiblesse comme tous les hommes. »

« Tout cela, monsieur le comte, était dit en français très clairement et très bien.

« Après avoir remercié le Saint-Père de la confiance qu'il me témoignait, je lui ai parlé avec considération du cardinal secrétaire d'État :

« Je l'ai choisi, m'a-t-il dit, parce qu'il a voyagé, qu'il connaît les affaires générales de l'Europe et qu'il m'a semblé avoir la sorte de capacité que demande sa place. Il n'a écrit, relativement à vos ordonnances, que ce que je pensais et ce que je lui avais recommandé d'écrire [2].

« – Oserais-je communiquer à Sa Sainteté, ai-je repris, mon opinion sur la situation religieuse de la France ? »

« – Vous me ferez grand plaisir », m'a répondu le pape.

« Je supprime quelques compliments que Sa Sainteté a bien voulu m'adresser.

---

envenimer les choses, comme la prudence de la diplomatie vaticane qui refusa de soutenir les protestataires, finirent par rétablir le calme. Avant même que le nouvel ambassadeur ne rejoigne son poste (Chateaubriand avait été, à dessein, écarté des négociations), la majorité du corps épiscopal avait accepté de se soumettre à la loi.

1. Réponse des apôtres Pierre et Jean au Sanhédrin qui voulait les empêcher de prêcher la Bonne Nouvelle : « *Nous ne pouvons pas* ne pas publier ce que nous avons vu et entendu » (*Actes des Apôtres*, IV, 20). C'était devenu la formule rituelle de résistance au pouvoir temporel au nom des exigences du spirituel.   2. Dans une lettre du 22 septembre 1828, le cardinal Bernetti avait recommandé au clergé français de mettre sa confiance dans « la haute piété et la sagesse du roi », et de marcher « en accord avec le trône ».

« Je pense donc, Très Saint-Père, que le mal est venu dans l'origine d'une méprise du clergé : au lieu d'appuyer les institutions nouvelles, ou du moins de se taire sur ces institutions, il a laissé échapper des paroles de blâme, pour ne rien dire de plus, dans des mandements et dans des discours. L'impiété, qui ne savait que reprocher à de saints ministres, a saisi ces paroles et en a fait une arme ; elle s'est écriée que le catholicisme était incompatible avec l'établissement des libertés publiques, qu'il y avait guerre à mort entre la Charte et les prêtres. Par une conduite opposée, nos ecclésiastiques auraient obtenu tout ce qu'ils auraient voulu de la nation. Il y a un grand fonds de religion en France, et un penchant visible à oublier nos anciens malheurs au pied des autels ; mais aussi il y a un véritable attachement aux institutions apportées par les fils de saint Louis. On ne saurait calculer le degré de puissance auquel serait parvenu le clergé, s'il s'était montré à la fois l'ami du Roi et de la Charte. Je n'ai cessé de prêcher cette politique dans mes écrits et dans mes discours ; mais les passions du moment ne voulaient pas m'entendre et me prenaient pour un ennemi. »

« Le pape m'avait écouté avec la plus grande attention.

« J'entre dans vos idées, m'a-t-il dit après un moment de silence. Jésus-Christ ne s'est point prononcé sur la forme des gouvernements. *Rendez à César ce qui est à César*[1] veut seulement dire : obéissez aux autorités établies. La religion catholique a prospéré au milieu des républiques comme au sein des monarchies ; elle fait des progrès immenses aux États-Unis ; elle règne seule dans les Amériques espagnoles. »

« Ces mots sont très remarquables, monsieur le comte, au moment même où la cour de Rome incline fortement à donner l'institution aux évêques nommés par Bolivar[2].

---

1. Propos du Christ rapporté par *Matthieu*, XXII, 21 ; *Marc*, XII, 17 ; *Luc*, XX, 25.   **2.** Simon Bolivar (1783-1830) avait émancipé, au cours des années précédentes, de nombreuses colonies espagnoles du Nouveau-Monde : Colombie (Nouvelle-Grenade, Équateur, Venezuela), 1819 ; Pérou, 1822 ; Bolivie, 1826. Il en résulta de difficiles négociations entre les Églises locales et le Saint-Siège. Mais Bolivar afficha sa résolution de maintenir de bonnes relations avec Rome, et le

« Le pape a repris : "Vous voyez quelle est l'affluence des étrangers protestants à Rome : leur présence fait du bien au pays ; mais elle est bonne encore sous un autre rapport ; les Anglais arrivent ici avec les plus étranges notions sur le pape et la papauté, sur le fanatisme du clergé, sur l'esclavage du peuple dans ce pays : ils n'y ont pas séjourné deux mois qu'ils sont tout changés. Ils voient que je ne suis qu'un évêque comme un autre évêque, que le clergé romain n'est ni ignorant ni persécuteur, et que mes sujets ne sont pas des bêtes de somme."

« Encouragé par cette espèce d'effusion du cœur et cherchant à élargir le cercle de la conversation, j'ai dit au souverain pontife : "Votre Sainteté ne penserait-elle pas que le moment est favorable à la recomposition de l'unité catholique, à la réconciliation des sectes dissidentes, par de légères concessions sur la discipline ? Les préjugés contre la cour de Rome s'effacent de toutes parts, et, dans un siècle encore ardent, l'œuvre de la réunion avait déjà été tentée par Leibnitz et Bossuet."

« – Ceci est une grande chose, m'a dit le pape ; mais je dois attendre le moment fixé par la Providence. Je conviens que les préjugés s'effacent ; la division des sectes en Allemagne a amené la lassitude de ces sectes. En Saxe, où j'ai résidé trois ans, j'ai le premier fait établir un hôpital des enfants trouvés et obtenu que cet hôpital serait desservi par des catholiques. Il s'éleva alors un cri général contre moi parmi les protestants ; aujourd'hui ces mêmes protestants sont les premiers à applaudir à l'établissement et à le doter. Le nombre des catholiques augmente dans la Grande-Bretagne ; il est vrai qu'il s'y mêle beaucoup d'étrangers. »

« Le pape ayant fait un moment de silence, j'en ai profité pour introduire la question des catholiques d'Irlande [1].

---

pape, pour éviter un risque de schisme, adopta lui aussi une attitude conciliante à propos de la régularisation des nominations épiscopales. Dans une allocution prononcée à Bogota le 28 octobre 1827, puis dans une lettre de remerciement adressée le 7 novembre au pape, le *Libertador* avait témoigné sa reconnaissance à Léon XII.

1. Le statut des catholiques de Grande-Bretagne fut une des préoccupations majeures du pontificat de Léon XII. Leur « émancipation »

« Si l'émancipation a lieu, ai-je dit, la religion catholique s'accroîtra encore dans la Grande-Bretagne. »

« – C'est vrai d'un côté, a répliqué Sa Sainteté, mais de l'autre il y a des inconvénients. Les catholiques irlandais sont bien ardents et bien inconsidérés [1]. O'Connell, d'ailleurs homme de mérite, n'a-t-il pas été dire dans un discours qu'il y avait un concordat proposé entre le Saint-Siège et le gouvernement britannique ? Il n'en est rien ; cette assertion, que je ne puis contredire publiquement, m'a fait beaucoup de peine. Ainsi pour la réunion des dissidents, il faut que les choses soient mûres, et que Dieu achève lui-même son ouvrage. Les papes ne peuvent qu'attendre. »

« Ce n'était pas là, monsieur le comte, mon opinion : mais s'il m'importait de faire connaître au Roi celle du Saint-Père sur un sujet grave, je n'étais pas appelé à la combattre.

« – Que diront vos journaux ? a repris le pape avec une sorte de gaieté. Ils parlent beaucoup ! ceux des Pays-Bas encore davantage ; mais on me mande qu'une heure après avoir lu leurs articles, personne n'y pense plus dans votre pays. »

« – C'est la pure vérité, Très Saint-Père : vous voyez comme *la Gazette de France* m'arrange (car je sais que Sa Sainteté lit tous nos journaux, sans en excepter *le Courrier*)[2] ; le Souverain Pontife me traite pourtant avec une extrême bonté ; j'ai donc lieu de croire que *la Gazette* ne lui fait pas un grand effet. » Le pape a ri en secouant la tête. « Eh bien ! Très Saint-Père, il en est des autres comme de Votre Sainteté ; si le journal dit vrai, la bonne

---

définitive (égalité juridique et accès à tous les emplois) ne sera reconnue que peu après la mort du pape par le *Roman Catholic Relief Act* (avril 1829).   **1.** Les initiatives turbulentes des patriotes irlandais gênaient parfois le Saint-Siège, obligé de jouer la carte de la modération, sans oublier non plus le point de vue des catholiques *anglais*. Sur O'Connell, voir XXVII, 11, p. 149, note 3.   **2.** *La Gazette de France* est alors un journal ultra hostile à Chateaubriand. Le *Courrier français* est au contraire, depuis sa fondation en 1819, un des organes les plus avancés de la gauche libérale.

chose qu'il a dite reste ; s'il dit faux, c'est comme s'il n'avait rien dit du tout. Le Pape doit s'attendre à des discours pendant la session ; l'extrême droite soutiendra que M. le cardinal Bernetti n'est pas un prêtre [1], et que ses lettres sur les ordonnances ne sont pas articles de foi ; l'extrême gauche déclarera qu'on n'avait pas besoin de prendre les ordres de Rome. La majorité applaudira à la déférence du conseil du roi, et louera hautement l'esprit de sagesse et de paix de Votre Sainteté. »

« Cette petite explication a paru charmer le Saint-Père, content de trouver quelqu'un instruit du jeu des rouages de notre machine constitutionnelle. Enfin, monsieur le comte, pensant que le Roi et son conseil seraient bien aises de connaître la pensée du pape sur les affaires actuelles de l'Orient, j'ai répété quelques nouvelles de journaux, n'étant point autorisé à communiquer au Saint-Siège ce que vous m'avez mandé de positif dans votre dépêche du dix-huit décembre sur le rappel de notre expédition de Morée.

« Le pape n'a point hésité à me répondre ; il m'a paru alarmé de la discipline militaire imprudemment enseignée aux Turcs. Voici ses propres paroles :

« Si les Turcs sont déjà capables de résister à la Russie, quelle sera leur puissance quand ils auront obtenu une paix glorieuse ? Qui les empêchera, après quatre ou cinq années de repos et de perfectionnement dans leur tactique nouvelle, de se jeter sur l'Italie ? »

« Je vous l'avouerai, monsieur le comte, en retrouvant ces idées et ces inquiétudes dans la tête du souverain le plus exposé à ressentir le contre-coup de l'énorme erreur que l'on a commise, je me suis applaudi de vous avoir montré avec plus de détails, dans ma *Note sur les affaires d'Orient*, les mêmes idées et les mêmes inquiétudes.

« Il n'y a, a ajouté le pape, qu'une résolution ferme de la part des puissances alliées qui puisse mettre un terme au malheur dont l'avenir est menacé. La France et l'Angleterre sont encore à temps pour tout arrêter ; mais si

---

1. Le cardinal Bernetti attendra 1839 pour se faire ordonner.

une nouvelle campagne s'ouvre, elle peut communiquer le feu à l'Europe, et il sera trop tard pour l'éteindre. »

« – Réflexion d'autant plus juste, ai-je réparti, que si l'Europe se divisait, ce qu'à Dieu ne plaise, cinquante mille Français en Italie remettraient tout en question. »

« Le pape n'a point répondu ; il m'a paru seulement que l'idée de voir les Français en Italie ne lui inspirait aucune crainte. On est las partout de l'inquisition de la cour de Vienne, de ses tracasseries, de ses empiétements continuels et de ses petites trames pour unir, dans une confédération contre la France, des peuples qui détestent le joug autrichien.

« Tel est, monsieur le comte, le résumé de ma longue conversation avec Sa Sainteté. Je ne sais si l'on a jamais été à même de connaître plus à fond les sentiments intimes d'un pape, si l'on a jamais entendu un prince qui gouverne le monde chrétien s'exprimer avec tant de netteté sur des sujets aussi vastes, aussi en dehors du cercle étroit des lieux communs diplomatiques. Ici point d'intermédiaire entre le Souverain Pontife et moi, et il était aisé de voir que Léon XII, par son caractère de candeur, par l'entraînement d'une conversation familière, ne dissimulait rien et ne cherchait point à tromper.

« Les penchants et les vœux du pape sont évidemment pour la France : lorsqu'il a pris les clefs de saint Pierre, il appartenait à la faction des *zelanti* ; aujourd'hui il a cherché sa force dans la modération[1] : c'est ce qu'enseigne toujours l'usage du pouvoir. Par cette raison, il n'est point aimé de la faction cardinaliste qu'il a quittée. N'ayant trouvé aucun homme de talent dans le clergé séculier, il a choisi ses principaux conseils dans le clergé régulier ; d'où il arrive que les moines sont pour lui, tandis que les prélats et les simples prêtres lui font une espèce d'opposition. Ceux-ci, quand je suis arrivé à Rome, avaient tous l'esprit plus ou moins infecté des mensonges de notre congrégation ; aujourd'hui ils sont

---

1. C'est précisément parce qu'il était, comme *zelante*, imbu de la primauté du spirituel, que Léon XII pouvait accepter des compromis dans les affaires temporelles.

infiniment plus raisonnables ; tous, en général, blâment la levée de boucliers de notre clergé. Il est curieux de remarquer que les jésuites ont autant d'ennemis ici qu'en France : ils ont surtout pour adversaires les autres religieux et les chefs d'ordre. Ils avaient formé un plan au moyen duquel ils se seraient emparés exclusivement de l'instruction publique à Rome : les dominicains ont déjoué ce plan. Le pape n'est pas très populaire, parce qu'il administre bien. Sa petite armée est composée de vieux soldats de Bonaparte qui ont une tenue très militaire et font bonne police sur les grands chemins. Si Rome matérielle a perdu sous le rapport pittoresque, elle a gagné en propreté et en salubrité. Sa Sainteté fait planter des arbres, arrêter des ermites et des mendiants : autre sujet de plaintes pour la populace. Léon XII est grand travailleur ; il dort peu et ne mange presque point. Il ne lui est resté de sa jeunesse qu'un seul goût, celui de la chasse, exercice nécessaire à sa santé qui, d'ailleurs, semble s'affermir. Il tire quelques coups de fusil dans la vaste enceinte des jardins du Vatican. Les *zelanti* ont bien de la peine à lui pardonner cette innocente distraction. On reproche au pape de la faiblesse et de l'inconstance dans ses affections.

« Le vice radical de la constitution politique de ce pays est facile à saisir : ce sont des vieillards qui nomment pour souverain un vieillard comme eux[1]. Ce vieillard, devenu maître, nomme à son tour cardinaux des vieillards. Tournant dans ce cercle vicieux, le suprême pouvoir énervé[2] est toujours ainsi au bord de la tombe. Le prince n'occupe jamais assez longtemps le trône pour exécuter les plans d'amélioration qu'il peut avoir conçus. Il faudrait qu'un pape eût assez de résolution pour faire tout à coup une nombreuse promotion de jeunes cardinaux, de manière à assurer la majorité à l'élection future d'un jeune pontife. Mais les règlements de Sixte Quint

---

　　1. Rappelons que Léon XII avait trois ans de moins que Charles X, et que son principal ministre, le cardinal Bernetti, avait onze ans de moins que... Chateaubriand !　　2. Au sens ancien : dépourvu de ressort, privé de toute énergie.

qui donnent le chapeau à des charges du palais, l'empire de la coutume et des mœurs, les intérêts du peuple qui reçoit des gratifications à chaque mutation de la tiare, l'ambition individuelle des cardinaux qui veulent des règnes courts afin de multiplier les chances de la papauté, mille autres obstacles trop longs à déduire, s'opposent au rajeunissement du Sacré Collège.

« La conclusion de cette dépêche, monsieur le comte, est que, dans l'état actuel des choses, le Roi peut compter entièrement sur la cour de Rome.

« En garde contre ma manière de voir et de sentir, si j'ai quelque reproche à me faire dans le récit que j'ai l'honneur de vous transmettre, c'est d'avoir plutôt affaibli qu'exagéré l'expression des paroles de Sa Sainteté. Ma mémoire est très sûre ; j'ai écrit la conversation en sortant du Vatican, et mon secrétaire intime n'a fait que la copier mot à mot sur ma minute. Celle-ci, tracée rapidement, était à peine lisible pour moi-même. Vous n'auriez jamais pu la déchiffrer*.

« J'ai l'honneur d'être, etc. »

(16)

À madame Récamier.

« Rome, mardi 13 janvier 1829.

« Hier au soir je vous écrivais à huit heures la lettre que M. de Viviers[1] vous porte ; ce matin, à mon réveil,

---

* Peu de temps après la date de cette lettre, M. de La Ferronnays, malade, partit pour l'Italie et laissa *par intérim* aux mains de M. Portalis le portefeuille des affaires étrangères[2].

---

1. Un des attachés, chargé de porter à Paris la dépêche du 12 janvier. 2. Le 2 janvier 1829, le comte de La Ferronnays avait eu un malaise dans le cabinet même du roi. Une ordonnance du 4 confia le ministère par intérim au garde des Sceaux.

je vous écris encore par le courrier ordinaire qui part à midi. Vous connaissez les pauvres dames de Saint-Denis : elles sont bien abandonnées depuis l'arrivée des grandes dames de la Trinité-du-Mont ; sans être l'ennemi de celles-ci, je me suis rangé avec madame de Ch... du côté du faible [1]. Depuis un mois les dames de Saint-Denis voulaient donner une fête à M. l'*ambassadeur* et à madame l'*ambassadrice* : elle a eu lieu hier après-midi. Figurez-vous un théâtre arrangé dans une espèce de sacristie qui avait une tribune sur l'église ; pour acteurs une douzaine de petites filles, depuis l'âge de huit jusqu'à quatorze ans, jouant les Macchabées [2]. Elles s'étaient fait elles-mêmes leurs casques et leurs manteaux. Elles déclamaient leurs vers français avec une verve et un accent italien le plus drôle du monde ; elles tapaient du pied dans les moments

---

1. Dans cette rivalité ancienne, la vicomtesse de Chateaubriand avait en effet choisi son camp, comme le prouve le témoignage passionné qu'elle a consigné dans le « Cahier rouge » (Édition Clément, Perrin, 1990, p. 72-74). La sœur du père Barat, supérieur du collège de Saint-Acheul, dirigé depuis le Consulat par des jésuites qui avaient pris le nom de Pères de la Foi, avait fondé à son tour, en octobre 1801, une congrégation enseignante de « Dames de la Foi » qui se proposait de créer des établissements analogues pour les jeunes filles. Cette communauté se développa vite, ne tarda pas à avoir une maison à Paris et « recruta bientôt parmi des personnes de la société ». Ces « jésuitesses » (selon la formule de Mme de Chateaubriand) disposaient de sommes énormes, « qui auraient suffi pour faire vivre une légion de pauvres » et qui leur permirent de racheter, en 1820, le magnifique hôtel Biron (actuel musée Rodin). Elles prirent alors le nom de Dames du Sacré-Cœur, et ne reçurent plus que des élèves du meilleur monde. Elles avaient enfin réussi, en 1828, à se faire attribuer le couvent de la Trinité-des-Monts, fondation de Charles VIII, jouxtant les jardins de la villa Médicis. Or une ancienne supérieure des Dames de la Foi les avait précédées dans la Ville éternelle où, dès 1815, elle avait fondé le couvent de Saint-Denis qu'elle dirigeait toujours en 1829. La reconnaissance de cette institution par le pape avait conféré à sa supérieure des pouvoirs étendus sur les établissements français de Rome, ce qui explique une lutte sournoise que Chateaubriand devra, comme ambassadeur, arbitrer plus sereinement que sa femme. Avec une réserve toute diplomatique, il se borne à suggérer ici, non sans humour, de quel côté souffle le véritable « esprit » de Saint-Cyr. **2.** Peut-être une adaptation de la tragédie en vers de Guiraud, *Les Macchabées ou les Martyrs*, qui avait remporté un certain succès à Paris en 1822.

énergiques : il y avait une nièce de Pie VII, une fille de
Thorwaldsen et une autre fille de Chauvin[1] le peintre.
Elles étaient jolies incroyablement dans leurs parures de
papier. Celle qui jouait le grand prêtre avait une grande
barbe noire qui la charmait, mais qui la piquait, et qu'elle
était obligée d'arranger continuellement avec une petite
main blanche de treize ans. Pour spectateurs, nous,
quelques mères, les religieuses, madame Salvage, deux
ou trois abbés et une autre vingtaine de petites pensionnaires, toutes en blanc avec des voiles. Nous avions fait
apporter de l'ambassade des gâteaux et des glaces. On
jouait du piano dans les entr'actes. Jugez des espérances
et des joies qui ont dû précéder cette fête dans le couvent,
et des souvenirs qui la suivront ! Le tout a fini par *Vivat
in œternum*[2], chanté par trois religieuses dans l'église. »

À LA MÊME.

« Rome, le 15 janvier 1829.

« À vous encore ! Cette nuit nous avons eu du vent et
de la pluie comme en France : je me figurais qu'ils battaient votre petite fenêtre ; je me trouvais transporté dans
votre petite chambre, je voyais votre harpe, votre piano,
vos oiseaux ; vous me jouiez mon air favori ou celui de
Shakespeare[3] : et j'étais à Rome, loin de vous ! Quatre
cents lieues et les Alpes nous séparaient !

« J'ai reçu une lettre de cette dame spirituelle qui

---

1. Pierre Chauvin (1772-1832), portraitiste et paysagiste français
installé à Rome.   **2.** « Qu'il vive éternellement » : formule par
laquelle on saluait les rois de Juda, et par laquelle on honore ici
Charles X.   **3.** Sans doute un extrait du *Roméo et Juliette* de Daniel
Steibelt (1793), opéra inspiré par la pièce que Ducis avait tirée du
drame de Shakespeare. Il contenait, au premier acte, une « Invocation
à la nuit » que Chateaubriand aimait beaucoup (voir livre Récamier,
infra, p. 664). Il avait aussi un faible pour une romance du même
compositeur intitulée : « La plus belle des belles » (Marcellus, p. 328).

venait quelquefois me voir au ministère[1], jugez comme elle me fait bien la cour : elle est turque enragée ; Mahmoud est un grand homme qui a devancé sa nation !

« Cette Rome, au milieu de laquelle je suis, devrait m'apprendre à mépriser la politique. Ici la liberté et la tyrannie ont également péri ; je vois les ruines confondues de la République romaine et de l'Empire de Tibère ; qu'est-ce aujourd'hui que tout cela dans la même poussière ! Le capucin qui balaye en passant cette poussière avec sa robe ne semble-t-il pas rendre plus sensible encore la vanité de tant de vanités ? Cependant je reviens malgré moi aux destinées de ma pauvre patrie. Je lui voudrais religion, gloire et liberté, sans songer à mon impuissance pour la parer de cette triple couronne. »

À LA MÊME.

« Rome, jeudi 5 février 1829.

« *Torre Vergata* est un bien de moines situé à une lieue à peu près du *tombeau de Néron*, sur la gauche en venant de Rome, dans l'endroit le plus beau et le plus désert : là est une immense quantité de ruines à fleur de terre recouvertes d'herbes et de chardons. J'y ai commencé une fouille avant-hier mardi, en cessant de vous écrire. J'étais accompagné seulement d'Hyacinthe et de Visconti[2] qui dirige la fouille. Il faisait le plus beau temps du monde. Cette douzaine d'hommes armés de bêches et de pioches, qui déterraient des tombeaux et des décombres de maisons et de palais dans une profonde solitude, offrait un spectacle digne de vous. Je faisais un seul vœu : c'était que vous fussiez là. Je consentirais volontiers à vivre avec vous sous une tente au milieu de ces débris.

---

1. La comtesse de Castellane, dont la liaison avec Chateaubriand, en 1823, avait décidé Mme Récamier à quitter Paris pour un long séjour en Italie.   2. Le chevalier Pietro Ercole Visconti (1803-1880), alors jeune commissaire des Antiquités : voir les comptes rendus des fouilles dans les *Notizie del Giorno* des 5 février, 5 mars, et 7 mai 1829 (Gautier, article cité, p. 258-259).

« J'ai mis moi-même la main à l'œuvre ; j'ai découvert des fragments de marbre : les indices sont excellents et j'espère trouver quelque chose qui me dédommagera de l'argent perdu à cette loterie des morts ; j'ai déjà un bloc de marbre grec assez considérable pour faire le buste du Poussin. Cette fouille va devenir le but de mes promenades ; je vais aller m'asseoir tous les jours au milieu de ces débris. À quel siècle, à quels hommes appartiennent-ils ? Nous remuons peut-être la poussière la plus illustre sans le savoir. Une inscription viendra peut-être éclairer quelque fait historique, détruire quelque erreur, établir quelque vérité. Et puis, quand je serai parti avec mes douze paysans demi-nus, tout retombera dans l'oubli et le silence. Vous représentez-vous toutes les passions, tous les intérêts qui s'agitaient autrefois dans ces lieux abandonnés ? Il y avait des maîtres et des esclaves, des heureux et des malheureux, de belles personnes qu'on aimait et des ambitieux qui voulaient être ministres. Il y reste quelques oiseaux et moi, encore pour un temps fort court ; nous nous envolerons bientôt. Dites-moi, croyez-vous que cela vaille la peine d'être un des membres du conseil d'un petit roi des Gaules, moi, barbare de l'Armorique, voyageur chez des sauvages d'un monde inconnu des Romains, et ambassadeur auprès de ces prêtres qu'on jetait aux lions ? Quand j'appelai Léonidas à Lacédémone, il ne me répondit pas : le bruit de mes pas à *Torre Vergata* n'aura réveillé personne. Et quand je serai à mon tour dans mon tombeau, je n'entendrai pas même le son de votre voix. Il faut donc que je me hâte de me rapprocher de vous et de mettre fin à toutes ces chimères de la vie des hommes. Il n'y a de bon que la retraite, et de vrai qu'un attachement comme le vôtre. »

À LA MÊME.

« Rome, ce 7 février 1829.

« J'ai reçu une longue lettre du général Guilleminot[1] ;

---

1. Le général comte Armand Charles Guilleminot (1774-1840) avait commencé sa carrière militaire au début de la Révolution. Général de division en 1813, acteur de la bataille de Waterloo, il avait préparé les

il me fait un récit lamentable de ce qu'il a souffert dans des courses sur les côtes de la Grèce ; et pourtant Guilleminot était ambassadeur ; il avait de grands vaisseaux et une armée à ses ordres. Aller, après le départ de nos soldats, dans un pays où il ne reste pas une maison et un champ de blé parmi quelques hommes épars, forcés à devenir brigands par la misère, ce n'est pas pour une femme (madame Lenormant) [1] un projet possible.

« J'irai ce matin à ma fouille : hier nous avons trouvé le squelette d'un soldat goth et le bras d'une statue de femme. C'était rencontrer le destructeur avec la ruine qu'il avait faite ; nous avons une grande espérance de retrouver ce matin la statue ! Si les débris d'architecture que je découvre en valent la peine, je ne les renverserai pas pour vendre les briques comme on fait ordinairement ; je les laisserai debout, et ils porteront mon nom : ils sont du temps de Domitien. Nous avons une inscription qui nous l'indique : c'est le beau temps des arts romains. »

---

plans de la campagne de 1823 en Espagne. Il avait ensuite été nommé pair de France, et ambassadeur à Constantinople (1824-1831). Des extraits de la réponse de Chateaubriand ont été publiés dans *Bulletin*, 1980, p. 81.

1. Charles Lenormant, le jeune mari de la nièce de Mme Récamier (voir *infra*, p. 450, note 6) avait accompagné Champollion en Égypte (août 1828-janvier 1829), puis regagné la France au mois de février 1829. Mais il se préparait à repartir pour la Grèce, dans le cadre de la mission de Morée. Sa femme se disposait à le rejoindre et Mme Récamier envisageait même de partir avec elle. Chateaubriand cherchait à les dissuader de ce « projet insensé ».

(17)

DÉPÊCHE À M. LE COMTE PORTALIS. – MORT DE LÉON XII.

« Rome, ce lundi 6 février 1829.

   « Monsieur le comte,

   « Sa Sainteté a ressenti subitement une attaque du mal auquel elle est sujette : sa vie est dans le plus imminent danger. On vient d'ordonner de fermer tous les spectacles. Je sors de chez le cardinal secrétaire d'État, qui lui-même est malade et qui désespère des jours du pape. La perte de ce souverain pontife si éclairé et si modéré serait dans ce moment une vraie calamité pour la chrétienté et surtout pour la France. J'ai cru, monsieur le comte, qu'il importait au gouvernement du Roi d'être prévenu de cet événement probable, afin qu'il pût prendre d'avance les mesures qu'il jugerait nécessaires. En conséquence, j'ai expédié pour Lyon un courrier à cheval. Ce courrier porte une lettre que j'écris à M. le préfet du Rhône, avec une dépêche télégraphique qu'il vous transmettra et une autre lettre que je le prie de vous envoyer par estafette. Si nous avons le malheur de perdre Sa Sainteté, un nouveau courrier vous portera jusqu'à Paris tous les détails.

   « J'ai l'honneur, etc. »

« Huit heures du soir.

   « La congrégation des cardinaux déjà rassemblée a défendu au cardinal secrétaire d'État de délivrer des permis pour des chevaux de poste. Mon courrier ne pourra partir qu'après le départ du courrier du Sacré Collège, en cas de mort du pape. J'ai essayé d'envoyer un homme porter mes dépêches à la frontière de la Toscane. Les mauvais chemins et le manque de chevaux de louage ont rendu ce dessein impraticable. Forcé d'attendre dans Rome, devenue une espèce de prison fermée, j'espère toujours que la nouvelle, au moyen du télégraphe, vous par-

viendra quelques heures avant qu'elle soit connue des
autres gouvernements au-delà des Alpes. Il pourrait se
faire néanmoins que le courrier envoyé au nonce, et qui
sera parti nécessairement avant le mien, vous donnât lui-
même, en passant à Lyon, la nouvelle par le télégraphe. »

« Mardi, 10 février, neuf heures du matin.
« *Le pape vient d'expirer ;* mon courrier part. Dans
quelques heures il sera suivi de M. le comte de Montebello [1], attaché à l'ambassade.

DÉPÊCHE À M. LE COMTE PORTALIS.

« Rome, ce 10 février 1829.

« Monsieur le comte,
« J'ai expédié à Lyon, il y a environ deux heures, le courrier extraordinaire à cheval qui vous transmettra la nouvelle
imprévue et déplorable de la mort de Sa Sainteté. Maintenant je fais partir M. le comte de Montebello, attaché à
l'ambassade, pour vous porter quelques détails nécessaires.
« Le pape est mort de cette affection hémorrhoïdale à
laquelle il était sujet. Le sang, s'étant porté sur la vessie,
occasionna une rétention qu'on essaya de soulager au
moyen de la sonde. On croit que Sa Sainteté a été blessée
dans l'opération. Quoi qu'il en soit, après quatre jours de
souffrances, Léon XII a expiré ce matin à neuf heures
comme j'arrivais au Vatican, où un agent de l'ambassade
avait passé la nuit. La lettre partie par mon premier courrier
vous informe, monsieur le comte, de mes inutiles efforts
pour obtenir le permis des chevaux de poste avant la mort
du pape.
« Hier je me rendis chez le cardinal secrétaire d'État,
encore très souffrant d'un violent accès de goutte ; j'eus

---

1. Le fils du maréchal Lannes, Napoléon-Auguste, duc de Montebello (1801-1874). Pair de France depuis 1827, il était arrivé à Rome
dans les premiers jours de novembre 1828, en compagnie de Mme Salvage. Ce filleul de la reine Hortense, duchesse de Saint-Leu, faisait
alors ses débuts dans la diplomatie, où il poursuivra une brillante carrière.

avec lui un assez long entretien sur les suites du malheur dont nous étions menacés. Je déplorai la perte d'un prince dont les sentiments modérés et la connaissance des affaires de l'Europe étaient si utiles au repos de la chrétienté. "C'est, me répondit le secrétaire d'État, non seulement un grand malheur pour la France, mais un plus grand malheur pour l'État romain que vous ne l'imaginez. Le mécontentement et la misère sont grands dans nos provinces, et, pour peu que les cardinaux croient devoir suivre un autre système que celui de Léon XII, ils verront comment ils s'en tireront. Quant à moi, mes fonctions cessent avec la vie du pape, et je n'aurai rien à me reprocher."

« Ce matin j'ai revu le cardinal Bernetti qui, en effet, a cessé ses fonctions de secrétaire d'État : il m'a tenu le langage de la veille. Je lui ai demandé à le rencontrer avant qu'il s'enfermât dans le conclave. Nous sommes convenus que nous parlerions du choix d'un souverain pontife qui pourrait être le continuateur du système de modération de Léon XII. J'aurai l'honneur de vous transmettre tous les renseignements que je recueillerai.

« Il est probable que la mort du pape et la chute du cardinal Bernetti vont réjouir les ennemis des *ordonnances* ; ils proclameront cet événement malheureux une punition du ciel. Il est aisé déjà de lire cette pensée sur quelques visages français à Rome.

« Je regrette doublement le pape ; j'avais eu le bonheur de gagner sa confiance : les préjugés que l'on avait pris soin de faire naître contre moi dans son esprit, avant mon arrivée, s'étaient dissipés, et il me faisait l'honneur de témoigner hautement et publiquement, en toute occasion, l'estime qu'il voulait bien me porter.

« Maintenant, monsieur le comte, permettez-moi d'entrer dans l'explication de quelques faits.

« J'étais ministre des affaires étrangères à l'époque de la mort de Pie VII. Vous trouverez dans les cartons du ministère, si vous jugez à propos d'en prendre connaissance, la suite de mes relations avec M. le duc de Laval. L'usage est, à la mort d'un pape, d'envoyer un ambassadeur extraordinaire, ou d'accréditer l'ambassadeur résidant par de nouvelles lettres auprès du Sacré Collège. C'est ce dernier parti que je proposai de suivre à feu S.M. Louis XVIII. Le Roi ordonnera ce qu'il croira de meilleur pour son service. Quatre cardinaux français vinrent à Rome pour l'élection de Léon XII. La France en compte aujourd'hui cinq ; c'est certainement un nombre de voix qui n'est pas à dédaigner dans le conclave. J'attends, monsieur le comte, les ordres du Roi. M. de Montebello, chargé de vous remettre cette dépêche, restera à votre disposition.

« J'ai l'honneur, etc., etc. »

À MADAME RÉCAMIER.

« Rome, 10 février 1829, onze heures du soir.

« Je voulais vous écrire une longue lettre, mais la dépêche que j'ai été obligé d'écrire de ma propre main et la fatigue de ces derniers jours m'ont épuisé.

« Je regrette le pape ; j'avais obtenu sa confiance. Me voilà maintenant chargé d'une grande mission. Il m'est impossible de savoir quel en sera le résultat, et quelle influence elle aura sur ma destinée.

« Les conclaves durent ordinairement deux mois, ce qui me laissera toujours libre pour Pâques. Je vous parlerai bientôt à fond de tout cela.

« Imaginez-vous qu'on a trouvé ce pauvre pape, jeudi dernier, avant qu'il fût malade, écrivant son épitaphe. On a voulu le détourner de ces tristes idées : Mais non, a-t-il dit, cela sera fini dans peu de jours. »

À MADAME RÉCAMIER.

« Jeudi, Rome, 12 février 1829.

« Je lis vos journaux. Ils me font souvent de la peine. Je vois dans *le Globe*[1] que M. le comte Portalis est, selon

---

1. Sur cette revue qui fut, de 1824 à 1830, le principal organe de la jeunesse libérale, on dispose désormais du livre de J.-J. Goblot, *Le Globe et son groupe littéraire*, Paris, Plon, 1995.

ce journal, mon ennemi déclaré. Pourquoi ? Est-ce que je demande sa place ? Il se donne trop de peine ; je ne pense point à lui. Je lui souhaite toutes les prospérités possibles ; mais pourtant, s'il était vrai qu'il voulût la guerre, il me trouverait. On me semble déraisonner sur tout, et sur l'*immortel Mahmoud*, et sur l'évacuation de la Morée.

« Dans les chances les plus probables, cette évacuation remettra la Grèce sous le joug des Turcs avec la perte pour nous de notre honneur et de quarante millions. Il y a prodigieusement d'esprit en France, mais on manque de tête et de bon sens : deux phrases nous enivrent, on nous mène avec des mots, et, ce qu'il y a de pis, c'est que nous sommes toujours prêts à dénigrer nos amis et à élever nos ennemis. Au reste, n'est-il pas curieux que l'on fasse tenir au Roi, dans un discours, mon propre langage, sur l'*accord des libertés publiques et de la royauté*[1], et qu'on m'en ait tant voulu pour avoir tenu ce langage ? Et les hommes qui font parler ainsi la couronne étaient les plus chauds partisans de la censure ! Au surplus, je vais voir l'élection du chef de la chrétienté ; ce spectacle est le dernier grand spectacle auquel j'assisterai dans ma vie* ; il clora ma carrière.

« Maintenant que les plaisirs de Rome sont finis, les affaires commencent. Je vais être obligé d'écrire d'un côté au gouvernement tout ce qui se passe, et de l'autre de remplir les devoirs de ma position nouvelle ; il faut complimenter le Sacré Collège, assister aux funérailles du Saint-Père, auquel je m'étais attaché parce qu'on l'aimait peu, et d'autant plus qu'ayant craint de trouver en lui un ennemi, j'ai trouvé un ami qui, du haut de la chaire de Saint-Pierre, a donné un démenti formel à mes calomniateurs *chrétiens*. Puis vont me tomber sur la tête les cardi-

---

* Je me trompais (Note de 1837).

---

1. Dans le discours du Trône prononcé le 27 janvier 1829, Charles X avait déclaré : « La France sait bien, comme vous, sur quelles bases son bonheur repose, et ceux mêmes qui le chercheraient ailleurs que dans *l'union sincère de l'autorité royale et des libertés que la Charte a consacrées* seraient désavoués par elle. »

naux de France. J'ai écrit pour faire des représentations au moins sur l'archevêque de Toulouse[1].

« Au milieu de tous ces tracas le monument du Poussin s'exécute ; la fouille réussit ; j'ai trouvé trois belles têtes, un torse de femme drapé, une inscription funèbre d'un frère pour une jeune sœur, ce qui m'a attendri.

« À propos d'inscription, je vous ai dit que le pauvre pape avait fait la sienne la veille du jour où il est tombé malade, prédisant qu'il allait bientôt mourir ; il a laissé un écrit où il recommande sa famille indigente au gouvernement romain : il n'y a que ceux qui ont beaucoup aimé[2] qui aient de pareilles vertus. »

---

1. Jules de Clermont-Tonnerre, ancien évêque de Châlons (voir t. II, p. 114, note 3), avait été nommé pair de France dès 1814, puis archevêque de Toulouse en 1820. Il fut enfin promu cardinal par Pie VII au consistoire du 2 décembre 1822. Très imbu de son nom, très ultramontain, il avait pris contre les ordonnances de 1828 des positions publiques si violentes que le roi lui avait interdit de paraître à la cour.
2. Allusion à ce que dit Jésus de la pécheresse : « Beaucoup de péchés lui sont remis, parce qu'elle a beaucoup aimé » (*Luc*, VII, 47 ; tr. Lemaistre de Sacy).

LIVRE TRENTIÈME

SUITE DE L'AMBASSADE DE ROME

(1)

Rome ce 17 février 1829.

Avant de passer aux choses importantes je rappellerai quelques faits.

Au décès du souverain pontife le gouvernement des États romains tombe aux mains des trois cardinaux chefs d'ordre, diacre, prêtre et évêque, et au cardinal camerlingue. L'usage est que les ambassadeurs aillent complimenter, dans un discours, la congrégation des cardinaux réunis avant l'ouverture du conclave à Saint-Pierre.

Le corps de Sa Sainteté, exposé d'abord dans la chapelle Sixtine, fut porté vendredi dernier, 13 février, dans la chapelle du Saint-Sacrement à Saint-Pierre ; il y est resté jusqu'au dimanche 15. Alors il a été placé dans le monument qu'occupaient les cendres de Pie VII, et celles-ci ont été descendues dans l'église souterraine.

À MADAME RÉCAMIER.

« Rome, ce 17 février 1829.

« J'ai vu Léon XII exposé, le visage découvert, sur un chétif lit de parade au milieu des chefs-d'œuvre de Michel-Ange ; j'ai assisté à la première cérémonie funèbre dans l'église de Saint-Pierre. Quelques vieux cardinaux commissaires, ne pouvant plus voir, s'assurèrent de leurs doigts tremblants que le cercueil du pape était bien cloué. A la lumière des flambeaux, mêlée à la clarté de la lune, le cercueil fut enfin enlevé par une poulie et suspendu dans les ombres pour être déposé dans le sarcophage de Pie VII.

« On vient de m'apporter le petit chat du pauvre pape ; il est tout gris et fort doux comme son ancien maître. »

DÉPÊCHE À M. LE COMTE PORTALIS.

« Rome, ce 17 février 1829.

« Monsieur le comte,

« J'ai eu l'honneur de vous mander dans ma première lettre portée à Lyon avec la dépêche télégraphique, et dans ma dépêche n° 15, les difficultés que j'ai rencontrées pour l'expédition de mes deux courriers du 10 de ce mois. Ces gens-ci en sont encore à l'histoire des Guelfes et des Gibelins, comme si la mort d'un pape, connue une heure plus tôt ou une heure plus tard, pouvait faire entrer une armée impériale en Italie.

« Les obsèques du Saint-Père seront terminées dimanche 22, et le conclave ouvrira lundi soir 23, après avoir assisté le matin à la messe du Saint-Esprit : on meuble déjà les cellules du palais Quirinal[1].

---

1. De Clément VIII (1592) à Pie VII, les papes avaient habité sans interruption le palais du Quirinal. Après son élection, Léon XII avait tenu à se réinstaller au Vatican (7 mai 1824). C'est néanmoins au Quirinal que se déroula le conclave de 1829 et que, de nouveau, résidera Pie VIII.

« Je ne vous entretiendrai pas, monsieur le comte, des vues de la cour d'Autriche, des désirs des cabinets de Naples, de Madrid et de Turin. M. le duc de Laval, dans la correspondance qu'il eut avec moi en 1823, a peint le personnel des cardinaux qui sont en partie ceux d'aujourd'hui. On peut voir le n° 5 et son annexe, les n°s 34, 55, 70 et 82. Il y a aussi dans les cartons du ministère quelques notes venues par une autre voie. Ces portraits, assez souvent de fantaisie, peuvent amuser, mais ne prouvent rien. Trois choses ne font plus les papes : les intrigues de femmes, les menées des ambassadeurs, la puissance des cours. Ce n'est pas non plus de l'intérêt général de la société qu'ils sortent, mais de l'intérêt particulier des individus et des familles qui cherchent dans l'élection du chef de l'Église des places et de l'argent.

« Il y aurait des choses immenses à faire aujourd'hui par le Saint-Siège : la réunion des sectes dissidentes, le raffermissement de la société européenne, etc. Un pape qui entrerait dans l'esprit du siècle, et qui se placerait à la tête des générations éclairées, pourrait rajeunir la papauté ; mais ces idées ne peuvent point pénétrer dans les vieilles têtes du Sacré Collège ; les cardinaux arrivés au bout de la vie se transmettent une royauté élective qui expire bientôt avec eux ; assis sur les doubles ruines de Rome, les papes ont l'air de n'être frappés que de la puissance de la mort.

« Ces cardinaux avaient élu le cardinal Della Genga (Léon XII) après l'exclusion donnée au cardinal Severoli [1], parce qu'ils croyaient qu'il allait mourir. Della Genga s'étant avisé de vivre, ils l'ont détesté cordialement pour cette tromperie. Léon XII choisissait dans les couvents

---

1. Antonio Gabriele Severoli (1757-1824), originaire de Faenza, ancien évêque de Fano, avait été nommé archevêque *in partibus* de Petra lors de son entrée dans la Curie. De 1801 à 1817, il fut nonce apostolique à Vienne, où il ne cessa de combattre la politique « joséphiste » du chancelier Cobenzl, ainsi que les concessions de François Ier à Napoléon. Promu cardinal au consistoire du 8 mars 1816, il fut nommé évêque de Viterbe à son retour en Italie. Candidat du parti *zelante* à la succession de Pie VII en 1823, il se heurta au veto autrichien, et proposa lui-même le nom du cardinal della Genga.

des administrateurs capables ; autre sujet de murmure pour les cardinaux. Mais, d'une autre part, ce pape défunt, en avançant les moines, voulait de la régularité dans les monastères, de sorte qu'on ne lui savait aucun gré du bienfait. Les ermites vagabonds qu'on arrêtait, les gens du peuple qu'on forçait de boire debout dans la rue afin d'éviter les coups de couteau au cabaret ; des changements peu heureux dans la perception des impôts, des abus commis par quelques familiers du Saint-Père, la mort même de ce pape arrivant à une époque qui fait perdre aux théâtres et aux marchands de Rome le bénéfice des folies du carnaval, ont fait anathématiser la mémoire d'un prince digne des plus vifs regrets[1] : à Civita-Vecchia on a voulu brûler la maison de deux hommes que l'on pensait avoir été honorés de sa faveur.

« Parmi beaucoup de concurrents, quatre sont particulièrement désignés : le cardinal Capellari, chef de la propagande, le cardinal Pacca, le cardinal De Gregorio et le cardinal Giustiniani.

« Le cardinal Capellari[2] est un homme docte et capable. Il sera repoussé, dit-on, par les cardinaux comme trop jeune, comme moine et comme étranger aux affaires du monde. Il est autrichien et passe pour obstiné et ardent dans ses opinions religieuses. Cependant c'est lui qui, consulté par Léon XII, n'a rien vu dans les ordonnances du Roi qui pût autoriser la réclamation de nos évêques ; c'est encore lui qui a rédigé le concordat de la cour de

---

1. Sur cette impopularité de Léon XII, et de son « ordre moral », les témoignages sont unanimes. 2. Alberto Bartolomeo Cappellari (1765-1846), entré très jeune chez les camaldules de San Michele de Murano, sous le nom de Mauro, se signala dès 1799 par une vigoureuse défense de la papauté : *Il Trionfo della Santa Sede e della Chiesa contro gli assalti dei novatori*. Juriste et théologien antijanséniste, abbé de Saint-Grégoire-le-Grand, à Rome, de 1805 à 1808, procureur puis vicaire général de son ordre après la restauration, il fut nommé cardinal par Léon XII (*in petto* le 21 mars 1825, proclamé le 13 mars 1826). Il fut ensuite préfet de la congrégation pour la Propagation de la Foi (octobre 1826), puis de celle des Affaires ecclésiastiques extraordinaires. Candidat *zelante* au conclave de 1829 (il obtiendra vingt-deux voix le 18 mars), il prendra la succession de Pie VIII le 2 février 1831 sous le nom de Grégoire XVI.

Rome avec les Pays-Bas et qui a été d'avis de donner l'institution canonique aux évêques des républiques espagnoles : tout cela annonce un esprit raisonnable, conciliant et modéré. Je tiens ces détails du cardinal Bernetti, avec qui j'ai eu, vendredi 13, une des conversations que je vous ai annoncées dans ma dépêche n° 15.

« Il importe au corps diplomatique et surtout à l'ambassadeur de France, que le secrétaire d'État à Rome soit un homme de relations faciles et habitué aux affaires de l'Europe. Le cardinal Bernetti est le ministre qui nous convient sous tous les rapports ; il s'est compromis pour nous avec les *zelanti* et les congréganistes ; nous devons désirer qu'il soit repris par le pape futur. Je lui ai demandé avec lequel des quatre cardinaux il aurait le plus de chances de revenir au pouvoir. Il m'a répondu : "Avec Capellari."

« Les cardinaux Pacca et De Gregorio sont peints d'une manière fidèle dans l'annexe du n° 5 de la correspondance déjà citée ; mais le cardinal Pacca[1] est très affaibli par l'âge, et la mémoire, comme celle du cardinal doyen La Somaglia[2], commence totalement à lui manquer.

« Le cardinal De Gregorio[3] serait un pape convenable.

---

1. Bartolomeo Pacca (1756-1844), originaire de Bénévent, archevêque *in partibus* de Damiette, fut successivement nonce à Cologne (1786), puis à Lisbonne (1794). Élevé à la pourpre le 23 février 1801, à son retour à Rome, il fut le collaborateur de Pie VII qu'il accompagna dans ses tribulations de 1807 à 1814. Après la mort de ce dernier, il fut un des interprètes de la sensibilité *zelante* au conclave de 1823 (contre Consalvi), puis à celui de 1829. Il se déclara, au cours de celui-ci, en faveur du cardinal de Gregorio. De 1830 à sa mort, il sera le doyen du Sacré-Collège.   **2.** Giulio Maria della Somaglia (1744-1830), filleul du cardinal Alberoni, ministre de Philippe V, avait été créé cardinal par Pie VI le 1er juin 1795. Il avait préparé, comme cardinal-vicaire, le retour de Pie VII dans la Ville éternelle le 3 juillet 1800. Nommé alors préfet de la congrégation des Rites, il fit partie des quatorze membres du Sacré-Collège expulsés de Rome le 23 mars 1808. Devenu, le 10 mai 1820, doyen du Sacré-Collège, il se rangea du côté *zelante* au conclave de 1823. Nommé par Léon XII secrétaire d'État, il résilia ses fonctions au mois de juin 1828 : il avait quatre-vingt-quatre ans.   **3.** Emmanuele de Gregorio (1758-1839) appartenait à la noblesse napolitaine et passait pour le fils naturel de Charles III. Entré à la Curie très jeune, il avait été mêlé à toutes les vicissitudes du

Quoique rangé au nombre des *zelanti*, il n'est pas sans
modération ; il repousse les jésuites qui ont ici, autant
qu'en France, des adversaires et des ennemis. Tout sujet
napolitain qu'il est, le cardinal De Gregorio est rejeté par
Naples, et encore plus par le cardinal Albani[1], l'exécuteur
des hautes œuvres de l'Autriche au conclave. Le cardinal
est légat à Bologne ; il a plus de quatre-vingts ans et il
est malade : il y a donc quelque chance pour qu'il ne
vienne pas à Rome.

« Enfin, le cardinal Giustiniani[2] est le cardinal de la
noblesse romaine ; il a pour neveu le cardinal Odescalchi,
et il aura vraisemblablement un assez bon nombre de
voix. Mais d'un autre côté, il est pauvre et il a des parents
pauvres ; Rome craindrait les besoins de cette indigence.

« Vous savez, monsieur le comte, tout le mal que le
nonce Giustiniani a fait en Espagne, et je le sais plus
qu'un autre par les embarras qu'il m'a causés après la
délivrance du roi Ferdinand. Dans l'évêché d'Imola, que
le cardinal gouverne actuellement, il n'a pas été plus
modéré ; il a fait revivre les règlements de saint Louis
contre les blasphémateurs : ce n'est pas le pape de notre
époque. Au surplus, c'est un homme assez savant, hébraï-

Saint-Siège sous Pie VI et sous Pie VII. Exilé à Paris en 1810, il avait
été incarcéré à la Force de 1811 à 1814, pour avoir contribué à la
diffusion de la bulle qui excommuniait Napoléon. En avril 1814, il
regagna Rome où il fut chargé de rapporter la tiare pontificale. Créé
cardinal le 8 mars 1816, nommé préfet de la congrégation du Concile,
il fut en 1823 un des *papabili* du groupe *zelante* ; il recueillera encore
vingt-quatre voix au conclave de 1829. Pie VIII lui transmettra sa
charge de grand-pénitencier et, le 18 mai 1829, son évêché de Frascati.
1. Giuseppe Albani (1750-1834) appartenait à une grande famille
romaine à laquelle on devait le pape Clément XI (1700-1721), ainsi
que plusieurs éminences. Son oncle, le cardinal Gianfrancesco Albani
(1720-1803), avait été le doyen du Sacré-Collège et le chef du parti
autrichien au conclave de Venise (1800). Lui-même avait été envoyé
en mission à la cour de Vienne de 1794 à 1801, année de son élévation
à la pourpre. Depuis 1825, il était cardinal-légat à Bologne.   2. Gia-
como Giustiniani (1769-1843) avait restauré le pouvoir pontifical dans
les légations en 1815. Ordonné prêtre le 21 décembre 1816, nommé
archevêque *in partibus* de Tyr le 14 avril 1817, il avait été envoyé
comme nonce à Madrid de 1817 à 1825, et avait reçu, à son retour, le
chapeau de cardinal (2 octobre 1826).

sant, helléniste, mathématicien, mais plus propre aux travaux du cabinet qu'aux affaires. Je ne le crois pas poussé par l'Autriche.

« Après tout, la prévoyance humaine est souvent trompée ; souvent un homme change en arrivant au pouvoir ; le *zelante* cardinal Della Genga a été le pape conciliant Léon XII. Peut-être surgira-t-il, au milieu des quatre compétiteurs, un pape auquel personne ne pense dans ce moment. Le cardinal Castiglioni [1], le cardinal Benvenuti, le cardinal Galeffi [2], le cardinal Arezzo [3], le cardinal Gamberini [4], et jusqu'au vieux et vénérable doyen du Sacré Collège, La Somaglia, malgré sa demi-enfance ou plutôt à cause d'elle, se mettent sur les rangs. Le dernier a même quelque espoir, parce qu'étant évêque et prince d'Ostie, son exaltation amènerait un mouvement qui laisserait cinq grandes places libres.

« On suppose que le conclave sera très long ou très court : il n'y aura pas de combat de système comme à l'époque du décès de Pie VII ; les *conclavistes* et les *anti-conclavistes* ont totalement disparu : ce qui peut rendre

---

1. Francesco Saverio Castiglioni (1761-1830), issu de la noblesse des Marches, avait une formation de juriste. Il avait commencé par occuper des charges administratives. Cardinal depuis le 8 mars 1816, grand-pénitencier depuis 1821, évêque de Césène, puis de Frascati, il faisait partie de plusieurs congrégations. Au conclave de 1823, il avait déjà été le candidat des *politicanti*, soutenu par Naples, Vienne et Paris. Il sera élu pape le 31 mars 1829, mais décédera le 30 novembre 1830. 2. Pier Francesco Galeffi (1770-1837), originaire de Césène, et protégé de la famille Braschi, avait été promu cardinal dès le 11 juillet 1803 par Pie VII, dont il partagea les tribulations. Préfet de la fabrique de Saint-Pierre (16 mai 1820), évêque d'Albano (29 mai 1820), il se rangeait du côté *zelante*. Il avait succédé, en 1824, au cardinal Pacca dans la charge de camerlingue. 3. Le Sicilien Tommaso Arezzo (1756-1833), archevêque *in partibus* de Séleucie, avait commencé par une carrière de diplomate. Cardinal le 8 mars 1816, il fut alors envoyé comme légat dans la province de Ferrare. Candidat possible des *politicanti* au conclave de 1823, il se rangea en 1829 dans le parti du cardinal Albani. 4. Antonio Domenico Gamberini (1760-1841) avait poursuivi une carrière de juriste auprès du tribunal de la Rote. Ordonné prêtre en 1824, sacré évêque d'Orvieto le 15 janvier 1823, il avait été promu cardinal au dernier consistoire tenu par Léon XII, le 15 décembre 1828.

l'élection plus facile. Mais, d'une autre part, il y aura des luttes personnelles entre les prétendants qui réunissent un certain nombre de voix, et comme il ne faut qu'un tiers des voix du conclave, plus une, pour donner l'*exclusive* qu'il ne faut pas confondre avec le droit d'*exclusion*[1], le ballottage entre les candidats se pourra prolonger.

« La France veut-elle exercer le droit d'*exclusion* qu'elle partage avec l'Autriche et l'Espagne ? L'Autriche l'a exercé dans le précédent conclave contre Severoli, par l'intermédiaire du cardinal Albani. Contre qui la couronne de France voudrait-elle exercer ce droit ? Serait-ce contre le cardinal Fesch, si par aventure on songeait à lui, ou contre le cardinal Giustiniani ? Celui-ci vaudrait-il la peine d'être frappé de ce *veto*, toujours un peu odieux en ce qu'il entrave l'indépendance de l'élection ?

« À quel cardinal le gouvernement du Roi veut-il confier l'exercice de son droit d'exclusion ? Veut-on que l'ambassadeur de France paraisse armé du secret de son gouvernement et comme prêt à frapper l'élection du conclave si elle déplaisait à Charles X ? Enfin, le gouvernement a-t-il un choix de prédilection ? Est-ce à tel ou tel cardinal qu'il veut prêter son appui ? Certes, si tous les cardinaux de famille, c'est-à-dire les cardinaux espagnols, napolitains et même piémontais, voulaient réunir leurs voix à celles des cardinaux français, si l'on pouvait former un parti des couronnes, nous l'emporterions au conclave ; mais ces réunions sont des chimères et nous avons dans les cardinaux des diverses cours des ennemis plutôt que des amis.

« On assure que le primat de Hongrie et l'archevêque

---

1. Exercer une *exclusive* contre un candidat, c'est la possibilité pour certains membres du conclave de réunir contre lui une minorité de blocage égale au tiers des voix plus une, ce qui empêche *ipso facto* son élection (pour laquelle est requise la majorité des deux tiers). En revanche, porter une *exclusion* contre un candidat, c'est transmettre au conclave le veto préalable qu'une des grandes puissances catholiques (Autriche, Espagne, France) avait le droit de mettre à son élection, si elle la jugeait indésirable.

de Milan[1] viendront au conclave. L'ambassadeur d'Autriche à Rome, le comte Lutzow, tient de très bons propos sur le caractère de conciliation que doit avoir le pape futur. Attendons les instructions de Vienne.

« Au surplus, je suis persuadé que tous les ambassadeurs de la terre ne font rien aujourd'hui à l'élection du Souverain Pontife et que nous sommes tous d'une parfaite inutilité à Rome. Je ne vois au reste aucun intérêt pressant à accélérer ou à retarder (ce qui n'est d'ailleurs au pouvoir de personne) les opérations du conclave. Que les cardinaux étrangers à l'Italie assistent ou n'assistent pas à ce conclave, cela peut convenir plus ou moins à la dignité des cours ; mais cela est du plus mince intérêt pour le résultat de l'élection. Si l'on avait des millions à distribuer, il serait encore possible de faire un pape : je n'y vois que ce moyen, et il n'est pas à l'usage de la France.

« Dans mes instructions confidentielles à M. le duc de Laval (13 septembre 1823) je lui disais : "Nous demandons que l'on mette sur le trône pontifical un prélat distingué par sa piété et ses vertus. Nous désirons seulement qu'il soit assez éclairé et d'un esprit assez conciliant pour qu'il puisse juger la position politique des gouvernements et ne les jette pas, par des exigences inutiles, dans des difficultés inextricables, aussi fâcheuses pour l'Église que pour le trône... Nous voulons un membre du parti italien *zelante* modéré, capable d'être agréé par tous les partis. Tout ce que nous leur demandons dans notre intérêt, c'est de ne pas chercher à profiter des divisions qui peuvent se former dans notre clergé pour troubler nos affaires ecclésiastiques."

« Dans une lettre confidentielle, écrite à propos de la maladie du nouveau pape Della Genga, le 28 janvier 1824, je disais encore à M. le duc de Laval : "Ce qu'il nous importe d'obtenir (supposant un nouveau conclave), c'est que le pape soit, par ses inclinations, indépendant

---

1. Mgr Gaysruck, archevêque de Milan, cardinal depuis le 27 septembre 1824. Rappelons que la Lombardie est alors une province autrichienne.

des autres puissances ; c'est que ses principes soient sages et modérés et qu'il soit ami de la France."

« Aujourd'hui, monsieur le comte, dois-je suivre comme ambassadeur l'esprit de ces instructions que je donnais comme ministre ?

« Cette dépêche renferme tout. Je n'aurai plus qu'à instruire le Roi succinctement des opérations du conclave et des incidents qui pourraient survenir ; il ne s'agira plus que du compte des votes et de la variation des suffrages.

« Les cardinaux, favorables aux jésuites sont : Giustiniani, Odescalchi, Pedicini [1] et Bertazzoli [2].

« Les cardinaux opposés aux jésuites par diverses causes et diverses circonstances sont : Zurla [3], De Gregorio, Bernetti, Capellari, Micara [4].

« On croit que, sur cinquante-huit cardinaux, quarante-huit ou quarante-neuf seulement assisteront au conclave. Dans ce cas, trente-trois ou trente-quatre voix feraient l'élection.

« Le ministre d'Espagne, M. de Labrador, homme solitaire et caché, que je soupçonne léger sous l'apparence

---

1. Carlo Maria Pedicini (1769-1843), originaire de Bénévent, élevé à la pourpre par Pie VII le 10 mars 1823, travaillait à la Curie. 2. Francesco Bertazzoli (1754-1830), de petite noblesse romagnole, docteur en droit et en théologie, avait été distingué à Imola par Pie VII qui le fit venir à Rome au début de son pontificat. Il partagea ensuite la captivité du pape, mais préféra jouer un rôle de conciliateur qui lui sera reproché. Promu cardinal le 10 mars 1823, il fut nommé peu après préfet de la congrégation des Études. De sensibilité *zelante*, c'était un ami du cardinal Cappellari (le futur Grégoire XVI), qui sera son héritier.   3. Giacinto Zurla (1769-1834) avait été, comme Cappellari, camaldule sous le nom de Placido à San Michele de Murano, dont il sera plus tard abbé. Historien et théologien, il entra au service de la Curie en 1821. Cardinal depuis le 10 mars 1823, il avait soutenu au conclave de cette même année, la candidature du cardinal della Genga. Il était depuis 1824 cardinal-vicaire de Rome, et membre de plusieurs congrégations.   4. Ludovico Micara (1775-1847), originaire de Frascati, était un prédicateur renommé qui était devenu général des capucins. Il avait été créé cardinal le 20 décembre 1824, mais ne fut publié que le 13 mars 1826. Ce fut un ami, puis un défenseur du premier Lamennais. Il avait pour frère Clemente Micara, économiste réputé pour son traité *Della campagna romana e del suo ristoramento*, publié à Bologne en 1827.

de la gravité, est fort embarrassé de son rôle. Les instructions de sa cour n'ont rien prévu ; il en écrit dans ce sens au chargé d'affaires de Sa Majesté Catholique à Lucques.

« J'ai l'honneur, etc.

« *P.S.* Le cardinal Benvenuti a, dit-on, déjà douze voix d'assurées. Ce choix, s'il réussissait, serait très bon. Benvenuti connaît l'Europe, et a montré de la capacité et de la modération dans divers emplois. »

(2)

CONCLAVES.

Puisque le conclave va s'ouvrir, je veux tracer rapidement l'histoire de cette grande loi d'élection, qui compte déjà plus de dix-huit cents ans de durée. D'où viennent les papes ? Comment de siècle en siècle ont-ils été élus ?

Au moment où la liberté, l'égalité et la république achevaient d'expirer vers le temps d'Auguste, naissait à Bethléem le tribun universel des peuples, le grand représentant sur la terre de l'égalité, de la liberté et de la république, le Christ, qui après avoir planté la croix pour servir de limite à deux mondes, après s'être fait attacher à cette croix, y être mort, symbole, victime et rédempteur des souffrances humaines, transmit son pouvoir à son premier apôtre. Depuis Adam jusqu'à Jésus-Christ, c'est la société avec des esclaves, avec l'inégalité des hommes entre eux, l'inégalité sociale de l'homme et de la femme ; depuis Jésus-Christ jusqu'à nous, c'est la société avec l'égalité des hommes entre eux, l'égalité sociale de l'homme et de la femme, c'est la société sans esclaves, ou du moins sans le principe de l'esclavage. L'histoire de la société moderne commence au pied et de ce côté-ci de la croix[1].

---

1. Ce paragraphe, au vocabulaire très daté, est à resituer dans le contexte de la christologie romantique. Voir Frank Paul Bowman : « Chateaubriand et le Christ des barricades », *Bulletin*, 1990, p. 41-50.

Pierre, évêque de Rome, initia la papauté : tribuns-dictateurs successivement élus par le peuple, et la plupart du temps choisis parmi les classes les plus obscures du peuple, les papes tinrent leur puissance temporelle de l'ordre démocratique, de cette nouvelle société de frères qu'était venu fonder Jésus de Nazareth, ouvrier, fabricant de jougs et de charrues[1], né d'une femme selon la chair, et pourtant Dieu et fils de Dieu, comme ses œuvres le prouvent.

Les papes eurent mission de venger et de maintenir les droits de l'homme ; chefs de l'opinion humaine, ils obtinrent, tout faibles qu'ils étaient, la force de détrôner les rois avec une parole et une idée : ils n'avaient pour soldat qu'un plébéien, la tête couverte d'un froc et la main armée d'une croix. La papauté, marchant à la tête de la civilisation, s'avança vers le but de la société. Les hommes chrétiens, dans toutes les régions du globe, obéirent à un prêtre dont le nom leur était à peine connu, parce que ce prêtre était la personnification d'une vérité fondamentale ; il représentait en Europe l'indépendance politique détruite presque partout ; il fut dans le monde gothique le défenseur des franchises populaires, comme il devint dans le monde moderne le restituteur des sciences, des lettres et des arts. Le peuple s'enrôla dans ses milices sous l'habit d'un frère mendiant.

La querelle de l'empire et du sacerdoce est la lutte des deux principes sociaux au moyen âge, le pouvoir et la liberté. Les papes, favorisant les Guelfes, se déclaraient pour les gouvernements des peuples ; les empereurs, adoptant les Gibelins, poussaient au gouvernement des nobles : c'était précisément le rôle qu'avaient joué les Athéniens et les Spartiates dans la Grèce. Aussi, lorsque les papes se rangèrent du côté des rois, lorsqu'ils se firent Gibelins, ils perdirent leur pouvoir, parce qu'ils se détachèrent de leur principe naturel ; et, par une raison oppo-

---

1. Cette précision est tirée du *Pseudo-Thomas*, XIII, 1 ; évangile apocryphe repris par saint Justin dans son *Dialogue avec Tryphon*, LXXXVIII, 1. En revanche, Jésus est qualifié de « fils du charpentier » dans *Matthieu*, XIII, 55.

sée, et cependant analogue, les moines ont vu décroître leur autorité lorsque la liberté politique est revenue directement aux peuples, parce que les peuples n'ont plus eu besoin d'être remplacés par les moines, leurs représentants.

Ces trônes déclarés vacants et livrés au premier occupant dans le moyen âge ; ces empereurs qui venaient à genoux implorer le pardon d'un pontife ; ces royaumes mis en interdit ; une nation entière privée de culte par un mot magique ; ces souverains frappés d'anathème, abandonnés non seulement de leurs sujets, mais encore de leurs serviteurs et de leurs proches ; ces princes évités comme des lépreux, séparés de la race mortelle, en attendant leur retranchement de l'éternelle race ; les aliments dont ils avaient goûté, les objets qu'ils avaient touchés passés à travers les flammes ainsi que choses souillées : tout cela n'était que les effets énergiques de la souveraineté populaire déléguée à la religion et par elle exercée.

La plus vieille loi d'élection du monde est la loi en vertu de laquelle le pouvoir pontifical a été transmis de saint Pierre au prêtre qui porte aujourd'hui la tiare : de ce prêtre vous remontez de pape en pape jusqu'à des saints qui touchent au Christ ; au premier anneau de la chaîne pontificale se trouve un Dieu. Les évêques étaient élus par l'assemblée générale des fidèles ; dès le temps de Tertullien, l'évêque de Rome est nommé l'évêque des évêques. Le clergé, faisant partie du peuple, concourait à l'élection. Comme les passions se retrouvent partout, comme elles détériorent les plus belles institutions et les plus vertueux caractères, à mesure que la puissance papale s'accrut, elle tenta davantage, et des rivalités humaines produisirent de grands désordres. À Rome païenne, de pareils troubles avaient éclaté pour l'élection des tribuns : des deux Gracchus, l'un fut jeté dans le Tibre, l'autre poignardé par un esclave dans un bois consacré aux Furies. La nomination du pape Damase, en 366, produisit une rixe sanglante : cent trente-sept personnes succombèrent dans la basilique Sicinienne, aujourd'hui Sainte-Marie-Majeure.

On voit saint Grégoire élu pape par le *clergé*, le *sénat*

et le *peuple romain*. Tout chrétien pouvait parvenir à la tiare : Léon IV fut promu au souverain pontificat le 12 avril 847 pour défendre Rome contre les Sarrasins, et son ordination différée jusqu'à ce qu'il eût donné des preuves de son courage. Autant en arrivait aux autres évêques : Simplicius monta au siège de Bourges, tout laïque qu'il était. Même aujourd'hui (ce qu'en général on ignore) le choix du conclave pourrait tomber sur un laïque, fût-il marié : sa femme entrerait en religion, et lui recevrait avec la papauté, tous les ordres.

Les empereurs grecs et latins voulurent opprimer la liberté de l'élection papale populaire ; ils l'usurpèrent quelquefois, et ils exigèrent souvent que cette élection fût au moins confirmée par eux : un capitulaire de Louis le Débonnaire rend à l'élection des évêques sa liberté primitive qui s'accomplit selon un traité du même temps par le *consentement unanime du clergé et du peuple*.

Ces dangers d'une élection proclamée par les masses populaires ou dictée par les empereurs obligèrent à faire des changements à la loi. Il existait à Rome des prêtres et des diacres appelés *cardinaux*, soit que leur nom leur vînt de ce qu'ils servaient aux *cornes* ou coins de l'autel, *ad cornua altaris*, soit que le mot *cardinal* dérivât du latin *cardo*, pivot ou gond[1]. Le pape Nicolas II, dans un concile tenu à Rome en 1059, fit décider que les cardinaux seuls éliraient les papes et que le clergé et le peuple ratifieraient l'élection. Cent vingt ans après, le concile de Latran[2] enleva la ratification au clergé et au peuple et rendit l'élection valide à une majorité des deux tiers des voix dans l'assemblée des cardinaux.

Mais ce canon du concile ne fixant ni la durée ni la forme de ce collège électoral, il arriva que la discorde s'introduisit parmi les électeurs, et il n'y avait aucun moyen dans la nouvelle modification de la loi de faire cesser cette discorde. En 1268[3], après la mort de Clé-

---

1. C'est la seconde explication qui est la bonne. Les *cornua altaris* ne jouent un rôle que dans la liturgie hébraïque.   2. Le troisième de ce nom (1179).   3. Nous corrigeons le texte original qui porte, par erreur, 1258.

ment IV, les cardinaux réunis à Viterbe ne purent s'entendre, et le Saint-Siège resta vacant pendant deux années. Le podestat et le peuple de la ville furent obligés d'enfermer les cardinaux dans leur palais, et même, dit-on, de découvrir ce palais pour forcer les électeurs à en venir à un choix. Grégoire X sortit enfin du scrutin, et, pour remédier à l'avenir à un tel abus, établit alors le conclave, CUM CLAVE, *sous clef* ou *avec une clef* ; il régla les dispositions intérieures de ce conclave à peu près de la manière qu'elles existent aujourd'hui : cellules séparées, chambre commune pour le scrutin, fenêtres extérieures murées, à l'une desquelles on vient proclamer l'élection en démolissant les plâtres dont elle est close, etc. Le concile tenu à Lyon en 1270 confirme et améliore ces dispositions. Un article de ce règlement est pourtant tombé en désuétude : il y était dit que, si après trois jours de clôture le choix du pape n'était pas fait, pendant cinq jours après ces trois jours les cardinaux n'auront plus qu'un seul plat à leur repas, et qu'ensuite ils n'auront plus que du pain, du vin et de l'eau jusqu'à l'élection du souverain pontife.

Aujourd'hui la durée d'un conclave n'est plus limitée et les cardinaux ne sont plus punis par la diète comme des enfants mis en pénitence. Leur dîner, placé dans des corbeilles portées sur des brancards, leur arrive du dehors accompagné de laquais en livrée ; un dapifère [1] suit le convoi l'épée au côté et traîné par des chevaux caparaçonnés, dans le carrosse armorié du cardinal reclus. Arrivés au tour du conclave, les poulets sont éventrés, les pâtés sondés, les oranges mises en quartiers, les bouchons des bouteilles dépecés, dans la crainte que quelque pape ne s'y trouve caché. Ces anciennes coutumes, les unes puériles, les autres ridicules, ont des inconvénients. Le dîner est-il somptueux ? le pauvre qui meurt de faim, en le voyant passer, compare et murmure. Le dîner est-il chétif ? par une autre infirmité de la nature, l'indigent

---

1. Francisation du latin *dapifer*, mot que Chateaubriand affectionne (voir t. II, p. 234, note 1 et, *infra*, t. IV, p. 288). Il désigne ici une espèce de majordome.

s'en moque et méprise la pourpre romaine. On fera bien d'abolir cet usage qui n'est plus dans les mœurs actuelles ; le christianisme est remonté vers sa source ; il est revenu au temps de la Cène et des Agapes, et le Christ doit seul aujourd'hui présider à ces festins.

Les intrigues des conclaves sont célèbres : quelques-unes eurent des suites funestes. On vit pendant le schisme d'Occident différents papes et antipapes se maudire et s'excommunier du haut des murs en ruine de Rome. Ce schisme parut prêt à s'éteindre, lorsque Pierre de Lune le ranima, en 1304, par une intrigue du conclave à Avignon. Alexandre VI acheta, en 1492, les suffrages de vingt-deux cardinaux qui lui prostituèrent la tiare, laissant après lui le souvenir de Lucrèce. Sixte-Quint n'eut d'intrigue dans le conclave qu'avec ses béquilles[1], et quand il fut pape son génie n'eut plus besoin de ces appuis. J'ai vu dans une villa de Rome un portrait de la sœur de Sixte-Quint, femme du peuple, que le terrible pontife dans tout l'orgueil plébéien se plut à faire peindre. « Les premières armes de notre maison », disait-il à cette sœur, « sont des lambeaux *(lambels)*[2]. »

C'était encore le temps où quelques souverains dictaient des ordres au Sacré Collège. Philippe II faisait entrer au conclave des billets portant : *Su Magestad no quiere que N. sea Papa ; quiere que N. le tenga*[3]. Après cette époque, les intrigues des conclaves ne sont plus guère que des agitations sans résultats généraux. Du Perron et d'Ossat[4] obtinrent néanmoins la réconciliation d'Henri IV avec le Saint-Siège, ce qui fut un grand événe-

---

1. Allusion à la légende, répandue par son biographe Gregorio Leti, selon laquelle le futur Sixte-Quint aurait joué la caducité pour se faire élire pape le 24 avril 1585. Mais à peine les suffrages recueillis, il aurait redressé son corps courbé, rejeté les béquilles qu'il utilisait depuis des années, et entonné un *Te Deum* triomphal sous les yeux médusés du Sacré-Collège.   2. Jeu de mot sur un ancien terme héraldique *(lambel)* dont le pluriel supposé *(lambeaux)*, signifierait : guenilles, ou haillons.   3. « Sa Majesté ne désire pas qu'un tel soit pape ; elle désire que ce soit un tel. »   4. Ces deux prélats furent chargés de missions diplomatiques importantes à Rome pour le compte de Henri III et de Henri IV.

ment. Les *Ambassades* de du Perron sont fort inférieures
aux *Lettres* de d'Ossat. Avant eux, du Bellay[1] avait été
au moment de prévenir le schisme de Henri VIII. Ayant
obtenu de ce tyran, avant sa séparation de l'Église, qu'il
se soumettrait au jugement du Saint-Siège, il arriva à
Rome au moment où la condamnation d'Henri VIII allait
être prononcée. Il obtint un délai pour envoyer un homme
de confiance en Angleterre ; les mauvais chemins retardè-
rent la réponse. Les partisans de Charles-Quint firent rendre la sentence, et le porteur des pouvoirs de Henri VIII
arriva deux jours après. Le retard d'un courrier a rendu
l'Angleterre protestante, et changé la face politique de
l'Europe. Les destinées du monde ne tiennent pas à des
causes plus puissantes : une coupe trop large, vidée à
Babylone, fit disparaître Alexandre.

Vient ensuite, à Rome, du temps d'Olimpia[2], le cardinal de Retz, qui, dans le conclave après la mort d'Innocent X, s'enrôla dans *l'escadron volant*[3], nom que l'on
donnait à dix cardinaux indépendants ; ils portaient avec
eux *Sachetti*, qui n'était *bon qu'à peindre*[4], pour faire
passer Alexandre VII, *savio col silenzio*, et qui, pape, se
trouva n'être pas grand-chose[5].

Le président de Brosses raconte la mort de Clément XII
dont il fut témoin, et vit l'élection de Benoît XIV,

---

1. Le cardinal Jean du Bellay (1492-1560), oncle du poète, fut
ambassadeur de François Iᵉʳ auprès de Henri VIII et du pape
Paul III.   **2.** Olimpia Pamphili (1594-1656), célèbre par ses
richesses et sa beauté, exerça une grande influence sous le pontificat
du pape Innocent X : il avait été son amant, était devenu son beau-frère,
et avait fini par recevoir la tiare grâce à ses intrigues.   **3.** Épisode du
conclave de 1655 raconté par le cardinal de Retz dans ses *Mémoires*
(Édition Bertière, Classiques Garnier, t. II, p. 497 *sq.*). Chateaubriand
lui emprunte quelques expressions pittoresques.   **4.** Retz cite ce mot
de Ménage qui désigne un homme ne valant que par sa figure.
5. C'est à propos de son candidat le cardinal Fabio Chigi, que Retz
écrit : « Sa sévérité paraissait douce ; ses maximes paraissaient droites ;
il se communiquait peu, mais ce peu qu'il se communiquait était
mesuré et sage, *savio col silenzio*, mieux il était connu »
(t. II, p. 503). La formule est ironique : réputé sage parce qu'il ne disait
rien. Une fois élu, le nouveau pape Alexandre VII se révélera, en effet,
un « pauvre homme ».

– comme j'ai vu Léon XII le pontife, mort sur son lit, abandonné : le cardinal camerlingue avait frappé deux ou trois fois Clément XII au front, selon l'usage, avec un petit marteau, en l'appelant par son nom *Lorenzo Corsini* : « Il ne répondait point », dit de Brosses, et il ajoute : « *Voilà ce qui fait que votre fille est muette*[1]. » Et voilà comme en ce temps-là on traitait les choses les plus graves : un pape mort que l'on frappe à la tête comme à la porte de l'entendement, en appelant l'homme décédé et muet par son nom, pouvait, ce me semble, inspirer à un témoin autre chose qu'une raillerie, fût-elle empruntée de Molière. Qu'aurait dit le léger magistrat de Dijon si Clément XII lui eût répondu des profondeurs de l'éternité : « Que me veux-tu ? »

Le président de Brosses envoie à son ami l'abbé Courtois une liste des cardinaux du conclave avec un mot sur chacun d'eux en son honneur :

« Guadagni, bigot, papelard, sans esprit, sans goût, pauvre moine.

« Aquaviva d'Aragon, figure noble et un peu épaisse, l'esprit comme la figure.

« Ottoboni, sans mœurs, sans crédit, débauché, ruiné, amateur des arts.

« Alberoni, plein de feu, inquiet, remuant, méprisé, sans mœurs, sans décence, sans considération, sans jugement : selon lui, un cardinal est un...[2] habillé de rouge. »

Le reste de la liste est à l'avenant ; le cynisme est ici tout l'esprit.

Une bouffonnerie singulière eut lieu : de Brosses alla dîner avec des Anglais à la porte Saint-Pancrace ; on simula l'élection d'un pape : sir Ashewd ôta sa perruque et représenta le cardinal doyen ; on chanta des *oremus*, et le cardinal Alberoni fut élu au scrutin de cette orgie. Les soldats protestants de l'armée du connétable de Bourbon nommèrent pape, dans l'église de Saint-Pierre, Martin

---

1. De Brosses place cette citation de Molière (*Le Médecin malgré lui*, acte II, scène 4) dans la bouche même du cardinal camerlingue.   2. De Brosses écrit proprement : « un Jean-foutre » !

Luther. Aujourd'hui les Anglais, qui sont tout à la fois la plaie et la providence de Rome, respectent le culte catholique qui leur a permis d'élever un prêche en dehors de la porte du Peuple. Le gouvernement et les mœurs ne souffriraient plus de pareil scandale.

Aussitôt qu'un cardinal est prisonnier au conclave, la première chose qu'il fait, c'est de se mettre, lui et ses domestiques, à gratter durant l'obscurité les murs fraîchement maçonnés, jusqu'à ce qu'ils aient fait un petit trou pour pendre par là, durant la nuit, des ficelles au moyen desquelles les avis vont et viennent du dedans au dehors. Au surplus, le cardinal de Retz, dont l'opinion n'est pas suspecte, après avoir parlé des misères du conclave dont il fit partie, termine son récit par ces belles paroles[1] :

« On y vécut (dans le conclave) toujours ensemble avec le même respect et la même civilité que l'on observe dans les cabinets des rois ; avec la même politesse qu'on avait dans la cour de Henri III ; avec la même familiarité que l'on voit dans les collèges ; avec la même modestie qui se remarque dans les noviciats, et avec la même charité, au moins en apparence, qui pourrait être entre des frères parfaitement unis. »

Je suis frappé, en achevant l'épitome d'une immense histoire, de la manière grave dont elle commence et de la manière presque burlesque dont elle finit ; la grandeur du Fils de Dieu ouvre la scène qui, se rétrécissant par degrés à mesure que la religion catholique s'éloigne de sa source, se termine à la petitesse du fils d'Adam. On ne retrouve plus guère la hauteur primitive de la croix qu'au décès du souverain pontife : ce pape, sans famille, sans amis, dont le cadavre est délaissé sur sa couche, montre que l'homme était compté pour rien dans le chef du monde évangélique. Comme prince temporel, on rend des honneurs au pape expiré ; comme homme, son corps abandonné est jeté à la porte de l'église, où jadis le pêcheur faisait pénitence.

---

1. Édition citée, t. II, p. 517-518.

(3)

DÉPÊCHE À M. LE COMTE PORTALIS.

« Rome, 17 février 1829.

« Monsieur le comte,

« J'ignore s'il plaira au roi d'envoyer un ambassadeur extraordinaire à Rome ou s'il lui conviendra de m'accréditer auprès du Sacré Collège. Dans ce dernier cas, j'aurai l'honneur de vous faire observer que j'allouai à M. le duc de Laval, pour frais de service extraordinaire en pareille circonstance, en 1823, une somme qui s'élevait, autant que je m'en puis souvenir, de 40 à 50 000 francs. L'ambassadeur d'Autriche, M. le comte d'Appony, reçut d'abord de sa cour une somme de 36 000 francs pour les premiers besoins, un supplément de 7 200 francs par mois à son traitement ordinaire pendant la durée du conclave, et pour frais de cadeaux, chancellerie, etc., 10 000 francs. Je n'ai point, monsieur le comte, la prétention de lutter de magnificence avec M. l'ambassadeur d'Autriche, comme le fit M. le duc de Laval ; je ne louerai ni chevaux, ni voitures, ni livrées pour éblouir la populace de Rome ; le Roi de France est un assez grand seigneur pour payer la pompe de ses ambassadeurs, s'il en veut une : magnificence d'emprunt, c'est misère. J'irai donc modestement au conclave avec mes gens et mes voitures ordinaires. Reste seulement à savoir si Sa Majesté ne pensera pas que pendant la durée du conclave je serai obligé à une représentation à laquelle mon traitement ordinaire ne pourra suffire. Je ne demande rien, je soumets simplement une question à votre jugement et à la décision royale.

« J'ai l'honneur, etc. »

DÉPÊCHE À M. LE COMTE PORTALIS.

« Rome, ce 19 février 1829.

« Monsieur le comte,

« J'ai eu l'honneur d'être présenté hier au Sacré Collège et de prononcer le petit discours dont je vous ai d'avance envoyé copie dans ma dépêche n° 17, partie mardi, 17 de ce mois, par un courrier extraordinaire[1]. J'ai été écouté avec des marques de satisfaction du meilleur augure, et le cardinal doyen, le vénérable Della Somaglia m'a répondu dans les termes les plus affectueux pour le Roi et pour la France.

« Vous ayant tout mandé dans ma dernière dépêche, je n'ai absolument rien de nouveau à vous dire aujourd'hui, sinon que le cardinal Bussi[2] est arrivé hier de Bénévent ; on attend aujourd'hui les cardinaux Albani, Macchi[3] et Opizzoni.

« Les membres du Sacré Collège s'enfermeront au palais Quirinal lundi soir, 23 de ce mois. Dix jours s'écouleront ensuite pour attendre les cardinaux étrangers, après quoi les opérations sérieuses du conclave commenceront, et, si l'on s'entendait tout d'abord, le pape pourrait être élu dans la première semaine de carême.

« J'attends, monsieur le comte, les ordres du Roi. Je suppose que vous m'avez expédié un courrier après l'arrivée de M. de Montebello à Paris. Il est urgent que je

---

1. Dans ce discours de circonstance, prononcé le 17 février 1829 dans la sacristie de Saint-Pierre, Chateaubriand avait glissé quelques allusions précises à la situation politique (voir Marcellus, p. 350-351).
2. Giovanni Battista Bussi (1755-1844), originaire de Viterbe, suivit une carrière de juriste : auditeur de Rote en 1801, déporté à Paris de 1809 à 1814, consulteur de la congrégation des Rites (1815), puis, en 1823, auditeur général de la Chambre apostolique. Créé cardinal par Léon XII le 3 mai 1824, il fut la même année nommé archevêque de Bénévent, où il demeura jusqu'à sa mort, vingt ans plus tard.
3. Vincenzo Macchi (1770-1860) avait été nonce à Paris de 1819 au début de 1827. Créé cardinal le 2 octobre 1826, il avait reçu la barrette des mains de Charles X avant son départ. Il avait été ensuite nommé légat apostolique pour les provinces de Ravenne et de Forli, et sera confirmé dans ses fonctions par Pie VIII.

reçoive ou l'annonce d'un ambassadeur extraordinaire, ou mes nouvelles lettres de créance avec les instructions du gouvernement.

« Les cinq cardinaux français viendront-ils ? Politiquement parlant, leur présence est ici fort peu nécessaire. J'ai écrit à monseigneur le cardinal de Latil[1] pour lui offrir mes services dans le cas où il se déterminerait à venir.

« J'ai l'honneur, etc.

« *P.S.* Je joins ici la copie d'une lettre que m'a écrite M. le comte de Funchal. Je n'ai point répondu par écrit à cet ambassadeur, je suis seulement allé causer avec lui. »

À MADAME RÉCAMIER.

« Rome, lundi 23 février 1829.

« Hier ont fini les obsèques du pape. La pyramide de *papier* et les quatre candélabres étaient assez beaux, parce qu'ils étaient d'une proportion immense et atteignaient à la corniche de l'église. Le dernier *Dies irae* était admirable. Il est composé par un homme inconnu qui appartient à la chapelle du pape[2], et qui me semble avoir un génie d'une tout autre espèce que Rossini. Aujourd'hui nous passons de la tristesse à la joie ; nous chantons le *Veni Creator* pour l'ouverture du conclave ; puis nous irons voir chaque soir si les scrutins sont brûlés, si la

---

1. Jean-Baptiste-Marie, comte puis duc de Latil (1761-1839), avait été, à partir de 1794, aumônier puis confesseur de Monsieur qu'il avait réussi à convertir après la mort de Mme de Polastron (1804) : Au début de la Restauration, il fut nommé évêque de Chartres (1817), pair de France (1822), enfin archevêque de Reims (1824). C'est lui qui, à ce titre, sacra Charles X sur lequel il conserva une grande influence et qu'il suivra dans son exil. Créé cardinal le 13 mars 1826, il avait joué un rôle modérateur dans la querelle des ordonnances de 1828. 2. Le musicien que Chateaubriand oppose ici à Rossini semble être Valentino Fioravanti (1770-1837) qui, après avoir composé des opéras bouffes dans le style de Cimarosa, fut nommé en 1816 maître de la Chapelle pontificale, et se tourna vers la musique religieuse. On a conservé de lui un « *Dies irae* à huit voix réelles et orchestre » (voir J.-M. Bailbé, « Le musicien inconnu de la chapelle du pape », dans *Bulletin*, 1978).

fumée sort d'un certain poêle : le jour où il n'y aura pas de fumée, le pape sera nommé, et j'irai vous retrouver ; voilà tout le fond de mon affaire. Le discours du roi d'Angleterre[1] est bien insolent pour la France ! Quelle déplorable expédition que cette expédition de Morée ! commence-t-on à le sentir ? Le général Guilleminot m'a écrit une lettre à ce sujet, qui me fait rire ; il n'a pu m'écrire ainsi que parce qu'il me présumait ministre. »

« 25 février.

« La mort est ici ; Torlonia est parti hier au soir après deux jours de maladie : je l'ai vu tout peinturé[2] sur son lit funèbre, l'épée au côté. Il prêtait sur gages ; mais quels gages ! sur des antiques, sur des tableaux renfermés pêle-mêle dans un vieux palais poudreux. Ce n'est pas là le magasin où l'Avare serrait *un luth de Bologne garni de toutes ses cordes ou peu s'en faut, la peau d'un lézard de trois pieds, et le lit de quatre pieds à bandes de point de Hongrie*[3].

« On ne voit que des défunts que l'on promène habillés dans les rues ; il en passe un régulièrement sous mes fenêtres quand nous nous mettons à table pour dîner. Au surplus, tout annonce la séparation du printemps ; on commence à se disperser ; on part pour Naples ; on reviendra un moment pour la semaine sainte, et puis on se quittera pour toujours. L'année prochaine ce seront d'autres voyageurs, d'autres visages, une autre société. Il y a quelque chose de triste dans cette course sur des ruines : les Romains sont comme les débris de leur ville : le monde passe à leurs pieds. Je me figure ces personnes rentrant dans leurs familles, dans les diverses contrées de l'Europe, ces jeunes *Misses* retournant au milieu de leurs brouillards. Si par hasard, dans trente ans d'ici, quelqu'une d'entre elles est ramenée en Italie, qui se souvien-

---

1. Le discours du trône, lu par George IV devant le parlement de Londres le 5 février 1829. 2. Le terme est à prendre ici dans son sens technique, qualifié de « vieilli » par *Académie*, 1789-1835 : badigeonné. *Cf.* t. I, p. 485, note 1, avec une nuance différente. 3. Chateaubriand cite Molière (*Avare*, II, 1), mais dans le désordre.

dra de l'avoir vue dans les palais dont les maîtres ne seront plus ? Saint-Pierre et le Colysée, voilà tout ce qu'elle-même reconnaîtrait. »

(4)

DÉPÊCHES À M. LE COMTE PORTALIS.

« Rome, ce 3 mars 1829.

« Monsieur le comte,
« Mon premier courrier étant arrivé à Lyon le 14 du mois dernier à neuf heures du soir, vous avez pu apprendre le 15 au matin, par le télégraphe, la mort du pape. Nous sommes aujourd'hui au 3 de mars et je suis encore sans instructions et sans réponse officielle[1]. Les journaux ont annoncé le départ de deux ou trois cardinaux. J'avais écrit à Paris à M. le cardinal de Latil, pour mettre à sa disposition le palais de l'ambassade ; je viens de lui écrire encore à divers points de sa route, pour lui renouveler mes offres.
« Je suis fâché d'être obligé de vous dire, monsieur le comte, que je remarque ici de petites intrigues pour éloigner nos cardinaux de l'ambassade, pour les loger là où ils pourraient être placés plus à la portée des influences que l'on espèce exercer sur eux.
« En ce qui me concerne, cela m'est fort indifférent. Je rendrai à MM. les cardinaux tous les services qui dépendront de moi. S'ils m'interrogent sur des choses qu'il sera bon de connaître, je leur dirai ce que je sais ; si vous me transmettez pour eux les ordres du Roi, je leur en ferai part ; mais s'ils arrivaient ici dans un esprit hostile aux vues du gouvernement de Sa Majesté, si l'on s'apercevait qu'ils ne marchent pas d'accord avec l'ambassadeur du Roi, s'ils tenaient un langage contraire au mien, s'ils

---

1. Il ne les recevra, sous une forme assez vague, que le 6 mars.

allaient jusqu'à donner leurs voix dans le conclave à quelque homme exagéré, s'ils étaient même divisés entre eux, rien ne serait plus funeste. Mieux vaudrait pour le service du Roi que je donnasse à l'instant ma démission que d'offrir ce spectacle public de nos discordes. L'Autriche et l'Espagne ont, par rapport à leur clergé, une conduite qui ne laisse rien à l'intrigue. Tout prêtre, tout cardinal ou évêque autrichien ou espagnol ne peut avoir pour agent ou pour correspondant à Rome que l'ambassadeur même de sa cour ; celui-ci a le droit d'écarter à l'instant de Rome tout ecclésiastique de sa nation qui lui ferait obstacle.

« J'espère, monsieur le comte, qu'aucune division n'aura lieu, que MM. les cardinaux auront l'ordre formel de se soumettre aux instructions que je ne tarderai pas à recevoir de vous ; que je saurai celui d'entre eux qui sera chargé d'exercer l'exclusion, en cas de besoin, et quelles têtes cette exclusion doit frapper.

« Il est bien nécessaire de se tenir en garde ; les derniers scrutins ont annoncé le réveil d'un parti[1]. Ce parti, qui a donné de vingt à vingt et une voix aux cardinaux Della Marmora[2] et Pedicini, forme ce qu'on appelle ici la faction de Sardaigne. Les autres cardinaux effrayés veulent porter tous leurs suffrages sur Opizzoni, homme ferme et modéré à la fois. Quoique Autrichien, c'est-à-dire Milanais, il a tenu tête à l'Autriche à Bologne. Ce serait un excellent choix. Les voix des cardinaux français pourraient, en se fixant sur l'un ou sur l'autre candidat, décider l'élection. À tort ou à raison, on croit ces cardinaux ennemis du système actuel du gouvernement du Roi, et la faction de Sardaigne compte sur eux.

« J'ai l'honneur, etc. »

---

1. Celui des *zelanti*.   **2.** Carlo Ferrer della Marmora (1757-1831), originaire de Turin, avait été créé cardinal au consistoire du 27 septembre 1824.

À MADAME RÉCAMIER.

« Rome, le 3 mars 1829.

« Vous me surprenez sur l'histoire de ma fouille ; je ne me souvenais pas de vous avoir écrit rien de si bien à ce propos[1]. Je suis, comme vous le pensez, fortement occupé : laissé sans direction et sans instructions, je suis obligé de prendre tout sur moi. Je crois cependant que je puis vous promettre un pape modéré et éclairé. Dieu veuille seulement qu'il soit fait à l'expiration de l'*interim* du ministère de M. Portalis. »

« 4 mars.

« Hier, mercredi des Cendres, j'étais à genoux seul dans cette église de *Santa Croce*[2], appuyée sur les murailles de Rome, près de la porte de Naples. J'entendais le chant monotone et lugubre des religieux dans l'intérieur de cette solitude : j'aurais voulu être aussi sous un froc, chantant parmi ces débris. Quel lieu pour mettre en paix l'ambition et contempler les vanités de la terre ! Je ne vous parle pas de ma santé, parce que cela est extrêmement ennuyeux. Tandis que je souffre, on me dit que M. de La Ferronnays se guérit ; il fait des courses à cheval, et sa convalescence passe dans le pays pour un miracle : Dieu veuille qu'il en soit ainsi, et qu'il reprenne le portefeuille au bout de l'*interim* : que de questions cela trancherait, pour moi ! »

DÉPÊCHE À M. LE COMTE PORTALIS.

« Rome, ce 15 mars 1829.

« Monsieur le comte,
« J'ai eu l'honneur de vous instruire de l'arrivée suc-

---

1. Voir p. 332, la lettre du 5 février 1829.   2. Sainte-Croix-de-Jérusalem, dans le voisinage de la porte Majeure. C'était le lieu favori des promenades de Chateaubriand (voir t. I, p. 216).

cessive de MM. les cardinaux français. Trois d'entre eux, MM. de Latil, de La Fare[1] et de Croy[2], m'ont fait l'honneur de descendre chez moi. Le premier est entré au conclave jeudi soir 12, avec M. le cardinal Isoard[3] ; les deux autres s'y sont renfermés vendredi soir, 13.

« Je leur ai fait part de tout ce que je savais ; je leur ai communiqué des notes importantes sur la minorité et la majorité du conclave, sur les sentiments dont les différents partis sont animés. Nous sommes convenus qu'ils porteraient les candidats dont je vous ai déjà parlé, savoir : les cardinaux Cappellari, Opizzoni, Benvenuti, Zurla, Castiglioni, enfin Pacca et De Gregorio ; qu'ils repousseraient les cardinaux de la faction sarde : Pedicini, Giustiniani, Galeffi et Cristaldi[4].

« J'espère que cette bonne intelligence entre les ambassadeurs et les cardinaux aura le meilleur effet : du moins

---

1. Anne-Louis-Henri de La Fare (1752-1829), petit-neveu du cardinal de Bernis, agent général du clergé de Bourgogne (1784), puis évêque de Nancy (1787), avait été membre de la Constituante où il avait défendu les positions de la hiérarchie catholique. Il émigra en 1791 (sa lettre pastorale contre la Constitution civile du clergé est datée de Trèves, le 26 mai 1791) puis, installé à Vienne, il centralisa les secours destinés aux prêtres exilés et aux anciens soldats de Condé. Ce fut aussi lui qui négocia en 1795 le mariage de Madame royale avec son cousin Angoulême. Ayant refusé de démissionner en 1801, il ne rentra en France qu'en 1814. La Restauration devait le combler de tous les honneurs : archevêque de Sens (1817) ; pair de France avec le titre de duc (1822) ; enfin cardinal (26 mai 1823). Il devait mourir le 10 décembre 1829.   **2.** Gustave-Maximilien, prince de Croy (1773-1844), avait été ordonné prêtre en Autriche, où sa famille avait émigré. Il fut nommé en 1817 évêque de Strasbourg, puis grand aumônier de France (1821) et archevêque de Rouen (1823). Son élévation à la pourpre date du 21 mars 1825.   **3.** Joachim-Xavier Isoard (1766-1839), ancien secrétaire et ami du cardinal Fesch, fit une longue carrière à Rome, au tribunal de la Rote dont il fut le doyen de 1823 à 1827. Ordonné prêtre en 1825, promu cardinal au consistoire du 25 juin 1827, il venait de recevoir sa nomination à Auch (15 décembre 1828) ainsi qu'à la Chambre des pairs, avec le titre de duc (15 janvier 1829).   **4.** Belisario Cristaldi (1764-1831), juriste de la Sapience et administrateur de Curie, avait été le collaborateur de Consalvi, hostile au parti *zelante*. Créé cardinal *in petto* le 2 octobre 1826, il avait été publié seulement le 15 décembre 1828.

n'aurai-je rien à me reprocher si des passions ou des intérêts venaient à tromper mes espérances.

« J'ai découvert, monsieur le comte, de méprisables et
dangereuses intrigues entretenues de Paris à Rome par le
canal de M. le nonce Lambruschini[1]. Il ne s'agissait rien
moins que de faire lire en plein conclave la copie des
prétendues instructions secrètes divisées en plusieurs
articles et données (assurait-on impudemment) à M. le
cardinal de Latil. La majorité du conclave s'est prononcée
fortement contre de pareilles machinations ; elle aurait
voulu qu'on écrivît au nonce de rompre toute espèce de
relations avec ces hommes de discorde qui, en troublant
la France, finiraient par rendre la religion catholique
odieuse à tous. Je fais, monsieur le comte, un recueil de
ces révélations authentiques, et je vous l'enverrai après la
nomination du pape : cela vaudra mieux que toutes les
dépêches du monde. Le Roi apprendra à connaître ses
amis et ses ennemis, et le gouvernement pourra s'appuyer
sur des faits propres à le diriger dans sa marche.

« Votre dépêche n° 14 me donna avis des empiétements
que le nonce de Sa Sainteté a voulu renouveler en France
au sujet de la mort de Léon XII. La même chose était
déjà arrivée lorsque j'étais ministre des affaires étrangères
à la mort de Pie VII ; heureusement on a toujours les
moyens de se défendre contre ces attaques publiques ; il
est bien plus difficile d'échapper aux trames ourdies dans
l'ombre.

« Les conclavistes qui accompagnent nos cardinaux
m'ont paru des hommes raisonnables : le seul abbé Cou-

---

1. Luigi Lambruschini (1766-1854), originaire de Ligurie et ancien
barnabite, fut appelé à la Curie par le cardinal Consalvi, après la dissolution de son ordre. Secrétaire de la congrégation des Affaires ecclésiastiques en 1816, il fut bientôt nommé archevêque de Gênes (1819),
puis envoyé comme nonce à Paris de 1827 à 1831. La monarchie de
Juillet demanda son rappel à cause de ses relations étroites avec le
milieu ultra. Grégoire XVI lui accordera le chapeau de cardinal au
consistoire du 30 septembre 1831 et fera de lui son secrétaire d'État
en 1836.

drin[1], dont vous m'avez parlé, est un de ces esprits compacts et rétrécis dans lesquels rien ne peut entrer, un de ces hommes qui se sont trompés de profession. Vous n'ignorez pas qu'il est moine, chef d'ordre, et qu'il a même des bulles d'institution : cela ne s'accorde guère avec nos lois civiles et nos institutions politiques.

« Il se pourrait faire que le pape fût élu à la fin de cette semaine. Mais si les cardinaux français manquent le premier effet de leur présence, il deviendra impossible d'assigner un terme au conclave. De nouvelles combinaisons amèneraient peut-être une nomination inattendue : on s'arrangerait, pour en finir, de quelque cardinal insignifiant, tel que Dandini[2].

« Je me suis jadis, monsieur le comte, trouvé dans des circonstances difficiles, soit comme ambassadeur à Londres, soit comme ministre pendant la guerre d'Espagne, soit comme membre de la Chambre des pairs, soit comme chef de l'opposition ; mais rien ne m'a donné autant d'inquiétude et de souci que ma position actuelle au milieu de tous les genres d'intrigues. Il faut que j'agisse sur un corps invisible renfermé dans une prison dont les abords sont strictement gardés. Je n'ai ni argent à donner, ni places à promettre ; les passions caduques d'une cinquantaine de vieillards ne m'offrent aucune prise sur elles. J'ai à combattre la bêtise dans les uns, l'ignorance du siècle dans les autres ; le fanatisme dans ceux-ci, l'astuce et la duplicité dans ceux-là ; dans presque tous l'ambition, les intérêts, les haines politiques, et je suis séparé par des murs et par des mystères de l'assemblée où fermentent tant d'éléments de division. À chaque instant la scène varie ; tous les quarts d'heure des rapports contradictoires me plongent dans de nouvelles perplexités. Ce n'est pas, monsieur le comte, pour me faire valoir que je vous entretiens de ces difficultés, mais pour me servir d'excuse dans le cas où l'élection produi-

---

1. Pierre Coudrin (1768-1837), vicaire général de Rouen, avait accompagné à Rome le cardinal de Croy, son archevêque. Il avait fondé diverses congrégations ou associations pieuses et passait alors pour un pilier de la Congrégation.   **2.** Ercole Dandini (1759-1840), ancien archevêque de Ferrare, cardinal de Curie depuis 1823.

rait un pape contraire à ce qu'elle semble promettre et à la nature de nos vœux. À la mort de Pie VII, les questions religieuses n'avaient point encore agité l'opinion : ces questions sont venues aujourd'hui se mêler à la politique, et jamais l'élection du chef de l'Église ne pouvait tomber plus mal à propos.

« J'ai l'honneur, etc. »

À MADAME RÉCAMIER.

« Rome, 17 mars 1829.

« Le roi de Bavière [1] est venu me voir en *frac*. Nous avons parlé de vous. Ce souverain *grec*, en portant une couronne, semble savoir ce qu'il a sur la tête, et comprendre qu'on ne cloue pas le temps au passé. Il dîne chez moi jeudi et ne veut personne.

« Au reste, nous voilà au milieu de grands événements : un pape à faire ; que sera-t-il ? L'émancipation des catholiques passera-t-elle ? Une nouvelle campagne en Orient ; de quel côté sera la victoire ? Profiterons-nous de cette position ? Qui conduira nos affaires ? y a-t-il une tête capable d'apercevoir tout ce qui se trouve là-dedans pour la France et d'en profiter selon les événements ? Je suis persuadé qu'on n'y pense seulement pas à Paris, et qu'entre les salons et les Chambres, les plaisirs et les lois, les joies du monde et les inquiétudes ministérielles, on se soucie de l'Europe comme de rien du tout. Il n'y a que moi qui, dans mon exil, ai le temps de songer creux et de regarder autour de moi. Hier je suis allé me promener par une espèce de tempête sur l'ancien chemin de Tivoli. Je suis arrivé à l'ancien pavé romain, si bien conservé qu'on croirait qu'il a été posé nouvellement. Horace avait pourtant foulé les pierres que je foulais ; où est Horace ? »

---

1. Louis Ier (1786-1868), monté sur le trône de Bavière en 1825, ami des arts et ardent philhellène, voudra faire de sa capitale une « nouvelle Athènes ». Mais les événements de 1848, ainsi que sa liaison avec la danseuse Lola Montès, le forceront à abdiquer en faveur de son fils.

(5)

LE MARQUIS CAPPONI.

Le marquis Capponi[1] arrivant de Florence m'apporta des lettres de recommandation de ses amies de Paris. Je répondis à l'une de ces lettres le 21 mars 1829[2] :

« J'ai reçu vos deux lettres ; les services que je puis rendre ne sont rien, mais je suis tout à vos ordres. Je n'en étais pas à savoir ce que c'était que le marquis Capponi : je vous annonce qu'il est toujours beau ; il a tenu bon contre le temps. Je n'ai point répondu à votre première lettre toute pleine d'enthousiasme pour le sublime Mahmoud et pour la barbarie *disciplinée*, pour ces esclaves *bâtonnés* en soldats. Que les femmes soient transportées d'admiration pour les hommes qui en épousent à la fois des centaines, qu'elles prennent cela pour le progrès des lumières et de la civilisation, je le conçois ; mais moi je tiens à mes pauvres Grecs ; je veux leur liberté comme celle de la France ; je veux aussi des frontières qui couvrent Paris, qui assurent notre indépendance, et ce n'est pas avec la triple alliance du pal de Constantinople, de la schlague de Vienne et des coups de poing de Londres que vous aurez la rive du Rhin. Grand merci de la pelisse d'honneur que notre gloire pourrait obtenir de l'invincible

---

1. De vieille famille florentine et de culture cosmopolite, le marquis Gino Capponi (1792-1876) avait beaucoup voyagé dans sa jeunesse ; il avait séjourné à Vienne, à Londres, à Paris. Réinstallé dans sa patrie à partir de 1821, il joua un rôle considérable dans la vie intellectuelle et politique de Florence, avant de devenir, comme chef du parti libéral, une des figures éminentes du Risorgimento.   2. Marcellus a révélé le nom de cette mystérieuse correspondante ; c'est la même que la « dame spirituelle » dont il est question dans la lettre du 15 janvier : la comtesse de Castellane, née Cordélia Greffulhe (1796-1847). Elle avait été la maîtresse de Chateaubriand pendant quelques mois en 1823 : cette liaison passionnée, mais éphémère, céda la place à une amitié plus sereine. Horace Vernet, qui aura lui aussi une aventure avec elle, avait exposé son portrait au salon de 1824 : voir *Album Chateaubriand*, p. 237.

chef des croyants, lequel n'est pas encore sorti des faubourgs de son sérail ; j'aime mieux cette gloire toute nue ; elle est femme et belle : Phidias se serait bien gardé de lui mettre une robe de chambre turque. »

À MADAME RÉCAMIER.

« Rome, le 21 mars 1829.

« Eh bien ! j'ai raison contre vous ! Je suis allé hier, entre deux scrutins et en attendant un pape, à Saint-Onuphre : ce sont bien deux *orangers* qui sont dans le *cloître*, et point un chêne *vert*[1]. Je suis tout fier de cette fidélité de ma mémoire. J'ai couru, presque les yeux fermés, à la petite pierre qui recouvre votre ami[2] ; je l'aime mieux que le grand tombeau qu'on va lui élever[3]. Quelle charmante solitude ! quelle admirable vue ! quel bonheur de reposer là entre les fresques du Dominiquin[4] et celles de Léonard de Vinci ! Je voudrais y être, je n'ai jamais été plus tenté. Vous a-t-on laissé entrer dans l'intérieur du couvent ? Avez-vous vu, dans un long corridor, cette tête ravissante, quoique à moitié effacée, d'une madone de Léonard de Vinci ? Avez-vous vu dans la bibliothèque le masque du Tasse, sa couronne de laurier flétrie, un miroir dont il se servait, son écritoire, sa plume et sa lettre écrite de sa main, collée sur une planche qui pend au bas de son buste ? Dans cette lettre d'une petite écriture raturée, mais facile à lire, il parle d'*amitié* et du

---

1. Selon Valéry (t. IV, p. 139-140), il y avait bien des orangers dans le cloître de Saint-Onuphre, mais dans le jardin se trouvait un chêne vénérable appelé « arbre du Tasse ». 2. Le Tasse, poète préféré de Mme Récamier (voir la lettre du 18 décembre 1828, *supra*, p. 316), est mort à Saint-Onuphre le 25 avril 1595. Chateaubriand avait déjà évoqué sa sépulture au début de son *Itinéraire* (p. 770). Voir aussi XL, 2 (t. IV, p. 445). 3. Grâce à la souscription mentionnée plus haut. Ce tombeau ne sera érigé que sous Pie IX : la statue du poète, par Fabris, date de 1857. 4. Ces fresques, peintes en 1605, illustrent la vie de saint Jérôme. Saint-Onuphre ne possède en revanche aucune œuvre de Léonard, mais des fresques de Peruzzi et de Pinturicchio.

vent de la fortune ; celui-là n'avait guère soufflé pour lui et l'amitié lui avait souvent manqué.

« Point de pape encore, nous l'attendons d'heure en heure ; mais si le choix a été retardé, si des obstacles se sont élevés de toutes parts, ce n'est pas ma faute : il m'aurait fallu écouter un peu davantage et ne pas agir tout juste en sens contraire de ce qu'on paraissait désirer. Au reste, à présent il me semble que tout le monde veut être en paix avec moi. Le cardinal de Clermont-Tonnerre lui-même vient de m'écrire qu'il réclame mes anciennes bontés pour lui, et après tout cela il descend chez moi résolu à voter pour le pape le plus modéré.

« Vous avez lu mon second discours[1]. Remerciez M. Kératry[2] qui a parlé si obligeamment du premier ; j'espère qu'il sera encore plus content de l'autre. Nous tâcherons tous les deux de rendre la *liberté* chrétienne, et nous y parviendrons. Que dites-vous de la réponse[3] que le cardinal Castiglioni m'a faite ? Suis-je assez loué *en plein conclave* ? Vous n'auriez pas mieux dit dans vos jours de gâterie. »

« 24 mars 1829.

« Si j'en croyais les bruits de Rome, nous aurions un pape demain ; mais je suis dans un moment de découragement, et je ne veux pas croire à un tel bonheur. Vous comprenez bien que ce bonheur n'est pas le bonheur politique, la joie d'un triomphe, mais le bonheur d'être libre et de vous retrouver. Quand je vous parle tant de conclave, je suis comme les gens qui ont une idée fixe et qui croient que le monde n'est occupé que de cette idée.

---

1. On trouvera le texte de ce discours, prononcé le 10 mars 1829, ainsi que la réponse de Castiglioni, dans Artaud, p. 42-48. **2.** Le comte de Kératry (1769-1839), député royaliste, mais libéral, du Finistère de 1818 à 1824, puis de nouveau en 1827, avait pris le parti de Chateaubriand lorsque celui-ci avait été chassé du ministère. Il avait connu le succès littéraire avec un roman historique intitulé : *Le Dernier des Beaumanoir* (1824). Il dirigeait le *Courrier français* qui avait publié dans son numéro du 3 mars le premier discours de Chateaubriand au conclave, précédé de quelques lignes aimables de présentation. **3.** Elle est, en réalité, assez prudente.

Et pourtant à Paris qui pense au conclave, qui s'occupe d'un pape et de mes tribulations ? La légèreté française, les intérêts du moment, les discussions des Chambres, les ambitions émues, ont bien autre chose à faire. Lorsque le duc de Laval m'écrivait aussi ses soucis sur son conclave, tout préoccupé de la guerre d'Espagne que j'étais, je disais en recevant ses dépêches : *Eh ! bon Dieu, il s'agit bien de cela !* M. Portalis doit aujourd'hui me faire subir la peine du talion. Il est vrai de dire cependant que les choses à cette époque n'étaient pas ce qu'elles sont aujourd'hui : les idées religieuses n'étaient pas mêlées aux idées politiques comme elles le sont dans toute l'Europe ; la querelle n'était pas là ; la nomination d'un pape ne pouvait pas, comme à cette heure, troubler ou calmer les États.

« Depuis la lettre qui m'annonçait la prolongation du congé de M. de La Ferronnays et son départ pour Rome, je n'ai rien appris : je crois pourtant cette nouvelle vraie.

« M. Thierry m'a écrit d'Hyères une lettre touchante ; il dit qu'il se meurt, et pourtant il veut une place à l'Académie des inscriptions et me demande d'écrire pour lui[1]. Je vais le faire. Ma fouille continue à me donner des sarcophages ; la mort ne peut fournir que ce qu'elle a. Le monument du Poussin avance. Il sera noble et grand. Vous ne sauriez croire combien le *tableau des Bergers d'Arcadie* était fait pour un bas-relief et convient à la sculpture[2]. »

« 28 mars.

« M. le cardinal de Clermont-Tonnerre, descendu chez moi, entre aujourd'hui au conclave ; c'est le siècle des merveilles. J'ai auprès de moi le fils du maréchal Lannes et le petit-fils du chancelier[3] ; *messieurs du Constitution-*

---

1. Cette première candidature échoua, mais Augustin Thierry sera élu le 7 mai 1830, après une seconde intervention de Chateaubriand. 2. Voir XXIX, 14 (*supra*, p. 314, note 5). 3. Le duc de Montebello et le vicomte de Sesmaisons, petit-fils, par sa mère, du chancelier Dambray. Sesmaisons, alors secrétaire à Vienne, avait été envoyé à Rome pour une mission extraordinaire par le duc de Laval.

nel dînent à ma table auprès de *messieurs de la Quotidienne*. Voilà l'avantage d'être sincère ; je laisse chacun penser ce qu'il veut, pourvu qu'on m'accorde la même liberté ; je tâche seulement que mon opinion ait la majorité, parce que je la trouve, comme de raison, meilleure que les autres. C'est à cette sincérité que j'attribue le penchant qu'ont les opinions les plus divergentes à se rapprocher de moi. J'exerce envers elles le droit d'asile : on ne peut les saisir sous mon toit. »

À M. LE DUC DE BLACAS [1].

« Rome, 24 mars 1829.

« Je suis bien fâché, monsieur le duc, qu'une phrase de ma lettre ait pu vous causer quelque inquiétude. Je n'ai point du tout à me plaindre d'un homme de sens et d'esprit (M. Fuscaldo) qui ne m'a dit que des lieux communs de diplomatie. Nous autres ambassadeurs, disons-nous autre chose ? Quant au cardinal dont vous me faites l'honneur de me parler [2], le gouvernement français n'a désigné particulièrement personne ; il s'en est entièrement rapporté à ce que je lui ai mandé. Sept ou huit cardinaux modérés ou pacifiques, qui semblent attirer également les vœux de toutes les cours, sont les candidats entre lesquels nous désirons voir se fixer les suffrages. Mais si nous n'avons pas la prétention d'imposer un choix à la majorité du conclave, nous repoussons de toutes nos forces et par tous les moyens trois ou quatre cardinaux fanatiques, intrigants ou incapables, que porte la minorité.

« Je n'ai, monsieur le duc, aucun moyen possible de vous faire passer cette lettre ; je la mets donc tout simple-

---

1. Pair de France depuis 1816, le comte de Blacas (voir XXII, 24 ; t. II, p. 608, note 1) avait reçu le titre de duc le 30 avril 1821. Prédécesseur de Chateaubriand à Rome de 1816 à 1822, il avait été nommé en 1824 ambassadeur à Naples où ce collectionneur avisé avait la prétention de régenter toute la politique italienne de la France.   **2.** Le Napolitain de Gregorio, qui avait la faveur de Chateaubriand, tandis que Blacas cherchait à faire élire Castiglioni.

ment à la poste, parce qu'elle ne renferme rien que vous et moi ne puissions avouer tout haut.

« J'ai l'honneur, etc. »

À MADAME RÉCAMIER.

« Rome, le 31 mars 1829.

« M. de Montebello est arrivé et m'a apporté votre lettre avec une lettre de M. Bertin et de M. Villemain.

« Mes fouilles vont bien, je trouve force sarcophages vides ; j'en pourrai choisir un pour moi, sans que ma poussière soit obligée de chasser celle de ces vieux morts que le vent a déjà emportée. Les sépulcres dépeuplés offrent le spectacle d'une résurrection et pourtant ils n'attendent qu'une mort plus profonde. Ce n'est pas la vie, c'est le néant qui a rendu ces tombes désertes.

« Pour achever mon petit journal du moment, je vous dirai que je suis monté avant-hier à la boule de Saint-Pierre pendant une tempête. Vous ne sauriez vous figurer ce que c'était que le bruit du vent au milieu du ciel, autour de cette coupole de Michel-Ange, et au-dessus de ce temple des chrétiens, qui écrase la vieille Rome. »

À MADAME RÉCAMIER.

« 31 mars au soir.

« Victoire ! j'ai un des papes que j'avais mis sur ma liste : c'est Castiglioni, le cardinal même que je portais à la papauté en 1823, lorsque j'étais ministre, celui qui m'a répondu dernièrement au conclave de 1829, en me donnant *force louanges*. Castiglioni est modéré et dévoué à la France : c'est un triomphe complet. Le conclave, avant de se séparer, a ordonné d'écrire au nonce à Paris, pour lui dire d'exprimer au Roi la satisfaction que le Sacré Collège a éprouvée de ma conduite. J'ai déjà expédié cette nouvelle à Paris par le télégraphe. Le préfet du Rhône est l'intermédiaire de cette correspondance aérienne, et ce préfet est M. de Brosses, fils de ce comte de Brosses, le léger voyageur à Rome, souvent cité dans les notes que je rassemble en vous écrivant. Le courrier qui vous porte cette lettre porte ma dépêche à M. Portalis.

« Je n'ai plus deux jours de suite de bonne santé ; cela me fait enrager, car je n'ai cœur à rien au milieu de mes souffrances[1]. J'attends pourtant avec quelque impatience ce qui résultera à Paris de la nomination de mon pape, ce qu'on dira, ce qu'on fera, ce que je deviendrai. Le plus sûr, c'est le congé demandé. J'ai vu par les journaux la grande querelle du *Constitutionnel* sur mon discours[2] ; il accuse le *Messager* de ne l'avoir pas imprimé, et nous avons à Rome des *Messagers* du 22 mars (la querelle est du 24 et 25) qui ont le discours. N'est-ce pas singulier ? Il paraît clair qu'il y a eu *deux* éditions, l'une pour Rome et l'autre pour Paris. Pauvres gens ! je pense au mécompte d'un autre journal ; il assure que le conclave aura été très mécontent de ce discours : qu'aura-t-il dit quand il aura vu les éloges que me donne le cardinal Castiglioni, qui est devenu pape ?

« Quand cesserai-je de vous parler de toutes ces misères ? Quand ne m'occuperai-je plus que d'achever les mémoires de ma vie et ma vie aussi, comme dernière page de mes *Mémoires* ? J'en ai bien besoin ; je suis bien las, le poids des jours augmente et se fait sentir sur ma tête ; je m'amuse à l'appeler un *rhumatisme*, mais on ne guérit pas de celui-là. Un seul mot me soutient quand je le répète : À bientôt. »

« 3 avril.

« J'oubliais de vous dire que le cardinal Fesch s'étant très bien conduit dans le conclave, et ayant voté avec nos

---

1. Chateaubriand souffrait alors de rhumatismes, de névralgies, de vertiges. José Cabanis a publié à ce sujet un intéressant dossier médical : « Chateaubriand et le docteur Récamier », *Bulletin*, 1975, p. 13-28.
2. Dans son numéro du 24 mars, le quotidien libéral avait accusé un journal ultra, le *Messager*, de ne pas avoir publié le discours de Chateaubriand.

cardinaux, j'ai franchi le pas et je l'ai invité à dîner. Il a refusé par un billet plein de mesure. »

DÉPÊCHE À M. LE COMTE PORTALIS.

« Rome, ce 2 avril 1829.

« Monsieur le comte,

« Le cardinal Albani a été nommé secrétaire d'État, ainsi que j'ai eu l'honneur de vous le mander dans ma première lettre portée à Lyon par le courrier à cheval expédié le 31 mars au soir. Le nouveau ministre ne plaît ni à la faction sarde, ni à la majorité du Sacré Collège, ni même à l'Autriche, parce qu'il est violent, antijésuite, rude dans son abord, et Italien avant tout [1]. Riche et excessivement avare, le cardinal Albani se trouve mêlé dans toutes sortes d'entreprises et de spéculations. J'allai hier lui faire ma première visite ; aussitôt qu'il m'aperçut, il s'écria : "Je suis un cochon ! (Il était en effet fort sale.) Vous verrez que je ne suis pas un ennemi." Je vous rapporte, monsieur le comte, ses propres paroles. Je lui répondis que j'étais bien loin de le regarder comme un ennemi. "À vous autres, reprit-il, il faut de l'eau et non pas du feu : ne connais-je pas votre pays ? n'ai-je pas vécu en France ? (Il parle français comme un Français). Vous serez content et votre maître aussi. Comment se porte le Roi ? Bonjour ! Allons à Saint-Pierre."

« Il était huit heures du matin ; j'avais déjà vu Sa Sainteté et tout Rome courait à la cérémonie de l'adoration [2].

« Le cardinal Albani est un homme d'esprit, faux par

---

1. En réalité, le cardinal Albani avait bien représenté dans le conclave les intérêts autrichiens : c'est du reste pour cette raison que Chateaubriand avait chargé le cardinal de Clermont-Tonnerre de porter contre lui une *exclusion* au cas improbable où il aurait été élu pape. Mais le *politicante* Albani avait travaillé à faire élire le *zelante* Castiglioni, et obtenu comme contrepartie le poste de secrétaire d'État. Sa nomination suscita une vive satisfaction à Vienne, et fut généralement interprétée comme une défaite pour Chateaubriand.   2. Hommage du Sacré-Collège au nouveau souverain pontife lors de sa première apparition publique à Saint-Pierre.

caractère et franc par humeur ; sa violence déjoue sa ruse ; on peut en tirer parti en flattant son orgueil et satisfaisant son avarice.

« Pie VIII est très savant, surtout en matière de théologie ; il parle français, mais avec moins de facilité et de grâce que Léon XII. Il est attaqué sur le côté droit d'une demi-paralysie et sujet à des mouvements convulsifs : la suprême puissance le guérira. Il sera couronné dimanche prochain, jour de la Passion, 5 avril.

« Maintenant, monsieur le comte, que la principale affaire qui me retenait à Rome est terminée, je vous serai infiniment obligé de m'obtenir de la bienveillance de Sa Majesté un congé de quelques mois. Je ne m'en servirai qu'après avoir remis au pape la lettre par laquelle le Roi répondra à celle que Pie VIII lui a écrite ou va lui écrire pour lui annoncer son élévation sur la chaire de Saint-Pierre. Permettez-moi de solliciter de nouveau en faveur de mes deux secrétaires de légation, M. Bellocq[1] et M. de Givré[2], les grâces que je vous ai demandées pour eux.

« Les intrigues du cardinal Albani dans le conclave, les partisans qu'il s'était acquis, même dans la majorité, m'avaient fait craindre quelque coup imprévu pour le porter au souverain pontificat. Il me paraissait impossible de se laisser ainsi surprendre et de permettre au chargé d'affaires de l'Autriche de ceindre la tiare sous les yeux de l'ambassadeur de France : je profitai donc de l'arrivée de M. le cardinal de Clermont-Tonnerre pour le charger à tout événement de la lettre ci-jointe dont je prenais les dispositions sous ma responsabilité. Heureusement il n'a

---

1. Louis Bellocq, diplomate de carrière, avait été en poste à Madrid au début de la Restauration. Envoyé à Rome au printemps 1828, il avait été nommé officier de la Légion d'honneur pour le rôle qu'il avait joué dans les négociations au sujet des ordonnances.   2. Bernard Desmousseaux de Givré (1794-1854), ancien attaché à Londres (1822), occupait les fonctions de deuxième secrétaire. Dans la préface des *Études historiques*, Chateaubriand cite un article de lui sur Ballanche (extrait du *Journal des débats* du 27 juin 1830) et signale que, de tous les jeunes diplomates, il avait été un des rares à donner sa démission (en même temps que son chef de poste) lors de la formation du ministère Polignac. Le comte de Givré se ralliera plus tard à la monarchie de Juillet, sera député de Dreux de 1837 à 1848, puis membre de la Législative de 1849.

point été dans le cas de faire usage de cette lettre ; il me
l'a rendue et j'ai l'honneur de vous l'envoyer.

« J'ai l'honneur, etc., etc. »

(6)

LETTRE À MONSEIGNEUR LE CARDINAL DE CLERMONT-
TONNERRE

À SON ÉMINENCE MONSEIGNEUR LE CARDINAL DE CLERMONT-
TONNERRE.

« Rome, ce 28 mars 1829.

« Ne pouvant plus communiquer avec vos collègues
MM. les cardinaux français renfermés au palais de
Monte-Cavallo [1] ; étant obligé de tout prévoir pour l'avantage du service du Roi et dans l'intérêt de notre pays ;
sachant combien de nominations inattendues ont eu lieu
dans les conclaves, je me vois à regret dans la fâcheuse
nécessité de confier à Votre Éminence une exclusion
éventuelle.

« Bien que M. le cardinal Albani ne paraisse avoir
aucune chance, il n'en est pas moins un homme de capacité sur lequel, dans une lutte prolongée, on pourrait jeter
les yeux ; mais il est le cardinal chargé au conclave des
instructions de l'Autriche ; M. le comte de Lutzow, dans
son discours, l'a déjà désigné officiellement en cette qualité. Or, il est impossible de laisser porter au souverain
pontificat un cardinal appartenant ouvertement à une couronne, pas plus à la couronne de France qu'à toute autre.

« En conséquence, monseigneur, je vous charge, en
vertu de mes pleins pouvoirs, comme ambassadeur de Sa
Majesté Très-Chrétienne et prenant sur moi seul toute la

---

1. Nom romain du palais du Quirinal (voir note 1 du chap. 1).

responsabilité, de donner l'exclusion à M. le cardinal Albani, si d'un côté par une rencontre fortuite, et de l'autre par une combinaison secrète, il venait à obtenir la majorité des suffrages.

« Je suis, etc., etc. »

Cette lettre d'exclusion, confiée à un cardinal par un ambassadeur qui n'y est pas autorisé formellement, est une témérité en diplomatie : il y a là de quoi faire frémir tous les hommes d'État à domicile, tous les chefs de division, tous les premiers commis, tous les copistes aux affaires étrangères ; mais puisque le ministre ignorait sa chose au point de ne pas même songer au cas éventuel d'exclusion, force m'était d'y songer pour lui. Supposez qu'Albani eût été nommé pape par aventure, que serais-je devenu ? J'aurais été à jamais perdu comme homme politique.

Je me dis ceci non pour moi qui me soucie peu du renom d'homme politique, mais pour la génération future des écrivains à qui on ferait du bruit de mon accident et qui expieraient mon malheur aux dépens de leur carrière, comme on donne le fouet au menin[1] quand M. le Dauphin a fait une sottise. Mais il ne faudrait pas trop non plus admirer ma prévoyante audace, en prenant sur moi la lettre d'exclusion : ce qui paraît une énormité, mesuré à la courte échelle des vieilles idées diplomatiques, n'était au fond rien du tout, dans l'ordre actuel de la société. Cette audace me venait, d'un côté, de mon insensibilité pour toute disgrâce, de l'autre de ma connaissance des opinions de mon temps : le monde tel qu'il est fait aujourd'hui ne donne pas deux sous de la nomination d'un pape, des rivalités des couronnes et des intrigues de l'intérieur d'un conclave.

---

1. Jeune gentilhomme attaché dès son enfance au service du dauphin pour lui servir de camarade de jeu et chargé de recevoir ses punitions.

DÉPÊCHE À M. LE COMTE PORTALIS.

« *Confidentielle.*

« Rome, ce 2 avril 1829.

« Monsieur le comte,

« J'ai l'honneur de vous envoyer aujourd'hui les documents importants que je vous ai annoncés. Ce n'est rien moins que le journal officiel et secret du conclave. Il est traduit mot pour mot sur l'original italien ; j'en ai fait disparaître seulement tout ce qui pouvait indiquer avec trop de précision les sources où j'ai puisé. S'il transpirait la moindre chose de ces révélations dont il n'y a peut-être pas un autre exemple, il en coûterait la fortune, la liberté et la vie peut-être à plusieurs personnes. Cela serait d'autant plus déplorable que ces révélations ne sont point dues à l'intérêt et à la corruption, mais à la confiance dans l'honneur français. Cette pièce, monsieur le comte, doit donc demeurer à jamais secrète, après avoir été lue dans le conseil du Roi : car, malgré les précautions que j'ai prises de taire les noms et de retrancher les choses directes, elle en dit encore assez pour compromettre ses auteurs. J'y ai joint un commentaire, afin d'en faciliter la lecture. Le gouvernement pontifical est dans l'usage de tenir un registre où sont notés jour par jour, et pour ainsi dire heure par heure, ses décisions, ses gestes et ses faits ; quel trésor historique si l'on pouvait y fouiller en remontant vers les premiers siècles de la papauté ! Il m'a été entr'ouvert un moment pour l'époque actuelle. Le Roi verra, par les documents que je vous transmets, ce qu'on n'a jamais vu, l'intérieur d'un conclave ; les sentiments les plus intimes de la cour de Rome lui seront connus, et les ministres de Sa Majesté ne marcheront pas dans l'ombre.

« Le commentaire que j'ai fait du journal me dispensant de toute autre réflexion, il ne me reste plus qu'à vous offrir la nouvelle assurance de la haute considération avec laquelle j'ai l'honneur, etc., etc. »

L'original italien du document précieux annoncé dans cette dépêche confidentielle a été brûlé à Rome sous mes yeux ; je n'ai point gardé copie de la traduction de ce document que j'ai envoyé aux affaires étrangères, j'ai seulement une copie du *commentaire* ou des *remarques* jointes par moi à cette traduction[1]. Mais la même discrétion qui m'a fait recommander au ministre de garder la pièce à jamais secrète m'oblige de supprimer ici mes propres remarques ; car, quelle que soit l'obscurité dont ces remarques sont enveloppées, par l'absence du document auquel elles se rapportent, cette obscurité serait encore de la lumière à Rome. Or, les ressentiments sont longs dans la ville éternelle ; il se pourrait faire que dans cinquante ans d'ici ils allassent frapper quelque arrière-neveu des auteurs de la mystérieuse confidence. Je me contenterai donc de donner un *aperçu général* du contenu du *commentaire*, en insistant sur quelques passages qui ont un rapport direct avec les affaires de France.

On voit premièrement combien la cour de Naples trompait M. de Blacas, ou combien elle était elle-même trompée ; car, pendant qu'elle me faisait dire que les cardinaux napolitains voteraient avec nous, ils se réunissaient à la minorité ou à la faction dite de Sardaigne.

La minorité de cardinaux se figurait que le vote des cardinaux français influerait sur la *forme de notre gouvernement*. Comment cela ? Apparemment par les ordres secrets dont on les supposait chargés et par leurs votes en faveur d'un pape exalté.

Le nonce Lambruschini affirmait au conclave que le cardinal de Latil avait le secret du Roi : tous les efforts de la fraction tendaient à faire croire que Charles X et son gouvernement n'étaient pas d'accord.

Le 13 mars, le cardinal de Latil annonce qu'il a à faire au conclave une déclaration *purement* de conscience ; il

---

1. Ce document a été publié intégralement (journal et commentaire) au début de ce siècle par Louis Thomas pour le compte de la Société des Trente (Albert Messein, 1914). On a depuis émis des doutes sur son authenticité. Dès 1958, Roger Peyrefitte avait dénoncé son caractère fantaisiste et Bertier de Sauvigny (*Metternich et la France*, t. III, 1971, p. 1324) semble partager ce point de vue. Chateaubriand aurait été berné par une supercherie destinée à « intoxiquer les services français », dirions-nous aujourd'hui.

est renvoyé devant quatre cardinaux-évêques : les actes de cette confession secrète demeurent à la garde du grand pénitencier. Les autres cardinaux français ignorent la matière de cette confession et le cardinal Albani cherche en vain à la découvrir : le fait est important et curieux.

La minorité est composée de seize voix compactes. Les cardinaux de cette minorité s'appellent les *Pères de la Croix* ; ils mettent sur leur porte une croix de Saint-André pour annoncer que, déterminés dans leur choix, ils ne veulent plus communiquer avec personne. La majorité du conclave montre des sentiments raisonnables et la ferme résolution de ne se mêler en rien de la politique étrangère.

Le procès-verbal dressé par le notaire du conclave est digne d'être remarqué : « Pie VIII », y est-il dit à la conclusion, « s'est déterminé à nommer le cardinal Albani secrétaire d'État, afin de satisfaire aussi le cabinet de Vienne ». Le souverain pontife partage les lots entre les deux couronnes ; il se déclare le pape de la France et donne à l'Autriche la secrétairerie d'État[1].

À MADAME RÉCAMIER.

« Rome, mercredi 8 avril 1829.

« J'ai donné aujourd'hui même à dîner à tout le conclave. Demain je reçois la grande-duchesse Hélène. Le mardi de Pâques, j'ai un bal pour la clôture de la session ; et puis je me prépare à aller vous voir ; jugez de mon anxiété ; au moment où je vous écris, je n'ai point encore de nouvelles de mon courrier à cheval annonçant la mort du pape, et pourtant le pape est déjà couronné, Léon XII est oublié ; j'ai repris les affaires avec le nouveau secrétaire d'État Albani ; tout marche comme s'il n'était rien arrivé, et j'ignore si vous savez même à Paris qu'il y a un nouveau pontife ! Que cette cérémonie de la

---

1. Cette conclusion est celle de Chateaubriand dans le commentaire du *Journal du conclave*. Mais, selon sa dépêche du 4 mai, il aurait été prié par le nouveau pape lui-même de transmettre à son gouvernement une explication beaucoup plus simple.

bénédiction papale est belle ! La Sabine à l'horizon, puis la campagne déserte de Rome, puis Rome elle-même, puis la place Saint-Pierre et tout le peuple tombant à genoux sous la main d'un vieillard : le pape est le seul prince qui bénisse ses sujets.

« J'en étais là de ma lettre lorsqu'un courrier qui m'arrive de Gênes m'apporte une dépêche télégraphique de Paris à Toulon, laquelle dépêche, qui répond à celle que j'avais fait passer, m'apprend que le 4 avril, à onze heures du matin, on a reçu à Paris ma dépêche télégraphique de Rome à Toulon, dépêche qui annonçait la nomination du cardinal Castiglioni, et que le roi est fort content.

« La rapidité de ces communications est prodigieuse ; mon courrier est parti le 31 mars, à huit heures du soir, et le 8 avril, à huit heures du soir, j'ai reçu la réponse de Paris. »

« 11 avril 1829.

« Nous voilà au 11 avril : dans huit jours nous aurons Pâques, dans quinze jours mon congé et puis vous voir ! Tout disparaît dans cette espérance ; je ne suis plus triste ; je ne songe plus aux ministres ni à la politique. Demain nous commençons la semaine sainte. Je penserai à tout ce que vous m'avez dit. Que n'êtes-vous ici pour entendre avec moi les beaux chants de douleur ! Nous irions nous promener dans les déserts de la campagne de Rome, maintenant couverts de verdure et de fleurs. Toutes les ruines semblent rajeunir avec l'année ; je suis du nombre. »

« Mercredi saint, 15 avril.

« Je sors de la chapelle Sixtine, après avoir assisté à ténèbres [1] et entendu chanter *Miserere* [2]. Je me souvenais

---

1. Premier office du jeudi saint, autrefois chanté au milieu de la nuit, et reporté la veille au soir dans la liturgie catholique. 2. Le psaume 51 (50 dans la Vulgate), un des sept psaumes de Pénitence, chanté, lorsque la fin de la cérémonie approche, sur une musique de Gregorio Allegri (1557-1640), et que, de Montesquieu à Taine, bien des voyageurs ont évoqué.

que vous m'aviez parlé de cette cérémonie et j'en étais à cause de cela cent fois plus touché[1].

« Le jour s'affaiblissait ; les ombres envahissaient lentement les fresques de la chapelle et l'on n'apercevait plus que quelques grands traits du pinceau de Michel-Ange. Les cierges, tour à tour éteints[2], laissaient échapper de leur lumière étouffée une légère fumée blanche, image assez naturelle de la vie que l'Écriture compare à *une petite vapeur*[3]. Les cardinaux étaient à genoux, le nouveau pape prosterné au même autel où quelques jours avant j'avais vu son prédécesseur ; l'admirable prière de pénitence et de miséricorde, qui avait succédé aux Lamentations du prophète[4], s'élevait par intervalles dans le silence et la nuit. On se sentait accablé sous le grand mystère d'un Dieu mourant pour effacer les crimes des hommes. La catholique héritière sur ses sept collines était là avec tous ses souvenirs ; mais, au lieu de ces pontifes puissants, de ces cardinaux qui disputaient la préséance aux monarques, un pauvre vieux pape paralytique, sans famille et sans appui, des princes de l'Église sans éclat, annonçaient la fin d'une puissance qui civilisa le monde moderne. Les chefs-d'œuvre des arts disparaissaient avec elle, s'effaçaient sur les murs et sur les voûtes du Vatican, palais à demi abandonné. Des étrangers curieux séparés de l'unité de l'Église, assistaient en passant à la cérémonie et remplaçaient la communauté des fidèles. Une double tristesse s'emparait du cœur. Rome chrétienne en commémorant l'agonie de Jésus-Christ avait l'air de célé-

---

1. Mme Récamier avait séjourné à Rome au cours de la semaine sainte en 1813, 1814 et 1824. Son amie Mme de Staël avait assisté à la cérémonie en avril 1805, et lui a consacré un admirable chapitre de *Corinne* (X, 4). Voir R. Lebègue, « Le Thème du *Miserere* de la Sixtine : Chateaubriand, Stendhal, Mme de Staël », *RHLF*, mars-avril 1972, p. 247-263.   2. Pour chanter cet office des Ténèbres, on plaçait autrefois au milieu du chœur un chandelier triangulaire orné de quinze bougies correspondant au nombre des psaumes récités, et qu'on éteignait tour à tour, pour rappeler les ténèbres qui obscurcirent la terre au moment de la mort du Christ.   3. Voir le psaume 102 (Vulgate 101), 4 : « Mes jours se sont évanouis comme de la fumée. »   4. Livre attribué au prophète Jérémie, qui porte ce titre.

brer la sienne, de redire pour la nouvelle Jérusalem [1] les paroles que Jérémie adressait à l'ancienne. C'est une belle chose que Rome pour tout oublier, mépriser tout et mourir. »

DÉPÊCHE À M. LE COMTE PORTALIS.

« Rome, ce 16 avril 1829.

« Monsieur le comte,

« Les choses se développent ici comme j'avais eu l'honneur de vous le faire pressentir ; les paroles et les actions du nouveau souverain pontife sont parfaitement d'accord avec le système pacificateur suivi par Léon XII : Pie VIII va même plus loin que son prédécesseur ; il s'exprime avec plus de franchise sur la Charte dont il ne craint pas de prononcer le mot et de conseiller aux Français de suivre l'esprit. Le nonce, ayant encore écrit sur nos affaires, a reçu sèchement l'ordre de se mêler des siennes. Tout se conclut pour le concordat des Pays-Bas, et M. le comte de Celles mettra fin à sa mission le mois prochain.

« Le cardinal Albani, dans une position difficile, est obligé de l'expier : les protestations qu'il me fait de son dévouement à la France blessent l'ambassadeur d'Autriche qui ne peut cacher son humeur. Sous les rapports religieux nous n'avons rien à craindre du cardinal Albani ; fort peu religieux lui-même, il ne sera poussé à nous troubler ni par son propre fanatisme, ni par l'opinion modérée de son souverain.

« Quant aux rapports politiques, ce n'est pas avec une intrigue de police et une correspondance chiffrée que l'on escamotera aujourd'hui l'Italie : laisser occuper les légations, ou mettre garnison autrichienne à Ancône sous un prétexte quelconque, ce serait remuer l'Europe et déclarer la guerre à la France : or nous ne sommes plus en 1814, 1815, 1816 et 1817 ; on ne

---

1. Chateaubriand applique à la ville de Rome, qui a remplacé la Jérusalem biblique, la formule que saint Jean utilise pour désigner la « Jérusalem céleste », c'est-à-dire la fin des temps (*Apocalypse*, III, 12 ; XXI, 2).

satisfait pas impunément sous nos yeux une ambition avide et injuste. Ainsi, que le cardinal Albani ait une pension du prince de Metternich ; qu'il soit le parent du duc de Modène, auquel il prétend laisser son énorme fortune ; qu'il trame avec ce prince un petit complot contre l'héritier de la couronne de Sardaigne[1] ; tout cela est vrai, tout cela aurait été dangereux à l'époque où des gouvernements secrets et absolus faisaient marcher obscurément des soldats derrière une obscure dépêche : mais aujourd'hui, avec des gouvernements publics, avec la liberté de la presse et de la parole, avec le télégraphe et la rapidité de toutes les communications, avec la connaissance des affaires répandue dans les diverses classes de la société, on est à l'abri des tours de gobelet et des finesses de la vieille diplomatie. Toutefois, il ne faut pas se dissimuler qu'un *chargé d'affaires d'Autriche*, secrétaire d'État à Rome, a des inconvénients ; il y a même certaines notes (par exemple celles qui seraient relatives à la puissance impériale en Italie) qu'on ne pourrait mettre entre les mains du cardinal Albani.

« Personne n'a encore pu pénétrer le secret d'une nomination qui déplaît à tout le monde, même au cabinet de Vienne. Cela tient-il à des intérêts étrangers à la politique ? On assure que le cardinal Albani offre dans ce moment au Saint-Père de lui avancer 200 000 piastres dont le gouvernement de Rome a besoin ; d'autres prétendent que cette somme serait prêtée par un banquier autrichien. Le cardinal Macchi me disait samedi dernier que Sa Sainteté ne voulant pas reprendre le cardinal Bernetti et désirant néanmoins lui donner une grande place, n'avait trouvé d'autre moyen d'arranger les choses que de rendre vacante la légation de Bologne. De misérables embarras deviennent souvent les motifs des plus importantes résolutions. Si la version du cardinal Macchi est la véritable, tout ce que dit et fait Pie VIII pour la *satisfaction* des couronnes de

---

1. Sur cette affaire rocambolesque, voir Bertier de Sauvigny, *Metternich et la France*, t. III, 1971, p. 1277 *sq.*

France et d'Autriche ne serait qu'une raison apparente, à l'aide de laquelle il chercherait à masquer à ses propres yeux sa propre faiblesse. Au surplus, on ne croit point à la durée du ministère d'Albani. Aussitôt qu'il entrera en relation avec les ambassadeurs, les difficultés naîtront de toutes parts.

« Quant à la position de l'Italie, monsieur le comte, il faut lire avec précaution ce qu'on vous en mandera de Naples ou d'ailleurs. Il est malheureusement trop vrai que le gouvernement des Deux-Siciles est tombé au dernier degré du mépris. La manière dont la cour vit au milieu de ses gardes, toujours tremblante, toujours poursuivie par les fantômes de la peur, n'offrant pour tout spectacle que des chasses ruineuses et des gibets, contribue de plus en plus dans ce pays à avilir la royauté. Mais on prend pour des *conspirations* ce qui n'est que le malaise de tous, le produit du siècle, la lutte de l'ancienne société avant la nouvelle, le combat de la décrépitude des vieilles institutions, contre l'énergie des jeunes générations ; enfin, la comparaison que chacun fait de ce qui est à ce qui pourrait être. Ne nous le dissimulons pas : le grand spectacle de la France puissante, libre et heureuse, ce grand spectacle qui frappe les yeux des nations restées ou retombées sous le joug, excite des regrets ou nourrit des espérances. Le mélange des gouvernements représentatifs et des monarchies absolues ne saurait durer ; il faut que les unes ou les autres périssent, que la politique reprenne un égal niveau ainsi que du temps de l'Europe gothique. La douane d'une frontière ne peut désormais séparer la liberté de l'esclavage ; un homme ne peut plus être pendu de ce côté-ci d'un ruisseau pour des principes réputés sacrés de l'autre côté de ce même ruisseau. C'est dans ce sens, monsieur le comte, et uniquement dans ce sens, qu'il y a *conspiration* en Italie ; c'est dans ce sens encore que l'Italie est *française*. Le jour où elle entrera en jouissance des droits que son intelligence aperçoit et que la marche progressive du temps lui apporte, elle sera tranquille et purement italienne. Ce ne sont point quelques pauvres diables de *carbonari*, excités par des manœuvres de police et pendus sans miséricorde, qui soulèveront ce pays. On donne aux gouvernements les idées les plus fausses du véritable état des choses ; on les empêche de faire ce qu'ils devraient faire pour leur sûreté, en leur montrant toujours comme les conspirations particulières d'une poignée de jacobins ce qui est l'effet d'une cause permanente et générale.

« Telle est, monsieur le comte, la position réelle de l'Italie : chacun de ses États, outre le travail commun des esprits, est tourmenté de quelque maladie locale : le Piémont est livré à une faction fanatique ; le Milanais est dévoré par les Autrichiens ; les domaines du Saint-Père sont ruinés par la mauvaise administration des finances ; l'impôt s'élève à près de cinquante millions et ne laisse pas au propriétaire un pour cent de son revenu ; les douanes ne rapportent presque rien ; la contrebande est générale ; le prince de Modène a établi dans son duché (lieu de franchise pour tous les anciens abus) des magasins de marchandises prohibées, lesquelles il fait entrer la nuit dans la légation de Bologne.

« Je vous ai déjà, monsieur le comte, parlé de Naples, où la faiblesse du gouvernement n'est sauvée que par la lâcheté des populations.

« C'est cette absence de la vertu militaire qui prolongera l'agonie de l'Italie. Bonaparte n'a pas eu le temps de faire revivre cette vertu dans la patrie de Marius et de César. Les habitudes d'une vie oisive et le charme du climat contribuent encore à ôter aux Italiens du midi le désir de s'agiter pour être mieux. Les antipathies nées des divisions territoriales ajoutent aux difficultés d'un mouvement intérieur ; mais si quelque impulsion venait du dehors, ou si quelque prince en deçà des Alpes accordait une charte à ses sujets, une révolution aurait lieu, parce que tout est mûr pour cette révolution. Plus heureux que nous et instruits par notre expérience, les peuples économes sauraient les crimes et les malheurs dont nous avons été prodigues.

« Je vais sans doute, monsieur le comte, recevoir bientôt le congé que je vous ai demandé : peut-être en ferai-je usage. Au moment donc de quitter l'Italie, j'ai cru devoir mettre sous vos yeux quelques aperçus généraux, pour fixer les idées du conseil du roi et afin de le tenir en garde contre les rapports des esprits bornés ou des passions aveugles.

« J'ai l'honneur, etc., etc. »

À M. LE COMTE PORTALIS.

« Rome, ce 16 avril 1829.

« Monsieur le comte,

« MM. les cardinaux français sont fort empressés de connaître quelle somme leur sera accordée pour leurs dépenses et leur séjour à Rome : ils m'ont prié plusieurs fois de vous écrire à ce sujet ; je vous serai donc infiniment obligé de m'instruire le plus tôt possible de la décision du Roi.

« Pour ce qui me regarde, monsieur le comte, lorsque vous avez bien voulu m'allouer un secours de trente mille francs, vous avez supposé qu'aucun cardinal ne logerait chez moi : or, M. de Clermont-Tonnerre s'y est établi avec sa suite, composée de deux conclavistes, d'un secrétaire ecclésiastique, d'un secrétaire laïque, d'un valet de chambre, de deux domestiques et d'un cuisinier français, enfin d'un maître de chambre romain, d'un maître de cérémonies, de trois valets de pied, d'un cocher, et de toute cette maison italienne qu'un cardinal est obligé d'avoir ici. M. l'archevêque de Toulouse qui ne peut marcher, ne dîne point à ma table ; il faut deux ou trois services à différentes heures, des voitures et des chevaux pour les commensaux et les amis. Mon respectable hôte ne payera certainement pas sa dépense ici : il partira, et les mémoires me resteront ; il me faudra acquitter non seulement ceux du cuisinier, de la blanchisseuse, du loueur de carrosses, etc., etc., mais encore ceux des deux chirurgiens qui visitent la jambe de Monseigneur, du cordonnier qui fait ses mules blanches et pourpres, et du tailleur qui a *confectionné* les manteaux, les soutanes, les rabats, l'ajustement complet du cardinal et de ses abbés.

« Si vous joignez à cela, monsieur le comte, mes dépenses extraordinaires pour frais de représentation avant, pendant et après le conclave, dépenses augmentées par la présence de la grande-duchesse Hélène, du prince Paul de Wurtemberg [1] et du roi de Bavière, vous trouverez sans doute que les trente mille francs que vous m'avez accordés seront de beaucoup dépassés. La première année de l'établissement d'un ambassadeur est ruineuse, les secours accordés pour cet établissement étant fort au-dessous des besoins. Il faut presque trois ans de séjour pour qu'un agent diplomatique ait trouvé le moyen d'acquitter les dettes qu'il a contractées d'abord et de mettre ses dépenses au niveau de ses recettes. Je connais toute la pénurie du budget des affaires étrangères ; si j'avais par moi-même quelque fortune, je ne vous importunerais pas ; rien ne m'est plus désagréable, je vous assure, que ces détails d'argent dans lesquels une rigoureuse nécessité me force d'entrer, bien malgré moi.

« Agréez, monsieur le comte, etc. »

(7)

FÊTE À LA VILLA MÉDICIS, POUR LA GRANDE-DUCHESSE HÉLÈNE.

J'avais donné des bals et des soirées à Londres et à Paris, et, bien qu'enfant d'un autre désert, je n'avais pas trop mal traversé ces nouvelles solitudes ; mais je ne

---

1. Le prince Paul, né en 1785, frère du roi de Wurtemberg, avait épousé en 1805 une princesse de Saxe. Leur fille Frédérique-Marie-Charlotte, née le 9 janvier 1807, avait épousé le 19 février 1824, le grand-duc Michel, un des fils de Paul Ier, frère cadet des tsars Alexandre Ier et Nicolas Ier. Elle avait pris depuis son mariage le nom de grande-duchesse Hélène.

m'étais pas douté de ce que pouvaient être des fêtes à Rome : elles ont quelque chose de la poésie antique qui place la mort à côté des plaisirs. À la villa Médicis, dont les jardins sont déjà une parure et où j'ai reçu la grande-duchesse Hélène[1], l'encadrement du tableau est magnifique : d'un côté la villa Borghèse avec la maison de Raphaël ; de l'autre la villa de Monte-Mario et les coteaux qui bordent le Tibre ; au-dessous du spectateur, Rome entière comme un vieux nid d'aigle abandonné. Au milieu des bosquets se pressaient, avec les descendants des Paula et des Cornélie, les beautés venues de Naples, de Florence et de Milan ; la princesse Hélène semblait leur reine. Borée, tout à coup descendu de la montagne, a déchiré la tente du festin, et s'est enfui avec des lambeaux de toile et de guirlandes, comme pour nous donner une image de tout ce que le temps a balayé sur cette rive. L'ambassade était consternée ; je sentais je ne sais quelle gaieté ironique à voir un souffle du ciel emporter mon or et d'un jour et mes joies d'une heure. Le mal a été promptement réparé. Au lieu de déjeuner sur la terrasse, on a déjeuné dans l'élégant palais : l'harmonie des cors et des hautbois, dispersée par le vent, avait quelque chose du murmure de mes forêts américaines. Les groupes qui se jouaient dans les rafales, les femmes dont les voiles tourmentés battaient leurs visages et leurs cheveux, la *sartarella* qui continuait dans la bourrasque, l'improvisatrice qui déclamait aux nuages[2], le ballon qui s'envolait de travers avec le chiffre de la fille du Nord, tout cela donnait un caractère nouveau à ces jeux où semblaient se mêler les tempêtes accoutumées de ma vie.

Quel prestige pour tout homme qui n'eût pas compté

---

1. Le mardi 28 avril 1829. Les *Notizie del Giorno* du 30 avril publièrent un compte rendu dithyrambique de cette fête, que reproduisit le *Moniteur* du 15 mai. La correspondance de Chateaubriand avec Mme Récamier ne comporte qu'une brève allusion à cette journée qui inspira, dès 1830, un tableau (voir *Album Chateaubriand*, p. 260-261). Cette page, très *écrite*, est sans doute tardive.   2. Réfugiés dans une salle de la villa, les invités purent écouter Mme Rosa Taddei improviser sur un double thème : celui de Regulus proposé par la grande-duchesse, celui de la vie de voyage, proposé par Chateaubriand.

son monceau d'années, et qui eût demandé des illusions au monde et à l'orage ! J'ai bien de la peine à me souvenir de mon automne, quand, dans mes soirées, je vois passer devant moi ces femmes du printemps[1] qui s'enfoncent parmi les fleurs, les concerts et les lustres de mes galeries successives : on dirait des cygnes qui nagent vers des climats radieux. À quel désennui vont-elles ? Les unes cherchent ce qu'elles ont déjà aimé, les autres ce qu'elles n'aiment pas encore. Au bout de la route, elles tomberont dans ces sépulcres toujours ouverts ici, dans ces anciens sarcophages qui servent de bassins à des fontaines suspendues à des portiques ; elles iront augmenter tant de poussières légères et charmantes. Ces flots de beautés, de diamants, de fleurs et de plumes roulent au son de la musique de Rossini qui se répète et s'affaiblit d'orchestre en orchestre. Cette mélodie est-elle le soupir de la brise que j'entendais dans les savanes des Florides, le gémissement que j'ai ouï dans le temple d'Erechthée à Athènes ? Est-ce la plainte lointaine des aquilons qui me berçaient sur l'Océan ? Ma sylphide serait-elle cachée sous la forme de quelques-unes de ces brillantes Italiennes ? Non : ma dryade est restée unie au saule des prairies où je causais avec elle de l'autre côté de la futaie de Combourg. Je suis bien étranger à ces ébats de la société attachée à mes pas vers la fin de ma course ; et pourtant il y a dans cette féerie une sorte d'enivrement qui me monte à la tête ; je ne m'en débarrasse qu'en allant rafraîchir mon front à la place solitaire de Saint-Pierre ou au Colysée désert. Alors les petits spectacles de la terre s'abîment, et je ne trouve d'égal au brusque changement de la scène que les anciennes tristesses de mes premiers jours.

---

1. Parmi les femmes de ce printemps 1829 qui vinrent au-devant de son « automne », se trouve Hortense Allart, qui fut la dernière liaison amoureuse de Chateaubriand.

(8)

Mes relations avec la famille Bonaparte.

Je consigne ici maintenant mes rapports comme ambassadeur avec la famille Bonaparte, afin de laver la Restauration d'une de ces calomnies qu'on lui jette sans cesse à la tête.

La France n'a pas agi seule dans le bannissement des membres de la famille impériale ; elle n'a fait qu'obéir à la dure nécessité imposée par la force des armes ; ce sont les alliés qui ont provoqué ce bannissement : des conventions diplomatiques, des traités formels prononcent l'exil des Bonaparte, leur prescrivent jusqu'aux lieux qu'ils doivent habiter, ne permettent pas à un ministre ou à un ambassadeur des cinq puissances de délivrer *seul* un passe-port aux parents de Napoléon ; le visa des *quatre* autres ministres ou ambassadeurs des *quatre* autres puissances contractantes est exigé. Tant ce sang de Napoléon épouvantait les alliés, lors même qu'il ne coulait pas dans ses propres veines !

Grâce à Dieu, je ne me suis jamais soumis à ces mesures. En 1823 j'ai délivré sans consulter personne, en dépit des traités et sous ma propre responsabilité comme ministre des affaires étrangères, un passe-port à madame la comtesse de Survilliers[1], alors à Bruxelles, pour venir à Paris soigner un de ses parents malades. Vingt fois j'ai demandé le rappel de ces lois de persécution ; vingt fois j'ai dit à Louis XVIII que je voudrais voir le duc de Reichstadt capitaine de ses gardes et la statue de Napoléon replacée au haut de la colonne[2] de la place Vendôme. J'ai rendu, comme ministre et comme ambassadeur, tous les services que j'ai pu à la famille Bonaparte. C'est ainsi que j'ai compris largement la

---

1. C'est le nom qu'avait pris la femme de Joseph Bonaparte, née Julie Clary, et ancienne reine de Naples.   2. Ce vœu sera réalisé sous la monarchie de Juillet (1833).

monarchie légitime : la liberté peut regarder la gloire en face [1]. Ambassadeur à Rome, j'ai autorisé mes secrétaires et mes attachés à paraître au palais de madame la duchesse de Saint-Leu [2], j'ai renversé la séparation élevée entre des Français qui ont également connu l'adversité. J'ai écrit à M. le cardinal Fesch pour l'inviter à se joindre aux cardinaux qui devaient se réunir chez moi ; je lui ai témoigné ma douleur des mesures politiques qu'on avait cru devoir prendre ; je lui ai rappelé le temps où j'avais fait partie de sa mission auprès du Saint-Siège ; et j'ai prié mon ancien ambassadeur d'honorer de sa présence le banquet de son ancien secrétaire d'ambassade. J'en ai reçu cette réponse pleine de dignité, de discrétion et de prévoyance :

> « Du palais Falconieri, 4 avril 1829.

« Le cardinal Fesch est bien sensible à l'invitation obligeante de M. de Chateaubriand mais sa position à son retour à Rome lui conseilla d'abandonner le monde et de mener une vie tout à fait séparée de toute société étrangère à sa famille. Les circonstances qui se succédèrent lui prouvèrent qu'un tel parti était indispensable à sa tranquillité ; et les douceurs du moment ne le garantissant point des désagréments de l'avenir, il est obligé de ne point changer de manière de vivre. Le cardinal Fesch prie M. de Chateaubriand d'être convaincu que rien n'égale sa reconnaissance, et que c'est avec bien de la peine qu'il ne se rendra pas chez Son Excellence aussi fréquemment qu'il l'aurait désiré.

« Le très humble, etc.

                                    « Cardinal FESCH. »

---

1. Cette formule se trouve déjà dans une brochure du 24 mars 1831, *De la Restauration et de la monarchie élective* (voir *Écrits politiques*, t. II, p. 576-577).   2. Hortense de Beauharnais (1783-1837), sœur du prince Eugène et femme de Louis Bonaparte, ancien roi de Hollande, avait obtenu de Louis XVIII, en 1814, le titre de duchesse de Saint-Leu, avec une pension de 400 000 francs. Mais après les Cent-Jours, elle avait été exilée de France, comme toute la famille Bonaparte.

La phrase de ce billet : *Les douceurs du moment ne le garantissant pas des désagréments de l'avenir*, fait allusion à la menace de M. de Blacas, qui avait donné l'ordre de jeter M. le cardinal Fesch du haut en bas de ses escaliers, s'il se présentait à l'ambassade de France ; M. de Blacas oubliait trop qu'il n'avait pas toujours été si grand seigneur. Moi qui pour être, autant que je puis, ce que je dois être dans le présent, me rappelle sans cesse mon passé, j'ai agi d'une autre sorte avec M. l'archevêque de Lyon : les petites mésintelligences qui existèrent autrefois entre lui et moi à Rome m'obligent à des convenances d'autant plus respectueuses que je suis à mon tour dans le parti triomphant, et lui dans le parti abattu.

De son côté, le prince Jérôme m'a fait l'honneur de réclamer mon intervention en m'envoyant copie d'une requête qu'il adresse au cardinal secrétaire d'État ; il me dit dans sa lettre :

« L'exil est assez affreux dans son principe comme dans ses conséquences pour que cette généreuse France qui l'a vu naître (le prince Jérôme), cette France qui possède toutes ses affections, et qu'il a servie vingt ans, veuille aggraver sa situation en permettant à chaque gouvernement d'abuser de la délicatesse de sa position.

« Le prince Jérôme de Montfort[1], confiant dans la loyauté du gouvernement français et dans le caractère de son noble représentant, n'hésite pas à penser que justice lui soit rendue.

« Il saisit cette occasion, etc.

« JÉRÔME. »

J'ai adressé, en conséquence de cette requête, une note confidentielle au secrétaire d'État, le cardinal Bernetti ; elle se termine par ces mots :

« Les motifs déduits par le prince Jérôme de Montfort ayant paru au soussigné fondés en droit et en raison, il n'a pu refuser l'intervention de ses bons offices au réclamant, persuadé que le gouvernement français verra toujours

---

1. Nom porté dans son exil par le prince Jérôme Bonaparte, le plus jeune des frères de Napoléon, ex-roi de Westphalie.

avec peine aggraver par d'ombrageuses mesures la rigueur des lois politiques.

« Le soussigné mettrait un prix tout particulier à obtenir, dans cette circonstance, le puissant intérêt de S.E. le cardinal secrétaire d'État.

« Chateaubriand. »

J'ai répondu en même temps au prince Jérôme ce qui suit :

« Rome, 9 mai 1829.

« L'ambassadeur de France près le Saint-Siège a reçu copie de la note que le prince Jérôme de Montfort lui a fait l'honneur de lui envoyer. Il s'empresse de le remercier de la confiance qu'il a bien voulu lui témoigner ; il se fera un devoir d'appuyer, auprès du secrétaire d'État de Sa Sainteté, les justes réclamations de Son Altesse.

« Le vicomte de Chateaubriand, qui a aussi été banni de sa patrie, serait trop heureux de pouvoir adoucir le sort des Français qui se trouvent encore placés sous le coup d'une loi politique. Le frère exilé de Napoléon, s'adressant à un émigré, jadis rayé de la liste des proscrits par Napoléon lui-même, est un de ces jeux de la fortune qui devait avoir pour témoins les ruines de Rome.

« Le vicomte de Chateaubriand a l'honneur, etc. »

Il y a à Rome une fille de la princesse Elisa Bacciochi [1] qui se promène au *Pincio* et à la villa *Borghèse* d'un air sombre ; elle porte un poignard à sa ceinture et tire quelquefois des coups de pistolet à sa femme de chambre. Quand madame Bacciochi quitta Lucques, la plèbe la suivait avec des cris injurieux ; la princesse mettant la tête à la portière de la voiture, disait à cette foule en la menaçant du doigt : « Je reviendrai, canailles. » Madame Bacciochi n'est point revenue et la canaille est restée. Les membres d'une famille qui a produit un homme extraordinaire

---

1. Elisa Napoléone Bacciochi (1806-1869) fut en effet une « personne passablement remuante et entreprenante » (*Dictionnaire Napoléon*, Fayard, 1987, p. 250 *b*). Lors de la révolution de Juillet, elle formera le projet farfelu de partir pour Vienne enlever son cousin le duc de Reichstadt, afin de le faire couronner empereur.

deviennent un peu fous par imitation : ils s'habillent comme lui, affectent ses paroles, ses manières, ses habitudes ; s'il fut guerrier, on dirait qu'ils vont conquérir le monde ; s'il fut poète, qu'ils vont faire *Athalie*. Mais il n'en est pas des grands individus comme des grandes races ; on transmet son sang, on ne transmet pas son génie.

DÉPÊCHE À M. LE COMTE PORTALIS.

« Rome, 4 mai 1829.

« J'ai eu l'honneur de vous dire, dans ma lettre du 30 avril, en vous accusant réception de votre dépêche n° 25, que le pape m'avait reçu en audience particulière le 29 avril à midi. Sa Sainteté m'a paru jouir d'une très bonne santé. Elle m'a fait asseoir devant elle et m'a gardé à peu près cinq quarts d'heure. L'ambassadeur d'Autriche avait eu avant moi une audience publique pour remettre ses nouvelles lettres de créance.

« En quittant le cabinet de Sa Sainteté[1] au Vatican, je suis descendu chez le secrétaire d'État, et, abordant franchement la question avec lui, je lui ai dit : "Eh bien, vous voyez comme nos journaux vous arrangent ! Vous êtes *Autrichien, vous détestez la France*, vous voulez lui jouer de mauvais tours : que dois-je croire de tout cela ?"

« Il a haussé les épaules et m'a répondu : "Vos journaux me font rire ; je ne puis pas vous convaincre par mes paroles si vous n'êtes pas convaincu ; mais mettez-moi à l'épreuve et vous verrez si je n'aime pas la France, si je ne fais pas ce que vous me demanderez au nom de votre Roi !" Je crois, monsieur le comte, le cardinal Albani sincère. Il est d'une indifférence profonde en matière religieuse ; il n'est pas prêtre ; il a même songé à quitter la pourpre et à se marier ; il n'aime pas les jésuites, ils le fatiguent par le bruit qu'ils font ; il est paresseux, gourmand, grand ama-

---

1. Dans le texte très abrégé qu'il donne de cette dépêche, Chateaubriand a supprimé la totalité de sa conversation avec Pie VIII. On trouvera la version intégrale de ce document dans Durry, *Ambassade romaine*, p. 96-101.

teur de toutes sortes de plaisirs : l'ennui que lui causent les mandements et les lettres pastorales le rend extrêmement peu favorable à la cause des auteurs de ces lettres et de ces mandements : ce vieillard de quatre-vingts ans veut mourir en paix et en joie.

« J'ai l'honneur, etc. »

(9)

Pie VII

10 mars 1829.

Je visite souvent Monte-Cavallo[1] ; la solitude des jardins s'y accroît de la solitude de la campagne romaine que la vue va chercher par-dessus Rome, en amont de la rive droite du Tibre. Les jardiniers sont mes amis ; des allées mènent à la Paneterie ; pauvre laiterie, volière ou ménagerie dont les habitants sont indigents et pacifiques comme les papes actuels. En regardant en bas du haut des terrasses de l'enceinte quirinale, on aperçoit dans une rue étroite des femmes qui travaillent aux différents étages de leurs fenêtres : les unes brodent, les autres peignent dans le silence de ce quartier retiré. Les cellules des cardinaux du dernier conclave ne m'intéressent pas du tout. Lorsqu'on bâtissait Saint-Pierre, que l'on commandait des chefs-d'œuvre à Raphaël, qu'en même temps les rois venaient baiser la mule du pontife, il y avait quelque chose digne d'attention dans la papauté temporelle. Je verrais volontiers la loge d'un Grégoire VII, d'un Sixte-Quint, comme je chercherais la fosse aux lions dans Babylone ; mais des trous noirs, délaissés d'une obscure

---

1. Nom donné par les Romains au Quirinal, depuis que Sixte-Quint avait érigé, devant la résidence des papes, les statues colossales des Dioscures, ou « dompteurs de chevaux », découvertes dans les thermes de Dioclétien.

compagnie de septuagénaires, ne me représentent que ces *columbaria*[1] de l'ancienne Rome, vides aujourd'hui de leur poussière et d'où s'est envolée une famille de morts.

Je passe donc rapidement ces cellules déjà à moitié abattues pour me promener dans les salles du palais : là, tout me parle d'un événement dont on ne retrouve de trace qu'en remontant jusqu'à Sciarra Colonna, Nogaret et Boniface VIII[2].

Mon premier et mon dernier voyage de Rome se rattachent par les souvenirs de Pie VII, dont j'ai raconté l'histoire en parlant de madame de Beaumont et de Bonaparte. Mes deux voyages sont deux pendentifs esquissés sous la voûte de mon monument. Ma fidélité à la mémoire de mes anciens amis doit donner confiance aux amis qui me restent : rien ne descend pour moi dans la tombe ; tout ce que j'ai connu vit autour de moi : selon la doctrine indienne, la mort, en nous touchant, ne nous détruit pas ; elle nous rend seulement invisibles.

(10)

À M. LE COMTE PORTALIS.

« Rome, le 7 mai 1829.

« Monsieur le comte,

« Je reçois enfin par MM. Desgranges et Franqueville votre dépêche nº 25. Cette dépêche dure, rédigée par quelque commis mal élevé des affaires étrangères, n'était pas celle que je devais attendre après les services que j'avais eu le bonheur de rendre au Roi pendant le conclave, et surtout on aurait dû un peu se souvenir de la personne à

---

1. Niches funéraires qui ont abrité les cendres des défunts.   **2.** Allusion au brutal enlèvement de Pie VII, le 6 juillet 1809 (voir XX, 4 ; t. II, p. 440-441). Chateaubriand assimile Napoléon à un nouveau Philippe le Bel.

qui on l'adressait [1]. Pas un mot obligeant pour M. Bellocq, qui a obtenu de si rares documents ; rien sur la demande que je faisais pour lui ; d'inutiles commentaires sur la nomination du cardinal Albani, nomination faite dans le conclave et qu'ainsi personne n'a pu ni prévoir ni prévenir ; nomination sur laquelle je n'ai cessé d'envoyer des éclaircissements. Dans ma dépêche n° 34, qui sans doute vous est parvenue à présent, je vous offre encore un moyen très simple de vous débarrasser de ce cardinal, s'il fait si grand'peur à la France [2], et ce moyen sera déjà à moitié exécuté lorsque vous recevrez cette lettre : demain je prends congé de Sa Sainteté ; je remets l'ambassade à M. Bellocq, comme chargé d'affaires, d'après les instructions de votre dépêche n° 24, et je pars pour Paris.

« J'ai l'honneur, etc. »

Ce dernier billet est rude, et finit brusquement ma correspondance avec M. Portalis.

À MADAME RÉCAMIER.

« 14 mai 1829.

« Mon départ est fixé au 16. Des lettres de Vienne arrivées ce matin annoncent que M. de Laval a refusé le ministère des affaires étrangères [3] ; est-ce vrai ? S'il tient

---

1. On trouvera le texte intégral de cette dépêche, datée du 25 avril, dans Durry, *Ambassade romaine*, p. 152-154. La réponse de Chateaubriand ne nous est connue que par les *Mémoires* ; elle fut envoyée en même temps qu'un billet à Mme Récamier du « 7 mai au soir », dans lequel il se déclare blessé par la « dernière dépêche de M. Portalis ». **2.** Dans cette dépêche du 28 avril, non reproduite dans les *Mémoires*, Chateaubriand avait proposé au gouvernement de décider son rappel, en signe de protestation contre la nomination du cardinal Albani. **3.** La nomination du duc de Laval, décidée par ordonnance du 24 avril et publiée dans le *Moniteur* du 25, avait été annoncée à Chateaubriand par Portalis lui-même dans sa dépêche du même jour. La nouvelle était parvenue à Rome le matin du 7 mai. Mais entre-temps le duc de Laval avait refusé le poste qu'on lui offrait si bien que Portalis fut nommé à sa place le 15 mai, ce que Chateaubriand ne saura que lorsqu'il arrivera à Paris.

à ce premier refus, qu'arrivera-t-il ? Dieu le sait. J'espère que le tout sera décidé avant mon arrivée à Paris. Il me semble que nous sommes tombés en paralysie et que nous n'avons plus que la langue de libre.

« Vous croyez que je m'entendrais avec M. de Laval ; j'en doute. Je suis disposé à ne m'entendre avec personne. J'allais arriver dans les dispositions les plus pacifiques, et ces gens s'avisent de me chercher querelle. Tandis que j'ai eu des chances de ministère, il n'y avait pas assez d'éloges et de flatteries pour moi dans les dépêches ; le jour où la place a été prise, ou censée prise, on m'annonce sèchement la nomination de M. de Laval dans la dépêche la plus rude et la plus bête à la fois. Mais, pour devenir si plat et si insolent d'une poste à l'autre, il fallait un peu songer à qui on s'adressait, et M. de Portalis en aura été averti par un mot de réponse que je lui ai envoyé ces jours derniers. Il est possible qu'il n'ait fait que signer sans lire, comme Carnot signait de confiance des centaines d'exécutions à mort. »

(11)

PRÉSOMPTION.

L'ami du grand L'Hospital, le chancelier Olivier, dans sa langue du seizième siècle, laquelle bravait l'honnêteté, compare les Français à des guenons qui grimpent au sommet des arbres et qui ne cessent d'aller en avant qu'elles ne soient parvenues à la plus haute branche, pour y montrer ce qu'elles doivent cacher[1]. Ce qui s'est passé en

---

1. Allusion à un passage du chapitre des *Essais* intitulé précisément : « De la présomption » (II, 17), où Montaigne évoque « ce mot du feu Chancelier Olivier, que les François semblent des guenons qui vont grimpant contremont un arbre, de branche en branche, et ne cessent d'aller jusques à ce qu'elles sont arrivées à la plus haute branche, et y monstrent le cul, quand elles y sont ». François Olivier (1493-

France depuis 1789 jusqu'à nos jours prouve la justesse de la similitude : chaque homme, en gravissant la vie, est aussi le singe du chancelier ; on finit par exposer sans honte ses infirmités aux passants. Voilà qu'au bout de mes dépêches je suis saisi du désir de me vanter : les grands hommes qui pullulent à cette heure démontrent qu'il y a duperie à ne pas proclamer soi-même son immortalité.

Avez-vous lu dans les archives des affaires étrangères les correspondances diplomatiques relatives aux événements les plus importants à l'époque de ces correspondances ? – Non.

Du moins vous avez lu les correspondances imprimées[1] ; vous connaissez les négociations de du Bellay, de d'Ossat, de Duperron, du président Jeannin, les Mémoires d'État de Villeroy, les Économies royales de Sully ; vous avez lu les Mémoires du cardinal de Richelieu, nombre de lettres de Mazarin, les pièces et les documents relatifs au traité de Westphalie, de la paix de Munster ? Vous connaissez les dépêches de Barillon sur les affaires d'Angleterre ; les négociations pour la succession d'Espagne ne vous sont pas étrangères ; le nom de madame des Ursins ne vous a pas échappé ; le pacte de famille[2] de M. de Choiseul est tombé sous vos yeux ; vous n'ignorez pas Ximénès, Olivarès, et Pombal, Hugues Grotius sur la liberté des mers, ses lettres aux deux Oxenstiern, les négociations du grand-pensionnaire de Witt avec Pierre Grotius, second fils de Hugues ; enfin la collection des traités diplomatiques a peut-être attiré vos regards ? – Non.

Ainsi, vous n'avez rien lu de ces sempiternelles élucubrations ? Eh bien ! lisez-les ; quand cela sera fait, passez ma guerre d'Espagne dont le succès vous importune, bien

---

1560) fut chancelier de France sous François Ier, de 1545 à 1551, puis sous Henri II, de 1559 à 1560.

1. Ce paragraphe énumère tous les « classiques » de la correspondance diplomatique européenne depuis le XVIe siècle.   2. Accord conclu en 1761 sous les auspices du duc de Choiseul entre toutes les branches régnantes de la Maison de Bourbon (France, Espagne, Naples et Parme).

qu'elle soit mon premier titre à mon classement d'homme d'État ; prenez mes dépêches de Prusse, d'Angleterre et de Rome ; placez-les auprès des autres dépêches que je vous indique : la main sur la conscience, dites alors quelles sont celles qui vous ont le plus ennuyé ; dites si mon travail et celui de mes prédécesseurs n'est pas tout semblable ; si l'entente des petites choses et du *positif* n'est pas aussi manifeste de mon côté que du côté des ministres passés et des défunts ambassadeurs ?

D'abord vous remarquerez que j'ai l'œil à tout ; que je m'occupe de Reschid-Pacha[1] et de M. de Blacas ; que je défends contre tout venant mes privilèges et mes droits d'ambassadeur à Rome ; que je suis cauteleux, faux (éminente qualité !), fin jusque-là que M. de Funchal, dans une position équivoque, m'ayant écrit, je ne lui réponds point ; mais que je vais le voir par une politesse astucieuse, afin qu'il ne puisse montrer une ligne de moi et néanmoins qu'il soit satisfait. Pas un mot imprudent à reprendre dans mes conversations avec les cardinaux Bernetti et Albani, les deux secrétaires d'État ; rien ne m'échappe ; je descends aux plus petits détails ; je rétablis la comptabilité dans les affaires des Français à Rome, d'une manière telle qu'elle subsiste encore sur les bases que je lui ai données. D'un regard d'aigle, j'aperçois que le traité de la Trinité-du-Mont, entre le Saint-Siège et les ambassadeurs Laval et Blacas, est abusif, et qu'aucune des deux parties n'avait eu le droit de le faire. De là, montant plus haut et arrivant à la grande diplomatie, je prends sur moi de donner l'exclusion à un cardinal, parce qu'un ministre des affaires étrangères me laissait sans instructions et m'exposait à voir nommer pour pape une créature de l'Autriche. Je me procure le journal secret du conclave ; chose qu'aucun ambassadeur n'avait pu obtenir ; j'envoie jour par jour la liste nominative des scrutins. Je ne néglige point la famille de Bonaparte ; je ne désespère pas d'amener, par de bons traitements, le cardinal

---

1. Mustafa Reschid-Pacha (1779-1857), successivement ministre des Affaires étrangères, puis grand vizir, fut le principal réformateur des institutions ottomanes sous Mahmoud II et Abdul-Medjid.

Fesch à donner sa démission d'archevêque de Lyon. Si un *carbonaro* remue, je le sais, et je juge du plus ou du moins de vérité de la conspiration ; si un abbé intrigue, je le sais, et je déjoue les plans que l'on avait formés pour éloigner les cardinaux de l'ambassadeur de France. Enfin je découvre qu'un secret important a été déposé par le cardinal Latil dans le sein du grand pénitencier. Êtes-vous content ? Est-ce là un homme qui sait son métier ? Eh bien ! voyez-vous, je brochais cette besogne diplomatique comme le premier ambassadeur venu, sans qu'il m'en coûtât une idée, de même qu'un niais de paysan de Basse-Normandie fait des chausses[1] en gardant ses moutons : mes moutons à moi étaient mes songes.

Voici maintenant un autre point de vue : si l'on compare mes lettres officielles aux lettres officielles de mes prédécesseurs, on s'apercevra que dans les miennes les affaires générales sont traitées autant que les affaires privées ; que je suis entraîné par le caractère des idées de mon siècle dans une région plus élevée de l'esprit humain. Cela se peut observer surtout dans la dépêche où je parle à M. Portalis de l'état de l'Italie, où je montre la méprise des cabinets qui regardent comme des conspirations particulières ce qui n'est que le développement de la civilisation. Le *Mémoire sur la guerre de l'Orient* expose aussi des vérités d'un ordre politique qui sortent des voies communes. J'ai causé avec deux papes d'autre chose que des intrigues de cabinet ; je les ai obligés de parler avec moi de religion, de liberté, des destinées futures du monde. Mon discours prononcé au guichet du conclave a le même caractère. C'est à des vieillards que j'ai osé dire d'avancer, et de replacer la religion à la tête de la marche de la société.

Lecteurs, attendez que j'aie terminé mes vanteries pour arriver ensuite au but, à la manière du philosophe Platon faisant sa randonnée autour de son idée. Je suis devenu

---

1. Tricote des chaussettes : « Autrefois, on appelait aussi *chausses*, ce qui sert à couvrir les jambes et les pieds. Aujourd'hui on dit en ce sens des *bas* » (*Féraud*, reprenant *Trévoux*).

le vieux Sidrac, l'âge m'allonge le chemin[1]. Je poursuis :
je serai long encore. Plusieurs écrivains de nos jours ont
la manie de dédaigner leur talent littéraire pour suivre
leur talent politique, l'estimant fort au-dessus du premier.
Grâce à Dieu, l'instinct contraire me domine, je fais peu
de cas de la politique par la raison même que j'ai été
heureux à ce lansquenet[2]. Pour être un homme supérieur
en affaires, il n'est pas question d'acquérir des qualités,
il ne s'agit que d'en perdre. Je me reconnais effrontément
l'aptitude aux choses positives, sans me faire la moindre
illusion sur l'obstacle qui s'oppose en moi à ma réussite
complète. Cet obstacle ne vient pas de la muse ; il naît de
mon indifférence de tout. Avec ce défaut, il est impossible d'arriver à rien d'achevé dans la vie pratique.

L'indifférence, j'en conviens, est une qualité des
hommes d'État, mais des hommes d'État sans conscience.
Il faut savoir regarder d'un œil sec tout événement, avaler
des couleuvres comme de la malvoisie, mettre au néant,
à l'égard des autres, morale, justice, souffrance, pourvu
qu'au milieu des révolutions on sache trouver sa fortune
particulière. Car à ces esprits transcendants l'accident,
bon ou mauvais, est obligé de rapporter quelque chose ;
il doit financer à raison d'un trône, d'un cercueil, d'un
serment, d'un outrage ; le tarif est marqué par les Mionnet[3] des catastrophes et des affronts : je ne suis pas
connaisseur en cette numismatique. Malheureusement
mon insouciance est double ; je ne suis pas plus échauffé
pour ma personne que pour le fait. Le mépris du monde
venait à saint Paul ermite de sa foi religieuse ; le dédain
de la société me vient de mon incrédulité politique. Cette
incrédulité me porterait haut dans une sphère d'action, si,
plus soigneux de mon sot individu, je savais en même

---

1. Allusion à un passage du *Lutrin* de Boileau (chant I, vers 147-
148) : « Quand Sidrac, à qui l'âge allonge le chemin,/ Arrive dans la
chambre un bâton à la main. » Ce chanoine de la Sainte-Chapelle joue
le rôle de Nestor dans cette épopée burlesque.   **2.** Jeu de cartes et
de hasard.   **3.** Le numismate Théodore Mionnet (1770-1842), qui a
publié, de 1806 à 1837, une impressionnante *Description des médailles
grecques et romaines, avec leur degré de rareté et leur estimation*, en
quinze volumes. Antonomase pour : expert.

temps l'humilier et le vêtir. J'ai beau faire, je reste un benêt d'honnête homme, naïvement hébété et tout nu, ne sachant ni ramper ni prendre.

D'Andilly[1], parlant de lui, semble avoir peint un côté de mon caractère : « Je n'ai jamais eu aucune ambition, dit-il, parce que j'en avais trop, ne pouvant souffrir cette dépendance qui resserre dans des bornes si étroites les effets de l'inclination que Dieu m'a donnée pour des choses grandes, glorieuses à l'État et qui peuvent procurer la félicité des peuples, sans qu'il m'ait été possible d'envisager en tout cela mes intérêts particuliers. Je n'étais propre que pour un roi qui aurait régné par lui-même et qui n'aurait eu d'autre désir que de rendre sa gloire immortelle ». Dans ce cas, je n'étais pas propre aux rois du jour.

Maintenant que je vous ai conduit par la main dans les plus secrets détours de mes mérites, que je vous ai fait sentir tout ce qu'il y a de rare dans mes dépêches, comme un de mes confrères de l'Institut qui chante incessamment sa renommée et qui enseigne aux hommes à l'admirer, maintenant je vous dirai où j'en veux venir par mes vanteries : en montrant ce qu'ils peuvent faire dans les emplois, je veux défendre les gens de lettres[2] contre les gens de diplomatie, de comptoir et de bureaux.

Il ne faut pas que ceux-ci s'avisent de se croire au-dessus d'hommes dont le plus petit les surpasse de toute la tête ; quand on sait tant de choses, comme messieurs les positifs, on devrait au moins ne pas dire des âneries. Vous parlez de *faits*, reconnaissez donc les *faits* : la plupart des grands écrivains de l'antiquité, du moyen âge, de l'Angleterre moderne, ont été de grands hommes d'État, quand ils ont daigné descendre jusqu'aux affaires. « Je ne voulus pas leur donner à entendre », dit Alfieri refusant une ambassade, « que leur diplomatie et leurs dépêches me paraissaient et étaient certainement pour moi moins

---

1. Voir XXIX, 7 (*supra*, p. 268, note 1).   2. C'est un thème ancien sous la plume de Chateaubriand : voir son discours de réception académique (t. II, p. 782 *sq.*), mais aussi un article publié dans le *Mercure* du 3 mai 1806 : « Des lettres et des gens de lettres » (recueilli dans *Mélanges littéraires*, Ladvocat, t. XXI).

importantes que mes tragédies ou même celles des autres ; mais il est impossible de ramener cette espèce de gens-là : ils ne peuvent et ne doivent pas se convertir[1]. »

Qui fut jamais plus littéraire en France que L'Hospital, survivancier d'Horace[2], que d'Ossat, cet habile ambassadeur, que Richelieu, cette forte tête, lequel, non content de dicter des *traités de controverse*, de rédiger des *mémoires* et des *histoires*, inventait incessamment des sujets dramatiques, rimaillait avec Malleville et Boisrobert, accouchait, à la sueur de son front, de l'Académie et de *la Grande Pastorale*[3] ? Est-ce parce qu'il était méchant écrivain qu'il fut grand ministre ? Mais la question n'est pas du plus ou du moins de talent ; elle est de la passion de l'encre et du papier : or jamais M. de l'Empyrée[4] ne montra plus d'ardeur, ne fit plus de frais que le cardinal pour ravir la palme du Parnasse, jusque-là que la mise en scène de sa *tragi-comédie* de Mirame[5] lui coûta deux cent mille écus ! Si dans un personnage à la fois politique et littéraire la médiocrité du poète fait la supériorité de l'homme d'État, il faudrait en conclure que la faiblesse de l'homme d'État résulterait de la force du poète : cependant le génie des lettres a-t-il détruit le génie politique de Solon, élégiaque égal à Simonide ; de Périclès dérobant aux Muses l'éloquence avec laquelle il subjuguait les Athéniens ; de Thucydide et de Démosthène qui portèrent si haut la gloire de l'écrivain et de l'orateur, tout en consacrant leurs jours à la guerre et à la place publique ? A-t-il détruit le génie de Xénophon qui opérait la retraite des dix mille, tout en rêvant la *Cyropé-*

---

1. Alfieri, *Vita*, IV, 13. Chateaubriand cite la traduction de 1809 (voir t. II, p. 97, note 3). **2.** Qu'il avait imité dans un recueil de poésies latines qui forme le tome III des *Œuvres complètes* de Michel de L'Hospital, Paris, A. Boulland, 1825. **3.** Œuvre collective des « cinq auteurs » (dont Corneille et Rotrou) que Richelieu avait engagés pour écrire des pièces de théâtre sur des canevas proposés par lui. Selon Pellisson, le cardinal aurait lui-même collaboré à la *Grande Pastorale*, représentée le 8 janvier 1637. **4.** C'est le nom que se donne Damis dans la *Métromanie* de Piron (acte I, scène 8). **5.** *Mirame* fut mise en chantier par le groupe des Cinq en 1638. Mais lorsque la pièce inaugura, le 1er janvier 1641, la nouvelle et somptueuse salle du Palais-Cardinal, son auteur affiché fut Des Marets de Saint-Sorlin.

die ; des deux Scipions, l'un l'ami de Lélius, l'autre associé à la renommée des Térence ; de Cicéron, roi des lettres comme il était père de la patrie ; de César enfin, auteur d'ouvrages de grammaire, d'astronomie, de religion, de littérature, de César, rival d'Archiloque dans la satire, de Sophocle dans la tragédie, de Démosthène dans l'éloquence, et dont les *Commentaires* sont le désespoir des historiens ?

Nonobstant ces exemples et mille autres, le talent littéraire, bien évidemment le premier de tous parce qu'il n'exclut aucune autre faculté, sera toujours dans ce pays un obstacle au succès politique : à quoi bon en effet une haute intelligence ? cela ne sert à quoi que ce soit. Les sots de France, espèce particulière et toute nationale, n'accordent rien aux Grotius, aux Frédéric, aux Bacon, aux Thomas Morus, aux Spencer, aux Falkland, aux Clarendon, aux Bolingbroke, aux Burke et aux Canning de France.

Jamais notre vanité ne reconnaîtra à un homme, même de génie, deux aptitudes, et la faculté de faire aussi bien qu'un esprit commun des choses communes. Si vous dépassez d'une ligne les conceptions vulgaires, mille imbéciles s'écrient : « Vous vous perdez dans les nues ! » ravis qu'ils se sentent d'habiter en bas, où ils s'entêtent à penser. Ces pauvres envieux, en raison de leur secrète misère, se rebiffent contre le mérite ; ils renvoient avec compassion Virgile, Racine, Lamartine à leurs vers. Mais, superbes sires, à quoi faut-il vous renvoyer ? à l'oubli : il vous attend à vingt pas de votre logis, tandis que vingt vers de ces poètes les porteront à la dernière postérité.

(12)

LES FRANÇAIS À ROME.

La première invasion des Français, à Rome, sous le Directoire, fut infâme et spoliatrice ; la seconde sous l'Empire, fut inique ; mais, une fois accomplie, l'ordre régna[1].

La République demanda à Rome, pour un armistice, vingt-deux millions, l'occupation de la citadelle d'Ancône, cent tableaux et statues, cent manuscrits au choix des commissaires français. On voulait surtout avoir le buste de *Brutus* et celui de *Marc-Aurèle* : tant de gens en France s'appelaient alors *Brutus* ! il était tout simple qu'ils désirassent posséder la pieuse image de leur père putatif ; mais Marc-Aurèle, de qui était-il parent ? Attila, pour s'éloigner de Rome, ne demanda qu'un certain nombre de livres de poivre et de soie : de notre temps, elle s'est un moment rachetée avec des tableaux. De grands artistes, souvent négligés et malheureux, ont laissé leurs chefs-d'œuvre pour servir de rançon aux ingrates cités qui les avaient méconnus.

Les Français de l'Empire eurent à réparer les ravages qu'avaient faits à Rome les Français de la République ; ils devaient aussi une expiation à ce sac de Rome accompli par une armée que conduisait un prince français[2] ; c'était à Bonaparte qu'il convenait de mettre de l'ordre dans des ruines qu'un autre Bonaparte avait vues croître et dont il a décrit le bouleversement[3]. Le plan que suivit l'administration française pour le déblaiement du Forum fut celui que Raphaël avait proposé à Léon X : elle fit sortir de terre les trois colonnes du temple de Jupiter tonnant ; elle mit à nu le portique du temple de la Concorde ;

---

1. M.-J. Durry a démontré (*Ambassade romaine*, p. 131-135) que Chateaubriand réutilise dans ce chapitre certains passages des *Études statistiques* du comte de Tournon (voir *supra*, p. 282, note 3). **2.** Le connétable de Bourbon, en 1527.   **3.** Voir t. II, p. 322, note 1.

elle découvrit le pavé de la voie sacrée ; elle fit disparaître les constructions nouvelles dont le temple de la Paix était encombré ; elle enleva les terres qui recouvraient l'emmarchement du Colysée, vida l'intérieur de l'arène et fit reparaître sept ou huit salles des bains de Titus.

Ailleurs le Forum de Trajan fut exploré ; on répara le Panthéon, les Thermes de Dioclétien, le temple de la Pudicité patricienne. Des fonds furent assignés pour entretenir, hors de Rome, les murs de Faléries et le tombeau de Cecilia Metella.

Les travaux d'entretien pour les édifices modernes furent également suivis : Saint-Paul-hors-des-Murs, qui n'existe plus [1], vit restaurer sa toiture ; Sainte-Agnès, San-Martino-ai-Monti, furent défendus contre le temps. On refit une partie des combles et des pavés de Saint-Pierre ; des paratonnerres mirent à l'abri de la foudre le dôme de Michel-Ange. On marqua l'emplacement de deux cimetières à l'est et à l'ouest de la ville, et celui de l'est, près du couvent de Saint-Laurent, fut terminé.

Le Quirinal revêtit son indigence intérieure du luxe des porphyres et des marbres romains : désigné pour le palais impérial, Bonaparte, avant de l'habiter, voulut y faire disparaître les traces de l'enlèvement du pontife, captif à Fontainebleau. On se proposait d'abattre la partie de la ville située entre le Capitole et Monte-Cavallo, afin que le triomphateur montât par une immense avenue à sa demeure césarienne : les événements firent évanouir ces songes gigantesques en détruisant d'énormes réalités.

Dans les projets arrêtés était celui de construire une suite de quais depuis *Ripetta* jusqu'à *Ripa grande* ; ces quais auraient été plantés ; les quatre îlots de maisons entre le château Saint-Ange et la place Rusticucci étaient achetés en partie et auraient été démolis. Une large allée eût été ainsi ouverte sur la place Saint-Pierre, qu'on eût aperçue du pied du château Saint-Ange.

Les Français font partout des promenades ; j'ai vu au Caire un grand carré qu'ils avaient planté de palmiers et environné de cafés, lesquels portaient des noms

---

1. Voir chapitre suivant, p. 415, note 3.

empruntés aux cafés de Paris : à Rome, mes compatriotes ont créé le Pincio ; on y monte par une rampe. En descendant cette rampe, je vis l'autre jour, passer une voiture dans laquelle était une femme encore de quelque jeunesse : à ses cheveux blonds, au galbe mal ébauché de sa taille, à l'inélégance de sa beauté, je l'ai prise pour une grasse et blanche étrangère de la Westphalie ; c'était madame Guiccioli[1] : rien ne s'arrangeait moins avec le souvenir de lord Byron. Qu'importe ? la fille de Ravenne (dont au reste le poëte était las lorsqu'il prit le parti de mourir) n'en ira pas moins, conduite par la Muse, se placer dans l'Élysée en augmentant les divinités de la tombe.

La partie occidentale de la place du Peuple devait être plantée dans l'espace qu'occupent des chantiers et des magasins ; on eût aperçu, de l'extrémité du cours, le Capitole, le Vatican et Saint-Pierre au-delà des quais du Tibre, c'est-à-dire Rome antique et Rome moderne.

Enfin, un bois, création des Français, s'élève aujourd'hui à l'orient du Colysée ; on n'y rencontre jamais personne : quoiqu'il ait grandi, il a l'air d'une broussaille croissant au pied d'une haute ruine.

Pline le jeune écrivait à Maxime[2] :

« On vous envoie dans la Grèce, où la politesse, les lettres, l'agriculture même, ont pris naissance. Respectez les dieux leurs fondateurs, la présence de ces dieux ; respectez l'ancienne gloire de cette nation, et la vieillesse, sacrée dans les villes comme elle est vénérable dans les hommes ; faites honneur à leur antiquité, à leurs exploits fameux, à leurs fables même. N'entreprenez rien sur la dignité, sur la liberté, ni même sur la vanité de personne. Ayez continuellement devant les yeux que nous avons puisé notre droit dans ce pays ; que nous n'avons pas imposé des lois à ce peuple après l'avoir vaincu, mais qu'il nous a donné les siennes après l'en avoir prié. C'est à Athènes, c'est à Lacédémone que vous devez commander ; il y aurait de l'inhumanité, de la cruauté, de la barba-

---

1. Voir XII, 4 (t. I, p. 731, note 2). 2. *Lettres* de Pline le jeune, VIII, 24.

rie, à leur ôter l'ombre et le nom de liberté qui leur restent. »

Lorsque Pline écrivait ces nobles et touchantes paroles à Maxime, savait-il qu'il rédigeait des instructions pour des peuples alors barbares, qui viendraient un jour dominer sur les ruines de Rome ?

(13)

PROMENADES.

Je vais bientôt quitter Rome, et j'espère y revenir. Je l'aime de nouveau passionnément, cette Rome si triste et si belle ; j'aurai un panorama au Capitole où le ministre de Prusse me cédera le petit palais Caffarelli[1] ; à Saint-Onuphre je me suis ménagé une autre retraite. En attendant mon départ et mon retour, je ne cesse d'errer dans la campagne ; il n'y a pas de petit chemin entre deux haies que je ne connaisse mieux que les sentiers de Combourg. Du haut du mont Marius et des collines environnantes, je découvre l'horizon de la mer vers Ostie ; je me repose sous les légers et croulants portiques de la villa Madama. Dans ces architectures changées en fermes je ne trouve souvent qu'une jeune fille sauvage, effarouchée et grimpante comme ses chèvres. Quand je sors par la *Porta Pia*, je vais au pont *Lamentano*[2] sur le Teverone ; j'admire en passant à Sainte-Agnès une tête de Christ[3]

---

1. Bunsen ne songeait nullement à quitter le palais Caffarelli, où il résidera jusqu'en 1838, et qui abritera pour longtemps encore la légation de Prusse. Sans doute Chateaubriand voulait-il simplement lui en louer une partie, au cas où il serait, à titre privé, demeuré à Rome. **2.** *Sic* : lapsus ou confusion avec le pont *Nomentano*, sur le Teverone (ou Anio), à quatre kilomètres de la Porta Pia ? **3.** C'est Valéry (t. II, p. 112) qui signale la présence, à Sainte-Agnès-hors-les-Murs, de cette tête de marbre. Elle serait en réalité due au sculpteur français Nicolas Cordier (1567-1612).

par Michel-Ange, qui garde le couvent presque abandonné. Les chefs-d'œuvre des grands maîtres ainsi semés dans le désert remplissent l'âme d'une mélancolie profonde. Je me désole qu'on ait réuni les tableaux de Rome dans un musée ; j'aurais bien plus de plaisir par les pentes du Janicule, sous la chute de l'*Aqua Paola*[1], au travers de la rue solitaire *delle Fornaci*, à chercher *la Transfiguration* dans le monastère des Récollets de Saint-Pierre *in Montorio*. Lorsqu'on regarde la place qu'occupait, sur le maître-autel de l'église, l'ornement des funérailles de Raphaël, on a le cœur saisi et attristé[2].

Au-delà du pont *Lamentano*, des pâturages jaunis s'étendent à gauche jusqu'au Tibre ; la rivière qui baignait les jardins d'Horace y coule inconnue. En suivant la grande route vous trouvez le pavé de l'ancienne voie Tiburtine. J'y ai vu cette année arriver la première hirondelle.

J'herborise au tombeau de Cecilia Metella : le réséda ondé et l'anémone apennine font un doux effet sur la blancheur de la ruine et du sol. Par la route d'Ostie je me rends à Saint-Paul, dernièrement la proie d'un incendie[3] ; je me repose sur quelque porphyre calciné, et je regarde les ouvriers qui rebâtissent en silence une nouvelle église ; on m'en avait montré quelque colonne déjà ébauchée

---

1. Ou Fontaine Pauline, du nom du pape Paul V qui la fit construire sur le Janicule.   2. Le dernier tableau de Raphaël, commandé par le cardinal Jules de Médicis pour la cathédrale de Narbonne, demeura inachevé à la mort du peintre, le 6 avril 1520. Complété par Jules Romain, il fut placé dès 1523 sur le maître-autel de San Pietro in Montorio, « fort mal » et « à contre-jour », selon le président de Brosses qui ajoute à ce propos : « Si j'avais l'honneur d'être pape, il n'y resterait pas deux minutes » (*Lettres*, XLVII). Ce vœu mettra du temps à être exaucé. Emportée à Paris après le traité de Tolentino, la *Transfiguration* fut exposée au Louvre de 1798 à 1815, puis rendue au Saint-Siège. C'est à son retour à Rome que le tableau illustre fut déposé dans une salle de la pinacothèque vaticane, au grand regret des esthètes : voir les considérations de Stendhal au début de la *Vie de Henry Brulard*.   3. La basilique érigée par Théodose sur le lieu du martyre de saint Paul avait été ravagée par un incendie dans la nuit du 15 au 16 juillet 1823. La reconstruction devait être aussitôt entreprise, mais elle ne sera terminée que sous le pontificat de Pie IX.

à la descente du Simplon : toute l'histoire du christianisme dans l'Occident commence à *Saint-Paul-hors-des-
Murs*.

En France, lorsque nous élevons quelque bicoque, nous
faisons un tapage effroyable ; force machines, multitude
d'hommes et de cris ; en Italie, on entreprend des choses
immenses presque sans se remuer. Le pape fait dans ce
moment même refaire la partie tombée du Colysée ; une
demi-douzaine de goujats sans échafaudage redressent le
colosse sur les épaules duquel mourut une nation changée
en ouvriers esclaves[1]. Près de Vérone, je me suis souvent
arrêté pour regarder un curé qui construisait seul un
énorme clocher ; sous lui le fermier de la cure était le
maçon.

J'achève souvent le tour des murs de Rome à pied ; en
parcourant ce chemin de ronde, je lis l'histoire de la reine
de l'univers païen et chrétien écrite dans les constructions, les architectures et les âges divers de ces murs.

Je vais encore à la découverte de quelque villa délabrée
en dedans des murs de Rome. Je visite Sainte-Marie-
Majeure, Saint-Jean-de-Latran avec son obélisque,
Sainte-Croix-de-Jérusalem avec ses fleurs ; j'y entends
chanter ; je prie : j'aime à prier à genoux ; mon cœur est
ainsi plus près de la poussière et du repos sans fin[2] : je
me rapproche de la tombe.

Mes fouilles ne sont qu'une variété des mêmes plaisirs.
Du plateau de quelque colline on aperçoit le dôme de
Saint-Pierre. Que paye-t-on au propriétaire du lieu où sont
enfouis des trésors ? La valeur de l'herbe détruite par la
fouille. Peut-être rendrai-je mon argile à la terre en
échange de la statue qu'elle me donnera ; nous ne ferons
que troquer une image de l'homme contre une image de
l'homme.

On n'a point vu Rome quand on n'a point parcouru les
rues de ses faubourgs mêlées d'espaces vides, de jardins
pleins de ruines, d'enclos plantés d'arbres et de vignes,

---

1. Les juifs de Jérusalem, déportés à Rome par Titus, après la prise
de la ville.   **2.** Allusion au *Requiem aeternam* de la liturgie des
défunts.

de cloîtres où s'élèvent des palmiers et des cyprès, les uns ressemblant à des femmes de l'Orient, les autres à des religieuses en deuil. On voit sortir de ces débris de grandes Romaines, pauvres et belles, qui vont acheter des fruits ou puiser de l'eau aux cascades versées par les aqueducs des empereurs et des papes. Pour apercevoir les mœurs dans leur naïveté, je fais semblant de chercher un appartement à louer : je frappe à la porte d'une maison retirée ; on me répond : *Favorisca*[1]. J'entre : je trouve, dans des chambres nues, ou un ouvrier exerçant son métier, ou une *zitella* fière, tricotant ses laines, un chat sur ses genoux, et me regardant errer à l'aventure sans se lever.

Quand le temps est mauvais, je me retire dans Saint-Pierre ou bien je m'égare dans les musées de ce Vatican aux onze mille chambres et aux dix-huit mille fenêtres (Juste Lipse). Quelles solitudes de chefs-d'œuvre ! On y arrive par une galerie dans les murs de laquelle sont incrustées des épitaphes et d'anciennes inscriptions : la mort semble née à Rome.

Il y a dans cette ville plus de tombeaux que de morts. Je m'imagine que les décédés, quand ils se sentent trop échauffés dans leur couche de marbre, se glissent dans une autre restée vide, comme on transporte un malade d'un lit dans un autre lit. On croirait entendre les squelettes passer durant la nuit de cercueil en cercueil.

La première fois que j'ai vu Rome, c'était à la fin de juin[2] : la saison des chaleurs augmente le délaisser de la cité ; l'étranger fuit, les habitants du pays se renferment chez eux ; on ne rencontre pendant le jour personne dans les rues. Le soleil darde ses rayons sur le Colysée où pendent des herbes immobiles, où rien ne remue que les lézards. La terre est nue ; le ciel sans nuages paraît encore plus désert que la terre. Mais bientôt la nuit fait sortir les habitants de leurs palais et les étoiles du firmament ; la terre et le ciel se repeuplent ; Rome ressuscite ; cette vie recommencée en silence dans les ténèbres, autour des

---

1. « Entrez ! »   2. Voir t. II, p. 122.

tombeaux, a l'air de la vie et de la promenade des ombres qui redescendent à l'Erèbe aux approches du jour.

Hier j'ai vaqué au clair de la lune dans la campagne entre la porte Angélique et le mont Marius. On entendait un rossignol dans un étroit vallon balustré[1] de cannes. Je n'ai retrouvé que là cette tristesse mélodieuse dont parlent les poètes anciens, à propos de l'oiseau du printemps. Le long sifflement que chacun connaît, et qui précède les brillantes batteries du musicien ailé, n'était pas perçant comme celui de nos rossignols ; il avait quelque chose de voilé comme le sifflement du bouvreuil de nos bois. Toutes ses notes étaient baissées d'un demi-ton ; sa romance à refrain était transposée du majeur au mineur ; il chantait à demi-voix ; il avait l'air de vouloir charmer le sommeil des morts et non de les réveiller. Dans ces parcours incultes, la Lydie d'Horace, la Délie de Tibulle, la Corinne d'Ovide, avaient passé ; il n'y restait que la Philomèle de Virgile. Cet hymne d'amour était puissant dans ce lieu et à cette heure[2] ; il donnait je ne sais quelle passion d'une seconde vie : selon Socrate, l'amour est le désir de renaître par l'entremise de la beauté[3] ; c'était ce désir que faisait sentir à un jeune homme une jeune fille grecque en lui disant : « S'il ne me restait que le fil de mon collier de perles, je le partagerais avec toi[4]. »

Si j'ai le bonheur de finir mes jours ici, je me suis arrangé pour avoir à Saint-Onuphre un réduit joignant la chambre où le Tasse expira. Aux moments perdus de mon ambassade, à la fenêtre de ma cellule, je continuerai mes *Mémoires*. Dans un des plus beaux sites de la terre, parmi les orangers et les chênes verts, Rome entière sous mes yeux, chaque matin, en me mettant à l'ouvrage, entre le lit de mort et la tombe du poète, j'invoquerai le génie de la gloire et du malheur.

---

1. Entouré comme par une balustrade ; déclaré « vieilli » par *Académie*, 1798.   **2.** On le retrouvera dans « Cynthie » (XXXVIII, 5). **3.** C'est la thèse que Socrate place dans la bouche de Diotime, dans le *Banquet* (201 *d*-212 *c*).   **4.** Cette épigramme ne figure dans aucune *Anthologie*. Si elle est de Chateaubriand, on ne pourrait qu'admirer la réussite du pastiche.

(14)

MON NEVEU CHRISTIAN DE CHATEAUBRIAND.

Dans les premiers jours de mon arrivée à Rome, lorsque j'errais ainsi à l'aventure, je rencontrai entre les bains de Titus et le Colysée une pension de jeunes garçons. Un maître à chapeau rabattu, à robe traînante et déchirée, ressemblant à un pauvre frère de la Doctrine chrétienne, les conduisait. Passant près de lui, je le regarde, je lui trouve un faux air de mon neveu Christian de Chateaubriand, mais je n'osais en croire mes yeux. Il me regarde à son tour, et, sans montrer aucune surprise, il me dit : « Mon oncle ! » Je me précipite tout ému et je le serre dans mes bras. D'un geste de la main il arrête derrière lui son troupeau obéissant et silencieux. Christian était à la fois pâle et noirci, miné par la fièvre et brûlé par le soleil. Il m'apprit qu'il était chargé de la préfecture des études au collège des Jésuites, alors en vacances à Tivoli. Il avait presque oublié sa langue, il s'énonçait difficilement en français, ne parlant et n'enseignant qu'en italien. Je contemplais les yeux pleins de larmes ce fils de mon frère devenu étranger, vêtu d'une souquenille noire, poudreuse, maître d'école à Rome, et couvrant d'un feutre de cénobite son noble front qui portait si bien le casque.

J'avais vu naître Christian[1] ; quelques jours avant mon émigration j'assistais à son baptême. Son père, son grand-père le président de Rosanbo, et son bisaïeul M. de Malesherbes, étaient présents. Celui-ci le tint sur les fonts et lui donna son nom, *Christian*. L'église Saint-Laurent était déserte et déjà à demi dévastée. La nourrice et moi nous reprîmes l'enfant des mains du curé.

---

1. Voir t. I, p. 569, note 2.

Io piangendo ti presi, et in breve cesta
Fuor ti portai[1].   (*Tasso.*)

Le nouveau-né fut reporté à sa mère, placé sur son lit
où cette mère et sa grand-mère, madame de Rosanbo, le
reçurent avec des pleurs de joie. Deux ans après, le père,
le grand-père, le bisaïeul, la mère et la grand-mère avaient
péri sur l'échafaud, et moi, témoin du baptême, j'errais
exilé. Tels étaient les souvenirs que l'apparition subite de
mon neveu fit revivre dans ma mémoire au milieu des
ruines de Rome. Christian a déjà passé la moitié de sa vie
dans l'orphelinage ; il a voué l'autre moitié aux autels :
foyers toujours ouverts du père commun des hommes.

Christian avait pour Louis, son digne frère, une amitié
ardente et jalouse ; lorsque Louis se fut marié, Christian
partit pour l'Italie[2] ; il y connut le duc de Rohan-Chabot,
et il y rencontra madame Récamier ; comme son oncle, il
est revenu habiter Rome, lui dans un cloître, moi dans un
palais. Il entra en religion pour rendre à son frère une
fortune qu'il ne croyait pas posséder légitimement par les
nouvelles lois[3] : ainsi Malesherbes est maintenant, avec
Combourg, à Louis.

Après notre rencontre inattendue au pied du Colysée,
Christian, accompagné d'un frère jésuite, me vint voir à
l'ambassade ; il avait le maintien triste et l'air sérieux ;
jadis il riait toujours. Je lui demandai s'il était heureux ; il
me répondit : « J'ai souffert longtemps ; maintenant mon
sacrifice est fait et je me trouve bien. »

Christian a hérité du caractère de fer de son aïeul paternel, M. de Chateaubriand mon père, et des vertus morales
de son bisaïeul maternel, M. de Malesherbes. Ses sentiments sont renfermés, bien qu'il les montre, sans égard
aux préjugés de la foule, quand il s'agit de ses devoirs :

---

1. « Je te pris en pleurant et dans une menue corbeille, je te ravis »
(*Jérusalem délivrée*, XII, 29). C'est le passage où Arxès révèle à Clo-
rinde ses origines.   2. En 1813, après ses études au collège de Juilly.
3. Qui imposaient le partage égal des héritages.

dragon dans la garde [1], en descendant de cheval il allait à
la Sainte Table ; on ne s'en moquait point, car sa bravoure
et sa bienfaisance étaient l'admiration de ses camarades.
On a découvert, depuis qu'il a renoncé au service, qu'il
secourait secrètement un nombre considérable d'officiers
et de soldats ; il a encore des pensionnaires dans les gre-
niers de Paris, et Louis acquitte les dettes fraternelles.
Un jour, en France, je m'enquérais de Christian s'il se
marierait : « Si je me mariais, répondit-il, j'épouserais
une de mes petites parentes, la plus pauvre. »

Christian passe les nuits à prier ; il se livre à des austé-
rités dont ses supérieurs sont effrayés : une plaie qui
s'était formée à l'une de ses jambes lui était venue de sa
persévérance à se tenir à genoux des heures entières ;
jamais l'innocence ne s'est livrée à tant de repentir.

Christian n'est point un homme de ce siècle : il me
rappelle ces ducs et ces comtes de la cour de Charlemagne, qui, après avoir combattu contre les Sarrasins,
fondaient des couvents sur les sites déserts de Gellone ou
de Malavalle [2], et s'y faisaient moines. Je le regarde
comme un saint : je l'invoquerais volontiers. Je suis persuadé que ses bonnes œuvres, unies à celles de ma mère
et de ma sœur Julie, m'obtiendraient grâce auprès du souverain Juge. J'ai aussi du penchant au cloître ; mais mon
heure étant venue, c'est à la Portioncule [3], sous la protec-

---

1. Entré le 1er mai 1814, à vingt-trois ans, dans la Garde royale,
Christian de Chateaubriand avait accompagné le roi à Gand, puis continué de servir dans les Dragons où il avait obtenu le grade de capitaine
en 1818. C'est au retour de la campagne de 1823 en Espagne, à laquelle
il avait activement participé, que sa vocation religieuse se déclara. Le
5 mars 1824, il donna sa démission et se rendit à Rome où, le 30 avril,
il entra au collège des Jésuites. Il ne devait pas revoir la France : il est
mort à Chieri, près de Turin, le 27 mai 1843.   2. Le monastère de
Saint-Guilhem-du-Désert fut fondé au début du IXe siècle dans la vallée
de Gellone, près de Lodève, par Guillaume, comte de Toulouse et
compagnon de Charlemagne. Son homonyme saint Guillaume, autre
gentilhomme français, fonda en 1053, près de Sienne, un monastère
qui donnera naissance à la congrégation des Guillemites.   3. Nom
donné au premier oratoire de la communauté franciscaine. Cette chapelle se trouve aujourd'hui englobée dans la basilique de Sainte-Marie-
des-Anges, à Assise.

tion de mon patron, appelé *François* parce qu'il parlait français, que j'irais demander une solitude.

Je veux traîner seul mes sandales ; je ne souffrirais pour rien au monde qu'il y eût deux têtes dans mon froc.

« Jeune encore », dit le Dante, « le soleil d'Assise épousa une femme à qui, comme à la mort, personne n'ouvre la porte du plaisir ; cette femme, veuve de son premier mari depuis plus de onze cents ans, avait langui obscure et méprisée : en vain elle était montée avec le Christ sur la Croix. Quels sont les amants que te désignent ici mes paroles mystérieuses ? FRANÇOIS et la PAUVRETÉ ; *Francesco e Povertà.* » (*Paradiso*, cant. XI.)

(15)

À MADAME RÉCAMIER.

« Rome, 16 mai 1829.

« Cette lettre partira de Rome quelques heures après moi, et arrivera quelques heures avant moi à Paris [1]. Elle va clore cette correspondance qui n'a pas manqué un seul courrier, et qui doit former un volume entre vos mains. J'éprouve un mélange de joie et de tristesse que je ne puis vous dire ; pendant trois ou quatre mois je me suis assez déplu à Rome ; maintenant j'ai repris à ces nobles ruines, à cette solitude si profonde, si paisible et pourtant si pleine d'intérêt et de souvenir. Peut-être aussi le succès inespéré que j'ai obtenu ici m'a attaché : je suis arrivé au milieu de toutes les préventions suscitées contre moi, et j'ai tout vaincu ; on paraît me regretter. Que vais-je retrouver en France ? du bruit au lieu de silence, de l'agitation au lieu de repos, de la déraison, des ambitions, des

---

1. Partis de Rome le 16 mai 1829, de passage à Lyon le dimanche 24, les Chateaubriand arrivèrent à Paris le jeudi 28 mai.

combats de place et de vanité. Le système politique que j'ai adopté est tel que personne n'en voudrait peut-être, et que d'ailleurs on ne me mettrait pas à même de l'exécuter. Je me chargerais encore de donner une grande gloire à la France, comme j'ai contribué à lui obtenir une grande liberté ; mais me ferait-on table rase ? me dirait-on : "Soyez le maître, disposez de tout au péril de votre tête ?" Non ; on est si loin de vouloir me dire une pareille chose, que l'on prendrait tout le monde avant moi, que l'on ne m'admettrait qu'après avoir essuyé les refus de toutes les médiocrités de la France, et qu'on croirait me faire une grande grâce en me reléguant dans un coin obscur. Je vais vous chercher ; ambassadeur ou non, c'est à Rome que je voudrais mourir. En échange d'une petite vie, j'aurais du moins une grande sépulture jusqu'au jour où j'irai remplir mon cénotaphe dans le sable qui m'a vu naître. Adieu ; j'ai déjà fait plusieurs lieues vers vous. »

LIVRE TRENTE-UNIÈME

(1)

Paris, août et septembre 1830, rue d'Enfer[1].

RETOUR DE ROME À PARIS. — MES PROJETS. LE ROI ET SES
DISPOSITIONS. — M. PORTALIS. M. DE MARTIGNAC.
DÉPART POUR ROME. — LES PYRÉNÉES. — AVENTURE.

J'eus un grand plaisir à revoir mes amis[2] ; je ne rêvais
qu'au bonheur de les emmener avec moi et à finir mes
jours à Rome. J'écrivis pour mieux m'assurer encore du
petit palais Caffarelli que je projetais de louer sur le Capitole, et de la cellule que je postulais à Saint-Onuphre.
J'achetai des chevaux anglais et je les fis partir pour les
prairies d'Évandre[3]. Je disais déjà adieu dans ma pensée

---

1. Cette indication de date, qui figure dans C comme dans O,
concerne la totalité du récit de la révolution de Juillet. Mais il est
probable que la rédaction des livres XXXI, XXXII et XXXIII a été
revue par la suite. **2.** C'est-à-dire Mme Récamier et sa « petite
société ». Le grand événement du mois de juin 1829 fut la lecture de
Moïse, le dimanche 21, devant une soixantaine de personnes triées sur
le volet. **3.** Le roi arcadien qui accueille Énée sur les rives du Tibre
et qui lui montre le site encore agreste de Rome, où paissent les troupeaux (*Énéide*, VIII, vers 360-361).

à ma patrie avec une joie qui méritait d'être punie. Lorsqu'on a voyagé dans sa jeunesse et qu'on a passé beaucoup d'années hors de son pays, on s'est accoutumé à placer partout sa mort : en traversant les mers de la Grèce, il me semblait que tous ces monuments que j'apercevais sur les promontoires étaient des hôtelleries où mon lit était préparé.

J'allai faire ma cour au Roi à Saint-Cloud : il me demanda quand je retournais à Rome. Il était persuadé que j'avais un bon cœur et une mauvaise tête. Le fait est que j'étais précisément l'inverse de ce que Charles X pensait de moi : j'avais une très froide et très bonne tête, et le cœur cahin-caha pour les trois quarts et demi du genre humain.

Je trouvai le Roi dans une fort mauvaise disposition à l'égard de son ministère : il le faisait attaquer par certains journaux royalistes, ou plutôt, lorsque les rédacteurs de ces feuilles allaient lui demander s'il ne les trouvait pas trop hostiles, il s'écriait : « Non, non, continuez. » Quand M. de Martignac avait parlé : « Eh bien, disait Charles X, avez-vous entendu la Pasta [1] ? » Les opinions libérales de M. Hyde de Neuville lui étaient antipathiques ; il trouvait plus de complaisance dans M. Portalis le fédéré [2], qui portait sa cupidité sur son visage : c'est à M. Portalis que la France doit ses malheurs. Quand je le vis à Passy, je

---

1. Giuditta Negri (1797-1865), devenue en 1815 Mme Pasta, a été une des plus grandes cantatrices de sa génération. Tous les témoignages sur Martignac mentionnent la séduction de son éloquence de « sirène ». Chateaubriand exprime son propre jugement un peu plus loin.
2. Sur Portalis, voir *supra*, p. 213, note 1. Le sobriquet de *fédéré* que lui applique Chateaubriand se réfère à son attitude pendant les Cent-Jours. Rappelons que pour remplacer La Ferronnays au ministère des Affaires étrangères, on avait songé, en dehors de Chateaubriand lui-même, à Pasquier, au duc de Mortemart, enfin au duc de Laval, alors ambassadeur à Vienne. C'est sur ce dernier que se porta le choix de Charles X, et sa nomination fut annoncée au *Moniteur* du 25 avril. Mais, effrayé (ou dissuadé) de se mettre à dos Chateaubriand, le duc de Laval renonça au profit de Portalis. Celui-ci accepta sous la condition que la présidence de la Cour de cassation, qui allait être vacante (et à laquelle il sera nommé le 9 août) lui demeurerait assurée. Ce cumul lui fut accordé par les ordonnances du 14 mai.

m'aperçus de ce que j'avais en partie deviné : le garde des sceaux, en faisant semblant de tenir *par intérim* le ministère des affaires étrangères, mourait d'envie de le conserver, bien qu'il se fût pourvu, à tout événement, de la place de président de la Cour de cassation. Le Roi, quand il s'était agi de disposer des affaires étrangères, avait prononcé : « Je ne dis pas que Chateaubriand ne sera pas mon ministre ; mais pas à présent. » Le prince de Laval avait refusé ; M. de La Ferronnays ne se pouvait plus livrer à un travail suivi. Dans l'espoir que de guerre lasse le portefeuille lui resterait, M. Portalis ne faisait rien pour déterminer le Roi.

Plein de mes délices futures de Rome, je m'y laissai aller sans trop sonder l'avenir ; il me convenait assez que M. Portalis gardât l'*intérim* à l'abri duquel ma position politique restait la même. Il ne me vint pas un seul instant dans l'idée que M. de Polignac pourrait être investi du pouvoir : son esprit borné, fixe et ardent, son nom fatal et impopulaire, son entêtement, ses opinions religieuses exaltées jusqu'au fanatisme, me paraissaient des causes d'une éternelle exclusion. Il avait, il est vrai, souffert pour le Roi ; mais il en était largement récompensé par l'amitié de son maître et par la haute ambassade de Londres que je lui avais donnée sous mon ministère, malgré l'opposition de M. de Villèle.

De tous les ministres en place que je trouvai à Paris, excepté l'excellent M. Hyde de Neuville, pas un ne me plaisait : je sentais en eux une capacité incapable qui me laissait de l'inquiétude sur la durée de leur empire. M. de Martignac, d'un talent de parole agréable, avait une voix douce et épuisée comme celle d'un homme à qui les femmes ont donné quelque chose de leur séduction et de leur faiblesse ! Pythagore se souvenait d'avoir été une courtisane charmante nommée Alcée[1]. L'ancien secré- taire d'ambassade de l'abbé Sieyès avait aussi une suffi- sance contenue, un esprit calme un peu jaloux. Je l'avais, en 1823, envoyé en Espagne dans une position élevée et

---

1. Dans une existence antérieure (Aulu-Gelle, *Nuits attiques*, IV, 11, 14). Pythagore croyait à la métempsycose.

indépendante, mais il aurait voulu être ambassadeur[1]. Il était choqué de n'avoir pas reçu un emploi qu'il croyait dû à son mérite.

Mon goût ou mes déplaisances importaient peu. La Chambre commit une faute en renversant un ministère qu'elle aurait dû conserver à tout prix[2]. Ce ministère modéré servait de garde-fou à des abîmes ; il était aisé de le jeter bas, car il ne tenait à rien et le Roi lui était ennemi ; raison de plus pour ne faire aucune chicane à ces hommes, pour leur donner une majorité à l'aide de laquelle ils se fussent maintenus et auraient fait place un jour, sans accident, à un ministère fort. En France, on ne sait rien attendre ; on a horreur de tout ce qui a l'apparence du pouvoir, jusqu'à ce qu'on le possède. Au surplus, M. de Martignac a démenti noblement ses faiblesses en dépensant avec courage le reste de sa vie dans la défense de M. de Polignac. Les pieds me brûlaient à Paris ; je ne pouvais m'habituer au ciel gris et triste de la France, ma *patrie* ; qu'aurais-je donc pensé du ciel de la Bretagne, ma *matrie*[3], pour parler grec ? Mais là, du moins, il y a des vents de mer ou des calmes : *Tumidis albens fluctibus*[4], ou *venti posuere*[5]. Mes ordres étaient donnés pour exécuter dans mon jardin et dans ma maison, rue d'Enfer, les changements et les accroissements nécessaires, afin qu'à ma mort le legs que je voulais faire de cette maison à l'infirmerie de madame de Chateaubriand fût plus profitable. Je destinais cette propriété à la retraite de quelques artistes et de quelques gens de lettres

---

1. Comme « commissaire civil », en attendant que soit nommé un véritable ambassadeur, qui sera le marquis de Talaru : celui-ci rejoindra son poste à Madrid au mois de juin 1823 (voir *Vérone*, première partie, LIII).   2. Martignac avait été mis en minorité dès le 8 avril, à propos de son projet de loi sur la réforme administrative. Il fit néanmoins voter le budget, puis expédia les affaires courantes jusqu'à la fin de la session, le 30 juillet (voir Bertier, p. 418-423).   3. Le terme est attesté dans ce sens chez Platon (*République*, 575*d*) ou chez Plutarque (*Moralia*, 792*e*).   4. « blanchissante lorsque ses flots se soulèvent. » C'est une citation libre des *Métamorphoses*, XI, vers 480-481 : « *Cum mare sub noctem tumidis albescere coepit/ Fluctibus...* » « Quand, aux approches de la nuit, la mer commence à se soulever et à blanchir. »   5. « Les vents tombèrent » (*Énéide*, VII, 27).

malades. Je regardais le soleil pâle, et je lui disais : « Je vais bientôt te retrouver avec un meilleur visage, et nous ne nous quitterons plus. »

Ayant pris congé du Roi et espérant le débarrasser pour toujours de moi, je montai en calèche. J'allais d'abord aux Pyrénées prendre les eaux de Cauterets ; de-là, traversant le Languedoc et la Provence, je devais me rendre à Nice, où je rejoindrais madame de Chateaubriand. Nous passions ensemble la corniche, nous arrivions à la ville éternelle que nous traversions sans nous arrêter, et, après deux mois de séjour à Naples, au berceau du Tasse, nous revenions à sa tombe à Rome. Ce moment est le seul de ma vie où j'aie été complètement heureux, où je ne désirais plus rien, où mon existence était remplie, où je n'apercevais jusqu'à ma dernière heure qu'une suite de jours de repos. Je touchais au port ; j'y entrais à pleines voiles comme Palinure : *inopina quies* [1].

Tout mon voyage jusqu'aux Pyrénées fut une suite de rêves [2] : je m'arrêtais quand je voulais ; je suivais sur ma route les chroniques du moyen âge que je retrouvais partout ; dans le Berry, je voyais ces petites routes bocagères que l'auteur de *Valentine* nomme des traînes [3], et qui me rappelaient ma Bretagne. Richard Cœur-de-Lion avait été tué à Chalus, au pied de cette tour : *Enfant musulman, paix là ! voici le roi Richard* [4] ! À Limoges, j'ôtai mon chapeau par respect pour Molière [5] ; à Péri-

---

1. Ce « repos inopiné » va précipiter dans la mer le pilote Palinure « trop confiant dans la sérénité du ciel et de la mer » (*Énéide*, V, 857-871). **2.** Chateaubriand quitta Paris le 18 juillet. Il avait rendez-vous le lendemain à Étampes avec Hortense Allart. Le 22 juillet, il retrouva son ami Clausel à Périgueux. Ils firent ensuite route ensemble jusqu'à Cauterets où ils arrivèrent à la fin du mois. **3.** Chemins ombragés : « Ils suivaient un de ces petits chemins verts qu'on appelle en langage villageois des *traînes* ; chemin si étroit que la voiture touchait de chaque côté les branches des arbres qui le bordaient », écrit George Sand au début de *Valentine*, son deuxième roman (novembre 1832). **4.** C'est dans cette bourgade de la Haute-Vienne que, le 10 avril 1199, Richard Cœur de Lion fut blessé à mort par une flèche. La citation renvoie sans doute à une phrase de romance contemporaine. **5.** En souvenir du « gentilhomme limosin », « avocat de Limoges », mis en scène par Molière dans *Monsieur de Pourceaugnac* (1669).

gueux, les perdrix dans leurs tombeaux de faïence ne chantaient plus de différentes voix comme au temps d'Aristote[1]. Je rencontrai là mon vieil ami Clausel de Coussergues ; il portait avec lui quelques-unes des pages de ma vie[2]. À Bergerac, j'aurais pu regarder le nez de Cyrano sans être obligé de me battre contre ce cadet aux gardes : je le laissai dans sa poussière avec *ces dieux que l'homme a faits et qui n'ont pas fait l'homme*[3].

À Auch, j'admirai les stalles sculptées sur des cartons venus de Rome à la belle époque des arts. D'Ossat, mon devancier à la cour du Saint-Père, était né près d'Auch[4]. Le soleil ressemblait déjà à celui de l'Italie. À Tarbes j'aurais voulu héberger à l'hôtel de l'*Étoile* où Froissart descendit avec Messire Espaing de Lyon, « vaillant homme, et sage et beau chevalier », et où il trouva « de bon foin, de bonnes avoines et de belle rivière[5] ».

Au lever des Pyrénées sur l'horizon, le cœur me battait : du fond de vingt-trois années sortirent des souvenirs embellis dans les lointains du temps : je revenais de la Palestine et de l'Espagne, lorsque, de l'autre côté de leur chaîne, je découvris le sommet de ces mêmes montagnes. Je suis de l'avis de madame de Motteville ; je pense que c'est dans un de ces châteaux des Pyrénées qu'habitait Urgande la Déconnue[6]. Le passé ressemble à un musée

---

1. Allusion à un passage de son *Histoire des animaux*, IV, 9, 536*a* : « Parmi les perdrix, il y en a dont la voix fait entendre le son répété des syllabes kak-kak ; certaines autres forment le son des syllabes tri-tri » (édition et traduction Camus, Paris, Desaint, 1785, t. I, p. 225). Les terrines de perdrix truffées de Périgueux avaient alors grande réputation.   2. Voir t. II, p. 169, note 1.   3. On sait aujourd'hui que malgré sa réputation de cadet de Gascogne, Savinien de Cyrano, né à Paris en 1619, doit son nom de Bergerac à un fief des environs de Chevreuse. Le vers que cite Chateaubriand est tiré de sa tragédie *La Mort d'Agrippine* (1654) : c'est une des formules par laquelle Séjan professe son athéisme avant de conspirer contre Tibère.   4. À La Roque en Magnoac, le 23 août 1536.   5. Citations littérales des *Chroniques* de Froissart, livre III, chapitre 6 (édition Buchon, Paris, A. Desrez, 1835, t. II, p. 377 et 393).   6. « Qui ainsi se nomme parce que souvent se transforme et fuit inconnue » (*Amadis de Gaule*, I, 12). Les *Mémoires* de Mme de Motteville, que Chateaubriand aime à citer, font souvent allusion à cette fée invisible et insaisissable qui prélude à la rencontre de la « naïade du torrent ».

d'antiques ; on y visite les heures écoulées ; chacun peut y reconnaître les siennes. Un jour, me promenant dans une église déserte, j'entendis des pas se traînant sur les dalles, comme ceux d'un vieillard qui cherchait sa tombe. Je regardai et n'aperçus personne ; c'était moi qui m'étais révélé à moi.

Plus j'étais heureux à Cauterets, plus la mélancolie de ce qui était fini me plaisait. La vallée étroite et resserrée est animée d'un gave ; au-delà de la ville et des fontaines minérales, elle se divise en deux défilés dont l'un, célèbre par ses sites, aboutit au pont d'Espagne et aux glaciers. Je me trouvai bien des bains ; j'achevais seul de longues courses, en me croyant dans les escarpements de la Sabine. Je faisais tous mes efforts pour être triste et je ne le pouvais. Je composai quelques strophes sur les Pyrénées ; je disais :

J'avais vu fuir les mers de Solyme et d'Athènes,
D'Ascalon et du Nil les mouvantes arènes,
Carthage abandonnée et son port blanchissant :
Le vent léger du soir arrondissait ma voile,
          Et de Vénus l'étoile
Mêlait sa perle humide à l'or pur du couchant.

Assis au pied du mât de mon vaisseau rapide,
Mes yeux cherchaient de loin ces colonnes d'Alcide
Où choquent leurs tridents deux Neptune irrités.
De l'antique Hespérie abordant le rivage,
          Du noble Abencérage
Le mystère m'ouvrit les palais enchantés.

Comme une jeune abeille aux roses engagée,
Ma Muse revenait de son butin chargée,
Et cueilli sur la fleur des plus beaux souvenirs :
Dans les monts que Roland brisa par sa vaillance,
          Je contais à sa lance
L'orgueil de mes dangers, tentés pour des plaisirs.

De l'âge délaissé quand survient la disgrâce,
Fuyons, fuyons les bords qui, gardant notre trace,
Nous font dire du temps en mesurant le cours :

« Alors j'avais un frère, une mère, une amie ;
  « Félicité ravie !
« Combien me reste-t-il de parents et de jours ? »

Il me fut impossible d'achever mon ode[1] : j'avais drapé

---

1. Les archives de Combourg conservent néanmoins un fragment qui, sous le titre *Les Pyrénées*, comporte la strophe précédente suivie de cinq strophes supplémentaires :

... / ...

L'aube a souri : je marche et je touche à la cime
De ces monts : le soleil y brillera sublime ;
Mon front en recevra la première splendeur.
Ah ! que ce front n'est-il celui du vieil Homère
          Pour soudain à la terre
De ces pompes de Dieu réfléchir la grandeur !

Abaissés sous mes pas et dans les lointains vagues,
Ces vaporeux sommets ressemblent à des vagues
Que festonne, en jouant, et ride le zéphir :
L'aigle y choisit de loin pour planer ou s'abattre
          Le berceau d'Henri quatre
Ou Roncevaux assis sous un roc de saphir.

France que j'aperçois, que le matin colore,
Que de ses doigts charmants semble éveiller l'aurore,
Est-ce un dernier regard que je jette sur toi ?
Sois libre, sois heureuse, ô ma noble Patrie !
          Mais, nation chérie,
Un jour il te faudra défaillir comme moi.

Avant qu'aucune oreille existât pour entendre,
Torrent ! les astres seuls t'ont vu longtemps descendre
De ce pic nuageux dans ces vallons flétris ;
L'homme vint : tu poursuis ton cours bruyant et rude
          Parmi la solitude,
Et du peuple Romain les flots se sont taris !

Du Capitole allons retrouver la ruine :
À mes os fatigués, à mon corps qui s'incline
Ses avides cercueils, ses tombeaux sont ouverts.
Là je disparaîtrai : dans les débris de Rome
          La poussière d'un homme,
Est une goutte d'eau dans l'abyme des mers.

lugubrement mon tambour pour battre le rappel des rêves de mes nuits passées ; mais toujours parmi ces rappelés se mêlaient quelques songes du moment dont la mine heureuse déjouait l'air consterné de leurs vieux confrères.

Voilà qu'en poétisant je rencontrai une jeune femme assise au bord du gave ; elle se leva et vint droit à moi : elle savait, par la rumeur du hameau, que j'étais à Cauterets. Il se trouva que l'inconnue était une Occitanienne, qui m'écrivait depuis deux ans sans que je l'eusse jamais vue[1] ; la mystérieuse anonyme se dévoila : *patuit Dea*[2].

J'allais rendre ma visite respectueuse à la naïade du torrent. Un soir qu'elle m'accompagnait lorsque je me retirais, elle me voulut suivre ; je fus obligé de la reporter chez elle dans mes bras[3]. Jamais je n'ai été si honteux : inspirer une sorte d'attachement à mon âge me semblait

---

1. Chateaubriand avait inauguré, au mois de novembre 1827, une double correspondance avec des inconnues qui cherchaient, depuis leur province lointaine, à lui exprimer leur admiration et leur « sympathie ». La première, la marquise de Vichet, avait quarante-sept ans et se morfondait dans un château du Vivarais. Ses relations épistolaires avec Chateaubriand durèrent dix-huit mois. La seconde, en revanche, se révéla plus compromettante. Née le 31 janvier 1803, Léontine de Ville-neuve appartenait à une ancienne famille des environs de Castres, les Hauterive. Elle avait voué depuis son adolescence un véritable culte à Chateaubriand, qui ne cessa pas dans un âge plus avancé. De la correspondance qu'ils échangèrent, nous ne connaissons que ses lettres à lui (Plon, 1925). Elles nous apprennent qu'il ne fut pas insensible au romanesque de la situation et qu'après une certaine réticence, il ne tarda pas à se laisser prendre au jeu trouble de cette insistante *adora-tion*. À son retour de Rome, Léontine lui avait assigné un rendez-vous à Cauterets. Il lui écrivait le 2 juillet : « Je vais donc voir mon inconnue ! Mes songes se changeront en réalités et vos illusions seront détruites. » 2. « La déesse se révéla » (*Énéide*, I, vers 405). 3. Cette manière de présenter les choses choqua beaucoup Léontine de Villeneuve lorsque, bien des années plus tard, à la lecture de ce passage, elle ne douta pas qu'il lui fallait se reconnaître. Elle ne cessera désormais (elle est morte en 1897) de protester contre un sous-entendu qui lui paraissait aussi incompréhensible qu'attentatoire à son honneur de femme. Peut-être était-ce prendre bien au tragique une « étrange aventure » dont Marcellus, déjà, se flattait de pouvoir nommer la « ca-pricieuse » héroïne. Sur ce singulier épisode de la vie de Chateau-briand, voir M. Levaillant, *Chateaubriand prince des songes*, Hachette, 1960, p. 75-89.

une véritable dérision ; plus je pouvais être flatté de cette bizarrerie, plus j'en étais humilié, la prenant avec raison pour une moquerie. Je me serais volontiers caché de vergogne parmi les ours, nos voisins. J'étais loin de me dire ce que se disait Montaigne[1] : « L'amour me rendroit la vigilance, la sobriété, la grâce, le soin de ma personne... » Mon pauvre Michel, tu dis des choses charmantes, mais à notre âge, vois-tu, l'amour ne nous rend pas ce que tu supposes ici. Nous n'avons qu'une chose à faire ; c'est de nous mettre franchement de côté. Au lieu donc de me remettre aux *estudes sains et sages* par où *je pusse me rendre plus aimé*, j'ai laissé s'effacer l'impression fugitive de ma Clémence Isaure[2] ; la brise de la montagne a bientôt emporté ce caprice d'une fleur ; la spirituelle, déterminée et charmante étrangère de seize ans m'a su gré de m'être rendu justice ; elle est mariée[3].

(2)

MINISTÈRE POLIGNAC. – MA CONSTERNATION.
JE REVIENS À PARIS.

Des bruits de changement de ministres étaient parvenus dans nos sapinières. Les gens bien instruits allaient jusqu'à parler du prince de Polignac ; mais j'étais d'une incrédulité complète. Enfin, les journaux arrivent : je les ouvre, et mes yeux sont frappés de l'ordonnance officielle

---

1. Les citations qui suivent sont empruntées au chapitre 5 du livre III des *Essais* : « Sur des vers de Virgile ».   **2.** Voir t. II, p. 103, note 3. Mlle de Villeneuve avait soumis à Chateaubriand ses essais poétiques. **3.** En août 1829, Léontine de Villeneuve avait vingt-six ans et sept mois : elle avait donc largement dépassé le printemps idéal de seize ans que Chateaubriand attribue à la Sylphide, à Cynthie, etc. Elle devait enfin épouser, le 23 novembre 1829, le comte de Castelbajac, magistrat toulousain.

qui confirme les bruits répandus[1]. J'avais bien éprouvé des changements de fortune depuis que j'étais au monde, mais je n'étais jamais tombé d'une pareille hauteur. Ma destinée avait encore une fois soufflé sur mes chimères ; ce souffle du sort n'effaçait pas seulement mes illusions, il enlevait la monarchie. Ce coup me fit un mal affreux ; j'eus un moment de désespoir, car mon parti fut pris à l'instant, je sentis que je me devais retirer. La poste m'apporta une foule de lettres ; toutes m'enjoignaient d'envoyer ma démission. Des personnes même que je connaissais à peine se crurent obligées de me prescrire la retraite.

Je fus choqué de cet officieux intérêt pour ma bonne renommée. Grâce à Dieu, je n'ai jamais eu besoin qu'on me donnât des conseils d'honneur ; ma vie a été une suite de sacrifices qui ne m'ont jamais été commandés par personne ; en fait de devoir j'ai l'esprit primesautier. Les chutes me sont des ruines, car je ne possède rien que des dettes, dettes que je contracte dans des places où je ne demeure pas assez de temps pour les payer ; de sorte que toutes les fois que je me retire, je suis réduit à travailler aux gages d'un libraire. Quelques-uns de ces fiers obligeants, qui me prêchaient l'honneur et la liberté par la poste, et qui me les prêchèrent encore bien plus haut lorsque j'arrivai à Paris, donnèrent leur démission de conseillers d'État ; mais les uns étaient riches, les autres ne se démirent pas des places secondaires qu'ils possédaient et qui leur laissèrent les moyens d'exister. Ils firent comme les protestants, qui rejettent quelques dogmes des catholiques et qui en conservent d'autres tout aussi difficiles à croire. Rien de complet dans ces oblations ; rien d'une pleine sincérité : on quittait douze ou quinze mille livres de rente, il est vrai, mais on rentrait chez soi opulent de son patrimoine, ou du moins pourvu de ce pain quotidien qu'on avait prudemment gardé. Avec ma personne, pas

---

1. *Le Moniteur* du 9 août 1829 avait annoncé la composition du nouveau ministère formé la veille. La nouvelle ne fut pas connue, dans les Pyrénées, avant le 15 ou le 16 août. Chateaubriand quitta Cauterets le 19, de bon matin.

tant de façons ; on était rempli pour moi d'abnégation, on ne pouvait jamais assez se dépouiller pour moi de tout ce que je possédais : « Allons, George Dandin [1], le cœur au ventre ; corbleu ! mon gendre, ne forlignez pas ; habit bas ! Jetez par la fenêtre deux cent mille livres de rente, une place selon vos goûts, une haute et magnifique place, l'empire des arts à Rome, le bonheur d'avoir enfin reçu la récompense de vos luttes longues et laborieuses. Tel est notre bon plaisir. À ce prix, vous aurez notre estime. De même que nous nous sommes dépouillés d'une casaque sous laquelle nous avons un bon gilet de flanelle, de même, vous quitterez votre manteau de velours, pour rester nu. Il y a égalité parfaite, parité d'autel et d'holocauste. »

Et, chose étrange ! dans cette ardeur généreuse à me pousser dehors, les hommes qui me signifiaient leur volonté n'étaient ni mes amis réels, ni les copartageants de mes opinions politiques. Je devais m'immoler sur le champ au libéralisme, à la Doctrine qui m'avait continuellement attaqué ; je devais courir le risque d'ébranler le trône légitime, pour mériter l'éloge de quelques poltrons d'ennemis, qui n'avaient pas le courage entier de mourir de faim.

J'allais me trouver noyé dans une longue ambassade ; les fêtes que j'avais données m'avaient ruiné, je n'avais pas payé les frais de mon premier établissement. Mais ce qui me navrait le cœur, c'était la perte de ce que je m'étais promis de bonheur pour le reste de ma vie.

Je n'ai point à me reprocher d'avoir octroyé à personne ces conseils catoniens qui appauvrissent celui qui les reçoit et non celui qui les donne ; bien convaincu que ces conseils sont inutiles à l'homme qui n'en a point le sentiment intérieur. Dès le premier moment, je l'ai dit,

---

1. Parodie amère des objurgations que M. de Sottenville adresse à son gendre dans la pièce de Molière : « Mon gendre, que vous devez être ravi, et que cette aventure est pour vous pleine de douceurs » (acte II, scène 8) ; à quoi répondent les piteuses réflexions de George Dandin lui-même : « Vous l'avez voulu, cela vous sied fort bien, et vous voilà ajusté comme il faut ; vous avez justement ce que vous méritez » (acte I, scène 7).

ma résolution fut arrêtée ; elle ne me coûta pas à prendre, mais elle fut douloureuse à exécuter. Lorsqu'à Lourdes, au lieu de tourner au midi et de rouler vers l'Italie, je pris le chemin de Pau, mes yeux se remplirent de larmes, j'avoue ma faiblesse. Qu'importe si je n'en ai pas moins accepté et soutenu le cartel que m'envoyait la fortune ? Je ne revins pas vite, afin de laisser les jours s'écouler. Je dépelotonnai lentement le fil de cette route que j'avais remontée avec tant d'allégresse il y avait à peine quelques semaines [1].

Le prince de Polignac craignait ma démission. Il sentait qu'en me retirant je lui enlèverais aux Chambres des votes royalistes, et que je mettrais son ministère en question. On lui suggéra la pensée de m'envoyer une estafette aux Pyrénées avec ordre du Roi de me rendre immédiatement à Rome, pour recevoir le Roi et la Reine de Naples qui venaient marier leur fille en Espagne [2]. J'aurais été fort embarrassé si j'avais reçu cet ordre. Peut-être me serais-je cru obligé d'y obéir, quitte à donner ma démission après l'avoir rempli. Mais, une fois à Rome, que serait-il arrivé ? Je me serais peut-être attardé ; les fatales journées m'auraient pu surprendre au Capitole. Peut-être aussi l'indécision où j'aurais pu rester aurait-elle donné la majorité parlementaire à M. de Polignac qui ne lui faillit que de quelques voix. L'adresse alors ne passait pas ; les ordonnances, résultat de cette adresse, n'auraient peut-être pas paru nécessaires à leurs funestes auteurs : *Dis aliter visum* [3].

---

1. Arrivé à Pau le 19 août au soir, reparti le lendemain matin pour Bordeaux, Chateaubriand devait être à Paris le 28.　**2.** Marie-Christine de Bourbon-Sicile (1806-1878) devait épouser Ferdinand VII le 22 décembre 1829.　**3.** « Les Dieux en décidèrent autrement » (*Énéide*, II, 428).

(3)

ENTREVUE AVEC M. DE POLIGNAC. – JE DONNE MA DÉMISSION
DE MON AMBASSADE DE ROME.

Je trouvai à Paris madame de Chateaubriand toute résignée. Elle avait la tête tournée d'être ambassadrice à Rome, et certes une femme l'aurait à moins ; mais, dans les grandes circonstances, ma femme n'a jamais hésité d'approuver ce qu'elle pensait propre à mettre de la consistance dans ma vie et à rehausser mon nom dans l'estime publique : en cela elle a plus de mérite qu'une autre. Elle aime la représentation, les titres et la fortune ; elle déteste la pauvreté et le ménage chétif ; elle méprise ces susceptibilités, ces excès de fidélité et d'immolation qu'elle regarde comme de vraies duperies dont personne ne vous sait gré ; elle n'aurait jamais crié vive le Roi *quand même* ; mais quand il s'agit de moi, tout change, elle accepte d'un esprit ferme mes disgrâces en les maudissant.

Il me fallait toujours jeûner, veiller, prier pour le salut de ceux qui se gardaient bien de se vêtir du cilice dont ils s'empressaient de m'affubler. J'étais l'âne saint, l'âne chargé des arides reliques de la liberté[1] ; reliques qu'ils adoraient en grande dévotion, pourvu qu'ils n'eussent pas la peine de les porter.

Le lendemain de mon retour à Paris, je me rendis chez M. de Polignac. Je lui avais écrit cette lettre en arrivant :

« Paris, ce 28 août 1829.

« Prince,

« J'ai cru qu'il était plus digne de notre ancienne amitié, plus convenable à la haute mission dont j'étais

---

1. Allusion à « L'Âne portant des reliques » de La Fontaine (*Fables*, V, 14) ; mais le motif a été réactualisé, au lendemain de la révolution de Juillet, dans la presse satirique. Voir, par exemple, « L'Âne chargé de reliques », dans *La Caricature* du 8 décembre 1831.

honoré, et avant tout plus respectueux envers le Roi, de venir déposer moi-même ma démission à ses pieds, que de vous la transmettre précipitamment par la poste. Je vous demande un dernier service, c'est de supplier Sa Majesté de vouloir bien m'accorder une audience, et d'écouter les raisons qui m'obligent à renoncer à l'ambassade de Rome. Croyez, prince, qu'il m'en coûte, au moment où vous arrivez au pouvoir, d'abandonner cette carrière diplomatique que j'ai eu le bonheur de vous ouvrir.

« Agréez, je vous prie, l'assurance des sentiments que je vous ai voués et de la haute considération avec laquelle j'ai l'honneur d'être, prince,

« Votre très humble et très obéissant serviteur,

« CHATEAUBRIAND. »

En réponse à cette lettre, on m'adressa ce billet des bureaux des affaires étrangères :

« Le prince de Polignac a l'honneur d'offrir ses compliments à M. le vicomte de Chateaubriand, et le prie de passer au ministère demain dimanche, à neuf heures précises, si cela lui est possible.

« Samedi, quatre heures. »

J'y répliquai sur-le-champ par cet autre billet :

« Paris, ce 29 août 1829 au soir.

« J'ai reçu, prince, une lettre de vos bureaux qui m'invite à passer demain 30, à neuf heures précises, au ministère, si cela m'est possible. Comme cette lettre ne m'annonce pas l'audience du Roi que je vous avais prié de demander, j'attendrai que vous ayez quelque chose d'officiel à me communiquer sur la démission que je désire mettre aux pieds de Sa Majesté.

« Mille compliments empressés,

« CHATEAUBRIAND. »

Alors M. de Polignac m'écrivit ces mots de sa propre main :

« J'ai reçu votre petit mot, mon cher vicomte ; je serai charmé de vous voir demain sur les dix heures, si cette heure peut vous convenir.

« Je vous renouvelle l'assurance de mon ancien et sincère attachement.

« LE PRINCE DE POLIGNAC. »

Ce billet me parut de mauvais augure ; sa réserve diplomatique me fit craindre un refus du Roi. Je trouvai le prince de Polignac dans le grand cabinet que je connaissais si bien. Il accourut au-devant de moi, me serra la main avec une effusion de cœur que j'aurais voulu croire sincère, et puis, me jetant un bras sur l'épaule, nous commençâmes à nous promener lentement d'un bout à l'autre du cabinet. Il me dit qu'il n'acceptait point ma démission ; que le Roi ne l'acceptait pas ; qu'il fallait que je retournasse à Rome. Toutes les fois qu'il répétait cette dernière phrase, il me crevait le cœur : « Pourquoi, me disait-il, ne voulez-vous pas être dans les affaires avec moi comme avec La Ferronnays et Portalis ? Ne suis-je pas votre ami ? Je vous donnerai à Rome tout ce que vous voudrez ; en France, vous serez plus ministre que moi, j'écouterai vos conseils. Votre retraite peut faire naître de nouvelles divisions. Vous ne voulez pas nuire au gouvernement ? Le Roi sera fort irrité si vous persistez à vouloir vous retirer. Je vous en supplie, cher vicomte, ne faites pas cette sottise. »

Je répondis que je ne faisais pas une sottise ; que j'agissais dans la pleine conviction de ma raison ; que son ministère était très impopulaire ; que ces préventions pouvaient être injustes, mais qu'enfin elles existaient ; que la France entière était persuadée qu'il attaquerait les libertés publiques, et que moi, défenseur de ces libertés, il m'était impossible de m'embarquer avec ceux qui passaient pour en être les ennemis. J'étais assez embarrassé dans cette réplique, car au fond je n'avais rien à objecter d'immédiat aux nouveaux ministres ; je ne pouvais les attaquer que dans un avenir qu'ils étaient en droit de nier. M. de Polignac me jurait qu'il aimait la Charte autant que moi ; mais il l'aimait à sa manière, il l'aimait de trop près.

Malheureusement la tendresse que l'on montre à une fille que l'on a déshonorée lui sert peu.

La conversation se prolongea sur le même texte près d'une heure. M. de Polignac finit par me dire que, si je consentais à reprendre ma démission, le Roi me verrait avec plaisir et écouterait ce que je voudrais lui dire contre son ministère ; mais que si je persistais à vouloir donner ma démission, Sa Majesté pensait qu'il lui était inutile de me voir, et qu'une conversation entre elle et moi ne pouvait être qu'une chose désagréable.

Je répliquai : « Regardez donc, prince, ma démission comme donnée. Je ne me suis jamais rétracté de ma vie, et, puisqu'il ne convient pas au Roi de voir son fidèle sujet, je n'insiste plus. » Après ces mots je me retirai. Je priai le prince de rendre à M. le duc de Laval l'ambassade de Rome, s'il la désirait encore, et je lui recommandai ma légation. Je repris ensuite à pied, par le boulevard des Invalides, le chemin de mon Infirmerie, pauvre blessé que j'étais. M. de Polignac me parut, lorsque je le quittai, dans cette confiance imperturbable qui faisait de lui un muet[1] éminemment propre à étrangler un empire.

Ma démission d'ambassadeur à Rome étant donnée j'écrivis au souverain pontife :

« Très-Saint-Père,

« Ministre des affaires étrangères en France en 1823, j'eus le bonheur d'être l'interprète des sentiments du feu Roi Louis XVIII pour l'exaltation désirée de Votre Sainteté à la chaire de Saint-Pierre. Ambassadeur de Sa Majesté Charles X près la cour de Rome, j'ai eu le bonheur plus grand encore de voir Votre Béatitude élevée au souverain pontificat, et de l'entendre m'adresser des paroles qui seront la gloire de ma vie. En terminant la haute mission que j'avais l'honneur de remplir auprès d'elle, je viens lui témoigner les vifs regrets dont je ne cesserai d'être pénétré. Il ne me reste, très-Saint-Père, qu'à mettre à vos pieds sacrés ma sincère reconnaissance pour vos bontés, et à vous demander votre bénédiction apostolique.

---

1. Un *muet* du sérail, figure emblématique du despotisme oriental.

« Je suis, avec la plus grande vénération et le plus profond respect,

« De Votre Sainteté,

« Le très humble et très obéissant serviteur,

« CHATEAUBRIAND. »

J'achevai pendant plusieurs jours de me déchirer les entrailles dans mon Utique[1] ; j'écrivis des lettres pour démolir l'édifice que j'avais élevé avec tant d'amour. Comme dans la mort d'un homme ce sont les petits détails, les actions domestiques et familières qui touchent, dans la mort d'un songe les petites réalités qui le détruisent sont plus poignantes. Un exil éternel sur les ruines de Rome avait été ma chimère. Ainsi que Dante, je m'étais arrangé pour ne plus rentrer dans ma patrie. Ces élucidations testamentaires n'auront pas, pour les lecteurs de ces *Mémoires*, l'intérêt qu'elles ont pour moi. Le vieil oiseau tombe de la branche où il se réfugie ; il quitte la vie pour la mort. Entraîné par le courant, il n'a fait que changer de fleuve.

(4)

FLAGORNERIES DES JOURNAUX.

Quand les hirondelles approchent du moment de leur départ, il y en a une qui s'envole la première pour annoncer le passage prochain des autres : j'étais la première aile qui devançait le dernier vol de la légitimité. Les éloges dont m'accablaient les journaux me charmaient-ils ? pas le moins du monde. Quelques-uns de mes amis croyaient me consoler en m'assurant que j'étais au moment de devenir premier ministre ; que ce coup de partie joué si franchement décidait de mon avenir : ils me supposaient de l'ambition dont je n'avais pas même le

---

1. Comme Caton, organisant son suicide, après la défaite de Pharsale.

germe. Je ne comprends pas qu'un homme qui a vécu seulement huit jours avec moi ne se soit pas aperçu de mon manque total de cette passion, au reste fort légitime, laquelle fait qu'on pousse jusqu'au bout la carrière politique. Je guettais toujours l'occasion de me retirer : si j'étais passionné pour l'ambassade de Rome, c'est précisément parce qu'elle ne menait à rien, et qu'elle était une retraite dans une impasse.

Enfin, j'avais au fond de la conscience une certaine crainte d'avoir déjà poussé trop loin l'opposition ; j'en allais forcément devenir le lien, le centre et le point de mire : j'en étais effrayé, et cette frayeur augmentait les regrets du tranquille abri que j'avais perdu.

Quoi qu'il en soit, on brûlait force encens devant l'idole de bois descendue de son autel. M. de Lamartine, nouvelle et brillante illustration de la France, m'écrivait au sujet de sa candidature à l'Académie[1], et terminait ainsi sa lettre :

« M. de La Noue[2], qui vient de passer quelques moments chez moi, m'a dit qu'il vous avait laissé occupant vos nobles loisirs à élever un monument à la France. Chacune de vos disgrâces volontaires et courageuses apportera ainsi son tribut d'estime à votre nom, et de gloire à votre pays. »

Cette noble lettre de l'auteur des *Méditations poétiques* fut suivie de celle de M. de Lacretelle. Il m'écrivait à son tour :

« Quel moment ils choisissent pour vous outrager, vous l'homme des sacrifices, vous à qui les belles actions ne coûtent pas plus que les beaux ouvrages ! Votre démission et la formation du nouveau ministère m'avaient paru

---

1. Après un premier échec en 1824, Lamartine se présentait de nouveau, au fauteuil laissé libre par le comte Daru, contre le général Philippe de Ségur (voir t II, p. 453, note 2). Il fut élu le 5 novembre 1829 par dix-neuf voix (dont celle de Chateaubriand) contre quatorze à Ségur.   2. Cordellier-Delanoue (1806-1854), auteur dramatique et collaborateur de Dumas.

d'avance deux événements liés. Vous nous avez familiarisés aux actes de dévouement, comme Bonaparte nous familiarisait avec la victoire ; mais il avait, lui, beaucoup de compagnons, et vous ne comptez pas beaucoup d'imitateurs. »

Deux hommes fort lettrés et écrivains d'un grand mérite, M. Abel Rémusat[1] et M. Saint-Martin[2], avaient seuls alors la faiblesse de s'élever contre moi ; ils étaient attachés à M. le baron de Damas. Je conçois qu'on soit un peu irrité contre ces gens qui méprisent les places : ce sont là de ces insolences qu'on ne doit pas tolérer.

M. Guizot lui-même daigna visiter ma demeure ; il crut pouvoir franchir l'immense distance que la nature a mise entre nous ; en m'abordant il me dit ces paroles pleines de tout ce qu'il se devait : « Monsieur, *c'est bien différent aujourd'hui !* » Dans cette année 1829, M. Guizot eut besoin de moi pour son élection ; j'écrivis aux électeurs de Lisieux ; il fut nommé[3] ; M. de Broglie m'en remercia par ce billet :

---

1. Jean-Pierre-Abel Rémusat (1788-1832), professeur au Collège de France, rédacteur du *Journal des savants*, fondateur et président de la Société asiatique, fut un sinologue réputé (*Essai sur la langue et la littérature chinoise*, 1811 ; *Éléments de grammaire chinoise*, 1822 ; *Recherches sur les langues tartares*, 1820 ; *Mélanges asiatiques*, 1825) très engagé du côté ultra.   **2.** Antoine-Jean Saint-Martin (1791-1832), orientaliste de renom (*Notice sur le Zodiaque de Denderah*, 1822 ; *Histoire des Arsacides*, 1830), autre journaliste ultra.   **3.** La mort du chimiste Vauquelin, le 15 octobre 1829, avait laissé vacant, dans le Calvados, un siège de député auquel se présenta Guizot. Celui-ci bénéficia du patronage de personnalités libérales, mais aussi du soutien de Chateaubriand qui, par une lettre publique en sa faveur, contribua au succès de son élection, le 23 janvier 1830. Les relations de Chateaubriand avec François Guizot (1787-1874) avaient commencé par être chaleureuses, lorsque le jeune Nîmois, élevé à Genève, mais admirateur du grand écrivain catholique, avait pris la défense des *Martyrs* dans *Le Publiciste* (mai-juin 1809, mars 1810). Ils avaient alors échangé une correspondance cordiale, et Fontanes avait accepté de nommer Guizot, alors âgé de vingt-cinq ans, comme professeur-adjoint à la Sorbonne. C'est à partir de la Restauration que les choses se gâtèrent. Chateaubriand considéra Guizot, devenu le secrétaire général de Montesquiou, comme responsable de la première loi hostile à la liberté

« Permettez-moi de vous remercier, monsieur, de la lettre que vous avez bien voulu m'adresser. J'en ai fait l'usage que j'en devais faire, et je suis convaincu que, comme tout ce qui vient de vous, elle portera ses fruits et des fruits salutaires. Pour ma part, j'en suis aussi reconnaissant que s'il s'agissait de moi-même, car il n'est aucun événement auquel je sois plus identifié et qui m'inspire un plus vif intérêt. »

Les journées de Juillet ayant trouvé M. Guizot député, il en est résulté que je suis devenu en partie la cause de son élévation politique ; la prière de l'humble est quelquefois écoutée du ciel[1].

---

de la presse (voir t. II, p. 607, note 1) et ils se battirent froid à Gand. Guizot fut ensuite, pour quelques mois, secrétaire général du ministère de la Justice sous Pasquier, puis Barbé-Marbois. Lorsque celui-ci fut remplacé par Dambray (mai 1816), Guizot fut nommé Maître des requêtes au Conseil d'État, avant de devenir, à ce titre, un collaborateur intime de Decazes (1819). Toutes relations politiques furent alors rompues avec Chateaubriand et lui. Le rapprochement amené entre les deux hommes par la formation du ministère Polignac ne fut pas durable. Chateaubriand ne pardonnera jamais à Guizot la confiscation par Louis-Philippe de la révolution de Juillet. Chateaubriand demeura toutefois un lecteur attentif du professeur doctrinaire, dont il appréciait les ouvrages historiques ou même littéraires. Dans la préface des *Études historiques*, il le cite, avec Sismondi et Thiers, parmi « les grands réformateurs de notre histoire générale » ; et dans son *Essai sur la littérature anglaise*, il reprendra, parfois mot pour mot, la *Notice* que Guizot avait écrite en 1821 pour une réédition des œuvres de Shakespeare.

1. Allusion au verset de *Job* (XXII, 29) qu'on retrouve dans le *Magnificat* : « *Deposuit superbos et exaltavit humiles.* » Voir aussi *Proverbes*, III, 34 et *Épître de saint Jacques*, IV, 6. Dans le contexte, la formule est, bien entendu, ironique.

(5)

LES PREMIERS COLLÈGUES DE M. DE POLIGNAC.

Les premiers collègues de M. de Polignac furent
MM. de Bourmont[1], de La Bourdonnaye[2], de Chabrol,
Courvoisier[3] et Montbel[4].

---

1. Louis-Auguste-Victor de Ghaisnes, comte de Bourmont (1773-
1846) ne manquait ni de courage, ni de capacités militaires. Il avait un
passé de chouan, sanctionné par une incarcération de trois ans dans les
prisons consulaires (1801-1804). Évadé, bientôt réfugié au Portugal, il
regagna la France avec Junot auquel il avait proposé ses services et
négocié son ralliement (1808). Il se signala ensuite dans les campagnes
de Russie, de Saxe, puis de France au cours de laquelle il fut élevé au
grade de général de division. Nommé par Louis XVIII commandant de
la 6e région militaire, à Besançon, il fut entraîné dans la défection de
Ney pendant les Cent-Jours. En juin 1815, il commandait une division
du 4e corps, sous les ordres du général Gérard, lorsqu'il passa dans les
lignes ennemies, avec une partie de son état-major, pour aller rejoindre
le roi à Gand, quelques jours avant Waterloo. Cette désertion, ainsi que
le témoignage accablant qu'il porta contre Ney lors du procès de ce
dernier, devaient lui valoir la rancune tenace des bonapartistes, mais
aussi une belle carrière sous la Restauration : il fera son entrée à la
Chambre des pairs en 1823. La nomination de ce personnage discrédité
au ministère de la Guerre ne pouvait apparaître que comme une provo-
cation. Le succès de son expédition en Algérie lui vaudra la dignité de
maréchal de France, le 14 juillet 1830, mais ne diminuera pas son
impopularité.   **2.** François-Régis, comte de la Bourdonnaye (1767-
1839), fut député du Maine-et-Loire de 1815 à 1830. Dès la Chambre
introuvable, il se signala par la violence de ses propos réactionnaires
et ne cessera de dénoncer le « modérantisme » du pouvoir. Il ne ménageait pas non plus la Congrégation. Il quittera le gouvernement le
8 novembre 1829 et sera nommé pair de France le 27 janvier
1830.   **3.** Antoine Courvoisier (1775-1835) avait émigré sous la
Révolution, puis regagné la France au début du Consulat. Il fut avocat,
conseiller à la cour impériale de Besançon, puis avocat général (1814),
enfin procureur général à Lyon (1818). Entre-temps, il avait été élu
député du Doubs (octobre 1816) ; réélu en septembre 1819, puis battu
en mars 1824. C'était un homme du centre, plein de modération, sauf
en matière religieuse où il avait une exaltation de converti. Il donnera
sa démission de garde des Sceaux le 18 mai 1830.   **4.** Guillaume-
Isidore de Montbel (1787-1861), *alter ego* de Villèle au conseil munici-

Le 17 juin 1815, étant à Gand et descendant de chez le
Roi, je rencontrai au bas de l'escalier un homme en redingote et en bottes crottées, qui montait chez Sa Majesté.
À sa physionomie spirituelle, à son nez fin, à ses beaux
yeux doux de couleuvre, je reconnus le général Bourmont ; il avait déserté l'armée de Bonaparte le 14. Le
comte de Bourmont est un officier de mérite, habile à se
tirer des pas difficiles ; mais un de ces hommes qui, mis
en première ligne, voient les obstacles et ne les peuvent
vaincre, faits qu'ils sont pour être conduits, non pour
conduire : heureux dans ses fils, Alger lui laissera un
nom[1].

Le comte de La Bourdonnaye, jadis mon ami, est bien
le plus mauvais coucheur qui fut oncques : il vous lâche
des ruades, sitôt que vous approchez de lui ; il attaque les
orateurs à la Chambre, comme ses voisins à la campagne ;
il chicane sur une parole, comme il fait un procès pour
un fossé. Le matin même du jour où je fus nommé
ministre des affaires étrangères, il vint me déclarer qu'il
rompait avec moi : j'étais ministre. Je ris et je laissai aller
ma mégère masculine, qui, riant elle-même, avait l'air
d'une chauve-souris contrariée.

M. de Montbel, ministre d'abord de l'instruction
publique, remplaça M. de La Bourdonnaye à l'intérieur
quand celui-ci se fut retiré, et M. Guernon-Ranville[2] sup-
pléa M. de Montbel à l'instruction publique.

---

pal de Toulouse à partir de 1818. Il lui a succédé comme maire en
1826, avant de devenir à son tour député de la Haute-Garonne. Son
dernier portefeuille dans le gouvernement Polignac sera celui des
Finances.
  1. Les quatre fils du comte de Bourmont étaient officiers. Il aura
néanmoins le malheur de perdre Amédée, lieutenant en Algérie, mortellement blessé à Sidi-Brahim au mois de juillet 1830. Un autre de ses
fils se fera tuer au Portugal, au service de dom Miguel.   **2.** Le comte
de Guernon-Ranville (1787-1866), inscrit dès 1806 au barreau de Caen,
avait manifesté son loyalisme monarchiste durant les Cent-Jours. Il fit
ensuite carrière dans la magistrature : président du tribunal civil de
Bayeux (1820), avocat général à Colmar (1821), procureur général à
Limoges (1822), puis à Grenoble (1826) ; il venait de succéder à Courvoisier à Lyon. Il avait été élu député le 2 mars 1830 et réélu le 19 juillet, lorsque parurent les ordonnances. Arrêté à Tours le 25 août 1830,

Des deux côtés on se préparait à la guerre : le parti du ministère faisait paraître des brochures ironiques contre le *Représentatif* ; l'opposition s'organisait et parlait de refuser l'impôt en cas de violation de la Charte[1]. Il se forma une association publique pour résister au pouvoir, appelée l'*Association bretonne*[2] : mes compatriotes ont souvent pris l'initiative dans nos dernières révolutions ; il y a dans les têtes bretonnes quelque chose des vents qui tourmentent les rivages de notre péninsule.

Un journal[3], composé dans le but avoué de renverser l'ancienne dynastie, vint échauffer les esprits. Le jeune et beau libraire Sautelet, poursuivi de la manie du suicide, avait eu plusieurs fois l'envie de rendre sa mort utile à son parti par quelque coup d'éclat[4] ; il était chargé du matériel de la feuille républicaine ; MM. Thiers, Mignet et Carrel en étaient les rédacteurs[5]. Le patron du *National*, M. le prince de Talleyrand, n'apportait pas un sou à la caisse ; il souillait seulement l'esprit du journal en versant au fonds commun son contingent de trahison et de pourriture. Je reçus à cette occasion le billet suivant de M. Thiers :

« Monsieur,

« Ne sachant si le service d'un journal qui débute sera exactement fait, je vous adresse le premier numéro du *National*. Tous mes collaborateurs s'unissent à moi pour

---

et condamné à perpétuité, il ne sortira du fort de Ham qu'en 1836, pour se retirer dans son château de Ranville (Calvados).
1. Dès le 15 août 1829, Saint-Marc Girardin avait lancé dans le *Journal des Débats* la célèbre formule : « Coblentz, Waterloo, 1815, voilà les trois principes, les trois personnages du ministère. »
2. Son appel à la résistance fiscale qui fut publié sous forme de prospectus par le *Journal du commerce* le 11 septembre 1829, puis reproduit par le *Courrier français*, entraîna des poursuites judiciaires.
3. *Le National*, dont le premier numéro devait sortir le 3 janvier 1830.
4. Auguste Sautelet (1800-1830), ancien élève de Victor Cousin, avocat devenu, à partir de 1825, éditeur, a été un familier du cénacle de Delécluze (voir le *Journal* de ce dernier, publié en 1948 chez Grasset par R. Baschet). Il se tira une balle dans la tête au matin du 13 mai 1830.   **5.** Chacun des trois devait prendre à tour de rôle la direction du journal. Ce fut Thiers qui commença pour 1830.

vous prier de vouloir bien vous considérer, non comme souscripteur, mais comme notre lecteur bénévole. Si dans ce premier article, objet de grand souci pour moi, j'ai réussi à exprimer des opinions que vous approuviez, je serai rassuré et certain de me trouver dans une bonne voie.

« Recevez, monsieur, mes hommages,

« A. THIERS. »

Je reviendrai sur les rédacteurs du *National*[1] ; je dirai comment je les ai connus ; mais dès à présent je dois mettre à part M. Carrel : supérieur à MM. Thiers et Mignet, il avait la simplicité de se regarder, à l'époque où je me liai avec lui, comme venant après les écrivains qu'il devançait : il soutenait avec son épée les opinions que ces gens de plume dégainaient[2].

(6)

EXPÉDITION D'ALGER.

Pendant qu'on se disposait au combat, les préparatifs de l'expédition d'Alger s'achevaient. Le général Bourmont, ministre de la guerre, s'était fait nommer chef de cette expédition : voulut-il se soustraire à la responsabilité du coup d'État qu'il sentait venir ? Cela serait assez probable d'après ses antécédents et sa finesse ; mais ce fut un malheur pour Charles X. Si le général s'était trouvé à Paris lors de la catastrophe, le portefeuille vacant du ministère de la guerre ne serait pas tombé aux mains de M. de Polignac. Avant de frapper le coup, dans le cas où il y eût consenti, M. de Bourmont eût sans doute rassemblé à Paris toute la garde royale ; il aurait préparé

---

1. Voir livre XXXIV, chapitre 9.   **2.** C'est bien la leçon du texte original. Carrel ne se bornait pas à « dégainer » des idées, c'est-à-dire à les mettre au jour, à les exposer pour la première fois ; il était capable de les défendre une épée à la main.

l'argent et les vivres nécessaires pour que le soldat ne manquât de rien.

Notre marine ressuscitée au combat de Navarin sortit de ces ports de France, naguère si abandonnés. La rade était couverte de navires qui saluaient la terre en s'éloignant. Des bateaux à vapeur, nouvelle découverte du génie de l'homme, allaient et venaient portant des ordres d'une division à l'autre, comme des sirènes ou comme les aides de camp de l'amiral. Le Dauphin se tenait sur le rivage où toutes les populations de la ville et des montagnes étaient descendues[1] : lui, qui, après avoir arraché son parent le roi d'Espagne aux mains des révolutions, voyait se lever le jour par qui la chrétienté devait être délivrée, aurait-il pu se croire si près de sa nuit ?

Ils n'étaient plus ces temps où Catherine de Médicis sollicitait du Turc l'investiture de la principauté d'Alger pour Henri III, non encore roi de Pologne ! Alger allait devenir notre fille et notre conquête, sans la permission de personne, sans que l'Angleterre osât nous empêcher de prendre ce *château de l'Empereur*, qui rappelait Charles-Quint et le changement de sa fortune. C'était une grande joie et un grand bonheur pour les spectateurs français assemblés de saluer, du salut de Bossuet, les généreux vaisseaux prêts à rompre de leur proue la chaîne des esclaves ; victoire agrandie par ce cri de l'Aigle de Meaux, lorsqu'il annonçait le succès de l'avenir au grand Roi, comme pour le consoler un jour dans sa tombe de la dispersion de sa race[2] :

« Tu céderas ou tu tomberas sous ce vainqueur, Alger, riche des dépouilles de la chrétienté. Tu disais en ton cœur avare : Je tiens la mer sous mes lois et les nations sont ma proie. La légèreté de tes vaisseaux te donnait de la confiance, mais tu te verras attaqué dans tes murailles comme un oiseau ravissant qu'on irait chercher parmi ses

---

1. Après avoir été passée en revue par le duc d'Angoulême le 5 mai, la flotte quitta Toulon du 25 au 27 mai : 103 bâtiments de guerre, 350 de transport, 27 000 marins, 37 000 hommes de troupe, un matériel considérable... **2.** *Oraison funèbre de la reine Marie-Thérèse*, prononcée le 1ᵉʳ septembre 1683. Le 28 octobre 1681, Alger avait été bombardé par une escadre française.

rochers et dans son nid, où il partage son butin à ses
petits. Tu rends déjà tes esclaves. Louis a brisé les fers
dont tu accablais ses sujets, qui sont nés pour être libres
sous son glorieux empire. Les pilotes étonnés s'écrient
par avance : *Qui est semblable à Tyr ? Et toutefois elle
s'est tue dans le milieu de la mer*[1]. »

Paroles magnifiques, n'avez-vous pu retarder l'écroule-
ment du trône ? Les nations marchent à leurs destinées ;
à l'instar de certaines ombres du Dante, il leur est impossible de s'arrêter, même dans le bonheur.

Ces vaisseaux, qui apportaient la liberté aux mers de
la Numidie, emportaient la légitimité[2] ; cette flotte sous
pavillon blanc, c'était la monarchie qui appareillait,
s'éloignant des ports où s'embarqua saint Louis[3], lorsque
la mort l'appelait à Carthage. Esclaves délivrés des
bagnes d'Alger, ceux qui vous ont rendus à votre pays
ont perdu leur patrie ; ceux qui vous ont arrachés à l'exil
éternel sont exilés. Le maître de cette vaste flotte a traversé la mer sur une barque en fugitif, et la France pourra
lui dire ce que Cornélie disait à Pompée[4] : « C'est bien
une œuvre de ma fortune, non pas de la tienne, que je te
vois maintenant réduit à une seule pauvre petite nave, là
où tu voulois cingler avec cinq cents voiles. »

Parmi cette foule qui au rivage de Toulon suivait des
yeux la flotte partant pour l'Afrique, n'avais-je pas des
amis ? M. du Plessis[5], frère de mon beau-frère, ne rece-
vait-il pas à son bord une femme charmante, madame
Lenormant[6], qui attendait le retour de l'ami de Champol-

---

1. « *Quis est ut Tyrus* », etc. (*Ézéchiel*, XXVII, 32).   2. Selon Villemain (p. 447), Chateaubriand aurait exprimé cette crainte dès le soir du
2 mars, jour où le projet fut annoncé. Toujours est-il que les caricaturistes
de 1830 se sont plu à souligner la communauté de destin entre le Dey
vaincu et Charles X, à son tour « dey-trôné » !   3. À Aigues-Mortes,
le 1er juillet 1270.   4. Plutarque, *Pompée*, CV (Amyot).   5. Le chevalier du Plessix de Parscau, frère du comte Hervé (voir t. I, p. 546,
note 2).   6. Marie-Joséphine, dite Amélie Cyvoct (1804-1894), originaire de Belley, était la petite nièce de M. Récamier. À la mort de sa
mère (1811), elle fut considérée comme sa fille adoptive par
Mme Récamier qu'elle accompagna en Italie et qu'elle ne quitta plus.
Elle hérita de ses papiers et fut la première éditrice des *Mémoires de
ma vie*. Elle avait épousé en 1826 un jeune archéologue, Charles Lenor-

lion ? Qu'est-il résulté de ce vol exécuté en Afrique à tire-d'aile ? Écoutons M. de Penhoen [1], mon compatriote : « Deux mois ne s'étaient pas écoulés depuis que nous avions vu ce même pavillon flotter en face de ces mêmes rivages au-dessus de cinq cents navires. Soixante mille hommes étaient alors impatients de l'aller déployer sur le champ de bataille de l'Afrique. Aujourd'hui quelques malades, quelques blessés se traînant péniblement sur le pont de notre frégate, étaient son unique cortège... Au moment où la garde prit les armes pour saluer comme de coutume le pavillon à son ascension ou à sa chute, toute conversation cessa sur le pont. Je me découvris avec autant de respect que j'eusse pu le faire devant le vieux Roi lui-même. Je m'agenouillai au fond du cœur devant la majesté des grandes infortunes dont je contemplais tristement le symbole*. »

---

* *Mémoires d'un officier d'état-major*, par le baron Barchou de Penhoen, p. 427.

---

mant (1802-1859), qui commençait à faire parler de lui (voir *supra*, p. 334, note 1). La scène qu'évoque Chateaubriand se rapporte en réalité à son retour de Morée, à la fin du printemps 1829. Auteur de nombreuses publications savantes, Charles Lenormant sera par la suite conservateur à la Bibliothèque royale, suppléant de Guizot à la Sorbonne, enfin professeur au Collège de France. Ce fut lui qui, avec Jean-Jacques Ampère, se chargea de la première édition des *Mémoires*. Il mourut à Athènes et fut enterré à Colone.

1. Le baron de Penhoen (1801-1855), dont le père fut maire de Brest de 1826 à 1830, avait servi comme capitaine en Algérie, mais il donna sa démission peu après la chute de Charles X. Le livre cité est son premier ouvrage (1832). Ce disciple de Ballanche donnera par la suite une *Histoire de la philosophie allemande depuis Leibnitz jusqu'à Hegel* (1836), puis une *Histoire de la domination anglaise dans les Indes* (1841). Il sera enfin député du Finistère à la Législative de 1849. Il avait été, au collège de Vendôme, le condisciple de Balzac, qui fera de lui un des personnages de *Louis Lambert*, et lui dédiera *Gobseck*, lorsque ce roman sera intégré dans la *Comédie humaine*.

(7)

OUVERTURE DE LA SESSION DE 1830. – ADRESSE.
LA CHAMBRE EST DISSOUTE.

La session de 1830 s'ouvrit le 2 mars. Le discours du
trône faisait dire au Roi : « Si de coupables manœuvres
suscitent à mon gouvernement des obstacles que je ne
peux pas, que je ne veux pas prévoir, je trouverai la force
de les surmonter. » Charles X prononça ces mots du ton
d'un homme qui, habituellement timide et doux, se trouve
par hasard en colère, s'anime au son de sa voix ; plus
les paroles étaient fortes, plus la faiblesse des résolutions
apparaissait derrière.

L'adresse en réponse fut rédigée par MM. Étienne[1] et
Guizot. Elle disait : « Sire, la Charte consacre comme un
droit l'intervention du pays dans la délibération des intérêts publics. Cette intervention fait du concours perma-
nent des vues de votre gouvernement avec les vœux du
peuple la condition indispensable de la marche régulière
des affaires publiques. Sire, notre loyauté, notre dévouement, nous condamnent à vous dire que ce CONCOURS
N'EXISTE PAS. »

L'adresse fut votée à la majorité de deux cent vingt et
une voix contre cent quatre-vingt-une. Un amendement
de M. de Lorgeril[2] faisait disparaître la phrase sur le *refus
du concours*. Cet amendement n'obtint que vingt-huit suffrages. Si les deux cent vingt et un avaient pu prévoir le
résultat de leur vote, l'adresse eût été rejetée à une
immense majorité. Pourquoi la Providence ne lève-t-elle
pas quelquefois un coin du voile qui couvre l'avenir ! Elle
donne, il est vrai, à certains hommes, un pressentiment
des futuritions[3] ; mais ils n'y voient pas assez clair pour

1. Sur Étienne, voir XXV, 9 (*supra*, p. 42, note 2).   2. Le comte
de Lorgeril (1778-1843), député de Rennes depuis 1828, en remplacement de Corbière, élevé à la pairie. Cette initiative fut sanctionnée par
le corps électoral puisqu'il ne fut pas réélu au mois de juin.   3. Voir
t. I, p. 401, note 2.

bien s'assurer de la route ; ils craignent de s'abuser, ou, s'ils s'aventurent dans des prédictions qui s'accomplissent, on ne les croit pas. Dieu n'écarte point la nuée du fond de laquelle il agit[1] ; quand il permet de grands maux, c'est qu'il a de grands desseins ; desseins étendus dans un plan général, déroulés dans un profond horizon hors de la portée de notre vue et de l'atteinte de nos générations rapides.

Le Roi en réponse à l'adresse, déclara que sa résolution était immuable, c'est-à-dire qu'il ne renverrait pas M. de Polignac. La dissolution de la Chambre fut résolue : MM. de Peyronnet et de Chantelauze remplacèrent MM. de Chabrol et Courvoisier, qui se retirèrent ; M. Capelle fut nommé ministre du commerce[2]. On avait autour de soi vingt hommes capables d'être ministres ; on pouvait faire revenir M. de Villèle ; on pouvait prendre M. Casimir Périer et le général Sébastiani. J'avais déjà proposé ceux-ci au Roi, lorsqu'après la chute de M. de Villèle l'abbé Frayssinous fut chargé de m'offrir le ministère de l'instruction publique. Mais non ; on avait horreur des gens capables. Dans l'ardeur qu'on ressentait pour la nullité, on chercha, comme pour humilier la France, ce qu'elle avait de plus petit afin de le mettre à sa tête. On avait déterré M. Guernon de Ranville, qui pourtant se trouva le plus courageux de la bande ignorée, et le Dauphin avait supplié M. de Chantelauze[3] de sauver la monarchie.

---

1. Allusion à la colonne de nuée qui accompagne le peuple hébreu dans le désert (voir t. II, p. 372 et 621). Mais si les *Psaumes* (XCIX, 7) disent bien : « Dans la colonne de nuée (Dieu) leur parlait », c'est pour suggérer une révélation, ou du moins une providence. Chateaubriand se réfère au contraire à cette image pour évoquer les impénétrables desseins du Dieu caché (voir *Isaïe*, XL, 13 ; *Romains*, XI, 33).   **2.** Dans ce nouveau ministère, annoncé par le *Moniteur* du 19 mai, le baron Capelle (voir t. II, p. 640, note 2), conseiller d'État, alors préfet de Seine-et-Oise, reçut aussi la direction des Ponts-et-Chaussées qu'on transforma en ministère des Travaux publics.   **3.** Le nouveau garde des Sceaux Chantelauze (1787-1859), magistrat de carrière, avait en effet longtemps hésité avant de céder à ces insistantes pressions ; devenu ministre pour quelques semaines, il subira la même condamnation que ses collègues et sera détenu jusqu'en 1836.

L'ordonnance de dissolution[1] convoqua les collèges d'arrondissement pour le 23 juin 1830, et les collèges de département pour le 3 de juillet, vingt-sept jours seulement avant l'arrêt de mort de la branche aînée.

Les partis, fort animés, poussaient tout à l'extrême : les ultra-royalistes parlaient de donner la dictature à la couronne ; les républicains songeaient à une République avec un Directoire ou sous une Convention. *La Tribune*[2], journal de ce parti, parut, et dépassa le *National*. La grande majorité du pays voulait encore la royauté légitime, mais avec des concessions et l'affranchissement des influences de cour ; toutes les ambitions étaient éveillées, et chacun espérait devenir ministre ; les orages font éclore les insectes.

Ceux qui voulaient forcer Charles X à devenir monarque constitutionnel pensaient avoir raison. Ils croyaient des racines profondes à la légitimité ; ils avaient oublié la faiblesse de l'*homme* ; la *royauté* pouvait être pressée, le *Roi* ne le pouvait pas : l'individu nous a perdus, non l'institution.

(8)

NOUVELLE CHAMBRE. – JE PARS POUR DIEPPE. – ORDONNANCES DU 25 JUILLET. – JE REVIENS À PARIS. – RÉFLEXIONS PENDANT MA ROUTE. – LETTRE À MADAME RÉCAMIER.

Les députés de la nouvelle Chambre étaient arrivés à Paris : sur les deux cent vingt et un, deux cent deux avaient été réélus ; l'opposition comptait deux cent soixante-dix voix ; le ministère cent quarante-cinq : la partie de la couronne était donc perdue. Le résultat naturel

---

1. Du 16 mai 1830. 2. *La Tribune des départements*, de Victorien et Auguste Fabre, qui demeurera, sous la monarchie de Juillet, le principal organe du parti républicain.

était la retraite du ministère : Charles X s'obstina à tout braver, et le coup d'État fut résolu.

Je partis pour Dieppe le 26 juillet, à quatre heures du matin, le jour même où parurent les ordonnances[1]. J'étais assez gai, tout charmé d'aller revoir la mer, et j'étais suivi, à quelques heures de distance, par un effroyable orage. Je soupai et je couchai à Rouen sans rien apprendre, regrettant de ne pouvoir aller visiter Saint-Ouen, et m'agenouiller devant la belle Vierge du musée, en mémoire de Raphaël et de Rome[2]. J'arrivai le lendemain 27, à Dieppe, vers midi. Je descendis dans l'hôtel où M. le comte de Boissy[3], mon ancien secrétaire de légation, m'avait arrêté un logement. Je m'habillai et j'allai chercher madame Récamier. Elle occupait un appartement dont les fenêtres s'ouvraient sur la grève. J'y passai quelques heures à causer et à regarder les flots. Voici tout à coup venir Hyacinthe[4] ; il m'apporte une lettre que M. de Boissy avait reçue, et qui annonçait les ordonnances avec de grands éloges. Un moment après, entre mon ancien ami[5] Ballanche ; il descendait de la diligence et tenait en main les journaux. J'ouvris le *Moniteur* et je lus, sans en croire mes yeux, les pièces officielles. Encore un gouvernement qui de propos délibéré se jetait du haut des tours de Notre-Dame ! Je dis à Hyacinthe de demander des chevaux, afin de repartir pour Paris. Je remontai en voiture, vers sept heures du soir, laissant mes amis dans l'anxiété. On avait bien depuis un mois murmuré quelque chose d'un coup d'État, mais personne n'avait fait attention à ce bruit, qui semblait absurde. Charles X avait vécu des illusions du trône : il se forme autour des

---

1. Charles X les avait signées la veille, dimanche 25 juillet, à Saint-Cloud.   2. Le musée de Rouen, alors installé dans les bâtiments conventuels de Saint-Ouen, exposait une copie tardive de la *Madone de saint Sixte*, que le catalogue accréditait à tort comme une répétition autographe du célèbre tableau de Dresde : voir F. Bergot, « Une visite manquée [...] au musée de Rouen », *Bulletin*, 1992, p. 12-16. 3. Voir t. I, p. 731, note 2.   4. Hyacinthe Pilorge, son secrétaire (voir *supra*, p. 86, note 2).   5. Chateaubriand utilise souvent cette expression pour qualifier un ami *de longue date*.

princes une espèce de mirage qui les abuse en déplaçant l'objet et en leur faisant voir dans le ciel des paysages chimériques.

J'emportai le *Moniteur*. Aussitôt qu'il fit jour, le 28, je lus, relus et commentai les ordonnances. Le rapport au Roi servant de prolégomènes me frappait de deux manières : les observations sur les inconvénients de la presse étaient justes ; mais en même temps l'auteur de ces observations[1] montrait une ignorance complète de l'état de la société actuelle. Sans doute les ministres, depuis 1814, à quelque opinion qu'ils aient appartenu, ont été harcelés par les journaux ; sans doute la presse tend à subjuguer la souveraineté, à forcer la royauté et les Chambres à lui obéir ; sans doute, dans les derniers jours de la Restauration, la presse, n'écoutant que sa passion, a, sans égard aux intérêts et à l'honneur de la France, attaqué l'expédition d'Alger, développé les causes, les moyens, les préparatifs, les chances d'un non-succès ; elle a divulgué les secrets de l'armement, instruit l'ennemi de l'état de nos forces, compté nos troupes et nos vaisseaux, indiqué jusqu'au point de débarquement. Le cardinal de Richelieu et Bonaparte auraient-ils mis l'Europe aux pieds de la France, si l'on eût révélé ainsi d'avance le mystère de leurs négociations, ou marqué les étapes de leurs armées ?

Tout cela est vrai et odieux ; mais le remède ? La presse est un élément jadis ignoré, une force autrefois inconnue, introduite maintenant dans le monde ; c'est la parole à l'état de foudre ; c'est l'électricité sociale. Pouvez-vous faire qu'elle n'existe pas ? Plus vous prétendrez la comprimer, plus l'explosion sera violente. Il faut donc vous résoudre à vivre avec elle, comme vous vivez avec la machine à vapeur. Il faut apprendre à vous en servir, en la dépouillant de son danger, soit qu'elle s'affaiblisse peu à peu par un usage commun et domestique, soit que vous assimiliez graduellement vos mœurs et vos lois aux principes qui régiront désormais l'humanité. Une preuve de l'impuissance de la presse dans certains cas se tire du

---

1. Le garde des Sceaux Chantelauze.

reproche même que vous lui faites à l'égard de l'expédition d'Alger ; vous l'avez pris, Alger, malgré la liberté de
la presse, de même que j'ai fait faire la guerre d'Espagne
en 1823 sous le feu le plus ardent de cette liberté.

Mais ce qui n'est pas tolérable dans le rapport des
ministres, c'est cette prétention effrontée, savoir : que le
ROI A UN POUVOIR PRÉEXISTANT AUX LOIS. Que signifient alors
les constitutions ? pourquoi tromper les peuples par des
simulacres de garantie, si le monarque peut à son gré
changer l'ordre du gouvernement établi ? Et toutefois les
signataires du rapport sont si persuadés de ce qu'ils
disent, qu'à peine citent-ils l'article 14, au profit duquel
j'avais depuis longtemps annoncé que l'on *confisquerait
la Charte*[1] ; ils le rappellent, mais seulement pour
mémoire, et comme une superfétation de droit dont ils
n'avaient pas besoin.

La première ordonnance établit la suppression de la
liberté de la presse dans ses diverses parties ; c'est la
quintessence de tout ce qui s'était élaboré depuis quinze
ans dans le cabinet noir de la police.

La seconde ordonnance[2] refait la loi d'élection. Ainsi,
les deux premières libertés, la liberté de la presse et la
liberté électorale, étaient radicalement extirpées : elles
l'étaient, non par un acte inique et cependant légal, émané
d'une puissance législative corrompue, mais par des
ordonnances, comme au temps du bon plaisir. Et cinq
hommes qui ne manquaient pas de bon sens[3] se précipitaient, avec une légèreté sans exemple, eux, leur maître,
la monarchie, la France et l'Europe, dans un gouffre.
J'ignorais ce qui se passait à Paris. Je désirais qu'une
résistance, sans renverser le trône, eût obligé la couronne
à renvoyer les ministres et à retirer les ordonnances. Dans
le cas où celles-ci eussent triomphé, j'étais résolu à ne

---

1. Dans le *post-scriptum* de *La Monarchie selon la Charte* (voir
Écrits politiques, t. II, p. 464).   **2.** En réalité la troisième ; la seconde
prononçait la dissolution de la Chambre nouvellement élue.   **3.** Les
cinq ministres que leur fonction avait amenés à contre-signer les ordonnances, à la suite du prince de Polignac : Peyronnet, Chantelauze,
Guernon-Ranville, Capelle et Montbel.

pas m'y soumettre, à écrire, à parler contre ces mesures inconstitutionnelles.

Si les membres du corps diplomatique n'influèrent pas directement sur les ordonnances, ils les favorisèrent de leurs vœux ; l'Europe absolue avait notre Charte en horreur. Lorsque la nouvelle des ordonnances arriva à Berlin et à Vienne, et que pendant vingt-quatre heures on crut au succès, M. Ancillon s'écria que l'Europe était sauvée, et M. de Metternich témoigna une joie indicible. Bientôt, ayant appris la vérité, ce dernier fut aussi consterné qu'il avait été ravi ; il déclara qu'il s'était trompé, que l'opinion était décidément libérale, et il s'accoutumait déjà à l'idée d'une constitution autrichienne.

Les nominations de conseillers d'État qui suivent les ordonnances de Juillet jettent quelque jour sur les personnes qui, dans les antichambres, ont pu, par leurs avis ou par leur rédaction, prêter aide aux ordonnances. On y remarque les noms des hommes les plus opposés au système représentatif. Est-ce dans le cabinet même du Roi, sous les yeux du monarque, qu'ont été libellés ces documents funestes ? est-ce dans le cabinet de M. de Polignac ? est-ce dans une réunion de ministres seuls, ou assistés de quelques bonnes têtes anticonstitutionnelles ? est-ce *sous les plombs*, dans quelque séance secrète des *Dix*, qu'ont été minutés ces arrêts de Juillet, en vertu desquels la monarchie légitime a été condamnée à être étranglée sur le *Pont des Soupirs* ? L'idée était-elle de M. de Polignac seul ? C'est ce que l'histoire ne nous révélera peut-être jamais [1].

Arrivé à Gisors, j'appris le soulèvement de Paris, et j'entendis des propos alarmants ; ils prouvaient à quel point la Charte avait été prise au sérieux par les populations de la France. À Pontoise, on avait des nouvelles plus récentes encore, mais confuses et contradictoires. À

---

1. Ce fut Peyronnet qui suggéra les mesures à prendre et qui prépara le texte des ordonnances, discuté ensuite, puis adopté par la majorité de ses collègues le 24 juillet. Du reste, Marcellus cite, p. 378-381, une note du 10 août 1829 qui prouve que cette stratégie avait été prévue de longue date. En réalité, le principal instigateur de la résistance ne fut autre que Charles X lui-même.

Herblay, point de chevaux à la poste. J'attendis près d'une heure. On me conseilla d'éviter Saint-Denis, parce que je trouverais des barricades. À Courbevoie, le postillon avait déjà quitté sa veste à boutons fleurdelisés. On avait tiré le matin sur une calèche qu'il conduisait à Paris par l'avenue des Champs-Élysées. En conséquence, il me dit qu'il ne me mènerait pas par cette avenue, et qu'il irait chercher, à droite de la barrière de l'Étoile, la barrière du Trocadéro. De cette barrière on découvre Paris. J'aperçus le drapeau tricolore flottant ; je jugeai qu'il ne s'agissait pas d'une émeute, mais d'une révolution [1]. J'eus le pressentiment que mon rôle allait changer : qu'étant accouru pour défendre les libertés publiques, je serais obligé de défendre la royauté. Il s'élevait çà et là des nuages de fumée blanche parmi des groupes de maisons. J'entendis quelques coups de canon et des feux de mousqueterie mêlés au bourdonnement du tocsin. Il me sembla que je voyais tomber le vieux Louvre du haut du plateau désert destiné par Napoléon à l'emplacement du palais du roi de Rome. Le lieu de l'observation offrait une de ces consolations philosophiques qu'une ruine apporte à une autre ruine.

Ma voiture descendit la rampe. Je traversai le pont d'Iéna, et je remontai l'avenue pavée qui longe le Champ de Mars. Tout était solitaire. Je trouvai un piquet de cavalerie placé devant la grille de l'École militaire ; les hommes avaient l'air triste et comme oubliés là. Nous prîmes le boulevard des Invalides et le boulevard du Mont-Parnasse. Je rencontrai quelques passants qui regardaient avec surprise une voiture conduite en poste comme dans un temps ordinaire. Le boulevard d'Enfer était barré par des ormeaux abattus.

Dans ma rue, mes voisins me virent arriver avec plai-

---

1. C'est précisément la formule qu'avait employée, le matin même, le maréchal Marmont pour rendre compte au roi de la situation. Lorsque Chateaubriand arrive à Paris, dans la soirée du 28, les troupes gouvernementales commencent à se replier sur le Louvre ; le drapeau tricolore flotte déjà sur les tours de Notre-Dame. Lorsque le lendemain il écrit à Mme Récamier, la partie est perdue dans la rue, mais pas encore jouée sur le terrain politique.

sir : je leur semblais une protection pour le quartier. Madame de Chateaubriand était à la fois bien aise et alarmée de mon retour.

Le jeudi matin, 29 juillet, j'écrivis à madame Récamier, à Dieppe, cette lettre prolongée par des *post-scriptum* :

« Jeudi matin, 29 juillet 1830.

« Je vous écris sans savoir si ma lettre vous arrivera, car les courriers ne partent plus.

« Je suis entré dans Paris au milieu de la canonnade, de la fusillade et du tocsin. Ce matin, le tocsin sonne encore, mais je n'entends plus les coups de fusil ; il paraît qu'on s'organise, et que la résistance continuera tant que les ordonnances ne seront pas rappelées. Voilà le résultat immédiat (sans parler du résultat définitif) du parjure dont les ministres ont donné le tort, du moins apparent, à la couronne !

« La garde nationale, l'École polytechnique, tout s'en est mêlé. Je n'ai encore vu personne. Vous jugez dans quel état j'ai trouvé madame de Ch... Les personnes qui, comme elle, ont vu le 10 août et le 2 septembre, sont restées sous l'impression de la terreur. Un régiment, le 5e de ligne, a déjà passé du côté de la Charte. Certainement M. de Polignac est bien coupable ; son incapacité est une mauvaise excuse ; l'ambition dont on n'a pas les talents est un crime. On dit la cour à Saint-Cloud, et prête à partir.

« Je ne vous parle pas de moi ; ma position est pénible, mais claire. Je ne trahirai pas plus le Roi que la Charte, pas plus le pouvoir légitime que la liberté. Je n'ai donc rien à dire et à faire ; attendre et pleurer sur mon pays. Dieu sait maintenant ce qui va arriver dans les provinces ; on parle déjà de l'insurrection de Rouen. D'un autre côté, la congrégation armera les chouans et la Vendée. À quoi tiennent les empires ! Une ordonnance et six ministres sans génie ou sans vertu suffisent pour faire du pays le plus tranquille et le plus florissant le pays le plus troublé et le plus malheureux. »

« Midi.

« Le feu recommence. Il paraît qu'on attaque le Louvre où les troupes du Roi se sont retranchées. Le faubourg que j'habite commence à s'insurger. On parle d'un gouvernement provisoire[1] dont les chefs seraient le général Gérard, le duc de Choiseul et M. de La Fayette.

« Il est probable que cette lettre ne partira pas, Paris étant déclaré en état de siège[2]. C'est le maréchal Marmont qui commande pour le Roi. On le dit tué, mais je ne le crois pas. Tâchez de ne pas trop vous inquiéter. Dieu vous protège ! Nous nous retrouverons ! »

« Vendredi.

« Cette lettre était écrite d'hier ; elle n'a pu partir. Tout est fini : la victoire populaire est complète ; le Roi cède sur tous les points ; mais j'ai peur qu'on aille maintenant bien au-delà des concessions de la couronne. J'ai écrit ce matin à Sa Majesté. Au surplus, j'ai pour mon avenir un plan complet de sacrifices qui me plaît. Nous en causerons quand vous serez arrivée.

« Je vais moi-même mettre cette lettre à la poste et parcourir Paris. »

---

1. Voir livre suivant, chapitre 6.   **2.** La décision a été prise dans la matinée du 28.

LIVRE TRENTE-DEUXIÈME

RÉVOLUTION DE JUILLET[1]

(1)

JOURNÉE DU 26 JUILLET.

Les ordonnances, datées du 25 juillet, furent insérées dans le *Moniteur* du 26. Le secret en avait été si profondément gardé, que ni le maréchal duc de Raguse, major général de la garde, de service, ni M. Mangin[2], préfet de police, ne furent mis dans la confidence. Le préfet de la Seine[3] ne connut les ordonnances que par le *Moniteur*,

---

1. Ce titre englobe aussi, à la limite, le livre XXXIII. Le mémorialiste a été acteur ou témoin partiel des événements de Juillet. Mais son ambition dans ces pages est de dépasser le niveau diaristique ; il cherche à inscrire son activité (ses réactions, ses initiatives, ses réflexions) dans un cadre plus large, pour arriver à un véritable tableau de la révolution. Parmi les innombrables témoignages contemporains, voir par exemple le chapitre intitulé : « Une semaine de juillet 1830 » des *Mémoires* de la comtesse de Boigne (t. II, p. 179-244).   **2.** Jean-Henri-Claude Mangin (1786-1835), juriste distingué et conseiller à la Cour de cassation depuis 1827, avait pris ses nouvelles fonctions le 13 août 1829.   **3.** Le comte de Chabrol de Volvic (1773-1843), ancien polytechnicien qui avait été en Égypte avec Bonaparte, fit ensuite carrière dans le corps préfectoral : nommé à Montenotte en 1806, il succéda en 1812 à Frochot comme préfet de la Seine, poste qu'il occupa jusqu'en 1830.

de même que le sous-secrétaire d'État de la guerre[1] et néanmoins c'étaient ces divers chefs qui disposaient des différentes forces armées. Le prince de Polignac, chargé par intérim du portefeuille de M. de Bourmont, était si loin de s'occuper de cette minime affaire des ordonnances, qu'il passa la journée du 26 à présider une adjudication au ministère de la guerre.

Le Roi partit pour la chasse le 26, avant que le *Moniteur* fût arrivé à Saint-Cloud, et il ne revint de Rambouillet qu'à minuit.

Enfin le duc de Raguse reçut le billet de M. de Polignac :

« Votre Excellence a connaissance des mesures extraordinaires que le Roi, dans sa sagesse et son sentiment d'amour pour son peuple, a jugé nécessaire de prendre pour le maintien des droits de sa couronne et de l'ordre public. Dans ces importantes circonstances, Sa Majesté compte sur votre zèle pour assurer l'ordre et la tranquillité dans toute l'étendue de votre commandement. »

Cette audace des hommes les plus faibles qui furent jamais, contre cette force qui allait broyer un empire, ne s'explique que par une sorte d'hallucination, résultat des conseils d'une misérable coterie que l'on ne trouva plus au moment du danger. Les rédacteurs des journaux, après avoir consulté MM. Dupin[2], Odilon Barrot[3], Barthe[4] et

---

1. Le vicomte de Champagny (1789-1863). Ce fut lui qui déclara, au procès des ministres (audience du 16 décembre 1830) : « J'ai eu connaissance des ordonnances du 25 juillet par le *Moniteur* du 26 ; rien n'avait pu me faire prévoir un événement aussi grave. Aucun ordre n'avait été donné au ministère de la Guerre. Aucun mouvement extraordinaire de troupes n'avait eu lieu. Je dirai même qu'au moment où les ordonnances parurent, il y avait autour de Paris moins de troupes de la garde que de coutume. Deux régiments, dont l'un de cavalerie et l'autre d'infanterie, avaient été envoyés en Normandie pour faciliter la recherche des incendiaires. »   **2.** Voir XVI, 3, note 1 (t. II, p. 183). **3.** Odilon Barrot (1791-1873) est alors un avocat réputé. Il sera un des artisans du ralliement des républicains à Louis-Philippe qui le nommera préfet de la Seine.   **4.** Félix Barthe (1795-1863) avait défendu les « quatre sergents » de La Rochelle (1822), ce qui lui avait valu le sur-

Mérilhou[1], se résolurent de publier leurs feuilles sans autorisation, afin de se faire saisir et de plaider l'illégalité des ordonnances. Ils se réunirent au bureau du *National* : M. Thiers rédigea une protestation[2] qui fut signée de quarante-quatre rédacteurs, et qui parut, le 27 au matin, dans le *National* et le *Temps*.

À la chute du jour quelques députés se réunirent chez M. de Laborde. On convint de se retrouver le lendemain chez M. Casimir Périer. Là parut, pour la première fois, un des trois pouvoirs qui allaient occuper la scène : la monarchie était à la Chambre des députés, l'usurpation au Palais-Royal, la République, à l'Hôtel de Ville. Dans la soirée, il se forma des rassemblements au Palais-Royal ; on jeta des pierres à la voiture de M. de Polignac. Le duc de Raguse ayant vu le Roi à Saint-Cloud, à son retour de Rambouillet, le Roi lui demanda des nouvelles de Paris : « La rente est tombée. – De combien ? » dit le Dauphin. « De trois francs », répondit le maréchal. « Elle remontera », répartit le Dauphin ; et chacun s'en alla.

(2)

Journée du 27 juillet

La journée du 27 commença mal. Le Roi investit du commandement de Paris le duc de Raguse : c'était s'appuyer sur la mauvaise fortune[3]. Le maréchal se vint ins-

---

nom de *carbonaro*. Avocat libéral, il sera ministre de la Justice du 13 mars 1831 au 4 avril 1834 (voir XXXV, 8), pair de France, enfin sénateur du Second Empire. **1.** Joseph Mérilhou (1788-1856), autre avocat libéral qui fera carrière sous la monarchie de Juillet. **2.** Avec Châtelain, du *Courrier français*, et Cauchois-Lemaire, du *Constitutionnel*. **3.** Chargé, au mois de mars 1814, de défendre Paris avec Mortier et Moncey, Marmont avait engagé des négociations à Essonnes avec les alliés, puis accepté la reddition de son corps de troupes, ce qui avait hâté la capitulation de Paris (voir t. II, p. 485 et 492). Napoléon ne lui pardonna pas

taller à une heure à l'état-major de la garde, place du Carrousel. M. Mangin envoya saisir les presses du *National* ; M. Carrel résista ; MM. Mignet et Thiers, croyant la partie perdue, disparurent pendant deux jours : M. Thiers alla se cacher dans la vallée de Montmorency, chez une madame de Courchamp, parente des deux MM. Becquet[1], dont l'un a travaillé au *National*, et l'autre au *Journal des Débats*.

Au *Temps*, la chose prit un caractère plus sérieux : le véritable héros des journalistes est incontestablement M. Coste[2].

En 1823, M. Coste dirigeait les *Tablettes historiques* : accusé par ses collaborateurs d'avoir vendu ce journal, il se battit et reçut un coup d'épée. M. Coste me fut présenté au ministère des affaires étrangères ; en causant avec lui de la liberté de la presse, je lui dis : « Monsieur, vous savez combien j'aime et respecte cette liberté ; mais comment voulez-vous que je la défende auprès de Louis XVIII, quand vous attaquez tous les jours la royauté et la religion ! Je vous supplie, dans votre intérêt et pour me laisser ma force entière, de ne plus saper des remparts aux trois quarts démolis, et qu'en vérité un homme de courage devrait rougir d'attaquer. Faisons un

cette trahison qui rendit inévitable son abdication, mais Louis XVIII lui en saura gré. **1.** Le plus connu est Étienne Béquet (1800-1838), rédacteur au *Journal des débats* auquel il donna pendant quinze ans un feuilleton hebdomadaire. Il avait salué la formation du ministère Polignac par la fameuse apostrophe : « Malheureuse France ! malheureux roi ! » Mme de Courchamp était leur sœur. **2.** Jacques Coste (1798-1859) dirigeait en 1823 les *Tablettes universelles*, ou *Répertoire de documents historiques, politiques, scientifiques et littéraires*. Cette feuille libérale dont Thiers rédigea le bulletin politique, menait une opposition systématique contre le ministère Villèle. Au mois de janvier 1824, écrasé par les amendes et du reste condamné à un an de prison, Coste fut obligé de vendre le journal, qui fut racheté en sous-main par Sosthènes de La Rochefoucauld. C'est alors qu'un de ses rédacteurs lui adressa une violente lettre de reproche qui entraîna un duel. Depuis, Coste avait trouvé les moyens de fonder, le 15 octobre 1829, un autre journal, *Le Temps*, qu'il dirigea jusqu'en 1842, et qui ne contribua pas moins que *Le National* à préparer la révolution de Juillet.

marché : ne vous en prenez plus à quelques vieillards faibles que le trône et le sanctuaire protègent à peine ; je vous livre en échange ma personne. Attaquez-moi soir et matin ; dites de moi tout ce que vous voudrez, jamais je ne me plaindrai ; je vous saurai gré de votre attaque légitime et constitutionnelle contre le ministre, en mettant à l'écart le Roi. »

M. Coste m'a conservé de cette entrevue un souvenir d'estime.

Une parade constitutionnelle eut lieu au bureau du *Temps* entre M. Baude et un commissaire de police[1].

Le procureur du Roi de Paris décerna quarante-quatre mandats d'amener contre les signataires de la protestation des journalistes.

Vers deux heures la fraction monarchique de la révolution se réunit chez M. Périer, comme on en était convenu la veille : on ne conclut rien. Les députés s'ajournèrent au lendemain, 28, chez M. Audry de Puyraveau[2]. M. Casimir Périer, homme d'ordre et de richesse, ne voulait pas tomber dans les mains populaires ; il ne cessait de nourrir encore l'espoir d'un arrangement avec la royauté légitime ; il dit vivement à M. de Schonen[3] : « Vous nous perdez en sortant de la légalité ; vous nous faites quitter une position superbe. » Cet esprit de légalité était partout ; il se montra dans deux réunions opposées, l'une

---

1. Jean-Jacques Baude (1792-1862) était alors rédacteur au *Temps*. Lorsque le commissaire de police chargé de saisir les presses de son imprimerie arriva rue de Richelieu (où elles se trouvaient), Baude refusa de lui ouvrir et, depuis la fenêtre, le Code pénal à la main, il se contenta de lire, devant la foule assemblée, les peines établies par la loi pour les infractions dont il se voyait menacé : article 341 pour violation de domicile et arrestation arbitraire ; article 384 pour vol avec effraction. Il fallut recourir au serrurier chargé de river les chaînes des forçats pour enfoncer la porte et briser les presses.   2. Député de Rochefort depuis 1822, Pierre-François Audry de *Puyravault* demeurait rue du Faubourg-Poissonnière. Il possédait à Paris une entreprise de roulage au siège de laquelle il avait fait entreposer des armes. Il fera partie, le 29, de la commission municipale.   3. Le baron de Schonen (1782-1849), magistrat et député de la Seine depuis 1827.

chez M. Cadet-Gassicourt[1], l'autre chez le général Gourgaud[2]. M. Périer appartenait à cette classe bourgeoise qui
s'était faite héritière du peuple et du soldat. Il avait du
courage, de la fixité dans les idées ; il se jeta bravement
en travers du torrent révolutionnaire pour le barrer ; mais
sa santé préoccupait trop sa vie, et il soignait trop sa fortune. « Que voulez-vous faire d'un homme », me disait
M. Decazes, « qui regarde toujours sa langue dans une
glace ? »

La foule augmentant et commençant à paraître en
armes, l'officier de la gendarmerie vint avertir le maréchal de Raguse qu'il n'avait pas assez de monde et qu'il
craignait d'être forcé : alors le maréchal fit ses dispositions militaires.

Le 27, il était déjà quatre heures et demie du soir, lorsqu'on reçut dans les casernes l'ordre de prendre les
armes. La gendarmerie de Paris, appuyée de quelques
détachements de la garde, essaya de rétablir la circulation
dans les rues Richelieu et Saint-Honoré. Un de ces détachements fut assailli dans la rue du *Duc-de-Bordeaux*[3]
d'une grêle de pierres. Le chef de ce détachement évitait
de tirer, lorsqu'un coup parti de l'*Hôtel Royal*, rue des
Pyramides, décida la question : il se trouva qu'un M. Fox,
habitant de cet hôtel, s'était armé de son fusil de chasse,
et avait fait feu sur la garde à travers sa fenêtre. Les soldats répondirent par une décharge sur la maison, et

---

1. Charles-Louis-*Félix* Cadet de Gassicourt (1789-1861) appartenait
à une dynastie de pharmaciens parisiens. Il se signala, sous la Restauration, par son activisme dans de nombreuses associations libérales. C'est
chez lui, rue Saint-Honoré, que se réunit, le 27 juillet 1830, le comité
central de la société « Aide-toi ». Décoré de la médaille de Juillet, il
fut ensuite nommé maire du IVe arrondissement (voir XXXIV, 2, et
XXXV, 1).   2. Gaspard Gourgaud (1783-1852), brillant officier de
la Grande Armée, avait été nommé général de brigade trois jours après
Waterloo. Il partagea la captivité de Napoléon à Sainte-Hélène jusqu'en
1818, puis écrivit son histoire (voir t. II, p. 759). Autorisé à rentrer en
France en 1821, il avait épousé, un an plus tard, la fille du comte
Roederer. La monarchie de Juillet le réintégrera dans son grade
(avec effet rétroactif) et lui permettra de poursuivre une belle carrière.
3. Devenue, par décision ministérielle du 19 août 1830, la rue du
Vingt-Neuf-Juillet actuelle.

M. Fox tomba mort avec deux domestiques. Ainsi ces Anglais, qui vivent à l'abri dans leur île, vont porter les révolutions chez les autres ; vous les trouvez mêlés dans les quatre parties du monde à des querelles qui ne les regardent pas : pour vendre une pièce de calicot, peu leur importe de plonger une nation dans toutes les calamités. Quel droit ce M. Fox avait-il de tirer sur des soldats français ? Était-ce la constitution de la Grande-Bretagne que Charles X avait violée ? Si quelque chose pouvait flétrir les combats de Juillet, ce serait d'avoir été engagés par la balle d'un Anglais[1].

Ces premiers combats, qui dans la journée du 27 n'avaient guère commencé que vers les cinq heures du soir, cessèrent avec le jour. Les armuriers cédèrent leurs armes à la foule, les réverbères furent brisés ou restèrent sans être allumés ; le drapeau tricolore se hissa dans les ténèbres au haut des tours de Notre-Dame : l'envahissement des corps de garde, la prise de l'Arsenal et des poudrières, le désarmement des fusiliers sédentaires, tout cela s'opéra sans opposition au lever du jour le 28, et tout était fini à huit heures.

Le parti démocratique et prolétaire de la révolution, en blouse ou demi-nu, était sous les armes ; il ne ménageait pas sa misère et ses lambeaux. Le peuple, représenté par des électeurs qu'il s'était choisis dans divers attroupements, était parvenu à faire convoquer une assemblée chez M. Cadet-Gassicourt.

Le parti de l'usurpation ne se montrait pas encore : son chef, caché hors de Paris, ne savait s'il irait à Saint-Cloud

---

1. Alfred Nettement donne de cet incident une version assez différente (*Histoire de la Restauration*, t. VIII, p. 608) : « Il était alors six heures du soir. La garde royale vint apporter un secours nécessaire à la gendarmerie et à la ligne, dont les efforts demeuraient impuissants. Des coups de feu répondirent à la grêle de pierres qui tombaient sur la troupe ; ils étaient tirés par un détachement du 5ᵉ régiment de ligne qui entrait dans la rue Saint-Honoré par la rue de Rivoli. Cette décharge coûta la vie à un jeune étudiant anglais nommé Folks, qui était allé se réfugier à l'*Hôtel Royal*, situé à l'angle de la rue des Pyramides. Il avait eu l'imprudence de se mettre à la fenêtre pour suivre les progrès du mouvement insurrectionnel : une des premières balles l'atteignit. »

ou au Palais-Royal. Le parti bourgeois ou de la monarchie, les députés, délibéraient et répugnaient à se laisser
entraîner au mouvement.

M. de Polignac se rendit à Saint-Cloud et fit signer au
Roi, le 28, à cinq heures du matin, l'ordonnance qui mettait Paris en état de siège.

(3)

Journée militaire du 28 juillet.

Les groupes s'étaient reformés le 28 plus nombreux ; au
cri de : *Vive la Charte !* qui se faisait encore entendre, se
mêlait déjà le cri de *Vive la liberté ! à bas les Bourbons !*
On criait aussi : *Vive l'Empereur ! Vive le Prince Noir !*
mystérieux prince des ténèbres qui apparaît à l'imagination
populaire dans toutes les révolutions. Les souvenirs et les
passions étaient descendus ; on abattait et l'on brûlait les
armes de France ; on les attachait à la corde des lanternes
cassées ; on arrachait les plaques fleurdelisées des conduc-
teurs de diligences et des facteurs de la poste ; les notaires
retiraient leurs panonceaux, les huissiers leurs rouelles, les
voituriers leurs estampilles, les fournisseurs de la cour
leurs écussons. Ceux qui jadis avaient recouvert les aigles
napoléoniennes peintes à l'huile de lis bourboniens
détrempés à la colle n'eurent besoin que d'une éponge pour
nettoyer leur loyauté ; avec un peu d'eau on efface aujour-
d'hui la reconnaissance et les empires.

Le maréchal de Raguse écrivit au Roi qu'il était urgent
de prendre des moyens de pacification, et que demain,
29, il serait trop tard. Un envoyé du préfet de police était
venu demander au maréchal s'il était vrai que Paris fût
déclaré en état de siège : le maréchal, qui n'en savait rien,
parut étonné ; il courut chez le président du conseil[1] ; il

---

1. Celui-ci tenait conseil depuis le matin au ministère des Affaires
étrangères (voir p. 158, note 1).

y trouva les ministres assemblés, et M. de Polignac lui remit l'ordonnance. Parce que l'homme qui avait foulé le monde aux pieds avait mis des villes et des provinces en état de siège, Charles X avait cru pouvoir l'imiter. Les ministres déclarèrent au maréchal qu'ils allaient venir s'établir à l'état-major de la garde.

Aucun ordre n'étant arrivé de Saint-Cloud, à neuf heures du matin, le 28, lorsqu'il n'était plus temps de tout garder, mais de tout reprendre, le maréchal fit sortir des casernes les troupes qui s'étaient déjà en partie montrées la veille. On n'avait pris aucune précaution pour faire arriver des vivres au Carrousel, quartier général. La manutention, qu'on avait oublié de faire suffisamment garder, fut enlevée. M. le duc de Raguse, homme d'esprit et de mérite, brave soldat, savant, mais malheureux général, prouva pour la millième fois qu'un génie militaire est insuffisant aux troubles civils ; le premier officier de police eût mieux su ce qu'il y avait à faire que le maréchal. Peut-être aussi son intelligence fut-elle paralysée par ses souvenirs ; il resta comme étouffé sous le poids de la fatalité de son nom[1].

Le maréchal, qui n'avait qu'une poignée d'hommes, conçut un plan pour l'exécution duquel il lui aurait fallu trente mille soldats. Des colonnes étaient désignées pour de grandes distances, tandis qu'une autre s'emparerait de l'Hôtel-de-Ville. Les troupes, après avoir achevé leur mouvement pour faire régner l'ordre de toutes parts, devaient converger à la maison commune. Le Carrousel demeurait le quartier général : les ordres en sortaient, et les renseignements y aboutissaient. Un bataillon de Suisses, pivotant sur le marché des Innocents, était chargé d'entretenir la communication entre les forces du centre et celles qui circulaient à la circonférence. Les soldats de la caserne Popincourt s'apprêtaient par différents rameaux à descendre sur les points où ils pouvaient être appelés. Le général Latour-Maubourg était logé aux Invalides[2]. Quand il vit l'affaire mal engagée, il proposa de

---

1. Une fatalité de défaite (voir *supra*, note 3, page 464).   2. Voir t. II, p. 509, note 2.

recevoir les régiments dans l'édifice de Louis XIV ; il assurait qu'il les pouvait nourrir, et défiait les Parisiens de le forcer. Il n'avait pas impunément laissé ses membres sur les champs de bataille de l'Empire, et les redoutes de Borodino savaient qu'il tenait parole. Mais qu'importaient l'expérience et le courage d'un vétéran mutilé ? On n'écouta point ses conseils.

Sous le commandement du comte de Saint-Chamans[1], la première colonne de la garde partit de la Madeleine pour suivre les boulevards jusqu'à la Bastille. Dès les premiers pas, un peloton que commandait M. Sala[2] fut attaqué ; l'officier royaliste repoussa vivement l'attaque. À mesure qu'on avançait, les postes de communication laissés sur la route, trop faibles et trop éloignés les uns des autres, étaient coupés par le peuple et séparés les uns des autres par des abattis d'arbres et des barricades. Il y eut une affaire sanglante aux portes Saint-Denis et Saint-Martin. M. de Saint-Chamans, passant sur le théâtre des exploits futurs de Fieschi, rencontra à la place de la Bastille des groupes nombreux de femmes et d'hommes. Il les invita à se disperser, en leur distribuant quelque argent ; mais on ne cessait de tirer des maisons environnantes. Il fut obligé de renoncer à rejoindre l'Hôtel-de-Ville par la rue Saint-Antoine, et, après avoir traversé le pont d'Austerlitz, il regagna le Carrousel le long des boulevards du sud. Turenne devant la Bastille non encore démolie avait été plus heureux pour la mère de Louis XIV enfant[3].

La colonne chargée d'occuper l'Hôtel-de-Ville[4] suivit les quais des Tuileries, du Louvre et de l'École, passa la

---

1. Alfred de Saint-Chamans (1781-1848), ancien officier dans la Grande Armée (engagé à vingt ans, colonel à trente), colonel des Dragons de la Garde royale (1815), devenu maréchal de camp. Il a laissé des *Mémoires*, publiés en 1896. 2. Adolphe Sala, Suisse de Lugano, alors capitaine dans la garde (6e infanterie). Il publia quelques mois plus tard un récit des journées de Juillet *(Dix jours en 1830)* qu'il est intéressant de confronter avec celui de Chateaubriand. Pour son rôle ultérieur, voir XL, 4, note 1, p. 452. 3. Allusion à la victoire qu'il remporta, au faubourg Saint-Antoine, contre le prince de Condé, le 2 juillet 1652. 4. Sous le commandement du général Talon.

moitié du Pont-Neuf, prit le quai de l'Horloge, le Marché-aux-Fleurs, et se porta à la place de Grève par le pont Notre-Dame. Deux pelotons de la garde firent une diversion en filant jusqu'au nouveau pont suspendu[1]. Un bataillon du 15e léger appuyait la garde, et devait laisser deux pelotons sur le Marché-aux-Fleurs.

On se battit au passage de la Seine sur le pont Notre-Dame. Le peuple, tambour en tête, aborda bravement la garde. L'officier qui commandait l'artillerie royale fit observer à la masse populaire qu'elle s'exposait inutilement, et que n'ayant pas de canons elle serait foudroyée sans aucune chance de succès. La plèbe s'obstina ; l'artillerie fit feu. Les soldats inondèrent les quais et la place de Grève, où débouchèrent par le pont d'Arcole deux autres pelotons de la garde. Ils avaient été obligés de forcer des rassemblements d'étudiants du faubourg Saint-Jacques. L'Hôtel-de-Ville fut occupé.

Une barricade s'élevait à l'entrée de la rue du Mouton[2] ; une brigade de Suisses emporta cette barricade ; le peuple, se ruant des rues adjacentes, reprit son retranchement avec de grands cris. La barricade resta finalement à la garde.

Dans tous ces quartiers pauvres et populaires on combattit instantanément, sans arrière-pensée : l'étourderie française, moqueuse, insouciante, intrépide, était montée au cerveau de tous ; la gloire a, pour notre nation, la légèreté du vin de Champagne. Les femmes, aux croisées, encourageaient les hommes dans la rue ; des billets promettaient le bâton de maréchal au premier colonel qui passerait au peuple ; des groupes marchaient au son d'un violon. C'étaient des scènes tragiques et bouffonnes, des spectacles de tréteaux et de triomphe : on entendait des éclats de rire et des jurements au milieu des coups de fusil, du sourd mugissement de la foule, à travers des masses de fumée. Pieds nus, bonnet de police en tête, des

---

1. En 1828, le quai de la Cité avait été relié à la place de Grève par une passerelle suspendue à péage, réservée au passage des piétons. Cette passerelle ou pont de *Grève*, sera démolie pour faire place au pont d'Arcole, sous le Second Empire.　　**2.** Au nord de la place de Grève.

charretiers improvisés conduisaient avec un laisser-passer de chefs inconnus des convois de blessés parmi les combattants qui se séparaient.

Dans les quartiers riches régnait un autre esprit. Les gardes nationaux, ayant repris les uniformes dont on les avait dépouillés, se rassemblaient en grand nombre à la mairie du 1ᵉʳ arrondissement pour maintenir l'ordre. Dans ces combats, la garde souffrait plus que le peuple, parce qu'elle était exposée au feu des ennemis invisibles enfermés dans les maisons. D'autres nommeront les vaillants des salons qui, reconnaissant des officiers de la garde, s'amusaient à les abattre, en sûreté qu'ils étaient derrière un volet ou une cheminée. Dans la rue, l'animosité de l'homme de peine ou du soldat n'allait pas au-delà du coup porté : blessé, on se secourait mutuellement. Le peuple sauva plusieurs victimes. Deux officiers, M. de Goyon et M. Rivaux, après une défense héroïque, durent la vie à la générosité des vainqueurs. Un capitaine de la garde, Kaumann, reçoit un coup de barre de fer sur la tête : étourdi et les yeux sanglants, il relève avec son épée les baïonnettes de ses soldats qui mettaient en joue l'ouvrier.

La garde était remplie des grenadiers de Bonaparte. Plusieurs officiers perdirent la vie, entre autres le lieutenant Noirot, d'une bravoure extraordinaire, qui avait reçu du prince Eugène la croix de la Légion d'honneur en 1813 pour un fait d'armes accompli dans une des redoutes de Caldiera. Le colonel de Pleinselve[1], blessé mortellement à la porte Saint-Martin avait été aux guerres de l'Empire, en Hollande, en Espagne, à la Grande Armée et dans la garde impériale. À la bataille de Leipsick, il fit prisonnier de sa propre main le général autrichien Merfeld. Porté par ses soldats à l'hôpital du Gros-Caillou, il ne voulut être

---

1. Artus Denys de Macquerel de Pleinneselve (1785-1830), ancien lieutenant de voltigeurs dans la Garde impériale (décembre 1810), puis chef de bataillon dans la Ligne (avril 1813), avait passé dans la Garde royale en octobre 1815. Après avoir été colonel du 64ᵉ de ligne (1823), il avait pris, en octobre 1828, le commandement du 3ᵉ régiment de la Garde royale. Il aurait été blessé à bout portant par un jeune garçon auquel il voulait sauver la vie. Il décéda au Gros-Caillou le 29.

pansé que le dernier des blessés de Juillet. Le docteur Larrey[1], qui l'avait rencontré sur d'autres champs de bataille, lui amputa la cuisse ; il était trop tard pour le sauver. Heureux ces nobles adversaires qui avaient vu tant de boulets passer sur leur tête, s'ils ne succombèrent pas sous la balle de quelques-uns de ces forçats libérés que la justice a retrouvés depuis la victoire dans les rangs des vainqueurs ! Ces galériens n'ont pu polluer le triomphe national républicain ; ils n'ont été nuisibles qu'à la royauté de Louis-Philippe. Ainsi s'abîmèrent obscurément dans les rues de Paris les restes de ces soldats fameux, échappés au canon de la Moskowa, de Lutzen et de Leipsick : nous massacrions, sous Charles X, ces braves que nous avions tant admirés sous Napoléon. Il ne leur manquait qu'un homme : cet homme avait disparu à Sainte-Hélène.

Au tomber de la nuit, un sous-officier déguisé vint apporter l'ordre aux troupes de l'Hôtel-de-Ville de se replier sur les Tuileries. La retraite était rendue hasardeuse à cause des blessés que l'on ne voulait pas abandonner, et de l'artillerie difficile à passer à travers les barricades. Elle s'opéra cependant sans accident. Lorsque les troupes revinrent des différents quartiers de Paris, elles croyaient le Roi et le Dauphin arrivés de leur côté comme elles : cherchant en vain des yeux le drapeau blanc sur le pavillon de l'Horloge, elles firent entendre le langage énergique des camps.

Il n'est pas vrai, comme on le voit, que l'Hôtel-de-Ville ait été pris par la garde sur le peuple, et repris sur la garde par le peuple. Quand la garde y entra, elle n'éprouva aucune résistance, car il n'y avait personne, le préfet même était parti. Ces vantances[2] affaiblissent et

---

1. Félix Larrey (1808-1881), alors aide-chirurgien au Gros-Caillou, a publié dès 1830 une *Relation chirurgicale des événements de Juillet*. Chateaubriand semble ici le confondre avec son père, le baron Larrey (voir t. II, p. 386, note 1). 2. Synonyme de *vanteries*. Le mot est usuel dans la langue du xvie siècle (Montaigne, saint François de Sales). On le retrouve, désigné comme archaïsme, dans certains dictionnaires du xixe : Académie 1842 ; Boiste 1839 ; ou Bescherelle 1846, qui déclare : « Ce mot est à regretter car il est plus sonore et plus expressif que vanterie. »

font mettre en doute les vrais périls. La garde fut mal engagée dans des rues tortueuses ; la ligne, par son espèce de neutralité d'abord, et ensuite par sa défection, acheva le mal que des dispositions belles en théorie, mais peu exécutables en pratique, avaient commencé. Le 50e de ligne était arrivé pendant le combat à l'Hôtel-de-Ville ; harassé de fatigue, on se hâta de le retirer dans l'enceinte de l'Hôtel, et il prêta à des camarades épuisés ses entières et inutiles cartouches.

Le bataillon suisse resté au marché des Innocents fut dégagé par un autre bataillon suisse : ils vinrent l'un et l'autre aboutir au quai de l'École, et stationnèrent dans le Louvre.

Au reste, les barricades sont des retranchements qui appartiennent au génie parisien : on les retrouve dans tous nos troubles, depuis Charles V jusqu'à nos jours.

« Le peuple voyant ces forces disposées par les rues », dit l'Estoile [1], « commença à s'esmouvoir, et se firent les *barricades* en la manière que tous sçavent : plusieurs Suisses furent tués, qui furent enterrés en une fosse faicte au parvis de Notre-Dame ; le duc de Guyse passant par les rues, c'estoit à qui crieroit le plus haut : Vive Guyse ! et lui, baissant son grand chapeau, leur dict : *Mes amis, c'est assez ; messieurs, c'est trop ; criez vive le Roi !* »

Pourquoi nos dernières barricades, dont le résultat a été puissant, gagnent-elles si peu à être racontées, tandis que les barricades de 1588, qui ne produisirent presque rien, sont si intéressantes à lire ? Cela tient à la différence des siècles et des personnages : le seizième siècle menait tout devant lui ; le dix-neuvième a laissé tout derrière : M. de Puyraveau n'est pas encore le Balafré.

---

1. Petitot, 1re série, tome XLIII, p. 359-360.

(4)

JOURNÉE CIVILE DU 28 JUILLET.

Durant qu'on livrait ces combats, la révolution civile et politique suivait parallèlement la révolution militaire. Les soldats détenus à l'Abbaye furent mis en liberté ; les prisonniers pour dette, à Sainte-Pélagie [1], s'échappèrent, et les condamnés pour fautes politiques furent élargis : une révolution est un jubilé ; elle absout de tous les crimes, en en permettant de plus grands.

Les ministres tinrent conseil à l'état-major : ils résolurent de faire arrêter, comme chefs du mouvement, MM. Laffitte, La Fayette, Gérard [2], Marchais [3], Salverte [4] et Audry de Puyraveau ; le maréchal en donna l'ordre ; mais quand plus tard ils furent députés vers lui, il ne crut pas de son honneur de mettre son ordre à exécution.

Une réunion du parti monarchique, composée de pairs et de députés, avait eu lieu chez M. Guizot : le duc de Broglie s'y trouva [5] ; MM. Thiers et Mignet, qui avaient

---

1. Voir XLII, 4 (t. IV, p. 534, note 1). **2.** Maurice-Étienne Gérard (1773-1852), baron depuis 1809, avait terminé les guerres impériales avec le grade de général de division. Ayant rallié Napoléon au début des Cent-Jours, il fut obligé de vivre en exil de 1815 à 1817. Figure de proue du bonapartisme, élu député de Paris en janvier 1822, battu en 1824 mais réélu en 1827, il jouera un rôle dans la naissance de la monarchie de Juillet qui fera de lui un ministre de la Guerre et, dès 1830, un maréchal de France. Entré à la Chambre des pairs en 1833, avec le titre de comte, il succédera pour quelques mois au maréchal Soult comme président du Conseil (1834). **3.** André-Louis-Augustin Marchais (1800-1857), ancien chef de la Charbonnerie et républicain convaincu. Il est alors secrétaire de la société « Aide-toi ». **4.** Anne-Joseph-Eusèbe de La Baconnerie de Salverte (1771-1839) a publié, comme économiste, de nombreuses brochures sur des problèmes de société. Il avait été élu député de Paris en 1828. **5.** Le duc de Broglie reconnaît en effet dans ses *Souvenirs* (Michel Lévy, 1886, t. III, p. 237) qu'il se trouvait alors chez Guizot mais, dit-il, « par hasard » ; il ne se rappelle pas y avoir vu Thiers ni Mignet. Il confirme en revanche la venue de Carrel et signale aussi la présence de Cousin et de Rémusat.

reparu, et M. Carrel, quoique ayant d'autres idées, s'y rendirent. Ce fut là que le parti de l'usurpation prononça le nom du duc d'Orléans pour la première fois. M. Thiers et M. Mignet allèrent chez le général Sébastiani lui parler du prince. Le général répondit d'une manière évasive ; le duc d'Orléans, assura-t-il, ne l'avait jamais entretenu de pareils desseins et ne l'avait autorisé à rien.

Vers midi, toujours dans la journée du 28, la réunion générale des députés eut lieu chez M. Audry de Puyraveau. M. de La Fayette, chef du parti républicain, avait rejoint Paris le 27 ; M. Laffitte, chef du parti orléaniste, n'arriva que dans la nuit du 27 au 28 ; il se rendit au Palais-Royal, où il ne trouva personne ; il envoya à Neuilly : le Roi en herbe n'y était pas.

Chez M. de Puyraveau, on discuta le projet d'une protestation contre les ordonnances. Cette protestation, plus que modérée, laissait entières les grandes questions.

M. Casimir Périer fut d'avis de dépêcher vers le duc de Raguse ; tandis que les cinq députés choisis se préparaient à partir, M. Arago[1] était chez le maréchal : il s'était décidé, sur un billet de madame de Boigne, à devancer les commissaires. Il représenta au maréchal la nécessité de mettre un terme aux malheurs de la capitale. M. de Raguse alla prendre langue chez M. de Polignac ; celui-ci, instruit de l'hésitation des troupes, déclara que si elles passaient au peuple, on tirerait sur elles comme sur les insurgés. Le général Tromelin, témoin de ces conversations, s'emporta contre le général d'Ambrugeac[2]. Alors

---

1. Sur cette intervention du célèbre astronome, voir Boigne, t. II, p. 190, 192, et 197-200. François Arago (1786-1853) est alors un savant respecté, professeur à Polytechnique (dont les élèves vont jouer un grand rôle au cours de ces journées), et directeur du Bureau des longitudes (Observatoire de Paris). C'est seulement après la révolution de Juillet qu'il commencera une carrière politique : successivement député des Pyrénées-Orientales, puis de Paris, enfin membre du gouvernement provisoire après la révolution de 1848.   2. Le comte de Tromelin (1771-1842), ancien émigré devenu général de brigade (1813), puis lieutenant-général (1823). Il seconda les tentatives de Sémonville pour obtenir le retrait des ordonnances et la démission de Polignac. Le comte d'Ambrugeac (1771-1844) avait lui aussi servi dans la Grande Armée (jusqu'au grade de colonel). Mais il fut ensuite député

arriva la députation. M. Laffitte porta la parole : « Nous venons », dit-il, « vous demander d'arrêter l'effusion du sang. Si le combat se prolongeait, il entraînerait non seulement les plus cruelles calamités, mais une véritable révolution. » Le maréchal se renferma dans une question d'honneur militaire, prétendant que le peuple devait, le premier, cesser le combat ; il ajouta néanmoins ce post-scriptum à une lettre qu'il écrivit au Roi : « Je pense qu'il est urgent que Votre Majesté profite sans retard des ouvertures qui lui sont faites. »

L'aide de camp du duc de Raguse, le colonel Komierowski, introduit dans le cabinet du Roi à Saint-Cloud, lui remit la lettre ; le Roi dit : « Je lirai cette lettre. » Le colonel se retira et attendit les ordres ; voyant qu'ils n'arrivaient pas, il pria M. le duc de Duras d'aller chez le Roi les demander. Le duc répondit que, d'après l'étiquette, il lui était impossible d'entrer dans le cabinet. Enfin, rappelé par le Roi, M. Komierowski fut chargé d'enjoindre au maréchal de *tenir bon*.

Le général Vincent[1] accourut de son côté à Saint-Cloud ; ayant forcé la porte qu'on lui refusait, il dit au Roi que tout était perdu : « Mon cher », répondit Charles X, « vous êtes un bon général, mais vous n'entendez rien à cela. »

(5)

JOURNÉE MILITAIRE DU 29 JUILLET.

Le 29 vit paraître de nouveaux combattants : les élèves de l'École polytechnique, en correspondance avec un de leurs anciens camarades, M. Charras[2], forcèrent la

ultra de la Corrèze de 1815 à 1823, avant de faire son entrée à la Chambre des pairs.

1. Maréchal de camp et écuyer du roi. **2.** Jean-Baptiste Charras (1810-1865) avait été expulsé de Polytechnique trois mois plus tôt pour avoir, dans un banquet, porté un toast à La Fayette et chanté *La Mar-*

consigne et envoyèrent quatre d'entre eux, MM. Lothon, Berthelin, Pinsonnière et Tourneux, offrir leurs services à MM. Laffitte, Périer et La Fayette. Ces jeunes gens, distingués par leurs études, s'étaient déjà fait connaître aux alliés, lorsque ceux-ci se présentèrent devant Paris en 1814[1] ; dans les trois jours ils devinrent les chefs du peuple, qui les mit à sa tête avec une parfaite simplicité. Les uns se rendirent sur la place de l'Odéon, les autres au Palais-Royal et aux Tuileries.

L'ordre du jour publié le 29 au matin offensa la garde : il annonçait que le Roi, voulant témoigner sa satisfaction à ses braves serviteurs, leur accordait un mois et demi de paye ; inconvenance que le soldat français ressentit : c'était le mesurer à la taille de ces Anglais qui ne marchent pas ou s'insurgent s'ils n'ont pas touché leur solde.

Dans la nuit du 28 au 29, le peuple dépava les rues de vingt pas en vingt pas, et le lendemain, au lever du jour, il y avait quatre mille barricades élevées dans Paris.

Le Palais-Bourbon était gardé par la ligne, le Louvre par deux bataillons suisses, la rue de la Paix, la place Vendôme et la rue Castiglione par le 5e et le 53e de ligne. Il était arrivé de Saint-Denis, de Versailles et de Rueil, à peu près douze cents hommes d'infanterie.

La position militaire était meilleure : les troupes se trouvaient plus concentrées, et il fallait traverser de grands espaces vides pour arriver jusqu'à elles. Le général Exelmans[2], qui jugea bien ces dispositions, vint à onze

---

seillaise. Il servira ensuite en Algérie jusqu'à la révolution de Février. Le colonel Charras jouera un certain rôle dans les assemblées de la Seconde République, puis, proscrit après le 2 décembre 1851, il consacrera le reste de sa vie à écrire une *Histoire de la campagne de 1815* (Bruxelles, 1863) ; mais il laissera inachevée son *Histoire de la guerre de 1813 en Allemagne*.

1. Voir t. II, p. 553. **2.** Isidore Exelmans (1775-1852), ancien major des grenadiers à cheval de la Garde impériale, général de division en 1812, avait été nommé inspecteur de la Cavalerie sous la Première Restauration. Mais, ayant pris le parti de Napoléon durant les Cent-Jours, il fut obligé de se réfugier en Allemagne après 1815. Revenu en France quatre ans plus tard, il lui faudra attendre 1830 pour être réintégré dans les cadres. Il finira maréchal de France en 1851.

heures mettre sa valeur et son expérience à la disposition du maréchal de Raguse, tandis que de son côté le général Pajol[1] se présentait aux députés pour prendre le commandement de la garde nationale.

Les ministres eurent l'idée de convoquer la cour royale aux Tuileries, tant ils vivaient hors du moment où ils se trouvaient ! Le maréchal pressait le président du conseil de rappeler les ordonnances. Pendant leur entretien, on demande M. de Polignac ; il sort et rentre avec M. Berthier, fils de la première victime sacrifiée en 1789[2]. Celui-ci, ayant parcouru Paris, affirmait que tout allait au mieux pour la cause royale : c'est une chose fatale que ces races qui ont droit à la vengeance, jetées à la tombe dans nos premiers troubles, et évoquées par nos derniers malheurs. Ces malheurs n'étaient plus des nouveautés ; depuis 1793, Paris était accoutumé à voir passer les événements et les rois.

Tandis que, au rapport des royalistes, tout allait si bien, on annonce la défection du 5e et du 53e de ligne qui fraternisaient avec le peuple.

Le duc de Raguse fit proposer une suspension d'armes : elle eut lieu sur quelques points et ne fut pas exécutée sur d'autres. Le maréchal avait envoyé chercher

---

1. Pierre-Claude Pajot, dit Pajol (1772-1844) avait brillamment servi dans les armées impériales jusqu'au mois de juin 1815. Mis à la retraite avec le grade de général de division, le comte Pajol se consacra ensuite, avec beaucoup de succès, à des entreprises industrielles. Mais la révolution de Juillet lui donna une occasion de jouer de nouveau un rôle : c'est lui qui, à la tête de la Garde nationale, allait diriger la marche populaire sur Rambouillet qui obligea Charles X à quitter la France. Le 26 septembre suivant, il prendra le commandement de la 1re division militaire, et sera nommé pair de France le 10 novembre 1831.
2. Voir t. I, p. 390. Ferdinand de *Bertier* (1772-1867) avait fondé, vers 1810, la société secrète des Chevaliers de la Foi, destinée à préparer, en liaison avec la Congrégation, une restauration catholique. Il avait ensuite participé, en 1814, puis durant les Cent-Jours à des tentatives de « résistance » royalistes plus ou moins heureuses. Nommé préfet du Calvados en 1815, envoyé ensuite à Grenoble (novembre 1816), il ne tarda pas à donner sa démission en raison de son opposition à Decazes. Député ultra de la Seine de 1824 à 1827, ce familier de Charles X avait approuvé la formation du cabinet Polignac et accepté alors la direction des Eaux et Forêts.

un des deux bataillons suisses stationnés dans le Louvre.
On lui dépêcha celui des deux bataillons qui garnissait la
colonnade. Les Parisiens, voyant cette colonnade déserte,
se rapprochèrent des murs et entrèrent par les fausses
portes qui conduisent du jardin de l'Infante dans l'intérieur ; ils gagnèrent les croisées et firent feu sur le bataillon arrêté dans la cour. Sous la terreur du souvenir du
10 août, les Suisses se ruèrent du palais et se jetèrent
dans leur troisième bataillon placé en présence des postes
parisiens, mais avec lesquels la suspension d'armes était
observée. Le peuple, qui du Louvre avait atteint la galerie
du Musée, commença de tirer du milieu des chefs-
d'œuvre sur les lanciers alignés au Carrousel. Les postes
parisiens, entraînés par cet exemple, rompirent la suspension d'armes. Précipités sous l'Arc de Triomphe, les
Suisses poussent les lanciers au portique du pavillon de
l'Horloge et débouchent pêle-mêle dans le jardin des Tuileries. Le jeune Farcy[1] fut frappé à mort dans cette
échauffourée : son nom est inscrit au coin du café où il
est tombé ; une manufacture de betteraves existe aujour-
d'hui aux Thermopyles[2]. Les Suisses eurent trois ou
quatre soldats tués ou blessés : ce peu de morts s'est
changé en une effroyable boucherie.

Le peuple entra dans les Tuileries avec MM. Thomas,
Bastide, Guinard[3], par le guichet du Pont-Royal. Un dra-

___

1. Ce normalien, disciple de Victor Cousin, fut tué au coin de la rue
de Rohan et de la rue Saint-Honoré. Il avait à peine trente ans. Ses
amis ont publié, en 1831, un recueil de ses vers et opuscules philosophiques, sous le titre de *Reliquiae*.   **2.** Cet *insert* inattendu est une
interpolation tardive, puisque cette information est empruntée à un livre
de Buchon : *La Grèce continentale et la Morée. Voyage, séjour et
études historiques en 1840 et 1841* (Gosselin, 1843). Voir Jean-Claude
Berchet, *Le Voyage en Orient* (Laffont, 1985), p. 194-195.   **3.** C'est
à dater de ce jour que ces jeunes activistes de Juillet se firent un nom
dans les annales républicaines du XIXᵉ siècle : le général Thomas (1809-
1871), commandant de la Garde nationale de la Seine en 1848, proscrit
sous le Second Empire, sera fusillé par les insurgés de la Commune ;
Jules Bastide (1800-1870) prendra la succession de Carrel à la direction
du *National* en 1834, avant de devenir ministre des Affaires étrangères
de Cavaignac en 1848 ; enfin Joseph Guinard (1799-1874) ne cessera
de conspirer contre tous les régimes.

peau tricolore fut planté sur le pavillon de l'Horloge, comme au temps de Bonaparte, apparemment en mémoire de la liberté. Des meubles furent déchirés, des tableaux hachés de coups de sabre ; on trouva dans des armoires le journal des chasses du Roi et les beaux coups exécutés contre les perdrix : vieil usage des gardes-chasse de la monarchie. On plaça un cadavre sur le trône vide, dans la salle du Trône : cela serait formidable si les Français, aujourd'hui, ne jouaient continuellement au drame. Le musée d'artillerie, à Saint-Thomas-d'Aquin, était pillé, et les siècles passaient le long du fleuve, sous le casque de Godefroy de Bouillon, et avec la lance de François Ier.

Alors le duc de Raguse quitta le quartier général, abandonnant cent vingt mille francs en sacs. Il sortit par la rue de Rivoli et rentra dans le jardin des Tuileries. Il donna l'ordre aux troupes de se retirer, d'abord aux Champs-Élysées, et ensuite jusqu'à l'Étoile. On crut que la paix était faite, que le Dauphin arrivait ; on vit quelques voitures des écuries et un fourgon traverser la place Louis XV : c'étaient les ministres s'en allant après leurs œuvres.

Arrivé à l'Étoile, Marmont reçut une lettre : elle lui annonçait que le Roi avait donné à M. le Dauphin le commandement en chef des troupes, et que lui, maréchal, servirait sous ses ordres.

Une compagnie du 3e de la garde avait été oubliée dans la maison d'un chapelier, rue de Rohan ; après une longue résistance, la maison fut emportée. Le capitaine Meunier, atteint de trois coups de feu, sauta de la fenêtre d'un troisième étage, tomba sur un toit au-dessous, et fut transporté à l'hôpital du Gros-Caillou : il a survécu. La caserne Babylone, assaillie entre midi et une heure par trois élèves de l'École polytechnique, Vaneau, Lacroix et d'Ouvrier, n'était gardée que par un dépôt de recrues suisses d'environ une centaine d'hommes ; le major Dufay, Français d'origine, les commandait : depuis trente ans il servait parmi nous ; il avait été acteur dans les hauts faits de la République et de l'Empire. Sommé de se rendre, il refusa toute condition et s'enferma dans la caserne. Le jeune Vaneau périt. Des sapeurs-pompiers mirent le feu à la porte de la caserne ; la porte s'écroula ; aussitôt, par cette bouche enflammée, sort le major Dufay, suivi de ses montagnards, baïonnette en avant ; il tombe atteint de la mousquetade d'un cabaretier voisin : sa mort protégea ses recrues suisses ; ils rejoignirent les différents corps auxquels ils appartenaient.

(6)

JOURNÉE CIVILE DU 29 JUILLET. – M. BAUDE, M. DE CHOISEUL, M. DE SÉMONVILLE, M. DE VITROLLES, M. LAFFITTE ET M. THIERS.

M. le duc de Mortemart [1] était arrivé à Saint-Cloud le mercredi 28, à dix heures du soir, pour prendre son service comme capitaine des cent-suisses : il ne put parler au Roi que le lendemain. À onze heures, le 29, il fit quelques tentatives auprès de Charles X, afin de l'engager à rappeler les ordonnances ; le Roi lui dit : « Je ne veux pas monter en charrette comme mon frère ; je ne reculerai pas d'un pied. » Quelques minutes après, il allait reculer d'un royaume.

Les ministres étaient arrivés : MM. de Sémonville, d'Argout, Vitrolles se trouvaient là [2], M. de Sémonville raconte qu'il eut une longue conversation avec le Roi ; qu'il ne parvint à l'*ébranler dans sa résolution qu'après*

---

1. Casimir-Louis-Victurnien de Rochechouart, duc de Mortemart (1787-1875) avait servi Napoléon et déjà pris part à plusieurs campagnes lorsque Louis XVIII le nomma colonel des Cent-Suisses, et pair de France (1814). Au retour de Gand, il commanda la Garde nationale de Paris. Nommé lieutenant-général, il avait en 1828 succédé à La Ferronnays comme ambassadeur à Saint-Pétersbourg, poste qu'il retrouvera de 1831 à 1833.   **2.** Tous trois membres de la Chambre des pairs dont Sémonville était le grand-référendaire, dont le comte d'Argout (1782-1858), futur ministre de Louis-Philippe, faisait partie depuis 1819, et où Vitrolles venait de faire son entrée quelques mois plus tôt.

avoir passé par son cœur en lui parlant des dangers de madame la Dauphine. Il lui dit : « Demain, à midi il n'y aura plus ni roi, ni dauphin, ni duc de Bordeaux. » Et le Roi lui répondit : « Vous me donnerez bien jusqu'à une heure. » Je ne crois pas un mot de tout cela. La hâblerie est notre défaut : interrogez un Français et fiez-vous à ses récits, il aura toujours tout fait. Les ministres entrèrent chez le Roi après M. de Sémonville ; les ordonnances furent rapportées, le ministère dissous, M. de Mortemart nommé président du nouveau conseil.

Dans la capitale, le parti républicain venait enfin de déterrer un gîte. M. Baude (l'homme de la parade des bureaux du *Temps*), en courant les rues, n'avait trouvé l'Hôtel-de-Ville occupé que par deux hommes, M. Dubourg[1] et M. Zimmer. Il se dit aussitôt l'envoyé d'un *gouvernement provisoire* qui s'allait venir installer. Il fit appeler les employés de la Préfecture ; il leur ordonna de se mettre au travail, comme si M. de Chabrol était présent. Dans les gouvernements devenus machines, les poids sont bientôt remontés ; chacun accourt pour se nantir des places délaissées : qui se fit secrétaire général, qui chef de division, qui se donna la comptabilité, qui nomma au personnel et distribua ce personnel entre ses amis ; il y en eut qui firent apporter leur lit afin de ne pas désemparer, et d'être à même de sauter sur la place qui viendrait à vaquer. M. Dubourg, surnommé le général, et M. Zimmer, étaient censés les chefs de la partie *militaire* du *gouvernement provisoire*. M. Baude, représentant le *civil* de ce gouvernement inconnu, prit des arrêtés et fit des proclamations. Cependant on avait vu des affiches provenant du parti républicain, et portant création d'un autre gouvernement, composé de MM. de La Fayette, Gérard et Choiseul. On ne s'explique guère l'association du dernier nom avec les deux autres ; aussi M. de Choiseul a-t-il protesté. Ce vieillard libéral, qui, pour faire le

---

1. Sur ce pittoresque personnage, voir t. II, p. 702, note 1. Il disparaîtra de nouveau de la scène après les journées de Juillet, puis on le reverra le 24 février 1848 : il saura obtenir alors du gouvernement provisoire une retraite de général de brigade.

vivant, se tenait raide comme un mort, émigré et naufragé
à Calais, ne retrouva pour foyer paternel, en rentrant en
France, qu'une loge à l'Opéra[1].

À trois heures du soir, nouvelle confusion. Un ordre du
jour convoqua les députés réunis à Paris, à l'Hôtel-de-
Ville, pour y conférer sur les mesures à prendre. Les
maires devaient être rendus à leurs mairies ; ils devaient
aussi envoyer un de leurs adjoints à l'Hôtel-de-Ville, afin
d'y composer une *commission consultative*. Cet ordre du
jour était signé : *J. Baude*, pour le *gouvernement provisoire*, et colonel *Zimmer, par ordre du général Dubourg*.
Cette audace de trois personnes, qui parlent au nom d'un
gouvernement qui n'existait qu'affiché par lui-même au
coin des rues, prouve la rare intelligence des Français en
révolution : de pareils hommes sont évidemment les chefs
destinés à mener les autres peuples. Quel malheur qu'en
nous délivrant d'une pareille anarchie, Bonaparte nous
eût ravi la liberté !

Les députés s'étaient rassemblés chez M. Laffitte.
M. de La Fayette, reprenant 1789, déclara qu'il reprenait
aussi le commandement de la garde nationale. On applaudit, et il se rendit à l'Hôtel-de-Ville. Les députés nommèrent une *commission* municipale composée de cinq
membres, MM. Casimir Périer, Laffitte, de Lobau[2], de

---

1. Claude-Antoine-*Gabriel*, duc de Choiseul-Stainville (1762-1839),
avait mené sous la Révolution une existence tumultueuse : demeuré
auprès de Marie-Antoinette jusqu'à son incarcération au Temple, arrêté
à Calais après un naufrage (novembre 1795), puis condamné à mort, il
avait été incarcéré jusqu'au début du Consulat ; il avait, depuis, cherché
à se faire oublier. Pair de France depuis le 4 juin 1814, gouverneur du
Louvre depuis 1820, son opposition à Villèle lui avait valu une certaine
popularité.   **2.** Georges Mouton (1770-1838), officier républicain
devenu aide de camp de Napoléon (1805), puis comte de Lobau après
sa brillante conduite à Essling (1809). Il participa ensuite à la campagne de Russie puis à celle de Saxe mais, prisonnier après la capitulation de Dresde (3 décembre 1813), il ne regagna la France qu'au mois
de mai 1814. Il attendra les Cent-Jours pour reprendre du service, et se
couvrir de gloire à Waterloo. Condamné au bannissement le 24 juillet
1815, il ne pourra se réinstaller en France qu'à la fin de 1818. Élu
député en avril 1830, membre de la commission municipale du 29 juillet, le comte de Lobau finira par se rallier à la solution orléaniste et
sera nommé maréchal de France le 30 juin 1831.

Schonen et Audry de Puyraveau. M. Odilon Barrot fut élu
secrétaire de cette commission, qui s'installa à l'Hôtel-de-
Ville comme avait fait M. de La Fayette. Tout cela siégea
pêle-mêle auprès du gouvernement provisoire de
M. Dubourg. M. Mauguin[1], envoyé en mission vers la
commission, resta avec elle. L'ami de Washington fit
enlever le drapeau noir arboré sur l'Hôtel-de-Ville par
l'invention de M. Dubourg.

À huit heures et demie du soir débarquèrent de Saint-
Cloud M. de Sémonville, M. d'Argout et M. de Vitrolles.
Aussitôt qu'ils avaient appris à Saint-Cloud le rappel des
ordonnances, le renvoi des anciens ministres, et la nomination de M. de Mortemart à la présidence du conseil, ils
étaient accourus à Paris. Ils se présentèrent en qualité de
mandataires du Roi devant la commission municipale.
M. Mauguin demanda au grand référendaire s'il avait des
pouvoirs écrits ; le grand référendaire répondit *qu'il n'y
avait pas pensé*. La négociation des officieux commissaires finit là.

Instruit à la réunion Laffitte de ce qui s'était fait à
Saint-Cloud, M. Laffitte signa un laisser-passer pour
M. de Mortemart, ajoutant que les députés assemblés chez
lui l'attendraient jusqu'à une heure du matin. Le noble
duc n'étant pas arrivé, les députés se retirèrent.

M. Laffitte, resté seul avec M. Thiers, s'occupa du duc
d'Orléans et des proclamations à faire. Cinquante ans de
révolution en France avaient donné aux hommes de pratique la facilité de réorganiser des gouvernements, et aux
hommes de théorie l'habitude de ressemeler des chartes,
de préparer les machines et les bers[2] avec lesquels s'enlè-
vent et sur lesquels glissent ces gouvernements.

---

1. François Mauguin (1785-1854), brillant avocat libéral, se fit
connaître sous la Restauration, dans plusieurs procès politiques (en particulier celui de La Bédoyère en 1815). Il siégeait à la Chambre des
députés depuis 1827. Il demeurera, sous Louis-Philippe, dans une
opposition active.   **2.** Ce mot désigne le *berceau* de bois qui enve-
loppait un vaisseau lors de sa construction, et servait ensuite à sa mise
à flot.

(7)

J'ÉCRIS AU ROI À SAINT-CLOUD : SA RÉPONSE VERBALE.
CORPS ARISTOCRATIQUES. – PILLAGE DE LA MAISON
DES MISSIONNAIRES, RUE D'ENFER.

Cette journée du 29, lendemain de mon retour à Paris, ne fut pas pour moi sans occupation. Mon plan était arrêté : je voulais agir, mais je ne le voulais que sur un ordre écrit de la main du Roi, et qui me donnât les pouvoirs nécessaires pour parler aux autorités du moment ; me mêler de tout et ne rien faire ne me convenait pas. J'avais raisonné juste, témoin l'affront essuyé par MM. d'Argout, Sémonville et Vitrolles.

J'écrivis donc à Charles X à Saint-Cloud. M. de Givré[1] se chargea de porter ma lettre. Je priais le Roi de m'instruire de sa volonté. M. de Givré revint les mains vides. Il avait remis ma lettre à M. le duc de Duras, qui l'avait remise au Roi, lequel me faisait répondre qu'il avait nommé M. de Mortemart, son premier ministre, et qu'il m'invitait à m'entendre avec lui. Le noble duc, où le trouver ? Je le cherchai vainement le 29 au soir[2].

Repoussé de Charles X, ma pensée se porta vers la Chambre des pairs ; elle pouvait, en qualité de cour souveraine, évoquer le procès et juger le différend. S'il n'y avait pas sûreté pour elle dans Paris, elle était libre de se transporter à quelque distance, même auprès du Roi, et de prononcer de là un grand arbitrage. Elle avait des chances de succès ; il y en a toujours dans le courage. Après tout, en succombant, elle aurait subi une défaite utile aux principes. Mais aurais-je trouvé dans cette Chambre vingt hommes prêts à se dévouer ? Sur ces vingt hommes, y en avait-il quatre qui fussent d'accord avec moi sur les libertés publiques ?

---

1. Voir *supra*, p. 379, note 2.   **2.** Le duc de Mortemart se trouvait à Saint-Cloud qu'il ne quitta que le vendredi 30, vers sept heures du matin, une fois le retrait des ordonnances obtenu et dûment signé.

Les assemblées aristocratiques règnent glorieusement lorsqu'elles sont souveraines et seules investies de droit et de fait de la puissance : elles offrent les plus fortes garanties ; mais, dans les gouvernements mixtes, elles perdent leur valeur, et sont misérables quand arrivent les grandes crises... Faibles contre le Roi, elles n'empêchent pas le despotisme ; faibles contre le peuple, elles ne préviennent pas l'anarchie. Dans les commotions publiques, elles ne rachètent leur existence qu'au prix de leurs parjures ou de leur esclavage. La Chambre des lords sauvat-elle Charles Ier ? Sauva-t-elle Richard Cromwell, auquel elle avait prêté serment ? Sauva-t-elle Jacques II ? Sauvera-t-elle aujourd'hui les princes de Hanovre ? Se sauvera-t-elle elle-même ? Ces prétendus contrepoids aristocratiques ne font qu'embarrasser la balance, et seront jetés tôt ou tard hors du bassin. Une aristocratie ancienne et opulente, ayant l'habitude des affaires, n'a qu'un moyen de garder le pouvoir quand il lui échappe : c'est de passer du Capitole au Forum et de se placer à la tête du nouveau mouvement, à moins qu'elle ne se croie encore assez forte pour risquer la guerre civile.

Pendant que j'attendais le retour de M. de Givré, je fus assez occupé à défendre mon quartier. La banlieue et les carriers de Montrouge affluaient par la barrière d'Enfer. Les derniers ressemblaient à ces carriers de Montmartre qui causèrent de si grandes alarmes à mademoiselle de Mornay lorsqu'elle fuyait les massacres de la Saint-Barthélemy [1]. En passant devant la communauté des missionnaires [2], située dans ma rue, ils y entrèrent : une vingtaine de prêtres furent obligés de se sauver ; le repaire de ces fanatiques fut philosophiquement pillé, leurs lits et leurs

---

1. Souvenir probable des *Mémoires* de Mme de Mornay sur la vie de son mari. Voici comment elle raconte la fuite de ce dernier par la porte Saint-Denis : « Ainsy laschèrent quatre harquebuziers après eulx, qui les arrestèrent près de la Villette (...) : soudain accourent chartriers, carreyeurs et plastriers du faux-bourg, et des plastrières prochaines, en grant'furie. Dieu le sauva de leurs coups » (*Mémoires et Correspondances de Duplessis-Mornay* (...), Paris, Treuttel et Würtz, 1824, t. I, p. 41). 2. Les prêtres de la Mission de France, que venait de fonder le Père Rauzan, installés rue d'Enfer.

livres brûlés dans la rue[1]. On n'a point parlé de cette misère. Avait-on à s'embarrasser de ce que la prêtraille pouvait avoir perdu ? Je donnai l'hospitalité à sept ou huit fugitifs ; ils restèrent plusieurs jours cachés sous mon toit. Je leur obtins des passeports par l'intermédiaire de mon voisin, M. Arago, et ils allèrent ailleurs prêcher la parole de Dieu. « La fuite des saints a souvent été utile aux peuples, *utilis populis fuga sanctorum.* »

(8)

CHAMBRE DES DÉPUTÉS. – M. DE MORTEMART.

La commission municipale, établie à l'Hôtel-de-Ville, nomma le baron Louis commissaire provisoire aux finances, M. Baude à l'intérieur, M. Mérilhou à la justice, M. Chardel[2] aux postes, M. Marchal[3] au télégraphe, M. Bavoux[4] à la police, M. de Laborde à la préfecture de la Seine. Ainsi le gouvernement provisoire *volontaire* se trouva détruit en réalité par la promotion de M. Baude, qui s'était créé membre de ce gouvernement. Les boutiques se rouvrirent ; les services publics reprirent leur cours.

Dans la réunion chez M. Laffitte il avait été décidé que les députés s'assembleraient à midi, au palais de la Chambre : ils s'y trouvèrent réunis au nombre de trente

---

1. *Cf.* le témoignage plus « détaché » de Mme de Chateaubriand dans le *Cahier vert* (édition Clément, p. 147).   2. Casimir Chardel (1777-1847), alors juge au tribunal de la Seine et député de Paris, avait présidé un comité insurrectionnel. Il sera nommé le 27 août à la Cour de cassation.   3. Pierre-François Marchal (1785-1864), député depuis 1827, avait pris possession du télégraphe qui sera utilisé de manière efficace pour faire accepter le nouveau régime au reste de la France. Réélu de 1831 à 1834, puis de 1837 à 1845, il se rapprochera du parti républicain.   4. Jacques-François-Nicolas Bavoux (1774-1848), ancien professeur à la Faculté de Droit et député de Paris, ne conserva la préfecture de Police que quarante-huit heures. Il sera nommé, le 23 août, conseiller-maître à la Cour des comptes.

ou trente-cinq [1], présidés par M. Laffitte. M. Bérard [2] annonça qu'il avait rencontré MM. d'Argout, de Forbin-Janson [3] et de Mortemart, qui se rendaient chez M. Laffitte, croyant y trouver les députés ; qu'il avait invité ces messieurs à le suivre à la Chambre, mais que M. le duc de Mortemart, accablé de fatigue, s'était retiré pour aller voir M. de Sémonville. M. de Mortemart, selon M. Bérard, avait dit qu'il avait un blanc-seing et que le Roi consentait à tout.

En effet, M. de Mortemart apportait cinq ordonnances : au lieu de les communiquer d'abord aux députés, sa lassitude l'obligea de rétrograder jusqu'au Luxembourg. À midi, il envoya les ordonnances à M. Sauvo [4] ; celui-ci répondit qu'il ne les pouvait publier dans le *Moniteur* sans l'autorisation de la Chambre des députés ou de la commission municipale.

M. Bérard s'étant expliqué comme je viens de le dire, à la Chambre, une discussion s'éleva pour savoir si l'on recevrait ou si l'on ne recevrait pas M. de Mortemart. Le général Sébastiani insista pour l'affirmative ; M. Mauguin déclara que si M. de Mortemart était présent, il demanderait qu'il fût entendu, mais que les événements pressaient et que l'on ne pouvait pas dépendre du bon plaisir de M. de Mortemart.

On nomma cinq commissaires chargés d'aller conférer avec les pairs : ces cinq commissaires furent MM. Augustin

---

1. Cette réunion du vendredi 30 juillet rassembla une soixantaine de députés.   2. Auguste-Simon-Louis Bérard (1783-1859), ancien polytechnicien et auditeur au Conseil d'État, était devenu banquier et député de Seine-et-Oise en 1827. C'est lui qui, le 5 août, proposera de voter la déchéance de Charles X. Il deviendra peu après directeur général des Ponts-et-Chaussées et des Mines, puis conseiller d'État. Il a publié en 1834 des *Souvenirs historiques sur la révolution de 1830*. 3. Palamède de Forbin-Janson (1783-1849), ancien chambellan de Napoléon et pair des Cent-Jours, avait été proscrit de 1815 à 1820. Il avait, depuis, abandonné la politique pour établir, dans le Vaucluse, une « manufacture de sucre indigène ». C'était le beau-frère du duc de Mortemart.   4. François Sauvo (1772-1859), le directeur du *Moniteur*.

Périer[1], Sébastiani, Guizot, Benjamin Delessert[2] et Hyde de Neuville.

Mais bientôt le comte de Sussy[3] fut introduit dans la Chambre élective. M. de Mortemart l'avait chargé de présenter les ordonnances aux députés. S'adressant à l'assemblée, il lui dit : « En l'absence de M. le chancelier, quelques pairs, en petit nombre, étaient réunis chez moi ; M. le duc de Mortemart nous a remis la lettre ci-jointe, adressée à M. le général Gérard ou à M. Casimir Périer. Je vous demande la permission de vous la communiquer. » Voici la lettre : « Monsieur, parti de Saint-Cloud dans la nuit, je cherche vainement à vous rencontrer. Veuillez me dire où je pourrai vous voir. Je vous prie de donner connaissance des ordonnances dont je suis porteur depuis hier. »

M. le duc de Mortemart était parti dans la nuit de Saint-Cloud ; il avait les ordonnances dans sa poche depuis douze ou quinze heures, *depuis hier*, selon son expression ; il n'avait pu rencontrer ni le général Gérard, ni M. Casimir Périer : M. de Mortemart était bien malheureux ! M. Bérard fit l'observation suivante sur la lettre communiquée :

« Je ne puis, dit-il, m'empêcher de signaler ici un manque de franchise : M. de Mortemart, qui se rendait ce matin chez M. Laffitte lorsque je l'ai rencontré, m'a formellement dit qu'il viendrait ici. »

Les cinq ordonnances furent lues, la première rappelait les ordonnances du 25 juillet, la seconde convoquait les Chambres pour le 3 août, la troisième nommait M. de Mortemart ministre des affaires étrangères et président du conseil, la quatrième appelait le général Gérard au ministère de la guerre, la cinquième M. Casimir Périer au ministère des finances. Lorsque je trouvai enfin M. de Mortemart chez le grand référendaire, il m'assura qu'il

---

1. Augustin Périer (1773-1833), député de Grenoble depuis 1827, et frère de Casimir Périer.   2. Benjamin Delessert (1773-1847), industriel et économiste réputé, a été député de 1817 à 1824, puis de 1827 à 1842. Son frère Gabriel sera préfet de police de 1836 à 1848. 3. Le comte de Sussy (1776-1837), directeur des Contributions indirectes, membre de la Chambre des pairs depuis 1827.

avait été obligé de rester chez M. de Sémonville, parce qu'étant revenu à pied de Saint-Cloud, il s'était vu forcé de faire un détour et de pénétrer dans le bois de Boulogne par une brèche : sa botte ou son soulier lui avait écorché le talon. Il est à regretter qu'avant de produire les actes du trône, M. de Mortemart n'ait pas essayé de voir les hommes influents et de les incliner à la cause royale. Ces actes tombant tout à coup au milieu de députés non prévenus, personne n'osa se déclarer. On s'attira cette terrible réponse de Benjamin Constant : « Nous savons d'avance ce que la Chambre des pairs nous dira : elle acceptera purement et simplement la révocation des ordonnances. Quant à moi, je ne me prononce pas positivement sur la question de dynastie ; je dirai seulement qu'il serait trop commode pour un roi de faire mitrailler son peuple et d'en être quitte pour dire ensuite : *Il n'y a rien de fait.* »

Benjamin Constant, qui ne se prononçait pas *positivement sur la question de dynastie*, aurait-il terminé sa phrase de la même manière si on lui eût fait entendre auparavant des paroles convenables à ses talents et à sa juste ambition ? Je plains sincèrement un homme de courage et d'honneur comme M. de Mortemart, quand je viens à penser que la monarchie légitime a peut-être été renversée parce que le ministre chargé des pouvoirs du Roi n'a pu rencontrer dans Paris deux députés, et que, fatigué d'avoir fait trois lieues à pied, il s'est écorché le talon. L'ordonnance de nomination à l'ambassade de Saint-Pétersbourg a remplacé pour M. de Mortemart les ordonnances de son vieux maître. Ah ! comment ai-je refusé à Louis-Philippe d'être son ministre des affaires étrangères ou de reprendre ma bien-aimée ambassade de Rome ? Mais, hélas ! de *ma bien-aimée*, qu'en eussé-je fait au bord du Tibre ? J'aurais toujours cru qu'elle me regardait en rougissant.

(9)

COURSE DANS PARIS. – LE GÉNÉRAL DUBOURG. – CÉRÉMONIE
FUNÈBRE SOUS LES COLONNADES DU LOUVRE. – LES JEUNES GENS
ME RAPPORTENT À LA CHAMBRE DES PAIRS.

Le 30 au matin, ayant reçu le billet du grand référendaire qui m'invitait à la réunion des pairs, au Luxembourg, je voulus apprendre auparavant quelques nouvelles. Je descendis par la rue d'Enfer, la place Saint-Michel et la rue Dauphine. Il y avait encore un peu d'émotion autour des barricades ébréchées. Je comparais ce que je voyais au grand mouvement révolutionnaire de 1789, et cela me semblait de l'ordre et du silence : le changement des mœurs était visible.

Au Pont-Neuf, la statue d'Henri IV tenait à la main, comme un guidon de la Ligue, un drapeau tricolore. Des hommes du peuple disaient en regardant le roi de bronze : « Tu n'aurais pas fait cette bêtise-là, mon vieux. » Des groupes étaient rassemblés sur le quai de l'École[1] ; j'aperçois de loin un général accompagné de deux aides de camp également à cheval. Je m'avançai de ce côté. Comme je fendais la foule, mes yeux se portèrent sur le général : ceinture tricolore par-dessus son habit, chapeau de travers renversé en arrière, corne en avant. Il m'avise à son tour et s'écrie : « Tiens, le vicomte ! » Et moi, surpris, je reconnais le colonel ou capitaine Dubourg, mon compagnon de Gand, lequel allait pendant notre retour à Paris prendre les villes ouvertes au nom de Louis XVIII, et nous apportait, ainsi que je vous l'ai raconté, la moitié d'un mouton pour dîner dans un bouge, à Arnouville[2]. C'est cet officier que les journaux avaient représenté comme un austère soldat républicain à moustaches grises, lequel n'avait pas voulu servir sous la tyrannie impériale, et qui était si pauvre qu'on avait été obligé de lui acheter

---

1. Sur la rive droite de la Seine, entre le Pont-Neuf et le Louvre.
2. Voir t. II, p. 702.

à la friperie un uniforme râpé du temps de La Réveillère-Lepaux[1]. Et moi de m'écrier : « Eh ! c'est vous ! comment... » Il me tend le bras, me serre la main sur le cou de Flanquine[2] ; on fit cercle : « Mon cher, me dit à haute voix le chef militaire du gouvernement provisoire, en me montrant le Louvre, ils étaient là-dedans douze cents : nous leur en avons flanqué des pruneaux dans le derrière ! et de courir, et de courir !... » Les aides de camp de M. Dubourg éclatent en gros rires ; et la tourbe de rire à l'unisson, et le général de piquer sa mazette[3] qui caracolait comme une bête éreintée, suivie de deux autres Rossinantes glissant sur le pavé et prêtes à tomber sur le nez entre les jambes de leurs cavaliers.

Ainsi, superbement emporté, m'abandonna le Diomède[4] de l'Hôtel-de-Ville, brave d'ailleurs et spirituel. J'ai vu des hommes qui, prenant au sérieux toutes les scènes de 1830, rougissaient à ce récit, parce qu'il déjouait un peu leur héroïque crédulité. J'étais moi-même honteux en voyant le côté comique des révolutions les plus graves et de quelle manière on peut se moquer de la bonne foi du peuple.

M. Louis Blanc, dans le premier volume de son excellente *Histoire de dix ans*[5], publiée après ce que je viens d'écrire ici, confirme mon récit : « Un homme, dit-il, d'une taille moyenne, d'une figure énergique, traversait, en uniforme de général et suivi par un grand nombre d'hommes armés, le marché des Innocents. C'était de M. Évariste Dumoulin, rédacteur du *Constitutionnel*, que cet homme avait reçu son uniforme, pris chez un fripier ; et les épaulettes qu'il portait lui avaient été données par l'acteur Perlet : elles venaient du magasin de l'Opéra-Comique. Quel est ce général ? demandait-on de toutes parts. Et quand ceux qui l'entouraient avaient répondu :

---

1. C'est-à-dire : du temps du Directoire.   2. Chateaubriand imagine cette dénomination pittoresque sur le modèle de *Rossinante*, le nom du cheval de Don Quichotte.   3. Une *mazette* est un mauvais cheval de louage.   4. Roi de Thrace, fils de Mars, célèbre par ses coursiers féroces, qui éructaient du feu et qu'il nourrissait de chair humaine. Hercule finit par le vaincre en le faisant dévorer par ces monstres.   5. *Histoire de dix ans*, Pagnerre, t. I, 1841, p. 244.

"C'est le général Dubourg", Vive le général Dubourg !
criait le peuple, devant qui ce nom n'avait jamais reten-
ti*. »

Un autre spectacle m'attendait à quelques pas de là :
une fosse était creusée devant la colonnade du Louvre ;
un prêtre, en surplis et en étole, disait des prières au bord
de cette fosse : on y déposait les morts. Je me découvris
et je fis le signe de la croix. La foule silencieuse regardait avec respect cette cérémonie, qui n'eût rien été si la
religion n'y avait comparu. Tant de souvenirs et de
réflexions s'offraient à moi, que je restais dans une
complète immobilité. Tout à coup je me sens pressé ; un
cri part : « Vive le défenseur de la liberté de la presse ! »
Mes cheveux m'avaient fait reconnaître. Aussitôt des
jeunes gens me saisissent et me disent : « Où allez-vous ?
nous allons vous porter. » Je ne savais que répondre ; je
remerciais ; je me débattais ; je suppliais de me laisser
aller. L'heure de la réunion à la Chambre des pairs n'était
pas encore arrivée. Les jeunes gens ne cessaient de crier :
« Où allez-vous ? où allez-vous ? » Je répondis au
hasard : « Eh bien, au Palais-Royal ! » Aussitôt j'y suis
conduit aux cris de : Vive la Charte ! vive la liberté de la
presse ! vive Chateaubriand ! Dans la cour des Fontaines,

---

* J'ai reçu, le 9 janvier de cette année 1841, une lettre de M. Dubourg :
on y lit ces phrases : « Combien j'ai désiré vous voir depuis notre rencontre
sur le quai du Louvre ! Combien de fois j'ai désiré verser dans votre sein
les chagrins qui déchiraient mon âme ! Qu'on est malheureux d'aimer avec
passion son pays, son honneur, son bonheur, sa gloire, quand l'on vit à une
telle époque !... « Avais-je tort, en 1830, de ne pas vouloir me soumettre à
ce que l'on faisait ? Je voyais clairement l'avenir odieux que l'on préparait à
la France ; j'expliquais comment le mal seul pouvait surgir d'arrangements
politiques aussi frauduleux : mais personne ne me comprenait. » Le 5 juillet
de cette même année 1841, M. Dubourg m'écrivait encore pour m'envoyer
le brouillon d'une note qu'il adressait en 1828 à MM. de Martignac et de
Caux[1] pour les engager à me faire entrer au conseil. Je n'ai donc rien avancé
sur M. Dubourg qui ne soit de la plus exacte vérité. (Paris, note de 1841.)

---

1. Louis-Victor de Blanquetot (1775-1845), vicomte de Caux,
ancien officier du Génie devenu lieutenant-général, conseiller d'État
(1817), directeur du personnel au ministère de la Guerre depuis 1823,
avait été nommé ministre dans le cabinet Martignac le 17 janvier 1828.

M. Barba[1], le libraire, sortit de sa maison et vint m'embrasser.

Nous arrivons au Palais-Royal ; on me bouscule dans un café sous la galerie de bois. Je mourais de chaud. Je réitère à mains jointes ma demande en rémission de ma gloire : point ; toute cette jeunesse refuse de me lâcher. Il y avait dans la foule un homme en veste à manches retroussées, à mains noires, à figure sinistre, aux yeux ardents, tel que j'en avais tant vu au commencement de la révolution : il essayait continuellement de s'approcher de moi, et les jeunes gens le repoussaient toujours. Je n'ai su ni son nom ni ce qu'il me voulait.

Il fallut me résoudre à dire enfin que j'allais à la Chambre des pairs. Nous quittâmes le café ; les acclamations recommencèrent. Dans la cour du Louvre diverses espèces de cris se firent entendre : on disait : « Aux Tuileries ! aux Tuileries ! », les autres : « Vive le premier consul ! » et semblaient vouloir me faire l'héritier de Bonaparte républicain. Hyacinthe, qui m'accompagnait, recevait sa part des poignées de main et des embrassades. Nous traversâmes le pont des Arts et nous prîmes la rue de Seine. On accourait sur notre passage ; on se mettait aux fenêtres. Je souffrais de tant d'honneurs, car on m'arrachait les bras. Un des jeunes gens qui me poussaient par derrière passa tout à coup sa tête entre mes jambes et m'enleva sur ses épaules. Nouvelles acclamations ; on criait aux spectateurs dans la rue et aux fenêtres : « À bas les chapeaux ! vive la Charte ! » et moi je répliquais : « Oui, messieurs, vive la Charte ! mais vive le Roi ! » On ne répétait pas ce cri, mais il ne provoquait aucune colère. Et voilà comme la partie était perdue ! Tout pouvait encore s'arranger, mais il ne fallait présenter au peuple que des hommes populaires : dans les révolutions, un nom fait plus qu'une armée.

Je suppliai tant mes jeunes amis qu'ils me mirent enfin à terre. Dans la rue de Seine, en face de mon libraire,

---

1. Celui-ci rapporte de son côté la scène dans ses *Souvenirs* : voir *Souvenirs de Jean-Nicolas Barba, ancien libraire au Palais-Royal*, Paris, Ledoyen et Giret, 1846, p. 122-123.

M. Le Normant[1], un tapissier offrit un fauteuil pour me
porter ; je le refusai et j'arrivai au milieu de mon triomphe
dans la cour d'honneur du Luxembourg. Ma généreuse
escorte me quitta alors après avoir poussé de nouveaux
cris de *Vive la Charte ! vive Chateaubriand !* J'étais
touché des sentiments de cette noble jeunesse : j'avais
crié *vive le Roi* au milieu d'elle, tout aussi en sûreté que
si j'eusse été seul enfermé dans ma maison ; elle connaissait mes opinions ; elle m'amenait elle-même à la
Chambre des pairs où elle savait que j'allais parler et
rester fidèle à mon Roi ; et pourtant c'était le 30 juillet,
et nous venions de passer près de la fosse dans laquelle
on ensevelissait les citoyens tués par les balles des soldats
de Charles X.

(10)

RÉUNION DES PAIRS.

Le bruit que je laissais en dehors contrastait avec le
silence qui régnait dans le vestibule du palais du Luxembourg. Ce silence augmenta dans la galerie sombre qui
précède les salons de M. de Sémonville. Ma présence
gêna les vingt-cinq ou trente pairs qui s'y trouvaient rassemblés : j'empêchais les douces effusions de la peur, la
tendre consternation à laquelle on se livrait. Ce fut là que
je vis enfin M. de Mortemart. Je lui dis que, d'après le
désir du Roi, j'étais prêt à m'entendre avec lui. Il me
répondit, comme je l'ai déjà rapporté, qu'en revenant, il
s'était écorché le talon : il rentra dans le flot de l'Assemblée. Il nous donna connaissance des ordonnances comme
il les avait fait communiquer aux députés par M. de

---

1. Exception faite des *Œuvres complètes*, la maison Lenormant
(alors « Lenormant fils »), sise 8, rue de Seine, a édité toutes les publications de Chateaubriand de 1809 (*Les Martyrs*) jusqu'en 1832
(*Mémoire sur la captivité de Mme la duchesse de Berry*).

Sussy. M de Broglie déclara qu'il venait de parcourir Paris ; que nous étions sur le volcan ; que les bourgeois ne pouvaient plus contenir leurs ouvriers ; que si le nom de Charles X était seulement prononcé, on nous couperait la gorge à tous, et qu'on démolirait le Luxembourg comme on avait démoli la Bastille : « C'est vrai ! c'est vrai ! » murmuraient d'une voix sourde les prudents, en secouant la tête. M. de Caraman, qu'on avait fait duc, apparemment parce qu'il avait été valet de M. de Metternich, soutenait avec chaleur qu'on ne pouvait reconnaître les ordonnances : « Pourquoi donc, lui dis-je, monsieur ? » Cette froide question glaça sa verve.

Arrivent les cinq députés commissaires. M. le général Sébastiani débute par sa phrase accoutumée : « Messieurs, c'est une grosse affaire. » Ensuite il fait l'éloge de la haute modération de M. le duc Mortemart ; il parle des dangers de Paris, prononce quelques mots à la louange de Son Altesse Royale monseigneur le duc d'Orléans, et conclut à l'impossibilité de s'occuper des ordonnances. Moi et M. Hyde de Neuville, nous fûmes les seuls d'un avis contraire. J'obtins la parole : « M. le duc de Broglie nous a dit, messieurs, qu'il s'est promené dans les rues, et qu'il a vu partout des dispositions hostiles : je viens aussi de parcourir Paris, trois mille jeunes gens m'ont rapporté dans la cour de ce palais ; vous avez pu entendre leurs cris : ont-ils soif de votre sang ceux qui ont ainsi salué l'un de vos collègues ? Ils ont crié : *Vive la Charte !* j'ai répondu : *Vive le Roi !* ils n'ont témoigné aucune colère et sont venus me déposer sain et sauf au milieu de vous. Sont-ce là des symptômes si menaçants de l'opinion publique ? Je soutiens, moi, que rien n'est perdu, que nous pouvons accepter les ordonnances. La question n'est pas de considérer s'il y a péril ou non, mais de garder les serments que nous avons prêtés à ce Roi dont nous tenons nos dignités, et plusieurs d'entre nous leur fortune. Sa Majesté, en retirant les ordonnances et en changeant son ministère, a fait tout ce qu'elle a dû ; faisons à notre tour ce que nous devons. Comment ? dans tout le cours de notre vie, il se présente un seul jour où nous sommes obligés de descendre sur le champ de bataille, et nous n'accepterions pas le combat ? Donnons à la France l'exemple de l'honneur et de la loyauté ; empêchons-la de tomber dans des combinaisons anarchiques où sa paix, ses intérêts réels et ses libertés iraient se perdre : le péril s'évanouit quand on ose le regarder. »

On ne me répondit point ; on se hâta de lever la séance[1]. Il y avait une impatience de parjure dans cette assemblée que poussait une peur intrépide ; chacun voulait sauver sa guenille de vie, comme si le temps n'allait pas, dès demain, nous arracher nos vieilles peaux, dont un juif bien avisé n'aurait pas donné une obole.

(11)

LES RÉPUBLICAINS. – LES ORLÉANISTES. M. THIERS EST ENVOYÉ À NEUILLY. – AUTRE CONVOCATION DES PAIRS CHEZ LE GRAND RÉFÉRENDAIRE : LA LETTRE M'ARRIVE TROP TARD.

Les trois partis commençaient à se dessiner et à agir les uns contre les autres : les députés qui voulaient la

---

1. Sur cette réunion informelle, les témoignages divergent. Dans ses *Souvenirs* (t. III, p. 325), le duc de Broglie reconnaît avoir « placé quatre paroles dans une conversation à bâtons rompus, où nous étions animés des mêmes sentiments et préoccupés du même but », mais il conteste le contenu des déclarations que lui prête ici Chateaubriand. Il affirme même ne pas avoir « entendu le premier mot » du « discours par lequel M. de Chateaubriand aurait foudroyé ce langage ». De son côté, le duc de Mortemart, dans ses propres *Mémoires*, ne se contente pas de mentionner ce discours, en termes assez vagues il est vrai ; il nous rapporte sa surprenante conclusion : « M. de Chateaubriand [...] parla avec noblesse, chaleur, éloquence, mais sans conclure et sans rien proposer. En terminant, il nous dit : – Eh ! Messieurs, ne vous effrayez donc pas tant sur le sort de la légitimité. Un plus grand danger nous menace. Sauvons la liberté de la presse de toute atteinte, conservons-la intacte ; et si la légitimité venait à tomber, alors je ne vous demande qu'une plume et deux mois pour la replacer sur son trône. »

monarchie par la branche aînée étaient les plus forts légalement ; ils ralliaient à eux tout ce qui tendait à l'ordre ; mais, moralement, ils étaient les plus faibles : ils hésitaient, ils ne se prononçaient pas : il devenait manifeste, par la tergiversation de la cour, qu'ils tomberaient dans l'usurpation plutôt que de se voir engloutis dans la république.

Celle-ci fit afficher un placard qui disait : « La France est libre. Elle n'accorde au gouvernement provisoire que le droit de la consulter, en attendant qu'elle ait exprimé sa volonté par de nouvelles élections. Plus de royauté. Le pouvoir exécutif confié à un président temporaire. Concours médiat ou immédiat de tous les citoyens à l'élection des députés. Liberté des cultes. »

Ce placard résumait les seules choses justes de l'opinion républicaine ; une nouvelle assemblée de députés aurait décidé s'il était bon ou mauvais de céder à ce vœu, *plus de royauté* ; chacun aurait plaidé sa cause, et l'élection d'un gouvernement quelconque par un congrès national eût eu le caractère de la légalité.

Sur une autre affiche républicaine du même jour, 30 juillet, on lisait en grosses lettres : « Plus de Bourbons... Tout est là, grandeur, repos, prospérité publique, liberté. »

Enfin parut une adresse à MM. les membres de la commission municipale composant un gouvernement provisoire ; elle demandait : « Qu'aucune proclamation ne fût faite pour désigner un chef, lorsque la forme même du gouvernement ne pouvait être encore déterminée ; que le gouvernement provisoire restât en permanence jusqu'à ce que le vœu de la majorité des Français pût être connu ; toute autre mesure étant intempestive et coupable. »

Cette adresse émanant des membres d'une commission nommée par un grand nombre de citoyens de divers arrondissements de Paris, était signée par MM. Chevalier, président, Trélat, Teste, Lepelletier, Guinard, Hingray, Cauchois-Lemaire, etc. [1].

---

1. Comme ces membres du parti républicain avaient pour habitude de se réunir chez le restaurateur Lointier, on avait donné à leur groupe le nom de « Réunion Lointier ».

Dans cette réunion populaire, on proposait de remettre par acclamation la présidence de la république à M. de La Fayette ; on s'appuyait sur les principes que la Chambre des représentants de 1815 avait proclamés en se séparant. Divers imprimeurs refusèrent de publier ces proclamations, disant que défense leur en était faite par M. le duc de Broglie. La république jetait par terre le trône de Charles X ; elle craignait les inhibitions[1] de M. de Broglie, lequel n'avait aucun caractère.

Je vous ai dit que, dans la nuit du 29 au 30, M. Laffitte, avec MM. Thiers et Mignet, avaient tout préparé pour attirer les yeux du public sur M. le duc d'Orléans. Le 30 parurent des proclamations et des adresses, fruit de ce conciliabule : « Évitons la république », disaient-elles. Venaient ensuite les faits d'armes de Jemmapes et de Valmy, et l'on assurait que M. le duc d'Orléans n'était pas *Capet*, mais *Valois*.

Et cependant M. Thiers, envoyé par M. Laffitte, chevauchait vers Neuilly avec M. Scheffer[2] : Son Altesse Royale n'y était pas. Grands combats de paroles entre mademoiselle d'Orléans[3] et M. Thiers : il fut convenu qu'on écrirait à M. le duc d'Orléans pour le décider à se rallier à la révolution. M. Thiers écrivit lui-même un mot au prince, et madame Adélaïde[4] promit de devancer sa famille à Paris. L'orléanisme avait fait des progrès, et dès le soir même de cette journée, il fut question parmi les députés de conférer les pouvoirs de lieutenant général à M. le duc d'Orléans.

M. de Sussy, avec les ordonnances de Saint-Cloud,

---

1. Interdictions (*Académie*, 1694-1798). Chateaubriand utilise un terme de la vieille langue juridique qui remonte à Froissart : « Défense faite par la loi ou par le juge de faire quelque chose. (...) Ce privilège porte inhibition et défense à tous les libraires et imprimeurs de contrefaire un tel livre », déclare *Trévoux*, qui ajoute que, si ces deux termes sont presque toujours associés « en style de Palais », en revanche : « Dans le style ordinaire on dit défense, et jamais inhibition. »
2. Le peintre Ary Scheffer (1795-1858), déjà célèbre, et familier des Orléans.   **3.** Sur la princesse Marie (1813-1839), future duchesse de Wurtemberg à qui Ary Scheffer enseignait le dessin, voir Boigne, t. II, p. 373-394.   **4.** La sœur de Louis-Philippe.

avait été encore moins bien reçu à l'Hôtel-de-Ville qu'à la Chambre des députés. Muni d'un *récépissé* de M. de La Fayette, il vint retrouver M. de Mortemart qui s'écria : « Vous m'avez sauvé plus que la vie ; vous m'avez sauvé l'honneur. »

La commission municipale fit une proclamation dans laquelle elle déclarait que *les crimes de son pouvoir* (de Charles X) *étaient finis*, et que *le peuple aurait un gouvernement qui lui devrait* (au peuple) *son origine* : phrase ambiguë qu'on pouvait interpréter comme on voulait. MM. Laffitte et Périer ne signèrent point cet acte. M. de La Fayette, alarmé un peu tard de l'idée de la royauté orléaniste, envoya M. Odilon Barrot à la Chambre des députés annoncer que le peuple, auteur de la révolution de Juillet, n'entendait pas la terminer par un simple changement de personnes, et que le sang versé valait bien quelques libertés. Il fut question d'une proclamation des députés afin d'inviter S.A.R. le duc d'Orléans à se rendre dans la capitale ; après quelques communications avec l'Hôtel-de-Ville, ce projet de proclamation fut anéanti. On n'en tira pas moins au sort une députation de douze membres pour aller offrir au châtelain de Neuilly cette lieutenance générale qui n'avait pu trouver passage dans une proclamation.

Dans la soirée, M. le grand référendaire rassembla chez lui les pairs [1] ; sa lettre, soit négligence ou politique, m'arriva trop tard. Je me hâtai de courir au rendez-vous ; on m'ouvrit la grille de l'allée de l'Observatoire ; je traversai le jardin du Luxembourg : quand j'arrivai au palais, je n'y trouvai personne. Je refis le chemin des parterres les yeux attachés sur la lune. Je regrettais les mers et les montagnes où elle m'était apparue, les forêts dans la cime desquelles, se dérobant elle-même, en silence, elle avait l'air de me répéter la maxime d'Épicure : « Cache ta vie. »

---

1. La réunion, convoquée « à tout hasard » pour huit heures du soir, fut brève et sans aucune conséquence.

(12)

SAINT-CLOUD. – SCÈNE : MONSIEUR LE DAUPHIN
ET LE MARÉCHAL DE RAGUSE.

J'ai laissé les troupes, le 29 au soir, se retirant sur Saint-Cloud. Les bourgeois de Chaillot et de Passy les attaquèrent, tuèrent un capitaine de carabiniers, deux officiers et blessèrent une dizaine de soldats. Le Motha, capitaine de la garde, fut frappé d'une balle par un enfant qu'il s'était plu à ménager[1]. Ce capitaine avait donné sa démission au moment de la publication des ordonnances ; mais, voyant qu'on se battait le 27, il rentra dans son corps pour partager les dangers de ses camarades. Jamais, à la gloire de la France, il n'y eut un plus beau combat dans les partis opposés entre la liberté et l'honneur.

Les enfants, intrépides parce qu'ils ignorent le danger, ont joué un triste rôle dans les trois journées : à l'abri de leur faiblesse, ils tiraient à bout portant sur les officiers qui se seraient crus déshonorés en les repoussant[2]. Les armes modernes mettent la mort à la disposition de la main la plus débile. Singes laids et étiolés, libertins avant d'avoir le pouvoir de l'être, cruels et pervers, ces petits héros des trois journées se livraient à des assassinats avec tout l'abandon de l'innocence. Donnons-nous garde, par des louanges imprudentes, de faire naître l'émulation du mal. Les enfants de Sparte allaient à la chasse aux ilotes.

Monsieur le Dauphin reçut les soldats à la porte du

---

1. Chateaubriand emprunte ces informations à une brochure parue quelques semaines plus tard (*La Garde royale pendant les événements du 25 juillet au 5 août 1830*, par M. de Bermond), où se trouve raconté ce tragique incident. On ne sait pourquoi il déforme le nom du capitaine Armand *Lemotheux* (1795-1830), qui a servi de modèle à Vigny pour une des nouvelles de *Servitude et Grandeur militaires* : « La Vie et la Mort du capitaine Renaud, ou la Canne de jonc » (*Revue des Deux-Mondes*, 1er octobre 1835).   **2.** Dès 1831, Godefroy Cavaignac avait publié dans la *Revue des Deux-Mondes* un récit sur ce thème, intitulé : « Le Vieux Canonnier ».

village de Boulogne, dans le bois, puis il rentra à Saint-Cloud.

Saint-Cloud était gardé par les quatre compagnies des gardes du corps. Le bataillon des élèves de Saint-Cyr était arrivé : en rivalité et en contraste avec l'École polytechnique, il avait embrassé la cause royale. Les troupes exténuées, qui revenaient d'un combat de trois jours, ne causaient, par leurs blessures et leur délabrement, que de l'ébahissement aux domestiques titrés, dorés et repus qui mangeaient à la table du Roi. On ne songea point à couper les lignes télégraphiques ; passaient librement sur la route courriers, voyageurs, malles-poste, diligences, avec le drapeau tricolore qui insurgeait[1] les villages en les traversant. Les embauchages[2] par le moyen de l'argent et des femmes commencèrent. Les proclamations de la commune de Paris étaient colportées çà et là. Le Roi et la cour ne se voulaient pas encore persuader qu'ils fussent en péril. Afin de prouver qu'ils méprisaient les gestes de quelques bourgeois mutinés, et qu'il n'y avait point de révolution, ils laissaient tout aller : le doigt de Dieu[3] se voit dans tout cela.

À la tombée de la nuit le 30 juillet, à peu près à la même heure où la commission des députés partait pour Neuilly, un aide-major fit annoncer aux troupes que les ordonnances étaient rapportées. Les soldats crièrent : Vive le Roi ! et reprirent leur gaieté au bivouac ; mais cette annonce de l'aide-major, envoyé par le duc de Raguse, n'avait pas été communiquée au Dauphin, qui, grand amateur de discipline, entra en fureur. Le Roi dit au maréchal : « Le Dauphin est mécontent ; allez vous expliquer avec lui. »

Le maréchal ne trouva point le Dauphin chez lui, et

---

1. Emploi transitif vieilli : soulever, mettre en insurrection. Voir *Essai historique*, p. 276 : « Théramène, maintenant à la tête du parti populaire, insurge les citoyens, et se saisit du général de la faction opposée. »　**2.** Action de pousser les soldats à déserter ou à passer dans le camp adverse (*Trévoux* glose : *inductio*). Comme : débauchage. **3.** Cette expression biblique désigne la volonté agissante de Dieu (voir *Exode*, VIII, 15, à propos des moustiques envoyés à Pharaon ; ou *Luc*, XI, 20, à propos des miracles de Jésus).

l'attendit dans la salle de billard avec le duc de Guiche et le duc de Ventadour[1], aides de camp du prince. Le Dauphin rentra : à l'aspect du maréchal, il rougit jusqu'aux yeux, traverse son antichambre avec ses grands pas si singuliers, arrive à son salon, et dit au maréchal : « Entrez ! » La porte se referme : un grand bruit se fait entendre ; l'élévation des voix s'accroît ; le duc de Ventadour, inquiet, ouvre la porte ; le maréchal sort, poursuivi par le Dauphin, qui l'appelle double traître. « Rendez votre épée ! rendez votre épée ! » et, se jetant sur lui, il lui arrache son épée. L'aide de camp du maréchal, M. Delarue, se veut précipiter entre lui et le Dauphin, il est retenu par M. de Montgascon[2] ; le prince s'efforce de briser l'épée du maréchal et se coupe les mains. Il crie : « À moi, gardes du corps ! qu'on le saisisse ! » Les gardes du corps accoururent ; sans un mouvement de tête du maréchal, leurs baïonnettes l'auraient atteint au visage. Le duc de Raguse est conduit aux arrêts dans son appartement.

Le Roi arrangea tant bien que mal cette affaire, d'autant plus déplorable, que les acteurs n'inspiraient pas un grand intérêt. Lorsque le fils du Balafré occit Saint-Pol, maréchal de la Ligue[3], on reconnut dans ce coup d'épée la fierté et le sang des Guises ; mais quand monsieur le Dauphin, plus puissant seigneur qu'un prince de Lorraine, aurait pourfendu le maréchal Marmont, qu'est-ce que cela eût fait ? Si le maréchal eût tué monsieur le Dauphin, c'eût été seulement un peu plus singulier. On verrait passer dans la rue César, descendant de Vénus[4], et Brutus,

---

1. Gaston-François-Christophe, duc de Ventadour, puis, à la mort de son père (voir t. II, p. 649 et 654), duc de Lévis (1794-1863). Il suivra la famille royale en exil, puis sera attaché à la personne du comte de Chambord à partir de 1835.   2. Clément Acher, dit de Mongascon, jeune volontaire royaliste de Toulouse, était entré en 1814 au service du duc d'Angoulême qu'il avait ensuite accompagné comme officier. Il fut mis en disponibilité en 1823 avec le grade de chef de bataillon, puis semble être demeuré attaché au prince, du moins jusqu'à la révolution de Juillet.   3. Après une altercation survenue à Reims le 25 avril 1594.   4. La *gens Julia* prétendait remonter à Ascagne ou Jules, dont le père, Énée, était fils de Vénus.

arrière-neveu de Junius[1], qu'on ne les regarderait pas. Rien n'est grand aujourd'hui, parce que rien n'est haut.

Voilà comme se dépensait à Saint-Cloud la dernière heure de la monarchie : cette pâle monarchie, défigurée et sanglante, ressemblait au portrait que nous fait d'Urfé d'un grand personnage expirant : « Il avait les yeux hâves et enfoncés ; la mâchoire inférieure, couverte seulement d'un peu de peau, paraissait s'être retirée ; la barbe hérissée, le teint jaune, les regards lents, les souffles abattus. De sa bouche il ne sortait déjà plus de paroles humaines, mais des oracles[2]. »

(13)

NEUILLY. – M. LE DUC D'ORLÉANS. – LE RAINCY.
LE PRINCE VIENT À PARIS.

M. le duc d'Orléans avait eu, sa vie durant, pour le trône ce penchant que toute âme bien née sent pour le pouvoir. Ce penchant se modifie selon les caractères : impétueux et aspirant, mou et rampant ; imprudent, ouvert, déclaré dans ceux-ci, circonspect, caché, honteux et bas dans ceux-là : l'un, pour s'élever, peut atteindre à tous les crimes ; l'autre, pour monter, peut descendre à toutes les bassesses. M. le duc d'Orléans appartenait à cette dernière classe d'ambitieux. Suivez ce prince dans sa vie, il ne dit et ne fait jamais rien de complet, et laisse toujours une porte ouverte à l'évasion. Pendant la Restauration, il flatte la cour et encourage l'opinion libérale ; Neuilly est le rendez-vous des mécontentements et des mécontents. On soupire, on se serre la main en levant les yeux au ciel, mais on ne prononce pas une parole assez significative pour être reportée en haut lieu. Un membre de l'opposition

_____

1. Lucius Junius Brutus, fondateur de la république romaine, ancêtre éponyme du meurtrier de César, Marcus Junius Brutus.   2. *Astrée.*

meurt-il, on envoie un carrosse au convoi, mais ce carrosse est vide ; la livrée est admise à toutes les portes et à toutes les fosses. Si, au temps de mes disgrâces de cour, je me trouve aux Tuileries sur le chemin de M. le duc d'Orléans, il passe en ayant soin de saluer à droite, de manière que, moi étant à gauche, il me tourne l'épaule. Cela sera remarqué, et fera bien.

M. le duc d'Orléans connut-il d'avance les ordonnances de Juillet ? En fut-il instruit par une personne qui tenait le secret de M. Ouvrard ? Qu'en pensa-t-il ? Quelles furent ses craintes et ses espérances ? Conçut-il un plan ? Poussa-t-il M. Laffitte à faire ce qu'il fit, ou laissa-t-il faire M. Laffitte ? D'après le caractère de Louis-Philippe, on doit présumer qu'il ne prit aucune résolution, et que sa timidité politique, se renfermant dans sa fausseté, attendit l'événement comme l'araignée attend le moucheron qui se prendra dans sa toile. Il a laissé le moment conspirer ; il n'a conspiré lui-même que par ses désirs, dont il est probable qu'il avait peur.

Il y avait deux partis à prendre pour M. le duc d'Orléans : le premier, et le plus honorable, était de courir à Saint-Cloud, de s'interposer entre Charles X et le peuple, afin de sauver la couronne de l'un et la liberté de l'autre ; le second consistait à se jeter dans les barricades, le drapeau tricolore au poing, et à se mettre à la tête du mouvement du monde. Philippe avait à choisir entre l'honnête homme et le grand homme : il a préféré escamoter la couronne du Roi et la liberté du peuple. Un filou, pendant le trouble et les malheurs d'un incendie, dérobe subtilement les objets les plus précieux du palais brûlant, sans écouter les cris d'un enfant que la flamme a surpris dans son berceau.

La riche proie une fois saisie, il s'est trouvé force chiens à la curée : alors sont arrivées toutes ces vieilles corruptions des régimes précédents, ces receleurs d'effets volés, crapauds immondes à demi écrasés sur lesquels on a cent fois marché, et qui vivent, tout aplatis qu'ils sont. Ce sont là pourtant les hommes que l'on vante et dont on exalte l'habileté ! Milton pensait autrement lorsqu'il écrivait ce passage d'une lettre sublime : « Si Dieu versa

jamais un amour ferme de la beauté morale dans le sein
d'un homme, il l'a versé dans le mien. Quelque part que
je rencontre un homme méprisant la fausse estime du vulgaire, osant aspirer, par ses sentiments, son langage et sa
conduite, à ce que la haute sagesse des âges nous a
enseigné de plus excellent, je m'unis à cet homme par
une sorte de nécessaire attachement. Il n'y a point de
puissance dans le ciel ou sur la terre qui puisse m'empêcher de contempler avec respect et tendresse ceux qui ont
atteint le sommet de la dignité et de la vertu[1]. »

La cour aveugle de Charles X ne sut jamais où elle en
était et à qui elle avait affaire : on pouvait mander M. le
duc d'Orléans à Saint-Cloud, et il est probable que dans
le premier moment il eût obéi ; on pouvait le faire enlever
à Neuilly, le jour même des ordonnances : on ne prit ni
l'un ni l'autre parti.

Sur des renseignements que lui porta madame de Bon-
dy[2] à Neuilly dans la nuit du mardi 27, Louis-Philippe se
leva à trois heures du matin, et se retira en un lieu connu
de sa seule famille. Il avait la double crainte d'être atteint
par l'insurrection de Paris ou arrêté par un capitaine des
gardes. Il alla donc écouter dans la solitude du Raincy les
coups de canon lointains de la bataille du Louvre, comme
j'écoutais sous un arbre ceux de la bataille de Waterloo.
Les sentiments qui sans doute agitaient le prince ne
devaient guère ressembler à ceux qui m'oppressaient dans
les campagnes de Gand.

Je vous ai dit que, dans la matinée du 30 juillet,
M. Thiers ne trouva point le duc d'Orléans à Neuilly ;
mais madame la duchesse d'Orléans envoya chercher
S.A.R. : M. le comte Anatole de Montesquiou[3] fut chargé

---

1. Chateaubriand emprunte cette citation à une lettre de Milton à
Charles Diodati, datée du 23 septembre 1637 (*Complete Prose Works
of John Milton*, vol. 1, 1624-1642, Yale University Press, 1953,
p. 326-327). Sa traduction est élégante mais pas toujours exacte.
2. Voir XXXV, 1 (t. IV, p. 97, note 1).   3. Anatole de Montesquiou
(1788-1878), engagé à dix-huit ans comme simple soldat, bientôt parvenu au grade de colonel, était en 1814 aide de camp de Napoléon. Il
entra ensuite au service des Orléans, comme aide de camp du duc en
1816, puis, à partir de 1823, comme chevalier de la duchesse Marie-

du message. Arrivé au Raincy, M. de Montesquiou eut toutes les peines du monde à déterminer Louis-Philippe à revenir à Neuilly pour y attendre la députation de la Chambre des députés.

Enfin, persuadé par le chevalier d'honneur de la duchesse d'Orléans, Louis-Philippe monta en voiture. M. de Montesquiou partit en avant ; il alla d'abord assez vite ; mais quand il regarda en arrière, il vit la calèche de S.A.R. s'arrêter et rebrousser chemin vers le Raincy. M. de Montesquiou revient en hâte, implore la future majesté qui courait se cacher au désert, comme ces illustres chrétiens fuyant jadis la pesante dignité de l'épiscopat : le serviteur fidèle obtint une dernière et malheureuse victoire.

Le soir du 30, la députation des douze membres de la Chambre des députés, qui devait offrir la lieutenance générale du royaume au prince, lui envoya un message à Neuilly. Louis-Philippe reçut ce message à la grille du parc, le lut au flambeau et se mit à l'instant en route pour Paris, accompagné de MM. de Berthois, Haymès et Oudart [1]. Il portait à sa boutonnière une cocarde tricolore : il allait enlever une vieille couronne au garde-meuble.

(14)

UNE DÉPUTATION DE LA CHAMBRE ÉLECTIVE OFFRE À M. LE DUC D'ORLÉANS LA LIEUTENANCE GÉNÉRALE DU ROYAUME. IL ACCEPTE. – EFFORTS DES RÉPUBLICAINS.

À son arrivée au Palais-Royal [2], M. le duc d'Orléans envoya complimenter M. de La Fayette.

Amélie. Poète, traducteur de Pétrarque, il sera député de 1834 à 1841, puis pair de France.
1. Ses aides de camp. Le baron de Berthois (1787-1870), ancien officier du génie, et gendre de Lanjuinais, sera nommé colonel en 1831. Il siégera ensuite à la Chambre des députés de 1832 à 1848.   2. Le vendredi 30, un peu avant minuit.

La députation des douze députés se présenta au Palais-Royal[1]. Elle demanda au prince s'il acceptait la lieutenance générale du royaume ; réponse embarrassée : « Je suis venu au milieu de vous partager vos dangers... J'ai besoin de réfléchir. Il faut que je consulte diverses personnes. Les dispositions de Saint-Cloud ne sont point hostiles ; la présence du Roi m'impose des devoirs. » Ainsi répondit Louis-Philippe. On lui fit rentrer ses paroles dans le corps, comme il s'y attendait : après s'être retiré une demi-heure, il reparut portant une proclamation en vertu de laquelle il acceptait les fonctions de lieutenant général du royaume, proclamation finissant par cette déclaration : « La Charte sera désormais une vérité. »

Portée à la Chambre élective, la proclamation fut reçue avec cet enthousiasme révolutionnaire âgé de cinquante ans : on y répondit par une autre proclamation de la rédaction de M. Guizot. Les députés retournèrent au Palais-Royal ; le prince s'attendrit, accepta de nouveau, et ne put s'empêcher de gémir sur les déplorables circonstances qui le forçaient d'être lieutenant général du royaume.

La république, étourdie des coups qui lui étaient portés, cherchait à se défendre ; mais son véritable chef, le général La Fayette, l'avait presque abandonnée. Il se plaisait dans ce concert d'adorations qui lui arrivaient de tous côtés ; il humait le parfum des révolutions ; il s'enchantait de l'idée qu'il était l'arbitre de la France, qu'il pouvait à son gré, en frappant du pied, faire sortir de terre une république ou une monarchie ; il aimait à se bercer dans cette incertitude où se plaisent les esprits qui craignent les conclusions, parce qu'un instinct les avertit qu'ils ne sont plus rien quand les faits sont accomplis.

Les autres chefs républicains s'étaient perdus d'avance par divers ouvrages[2] : l'éloge de la terreur, en rappelant aux Français 1793, les avait fait reculer. Le rétablissement de la garde nationale tuait en même temps, dans les

---

1. Le samedi 31, vers huit heures du matin. La Fayette avait, à la fin de la nuit, refusé la présidence de la République, et rallié le camp orléaniste.　2. Ce ne sont ni Thiers, ni Mignet qui sont ici visés, mais leurs « parodistes » républicains que Chateaubriand stigmatise dans la préface des *Études historiques*.

combattants de Juillet, le principe ou la puissance de l'insurrection. M. de La Fayette ne s'aperçut pas qu'en rêvassant la république, il avait armé contre elle trois millions de gendarmes.

Quoi qu'il en soit, honteux d'être sitôt pris pour dupes, les jeunes gens essayèrent quelque résistance. Ils répliquèrent par des proclamations et des affiches aux proclamations et aux affiches du duc d'Orléans. On lui disait que si les députés s'étaient abaissés à le supplier d'accepter la lieutenance générale du royaume, la Chambre des députés, nommée sous une loi aristocratique, n'avait pas le droit de manifester la volonté populaire. On prouvait à Louis-Philippe qu'il était fils de Louis-Philippe-Joseph ; que Louis-Philippe-Joseph était fils de Louis-Philippe ; que Louis-Philippe était fils de Louis, lequel était fils de Philippe II, régent ; que Philippe II était fils de Philippe Ier, lequel était frère de Louis XIV : donc Louis-Philippe d'Orléans était *Bourbon* et *Capet*, non *Valois*. M. Laffitte n'en continuait pas moins à le regarder comme étant de la race de Charles IX et de Henri III, et disait : « Thiers sait cela. »

Plus tard, la réunion Lointier [1] s'écria que la nation était en armes pour soutenir ses droits par la force. Le comité central du douzième arrondissement déclara que le peuple n'avait point été consulté sur le mode de sa Constitution ; que la Chambre des députés et la Chambre des pairs, tenant leurs pouvoirs de Charles X, étaient tombées avec lui ; qu'elles ne pouvaient, en conséquence, représenter la nation ; que le douzième arrondissement ne reconnaissait point la lieutenance générale ; que le gouvernement provisoire devait rester en permanence, sous la présidence de La Fayette, jusqu'à ce qu'une Constitution eût été délibérée et arrêtée comme base fondamentale du gouvernement.

Le 30 au matin, il était question de proclamer la république. Quelques hommes déterminés menaçaient de poignarder la commission municipale si elle ne conservait pas le pouvoir. Ne s'en prenait-on pas aussi à la Chambre

---

1. Voir *supra*, p. 500, note 1.

des pairs ? On était furieux de son audace. L'audace de la Chambre des pairs ! Certes, c'était là le dernier outrage et la dernière injustice qu'elle eût dû s'attendre à éprouver de l'opinion.

Il y eut un projet : vingt jeunes gens des plus ardents devaient s'embusquer dans une petite rue donnant sur le quai de la Ferraille, et faire feu sur Louis-Philippe, lorsqu'il se rendrait du Palais-Royal à la maison de ville. On les arrêta en leur disant : « Vous tuerez en même temps Laffitte, Pajol et Benjamin Constant. » Enfin on voulait enlever le duc d'Orléans et l'embarquer à Cherbourg : étrange rencontre si Charles X et Philippe se fussent retrouvés dans le même port, sur le même vaisseau, l'un expédié à la rive étrangère par les bourgeois, l'autre par les républicains !

(15)

M. LE DUC D'ORLÉANS VA À L'HÔTEL-DE-VILLE.

Le duc d'Orléans, ayant pris le parti d'aller faire confirmer son titre par les tribuns de l'Hôtel-de-Ville, descendit dans la cour du Palais-Royal, entouré de quatre-vingt-neuf députés en casquettes, en chapeaux ronds, en habits, en redingotes. Le candidat royal est monté sur un cheval blanc ; il est suivi de Benjamin Constant dans une chaise à porteurs ballottée par deux Savoyards[1]. MM. Méchin[2]

---

1. Comme le prouvent les variantes, Chateaubriand a hésité, au début de ce chapitre, entre le nom de Laffitte et celui de Benjamin Constant. Le premier (le *président*) avait la goutte ; le second (le *député*) souffrait de la jambe depuis quelques mois. En réalité, ils participèrent ensemble au cortège, dans le même « équipage ».
2. Alexandre Méchin (1772-1849) avait été préfet de 1801 à 1814. Député libéral depuis 1819, traducteur de Juvénal, il fut un des partisans de la solution orléaniste. La monarchie de Juillet le nomma préfet du Nord, puis conseiller d'État.

et Viennet[1], couverts de sueur et de poussière, marchent entre le cheval blanc du monarque futur et la brouette du député goutteux, se querellant avec les deux crocheteurs pour garder les distances voulues. Un tambour à moitié ivre battait la caisse à la tête du cortège. Quatre huissiers servaient de licteurs. Les députés les plus zélés meuglaient : Vive le duc d'Orléans ! Autour du Palais-Royal ces cris eurent quelques succès ; mais, à mesure qu'on avançait vers l'Hôtel-de-Ville, les spectateurs devenaient moqueurs ou silencieux. Philippe se démenait sur son cheval de triomphe, et ne cessait de se mettre sous le bouclier de M. Laffitte, en recevant de lui, chemin faisant, quelques paroles protectrices. Il souriait au général Gérard, faisait des signes d'intelligence à M. Viennet et à M. Méchin, mendiait la couronne en quêtant le peuple avec son chapeau orné d'une aune de ruban tricolore, tendant la main à quiconque voulait en passant aumôner[2] cette main. La monarchie ambulante arrive sur la place de Grève, où elle est saluée des cris : Vive la république !

Quand la matière électorale royale pénétra dans l'intérieur de l'Hôtel-de-Ville, des murmures plus menaçants accueillirent le postulant : quelques serviteurs zélés qui criaient son nom reçurent des gourmades. Il entre dans la salle du Trône ; là se pressaient les blessés et les combattants des trois journées : une exclamation générale : *plus de Bourbons ! vive La Fayette !* ébranla les voûtes de la salle. Le prince en parut troublé. M. Viennet lut à haute voix pour M. Laffitte la déclaration des députés ; elle fut écoutée dans un profond silence. Le duc d'Orléans prononça quelques mots d'adhésion. Alors M. Dubourg dit rudement à Philippe : « Vous venez de prendre de grands engagements. S'il vous arrivait jamais d'y manquer, nous sommes gens à vous les rappeler. » Et le Roi futur de répondre tout ému : « Monsieur, je suis honnête homme. » M. de La Fayette, voyant l'incertitude croissante

---

1. Guillaume Viennet (1777-1868), ancien militaire devenu député libéral, et versificateur intarissable très hostile au romantisme. Aussi devint-il académicien (18 novembre 1830), et pair de France (1839).   2. Faire la charité à cette main qui se tendait.

de l'assemblée, se mit tout à coup en tête d'abdiquer la présidence : il donne au duc d'Orléans un drapeau tricolore, s'avance sur le balcon de l'Hôtel-de-Ville, et embrasse le prince aux yeux de la foule ébahie, tandis que celui-ci agitait le drapeau national. Le baiser républicain de La Fayette fit un roi. Singulier résultat de toute la vie *du héros des Deux-Mondes* !

Et puis, *plan ! plan !* la litière de Benjamin Constant et le cheval blanc de Louis-Philippe rentrèrent moitié hués, moitié bénis, de la fabrique politique de la Grève au Palais-Marchand. « Ce jour-là même », dit encore M. Louis Blanc (31 juillet), « et non loin de l'Hôtel-de-Ville, un bateau placé au bas de la Morgue, et surmonté d'un pavillon noir, recevait des cadavres qu'on descendait sur des civières. On rangeait ces cadavres par piles en les couvrant de paille ; et, rassemblée le long des parapets de la Seine, la foule regardait en silence[1]. »

À propos des États de la Ligue et de la confection d'un roi, Palma-Cayet s'écrie : « Je vous prie de vous représenter quelle réponse eût pu faire ce petit bonhomme Maître Matthieu Delaunay et M. Boucher, curé de Saint-Benoît, et quelque autre de cette étoffe, à qui leur eût dit qu'ils dussent être employés pour installer un roi en France à leur fantaisie ?... les vrais Français ont toujours eu en mépris cette forme d'élire les rois qui les rend maîtres et valets tout ensemble[2]. »

---

1. *Histoire de dix ans*, t. I (1841), p. 350. C'est le sujet du beau tableau de Louis Alexandre Peron, exposé au Salon de 1834 et aujourd'hui au musée Carnavalet : « Transfert nocturne des victimes de la révolution de Juillet 1830 ».   2. Pierre Cayet, sieur de La Palme, dit Palma Cayet, historien de la Ligue. La citation est empruntée à sa *Chronologie novenaire* (Petitot, première série, t. XLI, 1824, p. 296-298).

(16)

LES RÉPUBLICAINS AU PALAIS-ROYAL.

Philippe n'était pas au bout de ses épreuves ; il avait encore bien des mains à serrer, bien des accolades à recevoir ; il lui fallait encore envoyer bien des baisers, saluer bien bas les passants, venir bien des fois, au caprice de la foule, chanter la Marseillaise sur le balcon des Tuileries.

Un certain nombre de républicains s'étaient réunis le matin du 31 au bureau du *National* : lorsqu'ils surent qu'on avait nommé le duc d'Orléans lieutenant général du royaume, ils voulurent connaître les opinions de l'homme destiné à devenir leur roi malgré eux. Ils furent conduits au Palais-Royal par M. Thiers : c'étaient MM. Bastide, Thomas, Joubert, Cavaignac, Marchais, Degousée [1], Guinard. Le prince dit d'abord de fort belles choses sur la liberté : « Vous n'êtes pas encore roi », répliqua Bastide, « écoutez la vérité ; bientôt vous ne manquerez pas de flatteurs. » « Votre père », ajouta Cavaignac, « est régicide comme le mien ; cela vous sépare un peu des autres. » Congratulations mutuelles sur le régicide, néanmoins avec cette remarque judicieuse de Philippe, qu'il y a des choses dont il faut garder le souvenir pour ne pas les imiter.

Des républicains qui n'étaient pas de la réunion du *National* entrèrent. M. Trélat [2] dit à Philippe : « Le peuple est le maître ; vos fonctions sont provisoires ; il faut que

---

1. Joubert, Marchais, Degousée sont tous trois passés par la Charbonnerie et les conspirations militaires des années 1820. Après la révolution de Juillet, ils continueront de militer pour la cause républicaine. Godefroy Cavaignac (1801-1845), frère aîné du général et fils du conventionnel, deviendra lui aussi un adversaire redouté du régime de Juillet, à la tête de la Société des amis du peuple, puis de celle des Droits de l'homme. Il sera de toutes les luttes, avant de mourir à la peine, le 5 mai 1845. Pour les autres, voir p. 481, note 3.   **2.** Un des membres de la « Réunion Lointier ». Il rédigera la notice « Charbonnerie » du *Paris révolutionnaire* (1848).

le peuple exprime sa volonté : le consulterez-vous, oui ou
non ? »

M. Thiers, frappant sur l'épaule de M. Thomas et interrompant ces discours dangereux : « Monseigneur, n'est-
ce pas que voilà un beau colonel ? – C'est vrai », répond
Louis-Philippe. « Qu'est-ce qu'il dit donc ? », s'écrie-
t-on. « Nous prend-il pour un troupeau qui vient se vendre ? » et l'on entend de toutes parts ces mots contradictoires et confus : « C'est la tour de Babel ! Et l'on appelle
cela un roi citoyen ! la république ? Gouvernez donc avec
des républicains ! » Et M. Thiers de s'écrier : « J'ai fait
là une belle ambassade[1]. »

Puis M. de La Fayette descendit au Palais-Royal : le
citoyen faillit d'être étouffé sous les embrassements de
son roi. Toute la maison était pâmée.

Les vestes étaient aux postes d'honneur, les casquettes
dans les salons, les blouses à table avec les princes et les
princesses ; dans le conseil, des chaises, point de fauteuils ; la parole à qui la voulait ; Louis-Philippe, assis
entre M. de La Fayette et M. Laffitte, les bras passés sur
l'épaule de l'un et de l'autre, s'épanouissait d'égalité et
de bonheur.

J'aurais voulu mettre plus de gravité dans la description
de ces scènes qui ont produit une grande révolution, ou,
pour parler plus correctement, de ces scènes par lesquelles sera hâtée la transformation du monde ; mais je
les ai vues ; des députés qui en étaient les acteurs ne pouvaient s'empêcher d'une certaine confusion, en me racontant de quelle manière, le 31 juillet, ils étaient allés forger
– un roi.

On faisait à Henri IV, non catholique, des objections
qui ne le ravalaient pas et qui se mesuraient à la hauteur
même du trône : on lui remontrait « que saint Louis
n'avoit pas été canonisé à Genève, mais à Rome ; que si
le Roi n'étoit catholique, il ne tiendroit pas le premier
rang des Rois en la chrétienté ; qu'il n'étoit pas beau que

---

1. Allusion à la réplique de Sosie, rossé par Mercure, dans *Amphi-
tryon* (acte I, scène 2, vers 525) :
« Ô juste Ciel ! j'ai fait une belle ambassade ! »

le Roi priât d'une sorte et son peuple d'une autre ; que le Roi ne pourroit être sacré à Reims et qu'il ne pourroit être enterré à Saint-Denis s'il n'étoit catholique. »

Qu'objectait-on à Philippe avant de le faire passer au dernier tour de scrutin ? On lui objectait qu'il n'était pas assez *patriote*.

Aujourd'hui que la révolution est consommée, on se regarde comme offensé lorsqu'on ose rappeler ce qui se passa au point de départ ; on craint de diminuer la solidité de la position qu'on a prise, et quiconque ne trouve pas dans l'origine du fait commençant la gravité du fait accompli, est un détracteur.

Lorsqu'une colombe descendait pour apporter à Clovis l'huile sainte, lorsque les rois chevelus étaient élevés sur un bouclier, lorsque saint Louis tremblait, par sa vertu prématurée, en prononçant à son sacre le serment de n'employer son autorité que pour la gloire de Dieu et le bien de son peuple, lorsque Henri IV, après son entrée à Paris, alla se prosterner à Notre-Dame, que l'on vit ou que l'on crut voir, à sa droite, un bel enfant qui le défendait et que l'on prit pour son ange gardien, je conçois que le diadème était sacré ; l'oriflamme reposait dans les tabernacles du ciel. Mais depuis que sur une place publique un souverain, les cheveux coupés, les mains liées derrière le dos, a abaissé sa tête sous le glaive, au son du tambour ; depuis qu'un autre souverain, environné de la plèbe, est allé mendier des votes pour son *élection*, au bruit du même tambour, sur une autre place publique, qui conserve la moindre illusion sur la couronne ? Qui croit que cette royauté meurtrie et souillée puisse encore imposer au monde ? Quel homme, sentant un peu son cœur battre, voudrait avaler le pouvoir dans ce calice de honte et de dégoût que Philippe a vidé d'un seul trait sans vomir ? La monarchie européenne aurait pu continuer sa vie si l'on eût conservé en France la monarchie mère, fille d'un saint et d'un grand homme[1] ; mais on en a dispersé les semences fécondes : rien n'en renaîtra.

---

1. Louis IX et Henri IV.

LIVRE TRENTE-TROISIÈME

(1)

Le Roi quitte Saint-Cloud.
Arrivée de madame la Dauphine à Trianon.
Corps diplomatique.

Vous venez de voir la royauté de la Grève s'avancer poudreuse et haletante sous le drapeau tricolore, au milieu de ses insolents amis ; voyez maintenant la royauté de Reims se retirer à pas mesurés au milieu de ses aumôniers et de ses gardes, marchant dans toute l'exactitude de l'étiquette, n'entendant pas un mot qui ne fût un mot de respect, et révérée même de ceux qui la détestaient. Le soldat, qui l'estimait peu, se faisait tuer pour elle ; le drapeau blanc, placé sur son cercueil avant d'être reployé pour jamais, disait au vent : Saluez-moi : j'étais à Ivry ; j'ai vu mourir Turenne ; les Anglais me connurent à Fontenoy ; j'ai fait triompher la liberté sous Washington ; j'ai délivré la Grèce et je flotte encore sur les murailles d'Alger !

Le 31, à l'aube du jour, à l'heure même où le duc d'Orléans, arrivé à Paris, se préparait à l'acceptation de la lieutenance générale, les gens du service de Saint-Cloud se présentèrent au bivouac du pont de Sèvres, annonçant qu'ils étaient congédiés, et que le Roi était parti à trois heures et demie du matin. Les soldats s'émurent, puis ils se calmèrent à l'apparition du Dauphin ; il s'avançait à cheval, comme pour les enlever par un de ces mots qui mènent les Français à la mort ou à la victoire ; il s'arrête au front de la ligne, balbutie quelques phrases, tourne court et rentre au château. Le courage ne lui faillit pas, mais la parole. La misérable éducation de nos princes de la branche aînée, depuis Louis XIV, les rendait incapables de supporter une contradiction, de s'exprimer comme tout le monde, et de se mêler au reste des hommes.

Cependant les hauteurs de Sèvres et les terrasses de Bellevue se couronnaient d'hommes du peuple : on échangea quelques coups de fusil. Le capitaine qui commandait à l'avant-garde du pont de Sèvres passa à l'ennemi : il mena une pièce de canon et une partie de ses soldats aux bandes réunies sur la route du *Point du Jour*. Alors les Parisiens et la garde convinrent qu'aucune hostilité n'aurait lieu jusqu'à ce que l'évacuation de Saint-Cloud et de Sèvres fût effectuée. Le mouvement rétrograde commença ; les Suisses furent enveloppés par les habitants de Sèvres, jetèrent bas leurs armes, bien que dégagés presque aussitôt par les lanciers, dont le lieutenant-colonel fut blessé. Les troupes traversèrent Versailles, où la garde nationale faisait le service depuis la veille avec les grenadiers de La Rochejaquelein [1], l'une sous la cocarde tricolore, les autres avec la cocarde blanche. Madame la Dauphine arriva de Vichy et rejoignit la famille royale à Trianon, jadis séjour préféré de Marie-Antoinette. À Trianon, M. de Polignac se sépara de son maître.

On a dit que madame la Dauphine était opposée aux ordonnances : le seul moyen de bien juger les choses, c'est de les considérer dans leur essence ; le plébéien sera toujours d'avis de la liberté, le prince inclinera toujours au pouvoir. Il ne faut leur en faire ni un crime ni un mérite ; c'est leur nature. Madame la Dauphine aurait peut-être désiré que les ordonnances eussent paru dans un moment plus opportun, alors que de meilleures précau-

---

1. Voir t. II, p. 481, note 1.

tions eussent été prises pour en garantir le succès ; mais au fond elles lui plaisaient et lui devaient plaire. Madame la duchesse de Berry en était ravie[1]. Ces deux princesses crurent que la royauté, hors de page[2], était enfin affranchie des entraves que le gouvernement représentatif attache au pied du souverain.

On est étonné, dans ces événements de Juillet, de ne pas rencontrer le corps diplomatique, lui qui n'était que trop consulté de la cour, et qui se mêlait trop de nos affaires.

Il est question deux fois des ambassadeurs étrangers dans nos derniers troubles. Un homme fut arrêté aux barrières, et le paquet dont il était porteur envoyé à l'Hôtel-de-Ville : c'était une dépêche de M. de Lœvenhielm[3] au roi de Suède. M. Baude fit remettre cette dépêche à la légation suédoise sans l'ouvrir. La correspondance de lord Stuart étant tombée entre les mains de meneurs populaires, elle lui fut pareillement renvoyée sans avoir été ouverte, ce qui fit merveille à Londres. Lord Stuart[4], comme ses compatriotes, adorait le désordre chez l'étranger : sa diplomatie était de la *police*, ses dépêches, des *rapports*. Il m'aimait assez lorsque j'étais ministre, parce que je le traitais sans façon, et que ma porte lui était toujours ouverte ; il entrait chez moi en bottes à toute heure, crotté et vêtu comme un voleur, après avoir couru sur les boulevards et chez les dames qu'il payait mal, et qui l'appelaient *Stuart*[5].

J'avais conçu la diplomatie sur un nouveau plan :

1. Le matin du 26 juillet, après avoir lu le *Moniteur*, elle aurait dit au roi : « Enfin vous régnez ! mon fils vous devra sa couronne, sa mère vous en remercie » (Boigne, t. II, p. 180). 2. Expression familière qui servait à désigner les jeunes garçons sortis du corps des pages et désormais libres de toute sujétion : « On le dit figurément de ceux qui sont affranchis de quelque puissance ou autorité qu'on prenait sur eux (...). Ainsi, on dit que le roi Louis XI a mis les rois *hors de pages*, pour dire qu'il a porté son autorité plus loin que ses prédécesseurs. » (*Féraud*). 3. Le comte Gustave de Loevenhielm, ministre de Suède à Paris depuis 1818. 4. Sir Charles Stuart (1779-1845) fut ambassadeur du Royaume-Uni à Paris de 1815 à 1824, puis de 1828 à 1830. Élevé à la pairie en 1828, il avait pris le titre de Lord Stuart de Rothesay. 5. Chateaubriand tenait ses informations de Marcellus (p. 389).

n'ayant rien à cacher, je parlais tout haut ; j'aurais montré mes dépêches au premier venu, parce que je n'avais aucun projet pour la gloire de la France que je ne fusse déterminé à accomplir en dépit de tout opposant.

J'ai dit cent fois à sir Charles Stuart en riant, et j'étais sérieux : « Ne me cherchez pas querelle : si vous me jetez le gant, je le relève. La France ne vous a jamais fait la guerre avec l'intelligence de votre position ; c'est pourquoi vous nous avez battus ; mais ne vous y fiez pas*. »

Lord Stuart vit donc nos *troubles de Juillet* dans toute cette bonne nature qui jubile de nos misères ; mais les autres membres du corps diplomatique, ennemis de la cause populaire, avaient plus ou moins poussé Charles X aux ordonnances, et cependant, quand elles parurent, ils ne firent rien pour sauver le monarque ; que si M. Pozzo di Borgo se montra inquiet d'un coup d'État ce ne fut ni pour le Roi ni pour le peuple.

Deux choses sont certaines :

Premièrement, la révolution de Juillet attaquait les traités de la Quadruple-Alliance : la France des Bourbons faisait partie de cette alliance ; les Bourbons ne pouvaient donc être dépossédés violemment sans mettre en péril le nouveau droit politique de l'Europe.

Secondement, dans une monarchie, les légations étrangères ne sont point accréditées auprès du *gouvernement* ; elles le sont auprès du monarque. Le strict devoir de ces légations était donc de se réunir à Charles X, et de le suivre tant qu'il serait sur le sol français.

N'est-il pas singulier que le seul ambassadeur à qui cette idée soit venue ait été le représentant de Bernadotte, d'un roi qui n'appartenait pas aux vieilles familles de souverains ? M. de Lœvenhielm allait entraîner le baron de Werther[1] dans son opinion, quand M. Pozzo di Borgo s'opposa à une démarche qu'imposaient les lettres de créance et que commandait l'honneur[2].

---

* C'est à peu près ce que j'écrivais à M. Canning en 1823. Voyez le *Congrès de Vérone*.

---

1. Ministre de Prusse.   **2.** Voir Boigne, t. II, p. 230-232.

Si le corps diplomatique se fût rendu à Saint-Cloud, la position de Charles X changeait : les partisans de la légitimité eussent acquis dans la Chambre élective une force qui leur manqua tout d'abord ; la crainte d'une guerre possible eût alarmé la classe industrielle ; l'idée de conserver la paix en gardant Henri V eût entraîné dans le parti de l'enfant royal une masse considérable de populations.

M. Pozzo di Borgo s'abstint pour ne pas compromettre ses fonds à la Bourse ou chez des banquiers, et surtout pour ne pas exposer sa place. Il a joué au cinq pour cent sur le cadavre de la légitimité capétienne, cadavre qui communiquera la mort aux autres rois vivants. Il ne manquera plus, dans quelque temps d'ici, que d'essayer, selon l'usage, de faire passer cette faute irréparable d'un intérêt personnel pour une combinaison profonde.

Les ambassadeurs qu'on laisse trop longtemps à la même cour prennent les mœurs du pays où ils résident : charmés de vivre au milieu des honneurs, ne voyant plus les choses comme elles sont, ils craignent de laisser passer dans leurs dépêches une vérité qui pourrait amener un changement dans leur position. Autre chose est, en effet, d'être MM. Esterhazy [1], Werther, Pozzo à Vienne, à Berlin, à Pétersbourg, ou bien LL. EE. les ambassadeurs à la cour de France. On a dit que M. Pozzo avait des rancunes contre Louis XVIII et Charles X, à propos du cordon bleu et de la pairie. On eut tort de ne pas le satisfaire ; il avait rendu aux Bourbons des services, en haine de son compatriote Bonaparte. Mais si à Gand il décida la question du trône en provoquant le départ subit de Louis XVIII pour Paris, il se peut vanter qu'en empêchant le corps diplomatique de faire son devoir dans les journées de Juillet, il a contribué à faire tomber de la tête de Charles X la couronne qu'il avait aidé à replacer sur le front de son frère.

Je le pense depuis longtemps, les corps diplomatiques

---

1. Voir *supra*, p. 119, note 2. C'est à Londres que Chateaubriand avait rencontré le prince Paul Esterhazy, qui ne fut jamais ambassadeur à Paris. Le poste fut occupé de 1826 à 1849 par le comte Antoine Apponyi, ancien ambassadeur à Rome.

nés dans des siècles soumis à un autre droit des gens
ne sont plus en rapport avec la société nouvelle : des
gouvernements publics, des communications faciles font
qu'aujourd'hui les cabinets sont à même de traiter leurs
affaires directement ou sans autre intermédiaire que des
agents consulaires, dont il faudrait accroître le nombre et
améliorer le sort : car à cette heure l'Europe est industrielle. Les espions titrés, à prétentions exorbitantes, qui
se mêlent de tout pour se donner une importance qui leur
échappe, ne servent qu'à troubler les cabinets près desquels ils sont accrédités, et à nourrir leurs maîtres d'illusions. Charles X eut tort, de son côté, en n'invitant pas le
corps diplomatique à se rendre à sa cour ; mais ce qu'il
voyait lui semblait un rêve ; il marchait de surprise en
surprise. C'est ainsi qu'il ne manda pas auprès de lui
M. le duc d'Orléans ; car, ne se croyant en danger que du
côté de la république, le péril d'une usurpation ne lui vint
jamais en pensée.

(2)

RAMBOUILLET.

Charles X partit dans la soirée pour Rambouillet avec
les princesses et M. le duc de Bordeaux. Le nouveau rôle
de M. le duc d'Orléans fit naître dans la tête du Roi les
premières idées d'abdication. Monsieur le Dauphin, toujours à l'arrière-garde, mais ne se mêlant point aux soldats, leur fit distribuer à Trianon ce qui restait de vin et
de comestibles.

À huit heures et un quart du soir, les divers corps se
mirent en marche. Là expira la fidélité du 5ᵉ léger. Au
lieu de suivre le mouvement, il revint à Paris : on rapporta
son drapeau à Charles X, qui refusa de le recevoir,
comme il avait refusé de recevoir celui du 50ᵉ.

Les brigades étaient dans la confusion, les armes
mêlées ; la cavalerie dépassait l'infanterie et faisait ses

haltes à part. À minuit, le 31 juillet expirant, on s'arrêta à Trappes. Le Dauphin coucha dans une maison en arrière de ce village.

Le lendemain, 1er août, il partit pour Rambouillet, laissant les troupes bivouaquées à Trappes. Celles-ci levèrent leur camp à onze heures. Quelques soldats, étant allés acheter du pain dans les hameaux, furent massacrés.

Arrivée à Rambouillet, l'armée fut cantonnée autour du château.

Dans la nuit du 1er au 2 août, trois régiments de la grosse cavalerie reprirent le chemin de leurs anciennes garnisons. On croit que le général Bordesoulle [1], commandant la grosse cavalerie de la garde, avait fait sa capitulation à Versailles. Le 2e de grenadiers partit aussi le 2 au matin, après avoir renvoyé ses guidons chez le Roi. Le Dauphin rencontra ces grenadiers déserteurs ; ils se formèrent en bataille pour rendre les honneurs au prince et continuèrent leur chemin. Singulier mélange d'infidélité et de bienséance ! Dans cette révolution des trois journées, personne n'avait de passion ; chacun agissait selon l'idée qu'il s'était faite de son droit ou de son devoir : le droit conquis, le devoir rempli, nulle inimitié comme nulle affection ne restait, l'un craignait que le droit ne l'entraînât trop loin, l'autre que le devoir ne dépassât les bornes. Peut-être n'est-il arrivé qu'une fois, et peut-être n'arrivera-t-il plus, qu'un peuple se soit arrêté devant sa victoire, et que des soldats qui avaient défendu un roi, tant qu'il avait paru vouloir se battre, lui aient remis leurs étendards avant de l'abandonner.

Les ordonnances avaient affranchi le peuple de son serment ; la retraite, sur le champ de bataille, affranchit le grenadier de son drapeau.

---

1. Étienne Tardif, comte de Bordesoulle (1771-1837), général de brigade en 1807, avait été nommé par Louis XVIII inspecteur général de la Cavalerie (1814). Demeuré fidèle au roi pendant les Cent-Jours, il exercera ensuite divers commandements. En 1823, à la tête des unités de la Garde royale, il contribua au blocus de Cadix, puis à la prise du Trocadéro. Nommé alors pair de France, il commandait en 1830 la cavalerie de la Garde royale. Il se ralliera ensuite au régime de Juillet.

(3)

OUVERTURE DE LA SESSION, LE 3 AOÛT.
LETTRE DE CHARLES X À M. LE DUC D'ORLÉANS.

Charles X se retirant, les républicains reculant, rien n'empêchait la monarchie élue d'avancer. Les provinces, toujours moutonnières et esclaves de Paris, à chaque mouvement du télégraphe ou à chaque drapeau tricolore perché sur le haut d'une diligence, criaient : Vive Philippe ! ou : Vive la Révolution !

L'ouverture de la session fixée au 3 août, les pairs se transportèrent à la Chambre des députés : je m'y rendis, car tout était encore provisoire. Là fut représenté un autre acte de mélodrame : le trône resta vide et l'anti-roi s'assit à côté. On eût dit du chancelier ouvrant par procuration une session du parlement anglais, en l'absence du souverain.

Philippe parla de la funeste nécessité où il s'était trouvé d'accepter la lieutenance générale pour nous sauver tous, de la révision de l'article 14 de la Charte, de la liberté que lui, Philippe, portait dans son cœur et qu'il allait faire déborder sur nous, comme la paix sur l'Europe. Jongleries de discours et de constitution répétées à chaque phase de notre histoire, depuis un demi-siècle. Mais l'attention devint très vive quand le prince fit cette déclaration :

« Messieurs les pairs et messieurs les députés,
« Aussitôt que les deux Chambres seront constituées, je ferai porter à votre connaissance l'acte d'abdication de S.M. le Roi Charles X. Par ce même acte, Louis-Antoine de France, Dauphin, renonce également à ses droits. Cet acte a été remis entre mes mains hier, le 2 août, à onze heures du soir. J'en ordonne ce matin le dépôt dans les archives de la Chambre des pairs, et je le fais insérer dans la partie officielle du *Moniteur*. »

Par une misérable ruse et une lâche réticence, le duc d'Orléans supprime ici le nom de Henri V, en faveur duquel les deux rois avaient abdiqué. Si à cette époque chaque Français eût pu être consulté individuellement, il est probable que la majorité se fût prononcée en faveur de Henri V ; une partie des républicains même l'aurait accepté, en lui donnant La Fayette pour mentor. Le germe de la légitimité resté en France, les deux vieux rois allant finir leurs jours à Rome, aucune des difficultés qui entourent une usurpation et qui la rendent suspecte aux divers partis n'aurait existé. L'adoption des cadets de Bourbon était non seulement un péril, c'était un contresens politique ; la France nouvelle est républicaine ; elle ne veut point de roi, du moins elle ne veut point un roi de la vieille race. Encore quelques années, nous verrons ce que deviendront nos libertés et ce que sera cette paix dont le monde se doit réjouir. Si l'on peut juger de la conduite du nouveau personnage élu, par ce que l'on connaît de son caractère, il est présumable que ce prince ne croira pouvoir conserver sa monarchie qu'en opprimant au-dedans et en rampant au-dehors*.

Le tort réel de Louis-Philippe n'est pas d'avoir accepté la couronne (acte d'ambition dont il y a des milliers d'exemples et qui n'attaque qu'une institution politique) ; son véritable délit est d'avoir été tuteur infidèle, d'avoir dépouillé *l'enfant* et *l'orphelin*, délit contre lequel l'Écriture n'a pas assez de malédictions[1] : or, jamais la *justice morale* (qu'on la nomme fatalité ou Providence, je l'appelle moi, conséquence inévitable du mal) n'a manqué de punir les infractions à la *loi morale*.

Philippe, son gouvernement, tout cet ordre de choses impossibles et contradictoires, périra, dans un temps plus

---

* Me suis-je trompé ? (Note de Paris, 1840.)

---

1. Dieu est « le Père des orphelins et le défenseur des veuves » (*Psaumes*, LXVIII, 6) ; il est défendu de les molester (*Exode*, XXII, 21-23). Nombreuses sont les malédictions bibliques contre les coupables qui enfreignent cette loi (*Deutéronome*, XXVII, 19 ; etc.). On notera que Chateaubriand a remplacé *veuve* par *enfant* : il ne mentionne que le duc de Bordeaux, alors dans sa dixième année.

ou moins retardé par des cas fortuits, par des complications d'intérêts intérieurs et extérieurs, par l'apathie et la corruption des individus, par la légèreté des esprits, l'indifférence et l'effacement des caractères ; mais, quelle que soit la durée du régime actuel, elle ne sera jamais assez longue pour que la branche d'Orléans puisse pousser de profondes racines.

Charles X, apprenant les progrès de la révolution, n'ayant rien dans son âge et dans son caractère de propre à arrêter ces progrès, crut parer le coup porté à sa race en abdiquant avec son fils, comme Philippe l'annonça aux députés. Dès le premier août il avait écrit un mot approuvant l'ouverture de la session, et, comptant sur le sincère attachement de son cousin le duc d'Orléans, il le nommait, de son côté, lieutenant général du royaume. Il alla plus loin le 2, car il ne voulait plus que s'embarquer et demandait des commissaires pour le protéger jusqu'à Cherbourg. Ces appariteurs ne furent point reçus d'abord par la maison militaire. Bonaparte eut aussi pour gardes des commissaires, la première fois russes, la seconde fois français ; mais il ne les avait pas demandés.

Voici la lettre de Charles X :

« Rambouillet, ce 2 août 1830.

« Mon cousin, je suis trop profondément peiné des maux qui affligent ou qui pourraient menacer mes peuples pour n'avoir pas cherché un moyen de les prévenir. J'ai donc pris la résolution d'abdiquer la couronne en faveur de mon petit-fils le duc de Bordeaux.

« Le Dauphin, qui partage mes sentiments, renonce aussi à ses droits en faveur de son neveu.

« Vous aurez donc, par votre qualité de lieutenant général du royaume, à faire proclamer l'avènement de Henri V à la couronne. Vous prendrez d'ailleurs toutes les mesures qui vous concernent pour régler les formes du gouvernement pendant la minorité du nouveau roi. Ici je me borne à faire connaître ces dispositions ; c'est un moyen d'éviter encore bien des maux.

« Vous communiquerez mes intentions au corps diplomatique, et vous me ferez connaître le plus tôt possible

la proclamation par laquelle mon petit-fils sera reconnu
roi sous le nom de Henri V...

« Je vous renouvelle, mon cousin, l'assurance des sentiments avec lesquels je suis votre affectionné cousin.

« CHARLES. »

Si M. le duc d'Orléans eût été capable d'émotion, ou
de remords, cette signature : *Votre affectionné cousin,*
n'aurait-elle pas dû le frapper au cœur ? On doutait si
peu à Rambouillet de l'efficacité des abdications, que l'on
préparait le jeune prince à son voyage : la cocarde tricolore, son égide, était déjà façonnée par les mains des plus
grands zélateurs des ordonnances. Supposez que madame
la duchesse de Berry, partie subitement avec son fils, se
fût présentée à la Chambre des députés[1] au moment où
M. le duc d'Orléans y prononçait le discours d'ouverture,
il restait deux chances ; chances périlleuses ! mais du
moins, une catastrophe arrivant, l'enfant enlevé au ciel
n'aurait pas traîné de misérables jours en terre étrangère.

Mes conseils, mes vœux, mes cris, furent impuissants ;
je demandais en vain Marie-Caroline : la mère de Bayard,
prêt à quitter le château paternel, « ploroit », dit le Loyal
Serviteur[2]. « La bonne gentil femme sortit par le derrière
de la tour, et fit venir son fils auquel elle dit ces paroles :
Pierre, mon ami, soyez doux et courtois en ostant de vous
tout orgueil ; *soyez humble et serviable à toutes gens ;
soyez loyal en faicts et dits ; soyez secourable aux
pauvres veufves et orphelins, et Dieu le vous guerdon-
nera...* Alors la bonne dame tira hors de sa manche une
petite boursette[3] en laquelle avoit seulement six écus en
or et un en monnoie qu'elle donna à son fils. »

Le Chevalier sans peur et sans reproche partit avec six
écus d'or dans une petite boursette pour devenir le plus
brave et le plus renommé des capitaines. Henri, qui n'a
peut-être pas six écus d'or, aura bien d'autres combats à

---

1. Dans la journée du 2 août, la princesse envisagea sérieusement
cette éventualité, mais elle se heurta au refus du roi.   2. Petitot,
1ʳᵉ série, t. XV, p. 154-155. Sur le *Loyal Serviteur*, voir XXIX, 2,
p. 245, note 2.   3. Une petite bourse de dame. Le mot se trouve dans
le *Petit Jehan de Saintré.*

rendre ; il faudra qu'il lutte contre le malheur, champion difficile à terrasser. Glorifions les mères qui donnent de si tendres et de si bonnes leçons à leurs fils ! Bénie donc soyez-vous, ma mère, de qui je tiens ce qui peut avoir honoré et discipliné ma vie.

Pardon de tous ces souvenirs ; mais peut-être la tyrannie de ma mémoire, en faisant entrer le passé dans le présent, ôte à celui-ci une partie de ce qu'il a de misérable.

Les trois commissaires députés vers Charles X étaient MM. de Schonen, Odilon Barrot et le maréchal Maison. Renvoyés par les postes militaires, ils reprirent la route de Paris. Un flot populaire les reporta vers Rambouillet.

(4)

DÉPART DU PEUPLE POUR RAMBOUILLET. – FUITE DU ROI.
RÉFLEXIONS.

Le bruit se répandit le 2 au soir à Paris que Charles X refusait de quitter Rambouillet jusqu'à ce que son petit-fils eût été reconnu. Une multitude s'assembla le 3 au matin aux Champs-Élysées, criant : « À Rambouillet ! à Rambouillet ! Il ne faut pas qu'un seul Bourbon en réchappe. » Des hommes riches se trouvaient mêlés à ces groupes, mais, le moment arrivé, ils laissèrent partir la *canaille*, à la tête de laquelle se plaça le général Pajol, qui prit le colonel Jacqueminot[1] pour son chef d'état-major. Les commissaires qui revenaient, ayant rencontré les éclaireurs de cette colonne, retournèrent sur leurs pas et furent introduits alors à Rambouillet. Le Roi les ques-

---

1. Jean-François Jacqueminot (1787-1865), colonel à Waterloo, reconverti dans le textile (il avait installé une filature à Bar-le-Duc), avait été élu député des Vosges en 1827. Il devait reprendre du service sous la monarchie de Juillet : maréchal de camp (1831), lieutenant-général (1838), commandant supérieur de la Garde nationale (1842), enfin pair de France.

tionna alors sur la force des insurgés, puis, s'étant retiré, il fit appeler Maison[1], qui lui devait sa fortune et le bâton de maréchal : « Maison, je vous demande sur l'honneur de me dire, foi de soldat, si ce que les commissaires ont raconté est vrai ? » Le maréchal répondit : « Ils ne vous ont dit que la moitié de la vérité[2]. »

Il restait encore, le 3 août, à Rambouillet, trois mille cinq cents hommes de l'infanterie de la garde, quatre régiments de cavalerie légère, formant vingt escadrons, et présentant deux mille hommes. La maison militaire, gardes du corps, etc., cavalerie et infanterie, se montait à treize cents hommes ; en tout huit mille huit cents hommes, sept batteries attelées et composées de quarante-deux pièces de canon. À dix heures du soir on fait sonner le boute-selle[3] ; tout le camp se met en route pour Maintenon, Charles X et sa famille marchant au milieu de la colonne funèbre qu'éclairait à peine la lune voilée.

Et devant qui se retirait-on ? Devant une troupe presque sans armes, arrivant en omnibus, en fiacres, en petites voitures de Versailles et de Saint-Cloud. Le général Pajol se croyait bien perdu lorsqu'il fut forcé de se mettre à la tête de cette multitude, laquelle, après tout, ne s'élevait pas au-delà de quinze mille individus, avec l'adjonction des Rouennais arrivés. La moitié de cette troupe restait sur les chemins. Quelques jeunes gens exaltés, vaillants et généreux, mêlés à ce ramas[4], se seraient

---

1. Nicolas-Joseph Maison (1770-1840), ancien volontaire de 1792, devenu général de division au retour de la campagne de Russie, se rallia, en avril 1814, à Louis XVIII, auquel il demeura fidèle pendant les Cent-Jours. Nommé pair de France, gouverneur de Paris, chef de la 1ʳᵉ division militaire, il devait à Charles X son bâton de maréchal (voir t. II, p. 595, note 3). Louis-Philippe le nommera dès 1830 ministre des Affaires étrangères ; il sera ensuite ambassadeur à Vienne (1831), puis à Saint-Pétersbourg (1833) ; enfin ministre de la Guerre (1835). 2. En réalité le maréchal Maison semble avoir délibérément grossi le danger pour effrayer le roi et précipiter son départ.   3. « Signal qui se donne avec la trompette, pour avertir de monter à cheval (...). On le dit figurément de tout départ » (*Féraud*).   4. Comme *ramassis* : rassemblement disparate de gens peu estimables. Dans un autre sens (accumulation de choses sans intérêt ni valeur), voir t. II, p. 656 : « Il débitait un ramas de lieux communs. »

sacrifiés ; le reste se fût probablement dispersé. Dans les champs de Rambouillet, en rase campagne, il eût fallu aborder le feu de la ligne et de l'artillerie ; une victoire, selon toutes les apparences, eût été remportée. Entre la victoire du peuple à Paris et la victoire du Roi à Rambouillet, des négociations se seraient établies.

Quoi ! parmi tant d'officiers, il ne s'en est pas trouvé un assez résolu pour se saisir du commandement au nom de Henri V ? Car, après tout, Charles X et le Dauphin n'étaient plus rois !

Ne voulait-on pas combattre : que ne se retirait-on à Chartres ? Là on eût été hors de l'atteinte de la populace de Paris : encore mieux à Tours, en s'appuyant sur des provinces légitimistes. Charles X demeuré en France, la majeure partie de l'armée serait demeurée fidèle. Les camps de Boulogne et Lunéville étaient levés et marchaient à son secours. Mon neveu, le comte Louis, amenait son régiment, le 4e chasseurs, qui ne se débanda qu'en apprenant la retraite de Rambouillet. M. de Chateaubriand fut réduit à escorter sur un *pony* le monarque jusqu'au lieu de son embarcation. Si, rendu dans une ville, à l'abri d'un premier coup de main, Charles X eût convoqué les deux Chambres, plus de la moitié de ces Chambres aurait obéi. Casimir Périer, le général Sébastiani et cent autres avaient attendu, s'étaient débattus contre la cocarde tricolore ; ils redoutaient les périls d'une révolution populaire : que dis-je ? le lieutenant général du royaume, mandé par le Roi et ne voyant pas la bataille gagnée, se serait dérobé à ses partisans et conformé à l'injonction royale. Le corps diplomatique, qui ne fit pas son devoir, l'eût fait alors en se rangeant autour du monarque. La république, installée à Paris au milieu de tous les désordres, n'aurait pas duré un mois en face d'un gouvernement régulier constitutionnel, établi ailleurs[1]. Jamais on ne perdit partie à si beau jeu, et quand on l'a perdue de la sorte, il n'y a plus de revanche : allez donc parler de liberté aux citoyens et d'honneur aux soldats

---

1. La stratégie que propose Chateaubriand est celle qu'adoptera Thiers pour venir à bout de la Commune de Paris en 1871.

après les ordonnances de Juillet et la retraite de Saint-Cloud !

Viendra peut-être le temps, quand une société nouvelle aura pris la place de l'ordre social actuel, que la guerre paraîtra une monstrueuse absurdité, que le principe même n'en sera plus compris ; mais nous n'en sommes pas là. Dans les querelles armées, il y a des philanthropes qui distinguent les espèces et sont prêts à se trouver mal au seul nom de *guerre civile* : « Des compatriotes qui se tuent ! des frères, des pères, des fils en face les uns des autres ! » Tout cela est fort triste, sans doute ; cependant un peuple s'est souvent retrempé et régénéré dans les discordes intestines. Il n'a jamais péri par une guerre civile, et il a souvent disparu dans des guerres étrangères. Voyez ce qu'était l'Italie au temps de ses divisions, et voyez ce qu'elle est aujourd'hui. Il est déplorable d'être obligé de ravager la propriété de son voisin, de voir ses foyers ensanglantés par ce voisin ; mais, franchement, est-il beaucoup plus humain de massacrer une famille de paysans allemands que vous ne connaissez pas, qui n'a eu avec vous de discussion d'aucune nature, que vous volez, que vous tuez sans remords, dont vous déshonorez en sûreté de conscience les femmes et les filles, parce que *c'est la guerre* ? Quoi qu'on en dise, les guerres civiles sont moins injustes, moins révoltantes et plus naturelles que les guerres étrangères, quand celles-ci ne sont pas entreprises pour sauver l'indépendance nationale. Les guerres civiles sont fondées au moins sur des outrages individuels, sur des aversions avouées et reconnues ; ce sont des duels avec des seconds, où les adversaires savent pourquoi ils ont l'épée à la main. Si les passions ne justifient pas le mal, elles l'excusent, elles l'expliquent, elles font concevoir pourquoi il existe. La guerre étrangère, comment est-elle justifiée ? Des nations s'égorgent ordinairement parce qu'un roi s'ennuie, qu'un ambitieux se veut élever, qu'un ministre cherche à supplanter un rival. Il est temps de faire justice de ces vieux lieux communs de sensiblerie, plus convenables aux poètes qu'aux historiens. Thucydide, César, Tite-Live se contentent d'un mot de douleur et passent.

La guerre civile, malgré ses calamités, n'a qu'un danger réel : si les factions ont recours à l'étranger ou si l'étranger, profitant des divisions d'un peuple, attaque ce peuple ; la conquête pourrait être le résultat d'une telle position. La Grande-Bretagne, l'Ibérie, la Grèce constantinopolitaine, de nos jours, la Pologne, nous offrent des exemples qu'on ne doit pas oublier. Toutefois, pendant la Ligue, les deux partis appelant à leur aide des Espagnols et des Anglais, des Italiens et des Allemands, ceux-ci se contre-balancèrent et ne dérangèrent point l'équilibre que les Français armés maintenaient entre eux.

Charles X eut tort d'employer les baïonnettes au soutien des ordonnances ; ses ministres ne peuvent se justifier d'avoir fait, par obéissance ou non, couler le sang du peuple et des soldats, sans qu'aucune haine les divisât, de même que les terroristes de théorie reproduiraient volontiers le système de la terreur lorsqu'il n'y a plus de terreur. Mais Charles X eut tort aussi de ne pas accepter la guerre lorsque, après avoir cédé sur tous les points, on la lui apportait. Il n'avait pas le droit, après avoir attaché le diadème au front de son petit-fils, de dire à ce nouveau Joas[1] : « Je t'ai fait monter au trône pour te traîner dans l'exil, pour qu'infortuné, banni, tu portes le poids de mes ans, de ma proscription et de mon sceptre. » Il ne fallait pas au même instant donner à Henri V une couronne et lui ôter la France. En le faisant Roi, on l'avait condamné à mourir sur le sol où s'est mêlée la poussière de saint Louis et de Henri IV.

Au surplus, après ce bouillonnement de mon sang, je reviens à ma raison, et je ne vois plus dans ces choses que l'accomplissement des destins de l'humanité. La cour, triomphante par les armes, eût détruit les libertés publiques ; elle n'en aurait pas moins été écrasée un jour ; mais elle eût retardé le développement de la société pen-

---

1. C'est le thème du roi-enfant qui entraîne cette comparaison à vrai dire peu convaincante, malgré la référence à *Athalie*. Le destin du roi de Juda fut inverse de celui du duc de Bordeaux : « Joas avait sept ans à son avènement [...]. Il régna quarante ans à Jérusalem » (deuxième livre des *Rois*, XII, 1-2). À peu près au même âge, le petit-fils de Charles X se voit au contraire exclu du trône pour toujours.

dant quelques années ; tout ce qui avait compris la monarchie d'une manière large eût été persécuté par la
congrégation rétablie. En dernier résultat, les événements
ont suivi la pente de la civilisation. Dieu fait les hommes
puissants conformes à ses desseins secrets : il leur donne
les défauts qui les perdent quand ils doivent être perdus[1],
parce qu'il ne veut pas que des qualités mal appliquées
par une fausse intelligence s'opposent aux décrets de sa
Providence.

(5)

PALAIS-ROYAL. – CONVERSATIONS. – DERNIÈRE TENTATION
POLITIQUE. – M. DE SAINT-AULAIRE.

La famille royale, en se retirant, réduisait mon rôle à
moi-même. Je ne songeais plus qu'à ce que je serais
appelé à dire à la Chambre des pairs. Écrire était impossible : si l'attaque fût venue des ennemis de la couronne ;
si Charles X eût été renversé par une conspiration du
dehors, j'aurais pris la plume, et, m'eût-on laissé l'indépendance de la pensée, je me serais fait fort de rallier un
immense parti autour des débris du trône ; mais l'attaque
était descendue de la couronne ; les ministres avaient
violé les deux principales libertés ; ils avaient rendu la
royauté parjure, non d'intention sans doute, mais de fait ;
par cela même ils m'avaient enlevé ma force. Que pouvais-je hasarder en faveur des ordonnances ? Comment
aurais-je pu vanter encore la sincérité, la candeur, la chevalerie de la monarchie légitime ? Comment aurais-je pu
dire qu'elle était la plus forte garantie de nos intérêts, de
nos lois et de notre indépendance ? Champion de la vieille

---

1. Allusion à un adage antique : « *Quos vult perdere Jupiter demen-
tat* » (« Jupiter trouble la raison de ceux qu'il veut conduire à leur
perte »). On trouve une formule identique dans *Antigone*, vers 622.
Mais Chateaubriand intègre cette idée dans une vision chrétienne de la
Providence : les desseins de Dieu sont insondables.

royauté, cette royauté m'arrachait mes armes et me laissait nu devant mes ennemis.

Je fus donc tout étonné quand, réduit à cette faiblesse, je me vis recherché par la nouvelle royauté. Charles X avait dédaigné mes services ; Philippe fit effort pour m'attacher à lui. D'abord M. Arago me parla avec élévation et vivacité de la part de madame Adélaïde ; ensuite le comte Anatole de Montesquiou vint un matin chez madame Récamier, et m'y rencontra[1]. Il me dit que madame la duchesse d'Orléans et M. le duc d'Orléans seraient charmés de me voir, si je voulais aller au Palais-Royal. On s'occupait alors de la déclaration qui devait transformer la lieutenance générale du royaume en royauté. Peut-être, avant que je me prononçasse, S.A.R. avait-elle jugé à propos d'essayer d'affaiblir mon opposition. Elle pouvait aussi penser que je me regardais comme dégagé par la fuite des trois rois.

Ces ouvertures de M. de Montesquiou me surprirent. Je ne les repoussai cependant pas ; car, sans me flatter d'un succès, je pensai que je pouvais faire entendre des vérités utiles. Je me rendis au Palais-Royal avec le chevalier d'honneur de la reine future. Introduit par l'entrée qui donne sur la rue de Valois, je trouvai madame la duchesse d'Orléans et madame Adélaïde dans leurs petits appartements. J'avais eu l'honneur de leur être présenté autrefois. Madame la duchesse d'Orléans me fit asseoir auprès d'elle, et sur-le-champ elle me dit : « Ah ! monsieur de Chateaubriand, nous sommes bien malheureux. Si tous les partis voulaient se réunir, peut-être pourrait-on encore se sauver ! Que pensez-vous de tout cela ?

« – Madame, répondis-je, rien n'est si aisé : Charles X et monsieur le Dauphin ont abdiqué : Henri est maintenant le Roi ; monseigneur le duc d'Orléans est lieutenant général du royaume : qu'il soit régent pendant la minorité de Henri V, et tout est fini.

1. Villemain, p. 493-497, confirme cette démarche et la réalité des offres qui furent faites à Chateaubriand lors de ses visites au Palais-Royal. Sur les dispositions de ce dernier le soir du 1er août, voir Boigne, t. II, p. 240-242.

« – Mais, monsieur de Chateaubriand, le peuple est très agité ; nous tomberons dans l'anarchie.

« – Madame, oserai-je vous demander quelle est l'intention de monseigneur le duc d'Orléans ? Acceptera-t-il la couronne si on la lui offre ? »

Les deux princesses hésitèrent à répondre. Madame la duchesse d'Orléans repartit après un moment de silence :

« Songez, monsieur de Chateaubriand, aux malheurs qui peuvent arriver. Il faut que tous les honnêtes gens s'entendent pour nous sauver de la République. À Rome, monsieur de Chateaubriand, vous pourriez rendre de si grands services, ou même ici, si vous ne vouliez plus quitter la France !

« – Madame n'ignore pas mon dévouement au jeune Roi et à sa mère.

« – Ah ! monsieur de Chateaubriand, ils vous ont si bien traité !

« – Votre Altesse Royale ne voudrait pas que je démentisse toute ma vie.

« – Monsieur de Chateaubriand, vous ne connaissez pas ma nièce : elle est si légère... pauvre Caroline !... Je vais envoyer chercher M. le duc d'Orléans, il vous persuadera mieux que moi. »

La princesse donna des ordres, et Louis-Philippe arriva au bout d'un demi-quart d'heure. Il était mal vêtu et avait l'air extrêmement fatigué. Je me levai, et le lieutenant général du royaume en m'abordant :

« – Madame la duchesse d'Orléans a dû vous dire combien nous sommes malheureux. »

Et sur-le-champ il fit une idylle sur le bonheur dont il jouissait à la campagne, sur la vie tranquille et selon ses goûts qu'il passait au milieu de ses enfants. Je saisis le moment d'une pause entre deux strophes pour prendre à mon tour respectueusement la parole, et pour répéter à peu près ce que j'avais dit aux princesses.

« – Ah !, s'écria-t-il, c'est là mon désir ! Combien je serais satisfait d'être le tuteur et le soutien de cet enfant ! Je pense tout comme vous, monsieur de Chateaubriand : prendre le duc de Bordeaux serait certainement ce qu'il y aurait de mieux à faire. Je crains seulement que les événements ne soient plus forts que nous. – Plus forts que nous, monseigneur ? N'êtes-vous pas investi de tous les pouvoirs ? Allons rejoindre Henri V ; appelez auprès de vous, hors de Paris, les Chambres et l'armée. Sur le seul bruit de votre départ, toute cette effervescence tombera, et l'on cherchera un abri sous votre pouvoir éclairé et protecteur. »

Pendant que je parlais, j'observais Philippe. Mon conseil le mettait mal à l'aise ; je lus écrit sur son front le désir d'être Roi. « Monsieur de Chateaubriand, me dit-il sans me regarder, la chose est plus difficile que vous ne le pensez ; cela ne va pas comme cela. Vous ne savez pas dans quel péril nous sommes. Une bande furieuse peut se porter contre les Chambres aux derniers excès, et nous n'avons rien encore pour nous défendre. »

Cette phrase échappée à M. le duc d'Orléans me fit plaisir parce qu'elle me fournissait une réplique péremptoire. « Je conçois cet embarras, monseigneur ; mais il y a un moyen sûr de l'écarter. Si vous ne croyez pas pouvoir rejoindre Henri V comme je le proposais tout à l'heure, vous pouvez prendre une autre route. La session va s'ouvrir : quelle que soit la première proposition qui sera faite par les députés, déclarez que la Chambre actuelle n'a pas les pouvoirs nécessaires (ce qui est la vérité pure) pour disposer de la forme du gouvernement ; dites qu'il faut que la France soit consultée, et qu'une nouvelle assemblée soit élue avec des pouvoirs *ad hoc* pour décider une aussi grande question. Votre Altesse Royale se mettra de la sorte dans la position la plus populaire ; le parti républicain, qui fait aujourd'hui votre danger, vous portera aux nues. Dans les deux mois qui s'écouleront jusqu'à l'arrivée de la nouvelle législature, vous organiserez la garde nationale ; tous vos amis et les amis du jeune Roi travailleront avec vous dans les provinces. Laissez venir alors les députés, laissez se plaider publiquement à la tribune la cause que je défends. Cette cause, favorisée en secret par vous, obtiendra l'immense majorité des suffrages. Le moment d'anarchie étant passé, vous n'aurez plus rien à craindre de la violence des républicains. Je ne vois pas même qu'il soit très difficile d'attirer à vous le général

La Fayette et M. Laffitte. Quel rôle pour vous monseigneur ! vous pouvez régner quinze ans sous le nom de votre pupille ; dans quinze ans, l'âge du repos sera arrivé pour nous tous ; vous aurez eu la gloire unique dans l'histoire d'avoir pu monter au trône et de l'avoir laissé à l'héritier légitime ; en même temps, vous aurez élevé cet enfant dans les lumières du siècle, et vous l'aurez rendu capable de régner sur la France : une de vos filles pourrait un jour porter le sceptre avec lui. »

Philippe promenait ses regards vaguement au-dessus de ma tête : « Pardon, me dit-il, monsieur de Chateaubriand ; j'ai quitté pour m'entretenir avec vous une députation auprès de laquelle il faut que je retourne. Madame la duchesse d'Orléans vous aura dit combien je serais heureux de faire ce que vous pourriez désirer ; mais, croyez-le bien, c'est moi qui retiens seul une foule menaçante. Si le parti royaliste n'est pas massacré, il ne doit sa vie qu'à mes efforts.

« – Monseigneur, répondis-je à cette déclaration si inattendue et si loin du sujet de notre conversation, j'ai vu des massacres : ceux qui ont passé à travers la Révolution sont aguerris. Les moustaches grises ne se laissent pas effrayer par les objets qui font peur aux conscrits. »

S.A.R. se retira, et j'allai retrouver mes amis :

« Eh bien ? s'écrièrent-ils.

« – Eh bien, il veut être Roi.

« – Et madame la duchesse d'Orléans ?

« – Elle veut être Reine.

« – Ils vous l'ont dit ?

« – L'un m'a parlé de bergeries, l'autre des périls qui menaçaient la France et de la légèreté de la *pauvre Caroline* ; tous deux ont bien voulu me faire entendre que je pourrais leur être utile, et ni l'un ni l'autre ne m'a regardé en face. »

Madame la duchesse d'Orléans désira me voir encore une fois. M. le duc d'Orléans ne vint pas se mêler à cette conversation. Madame Adélaïde s'y trouva comme à la première. Madame la duchesse d'Orléans s'expliqua plus clairement sur les faveurs dont monseigneur le duc d'Orléans se proposait de m'honorer. Elle eut la bonté de me rappeler ce qu'elle nommait ma puissance sur l'opinion, les sacrifices que j'avais faits, l'aversion que Charles X et sa famille m'avaient toujours montrée, malgré mes services. Elle me dit que si je voulais rentrer au ministère des affaires étrangères, S.A.R. se ferait un grand bonheur de me réintégrer dans cette place ; mais que j'aimerais peut-être mieux retourner à Rome, et qu'elle (madame la duchesse d'Orléans) me verrait prendre ce dernier parti avec un extrême plaisir, dans l'intérêt de notre sainte religion.

« Madame », répondis-je sur-le-champ avec une sorte de vivacité, « je vois que le parti de monsieur le duc d'Orléans est pris ; je suppose qu'il en a pesé les conséquences, qu'il a vu les années de misères et de périls divers qu'il aura à traverser ; je n'ai donc plus rien à dire. Je ne viens point ici pour manquer de respect au sang des Bourbons ; je ne dois, d'ailleurs, que de la reconnaissance aux bontés de *Madame*. Laissant donc de côté les grandes objections, les raisons puisées dans les principes et les événements, je supplie V.A.R. de consentir à m'entendre en ce qui me touche.

« Elle a bien voulu me parler de ce qu'elle appelle ma puissance sur l'opinion. Eh bien ! si cette puissance est réelle, elle n'est fondée que sur l'estime publique ; or, je la perdrais, cette estime, au moment où je changerais de drapeau. Monsieur le duc d'Orléans aurait cru acquérir un appui, et il n'aurait à son service qu'un misérable faiseur de phrases, qu'un parjure dont la voix ne serait plus écoutée, qu'un renégat à qui chacun aurait le droit de jeter de la boue et de cracher au visage. Aux paroles incertaines qu'il balbutierait en faveur de Louis-Philippe, on lui opposerait les volumes entiers qu'il a publiés en faveur de la famille tombée. N'est-ce pas moi, madame, qui ai écrit la brochure *De Bonaparte et des Bourbons*, les articles sur l'*arrivée de Louis XVIII à Compiègne*, le *Rapport dans le conseil du roi à Gand*, l'*Histoire de la vie et de la mort de M. le duc de Berry* ? Je ne sais s'il y a une seule page de moi où le nom de mes anciens rois ne se trouve pour quelque chose, et où il ne soit environné de mes protestations d'amour et de fidélité ; chose qui porte un caractère d'attachement individuel d'autant plus remarquable, que *Madame* sait que je ne crois pas aux rois. À la seule pensée d'une désertion, le rouge me monte au visage ; j'irais le lendemain me jeter dans la Seine. Je supplie *Madame* d'excuser la vivacité de mes paroles ; je suis pénétré de ses bontés ; j'en garderai un profond et reconnaissant souvenir, mais elle ne voudrait pas me déshonorer : plaignez-moi, madame, plaignez-moi ! »

J'étais resté debout et, m'inclinant, je me retirai. Mademoiselle[1] d'Orléans n'avait prononcé un mot. Elle se leva et, s'en allant, elle me dit : « Je ne vous plains pas, monsieur de Chateaubriand, je ne vous plains pas ! » Je fus étonné de ce peu de mots et de l'accent avec lequel ils furent prononcés.

Voilà ma dernière tentation politique ; j'aurais pu me croire un juste selon saint Hilaire, car il affirme que les hommes sont exposés aux entreprises du diable en raison de leur sainteté : *Victoria ei est magis, exacta de sanctis* : « Sa victoire est plus grande remportée sur des saints[2]. » Mes refus étaient d'une dupe ; où est le public pour les juger ? n'aurais-je pas pu me ranger au nombre de ces hommes, fils vertueux de la terre, qui servent le *pays* avant tout ? Malheureusement, je ne suis pas une créature du présent, et point ne veux capituler avec la fortune. Il n'y a rien de commun entre moi et Cicéron ; mais sa fragilité n'est pas une excuse : la postérité n'a pu pardonner un moment de faiblesse à un grand homme pour un autre grand homme[3] ; que serait-ce que ma pauvre vie perdant son seul bien, son intégrité, pour Louis-Philippe d'Orléans ?

Le soir même de cette dernière conversation au Palais-Royal, je rencontrai chez madame Récamier M. de Saint-Aulaire[4]. Je ne m'amusai point à lui

---

1. Le mémorialiste ne parle plus ici de *Madame* Adélaïde pour bien montrer qu'il dénie à son frère Louis-Philippe toute légitimité royale.   2. La citation du saint évêque de Poitiers est un commentaire de *Matthieu*, XII, 43-45 et de *Luc*, XI, 24-26.   3. Allusion à la décision prise par Cicéron, après la bataille de Pharsale, de se rallier à César.   4. Louis de Beaupoil, comte de Sainte-Aulaire (1778-1854), ancien polytechnicien, avait accepté, contre le vœu de sa famille, de

demander son secret, mais il me demanda le mien. Il débarquait de la campagne encore tout chaud des événements qu'il avait lus : « Ah ! », s'écria-t-il, « que je suis aise de vous voir ! voilà de belle besogne ! J'espère que nous autres, au Luxembourg, nous ferons notre devoir. Il serait curieux que les pairs disposassent de la couronne de Henri V ! J'en suis bien sûr, vous ne me laisserez pas seul à la tribune. »

Comme mon parti était pris, j'étais fort calme ; ma réponse parut froide à l'ardeur de M. de Saint-Aulaire. Il sortit, vit ses amis, et me laissa seul à la tribune : vivent les gens d'esprit à cœur léger et à tête frivole !

(6)

Dernier soupir du parti républicain.

Le parti républicain se débattait encore sous les pieds des amis qui l'avaient trahi. Le 6 août, une députation de vingt membres désignés par le comité central des douze arrondissements de Paris se présenta à la Chambre des députés pour lui remettre une adresse que le général Thiard [1] et M. Duris-

---

servir Napoléon dont il fut le chambellan (1809), avant de devenir préfet de la Meuse (1813), puis de la Haute-Garonne (1814). Député libéral à partir de 1815, devenu le beau-frère de Decazes (voir *supra*, p. 133, note 2), il avait hérité de la pairie à la mort de son père le 19 février 1829. Il se ralliera très vite à Louis-Philippe qui le nommera ambassadeur à Rome, puis à Vienne (1833), enfin à Londres (1841-1847). On lui doit une *Histoire de la Fronde* (1827) qui lui vaudra un fauteuil académique, le 7 janvier 1841.

1. Le général de Thiard, comte de Bissy (1772-1852), appartenait à une vieille famille de Bourgogne. Il avait émigré et combattu pour les princes, mais avait obtenu sa radiation le 29 novembre 1801. Il entra dès lors sans arrière-pensée au service de Napoléon comme chambellan, comme diplomate (il négocia des traités avec le duché de Bade, le Wurtemberg, la Bavière, la Saxe), enfin comme aide de camp au cours des campagnes de 1805, 1806, 1807. Retiré ensuite sur ses terres, on

Dufresne[1] escamotèrent à la bénévole députation. Il était dit dans cette adresse : « que la nation ne pouvait reconnaître comme pouvoir constitutionnel, ni une Chambre élective nommée durant l'existence et sous l'influence de la royauté qu'elle a renversée, ni une Chambre aristocratique, dont l'institution est en opposition directe avec les princes qui lui ont mis (à elle, la nation) les armes à la main ; que le comité central des douze arrondissements n'accordant, comme nécessité révolutionnaire, qu'un pouvoir de fait et très provisoire à la Chambre des députés actuels, pour aviser à toute mesure d'urgence, appelle de tous ses vœux l'élection libre et populaire de mandataires qui représentent réellement les besoins du peuple ; que les assemblées primaires seules peuvent amener ce résultat. S'il en était autrement, la nation frapperait de nullité tout ce qui tendrait à la gêner dans l'exercice de ses droits ».

Tout cela était la pure raison, mais le lieutenant général du royaume aspirait à la couronne, et les peurs et les ambitions avaient hâte de la lui donner. Les plébéiens d'aujourd'hui voulaient une révolution et ne savaient pas la faire ; les Jacobins, qu'ils ont pris pour modèles, auraient jeté à l'eau les hommes du Palais-Royal et les bavards des deux Chambres. M. de La Fayette était réduit à des désirs impuissants : heureux d'avoir fait revivre la garde nationale, il se laissa jouer comme un vieux maillot[2] par Philippe, dont il croyait être la nourrice ; il s'engourdit dans cette félicité. Le vieux général n'était plus que la liberté endormie, comme la République de 1793 n'était plus qu'une tête de mort.

La vérité est qu'une Chambre sans mandat et tronquée

le retrouve au mois de mars 1814 dans la Garde nationale de Paris, puis dans la Chambre éphémère des Cent-Jours, comme député de Saône-et-Loire. Louis XVIII le nomma maréchal de camp mais, dès 1816, il se trouve impliqué dans une conspiration bonapartiste. C'est à la Chambre des députés qu'il continuera sa carrière, de 1820 à 1834, puis de 1837 à 1848.

1. François Duris-Dufresne (1769-1837), ancien officier, ancien membre du Corps législatif (1805-1809), avait été élu député en 1827.
2. Enfant nouveau-né, encore au maillot.

n'avait aucun droit de disposer de la couronne : ce fut une Convention exprès réunie, formée de la Chambre des lords et d'une Chambre des communes nouvellement élue, qui disposa du trône de Jacques second. Il est encore certain que ce *croupion*[1] de la Chambre des députés, que ces 221, imbus sous Charles X des traditions de la monarchie héréditaire, n'apportaient aucune disposition propre à la monarchie élective ; ils l'arrêtent dès son début, et le forcent de rétrograder vers des principes de quasi-légitimité. Ceux qui ont forgé l'épée de la nouvelle royauté ont introduit dans sa lame une paille qui tôt ou tard la fera éclater.

(7)

JOURNÉE DU 7 AOÛT. – SÉANCE À LA CHAMBRE DES PAIRS. – MON DISCOURS. – JE SORS DU PALAIS DU LUXEMBOURG POUR N'Y PLUS RENTRER. – MES DÉMISSIONS.

Le 7 août est un jour mémorable pour moi ; c'est celui où j'ai eu le bonheur de terminer ma carrière politique comme je l'avais commencée ; bonheur assez rare aujourd'hui pour qu'on puisse s'en réjouir. On avait apporté à la Chambre des pairs la déclaration de la Chambre des députés concernant la vacance du trône[2]. J'allai m'asseoir à ma place dans le plus haut rang des fauteuils, en face

---

1. Allusion au surnom de *rump Parliament* qui avait été donné au Parlement anglais après ses épurations successives par Cromwell. **2.** Elle avait été réunie dans la soirée du 7 août, sous la présidence du baron Pasquier. Le discours de Chateaubriand fut le seul événement de cette séance de pure forme qui se termina néanmoins par un vote : sur les cent quatorze membres présents de la Chambre des pairs, la déclaration fut approuvée par quatre-vingt-neuf voix contre dix ; il y eut quatorze abstentions et un vote nul. La majorité des quelque deux cents absents se hâta de confirmer par écrit son allégeance au nouveau régime. En définitive, vingt-sept pairs refusèrent de prêter serment à Louis-Philippe.

du président. Les pairs me semblèrent à la fois affairés et
abattus. Si quelques-uns portaient sur leur front l'orgueil
de leur prochaine infidélité, d'autres y portaient la honte
des remords qu'ils n'avaient pas le courage d'écouter. Je
me disais, en regardant cette triste assemblée : Quoi !
ceux qui ont reçu les bienfaits de Charles X dans sa prospérité vont le déserter dans son infortune ! Ceux dont la
mission spéciale était de défendre le trône héréditaire, ces
hommes de cour qui vivaient dans l'intimité du Roi, le
trahiront-ils ? Ils veillaient à sa porte à Saint-Cloud ; ils
l'ont embrassé à Rambouillet ; il leur a pressé la main
dans un dernier adieu ; vont-ils lever contre lui cette
main, toute chaude encore de cette dernière étreinte ?
Cette Chambre, qui retentit pendant quinze années de
leurs protestations de dévouement, va-t-elle entendre leur
parjure ? C'est pour eux, cependant, que Charles X s'est
perdu ; c'est eux qui le poussaient aux ordonnances ; ils
trépignaient de joie lorsqu'elles parurent et lorsqu'ils se
crurent vainqueurs dans cette minute muette qui précède
la chute du tonnerre.

Ces idées roulaient confusément et douloureusement
dans mon esprit. La pairie était devenue le triple récep-
tacle des corruptions de la vieille Monarchie, de la République et de l'Empire. Quant aux républicains de 1793,
transformés en sénateurs, quant aux généraux de Bonaparte, je n'attendais d'eux que ce qu'ils ont toujours fait :
ils déposèrent l'homme extraordinaire auquel ils devaient
tout, ils allaient déposer le Roi qui les avait confirmés
dans les biens et dans les honneurs dont les avait comblés
leur premier maître. Que le vent tourne, et ils déposeront
l'usurpateur auquel ils se préparaient à jeter la couronne.

Je montai à la tribune. Un silence profond se fit ; les
visages parurent embarrassés, chaque pair se tourna de
côté sur son fauteuil, et regarda la terre. Hormis quelques
pairs résolus à se retirer comme moi, personne n'osait
lever les yeux à la hauteur de la tribune. Je conserve mon
discours parce qu'il résume ma vie, et que c'est mon premier titre à l'estime de l'avenir.

« Messieurs,

« La déclaration apportée à cette Chambre est beaucoup moins compliquée pour moi que pour ceux de MM. les pairs qui professent une opinion différente de la mienne. Un fait, dans cette déclaration, domine à mes yeux tous les autres, ou plutôt les détruit. Si nous étions dans un ordre de choses régulier, j'examinerais sans doute avec soin les changements qu'on prétend opérer dans la Charte. Plusieurs de ces changements ont été par moi-même proposés. Je m'étonne seulement qu'on ait pu entretenir cette Chambre de la mesure réactionnaire touchant les pairs de la création de Charles X[1]. Je ne suis pas suspect de faiblesse pour les fournées, et vous savez que j'en ai combattu même la menace ; mais nous rendre les juges de nos collègues, mais rayer du tableau des pairs qui l'on voudra, toutes les fois que l'on sera le plus fort, cela ressemble trop à la proscription. Veut-on détruire la pairie ? Soit : mieux vaut perdre la vie que de la demander.

« Je me reproche déjà ce peu de mots sur un détail qui, tout important qu'il est, disparaît dans la grandeur de l'événement. La France est sans direction, et j'irais m'occuper de ce qu'il faut ajouter ou retrancher aux mâts d'un navire dont le gouvernail est arraché ! J'écarte donc de la déclaration de la Chambre élective tout ce qui est d'un intérêt secondaire, et, m'en tenant au seul fait énoncé de la vacance vraie ou prétendue du trône, je marche droit au but.

« Une question préalable doit être traitée : si le trône est vacant, nous sommes libres de choisir la forme de notre gouvernement.

« Avant d'offrir la couronne à un individu quelconque, il est bon de savoir dans quelle espèce d'ordre politique nous constituerons l'ordre social. Établirons-nous une république ou une monarchie nouvelle ?

« Une république ou une monarchie nouvelle offre-t-elle à la France des garanties suffisantes de durée, de force et de repos ?

« Une république aurait d'abord contre elle les souve-

---

1. Le projet de révision de la Charte déclarait « nulles et non avenues » les nominations de pairs faites par Charles X.

nirs de la République même. Ces souvenirs ne sont nullement effacés. On n'a pas oublié le temps où la mort, entre
la liberté et l'égalité, marchait appuyée sur leurs bras.
Quand vous seriez tombés dans une nouvelle anarchie,
pourriez-vous réveiller sur son rocher l'Hercule qui fut
seul capable d'étouffer le monstre ? De ces hommes fasti-
ques [1], il y en a cinq ou six dans l'histoire : dans quelque
mille ans, votre postérité pourra voir un autre Napoléon.
Quant à vous, ne l'attendez pas.

« Ensuite, dans l'état de nos mœurs, et dans nos rapports avec les gouvernements qui nous environnent, la
république, sauf erreur, ne me paraît pas exécutable maintenant. La première difficulté serait d'amener les Français
à un vote unanime. Quel droit la population de Paris
aurait-elle de contraindre la population de Marseille ou de
telle autre ville de se constituer en république ? Y aurait-
il une seule république ou vingt ou trente républiques ?
Seraient-elles fédératives ou indépendantes ? Passons par-
dessus ces obstacles. Supposons une république unique :

---

1. Dignes de survivre dans la mémoire des hommes ; voir aussi
XXVIII, 1, *supra*, p. 155 ; à rapprocher de : « (Bonaparte) inscrit précipitamment son nom dans les fastes de tous les peuples » (*Voyage en
Amérique*, dans *Œuvres*, 1, p. 680 ; repris dans *Mémoires*, VI, 8, t. I,
p. 378). Les *fastes* étaient les registres publics où les anciens Romains
consignaient les actions mémorables. Chateaubriand a forgé ce néolo-
gisme pour désigner Napoléon. Il le réutilise dès 1831 dans un fragment de son *Histoire de France* (Ladvocat, t. V *ter*, p. 435) :
« Louis XIV, comme Napoléon, chacun avec la différence de son temps
et de son génie, substituèrent l'ordre à la liberté. L'homme d'une
époque ou d'un siècle eut pourtant un avantage sur l'homme fastique
ou de tous les siècles. » On le retrouve dans le *Congrès de Vérone*
(1838), deuxième partie, chap. 26 : « Réussir là où Bonaparte avait
échoué, triompher sur ce même sol où les armées de l'homme fastique
avait eu des revers (...), c'était un véritable prodige. » Un an plus tard,
il revendique la paternité de sa création dans une lettre-préface à une
édition des *Œuvres* de Fontanes (Hachette, 1839) : « M. de Fontanes
me sauva de la colère de l'homme que j'ai appelé *fastique*. » Mais ce
mot ne fut compris ni des éditeurs de O qui supprimèrent la phrase, ni
des lexicographes du XIXe siècle (Poitevin, *Supplément* du *Littré*) qui
ne le citèrent que pour le gloser à contresens, en le mettant en relation
avec « faste ».

avec notre familiarité naturelle, croyez-vous qu'un président, quelque grave, quelque respectable, quelque habile qu'il puisse être, soit un an à la tête des affaires sans être tenté de se retirer ? Peu défendu par les lois et par les souvenirs, contrarié, avili, insulté soir et matin par des rivaux secrets et par des agents de trouble, il n'inspirera pas assez de confiance au commerce et à la propriété ; il n'aura ni la dignité convenable pour traiter avec les cabinets étrangers, ni la puissance nécessaire au maintien de l'ordre intérieur. S'il use de mesures révolutionnaires, la république deviendra odieuse ; l'Europe inquiète profitera de ces divisions, les fomentera, interviendra, et l'on se trouvera de nouveau engagé dans des luttes effroyables. La république représentative est sans doute l'état futur du monde, mais son temps n'est pas encore arrivé.

« Je passe à la monarchie.

« Un roi, nommé par les Chambres ou élu par le peuple sera toujours, quoi qu'on fasse, une nouveauté. Or, je suppose qu'on veut la liberté, surtout la liberté de la presse, par laquelle et pour laquelle le peuple vient de remporter une si étonnante victoire. Eh bien ! toute monarchie nouvelle sera forcée, ou plus tôt ou plus tard, de bâillonner cette liberté. Napoléon lui-même a-t-il pu l'admettre ? Fille de nos malheurs et esclave de notre gloire, la liberté de la presse ne vit en sûreté qu'avec un gouvernement dont les racines sont déjà profondes. Une monarchie, bâtarde d'une nuit sanglante, n'aurait-elle rien à redouter de l'indépendance des opinions ? Si ceux-ci peuvent prêcher la république, ceux-là un autre système, ne craignez-vous pas d'être bientôt obligés de recourir à des lois d'exception, malgré l'anathème contre la censure ajouté à l'article 8 [1] de la Charte ?

« Alors, amis de la liberté réglée, qu'aurez-vous gagné au changement qu'on vous propose ? Vous tomberez de force dans la république, ou dans la servitude légale. La monarchie sera débordée et emportée par le torrent des

---

1. Cette addition est aussi brève que possible : « La censure ne peut être rétablie. »

lois démocratiques, ou le monarque par le mouvement des factions.

« Dans le premier enivrement d'un succès, on se figure que tout est aisé ; on espère satisfaire toutes les exigences, toutes les humeurs, tous les intérêts ; on se flatte que chacun mettra de côté ses vues personnelles et ses vanités ; on croit que la supériorité des lumières et la sagesse du gouvernement surmonteront des difficultés sans nombre ; mais, au bout de quelques mois, la pratique vient démentir la théorie.

« Je ne vous présente, messieurs, que quelques-uns des inconvénients attachés à la formation d'une république ou d'une monarchie nouvelle. Si l'une et l'autre ont des périls, il restait un troisième parti, et ce parti valait bien la peine qu'on en eût dit quelques mots.

« D'affreux ministres ont souillé la couronne, et ils ont soutenu la violation de la loi par le meurtre ; ils se sont joués des serments faits au ciel, des lois jurées à la terre.

« Étrangers, qui deux fois êtes entrés à Paris sans résistance, sachez la vraie cause de vos succès : vous vous présentiez au nom du pouvoir légal. Si vous accouriez aujourd'hui au secours de la tyrannie, pensez-vous que les portes de la capitale du monde civilisé s'ouvriraient aussi facilement devant vous ? La nation française a grandi, depuis votre départ, sous le régime des lois constitutionnelles, nos enfants de quatorze ans sont des géants ; nos conscrits à Alger, nos écoliers à Paris, viennent de vous révéler les fils des vainqueurs d'Austerlitz, de Marengo et d'Iéna ; mais les fils fortifiés de tout ce que la liberté ajoute à la gloire.

« Jamais défense ne fut plus légitime et plus héroïque que celle du peuple de Paris. Il ne s'est point soulevé contre la loi ; tant qu'on a respecté le pacte social, le peuple est demeuré paisible ; il a supporté sans se plaindre les insultes, les provocations, les menaces ; il devait son argent et son sang en échange de la Charte, il a prodigué l'un et l'autre.

« Mais lorsqu'après avoir menti jusqu'à la dernière heure, on a tout à coup sonné la servitude ; quand la conspiration de la bêtise et de l'hypocrisie a soudainement éclaté ; quand une terreur de château organisée par des eunuques[1] a cru pouvoir remplacer la terreur de la République et le joug de fer de l'Empire, alors ce peuple s'est armé de son intelligence et de son courage ; il s'est trouvé que ces *boutiquiers* respiraient assez facilement la fumée de la poudre, et qu'il fallait plus de *quatre soldats et un caporal* pour les réduire. Un siècle n'aurait pas autant mûri les destinées d'un peuple que les trois derniers soleils qui viennent de briller sur la France. Un grand crime a eu lieu ; il a produit l'énergique explosion d'un principe : devait-on, à cause de ce crime et du triomphe moral et politique qui en a été la suite, renverser l'ordre de choses établi ? Examinons :

« Charles X et son fils sont déchus ou ont abdiqué, comme il vous plaira de l'entendre ; mais le trône n'est pas vacant : après eux venait un enfant ; devait-on condamner son innocence ?

« Quel sang crie aujourd'hui contre lui ? oseriez-vous dire que c'est celui de son père ? Cet orphelin, élevé aux écoles de la patrie dans l'amour du gouvernement constitutionnel et dans les idées de son siècle, aurait pu devenir un roi en rapport avec les besoins de l'avenir. C'est au gardien de sa tutelle que l'on aurait fait jurer la déclaration sur laquelle vous allez voter ; arrivé à sa majorité, le jeune monarque aurait renouvelé le serment. Le roi présent, le roi actuel aurait été M. le duc d'Orléans, régent du royaume, prince qui a vécu près du peuple, et qui sait que la monarchie ne peut être aujourd'hui qu'une monarchie de consentement et de raison. Cette combinaison naturelle m'eût semblé un grand moyen de conciliation, et aurait peut-être sauvé à la France ces agitations qui sont la conséquence des violents changements d'un État.

« Dire que cet enfant, séparé de ses maîtres, n'aurait pas eu le temps d'oublier jusqu'à leurs noms avant de devenir homme ; dire qu'il demeurerait infatué de certains dogmes de naissance après une longue éducation

---

1. Sans doute est-ce ce passage du discours de Chateaubriand que Charles X avait gardé sur le cœur et qu'il lui reprochera plus tard à Prague (voir t. IV, p. 298).

populaire, après la terrible leçon qui a précipité deux rois en deux nuits, est-ce bien raisonnable ?

« Ce n'est ni par un dévouement sentimental, ni par un attendrissement de nourrice transmis de maillot en maillot depuis le berceau de Henri IV jusqu'à celui du jeune Henri, que je plaide une cause où tout se tournerait de nouveau contre moi, si elle triomphait. Je ne vise ni au roman, ni à la chevalerie, ni au martyre ; je ne crois pas au droit divin de la royauté, et je crois à la puissance des révolutions et des faits. Je n'invoque pas même la Charte, je prends mes idées plus haut ; je les tire de la sphère philosophique, de l'époque où ma vie expire : je propose le duc de Bordeaux tout simplement comme une nécessité de meilleur aloi que celle dont on argumente.

« Je sais qu'en éloignant cet enfant, on veut établir le principe de la souveraineté du peuple : niaiserie de l'ancienne école, qui prouve que, sous le rapport politique, nos vieux démocrates n'ont pas fait plus de progrès que les vétérans de la royauté. Il n'y a de souveraineté absolue nulle part ; la liberté ne découle pas du droit politique, comme on le supposait au dix-huitième siècle ; elle vient du droit naturel, ce qui fait qu'elle existe dans toutes les formes de gouvernement, et qu'une monarchie peut être libre et beaucoup plus libre qu'une république ; mais ce n'est ni le temps ni le lieu de faire un cours de politique.

« Je me contenterai de remarquer que, lorsque le peuple a disposé des trônes, il a souvent aussi disposé de sa liberté ; je ferai observer que le principe de l'hérédité monarchique, absurde au premier abord, a été reconnu, par l'usage, préférable au principe de la monarchie élective. Les raisons en sont si évidentes que je n'ai pas besoin de les développer. Vous choisissez un roi aujourd'hui : qui vous empêchera d'en choisir un autre demain ? La loi, direz-vous. La loi ? et c'est vous qui la faites !

« Il est encore une manière plus simple de trancher la question, c'est de dire : Nous ne voulons plus de la branche aînée des Bourbons. Et pourquoi n'en voulez-vous plus ? Parce que nous sommes victorieux, nous avons triomphé dans une cause juste et sainte ; nous usons d'un double droit de conquête.

« Très bien : vous proclamez la souveraineté de la force. Alors gardez soigneusement cette force ; car si dans quelques mois elle vous échappe, vous serez mal venus à vous plaindre. Telle est la nature humaine ! Les esprits les plus éclairés et les plus justes ne s'élèvent pas toujours au-dessus d'un succès. Ils étaient les premiers, ces esprits, à invoquer le droit contre la violence ; ils appuyaient ce droit de toute la supériorité de leur talent, et, au moment même où la vérité de ce qu'ils disaient est démontrée par l'abus le plus abominable de la force et par le renversement de cette force, les vainqueurs s'emparent de l'arme qu'ils ont brisée ! Dangereux tronçons, qui blesseront leur main sans les servir.

« J'ai transporté le combat sur le terrain de mes adversaires ; je ne suis point allé bivouaquer dans le passé sous le vieux drapeau des morts, drapeau qui n'est pas sans gloire, mais qui pend le long du bâton qui le porte, parce qu'aucun souffle de la vie ne le soulève. Quand je remuerais la poussière des trente-cinq Capets, je n'en tirerais pas un argument qu'on voulût seulement écouter. L'idolâtrie d'un nom est abolie ; la monarchie n'est plus une religion : c'est une forme politique préférable dans ce moment à toute autre, parce qu'elle fait mieux entrer l'ordre dans la liberté.

« Inutile Cassandre, j'ai assez fatigué le trône et la pairie de mes avertissements dédaignés ; il ne me reste qu'à m'asseoir sur les débris d'un naufrage que j'ai tant de fois prédit. Je reconnais au malheur toutes les sortes de puissance, excepté celle de me délier de mes serments de fidélité. Je dois aussi rendre ma vie uniforme : après tout ce que j'ai fait, dit et écrit pour les Bourbons, je serais le dernier des misérables si je les reniais au moment où, pour la troisième et dernière fois, ils s'acheminent vers l'exil.

« Je laisse la peur à ces généreux royalistes qui n'ont jamais sacrifié une obole ou une place à leur loyauté ; à ces champions de l'autel et du trône, qui naguère me traitaient de renégat, d'apostat et de révolutionnaire. Pieux libellistes, le renégat vous appelle ! Venez donc balbutier un mot, un seul mot avec lui pour l'infortuné maître qui vous combla de ses dons et que vous avez perdu ! Provocateurs de coups d'État, prédicateurs du pouvoir constituant, où êtes-vous ? Vous vous cachez dans la boue du fond de laquelle vous leviez vaillamment la tête pour calomnier les vrais serviteurs du Roi ; votre silence d'aujourd'hui est digne de votre langage d'hier. Que tous ces preux, dont les exploits projetés ont fait chasser les descendants d'Henri IV à coups de fourche, tremblent maintenant accroupis sous la cocarde tricolore ; c'est tout naturel. Les nobles couleurs dont ils se parent protégeront leur personne, et ne couvriront pas leur lâcheté.

« Au surplus, en m'exprimant avec franchise à cette tribune, je ne crois pas du tout faire un acte d'héroïsme. Nous ne sommes plus dans ces temps où une opinion coûtait la vie ; y fussions-nous, je parlerais cent fois plus haut. Le meilleur bouclier est une poitrine qui ne craint pas de se montrer découverte à l'ennemi. Non, messieurs, nous n'avons à craindre ni un peuple dont la raison égale le courage, ni cette généreuse jeunesse que j'admire, avec laquelle je sympathise de toutes les facultés de mon âme, à laquelle je souhaite, comme à mon pays, honneur, gloire et liberté.

« Loin de moi surtout la pensée de jeter des semences de division dans la France, et c'est pourquoi j'ai refusé à mon discours l'accent des passions. Si j'avais la conviction intime qu'un enfant doit être laissé dans les rangs obscurs et heureux de la vie, pour assurer le repos de trente-trois millions d'hommes, j'aurais regardé comme un crime toute parole en contradiction avec le besoin des temps : je n'ai pas cette conviction. Si j'avais le droit de disposer d'une couronne, je la mettrais volontiers aux pieds de M. le duc d'Orléans. Mais je ne vois de vacant qu'un tombeau à Saint-Denis, et non un trône.

« Quelles que soient les destinées qui attendent M. le lieutenant général du royaume, je ne serai jamais son ennemi s'il fait le bonheur de ma patrie. Je ne demande à conserver que la liberté de ma conscience et le droit d'aller mourir partout où je trouverai indépendance et repos.

« Je vote contre le projet de déclaration. »

J'avais été assez calme en commençant ce discours ; mais peu à peu l'émotion me gagna ; quand j'arrivai à ce passage ; *Inutile Cassandre, j'ai assez fatigué le trône et la pairie de mes avertissements dédaignés,* ma voix s'embarrassa et je fus obligé de porter mon mouchoir à mes yeux pour supprimer des pleurs de tendresse et d'amertume. L'indignation me rendit la parole dans le paragraphe qui suit : *Pieux libellistes, le renégat vous appelle ! Venez donc balbutier un mot, un seul mot avec lui pour l'infortuné maître qui vous combla de ses dons et que vous avez perdu !* Mes regards se portaient alors sur les rangs à qui j'adressais ces paroles.

Plusieurs pairs semblaient anéantis ; ils s'enfonçaient dans leur fauteuil au point que je ne les voyais plus derrière leurs collègues assis immobiles devant eux. Ce discours eut quelque retentissement : tous les partis y étaient blessés, mais tous se taisaient, parce que j'avais placé auprès de grandes vérités un grand sacrifice. Je descendis de la tribune ; je sortis de la salle, je me rendis au vestiaire, je mis bas mon habit de pair, mon épée, mon chapeau à plumet ; j'en détachai la cocarde blanche, je la baisai, je la mis dans la petite poche du côté gauche de la redingote noire que je revêtis et que je croisai sur mon cœur. Mon domestique emporta la défroque de la pairie, et j'abandonnai, en secouant la poussière de mes pieds, ce palais de trahisons, où je ne rentrerai de ma vie.

Le 10 et 12 août, j'achevai de me dépouiller et j'envoyai ces diverses démissions[1] ;

« Paris, ce 10 août 1830.

« Monsieur le président de la Chambre des pairs,

« Ne pouvant prêter serment de fidélité à Louis-Philippe d'Orléans comme roi des Français, je me trouve frappé d'une incapacité légale qui m'empêche d'assister aux séances de la Chambre héréditaire. Une seule marque

---

1. Les destinataires de ces lettres sont respectivement le baron Pasquier, qui venait de succéder, le 4 août, au marquis de Pastoret comme président de la Chambre des pairs, le marquis de Sémonville, et le ministre de la Justice Dupont.

554 *Mémoires d'outre-tombe*

des bontés du Roi Louis XVIII et de la munificence royale me reste : c'est une pension de pair de douze mille francs, laquelle me fut donnée pour maintenir, sinon avec éclat, du moins avec l'indépendance des premiers besoins, la haute dignité à laquelle j'avais été appelé. Il ne serait pas juste que je conservasse une faveur attachée à l'exercice de fonctions que je ne puis remplir. En conséquence, j'ai l'honneur de résigner entre vos mains ma pension de pair. »

« Paris, ce 12 août 1830.

« Monsieur le ministre des finances,

« Il me reste des bontés de Louis XVIII et de la munificence nationale une pension de pair de douze mille francs, transformée en rentes viagères inscrites au grand livre de la dette publique et transmissibles seulement à la première génération directe du titulaire. Ne pouvant prêter serment à monseigneur le duc d'Orléans comme roi des Français, il ne serait pas juste que je continuasse de toucher une pension attachée à des fonctions que je n'exerce plus. En conséquence, je viens la résigner entre vos mains : elle aura cessé de courir pour moi le jour (10 août) où j'ai écrit à M. le président de la Chambre des pairs qu'il m'était impossible de prêter le serment exigé.

« J'ai l'honneur d'être avec une haute, etc. »

« Paris, ce 12 août 1830.

« Monsieur le grand référendaire,

« J'ai l'honneur de vous envoyer copie des deux lettres que j'ai adressés, l'une à M. le président de la Chambre des pairs, l'autre à M. le ministre des finances. Vous y verrez que je renonce à ma pension de pair, et qu'en conséquence mon fondé de pouvoir n'aura à toucher de cette pension que la somme échue au 10 août jour où j'ai annoncé que j'ai refusé le serment.

« J'ai l'honneur d'être avec une haute, etc. »

          « Paris, ce 12 août 1830.

« Monsieur le ministre de la justice,
« J'ai l'honneur de vous envoyer ma démission de ministre d'État.
« Je suis avec une haute considération,
          « Monsieur le ministre de la justice,
« Votre très humble et très obéissant serviteur. »

Je restai nu comme un petit saint Jean[1] ; mais depuis longtemps j'étais accoutumé à me nourrir du miel sauvage, et je ne craignais pas que la fille d'Hérodiade eût envie de ma tête grise.

Mes broderies, mes dragonnes, franges, torsades, épaulettes, vendues à un juif, et par lui fondues, m'ont rapporté sept cents francs, produit net de toutes mes grandeurs.

(8)

CHARLES X S'EMBARQUE À CHERBOURG.

Maintenant, qu'était devenu Charles X ? Il cheminait vers son exil, accompagné de ses gardes du corps, surveillé par ses trois commissaires, traversant la France sans exciter même la curiosité des paysans qui labouraient leurs sillons sur le bord du grand chemin. Dans deux ou trois petites villes, des mouvements hostiles se manifestèrent ; dans quelques autres, des bourgeois et des femmes donnèrent des signes de pitié. Il faut se souvenir que Bonaparte ne fit pas plus de bruit en se rendant de Fontainebleau à Toulon, que la France ne s'émut pas davantage,

---

1. Saint Jean-Baptiste que *Matthieu* (III, 4) présente comme ayant renoncé à tous les biens de ce monde pour aller prêcher dans le désert : « Ce Jean avait un manteau de poil de chameau et un pagne de peau autour des reins ; il se nourrissait de sauterelles et de miel sauvage. » Pour le récit de sa « décollation », à la prière de Salomé, voir *Matthieu*, XIV, 3-12, et *Marc*, VI, 17-29.

et que le gagneur de tant de batailles faillit d'être massacré à Orgon[1]. Dans ce pays fatigué, les plus grands événements ne sont plus que des drames joués pour notre divertissement : ils occupent le spectateur tant que la toile est levée, et, lorsque le rideau tombe, ils ne laissent qu'un vain souvenir. Parfois Charles X et sa famille s'arrêtaient dans de méchantes stations de rouliers pour prendre un repas sur le bout d'une table sale où des charretiers avaient dîné avant lui. Henri V et sa sœur s'amusaient dans la cour avec les poulets et les pigeons de l'auberge. Je l'avais dit : la monarchie s'en allait, et l'on se mettait à la fenêtre pour la voir passer[2].

Le ciel en ce moment se plut à insulter le parti vainqueur et le parti vaincu. Tandis que l'on soutenait que la France *entière* avait été indignée des ordonnances, il arriva au roi Philippe des adresses de la province, envoyées au roi Charles X pour féliciter celui-ci *sur les mesures salutaires qu'il avait prises et qui sauvaient la monarchie.*

Le bey de Tittery, de son côté, expédiait au monarque détrôné, qui cheminait vers Cherbourg, la soumission suivante :

« Au nom de Dieu, etc., je reconnais pour seigneur et souverain absolu le grand Charles X, le victorieux ; je lui payerai le tribut, etc. » On ne peut se jouer plus ironiquement de l'une et de l'autre fortune. On fabrique aujourd'hui les révolutions à la machine ; elles sont faites si vite qu'un monarque, roi encore sur la frontière de ses États, n'est déjà plus qu'un banni dans sa capitale.

Dans cette insouciance du pays pour Charles X, il y a autre chose que de la lassitude : il y faut reconnaître le progrès de l'idée démocratique et de l'assimilation des rangs. À une époque antérieure, la chute d'un roi de France eût été un événement énorme ; le temps a descendu le monarque de la hauteur où il était placé, il l'a rapproché de nous, il a diminué l'espace qui le séparait

---

1. Voir t. II, p. 585-586.   **2.** Chateaubriand a pour la première fois employé cette image dans un article du *Conservateur* qu'il cite au chapitre 10 du livre XXV (*supra*, p. 49).

des classes populaires. Si l'on était peu surpris de rencontrer le fils de saint Louis sur le grand chemin comme tout le monde, ce n'était point par un esprit de haine ou de système, c'était tout simplement par ce sentiment du niveau social, qui a pénétré les esprits et qui agit sur les masses sans qu'elles s'en doutent.

Malédiction, Cherbourg, à tes parages sinistres ! C'est auprès de Cherbourg que le vent de la colère jeta Édouard III pour ravager notre pays[1] ; c'est non loin de Cherbourg que le vent d'une victoire ennemie brisa la flotte de Tourville[2] ; c'est à Cherbourg que le vent d'une prospérité menteuse repoussa Louis XVI vers son échafaud[3] ; c'est à Cherbourg que le vent de je ne sais quelle rive a emporté nos derniers princes. Les côtes de la Grande-Bretagne, qu'aborda Guillaume le Conquérant, ont vu débarquer Charles le dixième sans pennon et sans lance ; il est allé retrouver, à Holy-Rood[4], les souvenirs de sa jeunesse, appendus[5] aux murailles du château des Stuarts, comme de vieilles gravures jaunies par le temps.

---

1. Au début de la guerre de Cent Ans, Édouard III débarqua des troupes à Saint-Vaast-La-Hougue (12 juillet 1346) pour ravager le Cotentin et la basse Normandie.   2. C'est au début du mois de juin 1692 qu'une partie de la flotte française, placée sous les ordres de Tourville, fut anéantie dans la rade de Saint-Vaast, en présence de Jacques II, qu'elle se préparait à transporter en Angleterre.   3. Allusion à la visite que fit Louis XVI à Cherbourg au mois de juillet 1786. Venu en compagnie de la reine inaugurer la construction de la digue (qui ne sera pas achevée avant le second Empire), il avait reçu un accueil enthousiaste.   4. Ancien palais des rois écossais à Édimbourg, incendié par les troupes de Cromwell, restauré par Charles II. Il avait servi de résidence au futur Charles X pendant son émigration. 5. Voir t. I, p. 401, note 3.

(9)

CE QUE SERA LA RÉVOLUTION DE JUILLET.

J'ai peint les trois journées à mesure qu'elles se sont déroulées devant moi ; une certaine couleur de contemporanéité, vraie dans le moment qui s'écoule, fausse après le moment écoulé, s'étend donc sur le tableau. Il n'est révolution si prodigieuse qui, décrite de minute en minute, ne se trouvât réduite aux plus petites proportions. Les événements sortent du sein des choses, comme les hommes du sein de leurs mères, accompagnés des infirmités de la nature. Les misères et les grandeurs sont sœurs jumelles, elles naissent ensemble ; mais quand les couches sont vigoureuses, les misères à une certaine époque meurent, les grandeurs seules vivent. Pour juger impartialement de la vérité qui doit rester, il faut donc se placer au point de vue d'où la postérité contemplera le fait accompli.

Me dégageant des mesquineries de caractère et d'action dont j'avais été le témoin, ne prenant des journées de Juillet que ce qui en demeurera, j'ai dit avec justice dans mon discours à la Chambre des pairs : « Ce peuple s'étant armé de son intelligence et de son courage, il s'est trouvé que ces boutiquiers respiraient assez facilement la fumée de la poudre, et qu'il fallait plus de quatre soldats et un caporal pour les réduire. Un siècle n'aurait pas autant mûri les destinées d'un peuple que les trois derniers soleils qui viennent de briller sur la France. »

En effet, le peuple proprement dit a été brave et généreux dans la journée du 28. La garde avait perdu plus de trois cents hommes, tués ou blessés ; elle rendit pleine justice aux classes pauvres, qui seules se battirent dans cette journée, et parmi lesquelles se mêlèrent des hommes impurs, mais qui n'ont pu les déshonorer. Les élèves de l'École polytechnique, sortis trop tard de leur école le 28 pour prendre part aux affaires, furent mis par le peuple à sa tête le 29, avec une simplicité et une naïveté admirables.

Des champions absents des luttes soutenues par ce peuple vinrent se réunir à ses rangs le 29, quand le plus grand péril fut passé ; d'autres, également vainqueurs, ne rejoignirent la victoire que le 30 et le 31.

Du côté des troupes, ce fut à peu près la même chose, il n'y eut guère que les soldats et les officiers d'engagés ; l'état-major, qui avait déjà déserté Bonaparte à Fontainebleau, se tint sur les hauteurs de Saint-Cloud, regardant de quel côté le vent poussait la fumée de la poudre. On faisait queue au lever de Charles X ; à son coucher il ne trouva personne.

La modération des classes plébéiennes égala leur courage ; l'ordre résulta subitement de la confusion. Il faut avoir vu des ouvriers demi-nus, placés en faction à la porte des jardins publics, empêcher selon leur consigne d'autres ouvriers déguenillés de passer, pour se faire une idée de cette puissance du devoir qui s'était emparée des hommes demeurés les maîtres. Ils auraient pu se payer le prix de leur sang, et se laisser tenter par leur misère. On ne vit point, comme au 10 août 1792, les suisses massacrés dans la fuite. Toutes les opinions furent respectées ; jamais, à quelques exceptions près, on n'abusa moins de la victoire. Les vainqueurs, portant les blessés de la garde à travers la foule s'écriaient : « Respect aux braves ! » Le soldat venait-il à expirer, ils disaient : « Paix aux morts ! » Les quinze années de la Restauration, sous un régime constitutionnel, avaient fait naître parmi nous cet esprit d'humanité, de légalité et de justice, que vingt-cinq années de l'esprit révolutionnaire et guerrier n'avaient pu produire. Le droit de la force introduit dans nos mœurs semblait être devenu le droit commun.

Les conséquences de la révolution de Juillet seront mémorables. Cette révolution a prononcé un arrêt contre tous les trônes ; les rois ne pourront régner aujourd'hui que par la violence des armes ; moyen assuré pour un moment, mais qui ne saurait durer : l'époque des janissaires successifs est finie.

Thucydide et Tacite ne nous raconteraient pas bien les

événements des trois jours ; il nous faudrait Bossuet pour nous expliquer les événements dans l'ordre de la Providence ; génie qui voyait tout, mais sans franchir les limites posées à sa raison et à sa splendeur, comme le soleil qui roule entre deux bornes éclatantes, et que les Orientaux appellent l'*esclave* de Dieu.

Ne cherchons pas si près de nous le moteur d'un mouvement placé plus loin : la médiocrité des hommes, les frayeurs folles, les brouilleries inexplicables, les haines, les ambitions, la présomption des uns, le préjugé des autres, les conspirations secrètes, les ventes [1], les mesures bien ou mal prises, le courage ou le défaut de courage ; toutes ces choses sont les accidents, non les causes de l'événement. Lorsqu'on dit que l'on ne voulait plus les Bourbons, qu'ils étaient devenus odieux parce qu'on les supposait imposés par l'étranger à la France, ce dégoût superbe n'explique rien d'une manière suffisante.

Le mouvement de Juillet ne tient point à la politique proprement dite ; il tient à la révolution sociale qui agit sans cesse. Par l'enchaînement de cette révolution générale, le 28 juillet 1830 n'est que la suite forcée du 21 janvier 1793. Le travail de nos premières assemblées délibérantes avait été suspendu, il n'avait pas été terminé. Dans le cours de vingt années, les Français s'étaient accoutumés, de même que les Anglais sous Cromwell, à être gouvernés par d'autres maîtres que par leurs anciens souverains. La chute de Charles X est la conséquence de la décapitation de Louis XVI, comme le détrônement de Jacques II est la conséquence de l'assassinat de Charles Ier. La révolution parut s'éteindre dans la gloire de Bonaparte et dans les libertés de Louis XVIII, mais son germe n'était pas détruit : déposé au fond de nos mœurs, il s'est développé quand les fautes de la Restauration l'ont réchauffé, et bientôt il a éclaté.

Les conseils de la Providence se découvrent dans le changement antimonarchique qui s'opère. Que des esprits superficiels ne voient dans la révolution des trois jours qu'une échauffourée, c'est tout simple ; mais les hommes

---

1. Les « cellules » de la Charbonnerie.

réfléchis savent qu'un pas énorme a été fait : le principe
de la souveraineté du peuple est substitué au principe de
la souveraineté royale, la monarchie héréditaire changée
en monarchie élective. Le 21 janvier avait appris qu'on
pouvait disposer de la tête d'un roi ; le 29 juillet a montré
qu'on peut disposer d'une couronne. Or toute vérité
bonne ou mauvaise qui se manifeste demeure acquise à
la foule. Un changement cesse d'être inouï, extraordinaire ; il ne se présente plus comme impie à l'esprit et à la
conscience, quand il résulte d'une idée devenue populaire. Les Francs exercèrent collectivement la souveraineté, ensuite ils la déléguèrent à quelques chefs ; puis ces
chefs la confièrent à un seul ; puis ce chef unique l'usurpa
au profit de sa famille. Maintenant on rétrograde de la
royauté héréditaire à la royauté élective, de la monarchie
élective on glissera dans la république. Telle est l'histoire
de la société ; voilà par quels degrés le gouvernement sort
du peuple et y rentre.

Ne pensons donc pas que l'œuvre de Juillet soit une
superfétation [1] d'un jour ; ne nous figurons pas que la
légitimité va venir rétablir incontinent la succession par
droit de primogéniture ; n'allons pas non plus nous persuader que Juillet mourra tout à coup de sa belle mort.
Sans doute la branche d'Orléans ne prendra pas racine ;
ce ne sera pas pour ce résultat que tant de sang, de calamité et de génie aura été dépensé depuis un demi-siècle !
Mais Juillet, s'il n'amène pas la destruction finale de la
France avec l'anéantissement de toutes les libertés, Juillet
portera son fruit naturel : ce fruit est la démocratie. Ce
fruit sera peut-être amer et sanglant ; mais la monarchie
est une greffe étrangère qui ne prendra pas sur une tige
républicaine.

Ainsi, ne confondons pas le roi improvisé avec la révolution dont il est né par hasard : celle-ci, telle que nous
la voyons agir, est en contradiction avec ses principes,

---

1. Une addition « superfétatoire », sans importance, ni valeur. *Cf.*
t. II, p. 777 : « une redondance de fait ».

elle ne semble pas née viable, parce qu'elle est mulctée[1] d'un trône ; mais qu'elle se traîne seulement quelques années, cette révolution, ce qui sera venu, ce qui s'en sera allé changera les données qui restent à connaître. Les hommes faits meurent ou ne voient plus les choses comme ils les voyaient ; les adolescents atteignent l'âge de raison ; les générations nouvelles rafraîchissent des générations corrompues ; les langes trempés des plaies d'un hôpital, rencontrés par un grand fleuve, ne souillent que le flot qui passe sous ces corruptions : en aval et en amont le courant garde ou reprend sa limpidité.

Juillet, libre dans son origine, n'a produit qu'une monarchie enchaînée ; mais viendra le temps où, débarrassé de sa couronne, il subira ces transformations qui sont la loi des êtres ; alors, il vivra dans une atmosphère appropriée à sa nature.

L'erreur du parti républicain, l'illusion du parti légitimiste sont l'une et l'autre déplorables, et dépassent la démocratie et la royauté : le premier croit que la violence est le seul moyen de succès ; le second croit que le passé est le seul port de salut. Or, il y a une loi morale qui règle la société, une légitimité générale qui domine la légitimité particulière. Cette grande loi et cette grande légitimité sont la jouissance des droits naturels de l'homme, réglés par les devoirs ; car c'est le devoir qui crée le droit, et non le droit qui crée le devoir ; les passions et les vices vous relèguent dans la classe des esclaves. La légitimité générale n'aurait eu aucun obstacle à vaincre si elle avait gardé, comme étant de même principe, la légitimité particulière.

Au surplus, une observation suffira pour nous faire comprendre la prodigieuse et majestueuse puissance de la famille de nos anciens souverains : je l'ai déjà dit et je ne saurais trop le répéter, toutes les royautés mourront avec la royauté française.

---

1. Ce latinisme (*mulctare*) provient de la langue du droit et signifie : grever, faire peser une charge, ou une amende. Comprenons que la révolution de Juillet est momentanément empêchée de poursuivre son cours normal par la monarchie de Louis-Philippe.

En effet, l'idée monarchique manque au moment même où manque le monarque ; on ne trouve plus autour de soi que l'idée démocratique. Mon jeune Roi emportera dans ses bras la monarchie du monde. C'est bien finir.

Lorsque j'écrivais tout ceci sur ce que pourrait être la révolution de 1830 dans l'avenir, j'avais de la peine à me défendre d'un instinct qui me parlait contradictoirement au raisonner. Je prenais cet instinct pour le mouvement de ma déplaisance des troubles de 1830 ; je me défiais de moi-même, et peut-être, dans mon impartialité trop loyale, exagérai-je les provenances [1] futures des trois journées. Or, dix années se sont écoulées depuis la chute de Charles X : Juillet s'est-il assis ? Nous sommes maintenant au commencement de décembre 1840, à quel abaissement la France est-elle descendue ! Si je pouvais goûter quelque plaisir dans l'humiliation d'un gouvernement d'origine française, j'éprouverais une sorte d'orgueil à relire, dans le *Congrès de Vérone*, ma correspondance avec M. Canning : certes, ce n'est pas celle dont on vient de donner connaissance à la Chambre des députés [2]. D'où vient la faute ? est-elle du prince élu ? est-elle de l'impéritie de ses ministres ? est-elle de la nation même, dont le caractère et le génie paraissent usés ? Nos idées sont progressives, mais nos mœurs les soutiennent-elles ? Il ne serait pas étonnant qu'un peuple âgé de quatorze siècles, qui a terminé cette longue carrière par une explosion de miracles, fût arrivé à son terme. Si vous allez jusqu'à la

---

1. Au sens que Mercier donne à ce mot dans sa *Néologie* (1801) : conséquences.   2. Allusion à la correspondance diplomatique échangée au cours de 1840, entre Guizot alors ambassadeur à Londres, Thiers, président du Conseil depuis le 1er mars, et Palmerston. La convention du 15 juillet, par laquelle les quatre anciens alliés de 1815 décidaient de faire barrage à la politique expansionniste de Méhémet Ali, protégé de la France, en Orient, avait provoqué une grave crise entre la France et la Grande-Bretagne. Après des semaines de tumulte belliciste, Louis-Philippe avait demandé à Thiers sa démission pour former un gouvernement plus conciliant, avec Soult et Guizot. Courant novembre, le discours du Trône avait sanctionné cette reculade, et c'est au cours de la discussion qui suivit à la Chambre (du 25 novembre au 5 décembre) que fut donnée lecture des dépêches en question.

fin de ces *Mémoires*, vous verrez qu'en rendant justice à tout ce qui m'a paru beau, aux diverses époques de notre histoire, je pense qu'en dernier résultat la vieille société finit.

(*Note, Paris, 3 décembre 1840.*)

(10)

FIN DE MA CARRIÈRE POLITIQUE.

Ici se termine ma *carrière politique*. Cette carrière devait aussi clore mes *Mémoires*, n'ayant plus qu'à résumer les expériences de ma course. Trois catastrophes ont marqué les trois parties précédentes de ma vie : j'ai vu mourir Louis XVI pendant ma carrière de voyageur et de soldat ; au bout de ma carrière littéraire, Bonaparte a disparu ; Charles X, en tombant, a fermé ma carrière politique.

J'ai fixé l'époque d'une révolution dans les lettres, et de même dans la politique j'ai formulé les principes du gouvernement représentatif ; mes correspondances diplomatiques valent, je crois, mes compositions littéraires. Il est possible que les unes et les autres ne soient rien, mais il est sûr qu'elles sont équipollentes.

En France, à la tribune de la Chambre des pairs et dans mes écrits, j'exerçai une telle influence, que je fis entrer d'abord M. de Villèle au ministère, et qu'ensuite il fut contraint de se retirer devant mon opposition, après s'être fait mon ennemi. Tout cela est prouvé par ce que vous avez lu.

Le grand événement de ma carrière politique est la guerre d'Espagne. Elle fut pour moi, dans cette carrière, ce qu'avait été le *Génie du Christianisme* dans ma carrière littéraire. Ma destinée me choisit pour me charger de la puissante aventure qui, sous la Restauration, aurait pu régulariser la marche du monde vers l'avenir. Elle m'enleva à mes songes, et me transforma en conducteur des faits. À la table où elle me fit jouer, elle plaça comme adversaires les deux premiers ministres du jour, le prince de Metternich et M. Canning ; je gagnai contre eux la partie. Tous les esprits sérieux que comptaient alors les cabinets convinrent qu'ils avaient rencontré en moi un homme d'État*. Bonaparte l'avait prévu avant eux, malgré mes livres. Je pourrais donc, sans me vanter, croire que le politique a valu en moi l'écrivain ; mais je n'attache aucun prix à la renommée des affaires ; c'est pour cela que je me suis permis d'en parler.

Si, lors de l'entreprise péninsulaire, je n'avais pas été jeté à l'écart par des hommes aveugles, le cours de nos destinées changeait ; la France reprenait ses frontières, l'équilibre de l'Europe était rétabli ; la Restauration, devenue glorieuse, aurait pu vivre encore longtemps, et mon travail diplomatique aurait aussi compté pour un degré dans notre histoire. Entre mes deux vies, il n'y a que la différence du résultat. Ma carrière littéraire, complètement accomplie, a produit tout ce qu'elle devait produire, parce qu'elle n'a dépendu que de moi. Ma carrière politique a été subitement arrêtée au milieu de ses succès, parce qu'elle a dépendu des autres.

Néanmoins, je le reconnais, ma politique n'était applicable qu'à la Restauration. Si une transformation s'opère dans les principes, dans les sociétés et les hommes ce qui était bon hier est périmé et caduc aujourd'hui. À l'égard de l'Espagne, les rapports des familles royales ayant cessé par l'abolition de la loi salique, il ne s'agit plus de créer au-delà des Pyrénées des frontières impénétrables ; il faut accepter le champ de bataille que l'Autriche et l'Angleterre y pourront un jour nous ouvrir ; il faut prendre les choses au point où elles sont arrivées ; abandonner, non sans regret, une conduite ferme mais raisonnable, dont les bénéfices certains étaient, il est vrai, à longue échéance. J'ai la conscience d'avoir servi la légitimité comme elle devait l'être. Je voyais l'avenir aussi clairement que je le vois à cette heure ; seulement j'y voulais atteindre par

---

* Voyez les lettres et dépêches des diverses cours, dans le *Congrès de Vérone*, consultez aussi l'*Ambassade de Rome*.

une route moins périlleuse, afin que la légitimité, utile à notre enseignement constitutionnel, ne trébuchât pas dans une course précipitée. Maintenant, mes projets ne sont plus réalisables : la Russie va se tourner ailleurs. Si j'allais actuellement dans la péninsule, dont l'esprit a eu le temps de changer, ce serait avec d'autres pensées : je ne m'occuperais que de l'alliance des peuples, toute suspecte, jalouse, passionnée, incertaine et versatile qu'elle est, et je ne songerais plus aux relations avec les rois. Je dirais à la France : « Vous avez quitté la voie battue pour le sentier des précipices ; eh bien ! explorez-en les merveilles et les périls. À nous, innovations, entreprises, découvertes ! venez, et que les armes, s'il le faut, vous favorisent. Où y a-t-il du nouveau ? Est-ce en Orient ? Marchons-y. Où faut-il porter notre courage et notre intelligence ? Courons de ce côté. Mettons-nous à la tête de la grande levée du genre humain ; ne nous laissons pas dépasser ; que le nom français devance les autres dans cette croisade, comme il arriva jadis au tombeau du Christ. » Oui, si j'étais admis au conseil de ma patrie, je tâcherais de lui être utile dans les dangereux principes qu'elle a adoptés : la retenir à présent, ce serait la condamner à une mort ignoble. Je ne me contenterais pas de discours : joignant les œuvres à la foi[1], je préparerais des soldats et des millions, je bâtirais des vaisseaux, comme Noé, en prévision du déluge, et si l'on me demandait pourquoi, je répondrais : « Parce que tel est le bon plaisir de la France. » Mes dépêches avertiraient les cabinets de l'Europe que rien ne remuera sur le globe sans notre intervention ; que si l'on se distribue les lambeaux du monde, la part du lion nous revient. Nous cesserions de demander humblement à nos voisins la permission d'exister ; le cœur de la France battrait libre, sans qu'aucune main osât s'appliquer sur ce cœur pour en compter les palpitations ; et puisque nous cherchons de nouveaux

---

1. Allusion au débat, initié par saint Paul (*Romains*, IV, 1-6), de la théologie chrétienne sur les mérites comparés de la foi et des œuvres. Par ce biais, Chateaubriand réaffirme non seulement la possibilité mais la nécessité de mettre en œuvre son idéal de politique étrangère.

soleils, je me précipiterais au-devant de leur splendeur et n'attendrais plus le lever naturel de l'aurore.

Fasse le ciel que ces intérêts industriels, dans lesquels nous devons trouver une prospérité d'un genre nouveau ne trompent personne, qu'ils soient aussi féconds, aussi civilisateurs que ces intérêts moraux d'où sortit l'ancienne société ! Le temps nous apprendra s'ils ne seraient point le songe infécond de ces intelligences stériles qui n'ont pas la faculté de sortir du monde matériel.

Bien que mon rôle ait fini avec la légitimité, tous mes vœux sont pour la France, quels que soient les pouvoirs à qui son imprévoyant caprice la fasse obéir. Quant à moi je ne demande plus rien ; je voudrais seulement ne pas trop dépasser les ruines écroulées à mes pieds. Mais les années sont comme les Alpes : à peine a-t-on franchi les premières, qu'on en voit d'autres s'élever. Hélas ! ces plus hautes et dernières montagnes sont déshabitées, arides et blanchies.

APPENDICE

FRAGMENTS RETRANCHÉS

1. Le dîner à Royal-Lodge

Le chapitre 5 du livre XXVII mentionne brièvement un séjour du mémorialiste à Windsor, sur invitation du roi George IV : « Je partis le 6 de juin pour Royal-Lodge où le roi était allé. » Mais le récit attendu tourne court et, dès la ligne suivante, on passe à autre chose. Il y avait bien là une lacune. On retrouve en effet le passage « égaré » dans le ms. fr. 12454 de la Bibliothèque Nationale, f° 49-51 :

DÎNER À ROYAL-LODGE

Londres, d'avril à septembre 1822.

Le *post-scriptum* d'une dépêche adressée par moi à M. le vicomte de Montmorency sous la date du 7 juin, porte ce qui suit :

« J'arrive de Royal-Lodge. Le Roi m'a comblé de bonté ; il ne m'a point envoyé coucher à une maison de campagne voisine, comme le reste de ses hôtes ; il a voulu me garder chez lui. Au dessert, quand les femmes se sont retirées, il m'a fait asseoir à ses côtés et, pendant deux heures, il m'a conté l'histoire de la Restauration, me parlant sans cesse du Roi avec l'amitié la plus vraie. Il n'a pas voulu me retenir à cause de mon courrier, mais il m'a fait lui promettre de *revenir le voir* ; ce sont ses obligeantes paroles. »

Royal-Lodge n'est point le château de Windsor ; c'est un véritable cottage placé dans un coin du parc à l'entrée de la forêt.

Thy forest, Windsor ! and thy green retreates,

At once the monarch's and the muse's seat.

(POPE)

« Tes forêts, Windsor ! et tes verdoyantes retraites sont à la fois le siège du monarque et des muses. »

Je suis arrivé une demi-heure avant le dîner. J'ai trouvé une compagnie choisie : les lords de service, le duc Wellington, le marquis de Londonderry, lord Harrowby et ses filles, lord Bathurst et ses filles, lady Gwidir, les jeunes ladies Conyngham avec leur mère, enfin lord Clamwilliam, l'homme le plus à la mode du jour et réputé mal à propos fils du duc de Richelieu mort il n'y a pas encore un mois. Nous nous sommes promenés dans le jardin : le Roi n'a paru qu'au dîner servi à sept heures.

George IV n'est plus le prince de ses belles gravures, mais il est encore d'une grande élégance : quoiqu'il soit un peu gros et qu'il marche avec difficulté à cause de la goutte, j'ai été frappé de son air de bonté et presque de jeunesse ; il parle français avec un léger accent fort agréable ; il dit *je cré* pour *je crois, si fait* pour *oui*, dans toute la négligence affectée de l'ancienne prononciation de cour. Il se pique d'avoir les manières d'autrefois et de conserver la tradition de la meilleure compagnie. Après la conversation politique obligée, il m'a conté l'histoire de la haute société de France, la généalogie des familles, les faiblesses de toutes les aïeules, mères et filles. Il m'a fait le portrait du duc d'Orléans (Égalité) et du duc de Lauzun. Il niait quelques-unes des aventures de ce dernier ; il en confirmait quelques autres. En tout, il voulait paraître le gentilhomme français par excellence, descendre en ligne droite du comte de Gramont.

> ... *Ne chanson ne balade*
> *Onc ne rima sans hannap de bon vin.*

S'il avait pu lire dans ma pensée, il aurait vu que je l'étudiais, non comme un modèle de bon goût du dernier siècle, mais comme un type de rois qui sera brisé dans sa personne.

« Je ne vous ai point rencontré, m'a-t-il dit, pendant votre émigration en Angleterre ; j'ai été plus heureux avec vos nobles amis. – Sire, ai-je répondu, je n'étais pas de la riche émigration de l'*ouest*, j'étais un pauvre émigré de l'*est* cheminant à pied dans les prairies d'Hamsteadt ou le long de la Tamise vers Chelsea. Moi, sire, j'ai souvent vu le prince de Galles, lorsque, brillant héritier d'une des plus puissantes monarchies du monde, il passait chargé de couronnes, en attendant celle que vous portez. Comment m'eussiez-vous aperçu dans la foule ? Vous êtes devenu roi, je suis devenu ambassadeur ; je voudrais occuper ma place aussi bien que Votre Majesté remplit la sienne. »

George IV (nous étions à table) a gracieusement porté ma santé avec un verre de vin de Malaga qu'il tenait à la main. Je me suis donné garde de lui dire qu'un jour, devant moi, on l'avait sifflé outrageusement, lorsque la princesse de Galles montrait au peuple la petite princesse Charlotte : ce qui n'empêche pas le prince de Galles si honni d'être un roi d'Angleterre fort populaire.

« J'ai bien peur, Sire, ai-je ajouté, d'être plus étranger à mes grandeurs que vous ne l'êtes aux vôtres. Quand Votre Majesté m'a honoré de son souvenir, j'étais occupé du commencement de ma carrière diplomatique, du déchiffrement des dépêches d'une ambassade volontaire chez un prince Huron, votre fidèle sujet au Canada, lequel prince vit peut-être encore ; jugez si j'étais préparé à me présenter à votre cour. »

Les dames sont rentrées, les jeunes ladies ont valsé au piano devant le Roi ; j'ai causé avec la marquise de Conyngham, excellente femme, *forty fatty* (de la quarantaine et grasse). George IV n'a pas les goûts qui justifient le proverbe : *à vieux bœuf sonnette neuve*. Dans sa place, j'aurais préféré miss Conyngham à sa mère, et sans contredit, puisque je suis en train de proverbes, *c'était la plus belle rose de son chapeau*. La marquise de Conyngham, en m'exhibant les raretés de son hôtel à Londres, me montrait une toilette de porcelaine de Sèvres, laquelle me disait-elle naïvement, provenait de la vente des meubles de madame du Barry.

Le Roi s'est retiré à minuit. Je n'ai vu ni valets, ni huissiers, ni gardes, ni gentilshommes de la chambre, ni officiers de la garde-robe et de la bouche. Une servante, *Maid*, m'a conduit dans une petite chambre où il y avait pour tout meuble un lit, une table, un pot à l'eau, des serviettes blanches et deux bougies éteintes sur la cheminée. La servante en a rallumé une en entrant. Cette simplicité chez le roi d'Angleterre m'a rappelé celle que j'avais remarquée chez le président des États-Unis, et pourtant George IV n'est pas Washington.

Édouard III, voulant donner des fêtes à Alix de Salisbury, répara le château de Windsor « *que le roi Arthur*, dit Froissard, *fit jadis faire et fonder là où premièrement fut commencée la noble table ronde dont tant de vaillants hommes et chevaliers sortirent et travaillèrent en armes et en prouesses par tout le monde* ». Édouard ajouta au château une chapelle dédiée à saint Georges à l'occasion de l'ordre de la Jarretière, « *qui parut aux chevaliers une chose*

moult honorable où tout amour se nourriroit ». Il y a aussi loin de
cette Angleterre à celle d'aujourd'hui, que de mes années chez les
sauvages à mes années de Royal-Lodge.

Au lever du jour, j'ai quitté Windsor : rentré à Londres, j'ex-
pédie mon courrier à Paris et je retourne au Canada. Quel merveilleux char pour courir d'un bout du monde à l'autre que celui
de la pensée !

2. Le livre sur Madame Récamier

Le 28 août 1832, après une quinzaine de jours passés à traverser en solitaire les Alpes de la Suisse, Chateaubriand
retrouve à Constance Juliette Récamier. Ils firent une promenade sur le lac, bercés par le souvenir de *La Nouvelle Héloïse*.
Au soir de ce beau jour ensoleillé, Chateaubriand écrivit, sur
les tablettes de sa compagne, ces quelques lignes : « Je ne veux
point mourir comme Rousseau ; je veux encore voir longtemps
le soleil, si c'est près de vous que je dois achever ma vie. Que
mes jours expirent à vos pieds, comme ces vagues dont vous
aimez le murmure. » (XXXV, 18.)

Depuis 1818, leur liaison avait connu bien des aléas. Le
moment était venu de sceller un pacte de tendresse que plus rien
ne viendrait troubler. Un an plus tard, à Venise, Chateaubriand
tracera sur le sable du Lido, seize lettres magiques : JULIETTE
RÉCAMIER. Elles composeraient désormais le nom de son Ange
gardien, de sa Muse, de sa Béatrice : ensemble ils feraient route
jusqu'au bout dans les pas de la « voyageuse de nuit ».

Il semble que, dès le mois de septembre 1832, Chateaubriand
désira placer sous les auspices de Mme Récamier les *Mémoires*
qu'il se préparait à reprendre dans une perspective élargie. Cette
résolution se confirma au retour du pèlerinage qu'ils firent alors
à Coppet. Une note du carnet de Combourg (*Pensées*, p. 58)
révèle qu'il songea un moment à évoquer son image à la suite de
celle de Mme de Staël : « Pour bien comprendre ce que cette
course eut de douloureux pour Mme Récamier et de pénible pour
moi, il est nécessaire de revenir sur des temps écoulés. Dans cette
terre étrangère, entre la France, mes regrets et mon berceau, et
l'Italie, mes délices et ma tombe en espérance, peintre-voyageur
je m'arrête un moment : j'essayerai à la clarté de mon soleil couchant de dessiner un ange sur le ciel pur de ces montagnes. » Ce
portrait aurait donc prolongé, dans la quatrième partie, le chapitre 22 de ce qui est aujourd'hui le livre XXXV.

Mais Chateaubriand ne donna pas de suite immédiate à ce projet. Lorsqu'il se présenta de nouveau à sa pensée, à partir de 1834, ce fut pour prendre une autre orientation. Dans la « basilique » qu'il envisageait désormais de construire, il décida de consacrer à Juliette Récamier une « chapelle » qui aurait son caractère propre. Pour rédiger cette biographie poétique, dans laquelle il lui faudrait faire revivre un monde disparu qui lui avait été étranger, le mémorialiste disposait des très riches archives que Mme Récamier avait réunies au fil des ans comme autant de fervents hommages à sa personne : de nombreuses lettres, en particulier celles de Mme de Staël et de Benjamin Constant ; une notice de Ballanche, écrite de 1819 à 1825, une autre « biographie » incomplète rédigée par Benjamin Constant sous la Première Restauration, et qu'il avait intitulée : *Mémoires de Juliette* ; une transposition romanesque de Mme de Genlis, etc. La première idée de Chateaubriand fut de concevoir une sorte de diptyque : il commencerait par retracer la jeunesse de son égérie, sa vie brillante de femme adulée, sa liaison durable avec Mme de Staël ; cette partie culminerait avec les vacances de 1807 sur les rives du Léman et la rencontre du prince Auguste de Prusse. Puis une seconde partie serait consacrée à son exil à Lyon, à son séjour en Italie, enfin à son retour en France. Il conduirait ensuite son récit jusqu'à la mort de Mme de Staël, à laquelle il avait, en somme, succédé dans la vie de Mme Récamier. Le livre ainsi composé serait placé cette fois dans la troisième partie, pour servir de prélude au récit de son ambassade romaine, dans lequel ses propres lettres prendraient le relais de celles que Mme Récamier avait reçues des illustres disparus.

Poursuivi de manière épisodique à partir de 1836, mais toujours, si je puis dire, « sous surveillance », ce travail ne fut achevé qu'au mois de juin 1839. Cette « partie des *Mémoires* de M. de Chateaubriand », selon la formule de Ballanche, représente alors une bonne centaine de pages qui seront soumises à des relectures confidentielles, et à de nombreuses corrections. Il en résulta un ensemble continu de vingt-trois chapitres, intitulé : *Madame Récamier*, et dont fut établie, à la fin de 1839, une double copie : Mme Récamier conserva la première, tandis que Pilorge établissait la seconde, qu'il inséra, à la place prévue, dans le manuscrit des *Mémoires*.

Comme le reste de ce manuscrit, la « vie » de Mme Récamier allait connaître bien des avatars au cours des années suivantes. De 1840 à 1845, on la désigne souvent sous la dénomination de « livre dixième », sans que soit jamais précisé le cadre de cette numérotation, sinon une troisième partie au contour encore assez flou. Ensuite, dans le manuscrit de 1845 (m), le « livre

Récamier » va devenir le livre VII de la seconde époque de la troisième partie. Mais il avait depuis longtemps suscité des réserves dans le cercle intime de Mme Récamier. Celles-ci se multipliaient au fil des ans, sur un mode sournois propre à ce milieu confiné. Toujours est-il qu'au début de 1846, excédé par les critiques contradictoires qui le prenaient pour cible, dont il ne faut sans doute pas exclure les réticences croissantes de Mme Récamier elle-même, Chateaubriand décida de le sacrifier dans sa presque totalité. Sur les vingt-trois qui composaient la rédaction de 1839, il ne conserva que quatre chapitres qu'il rattacha au livre précédent, devenu entre-temps le livre XXVIII. Après cette ultime mutilation le livre Récamier avait donc disparu en tant que tel de la version définitive des *Mémoires* (C, M), celle-là même qu'était censé reproduire le feuilleton de *La Presse*, puis les éditeurs de O.

La publication des *Mémoires*, en feuilleton, puis en volumes, avait commencé depuis plusieurs mois lorsque, le 11 mai 1849, Mme Récamier mourut à Paris, victime du choléra. Elle avait légué tous ses papiers à sa nièce Mme Lenormant, dont le mari était un des exécuteurs testamentaires de Chateaubriand. Or, le 30 juin suivant, *La Presse* annonçait à ses lecteurs la parution imminente dans ses colonnes des *Lettres* de Benjamin Constant à Madame Récamier. La copie de ces lettres avait été transmise au journal, et serait éditée, par une jeune femme de lettres ambitieuse, Louise Colet, plus connue aujourd'hui par le catalogue de ses amants que par celui de ses œuvres, et qui exhibait un acte de donation en bonne et due forme, signé par Mme Récamier trois ans plus tôt (le 17 juillet 1846). Mme Lenormant se hâta de faire opposition à ce projet qui lui paraissait attentatoire à ses droits comme à la mémoire de la défunte. Une vive polémique se déclencha, bientôt portée devant la justice.

C'est alors que les choses se compliquèrent. Au cours du procès, le directeur de *La Presse*, Émile de Girardin, fit savoir qu'au moins une partie des lettres dont on voulait interdire la divulgation se trouvaient déjà dans une section des *Mémoires* de Chateaubriand qu'il allait bientôt publier, conformément au contrat en vigueur. Il révélait du même coup que la même Louise Colet lui avait fourni une copie du livre supprimé, après en avoir eu sans doute communication par Mme Récamier elle-même. Face à ce redoutable *imbroglio*, Mme Lenormant, les exécuteurs testamentaires de Chateaubriand et la société propriétaire des *Mémoires* préférèrent transiger. Ils acceptèrent le principe de la réintégration du livre Récamier dans les *Mémoires d'outre-tombe*, mais à condition qu'il serait expurgé des formules qu'ils jugeaient malencontreuses et de presque toutes les lettres de Mme de Staël (que sa fille, la duchesse de Broglie, venait de réclamer à Mme Lenormant) et de Benjamin Constant.

Cette révision fut aussitôt entreprise. Les éditeurs prenaient ainsi la responsabilité de trahir les dernières volontés de Chateaubriand, puisqu'ils accréditaient sous son nom un texte fabriqué pour les besoins de la cause qui ne correspondait ni au texte original de 1839-1845, ni au texte arrêté par lui en 1846. Ce texte « falsifié » fut publié au mois de novembre 1849 (édition Penaud, t. VIII, p. 105-281). La conclusion de cette affaire : trente ans plus tard, Mme Lenormant pourra éditer à sa guise les *Lettres de Benjamin Constant à Madame Récamier* (Calmann Lévy, 1882).

Nous avons déclaré, dans le protocole initial de cette édition, notre intention de revenir au texte original de 1847-1848. Un élémentaire souci de cohérence nous a donc amené à retenir, pour le corps du texte, la version définitive, réduite à quatre chapitres, du livre sur Mme Récamier : ce sont les chapitres 18, 19, 20 et 21 du livre XXVIII.

On trouvera en revanche ci-après le texte intégral des vingt-trois chapitres de la copie Récamier, tel qu'il a été établi et publié par Maurice Levaillant en 1936 (*Deux livres des Mémoires d'outre-tombe*, Paris, Delagrave, t. II, p. 13-86) : on pourra se reporter à ce volume pour le détail des variantes et des sources.

MADAME RÉCAMIER

Paris, 1839.

(1)

Madame Récamier.

Avant de passer à l'ambassade de Rome, à cette Italie, le rêve de mes jours ; avant de continuer mon récit, je dois parler d'une femme qu'on ne perdra plus de vue jusqu'à la fin de ces *Mémoires*. Une correspondance va s'ouvrir de Rome à Paris entre elle et moi : il faut donc savoir à qui j'écris, comment et à quelle époque j'ai connu Madame Récamier. Elle rencontra aux divers rangs de la société les personnages plus ou moins célèbres engagés sur la scène du monde ; tous lui ont rendu un culte ; sa beauté mêle son existence idéale aux faits matériels de notre histoire ; lumière sereine éclairant un tableau d'orage. Revenons encore sur des temps écoulés ; essayons à la clarté de mon couchant, de dessiner un portrait sur le ciel, où une nuit qui s'approche va bientôt répandre ses ombres.

Une lettre publiée dans le *Mercure*, après ma rentrée en France, en 1800, avait frappé Madame de Staël. Je n'étais pas encore rayé de la liste des émigrés ; *Atala* me tira de mon obscurité. Madame Bacciochi (Élisa Bonaparte), à la prière de Monsieur de Fontanes, sollicita et obtint du premier consul ma radiation. Ce fut Christian de Lamoignon qui me présenta à Madame Récamier ; elle demeurait dans son élégante maison de la rue du Mont-Blanc. Au sortir de mes bois et de l'obscurité de ma vie, j'étais encore tout sauvage ; j'osai à peine lever les yeux sur une femme, entourée d'adorateurs, placée si loin de moi par sa renommée et sa beauté.

Environ un mois après j'étais un matin chez Madame de Staël ; elle m'avait reçu à sa toilette ; elle se laissait habiller par Mlle Olive, tandis qu'elle causait en roulant dans ses doigts une petite branche verte : entre tout à coup Madame Récamier vêtue d'une robe blanche ; elle s'assit au milieu d'un sofa de soie bleue ; Madame de Staël restée debout continua sa conversation fort animée et parlait avec éloquence ; je répondais à peine, les yeux attachés sur Madame Récamier. Je me demandais si je voyais un portrait de la candeur ou de la volupté. Je n'avais jamais inventé rien de pareil et plus que jamais je fus découragé ; mon amoureuse admiration se changea en humeur contre ma personne. Je crois que je priai le ciel de vieillir cet ange, de lui retirer un peu de sa divinité, pour mettre entre nous moins de distance. Quand je rêvais ma Sylphide, je me donnais toutes les perfections pour lui plaire ; quand je pensais à Madame Récamier je lui ôtais des *charmes* pour la rapprocher de moi : il était clair que j'aimais la réalité plus que le songe.

Madame Récamier sortit et je ne la revis plus que douze ans après.

Douze ans ! Quelle puissance ennemie coupe et gaspille ainsi nos jours, les prodigue ironiquement à toutes les indifférences appelées attachements, à toutes les misères surnommées félicités ! Puis par une autre dérision, quand elle en a flétri et dépensé la partie la plus précieuse, elle nous ramène au point du départ de nos courses. Et comment nous y ramène-t-elle ? L'esprit obsédé des idées étrangères, des fantômes importuns, des sentiments trompés ou incomplets d'un monde qui ne nous a laissé rien d'heureux. Ces idées, ces fantômes, ces sentiments s'interposent entre nous et le bonheur que nous pourrions encore goûter. Nous revenons le cœur souffrant de regrets, désolés de ces erreurs de jeunesse, si pénibles au souvenir dans la pudeur des années. Voilà comme je revins après être allé à Rome, en Syrie ; après avoir vu passer l'Empire, après être devenu l'homme du bruit, après avoir cessé d'être l'homme du silence et de l'oubli, tel que je l'étais encore, quand je vis pour la première fois Madame Récamier.

Qu'avait-elle fait ? Quelle avait été sa vie ?

Je n'ai point connu la plus grande partie de l'existence à la fois éclatante et retirée dont je vais vous entretenir : force m'est donc de recourir à des autorités différentes de la mienne, mais elles seront irrécusables. D'abord Madame Récamier m'a raconté des faits dont elle a été témoin, et m'a communiqué des lettres précieuses. Elle a écrit sur ce qu'elle a vu des notes dont elle m'a permis de consulter le texte et trop rarement de le citer. Ensuite Madame de Staël dans sa correspondance, Benjamin Constant dans des souvenirs les uns imprimés, les autres manuscrits, Monsieur Ballanche dans une notice sur notre commune amie, Madame la duchesse d'Abrantès dans ses esquisses, Madame de Genlis dans les siennes, ont abondamment fourni les matériaux de ma narration. Je n'ai fait que nouer les uns aux autres tant de beaux noms, en remplissant les vides par mon récit quand quelques anneaux de la chaîne des événements étaient sautés ou rompus.

Montaigne dit que les hommes vont béant aux choses futures : j'ai la manie de béer aux choses passées. Tout est plaisir surtout lorsque l'on tourne les yeux sur les premières années de ceux que l'on chérit : on allonge une vie aimée ; on étend l'affection que l'on ressent sur des jours que l'on a ignorés et que l'on ressuscite ; on embellit ce qui fut, de ce qui est, on recompose de la jeunesse : de plus on est sans crainte, puisqu'on a pour soi l'expérience ; par les qualités que l'on a découvertes, on sait qu'un attachement commencé dans la saison printanière, n'aurait fait aucun usage de ses ailes et ne se serait pas flétri dès son matin.

(2)

Enfance de Madame Récamier.

J'ai vu à Lyon le *Jardin des Plantes* établi dans les jardins en amphithéâtre de l'ancienne *Abbaye de la Déserte*, maintenant abattue : le Rhône et la Saône sont à vos pieds ; au loin s'élève la plus haute montagne de l'Europe, première colonne milliaire de l'Italie, avec son écriteau blanc au-dessus des nuages.

Madame Récamier fut mise dans cette abbaye ; elle y passa son enfance derrière une grille qui ne s'ouvrait sur l'église extérieure qu'à l'élévation de la messe. Alors on apercevait dans la chapelle intérieure du couvent de jeunes filles prosternées. La fête de l'abbesse était la fête principale de la communauté ; la plus belle des pensionnaires faisait le compliment d'usage : sa parure était ajustée, sa chevelure nattée, sa tête voilée et couronnée des mains de ses compagnes ; et tout cela en silence, car l'heure du lever était une de celles qu'on appelait du *grand silence* dans les monastères. Il va de suite que *Juliette* avait les honneurs de la journée.

Son père et sa mère s'étant établis à Paris, rappelèrent leur enfant auprès d'eux. Sur des brouillons écrits par Madame Récamier je recueille cette note :

« La veille du jour où ma tante devait venir me chercher, je fus conduite dans la chambre de Madame l'abbesse pour recevoir sa bénédiction. Le lendemain, baignée de larmes, je venais de franchir la porte que je ne me souvenais pas d'avoir vu s'ouvrir pour me laisser entrer, je me trouvai dans une voiture avec ma tante, et nous partîmes pour Paris.

« Je quitte à regret une époque si calme et si pure pour

entrer dans celle des agitations. Elle me revient quelquefois comme dans un vague et doux rêve avec ses nuages
d'encens, ses cérémonies infinies, ses processions dans
les jardins, ses chants et ses fleurs. »

Ces heures sorties d'un pieux désert, se reposent maintenant dans une autre solitude religieuse, sans avoir rien
perdu de leur fraîcheur et de leur harmonie.

(3)

Jeunesse de Madame Récamier.

Benjamin Constant, l'homme qui a eu le plus d'esprit
après Voltaire, cherche à donner ainsi une idée de la première jeunesse de Madame Récamier : il a puisé dans le
modèle dont il prétendait retracer les traits, une grâce qui
ne lui était pas naturelle ; le peintre était amoureux.

Récit de Benjamin Constant.

« Parmi les femmes de notre époque, dit-il, que des
avantages de figure, d'esprit ou de caractère ont rendues
célèbres, il en est une que je veux peindre. Sa beauté l'a
d'abord fait admirer ; son âme s'est ensuite fait connaître,
et son âme a encore paru supérieure à sa beauté. L'habitude de la société a fourni à son esprit le moyen de se
déployer et son esprit n'est resté au-dessous ni de sa
beauté, ni de son âme.

« À peine âgée de treize ans, mariée à un homme qui
occupé d'affaires immenses, ne pouvait guider son
extrême jeunesse, Madame Récamier se trouva presque
entièrement livrée à elle-même dans un pays qui était
encore un chaos.

« Plusieurs femmes de la même époque ont rempli
l'Europe de leurs diverses célébrités. La plupart ont payé
le tribut à leur siècle, les unes par des amours sans délica-

tesse, les autres par de coupables condescendances envers les tyrannies successives.

« Celle que je peins sortit brillante et pure de cette atmosphère qui flétrissait ce qu'elle ne corrompait pas. L'enfance fut d'abord pour elle une sauvegarde, tant l'auteur de ce bel ouvrage faisait tourner tout à son profit. Éloignée du monde, dans une solitude embellie par les arts, elle se faisait une douce occupation de ces études charmantes et poétiques qui restent le charme d'un autre âge.

« Souvent aussi, entourée de jeunes compagnes de son âge, elle se livrait avec elles à des jeux bruyants. Svelte et légère, elle les devançait à la course ; elle couvrait d'un bandeau ses yeux qui devaient un jour pénétrer toutes les âmes. Son regard aujourd'hui si expressif et si profond, et qui semble nous révéler des mystères qu'elle-même ne connaît pas, n'étincelait alors que d'une gaieté vive et folâtre. Ses beaux cheveux qui ne peuvent se détacher sans nous remplir de trouble, tombaient alors sans danger pour personne sur ses blanches épaules. Un rire éclatant et prolongé interrompait souvent ses conversations enfantines ; mais déjà, l'on eût pu remarquer en elle cette observation fine et rapide qui saisit le ridicule, cette malignité douce qui s'en amuse, sans jamais blesser et surtout ce sentiment exquis d'élégance, de pureté, de bon goût, véritable noblesse native dont les titres sont empreints sur les êtres privilégiés.

« Le grand monde d'alors était trop contraire à sa nature pour qu'elle ne préférât pas la retraite. On ne la vit jamais dans les maisons ouvertes à tout venant, seules réunions possibles quand toute société fermée eût été suspecte ; où toutes les classes se précipitaient parce qu'on pouvait y parler sans rien dire, s'y rencontrer sans se compromettre, où le mauvais ton tenait lieu d'esprit et le désordre de gaieté. On ne la vit jamais à cette cour du Directoire où le pouvoir était tout à la fois terrible et familier et inspirait la crainte sans échapper au mépris.

« Cependant Madame Récamier sortait quelquefois de sa retraite pour aller au spectacle ou dans les promenades publiques, et, dans ces lieux fréquentés par tous, ces rares apparitions étaient de véritables événements. Tout autre but de ces réunions immenses était oublié et chacun s'élançait sur son passage. L'homme assez heureux pour la conduire avait à surmonter l'admiration comme un obstacle. Ses pas étaient à chaque instant ralentis par les spectateurs pressés autour d'elle ; elle jouissait de ce succès avec la gaieté d'un enfant et la timidité d'une jeune fille ; mais la dignité gracieuse qui dans sa retraite la distinguait de ses jeunes amies, contenait au dehors la foule effervescente. On eût dit qu'elle régnait également par sa seule présence sur ses compagnes et sur le public. Ainsi se passèrent les premières années du mariage de Madame Récamier, entre des occupations poétiques, des jeux enfantins dans la retraite et de courtes et brillantes apparitions dans le monde. »

Interrompant le récit de l'auteur d'*Adolphe*, je dirai que dans cette société succédant à la Terreur, tout le monde craignait d'avoir l'air de posséder un foyer. On se rencontrait dans les lieux publics, surtout au *Pavillon de Hanovre* : quand je vis ce pavillon, il était abandonné comme la salle d'une fête d'hier, ou comme un théâtre dont les acteurs étaient à jamais descendus. Là s'étaient retrouvées ces jeunes échappées de prison à qui André Chénier avait fait dire :

Je ne veux point mourir encore.

Madame Récamier avait rencontré Danton allant au supplice, et elle vit après quelques-unes des belles victimes dérobées à des hommes eux-mêmes devenus victimes de leur propre fureur.

Je reviens à mon guide, Benjamin Constant :

« L'esprit de Madame Récamier avait besoin d'un autre aliment. L'instinct du beau lui faisait aimer d'avance, sans les connaître, les hommes distingués par une réputation de talent et de génie.

« Monsieur de la Harpe, l'un des premiers, sut apprécier cette femme qui devait un jour grouper autour d'elle toutes les célébrités de son siècle. Il l'avait rencontrée dans son enfance, il la revit mariée et la conversation de cette jeune personne de quinze ans eut mille attraits pour un homme que son excessif amour-propre et l'habitude des entretiens avec les hommes les plus spirituels de France rendaient fort exigeant et fort difficile.

« Monsieur de la Harpe se dégageait auprès de Madame Récamier de la plupart des défauts qui rendaient son commerce épineux et presque insupportable. Il se plaisait à être son guide : il admirait avec quelle rapidité son esprit suppléait à l'expérience et comprenait tout ce qu'il lui révélait sur le monde et sur les hommes. C'était au moment de cette conversion fameuse que tant de gens ont qualifiée d'hypocrisie. J'ai toujours regardé cette conversion comme sincère. Le sentiment religieux est une faculté inhérente à l'homme ; il est absurde de prétendre que la fraude et le mensonge aient créé cette faculté. On ne met rien dans l'âme humaine que ce que la nature y a mis. Les persécutions, les abus d'autorité en faveur de certains dogmes peuvent nous faire illusion à nous-mêmes et nous révolter contre ce que nous éprouverions, si on ne nous l'imposait pas : mais dès que les causes extérieures ont cessé, nous revenons à notre tendance primitive : quand il n'y a plus de courage à résister, nous ne nous applaudissons plus de notre résistance. Or la révolution ayant ôté ce mérite à l'incrédulité, les hommes que la vanité seule avait rendus incrédules purent devenir religieux de bonne foi.

« Monsieur de la Harpe était de ce nombre ; mais il garda son caractère intolérant et cette disposition amère qui lui faisaient concevoir de nouvelles haines, sans abjurer les anciennes. Toutes ces épines de sa dévotion disparaissaient cependant auprès de Madame Récamier. »

Voici quelques fragments des lettres de Monsieur de la Harpe à Madame Récamier dont Benjamin Constant vient de parler :

« Samedi, 28 septembre.

« Quoi, Madame, vous portez la bonté jusqu'à vouloir honorer d'une visite un pauvre proscrit comme moi !

C'est pour cette fois que je pourrai dire comme les anciens Patriarches, à qui d'ailleurs je ressemble si peu, *qu'un ange est venu dans ma demeure*. Je sais bien que vous aimez à faire *œuvres de miséricorde* ; mais par le temps qui court tout *bien* est difficile, et celui-là comme les autres. Je dois vous prévenir, à mon grand regret, que venir seule est d'abord impossible pour bien des raisons ; entre autres, qu'avec votre jeunesse et votre figure dont l'éclat vous suivra partout, vous ne sauriez voyager sans une femme de chambre à qui la prudence me défend de confier le secret de ma retraite qui n'est pas à moi seul. Vous n'auriez donc qu'un moyen d'exécuter votre généreuse résolution, ce serait de vous consulter avec Madame de Clermont qui vous amènerait un jour dans son petit castel champêtre, et de là il vous serait très aisé de venir avec elle. Vous êtes faites toutes deux pour vous apprécier et pour vous aimer l'une et l'autre... Je fais en ce moment-ci beaucoup de vers. En les faisant je songe souvent que je pourrai les lire un jour à cette belle et charmante *Juliette* dont l'esprit est aussi fin que le regard, et le goût aussi pur que son âme. Je vous enverrais bien aussi le fragment d'*Adonis* que vous aimez, quoique devenu un peu profane pour moi ; mais je voudrais la promesse qu'il ne sortira pas de vos mains, quoique vous puissiez le lire aux personnes que vous jugerez dignes de vous entendre lire des vers...

« Adieu Madame, je me laisse aller avec vous à des idées que toute autre que vous trouverait bien extraordinaire d'adresser à une personne de seize ans, mais je sais que vos seize ans ne sont que sur votre figure. »

« Samedi.

« Il y a bien longtemps, Madame, que je n'ai eu le plaisir de causer avec vous, et si vous êtes sûre, comme vous devez l'être que c'est une de mes privations, vous ne m'en ferez pas de reproches...

« Vous avez lu dans mon âme ; vous avez vu que j'y portais le deuil des malheurs publics et celui de mes propres fautes, et j'ai dû sentir que cette triste disposition formait un contraste trop fort avec tout l'éclat qui envi-

ronne votre âge et vos charmes. Je crains même qu'il ne
se soit fait apercevoir quelquefois dans le peu de
moments qu'il m'a été permis de passer avec vous, et je
réclame là-dessus votre indulgence. Mais à présent,
Madame, que la Providence semble nous montrer de bien
près un meilleur avenir, à qui pourrais-je confier mieux
qu'à vous la joie que me donnent des espérances si
douces et que je crois si prochaines ? Qui tiendra une plus
grande place que vous dans les jouissances particulières
qui se mêleront à la vie publique ? Je serai alors plus
susceptible et moins indigne des douceurs de votre charmante société, et combien je m'estimerai heureux de pouvoir y être encore pour quelque chose ! Si vous daignez
mettre le même prix au fruit de mon travail, vous serez
toujours la première à qui je m'empresserai d'en faire
hommage. Alors plus de contradictions et d'obstacles ;
vous me trouverez toujours à vos ordres, et personne, je
l'espère, ne pourra me blâmer de cette préférence. Je
dirai : – Voilà celle qui dans l'âge des illusions, et avec
tous les avantages brillants qui peuvent les excuser, a
connu toute la noblesse et la délicatesse des procédés de
la plus pure amitié, et au milieu de tous les hommages,
s'est souvenue d'un proscrit. Je dirai : – Voilà celle dont
j'ai vu croître la jeunesse et les grâces, au milieu d'une
corruption générale qui n'a jamais pu les atteindre ; celle
dont la raison de seize ans a souvent fait honte à la
mienne, et je suis sûr que personne ne sera tenté de me
contredire. »

La tristesse des événements, de l'âge et de la religion,
cachée sous une expression attendrie et presque amoureuse offre dans ces lettres un singulier mélange de pensée et de style.

Revenons encore au récit de Benjamin Constant :

« Nous arrivons à l'époque où Madame Récamier se
vit pour la première fois l'objet d'une passion forte et
suivie. Jusqu'alors elle avait reçu des hommages unanimes de la part de tous ceux qui la rencontraient ; mais
son genre de vie ne présentait nulle part des centres de

réunion où l'on fût sûr de la retrouver. Elle ne recevait jamais chez elle et ne s'était point encore formé de société où l'on pût pénétrer tous les jours pour la voir et essayer de lui plaire.

« Dans l'été de 1799, elle vint habiter le château de Clichy à un quart de lieue de Paris. Un homme célèbre depuis par divers genres de tentatives et de prétentions, et plus célèbre encore par les avantages qu'il a refusés que par les succès qu'il a obtenus, Lucien Bonaparte se fit présenter à elle.

« Il n'avait aspiré jusqu'alors qu'à des conquêtes faciles et n'avait étudié pour les obtenir que les moyens de romans que son peu de connaissance du monde lui représentait comme infaillibles. Il est possible que l'idée de captiver la plus belle femme de son temps l'ait séduit d'abord. Chef d'un parti dans le conseil des Cinq-Cents, frère du premier général du siècle, il fut flatté de réunir dans sa personne les triomphes d'un homme d'État et les succès d'un amant.

« Il imagina de recourir à une fiction pour déclarer son amour à Madame Récamier : il supposa une lettre de *Roméo à Juliette* et l'envoya comme un ouvrage de lui à celle qui portait le même nom. »

Voici cette lettre connue de Benjamin Constant ; au milieu des révolutions qui ont agité le monde réel, il est piquant de voir un Bonaparte s'enfoncer dans le monde des fictions.

Lettre de Roméo à Juliette
par l'auteur de *la Tribu indienne*.

Venise, 29 juillet.

« *Roméo* vous écrit, *Juliette* : si vous refusiez de me lire, vous seriez plus cruelle que nos parents dont les longues querelles viennent enfin de s'apaiser : sans doute ces affreuses querelles ne renaîtront plus... Il y a peu de jours je ne vous connaissais encore que par la renommée. Je vous avais aperçue quelquefois dans les Temples et dans les fêtes ; je savais que vous étiez la plus belle ; mille bouches répétaient vos éloges et vos attraits m'avaient frappé sans m'éblouir... Pourquoi la paix m'a-t-elle livré à votre empire ? La paix !... Elle est dans nos familles ; mais le trouble est dans mon cœur...

« Rappelez-vous ce jour où pour la première fois je vous fus présenté. Nous célébrions dans un banquet nombreux la réconciliation de nos pères. Je revenais du Sénat où les troubles suscités à la République avaient produit une vive impression ; ma tête était remplie de réflexions profondes ; j'arrivai triste et rêveur dans ces jardins de *Bedmar* où nous étions attendus... Vous arrivâtes. Tous alors s'empressaient. Qu'elle est belle ! s'écriait-on... Le hasard ou l'amour me plaça près de vous ; j'entendis votre voix... vos regards, vos sourires fixèrent mon âme attentive ; je fus subjugué ! Je ne pouvais assez admirer vos traits, vos accents, votre silence, vos gestes et cette gracieuse physionomie qu'embellit une douce indifférence... Car vous savez donner des charmes à l'indifférence.

« La foule remplit dans la soirée les jardins de Bedmar. Les importuns, qui sont partout, s'emparèrent de moi. Cette fois je n'eus avec eux ni patience, ni affabilité : ils me tenaient éloigné de vous... Je voulus me rendre compte du trouble qui s'emparait de moi. Je reconnus l'amour et je voulus le maîtriser... Je fus entraîné et je quittai avec vous ce lieu de fête.

« Je vous ai revue depuis ; l'amour a semblé me sourire... Un jour, assise au bord de l'eau, immobile et rêveuse, vous effeuilliez une rose ; seul avec vous, j'ai parlé... J'ai entendu un soupir... Vaine illusion !... Revenu de mon erreur, j'ai vu l'indifférence au front tranquille assise entre nous deux... La passion qui me maîtrise s'exprimait dans mes discours et les vôtres portaient l'aimable et cruelle empreinte de l'enfance et de la plaisanterie... Chaque jour je voudrais vous voir, comme si le trait n'était pas assez fixé dans mon cœur. Les moments où je vous vois seule sont bien rares, et ces jeunes Vénitiens qui vous entourent et qui vous parlent fadeur et galanterie me sont insupportables... Peut-on parler à *Juliette* comme aux autres femmes ?

« J'ai voulu vous écrire. Vous me connaîtrez, vous ne

serez plus incrédule... Mon âme est inquiète ; elle a soif de sentiments... Si l'amour n'a pas ému la vôtre ; si *Roméo* n'est à vos yeux qu'un homme ordinaire, oh ! je vous en conjure, par les liens que vous m'avez imposés, soyez avec moi sévère par bonté ; ne me souriez plus, ne me parlez plus, repoussez-moi loin de vous. Dites-moi de m'éloigner et si je puis exécuter cet ordre rigoureux, souvenez-vous au moins que *Roméo* vous aimera toujours ; que personne n'a jamais régné sur lui comme *Juliette,* et qu'il ne peut plus renoncer à vivre pour elle, au moins par le souvenir. »

Pour un homme de sang-froid, tout cela est un peu moquable : les Bonaparte vivaient de théâtres, de romans et de vers ; la vie de Napoléon lui-même est-elle autre chose qu'un poème ?

Benjamin Constant continue en commentant cette lettre :

« Le style de cette lettre est visiblement imité de tous les romans qui ont peint les passions, depuis *Werther* jusqu'à la *Nouvelle Héloïse.* Madame Récamier reconnut facilement à plusieurs circonstances de détail qu'elle-même était l'objet de la déclaration qu'on lui présentait comme une simple lecture. Elle n'était pas assez accoutumée au langage direct de l'amour pour être avertie par l'expérience que tout dans les expressions n'était peut-être pas sincère, mais un instinct juste et sûr l'en avertissait. Elle répondit avec simplicité, avec gaieté même, et montra bien plus d'indifférence que d'inquiétude et de crainte. Il n'en fallut pas davantage pour que Lucien éprouvât réellement la passion qu'il avait d'abord un peu exagérée.

« Les lettres de Lucien deviennent plus vraies, plus éloquentes à mesure qu'il devient plus passionné ; on y voit bien toujours l'ambition des ornements, le besoin de se mettre en attitude ; il ne peut s'endormir sans *se jeter dans les bras de Morphée...* Au milieu de son désespoir, il se décrit livré *aux grandes occupations qui l'entourent* ; il s'étonne de ce *qu'un homme comme lui verse des larmes* ; mais dans tout cet alliage de déclamation et de phrases il y a pourtant de l'éloquence, de la sensibilité et de la douleur. Enfin dans une lettre pleine de passion où il écrit à Madame Récamier : "Je ne puis vous haïr, mais je puis me tuer", il dit tout à coup en réflexion générale : "J'oublie que l'amour ne s'arrache pas, il s'obtient." Puis il ajoute : "Après la réception de votre billet, j'en ai reçu plusieurs diplomatiques ; j'ai appris une nouvelle que le bruit public vous aura sans doute apprise. Je suis parti dans la nuit. Les félicitations m'entourent, m'étourdissent... On me parle de ce qui n'est pas vous... Que la nature est faible, comparée à l'amour !"

« Cette nouvelle qui trouvait Lucien insensible était pourtant une nouvelle immense : le débarquement de Bonaparte à son retour d'Égypte.

« Un destin nouveau venait de débarquer avec ses promesses et ses menaces ; le dix-huit brumaire ne devait pas se faire attendre. À peine échappé au danger de cette journée, qui tiendra toujours une si grande place dans l'histoire, Lucien écrivait à Madame Récamier : "Votre image m'est apparue !... Vous auriez eu ma dernière pensée." »

(4)

MADAME DE STAËL.

Suite du récit de Benjamin Constant.

« Madame Récamier contracta, avec une femme bien autrement illustre que Monsieur de la Harpe n'était célèbre, une amitié qui devint chaque jour plus intime et qui dure encore.

« Monsieur Necker ayant été rayé de la liste des émigrés, chargea Madame de Staël, sa fille, de vendre une maison qu'il avait à Paris. Monsieur Récamier l'acheta, et ce fut une occasion naturelle pour Madame Récamier de voir Madame de Staël.

« La vue de cette femme célèbre la remplit d'abord d'une excessive timidité. La figure de Madame de Staël a été fort discutée. Mais un superbe regard, un sourire doux, une expression habituelle de bienveillance, l'absence de toute affectation minutieuse et de toute réserve gênante, des mots flatteurs, des louanges un peu directes, mais qui semblent échapper à l'enthousiasme, une variété inépuisable de conversation, étonnent, attirent, et lui concilient presque tous ceux qui l'approchent. Je ne connais aucune femme et même aucun homme qui soit plus convaincu de son immense supériorité sur tout le monde et qui fasse moins peser cette conviction sur les autres.

« Rien n'était plus attachant que les entretiens de Madame de Staël et de Madame Récamier. La rapidité de l'une à exprimer mille pensées neuves, la rapidité de la seconde à les saisir et à les juger ; cet esprit mâle et fort qui dévoilait tout, et cet esprit délicat et fin qui comprenait tout ; ces révélations d'un génie exercé, communiquées à une jeune intelligence digne de les recevoir : tout cela formait une réunion qu'il est impossible de peindre sans avoir eu le bonheur d'en être témoin soi-même.

« L'amitié de Madame Récamier pour Madame de Staël se fortifia d'un sentiment qu'elles éprouvaient toutes deux, l'amour filial. Madame Récamier était tendrement attachée à sa mère, femme d'un rare mérite, dont la santé donnait déjà des craintes et que sa fille ne cesse de regretter depuis qu'elle l'a perdue. Madame de Staël avait voué à son père un culte que la mort n'a fait que rendre plus exalté. Toujours entraînante par la manière de s'exprimer, elle le devient surtout encore quand elle parle de lui. Sa voix émue, ses yeux prêts à se mouiller de larmes, la sincérité de son enthousiasme, touchaient l'âme de ceux mêmes qui ne partageaient pas son opinion sur cet homme célèbre. On a fréquemment jeté du ridicule sur les éloges qu'elle lui a donnés dans ses écrits ; mais quand on l'a entendue sur ce sujet, il est impossible d'en faire un objet de moquerie, parce que rien de ce qui est vrai n'est ridicule. »

Les lettres de *Corinne* à son amie Madame Récamier commencèrent à l'époque rappelée ici par Benjamin Constant ; elles ont un charme qui tient presque de l'amour ; j'en ferai connaître quelques-unes :

Lettre de Madame de Staël à Madame Récamier.

« Coppet, 9 septembre.

« Vous souvenez-vous, belle *Juliette*, d'une personne que vous avez comblée de marques d'intérêt cet hiver, et qui se flatte de vous engager à redoubler l'hiver prochain ? Comment gouvernez-vous l'empire de la beauté ? On vous l'accorde avec plaisir cet empire, parce que vous êtes éminemment bonne et qu'il semble naturel qu'une âme si douce ait un charmant visage pour l'exprimer. De tous vos adorateurs vous savez que je préfère Adrien de Montmorency. J'ai reçu de ses lettres, remarquables par l'esprit et la grâce, et je crois à la solidité de ses affections, malgré le charme de ses manières. Au reste ce mot de solidité convient à moi qui ne prétends qu'à un rôle bien secondaire dans son cœur. Mais vous qui êtes l'héroïne de tous les sentiments, vous êtes exposée aux grands événements dont on fait les tragédies et les romans. Le mien s'avance au pied des Alpes. J'espère que vous le lirez avec intérêt. Je me plais à cette occupation. En parlant de vos adorateurs je ne parlais pas de Monsieur de Narbonne ; il me semble qu'il s'est rangé parmi les amis. S'il n'en était pas ainsi je n'aurais pu dire que je lui préférais personne. Au milieu de tous ces succès, ce que vous êtes et ce que vous resterez, c'est un ange de pureté et de beauté, et vous aurez le culte des dévots comme celui des mondains... Avez-vous revu l'auteur d'*Atala* ? Êtes-vous toujours à Clichy ? Enfin je vous demande des détails sur vous. J'aime à savoir ce que vous faites, à me représenter les lieux que vous habitez. Tout n'est-il pas tableau dans les souvenirs que l'on garde de vous ? Je joins à cet enthousiasme si naturel pour vos rares avantages beaucoup d'attrait pour votre société. Acceptez, je vous prie, avec bienveillance tout ce que je vous offre, et promettez-moi que nous nous verrons souvent l'hiver prochain. »

« Coppet, 30 avril.

« Savez-vous que mes amis, belle *Juliette*, m'ont un peu flattée de l'idée que vous viendriez ici ? Ne pourriez-vous pas me donner ce grand plaisir ? Le bonheur ne m'a pas gâtée, depuis quelque temps, et ce serait un retour de fortune que votre arrivée qui me donnerait de l'espoir pour tout ce que je désire. Adrien et Mathieu disent qu'ils viendront. Si vous veniez avec eux, un mois de séjour ici suffirait pour vous montrer notre éclatante nature. Mon père dit que vous devriez choisir Coppet pour domicile, et que de là nous ferions nos courses. Mon père est très vif dans le désir de vous voir. Vous savez ce qu'on a dit d'Homère :

Par la voix des vieillards, tu louas la beauté.

« Et indépendamment de cette beauté vous êtes charmante. »

(5)

VOYAGE DE MADAME RÉCAMIER EN ANGLETERRE.

Pendant la courte paix d'Amiens, Madame Récamier fit avec sa mère un voyage à Londres. Elle eut des lettres de recommandation du vieux duc de Guignes, ambassadeur en Angleterre trente ans auparavant. Il avait conservé des correspondances avec les femmes les plus brillantes de son temps : la duchesse de Devonshire, lady Melbourne, la marquise de Salisbury, la margrave d'Anspach dont il avait été amoureux. Son ambassade était encore célèbre, son souvenir tout vivant chez ces respectables dames.

Telle est la puissance de la nouveauté en Angleterre,

que le lendemain les gazettes furent remplies de l'arrivée de la Beauté étrangère. Madame Récamier reçut les visites de toutes les personnes à qui elle avait envoyé ses lettres. Parmi ces personnes la plus remarquable était la duchesse de Devonshire âgée de quarante-cinq à cinquante ans. Elle était encore à la mode et belle quoique privée d'un œil qu'elle couvrait d'une boucle de cheveux. La première fois que Madame Récamier parut en public, ce fut avec elle. La duchesse la conduisit à l'Opéra dans sa loge où se trouvaient le Prince de Galles, le duc d'Orléans et ses frères le duc de Montpensier et le comte de Beaujolais. Les deux premiers devaient devenir rois ; l'un touchait au trône, l'autre en était encore séparé par un abîme. Les lorgnettes et les regards se tournèrent vers la loge de la duchesse. Le Prince de Galles dit à Madame Récamier que si elle ne voulait être étouffée, il fallait sortir avant la fin du spectacle. À peine fut-elle debout que les portes des loges s'ouvrirent précipitamment : elle n'évita rien et fut portée par le flot de la foule jusqu'à sa voiture.

Le lendemain Madame Récamier alla au parc de Kensington accompagnée du marquis de Douglas, duc d'Hamilton, qui depuis a reçu Charles X à Holyrood, et de sa sœur la duchesse de Somerset. La foule se précipitait sur les pas de l'étrangère. Cet effet se renouvela toutes les fois qu'elle se montra en public ; les journaux retentissaient de son nom et son portrait, gravé par Bartolozzi, fut répandu dans toute l'Angleterre. L'auteur d'*Antigone* (M. Ballanche), ajoute que des vaisseaux le portèrent jusque dans les îles de la Grèce : la beauté retournait aux lieux où l'on avait inventé son image. On a de Madame Récamier une esquisse par David, un portrait en pied par Gérard, un buste par Canova. Le portrait est le chef-d'œuvre de Gérard ; il est ravissant, mais il ne me plaît pas, parce que j'y reconnais les traits, sans reconnaître l'expression du modèle.

La veille du départ de Madame Récamier, le Prince de Galles et la duchesse de Devonshire lui demandèrent de les recevoir et d'amener chez elle quelques personnes de leur société. Les demandes s'étant multipliées la réunion fut nombreuse. On fit de la musique ; Madame Récamier joua avec le chevalier Marin, premier harpiste de cette époque, des variations sur un thème de Mozart, qui lui était dédié. Les feuilles anglaises furent remplies des détails de cette soirée. Elles remarquèrent l'enthousiasme si gracieux et si animé du Prince de Galles, et son empressement sans partage auprès de la belle étrangère.

Le lendemain elle s'embarqua pour La Haye et mit trois jours à faire une traversée de seize heures. Elle m'a raconté que pendant ces jours mêlés de tempêtes, elle lut le *Génie du christianisme* ; je lui fus *révélé*, selon sa bienveillante expression : je reconnais là cette bonté que les vents et la mer ont toujours eue pour moi.

Près de La Haye, elle visita le château du Prince d'Orange, ce prince lui ayant fait promettre d'aller voir cette demeure : il lui écrivit plusieurs lettres, dans lesquelles il parle de ses revers et de l'espoir de les vaincre : Guillaume IV est en effet devenu monarque ; en ce temps-là, on intriguait pour être roi, comme aujourd'hui pour être député ; et ces candidats à la souveraineté se pressaient aux pieds de Madame Récamier, comme si elle disposait des couronnes.

Ce billet de Bernadotte, qui règne aujourd'hui sur la Suède, termina le voyage de Madame Récamier en Angleterre.

« ....

« Les journaux anglais, en calmant mes inquiétudes sur votre santé, m'ont appris les dangers auxquels vous aviez été exposée. J'ai blâmé d'abord le peuple de Londres dans son trop grand empressement ; mais je vous l'avoue, il a été bientôt excusé, car je suis partie intéressée lorsqu'il faut justifier les personnes qui se rendent indiscrètes pour admirer les charmes de votre céleste figure.

« Au milieu de l'éclat qui vous environne et que vous méritez à tant de titres, daignez vous souvenir quelquefois que l'être qui vous est le plus dévoué dans la nature est

« BERNADOTTE. »

(6)

PREMIER VOYAGE DE MADAME DE STAËL EN ALLEMAGNE.
MADAME RÉCAMIER À PARIS.

Madame de Staël menacée de l'exil, tenta de s'établir à Maffliers, campagne à dix lieues de Paris. Elle accepta la proposition que lui fit Madame Récamier, revenue d'Angleterre, de passer quelques jours à Saint-Brice avec elle ; ensuite elle retourna dans son premier asile. Elle rend compte de ce qui lui arriva alors, dans les *Dix années d'exil* :

« J'étais à table, dit-elle, avec trois de mes amis dans une salle où l'on voyait le grand chemin et la porte d'entrée. C'était à la fin de septembre à quatre heures : un homme en habit gris, à cheval, s'arrête et sonne ; je fus certaine de mon sort : il me fit demander ; je le reçus dans le jardin. En avançant vers lui, le parfum des fleurs et la beauté du soleil me frappèrent. Les sensations qui nous viennent par les combinaisons de la société sont si différentes de celle de la nature ! Cet homme me dit qu'il était le commandant de la gendarmerie de Versailles... Il me montra une lettre signée de Bonaparte qui portait l'ordre de m'éloigner à quarante lieues de Paris et enjoignait de me faire partir dans les vingt-quatre heures, en me traitant cependant avec tous les égards dus à une femme d'un nom connu... Je répondis à l'officier de gendarmerie que partir dans les vingt-quatre heures convenait à des conscrits, mais non pas à une femme et à des enfants. En conséquence je lui proposai de m'accompagner à Paris où j'avais besoin de trois jours pour faire les arrangements nécessaires à mon voyage. Je montai donc dans ma voiture avec mes enfants et cet officier qu'on avait choisi comme le plus littéraire des gendarmes. En effet il me fit des compliments sur mes écrits. – Vous voyez, lui dis-je, Monsieur, où cela mène d'être une femme d'esprit. Déconseillez-le, je vous prie, aux per-

sonnes de votre famille, si vous en avez l'occasion. »
J'essayais de me monter par la fierté ; mais je sentais la
griffe dans mon cœur.

« Je m'arrêtai quelques instants chez Madame Récamier. Je trouvai le général Junot qui, par dévouement
pour elle, promit d'aller le lendemain parler au premier
Consul. Il le fit en effet avec la plus grande chaleur...

« La veille du jour qui m'était accordé, Joseph Bonaparte fit encore une tentative...

« Je fus obligée d'attendre la réponse dans une auberge
à deux lieues de Paris, n'osant pas rentrer chez moi dans
la ville. Un jour se passa sans que cette réponse me par-
vînt. Ne voulant pas attirer l'attention sur moi en restant
plus longtemps dans l'auberge où j'étais, je fis le tour des
murs de Paris pour en aller chercher une autre, de même
à deux lieues de Paris, mais sur une route différente. Cette
vie errante à quatre pas de mes amis et de ma demeure,
me causait une douleur que je ne puis me rappeler sans
frissonner... »

Madame de Staël au lieu de retourner à Coppet partit
pour son premier voyage d'Allemagne. À cette époque
elle m'écrivit sur la mort de Madame de Beaumont la
lettre que j'ai citée dans mon premier voyage de Rome.

Madame Récamier réunissait chez elle à Paris ce qu'il
y avait de plus distingué dans les partis opprimés et dans
les opinions qui n'avaient pas tout cédé à la victoire. On
y voyait les illustrations de l'ancienne monarchie et du
nouvel Empire, les Montmorency, les Lafayette, les
Sabran, les Lamoignon, les Noailles, les généraux Masséna, Junot, Moreau et Bernadotte ; celui-là destiné à
l'exil, celui-ci au trône. Les étrangers illustres, le Prince
d'Orange et le Prince de Bavière, le frère de la Reine de
Prusse, l'environnaient, comme à Londres le Prince de
Galles était fier de porter son châle. L'attrait était si irrésistible qu'Eugène Beauharnais, Murat et les ministres
mêmes de l'Empereur allaient à ces réunions.

Bonaparte ne pouvait souffrir le succès, même celui
d'une femme, lorsqu'il ne relevait pas de lui. Il disait :

« Depuis quand le conseil se tient-il chez Madame Récamier ? »

(7)

PROJETS DES GÉNÉRAUX. – PORTRAIT DE BERNADOTTE. – PROCÈS
DE MOREAU. – LETTRES DE MOREAU ET DE MASSÉNA
À MADAME RÉCAMIER.

Je reviens maintenant au récit de Benjamin Constant :
« Depuis longtemps Bonaparte qui s'était emparé du
gouvernement marchait ouvertement à la tyrannie. Les
partis les plus opposés s'aigrissaient contre lui et tandis
que la masse des citoyens se laissait énerver encore par
le repos qu'on lui promettait, les Républicains et les
Royalistes désiraient un renversement. Monsieur de
Montmorency appartenait à ces derniers par sa naissance,
ses rapports et ses opinions. Madame Récamier ne tenait
à la politique que par son intérêt généreux pour les vaincus de tous les partis. L'indépendance de son caractère
l'éloignait de la cour de Napoléon dont elle avait refusé
de faire partie. Monsieur de Montmorency imagina de lui
confier ses espérances, lui peignit le rétablissement des
Bourbons sous des couleurs propres à exciter son enthousiasme et la chargea de rapprocher deux hommes importants alors en France, Bernadotte et Moreau, pour voir
s'ils pouvaient se réunir contre Bonaparte. Elle connaissait beaucoup Bernadotte qui depuis est devenu Prince
Royal de Suède. Quelque chose de chevaleresque dans la
figure, de noble dans ses manières, de très fin dans l'esprit, de déclamatoire dans la conversation, en font un
homme remarquable. Courageux dans les combats, hardi
dans le propos mais timide dans les actions qui ne sont
pas militaires, irrésolu dans tous ses projets : une chose
qui le rend très séduisant à la première vue, mais qui en
même temps met un obstacle à toute combinaison de plan
avec lui, c'est une habitude de haranguer, reste de son

éducation révolutionnaire qui ne le quitte pas. Il a parfois des mouvements d'une véritable éloquence ; il le sait, il aime ce genre de succès, et quand il est entré dans le développement de quelque idée générale, tenant à ce qu'il a entendu dans les clubs ou à la tribune, il perd de vue tout ce qui l'occupe et n'est plus qu'un orateur passionné. Tel il a paru en France dans les premières années du règne de Bonaparte, qu'il a toujours haï, et auquel il a toujours été suspect, et tel il s'est encore montré dans ces derniers temps au milieu du bouleversement de l'Europe dont on lui doit toujours l'affranchissement, parce qu'il a rassuré les étrangers en leur montrant un Français prêt à marcher contre le tyran de la France et sachant ne dire que ce qui pouvait influer sur sa nation.

« Tout ce qui offre à une femme le moyen d'exercer sa puissance lui est agréable. Il y avait d'ailleurs dans l'idée de soulever contre le despotisme de Bonaparte des hommes importants par leurs dignités et leur gloire, quelque chose de généreux et de noble qui devait tenter Madame Récamier. Elle se prêta donc au désir de Monsieur de Montmorency. Elle réunit souvent Bernadotte et Moreau chez elle. Moreau hésitait, Bernadotte déclamait. Madame Récamier prenait les discours indécis de Moreau pour un commencement de résolution, et les harangues de Bernadotte comme un signal de renversement de la tyrannie. Les deux généraux de leur côté étaient enchantés de voir leur mécontentement caressé par tant de beauté, d'esprit et de grâce. Il y avait en effet quelque chose de romanesque et de poétique dans cette femme si jeune, si séduisante, leur parlant de la liberté de leur patrie. Bernadotte répétait sans cesse que Madame Récamier était faite pour électriser le monde et pour créer des Séides. »

En remarquant la finesse de cette peinture de Benjamin Constant, il faut dire que Madame Récamier ne serait jamais entrée dans ces intérêts politiques sans l'irritation qu'elle ressentait de l'exil de Madame de Staël. Le futur Roi de Suède avait la liste des généraux qui tenaient encore au parti de l'indépendance ; mais le nom de Moreau n'y était pas ; c'était le seul qu'on pût opposer à celui de Napoléon : seulement Bernadotte ignorait quel était ce Bonaparte dont il attaquait la puissance.

Madame Moreau donna un bal ; toute l'Europe s'y trouva excepté la France ; elle n'y était représentée que par l'opposition républicaine. Pendant cette fête, le général Bernadotte conduisit Madame Récamier dans un petit salon où le bruit de la musique seul les suivit et leur rappelait où ils étaient. Moreau passa dans ce salon ; Bernadotte lui dit après de longues explications : « Avec un nom populaire, le seul parmi nous qui puisse se présenter appuyé de tout un peuple, voyez ce que vous pouvez, ce que nous pouvons guidés par vous ! »

Moreau répéta ce qu'il avait dit souvent : « qu'il sentait le danger dont la liberté était menacée, qu'il fallait surveiller Bonaparte, mais qu'il craignait une guerre civile. »

Cette conversation se prolongeait et s'animait ; Bernadotte s'emporta et dit au général Moreau : « Vous n'osez prendre la cause de la liberté ; eh bien ! Bonaparte se jouera de la liberté et de vous. Elle périra malgré nos efforts, et vous, vous serez enveloppé dans sa ruine, sans avoir combattu. » Paroles prophétiques !

La mère de Madame Récamier était liée avec Madame Hulot, mère de Madame Moreau, et Madame Récamier avait contracté avec cette dernière une de ces liaisons d'enfance qu'on est heureux de continuer dans le monde. Pendant le procès du Général, Madame Récamier passait sa vie chez Madame Moreau. Celle-ci dit à son amie que son mari se plaignait de ne l'avoir point encore vue parmi le public qui remplissait la salle et le tribunal. Madame Récamier s'arrangea pour assister le lendemain de cette conversation à la séance. Un juge, Monsieur Brillat-Savarin, se chargea de la faire entrer par une porte particulière qui s'ouvrait sur l'amphithéâtre. En entrant elle leva son voile et parcourut d'un coup d'œil les rangs des accusés afin d'y trouver Moreau. Il la reconnut, se leva et la salua. Tous les regards se tournèrent vers elle ; elle se hâta de descendre les degrés de l'amphithéâtre pour arriver à la place qui lui était destinée. Les accusés étaient au nombre de quarante-sept ; ils remplissaient les gradins placés en face des juges du tribunal. Chaque accusé était placé entre deux gendarmes : ces soldats montraient au général Moreau de la déférence et du respect.

On remarquait Messieurs de Polignac et de Rivière ; mais surtout Georges Cadoudal. Pichegru (dont le nom restera lié à celui de Moreau), manquait pourtant à côté de lui, ou plutôt on y croyait voir son ombre, car on savait qu'il manquait aussi dans la prison.

Il n'était plus question de Républicains, c'était la fidélité royaliste (excepté Moreau) qui luttait contre le pouvoir nouveau ; toutefois, cette cause de la légitimité et de ses partisans nobles avait pour chef un homme du peuple, Georges Cadoudal. On le voyait là, avec la pensée que cette tête si pieuse, si intrépide allait tomber sur l'échafaud ; que lui seul, peut-être, Cadoudal, ne serait pas sauvé, car il ne ferait rien pour l'être. Il ne défendait que ses amis ; quant à ce qui le regardait particulièrement, il disait tout. Bonaparte ne fut pas aussi généreux qu'on le suppose : onze personnes dévouées à Georges périrent avec lui.

Moreau ne parla point. La séance terminée, le juge qui avait amené Madame Récamier vint la reprendre. Elle traversa le parquet du côté opposé à celui par lequel elle était entrée et longea le banc des accusés. Moreau descendit, suivi de ses deux gendarmes ; il n'était séparé d'elle que par une balustrade : il lui dit quelques paroles que dans son saisissement elle entendit à peine ; en lui répondant sa voix se brisa.

Aujourd'hui que les temps sont changés et que le nom de Bonaparte semble seul les remplir, on n'imagine pas à combien peu encore paraissait tenir sa puissance. La nuit qui précéda la sentence et pendant laquelle le tribunal siégea, tout Paris fut sur pied. Des flots de peuple se portaient au Palais de Justice. Georges ne voulut point de grâce. Il répondit à ceux qui voulaient la demander : « Me promettez-vous une plus belle occasion de mourir ? »

Moreau condamné à la déportation se mit en route pour Cadix d'où il devait passer en Amérique. Madame Moreau alla le rejoindre. Madame Récamier était auprès d'elle au moment de son départ. Elle la vit embrasser son fils dans son berceau, et la vit revenir sur ses pas pour l'embrasser encore : elle la conduisit à sa voiture et reçut son dernier adieu.

Le général Moreau écrivit de Cadix cette lettre à sa généreuse amie :

Chiclana (près Cadix), le 12 octobre 1804.

« Madame, vous apprendrez sans doute avec quelque plaisir des nouvelles de deux fugitifs auxquels vous avez témoigné tant d'intérêt. Après avoir essuyé des fatigues de tous genres, sur terre et sur mer, nous espérions nous reposer à Cadix, quand la fièvre jaune, qu'on peut en quelque sorte comparer aux maux que nous venions d'éprouver, est venue nous assiéger dans cette ville.

« Quoique les couches de mon épouse nous aient forcés d'y rester plus d'un mois pendant la maladie, nous avons été assez heureux pour nous préserver de la contagion : un seul de nos gens en a été atteint.

« Enfin nous sommes à Chiclane, très joli village à quelques lieues de Cadix, jouissant d'une bonne santé, et mon épouse en pleine convalescence après m'avoir donné une fille très bien portante.

« Persuadée que vous prendrez autant d'intérêt à cet événement qu'à tout ce qui nous est arrivé, elle me charge de vous en faire part et de la rappeler à votre souvenir.

« Je ne vous parle pas du genre de vie que nous menons, il et excessivement ennuyeux et monotone ; mais au moins nous respirons en liberté, quoique dans le pays de l'Inquisition.

« Je vous prie, Madame, de recevoir l'assurance de mon respectueux attachement et de me croire pour toujours

« Votre très humble et très obéissant serviteur,

« Vᴿ. Moreau. »

Cette lettre est datée de Chiclane, lieu qui sembla promettre avec de la gloire, un règne assuré à Monseigneur le duc d'Angoulême : et pourtant il n'a fait que paraître sur ce bord aussi fatalement que Moreau, qu'on a cru dévoué aux Bourbons : Moreau, au fond de l'âme, était dévoué à la liberté. Lorsqu'il eut le malheur de se joindre à la coalition, il s'agissait uniquement à ses yeux de combattre le despotisme de Bonaparte. Louis XVIII disait à Monsieur de Montmorency qui déplorait la mort de Moreau comme une grande perte pour la couronne : « Pas si grande : Moreau était républicain. »

Ce général ne repassa en Europe que pour trouver le boulet sur lequel son nom avait été gravé par le doigt de Dieu.

Moreau me rappelle un autre illustre capitaine, Masséna : celui-ci allait à l'armée d'Italie ; il demanda à Madame Récamier un ruban blanc de sa parure. Un jour elle reçut ce billet de la main de Masséna :

« Le charmant ruban donné par Madame Récamier a été porté par le général Masséna aux batailles et au blocus de Gênes : il n'a jamais quitté le général, et lui a constamment favorisé la victoire. »

Les antiques mœurs percent à travers les mœurs nouvelles dont elles font la base. La galanterie du chevalier noble se retrouvait dans le soldat plébéien ; le souvenir des Tournois et des Croisades était caché dans ces faits d'armes par qui la France moderne a couronné ses vieilles victoires. Cisher, compagnon de Charlemagne, ne se parait point aux combats des couleurs de sa dame ; il portait, dit le moine de Saint-Gall, *sept, huit et même neuf ennemis enfilés à sa lance comme des grenouillettes.* Cisher précédait et Masséna suivait la chevalerie.

(8)

MORT DE MONSIEUR NECKER. — RETOUR DE MADAME DE STAËL. — MADAME RÉCAMIER À COPPET. — LE PRINCE AUGUSTE DE PRUSSE. — MADAME DE GENLIS.

Madame de Staël apprit à Berlin la maladie de son père ; elle se hâta de revenir, mais Monsieur Necker était mort avant son arrivée en Suisse.

En ce temps-là arriva la ruine de Monsieur Récamier ;

Madame de Staël fut bientôt instruite de ce malheureux événement. Elle écrivit sur-le-champ à Madame Récamier son amie :

« Genève, 17 novembre.

« Ah ! ma chère Juliette, quelle douleur j'ai éprouvée par l'affreuse nouvelle que je reçois ! Que je maudis l'exil qui ne me permet pas d'être auprès de vous, de vous serrer contre mon cœur ! Vous avez perdu tout ce qui tient à la facilité, à l'agrément de la vie, mais s'il était possible d'être plus aimée, plus intéressante que vous ne l'étiez, c'est ce qui vous serait arrivé ! Je vais écrire à Monsieur Récamier que je plains et que je respecte. Mais dites-moi, serait-ce un rêve que de vous voir cet hiver ? Si vous vouliez, trois mois passés ici dans un cercle étroit où vous seriez passionnément soignée : mais à Paris aussi vous inspirez ce sentiment. Enfin au moins à Lyon, ou jusqu'à mes *quarante lieues* j'irai pour vous voir, pour vous embrasser, pour vous dire que je me suis senti pour vous plus de tendresse que pour aucune femme que j'aie jamais connue. Je ne sais rien vous dire comme consolation, si ce n'est que vous serez aimée et considérée plus que jamais et que les admirables traits de votre générosité et de votre bienfaisance seront connus malgré vous, par ce malheur, comme ils ne l'auraient jamais été sans lui. Certainement, en comparant votre situation à ce qu'elle était, vous avez perdu ; mais s'il m'était possible d'envier ce que j'aime, je donnerais bien tout ce que je suis pour être vous. Beauté sans égale en Europe ; réputation sans tache, caractère fier et généreux, quelle fortune de bonheur encore dans cette triste vie où l'on marche si dépouillé ! Chère Juliette, que notre amitié se resserre ; que ce ne soit plus simplement des services généreux, qui sont tous venus de vous, mais une correspondance suivie, un besoin réciproque de se confier ses pensées, une vie ensemble, chère Juliette. C'est vous qui me ferez revenir à Paris car vous serez toujours une personne toute-puissante, et nous nous verrons tous les jours, et comme vous êtes plus jeune que moi vous me fermerez les yeux, et mes enfants seront vos amis. Ma fille a pleuré ce matin de mes larmes et des vôtres. Chère Juliette, ce luxe qui vous entourait, c'est nous qui en avons joui ; vôtre fortune a été la nôtre et je me sens ruinée parce que vous n'êtes plus riche. Croyez-moi, il reste du bonheur quand on s'est fait aimer ainsi. Benjamin veut vous écrire : il est bien ému. Mathieu de Montmorency m'écrit sur vous une lettre bien touchante. Chère amie, que votre cœur soit calme au milieu de ces douleurs. Hélas ! ni la mort, ni l'indifférence de vos amis ne vous menacent, et voilà les blessures éternelles. Adieu, cher ange, adieu ! J'embrasse avec respect votre visage charmant... »

Un intérêt nouveau se répandit sur Madame Récamier : elle quitta la société sans se plaindre et sembla faire pour la solitude comme pour le monde. Ses amis lui restèrent, et cette fois, a dit Monsieur Ballanche, *la fortune se retira seule*.

Madame de Staël attira son amie à Coppet. Le prince Auguste de Prusse, fait prisonnier à la bataille d'Eylau, se rendant en Italie, passa par Genève : il devint éperdument amoureux de Madame Récamier. La vie intime et particulière appartenant à chaque homme, continuait son cours sous la vie générale, l'ensanglantement des batailles et la transformation des Empires : le riche à son réveil aperçoit ses lambris dorés, le pauvre ses solives enfumées ; pour les éclairer il n'y a qu'un même rayon de soleil.

Le prince Auguste, croyant que Madame Récamier pourrait consentir au divorce, lui proposa de l'épouser. Bonaparte qui avait connu cette circonstance par des rapports de police, s'en est souvenu à Sainte-Hélène.

On lit dans le *Mémorial* :

« Dans les causeries du jour, l'Empereur est revenu encore à Madame de Staël, sur laquelle il n'a rien dit de neuf, seulement il a parlé de lettres vues par la police, et dont Madame Récamier et un Prince de Prusse faisaient tous les frais.

« ... Le Prince, malgré les obstacles que lui opposait son rang, avait conçu la pensée d'épouser l'amie de Madame de Staël... Bien que le jeune Prince fût rappelé à Berlin, l'absence n'altéra point ses sentiments ; il n'en poursuivit pas moins avec ardeur son projet favori ; mais soit préjugé catholique contre le divorce, soit générosité naturelle, Madame Récamier se refusa constamment à cette élévation inattendue. »

(*Mémorial de Sainte-Hélène*, tome VII.)

Il reste un monument de cette passion dans le tableau de *Corinne* que le prince obtint de Gérard ; il en fit présent à Madame Récamier comme un immortel souvenir du sentiment qu'elle lui avait inspiré et de l'intime amitié qui unissait *Corinne* et *Juliette*. L'été se passa en fêtes : le monde était bouleversé, mais il arrive que le retentissement des catastrophes publiques en se mêlant aux joies de la jeunesse, en redouble le charme ; on se livre d'autant plus vivement aux plaisirs, qu'on se sent près de les perdre.

Madame de Genlis a fait un roman sur cet attachement du Prince Auguste. Je la trouvai un jour dans l'ardeur de la composition. Elle demeurait à l'Arsenal au milieu de livres poudreux, dans un appartement obscur. Elle n'attendait personne ; elle était vêtue d'une robe noire ; ses cheveux blancs offusquaient son visage ; elle tenait une harpe entre ses genoux et sa tête était abattue sur sa poitrine. Appendue aux cordes de l'instrument, elle promenait deux mains pâles et amaigries sur l'un et l'autre côté du réseau sonore dont elle tirait des sons affaiblis, semblables aux voix lointaines et indéfinissables de la mort. Que chantait l'antique Sibylle ? Elle chantait Madame Récamier.

Elle l'avait d'abord haïe, mais dans la suite elle avait été vaincue par la beauté et le malheur. Madame de Genlis venait d'écrire cette page sur Madame Récamier, en lui donnant le nom d'Athénaïs !

« Le prince entra dans le salon conduit par Madame de Staël. Tout à coup la porte s'entr'ouvre, Athénaïs s'avance. À l'élégance de sa taille, à l'éclat éblouissant de sa figure, le prince ne peut la méconnaître, mais il s'était fait d'elle une idée toute différente : il s'était représenté cette femme si célèbre par sa beauté, fière de ses succès, avec un maintien assuré, et cette espèce de confiance que ne donne que trop souvent ce genre de célébrité ; et il voyait une jeune personne timide s'avancer avec embarras et rougir en paraissant. Le plus doux sentiment se mêla à sa surprise.

« Après dîner on ne sortit point à cause de la chaleur excessive ; on descendit dans la galerie pour faire de la musique jusqu'à l'heure de la promenade. Après quelques accords brillants et des sons harmoniques d'une douceur enchanteresse, Athénaïs chanta en s'accompagnant sur la harpe. Le prince l'écoutait avec ravissement... »

Madame de Staël, dans la force de sa vie, aimait Madame Récamier ; Madame de Genlis, dans sa décrépitude, retrouvait pour elle les accents de la jeunesse. L'auteur de *Mademoiselle de Clermont* plaçait la scène de son roman à Coppet, chez l'auteur de *Corinne*, rivale qu'elle détestait ; c'était une merveille. Une autre merveille est de me voir écrire ces détails. Je parcours des lettres qui me rappellent des jours heureux où je n'étais pour rien. Il fut du bonheur sans moi, des enchantements étrangers à mon existence aux rivages de Coppet, que je ne vois pas sans un injuste et secret sentiment d'envie. Les choses qui me sont échappées sur la terre, qui m'ont fui, que je regrette, me tueraient, si je ne touchais à ma tombe ; mais si près de l'oubli éternel, vérités et songes sont également vains ; au bout de la vie tout est jour perdu.

(9)

SECOND VOYAGE DE MADAME DE STAËL EN ALLEMAGNE.

Madame de Staël partit une seconde fois pour l'Allemagne. Ici recommence une série de lettres à Madame Récamier, peut-être encore plus charmantes que les premières, dont il ne m'est permis de citer que des fragments :

« 2 décembre, Lausanne.

« Chère Juliette, j'étais mille fois plus triste après votre départ qu'en vous disant adieu. Après cinq mois si doux, il semble que l'on a de la peine à être malheureux, et qu'il vous reste encore quelque chaleur comme à ceux qui ont voyagé dans les pays chauds ; mais par degré cette chaleur s'en va et l'absence s'empare de moi. Je vais quitter Benjamin et Auguste. Tous mes liens avec la vie se déchirent. Après votre départ je suis restée à consoler Middleton qui pleurait à sanglots. Je ne serais point du tout étonnée qu'il vous arrivât un de ces jours. Réfléchissez avec bonheur et fierté à cette puissance de plaire que vous possédez si souverainement ; c'est un don plus précieux que l'empire du monde. Il faut un jour l'abdiquer, mais c'est un trésor que vous pourrez placer sur la tête de celui que vous en croirez digne. Racontez-moi votre arrivée, le voyage et votre impression en arrivant à Paris. Quant à moi je n'ai rien à vous dire qu'une peine toujours croissante qui m'oppresse à présent tout à fait le cœur... Vous savez notre marché : deux lettres de moi pour une de vous. Je ne me soumets qu'à vous aimer deux fois plus. Adieu, cher ange ; je vous serre contre mon cœur. »

« Munich, 20 décembre.

« Chère Juliette, je m'affligeais de n'avoir point de vos nouvelles. Il semble que vos sentiments pour moi me font l'effet d'un beau jour ; bien qu'ils recommencent je crains toujours qu'ils ne finissent. J'ai passé cinq jours ici et je pars pour Vienne dans une heure. Encore trente lieues de plus loin de vous, loin de tout ce qui m'est cher.............. La cour d'ici était en Italie ; mais toute la société m'a reçue à ravir et m'a parlé de ma belle amie avec admiration. Vous avez une réputation aérienne que rien de vulgaire ne peut atteindre. Le bracelet que vous m'avez donné m'a fait baiser la main un peu plus souvent et je vous renvoie tous les hommages qu'il obtient. »

« 30 avril, Vienne.

« Chère amie, que cette robe m'a touchée ! Je cherchais l'empreinte de votre beauté, de tous les succès de votre prospérité, qui vous rendait moins touchante que votre noble courage. Je la porterai mardi, cette robe, en prenant congé de la Cour. Je dirai à tout le monde que je la tiens de vous, et je verrai tous les hommes soupirer de ce que ce n'est pas vous qui la portez..
Le Prince Paul Esterhazy m'a dit qu'il était chez vous tous les soirs pendant son séjour à Paris. Ce prince m'a confié qu'il était fort amoureux de vous et qu'il vous trouvait la plus aimable personne du monde. N'êtes-vous donc pas heureuse de pouvoir à votre gré inspirer un dévouement absolu à qui vous a vue seulement quelques jours ! Je vous l'ai dit souvent, je ne connais rien sur cette terre qui doive autant plaire à l'imagination et même à la sensibilité, car on est toujours sûr ainsi d'être aimé de ce qu'on aime ....
....
Il faut qu'il se passe en vous quelque chose d'extraordinaire pour émouvoir à ce point. Je ne voudrais pas que vous devinssiez comme Mathieu (de Montmorency) un ange, mais un ange triste, languissant sur la terre. »

Madame de Staël avait déjà écrit à son amie :

« Mon Dieu que ce château (Coppet) m'a paru triste depuis votre départ ....
Vous êtes dans ma vie au premier rang. ....
Je voudrais me promener encore avec vous ; vous protéger contre ces animaux qui vous effrayaient ; vous parler encore de la nature et du ciel ; mais je suis seule avec ces sentiments rêveurs qu'on a tant besoin de communiquer. Parlerai-je encore du fond de l'âme, ou faudra-t-il que je vive et meure seule ? Adieu, ma Juliette ; que le ciel vous bénisse. Continuez à ne plus vivre que par le cœur. Les moissons du succès sont cueillies ; mais aimer est divin. »

Il n'y a rien dans les ouvrages imprimés de Madame de Staël qui approche de ce naturel, de cette éloquence où l'imagination prête son expression aux sentiments. La vertu de l'amitié de Madame Récamier devait être grande, puisqu'elle sut faire produire à une femme de génie, ce qu'il y avait de caché et de non révélé encore dans son talent. On devine au surplus dans l'accent triste de Madame de Staël un déplaisir secret dont la beauté devait être naturellement la confidente ; elle qui ne pouvait jamais recevoir de pareilles blessures.

(10)

CHÂTEAU DE CHAUMONT. – LETTRE DE MADAME DE STAËL À BONAPARTE.

Madame de Staël rentrée en France vint au printemps de 1810 habiter le château de Chaumont sur les bords de la Loire, à quarante lieues de Paris, distance déterminée pour le rayon de son bannissement. Madame Récamier la rejoignit dans cette campagne.

Madame de Staël surveillait alors l'impression de son ouvrage sur l'Allemagne. Lorsqu'il fut près de paraître, elle l'envoya à Bonaparte avec cette lettre :

« Sire,

« Je prends la liberté de présenter à Votre Majesté mon ouvrage sur l'Allemagne. Si elle daigne le lire il me semble qu'elle y trouvera la preuve d'un esprit capable de quelques réflexions et que le temps a mûri. Sire, il y a douze ans que je n'ai vu Votre Majesté et que je suis exilée. Douze ans de malheurs modifient tous les caractères, et le destin enseigne la résignation à ceux qui souffrent. Prête à m'embarquer, je supplie Votre Majesté de m'accorder une demi-heure d'entretien. Je crois avoir des choses à lui dire qui pourront l'intéresser, et c'est à ce titre que je la supplie de m'accorder la faveur de lui parler avant mon départ. Je me permettrai une seule chose dans cette lettre : c'est l'explication des motifs qui me forcent à quitter le continent, si je n'obtiens pas de Votre Majesté la permission de vivre dans une campagne assez près de

Paris, pour que mes enfants y puissent demeurer. La disgrâce de Votre Majesté jette dans les personnes qui en sont l'objet une telle défaveur en Europe que je ne puis faire un pas sans en rencontrer les effets. Les uns craignent de se compromettre en me voyant, les autres se croient des Romains en triomphant de cette crainte. Les plus simples rapports de la société deviennent des services qu'une âme fière ne peut supporter. Parmi mes amis, il en est qui se sont associés à mon sort avec une admirable générosité ; mais j'ai vu les sentiments les plus intimes se briser contre la nécessité de vivre avec moi dans la solitude, et j'ai passé ma vie depuis huit ans entre la crainte de ne pas obtenir des sacrifices et la douleur d'en être l'objet. Il est peut-être ridicule d'entrer ainsi dans le détail de ses impressions avec le souverain du monde ; mais ce qui vous a donné le monde, Sire, c'est un souverain génie. Et en fait d'observation sur le cœur humain, Votre Majesté comprend depuis les plus vastes ressorts jusqu'aux plus délicats. Mes fils n'ont point de carrière, ma fille a treize ans ; dans peu d'années il faudra l'établir : il y aurait de l'égoïsme à la forcer de vivre dans les insipides séjours où je suis condamnée. Il faudrait donc aussi me séparer d'elle ! Cette vie n'est pas tolérable et je n'y sais aucun remède sur le continent. Quelle ville puis-je choisir où la disgrâce de Votre Majesté ne mette pas un obstacle invincible à l'établissement de mes enfants, comme à mon repos personnel ? Votre Majesté ne sait peut-être pas elle-même la peur que les exilés font à la plupart des autorités de tous les pays et j'aurais dans ce genre des choses à lui raconter qui dépassent sûrement ce qu'elle aurait ordonné. On a dit à Votre Majesté que je regrettais Paris à cause du Musée et de Talma : c'est une agréable plaisanterie sur l'exil, c'est-à-dire sur le malheur que Cicéron et Bolingbroke ont déclaré le plus insupportable de tous ; mais quand j'aimerais les chefs-d'œuvre des arts que la France doit aux conquêtes de Votre Majesté, quand j'aimerais ces belles tragédies images de l'héroïsme, serait-ce à vous, Sire, à m'en blâmer ? Le bonheur de chaque individu ne se compose-t-il pas de la nature de ses facultés, et si le ciel m'a donné du talent, n'ai-je pas l'imagination qui rend les jouissances des arts et de l'esprit nécessaires ? Tant de gens demandent à Votre Majesté des avantages réels de toute espèce ! pourquoi rougirais-je de lui demander l'amitié, la poésie, la musique, les tableaux, toute cette existence idéale dont je puis jouir sans m'écarter de la soumission que je dois au Monarque de la France ? »

Cette lettre inconnue méritait d'être conservée. Madame de Staël n'était pas, ainsi qu'on l'a prétendu, une ennemie aveugle et implacable. Elle ne fut pas plus écoutée que moi lorsque je me vis obligé de m'adresser à Bonaparte pour lui demander la vie de mon cousin Armand. Alexandre et César auraient été touchés de cette lettre d'un ton si haut, écrite par une femme si renommée ; mais la confiance du mérite qui se juge et s'égalise à la domination suprême, cette sorte de familiarité de l'intelligence qui se place au niveau du maître de l'Europe, pour traiter avec lui de couronne à couronne, ne parurent à Bonaparte que l'arrogance d'un amour-propre déréglé : il se croyait bravé par tout ce qui avait quelque grandeur indépendante ; la bassesse lui semblait fidélité, la fierté révolte ; il ignorait que le vrai talent ne reconnaît de Napoléons que dans leur génie, nullement dans leur autorité ; qu'il n'admet point de supérieur ; qu'il a ses entrées dans les palais comme dans les temples, parce qu'il est immortel.

(11)

MADAME RÉCAMIER ET MONSIEUR DE MONTMORENCY SONT EXILÉS. – MADAME RÉCAMIER À CHÂLONS.

Madame de Staël quitta Chaumont et retourna à Coppet. Madame Récamier s'empressa de nouveau de se rendre auprès d'elle ; Monsieur Mathieu de Montmorency lui resta également dévoué : l'un et l'autre en furent punis ; ils furent frappés de la même peine qu'ils étaient allés consoler. Monsieur de Montmorency avait précédé Madame Récamier de quelques jours.

« Au retour du courrier qui annonçait son arrivée chez moi, dit Madame de Staël, il reçut sa lettre d'exil. – Je poussai des cris de douleur, en apprenant l'infortune que j'avais attirée sur la tête de mon généreux ami. – Dans cet état il m'arrive une lettre de Madame Récamier, de cette belle personne qui a reçu les hommages de l'Europe entière, et qui n'a jamais délaissé un ami malheureux. Elle m'annonçait qu'elle arrivait à Coppet. Je frémis que le sort de Monsieur de Montmorency ne l'atteignît, et j'envoyai un courrier au-devant d'elle, pour la supplier de ne pas venir. Il fallait la savoir à quelques lieues, elle qui m'avait constamment consolée par les soins les plus aimables ; il fallait la savoir là, si près de ma demeure, et qu'il ne me fût pas permis de la voir encore, peut-être pour la dernière fois ! Elle ne voulut pas céder à ma prière. Et ce fut avec des convulsions de larmes que je la vis entrer dans ce château où son arrivée était toujours une fête. Elle partit le lendemain, et se rendit à l'instant chez une de ses parentes à cinquantes lieues de la Suisse. Ce fut en vain ; le funeste exil la frappa. Les revers de fortune qu'elle avait éprouvés lui rendirent très pénible la destruction de son établissement naturel. Séparée de ses amis, livrée à tout ce que la solitude peut avoir de plus monotone et de plus triste : voilà le sort que j'ai valu à la personne la plus brillante de son temps. »

Madame Récamier se retira à Châlons-sur-Marne, décidée dans son choix par le voisinage de Montmirail qu'habitaient Messieurs de La Rochefoucauld-Doudeauville. Mille détails de l'oppression de Bonaparte se sont perdus dans la tyrannie générale : les persécutés redoutaient la visite de leurs amis, crainte de les compromettre ; leurs amis n'osaient les chercher, crainte de leur attirer quelque accroissement de rigueur. Le malheureux, devenu un pestiféré séquestré du genre humain, demeurait en quarantaine dans la haine du despote. Bien reçu tant qu'on ignorait votre indépendance d'opinion, sitôt qu'elle était connue, tout se retirait : il ne restait autour de vous que des autorités épiant vos liaisons, vos sentiments, vos correspondances, vos démarches. Tels étaient ces temps de liberté et de bonheur si regrettés.

Pour comprendre les lettres suivantes de Madame de Staël, une courte explication est nécessaire : en écrivant à son amie qu'elle ne désirait pas la voir dans l'appréhension du mal qu'elle lui pourrait apporter, Madame de Staël ne disait pas tout : elle était mariée secrètement avec Monsieur Rocca, d'où résultait une complication d'embarras dont la police impériale, à dessein mal instruite, profitait avec une ignoble joie. Madame Récamier à qui Madame de Staël croyait devoir taire ces nouveaux soucis, s'étonnait à bon droit de l'obstination qu'elle mettait à lui interdire l'entrée de son château de Coppet. Blessée de la résistance de Madame de Staël pour laquelle elle s'était déjà sacrifiée, elle n'en persistait pas moins dans la résolution de partager les dangers de Coppet. Une année entière s'écoula dans cette anxiété. Les lettres de Madame de Staël révèlent les souffrances de cette époque où les talents étaient menacés à chaque instant d'être jetés dans un cachot, où l'on ne s'occupait que des moyens de s'échapper, où l'on aspirait à la fuite comme à la délivrance, à la terre étrangère comme au sol natal : quand la liberté a disparu, il reste un pays, mais il n'y a plus de patrie.

« Coppet.

« Chère Juliette, je suis si profondément accablée que je crains d'ajouter à votre peine par la mienne. Je ne supporte pas la pensée de votre situation à Châlons. Elle me brise le cœur jour et nuit. J'ai reçu hier une lettre du Prince Auguste, datée de Schaffouse. Il dit que son *fol amour* l'amène... Je lui ai écrit votre situation et la mienne...

« Donnez-moi des détails sur votre vie, s'il y en a une à l'auberge de Châlons. Je vous écrirai ce que je saurai du Prince. Je vis si seule, à présent, que je ne sais rien que par lettres. Ce grand château de Coppet a tout à fait l'air d'une prison. »

« Coppet.

« ....
J'ai reçu une lettre de Prosper (*Monsieur de Barante*), pleine de grâce et presque de sensibilité. Sa sœur m'a écrit ce mariage où elle a paru en robe traînante avec un voile couronné de fleurs. Il était là celui qui devait être une fois le compagnon de ma vie. On dit qu'il était sérieux : a-t-il alors pensé à moi ? Ah ! je n'avais plus droit à la couronne blanche. Mais vous qui pourriez encore la porter, vous qui pourriez être heureuse, que de choses j'aurais à vous dire, si vous vouliez me croire, et quitter tout à fait le pays qui vous retient... »

« Genève.

« Me voici arrivée dans cette ville où je me suis tant ennuyée, depuis dix années. Fasse le ciel que vous n'éprouviez pas ces tristes retours des mêmes ennuis, qui sonnent si douloureusement le temps. Je lis un ouvrage que je vous conseille comme distraction. Il me semble que ces sortes d'écrits animent la solitude. Ce sont les lettres de Madame du Deffant à Horace Walpole. Ce sont les souvenirs de la société qui a précédé celle que nous avons connue. Mon père et ma mère y sont souvent nommés. Quel temps paisible ! Et cependant la nature savait y faire entrer le malheur. Cette femme est devenue aveugle, et cet exil est encore plus affreux que les nôtres. Ah ! chère Juliette, où est le temps où je ne vous parlais que du mien, où vous étiez heureuse et brillante à Paris, où vous m'y faisiez vivre en me parlant de tout ce que vous jugiez avec tant d'esprit, de vérité et de finesse. Chaque année m'a apporté un nouveau malheur, mais celle-ci, je ne sais ce qu'on pourrait y ajouter. J'ai reçu d'une de nos consœurs d'exil Madame d'Escars, une lettre pleine de noblesse. Vous a-t-on dit qu'on a refusé à Madame de La Trémouille d'aller dans la ville voisine de sa terre soigner la santé de son mari ?... Passé le printemps prochain, profitez de la puissance de voyager, et n'usez pas la vie dans l'attente. J'ai fait ainsi et je m'en repens. Adieu, mon ange, adieu. Je croirai renaître à la lumière quand je vous reverrai, si je vous revois jamais. »

« Coppet.

« Je m'étais promis un grand plaisir, chère Juliette, de vous parler en liberté ; et je me demande à présent ce que je puis vous écrire dans l'incertitude cruelle qui plane sur ma vie. Je suis toujours souffrante, depuis la terrible époque du mois d'août. J'ai pourtant toujours les mêmes projets, car je sens que je mourrais ici si je m'y laissais enfermer. Mais il me faut encore quelque temps pour admettre un projet quelconque, et je vous supplie à genoux de dire à tout le monde que je n'en ai plus. Je vous conjure aussi de tout faire pour revenir à Paris, et, par conséquent, de ne pas approcher de Genève, ni de Coppet. D'abord on ne nous y laisserait pas huit jours ensemble, et ces huit jours, non seulement vous rendraient le retour impossible, mais finiraient le genre d'intérêt que vos amis prennent à vous, parce qu'ils y verraient du dédain pour eux. Si ce malheureux exil était irrévocable, ce serait alors en Allemagne que l'on pourrait se revoir ; et peut-être sentiriez-vous comme moi que le sentiment du Prince Auguste n'est pas à dédaigner. Chère Juliette, je suis abîmée de tristesse. Au nom de Dieu, ne dites rien, n'écrivez rien sur moi, sinon que je suis malade et résignée. Je vous indiquerai par ces seuls mots *je pars* le moment de la grande décision. Tant que cela n'est pas dans ma lettre, je suis immobile. Chère amie, puisque vous avez commencé cette vie de sacrifices, continuez-la encore, en ne sortant pas de France, en faisant dire : c'est la seule femme qui ait su supporter l'exil. Au reste, vous savez mieux que moi ce qu'il faut faire ; mais je suis tellement agitée sur votre situation, que j'ai toujours la pensée que mon esprit doit me fournir quelque ressource ; mais rien, le ciel est d'airain, et je n'ai jamais été plus abattue. »

« Coppet.

« Auguste et moi, chère Juliette, nous n'avons pu résister à l'inquiétude que vos dernières lettres ont excitée dans notre âme. Il part pour vous voir, et pour revenir dès

qu'il vous aura vue. Il vous porte cette lettre. Il vous
parlera, il vous dira mes projets, je n'aime pas à les écrire.
Ne nommez jamais que Genève en m'écrivant. Chère
Juliette, je me crois obligée à partir. Je m'y crois obligée
pour vous, pour Mathieu, pour mes enfants et pour moi.
Si, dans un pays étranger, je pouvais vivre avec vous, ce
serait un bonheur plus vif, plus idéal que tous ceux que
l'amitié peut donner. Mais j'ai une horreur de ma situation actuelle, du mal que j'ai fait, de celui que je peux
faire à ce que j'aime, de ma dépendance, de ma soumission forcée, qui me fait braver ce que je considère comme
des dangers, mais comme des dangers qui, Dieu merci,
ne regardent que moi. Je suis bien sûre qu'il n'y a pas
dans ce que j'éprouve à cet égard, dans ce que j'avais
résolu, une nuance qui vînt de vous moins aimer... Mais
s'il faut que vous viviez dans cette France, je dois m'éloigner de vous, car je vous perdrais, et voilà tout. Ah !
chère Juliette, que je sens la tristesse, l'horreur de votre
situation ; mais ne soyez pas injuste envers ceux qui vous
sont attachés par les liens du sang. Regardez-la bien cette
situation, voyez si elle peut aller quand je serai loin ; et
si elle ne peut pas aller, alors faisons tout pour nous réunir, mais jamais, jamais sur un sol qui peut s'entr'ouvrir
à chaque instant sous nos pas. Auguste vous aime passionnément. Il a changé d'humeur au moment où sa
course à Châlons a été décidée. Il se faisait un bonheur
de voyager avec moi ; il le redoute à présent, de toute son
âme. Enfin pour notre bonheur à tous, il vaudrait mieux
que cet élément d'amour ne fût point entre nous. Mais
sans que nous nous soyons expliqués sur ce sujet, je le
crois incapable d'abandonner sa famille et la route que
son père lui tracerait, et je suis encore plus certaine que
vous ne le souffririez pas s'il le voulait. Chère Juliette,
puisque le sort nous sépare tous, portez-le vous-même à
ce qu'il doit faire, car il n'a cessé de parler de l'empire
de votre présence sur son âme. Ah ! vous avez encore
tous vos charmes, vous êtes encore toute-puissante ; moi,
je commence à mourir. Cela peut très bien durer vingt-
cinq ans, mais l'œuvre est commencée, et suivra dans le
même sens. Enfin pourquoi vouloir dépasser son temps ?

le mien est accompli. Au moins ne croyez pas qu'il soit entré dans mon âme un mouvement qui ne fût tendresse pour vous. Mais nous sommes bien malheureuses l'une et l'autre. Quant à moi, je n'aurai pas un jour de repos, tant que je ne saurai pas votre exil fini, ou que nous ne nous serons pas réunies, car ce qu'on supporte ensemble s'adoucit. Expliquez-vous bien avec Auguste ; et donnez-lui quelques mots qui me donnent du courage, au moment d'une grande décision. Je vous serre contre mon cœur. Que Dieu nous bénisse toutes deux.

« Je reviens à ma lettre, cher ange, parce que je crains mortellement que l'absence ne fasse que nous ne nous entendions pas. Mon Dieu ! si vous doutiez du profond sentiment, de l'attrait, du goût si puissant en moi, qui m'attache à vous, vous me navreriez de douleur. Je vous aime comme une amie chérie, comme une jeune sœur de mon choix ; et partout où je pourrais être en sécurité avec vous, je m'y trouverais heureuse. Mais les malheurs de cette année, les menaces de prison, m'ont donné une soif de sécurité, que je n'avais pas auparavant. Je n'ai pas de courage contre l'idée d'être arrêtée. Je ne sais pas me porter moi-même, et je ne sais pas mourir. Croyez-moi, j'étais bien disposée par caractère, à ne prendre aucun parti décisif, et si je m'y résous cette fois, il faut me plaindre. D'ailleurs, que faire d'Albertine (*Madame de Broglie*) dans ma situation actuelle ? Enfin jugez-moi : je me remets à vous et je vous serre sur mon cœur. »

Toutes ces lettres qui auraient dû retenir Madame Récamier ne firent que la confirmer dans son dessein de se rendre à Coppet : elle partit et reçut à Dijon ce billet fatal :

« Je vous dis adieu, cher ange de ma vie, avec toute la tendresse de mon âme. Je vous recommande Auguste : qu'il vous voie et qu'il me revoie. Vous êtes une créature céleste. Si j'avais vécu près de vous j'aurais été trop heureuse : le sort m'entraîne. Adieu. »

Madame de Staël ne devait plus retrouver Juliette que pour mourir.

Le billet de Madame de Staël frappa d'un coup de foudre la voyageuse. Fuir subitement, s'en aller avant d'avoir pressé dans ses bras celle qui accourait pour se jeter dans ses adversités, n'était-ce point de la part de Madame de Staël une résolution cruelle ? Il paraissait à Madame Récamier que l'amitié aurait pu être moins entraînée par le sort.

Madame de Staël allait chercher l'Angleterre en traversant l'Allemagne et la Suède : la puissance de Napoléon était une autre mer qui séparait *Albion* de l'Europe, comme l'Océan la sépare du monde.

Auguste, fils de Madame de Staël, avait perdu son frère tué en duel d'un coup de sabre. Auguste subit le sort commun, en errant avec sa mère dans diverses retraites auprès de Mme Récamier. Cette absence augmenta l'attrait d'un sentiment qui se plaît aux choses romanesques et se nourrit de ce qui fait périr les autres passions. Détaché, sinon guéri, d'un amour sans espérance, il tomba dans une autre passion ; puis la religion le saisit et le précipita dans le mariage dont il eut un fils : ce fils âgé de quelques mois l'a suivi dans la tombe. Avec Auguste de Staël s'est éteinte la postérité masculine d'une femme illustre, car elle ne revit pas dans le nom honorable mais inconnu de Rocca.

(12)

MADAME RÉCAMIER À LYON. – MADAME DE CHEVREUSE.
PRISONNIERS ESPAGNOLS.

Madame Récamier demeurée seule, pleine de regrets, chercha d'abord à Lyon, sa ville natale, un premier abri. Elle y rencontra Madame de Chevreuse, autre bannie. Madame de Chevreuse avait été forcée par l'Empereur et ensuite par sa propre famille d'entrer dans la nouvelle société. Vous trouveriez à peine un nom historique qui ne consentît à perdre son honneur, plutôt qu'une forêt. Une fois engagée aux Tuileries, Madame de Chevreuse avait cru pouvoir dominer dans une cour sortie des camps. Cette cour cherchait, il est vrai, à s'instruire des airs de jadis, dans l'espoir de couvrir sa récente origine : mais l'allure plébéienne était encore trop rude pour recevoir des leçons de l'impertinence aristocratique. Dans une révolution qui dure et qui a fait son dernier pas, comme par exemple à Rome, le Patriciat, un siècle après la chute de la République, put se résigner à n'être plus que le sénat des Empereurs ; le passé n'avait rien à reprocher aux Empereurs du présent, puisque ce passé était fini ; une égale flétrissure marquait toutes les existences ; mais en France les nobles qui se transformèrent en chambellans se hâtèrent trop ; l'Empire nouvellement né disparut avant eux : ils se retrouvèrent en face de la vieille monarchie ressuscitée.

Madame de Chevreuse attaquée d'une maladie de poitrine sollicita et n'obtint pas la faveur d'achever ses derniers jours à Paris ; on n'expire pas quand et où l'on veut. Napoléon, qui faisait tant de décédés, n'en aurait pas fini avec eux, s'il leur eût laissé le choix de leur tombeau.

Madame Récamier ne parvenait à oublier ses propres chagrins, qu'en s'occupant de ceux des autres : par la connivence charitable d'une sœur de la Miséricorde, elle visitait secrètement à Lyon les prisonniers Espagnols.

Quand elle leur apparaissait en robe blanche, et les mains chargées de bienfaits, dans l'obscurité de leur geôle, ils la prenaient pour une vision. Un d'entre eux, brave, beau et chrétien comme le Cid, s'en allait à Dieu. Assis sur la paille, il jouait de la guitare ; son épée avait trompé sa main. Sitôt qu'il apercevait sa bienfaitrice, il lui chantait des romances de son pays, n'ayant d'autre moyen de la remercier. Sa voix affaiblie et les sons confus de l'instrument se perdaient dans le silence de la prison. Les compagnons du soldat, à demi enveloppés de leurs manteaux déchirés, leurs cheveux noirs pendants sur leurs visages hâves et bronzés, levaient des yeux fiers du sang castillan, humides de reconnaissance sur l'exilée qui leur rappelait une épouse, une sœur, une amante et qui portait le joug de la même tyrannie.

L'Espagnol mourut. Il put dire comme Zawiska, le jeune et valeureux poète polonais :

« Une main inconnue fermera ma paupière ; le tintement

d'une cloche étrangère annoncera mon trépas et des voix, qui ne seront pas celles de ma patrie, prieront pour moi. »

Mathieu de Montmorency vint à Lyon visiter Madame Récamier. Elle connut alors Monsieur Camille Jordan et Monsieur Ballanche, dignes de grossir le cortège des amitiés attachées à sa noble vie.

Les circonstances politiques mettant chaque jour de nouveaux obstacles aux correspondances, Madame Récamier attendit longtemps dans une cruelle anxiété, des nouvelles de Madame de Staël ; elle en reçut enfin la lettre suivante :

« Waderis.

« Vous ne pouvez vous faire une idée, cher ange de ma vie, de l'émotion que votre lettre m'a causée. C'est au fond de la Moravie, près de la forteresse d'Olmütz que ces paroles célestes me sont arrivées. J'ai pleuré des larmes de la douleur et de la tendresse en entendant cette voix qui m'arrivait dans le désert comme l'ange d'Agar. Mon Dieu ! mon Dieu ! si l'on ne m'avait pas séparée de vous, je ne serais pas ici. Schlegel est resté à Vienne pour m'apporter de là l'argent du Nord qui m'est nécessaire. Je suis donc seule avec ma fille et mon fils, dans le pays le plus triste de la terre, et où l'allemand me semble ma langue maternelle, tant le polonais m'est étranger. J'ai rencontré sur le chemin de longues processions de gens du peuple qui allaient implorer Dieu dans leurs misères en n'espérant rien des hommes, en voulant s'adresser plus haut. Déjà l'on commence à sentir que l'on a quitté l'Europe civilisée. Quelques chants mélancoliques annoncent de temps en temps la plainte des êtres souffrants qui, lors même qu'ils chantent, soupirent encore. J'ai bien de la peine à défendre mon imagination de l'effet qu'elle reçoit pour ce pays. Enfin il faut aller puisque j'ai commencé. Faites que, de temps en temps, un mot de vous m'arrive, qui soit pour le passé ce que la prière est pour l'avenir, un éclair d'un autre monde. Parlez de moi tendrement à Camille Jordan. Je vous recommande Auguste. Ah ! chère Juliette, que de sentiments douloureux il faut réprimer pour agir ! »

(13)

Madame Récamier à Rome. – Albano. – Canova.
Ses lettres.

Madame Récamier était trop fière pour demander son rappel. Fouché l'avait longtemps et inutilement pressée d'orner la cour de l'Empereur : on peut voir les détails de ces négociations de palais dans les écrits du temps. Madame Récamier se retira en Italie ; M. de Montmorency l'accompagna jusqu'à Chambéry. Elle traversa le reste des Alpes n'ayant pour compagne de voyage qu'une petite nièce âgée de sept années, aujourd'hui Madame Lenormant.

Rome était alors une ville de France, capitale du département du Tibre. Le pape gémissait prisonnier à Fontainebleau dans le palais de François Ier.

Fouché en mission en Italie, commandait dans la cité des Césars, de même que le chef des eunuques noirs dans Athènes ; il n'y fit que passer ; on installa Monsieur de Norvins en qualité de Préfet de police : le mouvement était sur un autre point de l'Europe. Conquise sans avoir vu son second Alaric, la ville éternelle se taisait, plongée dans ses ruines. Des artistes demeuraient seuls sur cet amas de siècles. Canova reçut Madame Récamier comme une statue grecque que la France rendait au Musée du Vatican. Pontife des arts, il l'inaugura aux honneurs du Capitole, dans Rome abandonnée.

Canova avait une maison à Albano ; il l'offrit à Madame Récamier. Elle y passa l'été. La fenêtre à balcon de sa chambre, était une de ces grandes croisées de peintre qui encadrent le paysage. Elle s'ouvrait sur les ruines de la *Villa de Pompée* ; au loin par-dessus des oliviers, on voyait le soleil se coucher dans la mer. Canova revenait à cette heure ; ému de ce beau spectacle, il se plaisait à chanter avec un accent vénitien et une voix agréable la barcarolle : *O pescator dell' onda*. Madame Récamier l'accompagnait sur le piano. L'auteur de

Psyché et de la *Madeleine*, se délectait à cette harmonie et cherchait dans les traits de *Juliette* le type de la *Béatrix* qu'il rêvait de faire un jour. Rome avait vu jadis Raphaël et Michel-Ange couronner *leurs modèles* dans de poétiques orgies trop librement racontées par Cellini. Combien leur était supérieure cette petite scène décente et pure entre une jeune femme exilée et ce Canova, si simple et si doux ! Plus solitaire que jamais, Rome en ce moment portait le deuil de veuve : elle ne voyait plus passer en la bénissant ces paisibles souverains qui rajeunirent ses vieux jours de toutes les merveilles des arts. Le bruit du monde s'était encore une fois éloigné d'elle ; Saint-Pierre était désert comme le Colisée.

Vous avez lu les lettres éloquentes qu'écrivait à son amie la femme la plus illustre de nos jours passés ; lisez les mêmes sentiments de tendresse exprimés avec la plus charmante naïveté dans la langue de Pétrarque par le premier sculpteur des temps modernes. Je ne commettrai pas le sacrilège d'essayer de les traduire.

« No, l'anima mia non può tralasciare in verun' modo di ringraziare mille e mille volte l'adorabile sua Giulietta : si cara, si voi molte volte mi fate godere di una esistenza celeste ; jeri dopo che siete stata da me mi sentivo un' anima piu bella assai assai ; jersera sono partito da voi col Paradiso entro di me.

« Oh ! cosa mai sarei io se potessi poi essere sempre sempre con Giulietta.

« Addio, addio con tutta l'anima. »

« Dio buono quanto, quanto mai son' disgraziato ! Il Diavolo mi ha fatto incontrare uno per estrada il quale mi ha trattenuto circa dieci minuti che mi parvero dieci anni ; cosa che fremevo come un disperato. Ecco cara Giulietta adorabile, ecco perché sono arrivato da voi momenti dopo che eravate sortita ; pazienza, pazienza, il male è solo per me, pure avevo lasciato tutto tutto per essere all' appuntamento.

« Come sono tristo ! ! »

« Lunedi notte non ho dormito nemmeno un minuto, e per ciò jeri ho fatto un viaggetto per rimettermi. Giuletta è stata sempre, sempre il piacevole soggetto de' nostri discorsi. Parlando sempre di lei il tempo se ne andava volando. Mi doleva però che qu'ell anima di Paradiso non fosse realmente con me ; quante, quante volte mi dicevo : *Quale contento io avrei mai se colei fosse qui con me !*

« Quando poi sono entrato nella camera vostra, lascio a voi il pensare cosa sentiva il mio cuore.

« Addio, addio creatura celeste, io vi amo con tutta l'anima.

« Ditemi, ove ci vediamo oggi ? »

« No, non so come mai risolvermi a partire oggi. No il cuore mio non vorebbe in verun' modo lasciare di vedervi questa sera. Dio mio quanto sono mai tristo ! Ora conosco davvero davvero che se dovessi mai (che il cielo nol' voglia) restare del tempo senza vedervi non so come andarebbe la cosa. Dio mio, quanto quanto mai vi amo ! Sapiate che ardo, che vengo domani sera per vedervi e dirvi a voce che vi adoro con tutta l'anima. »

(14)

LE PÊCHEUR D'ALBANO.

Madame Récamier avait secouru les prisonniers espagnols à Lyon ; une autre victime de ce pouvoir qui la frappait, la mit à même d'exercer à Albano sa compatissance : un pêcheur accusé d'intelligence avec les sujets du Pape, avait été jugé et condamné à mort. Les habitants d'Albano supplièrent l'étrangère réfugiée chez eux, d'intercéder pour ce malheureux. On la conduisit à la geôle ; elle y vit le prisonnier. Frappée du désespoir de cet homme, elle fondit en larmes ; le malheureux la supplia de venir à son secours, d'intercéder pour lui, de le sauver : prière d'autant plus déchirante qu'il y avait impossibilité de l'arracher au supplice ; il faisait déjà nuit et il devait être fusillé au lever du jour.

Cependant, Madame Récamier, bien que persuadée de l'inutilité de ses démarches, n'hésita pas ; on lui amène une voiture ; elle y monte sans l'espérance qu'elle laissait au condamné. Elle traversa la campagne infestée de brigands, parvint à Rome et ne trouva point le Directeur de la Police. Elle l'attendit deux heures au palais Fiano ; elle comptait les minutes d'une vie dont la dernière approchait. Quand Monsieur de Norvins arriva, elle lui expliqua l'objet de son voyage ; il lui répondit que l'arrêt était prononcé et qu'il n'avait pas les pouvoirs nécessaires pour le faire suspendre. Madame Récamier repartit le cœur navré : le prisonnier avait cessé de vivre, lorsqu'elle approcha d'Albano. Les habitants attendaient la française sur le chemin ; aussitôt qu'ils la reconnurent, ils coururent à elle. Le prêtre qui avait assisté le patient, lui en apportait les derniers vœux : il remerciait la *Dame* qu'il n'avait cessé de chercher des yeux en allant au lieu de l'exécution ; il lui recommandait de prier pour lui, car un chrétien n'a pas tout fini, et n'est pas hors de crainte quand il n'est plus. Madame Récamier fut conduite par l'ecclésiastique, à l'église où la suivit la foule des belles paysannes d'Albano. Le pêcheur avait été fusillé à l'heure où l'aurore se levait sur la barque maintenant sans guide qu'il avait coutume de conduire, sur les mers, et aux rivages qu'il avait accoutumé de parcourir.

Pour dégoûter des conquérants il faudrait savoir tous les maux qu'ils causent : il faudrait être témoin de l'indifférence avec laquelle on leur sacrifie les plus inoffensives créatures dans un coin du globe où ils n'ont jamais mis le pied. Qu'importaient aux succès de Bonaparte les jours d'un pauvre faiseur de filets des États Romains ? Sans doute il n'a jamais su que ce chétif pêcheur avait existé ; il a ignoré dans le fracas de sa lutte avec les Rois jusqu'au nom de sa victime plébéienne. Le monde n'aperçoit en Napoléon que des victoires ; les larmes dont les colonnes triomphales sont cimentées, ne tombent point de ses yeux. Et moi je pense que de ces souffrances méprisées, de ces calamités des humbles et des petits, se forment dans les conseils de la Providence, les causes secrètes qui précipitent du faîte le dominateur. Quand les injustices particulières se sont accumulées de manière à l'emporter sur le poids de la fortune, le bassin descend. Il y a du sang muet et du sang qui crie : le sang pacifique répandu jaillit en gémissant vers le ciel : Dieu le reçoit et le venge. Bonaparte tua le pêcheur d'Albano ; quelques mois après il était banni chez les pêcheurs de l'île d'Elbe et il est mort parmi ceux de Sainte-Hélène.

Mon souvenir vague à peine ébauché dans les pensées de Madame Récamier, lui apparaissait-il au milieu des steppes du Tibre et de l'Anio ? J'avais déjà passé à travers ces solitudes mélancoliques ; j'y avais laissé une tombe honorée des larmes des amis de Juliette. Lorsque la fille de Monsieur de Montmorin mourut en 1803, Madame de Staël et Monsieur Necker m'écrivaient des lettres de regrets. On a vu ces lettres ; ainsi je recevais à Rome, avant presque d'avoir connu Madame Récamier, des lettres datées de Coppet : c'est le premier indice d'une affinité de destinée. Madame Récamier m'a dit aussi que ma lettre de 1803 à Monsieur de Fontanes, lui servait de guide en 1814 et qu'elle relisait assez souvent ce passage :

« Quiconque n'a plus de lien dans la vie doit venir demeurer à Rome. Là il trouvera pour société une terre qui nourrira ses réflexions et occupera son cœur, et des promenades qui lui disent toujours quelque chose. La pierre qu'il foulera aux pieds lui parlera ; la poussière que le vent élèvera sous ses pas renfermera quelque grandeur humaine. S'il est malheureux, s'il a mêlé les cendres de ceux qu'il aima à tant de cendres illustres, avec quel charme ne passera-t-il pas du sépulcre des Scipions au dernier asile d'un ami vertueux !... S'il est chrétien, ah ! comment pourrait-il alors s'arracher de cette terre qui est devenue sa patrie, de cette terre qui a vu naître un second Empire, plus saint dans son berceau, plus grand dans sa puissance que celui qui l'a précédé ; de cette terre où les amis que nous avons perdus, dormant avec les martyrs aux catacombes, sous l'œil du père des fidèles, paraissent devoir se réveiller les premiers dans leur poussière et semblent plus voisins des cieux ? »

Mais en 1814 je n'étais pour Madame Récamier qu'un *cicerone* vulgaire, appartenant à tous les voyageurs ; plus heureux en 1828, j'avais cessé de lui être étranger, et nous pouvions causer ensemble des ruines romaines : je lui écrivais la lettre suivante :

« Rome, jeudi 5 février.

« *Torre Vergata* est un bien de moines, situé à une lieue à peu près du *Tombeau de Néron*, sur la gauche en venant à Rome, dans l'endroit le plus beau et le plus désert. Là est une immense quantité de ruines à fleur de terre recouvertes d'herbes et de chardons. J'y ai commencé une fouille avant-hier, mardi, en cessant de vous écrire. J'étais accompagné seulement de Visconti qui dirige la fouille et d'Hyacinthe. Il faisait le plus beau temps du monde. Cette douzaine d'hommes armés de bêches et de pioches qui déterraient des tombeaux et des décombres de maisons et de palais dans une profonde solitude offrait un spectacle digne de vous. Je faisais un seul vœu, c'était que vous fussiez là. Je consentirais volontiers à vivre avec vous sous une tente, au milieu de ces débris. J'ai mis moi-même la main à l'œuvre, j'ai découvert des fragments de marbre. Les indices sont excellents et j'espère trouver quelque chose qui me dédommagera de l'argent perdu à cette loterie des morts. J'ai déjà un bloc de marbre grec assez considérable pour faire le buste du Poussin. Cette fouille va devenir le but de mes promenades. Je vais aller m'asseoir tous les jours au milieu de ces débris. À quels siècles, à quels hommes appartiennent-ils ? Nous remuons peut-être la poussière la plus illustre, sans le savoir. Une inscription viendra peut-être éclairer quelque fait historique, détruire quelque erreur, établir quelque vérité, et puis, quand je serai parti avec mes douze paysans demi-nus, tout retombera dans l'oubli et le silence. Vous représentez-vous toutes les passions, tous les intérêts qui s'agitaient autrefois dans ces lieux abandonnés ? Il y avait des esclaves et des maîtres, des heureux et des malheureux, de belles personnes qu'on aimait, des ambitieux qui voulaient être ministres ; il y reste quelques oiseaux et moi, encore pour un temps fort court ; nous nous envolerons bientôt. Dites-moi, croyez-vous que cela vaille la peine d'être membre du conseil d'un petit roi des Gaules, moi barbare de l'Armorique, voyageur chez des sauvages d'un monde inconnu des Romains, et ambassadeur auprès d'un de ces prêtres qu'on jetait aux lions ? Quand j'appelai Léonidas à Lacédémone il ne répondit pas. Le bruit de mes pas à *Torre Vergata* n'aura réveillé personne et quand je serai à mon tour dans mon tombeau, je n'entendrai pas même le son de votre voix. Il faut donc que je me hâte de me rapprocher de vous et de mettre fin à toutes ces chimères de la vie des hommes. Il n'y a de bon que la retraite et de vrai qu'un attachement comme le vôtre. »

(15)

MADAME RÉCAMIER À NAPLES.

À Naples où Madame Récamier se rendit en automne, cessèrent les occupations de la solitude.

« La première pensée qui vint la saisir en arrivant, fut, dit Monsieur Ballanche, d'aller chercher les traces de Madame de Staël. Elle se donne à peine le temps de descendre dans une auberge ; elle fait approcher une barque, et demande à être conduite au Cap Misène. Elle resta plusieurs heures à contempler ce site admirable, tout animé pour elle des accents de Corinne. Maintenant, loin du beau ciel de l'Italie, c'est dans les brumes du Nord que Madame de Staël attend l'issue de la lutte redoutable qui va décider du sort de l'Europe. Madame Récamier était ainsi ramenée à la douloureuse impression du présent. Elle aurait voulu ne trouver à Naples que son ciel merveilleux, son golfe enchanté, ses campagnes poétiques, et jouir au moins de l'exil. »

Mais à peine fut-elle rentrée à l'auberge que les ministres du Roi Joachim accoururent.

Murat oubliant la main qui changea sa cravache en sceptre, était prêt à se joindre à la coalition. Bonaparte avait planté son épée au milieu de l'Europe, comme les Gaulois plantaient leur glaive au milieu du *Mallus*. Autour de l'épée de Napoléon s'étaient rangés en cercle des royaumes qu'il distribuait à sa famille. Caroline avait reçu celui de Naples. Madame Murat n'était pas un camée antique aussi élégant que la princesse Borghèse ; mais elle avait plus de physionomie et plus d'esprit que sa sœur. À la fermeté de son caractère on reconnaissait le sang de Napoléon. Si le diadème n'eût pas été pour elle l'ornement de la tête d'une femme, il eût encore été la marque du pouvoir d'une reine.

Caroline reçut Madame Récamier avec un empressement d'autant plus affectueux que l'oppression de la tyrannie se faisait sentir jusqu'à Portici. Cependant la ville qui possède le tombeau de Virgile et le berceau du Tasse ; cette ville où vécurent Horace et Tite-Live, Boccace et Sannazar, où naquirent Durante et Cimarosa, avait été embellie par son nouveau maître. L'ordre s'était rétabli : les lazzaroni ne jouaient plus à la boule avec des têtes, pour amuser l'amiral Nelson et lady Hamilton. Les fouilles de Pompéia s'étaient étendues ; un chemin serpentait sur le Pausilippe, dans les flancs duquel j'avais passé en 1803, pour aller m'enquérir à Literne de la retraite de Scipion. Ces royautés nouvelles d'une dynastie militaire, avaient fait renaître la vie dans des pays où se manifestait auparavant la moribonde langueur d'une vieille race. Robert Guiscard, Guillaume Bras de Fer, Roger et Tancrède, semblaient être revenus, moins la chevalerie.

Madame Récamier était à Naples au mois de février 1814 ; où étais-je ? dans ma *Vallée-aux-Loups*, commençant l'histoire de ma vie. Je m'occupais des jeux de mon enfance au bruit des pas du soldat étranger. La femme dont le nom devait clore ces *Mémoires* errait sur les marines de Baïes. N'avais-je pas un pressentiment du bien qui m'arriverait un jour de cette terre, alors que je peignais la séduction parthénopéenne dans les *Martyrs* :

« Chaque matin, aussitôt que l'aurore commençait à paraître, je me rendais sous un portique. Le soleil se levait devant moi ; il illuminait de ses feux les plus doux la chaîne des montagnes de Salerne, le bleu de la mer parsemée des voiles blanches des pêcheurs, les îles de Caprée, d'Œnaria et de Prochyta, le Cap Misène et Baïes avec tous ses enchantements.

« Des fleurs et des fruits, humides de rosée, sont moins suaves et moins frais que le paysage de Naples, sortant des ombres de la nuit. J'étais toujours surpris en arrivant au portique de me trouver au bord de la mer : car les vagues, dans cet endroit, faisaient à peine entendre le léger murmure d'une fontaine. En extase devant ce tableau je m'appuyais contre une colonne, et sans pensée, sans désir, sans projet, je restais des heures entières à respirer un air délicieux. Le charme était si profond qu'il me semblait que cet air divin transformait ma propre substance, et qu'avec un plaisir indicible je m'élevais vers le firmament comme un pur esprit...

« Attendre ou chercher la beauté, la voir s'avancer dans une nacelle, et nous sourire du milieu des flots ; voguer avec elle sur la mer, dont nous semions la surface de fleurs, suivre l'enchanteresse au fond de ces bois de myrte et dans les champs heureux où Virgile plaça l'Élysée ; telle était l'occupation de nos jours...

« Peut-être est-il des climats dangereux à la vertu par leur extrême volupté ? Et n'est-ce pas ce que voulut enseigner une fable ingénieuse, en racontant que Parchénope fut bâtie sur le tombeau d'une Sirène ? L'éclat velouté de la campagne, la tiède température de l'air, les contours arrondis des montagnes, les molles inflexions des fleuves et des vallées, sont à Naples autant de séductions pour les sens que tout repose...

« Pour éviter les ardeurs du midi, nous nous retirions dans la partie du palais bâtie sous la mer. Couchés sur des lits d'ivoire, nous entendions murmurer les vagues au-dessus de nos têtes. Si quelque orage nous surprenait au fond de ces retraites, les esclaves allumaient des lampes pleines du nard le plus précieux de l'Arabie. Alors entraient de jeunes Napolitaines qui portaient des roses de Pæstum dans des vases de Nola ; tandis que les flots mugissaient au dehors, elles chantaient en formant devant nous des danses tranquilles qui me rappelaient les mœurs de la Grèce : ainsi se réalisaient pour nous les fictions des poètes ; on eût cru voir les jeux des Néréides dans la grotte de Neptune... »

Lecteur, si tu t'impatientes de ces citations, de ces récits, songe d'abord que tu n'as peut-être pas lu mes ouvrages et qu'ensuite je ne t'entends plus ; je dors dans la terre que tu foules : si tu m'en veux, frappe cette terre du pied, tu n'insulteras que mes os. Songe de plus que mes écrits font partie essentielle de cette existence dont je te déploie les feuilles. Ah ! que mes tableaux napolitains n'avaient-ils un fond de vérité ! Que la fille du Rhône n'était-elle la femme réelle de mes délices imaginaires ! mais non : si j'étais Augustin, Jérôme, Eudore, je l'étais seul ; mes jours devancèrent les jours de l'amie de Corinne en Italie : heureux s'ils lui avaient toujours appartenu ! heureux si j'avais pu étendre ma vie entière sous ses pas, comme un tapis de fleurs ! Mais ma vie est rude et ses aspérités blessent. Puissent du moins mes derniers moments être doux à celle qui les consola ! Puissent mes heures expirantes refléter l'attendrissement et le charme dont elle les a remplies, [sur celle qui fut aimée de tous et dont personne n'eut jamais à se plaindre !]

(16)

LE DUC DE ROHAN-CHABOT.

Madame Récamier rencontra à Naples le comte de Neipperg et le duc de Rohan-Chabot : l'un devait monter au nid de l'aigle, l'autre revêtir la pourpre. On a dit de celui-ci qu'il avait été voué au rouge, ayant porté l'habit de chambellan, l'uniforme de chevau-léger et la robe de cardinal.

Le duc de Rohan était fort joli ; il roucoulait la romance, lavait de petites aquarelles et se distinguait par une étude coquette de toilette. Quand il fut abbé, sa pieuse chevelure éprouvée au fer, avait une élégance de martyr. Il prêchait à la brune, dans des oratoires, devant des dévotes, ayant soin, à l'aide de deux ou trois bougies artistement placées, d'éclairer en demi-teinte comme un tableau, son visage pâle. Il chantait la Préface à faire pleurer ; *il n'allait point* comme saint Paul, *avec une parole rude* ; mais avec une parole emmiellée et cet abaissement adorable qui consacrait un Chabot à Dieu, tout de même qu'un simple desservant de paroisse. Guérin faisant le portrait de l'abbé Duc, lui adressait un jour des compliments sur sa figure ; l'humble confesseur lui répondit : « Si vous m'aviez vu priant ! »

On ne s'explique pas de prime abord comment des hommes que leurs noms rendaient bêtes à force d'orgueil, s'étaient mis aux gages d'un *Parvenu*. En y regardant de près on trouve que cette aptitude à entrer en condition, découlait naturellement de leurs mœurs : façonnés à la domesticité, point n'avaient souci du changement de livrée, pourvu que le maître fût logé au château à la même enseigne. Le mépris de Bonaparte leur rendait justice : ce grand soldat, abandonné des siens, disait avec reconnaissance à Madame de Montmorency : « Au fond, il n'y a que vous autres qui sachiez servir. »

La religion et la mort ont passé l'éponge sur quelques faiblesses, après tout bien pardonnables, du Cardinal de Rohan. Prêtre chrétien il a consommé à Besançon son sacrifice, secourant le malheureux, nourrissant le pauvre, vêtissant l'orphelin et usant en bonnes œuvres sa vie dont une santé déplorable abrégeait naturellement le cours.

(17)

MURAT. — SES LETTRES.

Murat, roi de Naples, né le 25 mars 1771 à la Bastide, près de Cahors, fut envoyé à Toulouse pour y faire ses études : il se dégoûta des lettres, s'enrôla dans les chasseurs des Ardennes, déserta et se réfugia à Paris. Admis dans la garde constitutionnelle de Louis XVI, il obtint après le licenciement de cette garde une sous-lieutenance dans le onzième régiment de chasseurs à cheval. À la mort de Robespierre, il fut destitué comme terroriste : même chose arriva à Bonaparte, et les deux soldats demeurèrent sans ressources. Murat rentra en grâce au treize vendémiaire et devint aide de camp de Napoléon. Il fit sous lui les premières campagnes d'Italie, prit la Valteline et la réunit à la république Cisalpine ; il eut part à l'expédition d'Égypte, renouvela au Mont-Thabor les faits d'armes de Richard Cœur de Lion et se signala à la bataille d'Aboukir. Revenu en France avec son maître, il fut chargé de jeter à la porte le conseil des Cinq-Cents.

Bonaparte lui donna en mariage sa sœur Caroline. Murat commandait la cavalerie à la bataille de Marengo. Gouverneur de Paris à la mort du duc d'Enghien, il gémit tout bas d'un assassinat qu'il n'eut pas le courage de blâmer tout haut. Beau-frère de Napoléon et Maréchal de l'Empire, Murat entra le premier à Vienne en 1806 ; il contribua aux victoires d'Austerlitz, d'Iéna, d'Eylau et de Friedland, devint duc de Berg et envahit l'Espagne en 1808.

Napoléon le rappela et lui donna la couronne de Naples : proclamé roi des Deux-Siciles le premier août 1808, il plut aux Napolitains par son faste, son costume théâtral, ses cavalcades et ses fêtes.

Appelé en qualité de grand vassal de l'Empire à l'invasion de la Russie, il reparut dans tous les combats et se trouva chargé du commandement de la retraite de Smolensk à Wilna. Après avoir manifesté son mécontentement il quitta l'armée à l'exemple de Bonaparte et vint se réchauffer au soleil de Naples, comme son capitaine au foyer des Tuileries. Ces hommes de triomphe ne pouvaient s'accoutumer aux revers. Alors commencèrent ses liaisons avec l'Autriche. Il reparut encore aux camps de l'Allemagne en 1813, retourna à Naples après la perte de la bataille de Leipzig et renoua ses négociations austro-britanniques. Avant d'entrer dans une alliance complète, Murat écrivit à Napoléon une lettre que j'ai entendu lire à M. de Mosbourg : il disait à son beau-frère dans cette lettre qu'il avait retrouvé la Péninsule fort agitée, que les Italiens réclamaient leur indépendance nationale, que si elle ne leur était pas rendue, il était à craindre qu'ils se joignissent à la coalition de l'Europe et augmentassent ainsi les dangers de la France. Il suppliait Napoléon de faire la paix, seul moyen de se conserver un Empire si puissant et si beau : que si Bonaparte refusait de l'écouter, lui Murat abandonné à l'extrémité de l'Italie, se verrait forcé de quitter son royaume ou d'embrasser les intérêts de la liberté italienne.

Cette lettre très raisonnable resta plusieurs mois sans réponse. Napoléon n'a donc pu reprocher justement à Murat de l'avoir trahi. Murat obligé de choisir promptement, signa le 11 janvier 1814 avec la Cour de Vienne un traité : il s'obligeait à fournir un corps de trente mille hommes aux alliés. Pour prix de cette défection, on lui garantissait son royaume napolitain et son droit de conquête sur les Marches Pontificales. Madame Murat avait révélé cette importante transaction à Madame Récamier. Au moment de se déclarer ouvertement, Murat fort ému rencontra Madame Récamier chez Caroline et lui demanda ce qu'elle pensait du parti qu'il avait à prendre ; il la priait de bien peser les intérêts du peuple dont il était devenu le souverain. La noble exilée n'hésita pas : « Vous êtes Français, c'est aux Français que vous devez rester fidèle. » La figure de Murat se décomposa ; il repartit : « Je suis donc un traître ? qu'y faire ? il est trop tard. » Il ouvrit avec violence une fenêtre et montra de la main la flotte anglaise entrant à pleines voiles dans le port.

Le Vésuve venait d'éclater et jetait des flammes. Deux

heures après Murat était à cheval à la tête de ses gardes ; la foule l'environnait en criant : « Vive le roi Joachim ! » Il avait tout oublié ; il paraissait ivre de joie. Le lendemain grand spectacle au théâtre Saint-Charles ; le Roi et la Reine furent reçus avec ces acclamations frénétiques inconnues des peuples en deçà des Alpes. On applaudit aussi l'envoyé de François second : dans la loge du ministre de Napoléon il n'y avait personne : Murat en parut troublé comme s'il eût vu au fond de cette loge, le spectre de la France.

L'armée de Murat mise en mouvement le 16 février 1814 force le Prince Eugène à se replier sur l'Adige. Napoléon ayant d'abord obtenu des succès inespérés en Champagne écrivait à sa sœur Caroline des lettres surprises par les alliés et communiquées au Parlement d'Angleterre par lord Castlereagh : « Votre mari est très brave, lui disait-il, sur le champ de bataille ; mais il est plus faible qu'une femme ou qu'un moine, quand il ne voit pas l'ennemi. Il n'a aucun courage moral. Il a eu peur, et il n'a pas hasardé de perdre en un instant ce qu'il ne peut tenir que par moi et avec moi. » Dans une autre lettre adressée à Murat lui-même, Napoléon disait à son beau-frère : « Je suppose que vous n'êtes pas de ceux qui pensent que le lion est mort ; si vous faisiez ce calcul, il serait faux. .... Vous m'avez fait tout le mal que vous pouviez depuis votre départ de Wilna. Le titre de Roi vous a tourné la tête ; si vous désirez le conserver, conduisez-vous bien. »

Murat ne poursuivit pas le Vice-Roi sur l'Adige ; il hésitait entre les alliés et les Français, selon les chances que Bonaparte semblait gagner ou perdre. Dans les champs de Brienne où Napoléon fut élevé par l'ancienne monarchie, il donnait en l'honneur de celle-ci le dernier et le plus admirable de ses sanglants tournois. Favorisé des Carbonari, Joachim tantôt veut se déclarer libérateur de l'Italie, tantôt espère la partager entre lui et Bonaparte redevenu vainqueur.

Un matin le courrier apporte à Naples la nouvelle de l'entrée des Russes à Paris. Madame Murat était encore couchée, Madame Récamier assise à son chevet causait avec elle. On déposa sur le lit un énorme tas de lettres et de journaux. Parmi ceux-ci se trouvait mon écrit : *De Bonaparte et des Bourbons*. La Reine s'écria : « Ah ! voilà un ouvrage de Monsieur de Chateaubriand ! Nous le lirons ensemble. » Et elle continua à décacheter ses lettres.

Madame Récamier prit la brochure et après y avoir jeté les yeux au hasard, elle la remit sur le lit et dit à la Reine : « Madame, vous la lirez seule. »

Napoléon fut relégué à l'île d'Elbe ; l'Alliance avec une rare habileté l'avait placé sur les côtes de l'Italie. Murat apprit qu'on cherchait au Congrès de Vienne à le dépouiller des États qu'il avait néanmoins achetés si cher ; il s'entendit secrètement alors avec son beau-frère devenu son voisin. On est toujours étonné que les Napoléon aient des parents : qui sait le nom d'Aridée frère d'Alexandre ? Pendant le cours de l'année 1814, le Roi et la Reine de Naples donnèrent une fête à Pompéia ; on exécuta une fouille au son de la musique : les ruines que faisaient déterrer Caroline et Joachim ne les instruisaient pas de leur propre ruine ; sur les derniers bords de la prospérité, on n'entend que les derniers concerts du songe qui passe.

Lors de la paix de Paris, Murat faisait partie de l'Alliance : le Milanais ayant été rendu à l'Autriche, les Napolitains se retirèrent dans les Légations Romaines. Quand Bonaparte débarqué à Cannes fut entré à Lyon, Murat perplexe ayant changé d'intérêt sortit des Légations et marcha avec quarante mille hommes vers la haute Italie pour faire une diversion en faveur de Bonaparte. Il refusa à Parme les conditions que les Autrichiens effrayés lui offraient encore : pour chacun de nous il est un moment critique ; bien ou mal choisi il décide de notre avenir. Le baron de Firmont repousse les troupes de Murat, prend l'offensive et les mène battant jusqu'à Macerata. Les Napolitains se débandent ; leur général-Roi rentre dans Naples accompagné de quatre lanciers. Il se présente à sa femme et lui dit : « Madame, je n'ai pu mourir. » Le lendemain un bateau le conduit vers l'île d'Ischia ; il rejoint en mer une pinque chargée de quelques officiers de son État-Major, et fait voile avec eux pour la France.

Madame Murat, demeurée seule, montra une présence d'esprit admirable. Les Autrichiens étaient au moment de paraître : dans le passage d'une autorité à l'autre, un intervalle d'anarchie pouvait être rempli de désordres. La Régente ne précipite point sa retraite ; elle laisse le soldat allemand occuper la ville et fait pendant la nuit éclairer ses galeries. Le peuple apercevant du dehors la lumière, pensant que la Reine est encore là, reste tranquille. Cependant Caroline sort par un escalier secret et s'embarque. Assise à la poupe du vaisseau, elle voyait sur la rive, resplendir illuminé le palais désert dont elle s'éloignait ; image du rêve brillant qu'elle avait eu pendant son sommeil dans la région des Fées. Souvent, montée au faîte de ce palais avec Madame Récamier, elle lui avait dit en promenant au loin ses regards ravis : « Je suis Reine de Naples. »

Caroline rencontra la frégate qui ramenait Ferdinand. Le vaisseau de la Reine fugitive fit le salut ; le vaisseau du Roi rappelé ne le rendit pas : la prospérité ne reconnaît pas l'adversité, sa sœur. Ainsi les illusions évanouies pour les uns, recommencent pour les autres ; ainsi se croisent dans les vents et sur les flots les inconstantes destinées humaines ; riantes ou funestes, le même abîme les porte et les engloutit.

Murat accomplissait ailleurs sa course. Le 25 mai 1815 à dix heures du soir, il aborda au golfe Juan où son beau-frère avait abordé. La fortune faisait jouer à Joachim la parodie de Napoléon. Celui-ci ne croyait pas à la force du malheur et au secours qu'il apporte aux grandes âmes : il défendit au Roi détrôné l'accès de Paris ; il mit au Lazaret cet homme attaqué de la peste des vaincus ; il le relégua dans une maison de campagne appelée *Plaisance* près de Toulon. Il eût mieux fait de moins redouter une contagion dont il avait été lui-même atteint : qui sait ce qu'un soldat comme Murat aurait pu changer à la bataille de Waterloo !

Le roi de Naples dans son chagrin écrivait à Fouché le 19 juillet 1815 :

« Je répondrai à ceux qui m'accusent d'avoir commencé les hostilités trop tôt, qu'elles le furent sur la demande formelle de l'Empereur, et que, depuis trois mois, il n'a cessé de me rassurer sur ses sentiments, en accréditant des ministres près de moi, en m'écrivant qu'il comptait sur moi et qu'il ne m'abandonnerait jamais. Ce n'est que lorsqu'on a vu que je venais de perdre avec le trône les moyens de continuer la puissante diversion qui durait depuis trois mois, qu'on veut égarer l'opinion publique, en insinuant que j'ai agi pour mon propre compte et à l'insu de l'Empereur. »

Il y eut dans le monde une femme généreuse et belle. Lorsqu'elle arriva à Paris, Madame Récamier la reçut et ne l'abandonna point dans des temps de malheur. Cette femme a laissé en mourant une marque de souvenir à Madame Récamier : celle-ci, parmi les papiers dont elle a eu connaissance, a trouvé deux lettres de Murat, du mois de juin 1815 ; elles sont utiles à l'histoire.

« 6 juin 1815.

« J'ai perdu pour la France la plus belle existence, j'ai combattu pour l'Empereur ; c'est pour sa cause que mes enfants et ma femme sont en captivité. La patrie est en danger, j'offre mes services ; on en ajourne l'acceptation. Je ne sais si je suis libre ou prisonnier. Je dois être enveloppé dans la ruine de l'Empereur s'il succombe, et on m'ôte les moyens de le servir et de servir ma propre cause. J'en demande les raisons ; on répond obscurément et je ne puis me faire juge de ma position. Tantôt je ne puis me rendre à Paris où ma présence ferait du tort à l'Empereur ; je ne saurais aller à l'armée où ma présence réveillerait trop l'attention du soldat : que faire ? attendre : voilà ce qu'on répond. On me dit d'un autre côté que l'opinion de la France ne m'est pas favorable, qu'on ne me pardonne pas d'avoir abandonné l'Empereur l'année dernière, tandis que des lettres de Paris disaient, quand je combattais tout récemment pour la France : *Tout le monde ici est enchanté du Roi.* » Mais l'Empereur m'écrivait : *« Je compte sur vous, comptez sur moi :*

je ne vous abandonnerai jamais. » Le Roi Joseph m'écrivait : « *L'Empereur m'ordonne de vous écrire de vous porter rapidement sur les Alpes.* » Et quand en arrivant je lui témoigne des sentiments généreux et que je lui offre de combattre pour la France, je suis envoyé dans les Alpes, et pas un mot de consolation n'est adressé à celui qui n'eut jamais de tort envers lui que celui d'avoir trop compté sur des sentiments généreux, sentiments qu'il n'eut jamais pour moi. Mon amie, je viens vous prier de me faire connaître l'opinion de la France et de l'armée à mon égard. Il faut savoir tout supporter et mon courage me rendra supérieur à tous les malheurs. Tout est perdu hors l'honneur : j'ai perdu le trône, mais j'ai conservé toute ma gloire ; je fus abandonné par mes soldats qui furent victorieux dans tous les combats, mais je ne fus jamais vaincu. La désertion de vingt mille hommes me mit à la merci de mes ennemis ; une barque de pêcheur me sauva de la captivité, et un navire marchand me jeta en trois jours sur les côtes de France. »

« Sous Toulon, le 18 juin 1815.

« Je viens de recevoir votre lettre. Il m'est impossible de vous dépeindre les différentes sensations qu'elle m'a fait éprouver. J'ai pu un instant oublier mes malheurs. Je ne suis occupé que de mon amie, dont l'âme noble et généreuse vient me consoler et me montrer sa douleur. Rassurez-vous, tout est perdu ; mais l'honneur reste et ma gloire survivra à tous mes malheurs et mon courage saura me rendre supérieur à toutes les rigueurs de ma destinée. N'ayez rien à craindre de ce côté. J'ai perdu trône et famille sans m'émouvoir ; mais l'ingratitude m'a révolté. J'ai tout perdu pour la France, pour son Empereur, par son ordre, et aujourd'hui il me fait un crime de l'avoir fait. Il me refuse la permission de combattre et de me venger, et je ne suis pas libre sur le choix de ma retraite : concevez-vous tout mon malheur ? que faire ? quel parti prendre ? Je suis Français et père ; comme Français je dois servir ma patrie, comme père, je dois aller partager le sort de mes enfants : l'honneur m'impose le devoir de combattre, et la nature me dit que je dois être à mes

enfants. À qui obéir ? Ne puis-je satisfaire à tous deux ?
Me sera-t-il permis d'écouter l'un ou l'autre ? Déjà l'Empereur me refuse des armées, et l'Autriche accordera-t-elle les moyens d'aller rejoindre mes enfants ? Les lui demanderai-je ? Moi qui n'ai jamais voulu traiter avec ses ministres. Voilà ma situation : donnez-moi des conseils.

« J'attendrai votre réponse, celle du duc d'Otrante et de Lucien avant de prendre une détermination. Consultez bien l'opinion sur ce que l'on croit qu'il me convient de faire, quand je ne suis pas libre sur le choix de ma retraite, quand on revient sur le passé et quand on me fait un crime d'avoir par ordre perdu mon trône, et quand ma famille gémit dans la captivité. Conseillez-moi ; écoutez la voix de l'honneur, celle de la nature, et, en juge impartial, ayez le courage de m'écrire ce qu'il faut que je fasse. J'attendrai votre réponse sur la route de Marseille à Lyon. »

Laissant de côté les vanités personnelles et ces illusions qui sortent du trône, même d'un trône où l'on ne s'est assis qu'un moment, ces lettres nous apprennent quelle idée Murat se faisait de son beau-frère.

Bonaparte perd une seconde fois l'Empire ; Murat vagabonde sans asile, sur ces mêmes plages qui ont vu errer la duchesse de Berry.

Des contrebandiers consentent le 22 août 1815 à le passer lui et trois autres à l'île de Corse : une tempête l'accueille. La *Balancelle*, patache qui faisait le service entre Bastia et Toulon, le reçoit à son bord. À peine a-t-il quitté son embarcation qu'elle s'entr'ouvre. Surgi à Bastia le 25 août, il court se cacher au village de *Viscovato* chez le vieux Colonna-Ceccaldi. Deux cents officiers le rejoignent avec le général Franceschetti. Il marche sur Ajaccio : la ville maternelle de Bonaparte seule tenait encore pour son fils ; de tout son Empire, Napoléon ne possédait plus que son berceau. La garnison de la citadelle salue Murat, et le veut proclamer Roi de Corse : il s'y refuse ; il ne trouve d'égal à sa grandeur que le sceptre des Deux-Siciles. Son aide de camp, Macirone, lui apporte de Paris la décision de l'Autriche en vertu de laquelle il doit quitter le titre de Roi et se retirer à volonté dans la Bohême ou la Moravie : « Il est trop tard, répondit Joachim ; mon cher Macirone, le dé en est jeté. »

Le 28 septembre Murat cingle vers l'Italie ; sept bâtiments étaient chargés de ses deux cent cinquante serviteurs. Il avait dédaigné de tenir à Royaume l'étroite patrie de l'homme immense ; plein d'espoir, séduit par l'exemple d'une fortune au-dessus de la sienne, il partait de cette île d'où Napoléon était sorti pour prendre possession du monde. Ce ne sont pas les mêmes lieux, ce sont les génies semblables qui produisent les mêmes destinées.

Une tempête dispersa la flottille ; Murat fut jeté le 8 octobre dans le golfe de Sainte-Euphémie, presque au moment où Bonaparte abordait le rocher de Sainte-Hélène. De ses sept prames, il ne lui en restait plus que deux, y compris la sienne. Débarqué avec une trentaine d'hommes, il essaye de soulever les populations de la côte ; les habitants font feu sur sa troupe. Les deux prames gagnent le large ; Murat était trahi. Il court à un bateau échoué ; il essaye de le mettre à flot. Le bateau reste immobile. Entouré et pris, Murat outragé du même peuple qui se tuait naguère à crier : « Vive le roi Joachim ! » est conduit au château de Pizzo. On saisit sur lui et ses compagnons des proclamations insensées. Elles montraient de quels rêves les hommes se bercent, jusqu'à leur dernier moment.

Tranquille dans sa prison, Murat disait : « Je ne garderai que mon royaume de Naples : mon cousin Ferdinand conservera la seconde Sicile. » Et dans ce moment une commission militaire condamnait Murat à mort. Lorsqu'il apprit son arrêt, sa fermeté l'abandonna quelques instants ; il versa des larmes ; il s'écria : « Je suis Joachim, Roi des Deux-Siciles ! » Il oubliait que Louis XVI avait été Roi de France, le duc d'Enghien petit-fils du grand Condé, et Napoléon, arbitre de l'Europe ; la mort compte pour rien ce que nous fûmes.

Un prêtre, et toujours un prêtre, quoi qu'on dise et quoi qu'on fasse, vint rendre à un cœur intrépide sa force défaillie. Le 13 octobre, Murat, après avoir écrit à sa femme est conduit dans une salle du château de Pizzo, renouvelant dans sa personne romanesque les aventures brillantes ou tragiques du moyen âge. Douze soldats qui peut-être avaient servi sous lui, l'attendaient disposés sur deux rangs. Murat voit charger les armes, refuse de se laisser bander les yeux, choisit lui-même, en capitaine expérimenté, le poste où les balles le peuvent mieux atteindre. Couché en joue, au moment du feu il dit : « Soldats, sauvez le visage ; visez au cœur ! » Il tombe tenant dans ses mains les portraits de sa femme et de ses enfants : ces portraits ornaient auparavant la garde de son épée. Ce n'était qu'une affaire de plus que le brave venait de vider avec la vie.

Les genres de mort différents de *Napoléon* et de *Murat* conservent les caractères de leur histoire.

Murat, si fastueux, fut enterré sans pompe à Pizzo, dans une de ces églises chrétiennes dont le sein charitable reçoit miséricordieusement toutes les cendres.

(18)

MADAME RÉCAMIER REVIENT EN FRANCE.
LETTRE DE MADAME DE GENLIS.

La beauté exilée en Italie revenait de Naples à Paris. Elle ne s'arrêta qu'à Rome, pour assister à l'entrée du Pape reprenant possession de ses états.

Dans le 23e livre de ces *Mémoires* vous avez conduit Pie VII, mis en liberté à Fontainebleau, jusqu'aux portes de Saint-Pierre. Joachim encore vivant allait disparaître et Pie VII reparaissait : derrière eux Napoléon était frappé ; la main du conquérant laissait tomber le Roi et se relever le Pontife.

Pie VII fut reçu avec des cris qui ébranlaient les ruines de la ville des ruines. On détela sa voiture et la foule le traîna jusqu'aux degrés de l'église des Apôtres. Le *Saint-Père* ne voyait rien, n'entendait rien ; ravi en esprit, sa pensée était loin de la terre ; sa main se levait seulement sur le peuple par la tendre habitude des bénédictions. Il pénétra dans la Basilique au bruit des fanfares, au chant du *Te Deum*, aux acclamations des Suisses de la religion de Guillaume Tell. Les encensoirs lui envoyaient des parfums qu'il ne respirait pas ; il ne voulut point être porté sur le pavois à l'ombre du dais et des palmes ; il marcha comme un naufragé accomplissant un vœu à Notre-Dame de Bon-Secours, et chargé par le Christ d'une mission qui devait renouveler la face de la terre. Il était vêtu d'une robe blanche ; ses cheveux restés noirs malgré le malheur et les ans, contrastaient avec la pâleur de l'anachorète. Arrivé au tombeau des Apôtres il se prosterna ; il demeura plongé, immobile et comme mort dans les abîmes des conseils éternels. L'émotion était profonde, et des protestants témoins de cette scène, pleuraient à chaudes larmes.

Quel sujet en effet de méditations ! Un prêtre infirme, caduc, sans force, sans défense, enlevé du Quirinal, transporté captif au fond des Gaules, un martyr, qui n'attendait plus que sa tombe, délivré miraculeusement des mains de Napoléon qui avaient pressé le globe ; reprenant l'empire d'un monde indestructible, quand les planches d'une prison d'outre-mer et d'un cercueil se préparaient pour ce formidable geôlier des peuples et des Rois !

Pie VII survécut à l'Empereur ; il vit revenir au Vatican les chefs-d'œuvre, amis fidèles qui l'avaient accompagné dans son exil. Au retour de la persécution le Pontife septuagénaire, prosterné sous la Coupole de Saint-Pierre, montrait à la fois toute la faiblesse de l'homme et toute la grandeur de Dieu. [Il semblait écouter la vie tombant dans l'Éternité.]

En descendant des Alpes de la Savoie, Madame Récamier trouva au Pont-de-Beauvoisin le drapeau blanc et la cocarde blanche : elle ne les avait jamais vus. Les processions de la Fête-Dieu parcourant les villages, semblaient être revenues avec le roi très chrétien. À Lyon la voyageuse tomba au milieu d'une fête pour la Restauration. L'enthousiasme était sincère. À la tête des réjouissances paraissaient Alexis de Noailles et le colonel Clary, beau-frère de Joseph Bonaparte. Ce qu'on raconte aujourd'hui de la froideur et de la tristesse dont la légitimité fut accueillie à la première Restauration, est une impudente menterie. La joie fut générale dans les diverses opinions, même parmi les Conventionnels, même parmi les Impérialistes (voyez les paroles de Carnot, livre VI, 3e partie de ces *Mémoires*), les soldats exceptés ; leur noble fierté souffrait de ces revers. Aujourd'hui que le poids du gouvernement militaire ne se sent plus, que les vanités se sont réveillées, il faut nier les faits, parce qu'ils ne s'arrangent pas avec les théories du moment. Il convient à un système que la nation ait reçu les Bourbons avec horreur, et que la Restauration ait été un temps d'oppression et de misère. Cela conduit à de tristes réflexions sur la nature humaine. Si les Bourbons avaient eu le goût et la force d'opprimer, ils se pouvaient flatter de conserver longtemps le trône. Les violences et les injustices de Bonaparte, dangereuses à son pouvoir en apparence, le servirent en effet : on s'épouvante des iniquités, mais on s'en forge une grande idée ; on est disposé à regarder comme un être supérieur, celui qui se place au-dessus des lois.

Madame de Staël arrivée à Paris avant Madame Récamier, lui avait écrit plusieurs fois ; ce billet seul était parvenu à son adresse :

« Paris ce 20 mai.

« Je suis honteuse d'être à Paris sans vous, cher ange de ma vie. Je vous demande vos projets ? Voulez-vous que j'aille au-devant de vous à Coppet où je vais rester quatre mois ? Après tant de souffrances, ma plus douce perspective c'est vous, et mon cœur vous est à jamais dévoué. Un mot sur votre départ et votre arrivée. J'attends ce mot pour savoir ce que je ferai.

« Je vous écris à Rome, à Naples, etc. »

Madame de Genlis qui n'avait jamais eu de rapports avec Madame Récamier s'empressa de s'approcher d'elle. Je trouve dans un passage l'expression d'un vœu qui, réalisé, eût épargné au lecteur mon récit.

« 11 octobre.

« Voilà, Madame, le livre que j'ai eu l'honneur de vous promettre. J'ai marqué les choses que je désire que vous lisiez. Venez, Madame, pour me conter votre histoire *en ces termes*, comme on fait dans les romans. Puis ensuite, je vous demanderai de l'écrire en forme de souvenirs qui seront remplis d'intérêt, parce que dans la plus grande jeunesse vous avez été jetée avec une figure ravissante, un esprit plein de finesse et de pénétration au milieu de ce tourbillon d'erreurs et de folies ; que vous avez tout vu, et qu'ayant conservé pendant ces orages, des sentiments religieux, une âme pure, une vie sans tache, un cœur sensible et fidèle à l'amitié ; n'ayant ni envie, ni passions haineuses, vous peindrez tout avec les couleurs les plus vraies. Vous êtes un des phénomènes de ce temps-ci et certainement le plus aimable. Vous me montrerez *vos souvenirs* ; ma vieille expérience vous offrira quelques conseils et vous ferez un ouvrage utile et délicieux. N'allez pas me répondre : *Je ne suis pas capable*, etc. Vous pouvez jeter sans remords les yeux sur le passé ; c'est en tout temps le plus beau des droits ; dans celui où nous sommes, c'est inappréciable. Profitez-en pour l'instruction des deux jeunes personnes que vous élevez ; ce sera pour elles votre plus grand bienfait. Adieu, Madame : permettez-moi de vous dire que je vous aime et que je vous embrasse de toute mon âme. »

(19)

LETTRES DE BENJAMIN CONSTANT.

Maintenant que Madame Récamier est rentrée dans Paris, je vais retrouver pendant quelque temps mes premiers guides.

La Reine de Naples inquiète des résolutions du Congrès de Vienne, écrivit à Madame Récamier pour qu'elle lui découvrît un homme capable de traiter de ses intérêts à Vienne. Madame Récamier s'adressa à Benjamin Constant, et le pria de rédiger un mémoire. Cette circonstance eut sur l'auteur de ce mémoire l'influence la plus malheureuse ; un sentiment orageux fut la suite d'une entrevue. Sous l'empire de ce sentiment, Benjamin Constant déjà violent antibonapartiste (comme on le voit dans l'*Esprit de conquête*), laissa déborder des opinions dont les événements changèrent bientôt le cours. De là une réputation de mobilité politique, funeste aux hommes d'État.

Madame Récamier tout en admirant Bonaparte était restée fidèle à sa haine contre l'oppresseur de nos libertés et contre l'ennemi de Madame de Staël. Quant à ce qui la regardait elle-même, elle n'y pensait pas, et elle eût fait bon marché de son exil. Les lettres que Benjamin Constant lui écrivit à cette époque serviront d'étude, sinon du cœur humain, du moins de la tête humaine.

« Mardi.

« Voici le Mémoire ; ne me le renvoyez pas, il pourrait se perdre parce que je suis obligé de sortir. J'irai le prendre à l'heure que vous voudrez et nous le lirons ensemble. Savez-vous que je n'ai rien vu durant cette vie, déjà si longue, et que vous troublez, rien au monde de pareil à vous ? J'ai porté votre image chez Monsieur de Talleyrand, chez Beugnot, chez moi, partout. J'en suis triste et presque étonné. Certes je ne plaisante pas car je souffre. Je me retiens sur une pente rapide. Il vous est si égal de faire souffrir dans ce genre. Les anges aussi ont leur cruauté. Enfin pour l'amour du roi Joachim, remettez-moi le Mémoire vous-même. Il ne serait pas prudent de me l'envoyer. Partez-vous ce soir ? Allez-vous à Angervilliers dimanche, ou quand vous voudrez ? Que me font mes autres engagements ? Revenez-vous demain ? Votre absence m'importune. Savez-vous que vous avez mis quelque volonté à me rendre fou ? Que ferez-vous si je le suis ? Enfin le Mémoire en main propre aujourd'hui. C'est un devoir à vous de ne pas le risquer. C'est un devoir de diplomatie. »

« Samedi.

« Je suis rentré chez moi inquiet et troublé de votre conversation de ce soir ; non que je me plaigne de vous et de votre adorable bonté qui est si nécessaire à ma vie ; mais gêné que j'étais par la présence de Monsieur Ballanche, je n'ai pas assez bien plaidé ma cause. Occupé trop uniquement de vous, je n'ai pas assez senti que mon sort était dans ses mains, que vous le consulteriez, et qu'il pourrait, sans vouloir me nuire, mais faute de me connaître, vous donner des impressions funestes. J'étais sur le point avant de sortir, de me jeter à ses genoux pour le supplier de ne pas me faire de mal. Mais tout ce qui me paraît théâtral me répugne, même quand c'est vrai. Je prends donc le seul parti qui me reste, je vous écris avant de me coucher et de chercher un peu de repos, si j'en puis trouver. Je ne vous ai dit ce soir aucune des choses que j'aurais dû vous dire. Vous avez demandé si souvent ce que vous deviez faire et ce qui résulterait de ma passion pour vous : je vais vous le dire, ange du ciel, ce que vous devez faire et ce qui en résultera. Cette passion n'est pas une passion ordinaire. Elle en a toute l'ardeur, elle n'en a pas les bornes. Elle met à votre disposition un homme spirituel, dévoué, courageux, désintéressé, sensible, dont jusqu'à ce jour les qualités ont été inutiles, parce qu'il lui manque la raison nécessaire pour les diriger. Eh bien ! soyez cette raison supérieure ; guidez-moi tandis que mes forces sont entières et que le temps s'ouvre devant moi, pour que je fasse quelque chose de beau et de bon. Vous savez comme ma vie a été dévastée par des orages venus de moi et des autres, et malgré cela, malgré tant de jours, de mois, d'années prodigués, j'ai acquis un peu de réputation. Né loin de Paris j'étais parvenu à y occuper une place importante. Aujourd'hui même, je ne puis me le cacher, les yeux sont tournés vers moi quand on a besoin d'une voix qui rappelle les idées généreuses. Je n'ai su tirer aucun parti de mes facultés qu'on reconnaît plus que je ne les sens moi-même, parce que je n'ai aucune raison. Emparez-vous de mes facultés, profitez de mon dévouement pour votre pays et pour ma gloire. Vous dites que votre vie est inutile, et la Providence remet entre vos mains un instrument qui a quelque puissance, si vous daignez vous en servir. Laissons de côté ces luttes sur des mots qui ne changent rien aux choses. Soyez mon ange tutélaire, mon bon génie, le Dieu qui ordonnera le chaos dans ma tête et dans mon cœur. Qui sait ce que l'avenir réserve à la France ? Et si je puis y faire triompher de nobles idées, et si c'est par vous que j'en reçois la force, si mes facultés, qu'on dit supérieures, servent à mon pays et à une sage liberté, direz-vous encore que votre vie n'a servi à rien ? Cette moralité dont vous m'accusez de manquer, rendez-la moi. La fatigue d'une exagération perpétuelle, plus pénible parce que les actions ne s'accordent pas aux paroles, cette fatigue m'a rendu sec, ironique, m'a ôté, dites-vous, le sens du bien et du mal. Je suis dans votre main comme un enfant : rendez-moi les vertus que j'étais fait pour avoir, usez de votre puissance, ne brisez pas l'instrument que le ciel vous confie. Votre carrière ne sera pas inutile si, dans un temps de dégradation et d'égoïsme, vous avez formé un noble caractère, donné à tout ce qui est bon un courageux défenseur, versé du bonheur dans une âme souffrante, de la gloire sur une vie que le découragement opprimait. Vous pouvez tout cela. Vous le pouvez par votre seule affection, mais ce que vous ne pouvez pas, c'est de me détacher de vous. Et vous ne pouvez pas non plus, avec votre nature angélique supporter l'affreuse douleur que vous m'infligeriez. Vous me feriez du mal inutilement. Car en me voyant au désespoir, mourant dans les convulsions à votre porte, vous reviendriez sur vos résolutions, et il n'y aurait eu que de la souffrance sans résultat, tandis qu'il peut y avoir du bonheur, de la gloire et de la morale.

« Faites-moi, si vous voulez être bonne, dire un seul mot que je puisse interpréter comme un léger signe d'amitié. N'est-ce pas, vous n'êtes pas de ces femmes qui sont d'autant plus indifférentes, qu'elles sont plus sûres d'être aimées ? Non, vous êtes en figure, en esprit, en pureté, en délicatesse, l'être idéal que l'imagination concevrait à peine si vous n'existiez pas.

« Remettez cette lettre à Monsieur Ballanche. Je voudrais qu'il me jugeât bien, qu'il ne travaillât pas contre moi, qu'il ne m'empêchât pas de devenir par vous, ce que la nature veut que je sois, ce que la Providence m'a rendu la possibilité d'être, en faisant descendre sur la terre un de ses anges pour me diriger.

« Il est trois heures. – Voici mon livre : oh ! lisez-le. Je crois que vous y verrez pourtant que j'ai le sens du bien et du mal. »

« Mercredi.

« Je suis rentré chez moi dans la plus violente colère que j'aie éprouvée. Mon malheureux cocher à qui j'avais dit de rentrer chez lui avait compris qu'il devait entrer, et s'était niché dans la cour puis dans l'écurie. J'ai tremblé que je n'ébranlasse la maison, au milieu du silence qui régnait, et que vous ne m'en sussiez mauvais gré. En arrivant, j'ai grondé, payé, chassé homme, cheval et voiture. Mais l'inquiétude me reste, et au lieu de me coucher, je vous écris.

« Puisque j'ai commencé, je continue. Cela m'arrive si rarement que je vous supplie de me lire. Je n'ai rien à dire, il est vrai, que vous ne sachiez ; mais vous le répéter est un besoin continuel auquel je ne résiste que parce que vous m'avez inspiré presque autant de crainte que de passion. Certes vous me devez au moins cette justice que jamais sentiment si violent ne fut moins importun. Je vous aime comme le premier jour où vous m'avez vu fondre en larmes à vos pieds. Je souffre autant à la moindre preuve d'indifférence et elles sont nombreuses. Ma vie est une inquiétude de chaque minute. Je n'ai qu'une pensée. Vous tenez tout mon être dans votre main comme Dieu tient sa créature. Un regard, un mot, un geste changent toute mon existence. Et pourtant, je me soumets à tout parce que je ne pourrais vivre sans vous voir ; et souvent, le cœur tout meurtri des coups que vous me portez, sans vous en douter, je me force à de la gaieté pour obtenir de vous un sourire. Ne voyez-vous pas combien votre empire est absolu, combien il force mon sentiment même à se maîtriser ? Quand je vous contemple, quand mes regards vous dévorent, quand chacun de vos mouvements porte le délire dans mes sens, un geste de vous me repousse et me fait trembler. Oh ! que je donnerais volontiers ma vie pour une heure !... Mais aussi n'êtes-vous pas un ange du ciel ! N'êtes-vous pas ce que la nature a créé de plus beau, de plus séduisant, de plus enchanteur, dans chaque regard, dans chaque mot que vous dites ? Y a-t-il une femme qui réunisse à tant de charmes cet esprit si fin, cette gaieté si naïve et si piquante, cet instinct admirable de tout ce qui est noble et pur ? Vous planez au milieu de tout ce qui vous entoure, modèle de grâce et de délicatesse et d'une raison qui étonne par sa justesse et qui captive par la bonté qui l'adoucit. Pourquoi cette bonté se dément-elle quelquefois, et pour moi seul ? Jamais je n'ai aimé, jamais personne n'a aimé comme je vous aime. Je vous l'ai dit ce soir, quand vous aurez à m'affliger, consolez-moi en m'indiquant un dévouement, un danger, une peine à supporter pour vous. Il est trop vrai, je ne suis plus moi, je ne puis plus répondre de moi. Crime, vertu, héroïsme, lâcheté, anéantissement, tout dépend de vous. Tout ce que je n'aurai pas fait vous en rendrez compte. Prenez-moi donc tout entier ; prenez-moi sans vous donner ; mais dites-vous bien que je suis avec vous comme un instrument aveugle, comme un être que vous seule animez, qui ne peut plus avoir d'âme que la vôtre. Ô mon Dieu ! si vous m'aimiez ! Enfin vous le voyez, vous m'avez à peu de frais. Faites de moi ce que vous voudrez. Quand vous ne voudrez pas me voir seule, je vous suivrai de mes regards dans le monde. Si votre porte m'était fermée, je me coucherais dans la rue à votre porte. Et pourtant quand je vous verrai, je ne vous dirai rien de tout cela parce que vous ne voulez pas l'entendre. Mais au moins vous pouvez le lire, cela ne vous engage à rien. Comparez ce sentiment avec d'autres, et au fond de votre cœur rendez-moi justice.

« Adieu, vous me pardonnez, n'est-ce pas, de vous avoir écrit ? J'ai vingt lettres commencées depuis dix jours et que l'idée qu'elles vous importunent m'a empêché de vous envoyer. Soyez bonne pour moi, ou bien soyez ce que vous voudrez. Rien ne m'empêchera de vous être dévoué jusqu'à la mort. Rien n'interrompra ce culte d'amour, cette admiration enthousiaste qui est tout ce qui peut remplir mon cœur et le seul sentiment qui me fasse vivre.

« Il est cinq heures : à sept ou huit je me lèverai pour faire le bulletin. Je ferai un article, quand vous le voudrez, pour *Antigone*. J'achèverai mon livre................................ Donnez-moi donc plus de choses et des choses plus difficiles à faire. Demandez-moi la moitié de ma fortune pour les pauvres, la moitié de mon sang pour une cause qui vous intéresse ; servez-vous de moi de quelque manière, et quand je vous aurai bien servie, pour me récompenser de mon zèle, servez-vous encore de moi. »

Voilà tout ce que pouvait faire d'une passion un esprit ironique et romanesque, sérieux et poétique : Rousseau n'est pas plus véritable ; mais il mêle à ses amours d'imagination, une mélancolie sincère et une rêverie réelle.

(20)

RETOUR DE BONAPARTE. — ARTICLES DE BENJAMIN CONSTANT.

Cependant Bonaparte était débarqué à Cannes : la perturbation de son approche commençait à se faire sentir. Benjamin Constant envoya ce billet à Madame Récamier :

« Pardon si je profite des circonstances pour vous importuner ; mais l'occasion est trop belle. Mon sort sera décidé dans quatre ou cinq jours sûrement ; car quoique vous aimiez à ne pas le croire pour diminuer votre intérêt, je suis certainement, avec Marmont, Chateaubriand et Laisné, l'un des quatre hommes les plus compromis de France. Il est donc certain que si nous ne triomphons pas, je serai dans huit jours ou proscrit et fugitif, ou dans un cachot, ou fusillé. Accordez-moi donc pendant les deux ou trois jours qui précéderont la bataille, le plus que vous pourrez de votre temps et de vos heures. Si je meurs, vous serez bien aise de m'avoir fait ce bien, et vous seriez fâchée de m'avoir affligé.

« Mon sentiment pour vous est ma vie. Un signe d'indifférence me fait plus de mal que ne pourra le faire dans quatre jours mon arrêt de mort. Et quand je pense que le danger est un moyen d'obtenir de vous un signe d'intérêt, je n'en éprouve que de la joie.

« Avez-vous été contente de mon article et savez-vous ce qu'on en dit ? »

Benjamin Constant avait raison, il était aussi compromis que moi ; attaché à Bernadotte il avait servi contre Napoléon ; il avait publié son écrit *De l'esprit de conquête* dans lequel il traitait le *tyran* plus mal que je ne le traitais dans ma brochure *De Bonaparte et des Bourbons*. Il mit le comble à ses périls en parlant dans les gazettes. Le 19 mars, au moment où Bonaparte était aux portes de la capitale, il fut assez ferme pour signer dans le *Journal des Débats* un article terminé par cette phrase :

« Je n'irai pas, misérable transfuge, me traîner d'un pouvoir à l'autre, couvrir l'infamie par le sophisme, et balbutier des mots profanés pour racheter une vie honteuse. »

Benjamin Constant écrivit à celle qui lui avait inspiré ces nobles sentiments :

« Je suis bien aise que mon article ait paru ; on ne peut au moins en soupçonner aujourd'hui la sincérité. Voici un billet que l'on m'écrit après l'avoir lu : si j'en recevais un pareil *d'une autre*, je serais gai sur l'échafaud !... »

Madame Récamier s'est toujours reproché d'avoir eu, sans le vouloir, une pareille influence sur une destinée honorable. Rien en effet n'est plus malheureux que d'inspirer à des caractères mobiles, ces résolutions énergiques qu'ils sont incapables de tenir.

Benjamin Constant démentit le 20 mars son article du 19 ; après avoir fait quelques tours de roues pour s'éloigner, il revint à Paris et se laissa prendre aux séductions de Bonaparte. Nommé Conseiller d'État il effaça ses pages généreuses en travaillant à la rédaction de l'*Acte additionnel*.

Depuis ce moment il porta au cœur une plaie secrète ; il n'aborda plus avec assurance la pensée de la postérité ; sa vie attristée et défleurie, n'a pas peu contribué à sa mort. Dieu nous garde de triompher des misères dont les natures les plus élevées ne sont point exemptes ! Le ciel ne nous donne des talents qu'en y attachant des infirmités ; expiations offertes à la sottise et à l'envie. Les faiblesses d'un homme supérieur sont ces victimes noires que l'antiquité sacrifiait aux dieux infernaux : et pourtant ils ne se laissent jamais désarmer !

(21)

MADAME DE KRÜDNER. — LE DUC DE WELLINGTON.

Madame Récamier était restée en France pendant les Cent-Jours, où la Reine Hortense l'invitait à demeurer ; la Reine de Naples lui offrait au contraire un asile en Italie.

Les Cent Jours passèrent.

Madame de Krüdner suivit les Alliés arrivés de nouveau à Paris. Elle était tombée du roman dans le mysticisme ; elle exerçait un grand empire sur l'esprit de l'Empereur de Russie. C'est elle qui fit donner à l'*Alliance* des Rois de l'Europe le nom de *Sainte*.

Madame de Krüdner logeait dans un hôtel du faubourg Saint-Honoré. Le jardin de cet hôtel s'étendait jusqu'aux Champs-Élysées. Alexandre arrivait *incognito* par une porte du jardin et des conversations politico-religieuses finissaient par de ferventes prières. Madame de Krüdner m'avait invité à l'une de ces sorcelleries célestes. Moi, l'homme de toutes les chimères, j'ai la haine de la déraison, l'abomination du nébuleux et le dédain des jongleries ; on n'est pas parfait. La scène m'ennuya ; plus je voulais prier, plus je sentais la sécheresse de mon âme. Je ne trouvais rien à dire à Dieu, et le diable me poussait à rire. J'avais mieux aimé Madame de Krüdner lorsqu'environnée de fleurs et habitante encore de cette chétive terre, elle composait *Valérie*. Seulement je trouvais que mon vieil ami Monsieur Michaud, mêlé bizarrement à cette idylle, n'avait pas assez du berger, malgré son nom.

Madame de Krüdner devenue séraphin, cherchait à s'entourer d'anges ; la preuve en est dans ce billet charmant de Benjamin Constant à Madame Récamier :

« Jeudi.

« Je m'acquitte avec un peu d'embarras d'une commission que Madame de Krüdner vient de me donner. Elle vous supplie de venir la moins belle que vous pourrez. Elle dit que vous éblouissez tout le monde, et que par là toutes les âmes sont troublées et toutes les attentions impossibles. Vous ne pouvez pas déposer votre charme ; mais ne le rehaussez pas. Je pourrais ajouter bien des choses sur votre figure, à cette occasion : mais je n'en ai pas le courage. On peut être ingénieux sur le charme qui plaît, mais non sur celui qui tue. Je vous verrai tout à l'heure. Vous m'avez indiqué cinq heures ; mais vous ne rentrerez qu'à six : et je ne pourrai vous dire un mot. Je tâcherai pourtant d'être aimable encore cette fois. »

Le duc de Wellington ne prétendait-il pas aussi à l'honneur d'attirer un regard de Juliette ? Un de ses billets que je transcris, n'a de curieux que la signature :

« À Paris, ce 13 janvier.

« J'avoue, Madame, que je ne regrette pas beaucoup que les affaires m'empêchent de passer chez vous après dîner, puisque à chaque fois que je vous vois, je vous quitte plus pénétré de vos agréments et moins disposé à donner mon attention à *la politique* ! ! !

« Je passerai chez vous demain à mon retour de chez l'abbé Sicard, en cas que vous vous y trouvassiez et malgré l'effet que ces visites dangereuses produisent sur moi.

« Votre très fidèle serviteur,
Wellington. »

À son retour de Waterloo, entrant chez Madame Récamier, le duc de Wellington s'écria : « Je l'ai bien battu ! »

Dans un cœur français son succès lui aurait fait perdre la victoire, eût-il pu jamais y prétendre.

(22)

Je retrouve Madame Récamier.
Mort de Madame de Staël

Ce fut à une douloureuse époque pour l'illustration de la France que je retrouvai Madame Récamier, ce fut à l'époque de la mort de Madame de Staël. Rentrée à Paris après les Cent-Jours, l'auteur de *Delphine* était revenue souffrante ; je l'avais revue chez elle et chez Madame la duchesse de Duras. Peu à peu son état empirant, elle fut obligée de garder le lit. Un matin j'étais allé chez elle, rue Royale ; les volets des fenêtres étaient aux deux tiers fermés ; le lit rapproché du mur du fond de la chambre, ne laissait qu'une ruelle à gauche ; les rideaux retirés sur les tringles, formaient deux colonnes au chevet. Madame de Staël à demi assise était soutenue par des oreillers. Je m'approchai et quand mon œil se fut un peu accoutumé à l'obscurité, je distinguai la malade. Une fièvre ardente animait ses joues. Son beau regard me rencontra dans les ténèbres, et elle me dit : « Bonjour, *my dear Francis*. Je souffre, mais cela ne m'empêche pas de vous aimer. » Elle étendit sa main que je pressai et baisai. En relevant la tête, j'aperçus au bord opposé de la couche, dans la ruelle, quelque chose qui se levait blanc et maigre : c'était Monsieur de Rocca, le visage défait, les joues creuses, les yeux brouillés, le teint indéfinissable : il se mourait ; je ne l'avais jamais vu, et ne l'ai jamais revu. Il n'ouvrit pas la bouche ; il s'inclina en passant devant moi ; on n'entendait point le bruit de ses pas : il s'éloigna à la manière d'une ombre. Arrêtée un moment à la porte *la nueuse idole fraudant les doigts* [1], se retourna vers le lit, pour ajourner Madame de Staël. Ces deux spectres qui se regardaient en silence, l'un debout et pâle, l'autre assis et

---

1. Nous rétablissons ici le texte de Ronsard auquel se réfère Chateaubriand. Le manuscrit édité par Levaillant porte : « frôlant les doigts » (*Bulletin* n° 27, 1984, p. 53-55).

coloré d'un sang prêt à redescendre et à se glacer au cœur, faisaient frissonner.

Peu de jours après Madame de Staël changea de logement. Elle m'invita à dîner chez elle, rue Neuve-des-Mathurins ; j'y allai. Elle n'était point dans le salon et ne put même assister au dîner ; mais elle ignorait que l'heure fatale était si proche. On se mit à table. Je me trouvai assis près de Madame Récamier. Il y avait douze ans que je ne l'avais rencontrée, et encore ne l'avais-je aperçue qu'un moment. Je ne la regardais point ; elle ne me regardait pas ; nous n'échangions pas une parole. Lorsque vers la fin du dîner, elle m'adressa timidement quelques mots sur la maladie de Madame de Staël, je tournai un peu la tête, je levai les yeux [et je vis mon ange gardien à ma droite].

Je craindrais de profaner aujourd'hui par la bouche de mes années un sentiment qui conserve dans ma mémoire toute sa jeunesse et dont le charme s'accroît à mesure que ma vie se retire. J'écarte mes vieux jours pour découvrir derrière ces jours des apparitions célestes, pour entendre du bas de l'abîme les harmonies d'une région plus heureuse.

Madame de Staël mourut. Le dernier billet qu'elle écrivit à Madame de Duras, était tracé en grandes lettres dérangées comme celles d'un enfant. Un mot affectueux s'y trouvait pour *Francis*. Le talent qui expire saisit davantage que l'individu qui meurt : c'est une désolation générale dont la société est frappée ; chacun au même moment fait la même perte.

Avec Madame de Staël s'abattit une partie considérable du temps où j'ai vécu ; telle de ces brèches, qu'une intelligence supérieure en tombant forme dans un siècle, ne se répare jamais. Sa mort fit sur moi une impression particulière à laquelle se mêlait une sorte d'étonnement mystérieux. C'était chez cette femme illustre que j'avais connu Madame Récamier, et après de longs jours de séparation, Madame de Staël réunissait deux personnes voyageuses devenues presque étrangères l'une à l'autre : elle leur laissait à un repas funèbre son souvenir et l'exemple d'un attachement immortel. J'allai voir Madame Récamier rue

Basse-du-Rempart et ensuite rue d'Anjou. Quand on s'est
rejoint à sa destinée, on croit ne l'avoir jamais quittée :
la vie selon l'opinion de Pythagore, n'est qu'une réminiscence. Qui, dans le cours de ses jours, ne se remémore
quelques petites circonstances indifférentes à tous, hors à
celui qui se les rappelle ? À la maison de la rue d'Anjou
il y avait un jardin ; dans ce jardin un berceau de tilleuls
entre les feuilles desquels j'apercevais un rayon de lune,
lorsque j'attendais Madame Récamier : ne me semble-t-il
pas que ce rayon est à moi et que si j'allais sous les
mêmes abris, je le retrouverais ? Je ne me souviens guère
du soleil que j'ai vu briller sur bien des fronts.

(23)

L'ABBAYE-AUX-BOIS.

J'étais au moment d'être obligé de vendre *la Vallée-
aux-Loups*, que Madame Récamier avait louée de moitié
avec Monsieur de Montmorency. De plus en plus éprouvée par la fortune Madame Récamier se retira à l'Abbaye-
aux-Bois.

La duchesse d'Abrantès parle ainsi de cette demeure :

« L'Abbaye-aux-Bois, avec toutes ses dépendances, ses
beaux jardins, ses vastes cloîtres dans lesquels jouaient
de jeunes filles de tous les âges, au regard insoucieux, à
la parole folâtre, l'Abbaye-aux-Bois n'était connue que
comme une sainte demeure à laquelle une famille pouvait
confier son espoir ; encore ne l'était-elle que par les
mères ayant un intérêt au-delà de sa haute muraille. Mais
une fois que la sœur Marie avait fermé la petite porte
surmontée d'un attique, limite du saint domaine, on traversait la grande cour qui sépare le couvent de la rue, non
seulement comme un terrain neutre, mais étranger.

« Aujourd'hui il n'en va pas ainsi : le nom de l'Abbaye-aux-Bois est devenu populaire ; sa renommée est

générale et familière à toutes les classes : la femme qui y vient pour la première fois en disant à ses gens : "À l'Abbaye-aux-Bois", est sûre de n'être pas questionnée par eux pour savoir de quel côté ils doivent tourner...

« D'où lui est venu en aussi peu de temps une renommée si positive, une illustration si connue ? Voyez-vous deux petites fenêtres tout en haut, dans les combles, là, au-dessus des larges croisées du grand escalier ? C'est une des petites chambres de la maison. Eh bien ! c'est pourtant dans son enceinte que la renommée de l'*Abbaye-aux-Bois* a pris naissance ; c'est de là qu'elle est descendue, qu'elle est devenue populaire. Et comment ne l'aurait-elle pas été lorsque toutes les classes de la société savaient que dans cette chambre habitait une femme dont la vie était déshéritée de toutes les joies, et qui néanmoins avait des paroles consolantes pour tous les chagrins, des mots magiques pour adoucir toutes les douleurs, des secours pour toutes les infortunes ?

« Lorsque du fond de sa prison, Coudert entrevit l'échafaud (il était compromis dans l'affaire de Bories), quelle fut la pitié qu'il invoqua ? "Va chez Madame Récamier, dit-il à son frère, dis-lui que je suis innocent devant Dieu... Elle comprendra ce témoignage."

« Et Coudert fut sauvé. Madame Récamier associa à son action libératrice cet homme qui possède en même temps le talent et la bonté : Monsieur Ballanche seconda ses démarches, et l'échafaud dévora une vie de moins.

« C'était presque une merveille présentée à l'étude de l'esprit humain que cette petite cellule dans laquelle une femme dont la réputation est plus qu'européenne était venue chercher du repos et un asile convenable. Le monde est ordinairement oublieux de ceux qui ne le convient plus à leurs festins : il ne le fut pas pour celle qui jadis, au milieu de ses joies, écoutait encore plus une plainte que l'accent du plaisir. Non seulement la petite chambre du troisième de l'Abbaye-aux-Bois fut toujours le but des courses des amis de Madame Récamier, mais comme si le prestigieux pouvoir d'une fée eût adouci la raideur de la montée, ces mêmes étrangers qui réclamaient comme une faveur d'être admis dans l'élégant hôtel de la Chaussée-d'Antin, sollicitaient encore la même grâce. C'était pour eux un spectacle vraiment aussi remarquable qu'aucune rareté de Paris, de voir, dans un espace de dix pieds sur vingt, toutes les opinions réunies sous une même bannière, marcher en paix et se donner presque la main.

« Le Vicomte de Chateaubriand racontait à Benjamin Constant les merveilles inconnues de l'Amérique ; Mathieu de Montmorency avec cette urbanité personnelle à lui-même, cette politesse chevaleresque de tout ce qui porte son nom, était aussi respectueusement attentif pour Madame Bernadotte allant régner en Suède qu'il l'aurait été pour la sœur d'Adélaïde de Savoie, fille d'Humbert aux blanches mains, cette veuve de Louis le Gros qui avait épousé un de ses ancêtres. Et l'homme des temps féodaux n'avait aucune parole amère pour l'homme des jours libres.

« Assises à côté l'une de l'autre sur le même divan, la duchesse du faubourg Saint-Germain devenait polie pour la duchesse impériale ; rien n'était heurté enfin dans cette cellule unique...

« Lorsque je revis Madame Récamier dans cette chambre, je revenais à Paris, d'où j'avais été longtemps absente. C'était un service que j'avais à lui demander, et j'allais à elle avec confiance. Je savais bien par des amis communs, à quel degré de force s'était porté son courage ; mais j'en manquai en la voyant là, sous les combles, aussi paisible, aussi calme que dans les salons dorés de la rue du Mont-Blanc.

« Eh quoi ! me dis-je, toujours des souffrances ! Et mon œil humide s'arrêtait sur elle avec une expression qu'elle dut comprendre. Hélas ! mes souvenirs franchissaient les années, ressaisissaient le passé ! Toujours battue de l'orage, cette femme que la renommée avait placée tout en haut de la couronne de fleurs du siècle, depuis dix ans, voyait sa vie entourée de douleurs, dont le choc frappait à coups redoublés sur son cœur et la tuait !...............

« Lorsque guidée par d'anciens souvenirs et un attrait constant, je choisis l'Abbaye-aux-Bois pour mon asile, la petite chambre du troisième qu'elle avait occupée dix ans, n'était pas habitée par celle que j'aurais été y chercher.

Madame Récamier occupait alors un appartement plus spacieux. C'est là que je l'ai vue de nouveau.

« La mort avait éclairci les rangs des combattants autour d'elle, et de tous ces champions politiques Monsieur de Chateaubriand était parmi ses amis, presque le seul qui eût survécu. Mais vint à sonner aussi pour lui l'heure des mécomptes et de l'ingratitude royale. Il fut sage ; il dit adieu à ces faux semblants de bonheur et abandonna l'incertaine puissance tribunitienne pour en ressaisir une plus positive.

« On a déjà vu que dans ce salon de l'Abbaye-aux-Bois, il s'agite d'autres intérêts que des intérêts littéraires, et que ceux qui souffrent peuvent tourner vers lui un regard d'espérance. Dans l'occupation constante où je suis depuis quelques mois de ce qui a rapport à la famille de l'Empereur, j'ai trouvé quelques documents qui ne me paraissent pas être hors d'œuvre en ce moment.

« La Reine d'Espagne se trouvait dans l'obligation absolue de rentrer en France. Elle écrivit à Madame Récamier pour la prier de s'intéresser à la demande qu'elle faisait de venir à Paris. Monsieur de Chateaubriand était alors au ministère, et la Reine d'Espagne connaissant la loyauté de son caractère, avait toute confiance dans la réussite de sa sollicitation. Cependant la chose était difficile parce qu'il y avait une loi qui frappait toute cette famille malheureuse, même dans ses membres les plus vertueux. Mais Monsieur de Chateaubriand avait en lui ce sentiment d'une noble pitié pour le malheur, qui lui fit écrire plus tard ces mots touchants :

> *Sur le compte des grands je ne suis pas suspect :*
> *Leurs malheurs seulement attirent mon respect.*
> *Je hais ce Pharaon que l'éclat environne ;*
> *Mais s'il tombe, à l'instant j'honore sa couronne.*
> *Il devient à mes yeux Roi par l'adversité ;*
> *Des pleurs je reconnais l'auguste autorité :*
> *Courtisan du malheur, etc., etc.*

« Monsieur de Chateaubriand écouta les intérêts d'une personne malheureuse ; il interrogea son devoir qui ne lui imposa pas la crainte de redouter une faible femme, et deux jours après la demande qui lui fut adressée, il écrivit à Madame Récamier que Madame Joseph Bonaparte pouvait rentrer en France, demandant où elle était afin de lui adresser par Monsieur Durand de Mareuil notre ministre alors à Bruxelles, la permission de venir à Paris sous le nom de la Comtesse de Villeneuve. Il écrivit en même temps à Monsieur Fagel.

« J'ai rapporté ce fait avec d'autant plus de plaisir qu'il honore à la fois celle qui demande et le ministre qui oblige ; l'une par sa noble confiance, l'autre par sa noble humanité. »

Madame d'Abrantès loue beaucoup trop ma conduite qui ne valait même pas la peine d'être remarquée ; mais comme l'auteur ne raconte pas tout sur l'Abbaye-aux-Bois, je vais suppléer à ce qu'il a oublié ou omis.

Le capitaine Roger, autre Coudert, avait été condamné à mort. Madame Récamier m'avait associé à son œuvre pie pour le sauver. Benjamin Constant était également intervenu en faveur de ce compagnon de Caron, et il avait remis au frère du condamné la lettre suivante pour Madame Récamier :

« Je ne me pardonnerais pas, Madame, de vous importuner toujours, mais ce n'est pas ma faute s'il y a sans cesse des condamnations à mort. Cette lettre vous sera remise par le frère du malheureux Roger, condamné avec Caron. C'est l'histoire la plus odieuse et la plus connue. Le nom seul mettra Monsieur de Chateaubriand au fait. Il est assez heureux pour être à la fois le premier talent du ministère et le seul ministre sous lequel le sang n'ait pas coulé. Je n'ajoute rien. Je m'en remets à votre cœur. Il est bien triste de n'avoir presque rien à vous écrire que pour des affaires douloureuses. Mais vous me pardonnerez, je le sais, et je suis sûr que vous ajouterez un malheureux de plus à la nombreuse liste de ceux que vous avez sauvés.

« Mille tendres respects.

« B. Constant.

« Paris le premier mars 1823. »

Quand le capitaine Roger fut mis en liberté il s'empressa de témoigner sa reconnaissance à ses bienfaiteurs. Un après-dîner j'étais chez Madame Récamier comme de coutume. Tout à coup apparaît cet officier, il nous dit avec un accent du midi : « *Sans votre intercession, ma tête roulait sur l'échafaud !* » Nous étions stupéfaits, car nous avions oublié nos mérites. Il s'écriait rouge comme un coq ; « *Vous ne vous en souvenez pas ! Vous ne vous en souvenez pas !* » Nous faisions vainement mille excuses de notre peu de mémoire : il partit entre-choquant les éperons de ses bottes, furieux de ce que je ne me souvenais pas de notre bonne action, comme s'il eût eu à nous reprocher sa mort.

Vers cette époque Talma demanda à Madame Récamier à me rencontrer chez elle, pour s'entendre avec moi sur quelques vers de l'*Othello* de Ducis, qu'on ne lui permettait pas de dire tels qu'ils étaient. Je laissai les dépêches et je courus au rendez-vous : je passai la soirée à refaire avec le moderne Roscius les vers malencontreux. Il me proposait un changement, je lui en proposais un autre ; nous rimions à l'envi. Nous nous retirions à la croisée ou dans un coin pour tourner et retourner un hémistiche. Nous eûmes beaucoup de peine à tomber d'accord pour le sens et pour l'harmonie. Il eût été assez curieux de me voir, moi, Ministre de Sa Majesté Louis XVIII, lui, Talma, Roi de la scène, oubliant ce que nous pouvions être, jouter de verve en donnant au Diable la censure et toutes les grandeurs du monde. Mais si Richelieu faisait représenter ses drames en lâchant Gustave III sur l'Allemagne, ne pouvais-je pas, humble secrétaire d'État, m'occuper des tragédies des autres, en allant chercher l'indépendance de la France à Madrid ?

Madame la duchesse d'Abrantès dont j'ai salué le cercueil dans l'église de Chaillot, n'a peint que la demeure *habitée* de Madame Récamier ; je parlerai de l'asile *solitaire*. Un corridor noir séparait deux petites pièces ; je prétendais que ce vestibule était éclairé d'un jour doux. La chambre à coucher était ornée d'une bibliothèque, d'une harpe, d'un piano, du portrait de Madame de Staël et d'une vue de Coppet au clair de lune. Sur les fenêtres étaient des pots de fleurs.

Quand tout essoufflé, après avoir grimpé quatre étages, j'entrais dans la cellule aux approches du soir, j'étais ravi. La plongée des fenêtres était sur le jardin de l'Abbaye, dans la corbeille verdoyante duquel tournoyaient des religieuses et couraient des pensionnaires. La cime d'un acacia arrivait à la hauteur de l'œil. Des clochers pointus coupaient le ciel et l'on apercevait à l'horizon les collines de Sèvres. Le soleil couchant dorait le tableau et entrait par les fenêtres ouvertes. Madame Récamier était à son piano ; l'*Angelus* tintait ; les sons de la cloche, qui semblait pleurer le jour qui se mourait : « *il giorno pianger che si muore* », se mêlaient aux derniers accents de l'invocation à la nuit, du *Roméo et Juliette* de Steibelt. Quelques oiseaux se venaient coucher dans les jalousies relevées de la fenêtre. Je rejoignais au loin le silence et la solitude, par-dessus le tumulte et le bruit d'une grande cité.

Dieu en me donnant ces heures de paix, me dédommageait de mes heures de trouble ; j'entrevoyais le prochain repos que croit ma foi, que mon espérance appelle. Agité au-dehors par les occupations politiques ou dégoûté par l'ingratitude des Cours, la placidité du cœur m'attendait au fond de cette retraite, comme le frais des bois au sortir d'une plaine brûlante. Je retrouvais le calme auprès d'une femme de qui la sérénité s'étendait autour d'elle, sans que cette sérénité eût rien de trop égal, car elle passait au travers d'affections profondes. Hélas ! les hommes que je rencontrais chez Madame Récamier, Mathieu de Montmorency, Camille Jordan, Benjamin Constant, le duc de Laval ont été rejoindre Hingant, Joubert, Fontanes, autres absents d'une autre société absente. Parmi ces amitiés successives, se sont élevés de jeunes amis, rejetons printaniers d'une vieille forêt où la coupe est éternelle. Je les prie, je prie Monsieur Ampère, qui veut bien me remplacer quand j'aurai disparu et qui lira ceci en revoyant mes épreuves, je leur demande à tous de me conserver quelque souvenir : je leur remets le fil de la vie dont Lachésis laisse échapper le bout sur mon fuseau. Mon inséparable camarade de route, Monsieur Ballanche, s'est trouvé seul au commencement et à la fin de ma carrière ; il a été témoin de mes liaisons rompues par le temps, comme j'ai été témoin des siennes entraînées par le Rhône. Les fleuves minent toujours leurs bords.

Le malheur de mes amis a souvent penché sur moi et je ne me suis jamais dérobé au fardeau sacré : le moment de la rémunération est arrivé : un attachement sérieux daigne m'aider à supporter ce que leur multitude, ajoute de pesanteur à des jours mauvais. En approchant de ma fin, il me semble que tout ce que j'ai aimé, je l'ai aimé dans Madame Récamier, et qu'elle était la source cachée de mes affections. Mes souvenirs de divers âges, ceux de mes songes, comme ceux de mes réalités, se sont pétris, confondus pour faire un composé de charmes et de douces souffrances, dont elle est devenue la forme visible. Elle règle mes sentiments, de même que l'autorité du ciel a mis le bonheur, l'ordre et la paix dans mes devoirs.

Je l'ai suivie la voyageuse par le sentier qu'elle a foulé à peine ; je la devancerai bientôt dans une autre patrie. En se promenant au milieu de ces *Mémoires*, dans les détours de la Basilique que je me hâte d'achever, elle pourra rencontrer la chapelle qu'ici je lui dédie ; il lui plaira peut-être de s'y reposer : j'y ai placé son image.

Table

Table 667

LIVRE VINGT-SEPTIÈME

AMBASSADE DE LONDRES

LIVRE VINGT-HUITIÈME

ANNÉES 1824, 1825, 1826 ET 1827

LIVRE VINGT-NEUVIÈME

AMBASSADE DE ROME

Table 669

LIVRE TRENTIÈME

SUITE DE L'AMBASSADE DE ROME

Table   671

LIVRE TRENTE-TROISIÈME

APPENDICE

Composition réalisée par NORD COMPO

Imprimé en France sur Presse Offset par

BRODARD & TAUPIN

GROUPE CPI

La Flèche (Sarthe).
N° d'imprimeur : 32563 – Dépôt légal Éditeur : 66110-12/2005
Édition 02
LIBRAIRIE GÉNÉRALE FRANÇAISE – 31, rue de Fleurus – 75278 Paris cedex 06.

ISBN : 2 - 253 - 16089 - X   ◈ 31/6089/2